家在古城

范小青 著

江苏凤凰文艺出版社

图书在版编目（CIP）数据

家在古城 / 范小青著. —南京：江苏凤凰文艺出版社，2022.10（2023.5 重印）

ISBN 978-7-5594-7022-5

Ⅰ.①家… Ⅱ.①范… Ⅲ.①纪实文学-中国-当代 Ⅳ.①I25

中国版本图书馆 CIP 数据核字(2022)第 126906 号

家在古城

范小青 著

出 版 人	张在健
责任编辑	李 黎　李珊珊
特约编辑	郭 幸
责任印制	刘 巍
出版发行	江苏凤凰文艺出版社
	南京市中央路 165 号，邮编：210009
网　　址	http://www.jswenyi.com
印　　刷	苏州市越洋印刷有限公司
开　　本	652 毫米×960 毫米　1/16
印　　张	31.25
字　　数	373 千字
版　　次	2022 年 10 月第 1 版
印　　次	2023 年 5 月第 3 次印刷
书　　号	ISBN 978-7-5594-7022-5
定　　价	58.00 元

江苏凤凰文艺版图书凡印刷、装订错误，可向出版社调换，联系电话 025-83280257

目 录

第一部分　家在古城

上部：同德里和五卅路 / 003
1. 从同德里出发 / 003
2. 到子城去看看 / 014
3. 共沐德泽 / 023
4. 千呼万唤始出来 / 039
5. 五卅路册页 / 061

下部：瓣莲巷和李超琼 / 079
6. 从大石头巷到瓣莲巷 / 079
7. 瓣莲巷 36 号 / 090
8. 砸在手里的难题 / 102
9. 李超琼日记 / 124

第二部分　前世今生

1. 状元府和状元博物馆 / 137
2. "天下有学自吴郡始" / 162
3. 全晋会馆之晋风徽派苏式 / 171

4. "屋比百椽" / 179

5. "名士当年留旧宅" / 190

6. 惊艳盛家带 / 198

7. 探花府和花间堂 / 205

8. 探花府之成为花间堂 / 219

9. "地上本没有路" / 246

10. "江南第一豪宅" / 275

第三部分　姑苏图卷

上部：平江路 / 289

1. "以存其真" / 289

2. 遂心适意的风情画 / 316

3. "鸟鸣山更幽" / 346

4. 800年古道 / 365

中部：山塘街 / 378

5. 山塘织梦人 / 378

6. 《桐桥倚棹录》/ 391

7. 七年后的行走 / 408

下部：遍地痕迹 / 446

8. "阊门四望郁苍苍" / 446

9. "处处楼前飘管吹" / 469

10. 尾声 / 490

第一部分　　　**家在古城**

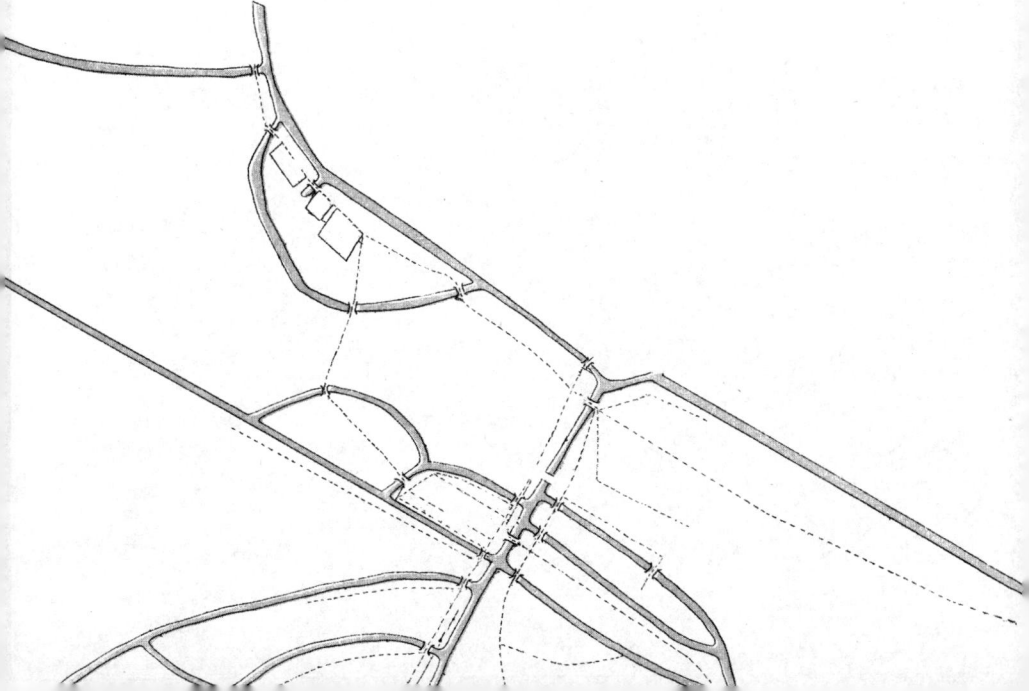

上部：同德里和五卅路

1. 从同德里出发

　　2021年3月15日，初春的一个早晨，太阳已经出来了，天气微凉。微凉中浮动着一些陌生而又熟悉的气息，让人心生感动。

　　就是早春的那个早晨的那一刻，我抬起手，轻轻地敲了敲6号那扇门。

　　确切地说，是苏州市姑苏区五卅路同德里6号。

　　是普普通通的暗红色的木门，对称的两扇。如果有兴趣看一下象形字中的那个"门"字，就是这个大门的样子了。在从前的文言文里，两扇的称"门"，一扇的称"户"，合起来就是"门户"。

　　暗红色不是木门本身的颜色，它是一层漆皮，漆皮包裹着木门。大门下端的漆皮有一点点剥落，露出了里边的已经非常陈旧的土灰色的木头。我蹲下去，认真地看了几眼。

　　也许是松木，或者是水曲柳，总之就是一扇很普通的大门，和许许多多普通的木门差不多，简洁的，看起来并不很沉重。

　　但是其实，我知道它有着十分的重量，这个重量，是时间，是历史，是生命，是人生的路，是路上的风雨路上的故事，它是一切的一切。

门的中间,有两个铜色的门环,底座是普通的圆形底座,不是那种很讲究的带有寓意图案的精美铸造的门环。

门环的底座也称为"铺首",通常老宅大门上的铺首会是椒图、狮虎、龟蛇之类的,取"神兽护宅"之意,并且还可以彰显主人身份。人们曾经尤其喜用椒图,传说它是龙生九子之一,性格孤僻,封闭自己,极不喜欢其他生物进入自己的巢穴,这样的性格用来守门真是再好不过了。

但是这里没有。同德里6号的大门上,是很普通的铺首。"铺首衔环"的那个"环",也一样普通,就是两个已经昏暗的铜色的圆环——但是你细细打量,静静地听一听,就知道了。在这普通的昏暗之中,正绽放着时光的年轮打磨出来的光彩,你能听到它在历经风雨后发出的无声之声,你拍打它,它或许不再清脆不再响亮,但那是一种沉闷的厚重的力量——这就是老宅的力量。

不过我没有去拍那个门环,我只是轻轻地敲了敲门。

老房子的门上贴着对联:岁岁平安福寿多,年年顺景财源广。也很普通。是一种岁月安好的普通,是一种平凡却能让人心动的普通。

这里是众所周知的民国石库门建筑群,但是因为门框、门槛都被粉刷了,我看不见曾经朝思暮想的那些石条石块,一时竟有些恍惚,在敲门等待回音的这个可能很短暂的时间里,我踩着巷子里铺着的旧条石,沿着6号往西边走了几步,我看到7号、8号那几户的门框、门槛也都被粉刷了,白得耀眼,但是再后面的几户,11号、12号等等,没有粉刷,是裸露在外的石头,旧时的模样。

一眼看得见的石库门的门框、门槛,都是粗石条,我的心突然就安静下来了。

人的心思是奇怪的、难以捉摸的,有时候,几块旧陋的石头,也可以承担一些精神的抚慰。

我回到6号门口，里边没有动静，我匆忙抬头，看了一眼门头上方，那里有一方凸叠的花形图案，安排得周正用心，处理得精致细腻，但是花的形状有些奇怪，我认不出它是什么花，有点难为情，不过没事，一会儿我就能问一问胡敏了。

门里仍然没有声音，我又敲了敲门，依然敲得很轻。我不知道和我一起过来的电视台的那些年轻的编导摄影，有没有对我的动作和表情感觉奇怪或者不解。

是的，我小心翼翼，我动作迟缓又迟疑，我心情忐忑不安，我是怕惊动了什么？或者，我是想要惊动什么，却又担心惊动出来的惊动会惊动了我一直以来都相对平静的灵魂？

里边始终没有回音。是里边没有人，还是敲门的声音太轻了？

"应怜屐齿印苍苔，小扣柴扉久不开。"

"近乡情更怯，不敢问来人。"

我不想用力敲门，我也不敢用力敲门。

近乡，现在，此刻，乡愁就在我的面前，和我零距离地面对面了。

从离开这扇门，到再次敲响这扇门，整整五十四年时间。1967年1月，我们家搬离了同德里6号。

五十四年后的此时此刻，我在想什么？我的心，是被五十四年堵满了，还是被五十四年掏空了？

"少小离家老大回，乡音无改鬓毛衰。"我只知道，这是我此时此刻最真实最形象的写照。

但是后面就没有了，没有"儿童相见不相识，笑问客从何处来"。没有儿童，甚至也很少有中年人青年人，这里是苏州古城的老城区，它老了，也许，只有老人可以和老城区相伴相依。

"捷步往相讯,果得旧邻里。"我敲着同德里6号的门,执着地想要见到住在里边的胡敏,她是我儿时的邻居和玩伴,在我的五十四年前的印象中,她是一个七八岁的小姑娘。屈指算来,她也年过六十了。

在远去的这五十四年中,我不知道自己会不会回去,也不知道自己什么时候会回去,我曾经熟读了许多关于"回去"的句子,"十年离乱后,长大一相逢。""问姓惊初见,称名忆旧容。""众里寻他千百度,蓦然回首,那人却在,灯火阑珊处。"……

在过往的时光里,我并没有很多机会再去走五卅路,如果有机会,那也是我特意绕着道来走的,走五卅路,然后再特意绕进同德里以及隔壁的同益里,看它们一眼。

只是每次来,我都是悄悄的,快速的,甚至感觉是偷偷摸摸的。我是在害怕?我害怕什么呢?我怕它认出我来,我怕它怪我几十年都不回来看望它,我怕它已经坍塌已经破败到我无法相认了?我怕它已经换脸换得完全不是它了?

几十年里,我偶尔走过的时候,门是关着的,我始终没有敲过那扇门,更无法朝那扇门里张望。

谁曾料想,后来却因为一部电视剧我从屏幕上看到了我家老屋的全貌。2019年播出的《都挺好》,真的挺好。

这就是它,我在同德里的家,就是一直留在记忆深处的它,今天仍然是那个样子,仍然是我童年记忆中的同德里。

《都挺好》播出后,同德里很快就成了网红打卡点,每天有好多人去看它,在小小窄窄的巷子里,大家踩着旧日的时光,寻找着今天的新鲜。

和我一样激动一样感慨的,还有我的哥哥范小天,以至于过了没多久,他拍电影《纸骑兵》的时候,就找到了同德里6号。

那一天范小天走进了同德里6号的天井,我不知道他的感觉是恍若隔世,还是如在平日。他也许正在琢磨着自己内心的纠缠和波澜,忽然听到有个声音在说,你是范小天?

纯正的苏州话,清脆的苏州音,让范小天打了一个激灵,他反应够快,立刻就认出了儿时的邻居妹妹,说,你是胡敏。

她是胡敏。我们儿时的邻居,二楼紧隔壁。她还住在这里。

"你是范小天"这几个字,在五十多年以后说出来,间隔了这么长的时间,人与人的关系还能再续上,什么是历史的重演?什么是不可控的人生?什么是老旧古城的坚守和迎来新生?

我是后来才从范小天那里,得知了胡敏仍然住的同德里6号。在五十四年的漫长时光里,儿时同德里的许多小朋友,偶尔我们也会在人生道路上相遇,我们也会相互听到一些简单的消息,但是这些偶遇、这些消息让我知道,大部分,甚至绝大部分的他们,和我们一样,早已经离开了同德里,早已经四散在茫茫人海之中了。

而现在,几十年未曾离去,始终留住在同德里的胡敏,简直就是仅存的奇葩了。

好在,今天我终于来了,现在我和胡敏的距离,就是门里门外的距离了。

可是门里一直没有动静。最后我们终于确定,里面没有人。于是我们去往下一家,7号,也就是《都挺好》里苏明玉的原生家庭,我这样说,是打破了生活与艺术的边界,混淆了真实与虚构的概念。我是故意的。

那个门洞里,有苏明玉的许多记忆,也有我的许多记忆。

不巧的是,7号的门,也未曾敲开,苏明玉已经不在她小的时候了。当初我有个小学同学,后来他们家和我们一样,全家下放到苏州地区的吴江县,但是没在同一个公社同一个大队,就此别过,再无音信。

有意思的是，兜兜转转，几年后我们又同时转到了苏州吴江县的县城，我们在县城里又相遇了，又成为吴江中学的高中同届同学，再后来，他竟又成为我哥哥在吴江轧钢厂的同事。真是人生何处不相逢。

他小时候叫许小进，长大后叫许进。他家也早已经不在同德里7号了。

那么就去8号吧。

同德里的房子，并不是苏式的老宅子。苏式老宅的特点：错落有致、鳞次栉比，它们统一于粉墙黛瓦、临街枕河的苏宅的总体风貌，却又参差出各家各户的根据各自的经济条件、生活要求、审美眼光等等不同的原因再因地制宜而独立出来的别致住宅，无数的大宅小宅、深宅浅宅，组成了苏宅的总体样貌。

同德里是苏州老宅中的另类，它是一组民国建筑群，外观厚实气派，既有几分洋气，又不失江南韵致，庄重严谨，也不失人文特色；它既是中国传统风格的传承，又吸收了西洋建筑的某些特色。在一座古老的城市中，它以另一种形态和姿势，凸显出浓郁的地方特色，算得上是从传统走向现代的过渡阶段的住宅建筑代表作。

同德里的所有住宅，户型大小和格局也不是完全一致的，但它们十分鲜明地以组团区分开来，比如同德里北边这一侧，从巷子口的1号到5号，是一个团组，统一户型，然后第二团组，是6号到巷尾的12号，又是一种户型，这一组一组房子，格局一致，样貌相同，基本没有差别。

当然，到了后来，一定是会有差别的，因为世界变化了。世界变化了，差别就产生了，但是这种差别，没有改变同德里的整体风格，它们发生在每一个门洞的内部，而且，即便在内部，它们也不可能发生比较重大的甚至是整体的变化，它们只能是小小的有限的改变，螺蛳壳里做道场，虽然十分形象生动地反映出苏州老百姓的住房情况和生活习俗，但它毕竟只是一句夸大其词的俗语，真正的螺蛳壳里，只有一小坨螺蛳肉。

所以，走在同德里的一眼望到底的巷子里，是看不到这种差别的。同德里，自始至终，都是有条不紊、整齐划一的样子。

就像现在，2021年3月15日的早晨，我想走进同德里6号，没有进得去，7号也没有进去，我就到8号来了，反正它们都长一个样，妥妥的如假包换的民国风、民国范。

后来胡敏告诉我，虽然后来《都挺好》热逐渐消退，但是仍然有游客会来同德里走一走，来同德里拍婚纱照的也仍然不少。不过现在我还没有找到胡敏。

我们从6号敲门敲到8号，8号的门其实不用敲，它虚掩着，我心头一喜，轻轻地推了一下，就看到了站在天井里的徐阿姨。

看到了徐阿姨热情的笑脸。

其实那时候我还不知道她是徐阿姨，我不知道她的姓名，不知道她和她家的任何情况，我只是看见她住在同德里8号。我进门的时候，有点慌张，因为电视台要进去拍摄，要去打扰人家，还不知道一向敬业的电视工作者们今天又会是多么敬业多么挑剔多么疙瘩，他们经常是旁若无人地进入别人的家里，完全把别人的家当成自己的工作场所，可那也确确实实就是他们的工作场所呀，这是我早有领教多有领教，甚至是多受麻烦的。只是，无论怎么麻烦我，也就那么着了，现在却是要通过我去打搅别人，我是于心不忍的，我还没有来得及想好怎么跟人家套近乎打招呼，寒暄的话也没来得及说出口，徐阿姨却已经抢先说了，进来吧进来吧，随便看。

原来，这一两年时间里，她早已经习惯了同德里和她的家以及她自己被大家轮番观看了。

紧紧跟在我身后的摄影和编导们,已经急急地拱进了天井,一进来,他们的职业的专业的眼光就四处开刷扫射了,我却还在心心念念想着怎么和徐阿姨说明一下情况,这时候我听到了一声询问:你阿是范小青?

纯正的苏州话,清脆的苏州音,和范小天在 6 号听到的一样的声音,我顿时又惊又喜,我顿时以为,她是另一个胡敏,我以为她也是我儿时的一个同学或玩伴。我赶紧问她是什么时候住到同德里的,徐阿姨说他们家是二十世纪九十年代以后搬进来的。

她不是胡敏。

但她也是胡敏。

我在想,徐阿姨的童年,虽然不是在同德里度过,但一定也是在苏州古城的某一条巷子里。

因为那个时候,苏州除了巷子,还是巷子,苏州曾经,只有巷子呀。

只有巷子的苏州,才是真正的苏州模样,才是独一无二的苏州模样。

那一天的拍摄任务比较多,我们在同德里 8 号,只能扫几个镜头,来不及细谈,我没有能够和徐阿姨多聊几句,甚至没有来得及也没有好意思问她姓甚名谁,怕过多地打扰人家。

电视工作者们真是敬业,没有哪一次他们是不敬业的,他们拍拍拍,拍拍拍,我心里一直在催促他们,你们快点你们快点。可是他们不会"快点",他们走进这样的老房子,就像是走进了宝库,他们拍摄老宅里的镜头,哪怕是一个普通的灶台,哪怕是一件老旧的家具,都像在拍摄珍稀的宝贝,拍了又拍,拍了又拍。狭窄而破旧的楼梯,踩上去吱嘎作响,他们爬上去又爬下来,爬下来又爬上去,那个小阳台的小扶梯,小到一个人上去都要侧着身子,但是他们照样扛着大大的摄像设备,上去了。等到拍得差不多了,大家下来,应该准备撤离了,可是他们想想又不尽兴,还不过瘾,又再上去,就这样上上下下地折腾,我很担心徐阿姨嫌烦,小心地看了看她的脸色,她却一直是笑眯眯的,十分自然,好像这也是她的日常的正常的工作似的。

据说《都挺好》播出后的第一个清明小长假,同德里一天的人流量就是几千人,要知道,同德里是一条小巷子,宽2米,总共长250米,用老苏州的话说,这么多人轰过来,吓煞人哉。

同德里的徐阿姨们,见识得多了,已经习以为常了。

可是我没有习以为常。那一天,我的心情一直激动着。半个多世纪过去了,我又回到了同德里,它还是旧时的模样,又已不是旧时的模样,从视觉上看,它肯定是变小了,可是从心理感受上,它却又是宽阔无边,它包容了时间和空间,它刻记了我们曾经丢失过的岁月和岁月里的无数的故事和人物。

我无法确切地说,如果不是拍摄需要,那一天我会不会这么长时间地待在同德里。我是只知道,2021年3月15日那一天,因为拍摄的原因,我在同德里,细细地不想放过任何一个角落地观察了我的同德里,重新沟通了我们之间的交流,我和我的同德里,我们确认过眼神了。

曾经的6号,和7号、8号等等号一样,二开间二层楼,一扇大门里,两层,大约有一百平方米的住宅面积,在我残存的儿时的记忆中,这里的每一个门洞里,住了三四户,甚至五六户,要不然,为什么我的印象中,我会有那么多的同门邻居,有那么多的同德里小伙伴呢?在6号,除了胡敏家,还有和我小学同班的戴同学,他家有四个兄弟姐妹,有父母亲,还有一个他父亲的妹妹,苏州人应该是喊孃孃，但他们家不是老苏州，小孩喊她"小伯伯"，那个"伯"他们喊出来的是"白"，孃孃成了"小白白"。戴同学的"小白白"从老家农村来苏州，在戴同学家帮助他们做家务，有一次我看到"小白白"嘴里塞满了东西，我问她吃的什么，她紧紧地闭着嘴，就是不肯张开给我看，但是她后来拗不过我的执着，把嘴张开了，我看到里边是满满一嘴的生米。

戴同学是他家的老三，记不清是他家先搬走还是怎么的，楼下还有一家姓周，二男一女三个孩子，女孩和我是小学同学，我记得她叫小波，但是我又知道小波是她的小名，可惜她的大名我一直没有想起来。在写作《家在古城》这个漫长的过程中，我一直在设法打听周小波，但是始终没有她后来的确切的消息。关于她的消息，还是我多年前偶然听到的，她家也和我家一样，全家下放了，到了太仓的农村，小波嫁了农民，后来全家回城了，但她留在农村了。不知道这个消息是不是准确，也不知道后来小波的人生还有什么变化。

她湮没在往事中了。

许许多多的人都湮没了。

当然，这只是从我的角度看小波，如果从小波的角度看我，也是一样的湮没。

我无法预料，在往后的岁月里，还有没有可能和小波相遇。

6号一楼靠北最里边还有王姓一家。至今我也不敢想象，那一个不大的门洞里，怎么会住得下这么多的人家。王家的孩子比我们大得多，个个人高马大，即便民国建筑本身比较高大，但是那些长大成人的大哥哥大姐姐，我无论如何也无法想象他们是如何蜷缩在那些狭小的空间，是如何被夹扁才得以在人缝中生存的。

在后来的日子里，我也会偶尔碰见一些住过同德里的人，他或她，他们会告诉我，他们家住在几号，这是我印象中缺失的一块。在我的印象中，那一个门洞里，住的是另外的人家。空白就这样填补了，同时也更确认了一个事实，如同苏州的许许多多老宅一样，同德里的老宅里，曾经也是人满为患，户连着户，人挨着人，没有空间。

这个稀罕的"空间"，在2021年3月15日这天我走进徐阿姨家的时候，终于感觉到了它的存在。现在的同德里8号，是徐阿姨一家住着。虽然其中还有一小部分房子是别人家的房卡房，但是那户人家不住，房屋一直空关着，所以现在的8号，只有退了休的徐阿姨和她的先生，还有徐阿姨99岁的老母亲三个人住着。

同德里这个地方，出脚方便，生活简易，苏州人人知晓的大公园就在巷子对面，几步横穿五卅路就到了，同德里、同益里的居民可笑称它为自家的后花园，甚至还有人说，这比自家的后花园好，自家的后花园还得自己打理，这个后花园是政府负责打理的。苏州的体育场也在旁边，附近有两家大医院，有菜场，有商店，有亲切又熟悉的生活烟火气。

许多年来五卅路一直是有机动车通行的，虽是单行道，车流量却不小，奇怪的是许多年来它始终是安静的，同德里也好，同益里也好，其他里弄也好，五卅路这一带的民居一直是闹中取静，没有车水马龙的喧嚣，没有纷至沓来的闹腾，即便在同德里成为网红打卡处，熙来攘往、门庭若市了，也仍然没有令人心烦的躁气，它始终就是那个样子。

这是一个奇特的现象，这是子城的定力吗？是这个位置上曾经的过往的历史的重量平定着后来的轻浅和浮躁吗？

2. 到子城去看看

是的,这个地方,五卅路一带,就是苏州古城最早的位置——子城。

"苏州子城是苏州最早的城郭,大概的位置就是今天的大公园、皇废基一带。伍子胥修建大姑苏城(现在的古城)之前,吴王的宫殿亦在此,战国时春申君黄歇亦在此,明末张士诚在此称王,即以此地为王宫,大兴土木。"

伍子胥奔吴后,给予吴王阖闾的治国建议是"立城郭,设守备,实仓廪,治兵库",其中尤以"立城郭"为重。

"周敬王六年(公元前514年),吴王阖闾命大臣伍子胥'相土尝水,象天法地',建造规模宏大的吴国都城阖闾大城,与此同时,在其中心偏东处筑子城。"

修筑姑苏城的千秋大业,就在苏州最早的城市建设总设计师伍子胥的亲自指挥下开始了。筑土建城的伟大工程(苏州城至唐朝才以砖修建)历时整整五年,构筑了周长47里的大城和周长10里的内城姑苏古城。

这就是阖闾大城,是古城苏州最早的雏形,苏州古城水陆双棋盘格局,主要位置和基础,在两千多年前就奠定了,这是全世界的建城史上的一个奇迹。

我们来看一看"子城"吧。

《姑苏志》记载:"子城,在大城内东偏,相传亦子胥所筑,周十二里,高二丈五尺五寸,厚二丈三尺。"

宋《平江图》上显示的子城:平面为纵向长方形,长与宽约为三分之二之比,城墙四角和城门两旁设有马面。城墙完整无缺。整个子城有三处门,正门、偏门和后门。

据《沧浪区志》记载:"子城的范围大致为:南至十梓街,北至干将路,东到公园路,西至锦帆路。子城遗址(20世纪20年代的皇废基)与俗称干将河的第二横河平行。"

伍子胥不是苏州人,但是苏州人从来都认为他是比苏州人更"苏州"的苏州人,伍子胥对于苏州的贡献,千年来始终刻记在苏州人民心底最深处。

苏州有胥门,虽说此门对应的是一座姑胥山,但是苏州老百姓却更愿意相信,胥门的这个"胥",就是伍子胥的胥;再看看苏州人过端午节的缘由,温和好说话的苏州人,在这个问题上却是固执的,决不从众,和全国各地不一样,苏州人端午节纪念和祭祀的是伍子胥;在苏州历史的无论哪一个名士贤人列表中,伍子胥都是列于榜首的。

后来曾经在苏州主政的苏州人范仲淹说:"胥也应无憾,至哉忠孝门。生能酬楚怨,死可报吴恩。直气海涛在,片心江月存。悠悠当日者,千载祇惭魂。"

沧海桑田,白云苍狗,曾经的子城所在,历经无数朝代,成为后来的五卅路。

关于五卅路的正规介绍是这样的:

地理位置:五卅路位于苏州市古城区,南起十梓街,北出干将东路。路长970米,宽8米。

地名典故:元末张士诚兵败,子城建筑尽毁,废为土丘乱冈,俗称"王废基"。民国十四年上海发生五卅惨案,苏州各界发起募捐。后以所得一万元在体育场与公园之间称为"皇废基""平桥巷"的小路上拓宽修筑五卅路,以志纪念。民国十五年1月11日动工,5月底竣工。抗日战争胜利后,为纪念张一廖（字仲仁）曾改名为"仲仁路"。20世纪50年代初恢复原名，并翻修为弹石路面。1965年再拓建改铺沥青路面。

今年夏天有一阵很热，在台风"烟花"到来之前的那几个星期，每天烈日当头。就在那些烈日当头的上午和下午，我一趟又一趟地去走同德里，走五卅路，走苏州古城里的大大小小的街巷。我挥汗如雨地寻找着我的记忆，也寻找着古城的记忆。

我在五卅路的南端，看到了"皇废基"。关于"皇废基"，老苏州们多多少少能说出个子丑寅卯、一二三四："张士诚败给朱元璋，破城之日，他将爱姬美妾驱赶到齐云楼，放火焚烧，炎热蔓延，偌大的皇宫也烧得精光，于是这座出尽风头的千年城中城，终于灰飞烟灭，只给后人留下一个皇废基的地名。"

<blockquote>在遥远的过去就已经为今天的马路铺垫方向。

——《伦敦传》</blockquote>

其实，对于"皇废基"这个名字，也是有些不同看法的，有人觉得张士诚并没有做过皇帝，不是皇帝就没有皇宫，没有皇宫，就称不上是"皇废基"，应该叫"王废基"。

这也是一说。

一说罢了。

皇废基也好，王废基也罢，反正在苏州话的范畴里，原本就是"王""皇"不分的，甚至是倒错的。苏州作家王稼句先生，大名鼎鼎，他每次向人做自我介绍的时候，总是对人家说，"我姓黄，黄稼句。"有时候，还补充一下，"黄，三横黄。"不过他自己并不知道。

皇废基，或者王废基，无论是传说，还是历史的真实，无论是宫殿，还是废墟，距今已经千余年，其间更是几度毁修，迭经兴废，专门描述或介绍苏州子城的文章，也不在少数。苏州，真是一个名人文人比肩皆是的地方。

这里还有一个小插曲,千百年以后,皇废基如同一条早已褪色的彩链,随意地散落在五卅路上,它是一条不过百米的小巷,曾经是吴王阖闾城中的宫城所在,即便后来废了,名字还带着点威武,但是时隔数千数百年,皇废基真的是废废的了,它的方方面面,都和苏州许多名巷名街比无可比、相差甚远。可就是在这样一条已经被时代抛弃了的小巷里,却在20世纪90年代中期,开出了一家名叫"祥鑫"的饮食店,卖各种小吃,赤豆圆子,素火腿,咖喱鸡肉卷等等,其中以鸡爪最赞最闻名。一开始"祥鑫"开在皇废基小巷中的一个铁棚子里,但是老苏州人就是好吃,管你是铁棚也好,木棚也好,柴棚也好,只要你的鸡爪好,他们就赶过来,再远的路也赶过来,然后排队,再长的队也排,再冷再热也来,等的就是那个味道,等的就是那种感觉。

棚子太小,坐不下,他们就站在路边吃,也有的坐在自行车上吃,在沉睡了千年的历史地基上,形成这样一道鲜活的小巷风景,即便不算是奇观,却也很奇特。后来"祥鑫"在皇废基有了店面,再后来,"祥鑫"搬迁到了十全街。但是老苏州都知道,十全街上的"祥鑫"来自皇废基。

这个插曲有点离题了,我只是想,老百姓的衣食住行,原本也都是紧紧联系在一起的呀。

皇宫或者王宫,早已经废了,在后来漫长的岁月里,在五卅路这一带,废了的还有许许多多、难以统计的有记载和无记载的苏州老房子。

不仅仅是五卅路,不仅仅是苏州古城,世界亦然。没有永恒的物质,只有永恒的灵魂。

1958年,我三岁,随父母从松江迁往苏州居住,我们最早的一个落脚点,是五卅路23号,在路的东边,门朝西。

五卅路23号，其实不是这幢老宅子的门牌，或者说，只是它的边门或侧门或后门的门牌，它的正大门，朝北，在草桥弄，第一户。那时候的门牌就是蓝色的，上面写着"吴县草桥弄1号"。

这个门牌不是我的记忆。这是我哥哥范小天后来告诉我的，但他只比我大一岁，我怀疑这同样不是他儿时的记忆。我不管他是怎么知道的，反正他肯定比我更有心更用心，对于从前的一切，他知道的比我多得多。

我之所以忘记了我家的正门，却记住了五卅路23号，大约是因为我们家住的二楼的那一间屋，朝西，面对五卅路，有一个一米见方的小得不能再小的阳台，站在阳台上，看见的就是五卅路。

我们家在五卅路23号只住了一两年就搬去了同德里，和五卅路23号的几个同门邻居小朋友，还没有来得及彼此留下印象，就已经失散了。可稀罕的是，经过了很长的一段时间，我们这些曾经失散了的邻居，又一度走到一起，又再离散，然后甚至有几年时间里都曾经并肩前行，然后再又离去。

五卅路23号的邻居蒋一新，后来是我的小学同学，再后来我们全家下放，他们也全家下放，我们下放在吴江县桃源公社新亭大队，他们家下放在桃源公社新民大队。

于是我和蒋一新，还有我的哥哥范小天和蒋一新的姐姐蒋一宁，我们在桃源公社新贤初中再次相遇。新贤初中是一所片中，几个大队合用这一所初中，复设班，老师给初二上课的时候，初一的学生就做作业。我们在这里读了两年初中，初中毕业，我和蒋一新一起考上了吴江震泽中学，又成了高中的同班同学。

到了高中二年级的时候，我转学到了吴江县中学，蒋一新没有转到吴江中学，那时候他有没有转学，是不是转到其他学校去了，我不知道了。

几十年以后,一直到 2020 年,我们又在苏州重逢了,我们相约了小学的几个同学,来到苏州斜塘老街,喝茶聊天回忆往事。

往事如烟。

往事并不如烟。

往事中还有一个"小朋友"叫张爱萍,五卅路 23 号的邻居,全家下放到吴江县屯村公社,后来到了吴江县城,又和我成了高中同班同学,后来插队到吴江蚕种场,再后来,她就生病了。

那时候她才三十多岁。

我在 1990 年初写过一篇随笔《一只电话》:"电话是爱萍打来的,她在电话里说,听说你摔了一跤,哪里骨折了?你要小心,你怎么不爱护自己,现在还要不要紧?"

突然间就涌出了许多许多的感受,我说:"爱萍,我不要紧,只是小小地摔了一下,我一直牵记你,听说你生病了,你怎么不告诉我?"

爱萍说:"我会告诉你的,我一直在想,在我真的不行了的那一天,我一定要拍一份电报给你,我们要见上最后一面。"

我的心突然地战栗了一下,过了好半天,我说:"爱萍,你的病,好点了没?"

爱萍说:"没有好,我得的是硬皮症,第二癌症,好不了的,我从医院里回来了,我现在每天上班,如果不上班,我在家天天想着死,那种日子比死还难受。"

我说不出话来。

几乎人生最重要的阶段,她都在和病魔斗争。爱萍后来一直坚持了好多年,好多年中,我们偶尔会见一面。以后的几十年中,吴江中学高中同学返校或凡有大的聚会,我只要知道,都会赶去吴江参加,开始的几次,张爱萍也都来的,但是后来她来不了了。

2014年7月,毕业40周年聚会,她没能来,下午我去她家看望她,她坚强乐观,但是最终没有战胜病魔,两年后,她走了。到2020年5月6日,纪念毕业45周年的聚会时,就没有爱萍了。

从五卅路23号散发出去的思维,让我还想起了一个人。

在写作《家在古城》的过程中,我找了很多人,找到了很多人,也想起了很多人,这种寻找,这样的想起,并不是在每个时段每个人身上都会发生的。感谢《家在古城》给了我寻找和思念的入口。

现在我想起的这个人,他并不住在五卅路,也不住在同德里,但是我却想起他来了。

曾经在相隔了整整40年以后,我来到了我的出生地,上海松江第三中学。是我母亲曾经任教的地方。

是我母亲当年的一个学生带我来的。后来,他成了我大学里的老师、校领导。他叫徐惠德。我和他已经多年没有联系了,也没有了联系方式,我从网上搜了一下,看到去年苏州大学校庆120年的时候,他出席了一个活动,"苏州大学建校120周年书画纪念册页捐赠仪式"——我校原党委副书记徐惠德等校内外校友参加了捐赠仪式。照片上,徐老师精神矍铄,让人倍感亲切和欣慰。

1995年的一天,在松江的那所中学里,徐老师指着某一处说:"小青,就在这儿,我们都抱过你。"

后来,我们家搬到苏州,住在五卅路。我母亲和她的松江的学生,从此断了音信。

谁知道呢。后来有一天,在江苏师范学院上学的徐老师,他也走过五卅路了,他走着走着,突然就听到了我外婆的声音。

我外婆,就站在五卅路23号二楼那个朝西的小阳台上。

一个从外地来苏州上学的学生,在一个陌生的城市里,忽然听到了熟悉而又亲切的声音。徐老师不是南通人,但我外婆的南通话,对徐老师来说,不是乡音,胜似乡音,他被惊动了,他又惊又喜。

徐老师和他的中学同学,都十分想念他们的老师我的母亲冯石麟,本以为我母亲离开松江后,他们一辈子也不会再相遇了。可是突然的,在苏州的五卅路上,断了线的风筝,竟然重新续上了。徐老师又出现在我们的生活中。

再后来,我也成了江苏师范学院的学生。

一切源于我外婆的声音,那是来自南通市通州区石港镇的声音,我外婆从家乡石港出来,就再也没有回去过,但是她的浓重而响亮的乡音,却让好多人一辈子都没有忘记。

后来我见到胡敏的时候,她也跟我说,我就记得你外婆的声音,喊你,"小青,来梳辫子。"

后来我们全家下放到农村的时候,农村的小姑娘对我外婆的语言和嗓音十分好奇,她们非说我外婆喊我的名字不是小青,而是小常,因此她们就顺着我外婆的口音喊我"小常宝"。

我的外婆,原名凌巧珍,自己改名为凌志敏,她放小脚,喝黄酒,抱怨我外公,也许算半个新女性。

我走得太远了。真是下笔千言,离题万里了。

我们还是赶紧回到皇废基这里吧。历史就这样走呀走呀,一直就走到了民国。到了二十世纪三十年代,同德里和同益里一起,作为民国建筑的典范,出现在古城中心地带。

> 同德里,位于言桥西南,同益里之北,东口隔五卅路与草桥弄相望,西端南通同益里,里长250米,宽2米。1985年改弹石路面为水泥道板路面。

(补充说明:20多年后,2007年,同德里又改水泥道板路面为旧石板路面)

关于同德里原址的传说,也是有一些的,比如有"木兰堂"说,有"鱼塘"说，反正苏州古城里的传说，大街小巷有，角落旮旯有，到处都有，多到不计其数，多到神乎其神，我们还是不要跟随传说走得太远，我们回来看看1930年代的同德里吧。

因为那个时候，那个地方，它不是传说，它是真实。这个真实一直延续到今天，它就是同德里以及同益里以及五卅路等等。

1930年代，杜月笙在此建房出租，称同德里，含有"共沐德泽"之意。

这就是同德里了。

1950年代后期，同德里成为苏州专署机关干部居住区。恰好，我的父亲母亲，那时候就是苏州专署的机关干部。

同德里在苏州古城2500多年的框架中，属于年轻的后起之秀，但即便它是古城老宅中的小弟弟，七八十年过去，它也旧了，老了，风烛残年了。

但是2021年3月15日这一天，我在同德里8号徐阿姨家看到的却不是拥挤不堪、摇摇欲坠的老宅，虽不能说它焕发了青春，也不能说它有多么的光鲜亮丽，但是却十分出乎我的预料，至少它是宽敞的，是干净整洁的，与我想象中的破旧老宅里的混乱拥塞的情形大相径庭。

可惜的是，那一天我们来去匆匆，什么都没有来得及了解，我走出门，挥手向徐阿姨表示感谢并道再见的时候，我并没有想到再见，我更没有想过历史重演的概率到底会有多大。

是的，关于同德里8号徐阿姨家的情况，那一天我完全没有知晓，我也没有再过多打听的想法，因为人生中很多的相逢和交往，都是一过而过的。从徐阿姨家拍摄后离开，一别就不再回头。这是生活的常态。

但是这一次不一样，这一次是同德里，它是常态，又不是常态。

所以连我自己都没有想到,在后来的短短的三四个月的时间里,我又接连几次和徐阿姨见了面。

3. 共沐德泽

2021年7月14日下午,我在苏州双塔街道参加一个座谈会,那个会场在柴园。柴园是清朝时的一个宅园,曾经几易其主,后来逐渐散为民居。后来又做过区政府的办公场所,再后来成为学校,并将其间的楼厅拆除建起教学楼,总之后来的柴园也已经不是柴园了。

一直到1982年,已经不是柴园的柴园,被列为苏州市文物保护单位,这个早已经面目皆非的小园,才得以停下来喘一口气,并且回到了它的自身。

从1986年起,市文管会和民政局共同出资维修了柴园的鸳鸯厅和船厅,迈出了保护和修复柴园的关键步子。

到今天,2150平方米的柴园里,有鸳鸯厅、船厅、水榭、曲廊、半亭、假山、水池、花木等,真所谓麻雀虽小五脏俱全。

柴园的前世今生,差不多是苏州许许多多园子共同的遭遇和命运,在柴园的会议室召开一个古城保护方面的座谈会,一定是让人感慨万端的。

那一天烈日当空,我到后不久,就看到几位居民从外面进来,他们接到社区居委会的通知,冒着高温酷暑而来,擦着汗,笑吟吟的,对酷暑似乎完全没有感觉。

当我心生感激,当我的感激的目光和他们相遇的时候,其中的一位阿姨冲着我笑了。

"我就是,"她笑着对我说,"就是那天,你到我家来的,就是我呀。"

是同德里8号的徐阿姨,2021年3月15日初见后的4个月,我又见到了她。这是偶然的重逢?但是偶然中必定也是有着一些必然因素的,就冲那天徐阿姨对着呼啦呼啦的一大群电视人,那种不厌其烦热心相待的态度,就不难看出她是居民中的热心人,她是生活中的积极前往者,她有着开朗和善的人生态度,于是,今天会在会场重遇,又是必然的了。

这一天,我知道了她的名字,她叫徐黎芳,从前在吴县煤业公司工作,她的先生在吴县电力厂工作,现在他们都已退休,夫妻俩和徐阿姨的老母亲一同住在同德里8号,他们有一个儿子,小家庭在南显子巷的商品房——这样的状况,应该也是老苏州人中比较普遍的情形了:老人住在古城老宅,子女搬到园区新区,或者在老城区的新商品房里。

二十世纪九十年代初,苏州高新区刚刚开建,我们苏州的一些作家,就去写文章为新区鼓与呼,那时候古城老百姓中流行的一句话,我写在文章里了:宁要古城一张床,不要新区一幢房。

回想起来,简直不敢相信。

这真是:洞中方一日,世上已千年。

如今有没有什么流行语,我不太清楚,但是我问过许多仍然住在古城老宅中的居民:你们愿不愿意住出去?

得到的回答,并不一致,甚至是两个极端。

有人说,老宅子我一天都不想再待下去。

有人说,如果让我住得宽松点,各方面条件再好一点,我愿意留下来。

我只是随口一问。如果是一项正式的调研,调研对象已经发生了变化,今天的调研对象,几乎清一色全是老人了,基本上已经没有年轻人了。年轻的一代,早已经远离古城,只有老人守在这里。

在那天的座谈会上,有包括徐阿姨在内的家住同德里、同益里的几位居民,有双塔街道的孙书记,有街道分管宣传的季委员,还有社区的张书记等等。季委员原来就是锦帆路社区的季书记,居民们仍然喊他"季书记",他对同德里、同益里的情况很熟,了如指掌。

以下是我们在苏州双塔街道召开的座谈会的部分实录:

范小青:我还想了解一下,我们同德里、同益里民国老建筑这一片,就是后来经过改造、现在居民居住的一些情况。

马师傅:好几次改造,都属于修缮。

徐阿姨:管线入地,还有雨污分流,就是2007年,我记得是一个古建公司过来弄的,包括家门口的门头什么都是他们做的,他们是古建公司,就是修旧如旧。我记得清清楚楚,2007年10月1号开工,然后做到2008年的年头,半年左右,挖地面,然后排管子。像我们老宅里边,当时连卫生间都没有,本来后面我们一家一家都是有围墙的,全部打掉,然后污水管从后面走,那么家家户户都有卫生设备了。"改厕"也是在2006和2007年。但是当时有些条件不允许这样做,可能是户型的原因不好弄,没有搞成,后来政府再想办法。另外再弄的第二批。

季书记:后来的这一批就叫"拔稀"。"拔稀"就是拔掉稀少的、在统一改造修缮时没有能一起解决的少数住户,现在就想办法彻底解决。到了2014年、2015年的时候,基本上马桶已经很少了,所以那时候是最后一步,就是"拔稀",2015年就全部结束了。

马师傅：总的来说，就是大大小小的修理都经常有的。

徐阿姨：反正现在越弄越好，我们这边（指同德里8号以及相邻的住宅）是在2017年大修的。

范小青：2017年的大修都包括哪些内容？

徐阿姨：就是修门窗和墙面，墙面直到刮到砖头为止，然后再粉刷这样的。还有屋顶，全部翻掉，翻到就是那种屋顶上见太阳的程度，木头不好的全换掉。

社区一位工作人员：危房改造是排着队进行的，今年可能修这几幢，然后明年可能修另外几幢，目前正在修同益里的8、9号老宅，基本上快完工了。

季书记：因为这一块从房产产权来说，公房比较多，所以无论是小补大修，房管局都要先来看一下，再定性，看看它是否必须要修缮，如果修缮的话今年要打申请，然后明年就可以过来修缮，所以基本上就是一户一户这样进行的。

范小青：同德里、同益里基本都是公房吧？

马师傅：大部分都是，极少有几间是私房，比如同益里2号，当然里边也不全部是私房，有一半，是他们祖上传下来的。

（画外音：一扇宅门里，空间或大或小，房间或多或少，房产却有公有私，有房卡房等等，有各种不同性质的房子混杂，这是时代留给古城老宅的，是难题，也是故事的开端。）

范小青：现在这个房子你们住在里面感觉怎么样？

徐阿姨：方便，是一直都蛮方便的。

（画外音：像徐阿姨这样的同德里8号，一户门洞里只住一家，情况是比较理想的。如果老宅院老了，里边仍然挤住了好多人家，日常的生活质量，还很难得到改善改良……）

徐阿姨：我们8号里原来有三家，后来楼上一家想卖掉，我就买下来了。是房卡户，可以买的。

季书记：房卡户买卖也有一定的限制，必须是姑苏区户口，不能贷款，要付全款，而且购买人在姑苏区没有房子。

徐阿姨：我买二楼的房子，开始我们也不知道他要卖掉了，那一阵就经常看到有陌生人进来看房子。后来知道是中介带人来的，我就问中介这个房子是要出租还是卖，他说是卖，我赶紧问多少钱，他说45万。我马上就打电话给户主，我说小刘你的房子要卖掉45万，就卖给我吧，和他在中介开的价一样，一分不多，一分不少。

季书记：现在这种事情也蛮多的。当然也会有一些矛盾，比如之前的有一户楼上一家想要楼下那一家，楼下那一家不卖，然后就有矛盾。

......

范小青：同德里、同益里的老房子总体质量到现在还是可以的，但是如果里面还住三四家人家，就有点不方便了。不说别的，就说那个楼梯，又窄又陡，只能一人通行，如果楼上仍然住两户人家，每天上上下下，在楼梯上就堵住了，楼梯的木板也都腐败了，踩上去吱吱嘎嘎。现在同德里、同益里使用液化气是什么情况？

马师傅：管道都铺好了，但是没有开通，开通的大概只有三分之一。

徐阿姨：2007年大修的时候，我们的申请就批下来了，然后过了这个村就没有这个店了，后来有新的规定，这种老房子不允许装管道，现在每家门前都有管道的，但是没开通。我们当时是第一批装的就装了。

马师傅：装管道是有条件的，必须是独立的厨房间。如果一个门里面有四五家的，就不是独立厨房间了，在里边的这边你做饭，那边他做饭，这是不允许的，不管是管道煤气或者天然气或者液化气，都有安全要求的。还有木结构房屋内部使用需要隔开多少距离等等的各种要求。

范小青：现在同德里、同益里外来的住户多不多？

马师傅：大概五分之一。那些房子需要打理，其实是很破的。

……

范小青：这么多年，这种改造修缮，如果是公房，要不要居民自己出钱？

马师傅：大修什么的都是公家来的，不过平时一般时候我们自己也会掏点钱小修小补的。

徐阿姨：2017年粉刷弄的涂料，我不太满意，就自己贴点钱换了一种，说实话，我们自己住的总归想要搞好一点。大头由政府来，自己再贴一点，就比较满意了。

（画外音：马师傅的家，很有特色，因为内部装修得比较好，外部又是典型的民国风貌，所以有很多拍电影电视剧的，都相中马师傅家。大家津津乐道地谈了许多在同德里、同益里拍电影电视剧的事情，然后又提及了年轻人不愿意住在古城小巷的原因，比如停车难的问题以及怎么解决停车难的问题，还有网购快递送货方便不方便等等，古城百姓的衣食住行，方方面面，都涉及了。在大家的谈论中，我的眼前一直浮现着同德里、同益里的模样，干净的，安静的，有特色的，然后我又参与其中，说了一点想法。）

……

范老师：小茶室就是一种情调，是一种风貌的东西，其实这种风貌，现在同德里、同益里都有。

马师傅：2007年改造的时候，同德里、同益里巷子口有了几棵紫藤，还有架子什么的，这个以前都没有的，是那次改造过后种的，到现在都很漂亮的，夏天很凉快。

季书记：正好相得益彰，一个是紫藤，另一个是葡萄。

以上这一段座谈实录，主要是徐阿姨、马师傅和季书记在说话，其实当天参加座谈的还有其他人，比如有个龚阿姨，恰好我选的这一段，她没有说什么话，但是后来龚阿姨说到了上海张园。

龚阿姨：我上个星期到上海去，上海有一个张园，在南京西路的旁边，张园是2018年的时候拆迁，现在那个地方成了一个打卡地，每天只允许网上订票，仅限500个人进去。里面原来人家搬走了以后，床、凳子、电视机、缝纫机全都不搬走，那个扁担，还有晾衣服的竹竿，全都原封不动地放在那里，然后就派来保安住在里面，里面的洗衣机什么的全都不搬，原来的水池还在那里，每天500张票，这么热的天都订不到。当时我女儿9点30就抢票了，用家里的网根本抢不到的，你就要用5G手机，抢票要快，我们好不容易抢到两张，是不要钱的票，就是让老百姓免费去看的。张园的居民2018年拆迁，开了一个动员大会，照片全都在里面，每户人家家里的样子都是原封不动的，就是原来怎么生活的，全都留下来了。现在要向上海学习，就是学习那个张园。

上海张园，典型的民国建筑，也是上海最大的一片石库门建筑群，建筑面积6万多平方米，42座建筑中，历史建筑13座，保留历史建筑5座，区文保点24座。我没能了解到2018年前，居住在张园的具体家庭和人口数，但是仅仅从一些资料数据推测，也已经可想而知了。张园地区的建筑底子还是比较好的,但毕竟已经有了近百年的历史,已经比较破旧,不适合居民继续居住。从旧改目标来看,张园唯一的问题就是常住人口比较多,这里面虽然都是矮层建筑,但是常住人口的密度跟高层的效果差不多,因此人居条件比较差,存在较大的民生问题。

2018年9月,上海启动了张园地块保护性征收,征收遵循"留改拆"的城市更新理念,采用"征而不拆,人走户留"的方式。现在的张园已经无居民居住,修旧如故,保持了历史风貌不变,完整保存街坊肌理和里弄肌理。这是上海旧城风貌保护的一个典型的成功案例。

不过在我的内心深处,却又萌动了一些其他的念头。对于苏州古城中同样成片成片的老宅区,有民国的,有清朝中晚期甚至更早年代的,应该是像上海张园那样"征而不拆,人走房留",还是可以适度地留下部分居民,如果那样规划,是不是会更具原生态,更有烟火气?

我确实不知道应该怎么判断怎么考虑,我也不能随便出馊主意,出了恐怕也没有用,但是我的心底里,是想留下一些人的。或者换个说法,是"松动"之后留下来的一些家庭和居民。

这一次在写《家在古城》过程中,我听到了一些新鲜的词汇。对于我们这样的靠词汇、靠语言吃饭的人来说,凡接触到新鲜的词汇,无不如获珍宝、喜出望外,更何况,这些新鲜的词汇,大多是和民生紧紧联系在一起的。

在上海张园的介绍和解释中,最后的关键词,也是落在民生上的。

这些新词,比如"拔稀",比如"松动",比如"登录点"等等。

2021年6月30日,我在姑苏区古保委的会议室里,第一次听到把"松动"这个词用在古城保护上。

在我们谈到古城保护的理念以及古城区原住民的一些问题时,古保委朱依东主任说:"我们去参观了国内很多的古城保护的案例,成片保护这么大规模的,采用苏州的模式,我认为苏州是唯一的,如果把这个唯一性扔掉,就没有差别性,没有了苏州的特色,甚至于我们也未必做得到比人家好。

"其实,从单个的文保建筑乃至保护的对象的等级、质量,包括它的历史内涵来看,我们也不要像井底之蛙,去看看山西那样的地方,北方的文明比我们早,如果拿单个的东西来比较,那肯定比我们要厉害得多。

"苏州真正的优势在于它是一个比较完整的古城,我去参观过好些地方,看下来很少有超过一平方公里的,区域成片的一般只有0.5平方公里。整个一个古城的成片的保护,至少我参观过的地方没有看到。苏州古城区有14.2平方公里。我们的整体性的保护在全国、在全世界是独树一帜的。如果把这个独特性扔掉,那么我觉得把我们苏州的命根子扔掉了。"

我忍不住要为朱主任鼓掌叫好,但是因为他说得太好了,我不能打断他,我希望他继续一口气不停地往下说,朱主任也确实可以一口气不停地往下说,因为那都是烂熟于心的。

"我们一直在讲,在发展中保护,在保护中发展,文字上是很容易体现的,但真正要做到非常地难,说好听一点叫协同发展,其实有时候就是一种妥协,矛盾的两边摆在你面前,你放弃哪一个呢?理想的两全其美的模式很难真正实现。在古城区的现代化生活的程度,肯定不如其他区域,比如古城区老旧的木结构房屋,无论是从防潮保暖各方面,包括一些设施的安装,都不可能有新的建筑那么好。还包括交通设备等等,所以肯定会有差异,不可能完全做到一致。那么这里边也是一种妥协和权衡,就是在古城区居住的苏州人,既能基本满足一些日常生活的需求,同时可能更多的也是留住一种心情一份乡愁。"

朱主任谈得很深入,既有具体实例,生动鲜活,又有观点理念,提纲挈领,我想要将它们尽可能多地呈现出来。

再就说到居民在古城居住的话题了:"古城大量的普通民居其实不一定都达到文保或规划上要完全保存原貌的级别控保,有很多老宅,就是古城需要保存下来的、作为历史信息的建筑,像这一类,在维持它原来的肌理格局面貌的情况之下,可以适当地加大一点改造,也可能还是要用新材料和新的建设方法。

比如我们还有很多民国期间的建筑,在修缮的时候,力度可以大一些,把一些现代化的设备放进去,满足居民的生活需求。然后再进一步,有些房子虽然未定级,但是从它的格局,它的工艺,它的材料等方面还是有一定保护价值的,对于这一类,改造的手段相对就会弱化一些。最重要的当然是定了级的,肯定是以保为主的,不能动的。"

引用到现在,还没有出现"松动",因为"松动"是有前因后果的,不把这些来龙去脉讲清楚,"松动"的价值和意义也体现不出来。

我们继续听朱主任说——其实,我的感觉,与其说是朱主任在给我们介绍古城保护的一些情况,不如说是我们在听朱主任上课,获益匪浅:"三区合并后,一直在从以往的过程中吸取经验教训,对于原来的一些思路性的问题反复思考衡量,然后有了新的思路再开始做尝试,对区域内的所有的居民和所有的建筑进行全面的调查,然后对每一条街巷,每一幢建筑,每一户居民,分别拿一个方案出来。这个工作量是非常大的,但是一旦做成了,可能对下一步苏州如何在古城保护当中采取创新的模式来推进城市更新,意义会很大。

"因为工作量大,只能一步一步来,首选的面积不大,4万多平方米一块区域。我们仔细摸排情况后,对每一个建筑都进行分类,就是有些可能动得比较大一点,有些小一点,有些不动,全部分门别类,分级对待。另外一个问题,在居民居住方面,有人群,然后适当保留一些东西不动,它就是个活名片。把民居周边的建筑全部修好后,让它们合为一体,这就是大家所说的风貌;对于名人的建筑尽量要留,而名人后代他们的居住面积相对比较大,里面条件也还可以,就采取再添置一些设施的办法;还有比如多产权多户数的老宅,应该采取什么办法。

"这里边有很大的难度,因为虽然是大院,但是单户的面积往往太小,如果一户只有20平方,有的甚至还属于违章建筑,既很难改造,对于整个建筑风貌也是有不利影响的——所以在考虑这些原住民居住的实际情况时,就需要采取一个松动的办法——先全部搬出去,比如一个宅院里10户居民,他们的户均面积只有20平,那么一户一户单独做的话,连独立的卫生间可能都做不进去的,像这种情况,我们的想法就是'松动'。比如原来一个宅里有10户,搬掉以后我做成5户,改造修缮以后,可以给居民看实例,这40多个平方的老房子和到外面70平方的新房子,你自己选择。这里可以倾听民意,有些人是喜欢住古城区的,觉得方便,特别是年纪大的。也有一些喜欢住新公寓房的,这样就给了居民两条道路,可以做选择,回来还是不回来?即便这个宅院的10户都不愿意回来,那也不要紧,可以安置给其他宅院的居民,总有人喜欢老宅、愿意回来的。

"如果能做到的话，可能能够留住老苏州的一个群体，留住人脉。关于古城的保护，我们不光要留住文脉，人脉也是非常重要的，没有人脉，文脉是没有空间保存下去的，所以我们目前就在尝试用这种办法，就是松动。

"再说控保建筑，这是国家的政策，要求尽量不用于居住，那么就考虑改成商业办公、文化设施等等，然后把它真正地保护起来。但是大量的民居，是私房的，也可以鼓励自行修改，给政策；是公房的或者还有其他性质的房屋，有些地方也可以参考私房的做法，可以商量两步走两手抓，需要放松的，可以放松的，允许放松的，都应该多考虑一个'松'字，还是应该多鼓励，应该有多种方式方案。"

这一段引用似乎多了一点，但是朱主任说得太到位，太精准了。一位专业的、敬业的、全身心扑在古保事业上的干部的形象呼之欲出。那一天朱主任从宏观到微观，从意义到方案，从措施到民意，对于古城保护的话题，一五一十，如数家珍，几乎字字珠玑，句句金句，我恨不得把他的全部谈话内容都引用出来，可惜篇幅有限，只能忍痛割爱，选择使用。

去姑苏区古保委的那一天，基本上就是《家在古城》的一个开始，是艰难旅程的第一步。说是第一步，其实我还完全没有方向，记得那天我对朱主任、黄主任以及薛处长说的第一句话就是："不跟你聊一聊，我心里很慌的，不踏实，没有底气，因为这个题目比较大，涉及的面很广。"

所以我的第一步，就到了古保委。"古保委"，这样一个政府机构，其他区的行政部门中是没有的，放眼全国都很少见。

古城保护，在姑苏区的全部工作中，就是一票否决的意义。也就是说，你姑苏区，其他工作做得再好，再出色，如果古城保护没有做好，那就是全盘皆输。

所以，要说姑苏区的古城保护责任有多大，肩上的担子有多重，怎么说也不为过。

我能够感受到这个分量和压力。虽然我曾经说过这一次的创作应该是"要我写"和"我要写"的结合，我的写作动力是有的，我就是在古城长大的，几十年来一直和古城同呼吸共命运，我就是"家在古城"的一分子。

但是，显然，光有动力远远不够，如果没有方向，一旦一步迈错，动力越大，很可能就会离题越远。

那天在区古保委，朱依东主任他们的一席长谈，十分震撼，振聋发聩。他们的先进的甚至超前的理念，他们的对古城中的一切如数家珍的了解，他们在面对积重难返的古城旧街巷、老宅子这个大摊子时仍然饱满的信念，他们心系古城百姓、情系古城保护的情怀，给犹犹豫豫的我，注入了前行的力量，给模模糊糊的我，指明了前行的方向。

在今年最热的两个月份，我穿行了古城无数的大街小巷，我见了许多熟悉的人和原来不熟悉结果却一见如故的人，我参加了一些座谈会、调研会，我倾听和记录下了许许多多的关于这个话题的宝贵内容，收集的材料多得出乎意料，得到的启发也是前所未有，通常都知道多多益善，结果内容太多了把我的思路塞得满满的，有一段日子，我一直试图在思想里找到出路，思维一直在弹来跳去，文字也就跟着弹来跳去，好像全无章法了。

现在我又得跳回来了，刚才我们从同德里、同益里的环境说到"松动"，"松动"是古城保护和活化利用的一个概念，也是一个已经开始试点和推行的动作，但是，这个动作是一个高难度动作，其中涉及了方方面面的卡口，我在后面的文字中，还会详细说一说套在

"松动"头上的紧箍咒。

现在,在双塔街道的座谈会,也进入了一个新的阶段,就是从龚阿姨说张园开始,座谈会的内容又进入了一个大家更感兴趣的区域:动迁。

马师傅:最近有人来做登记调查,说是叫子城投资发展有限公司,他们说是古城保护更新基础数据,来登记调查,要看房卡和户口本,说是做基础调查,但是一下子就有传说了,说我们这里要动迁。

徐阿姨:老百姓多聪明,你们一有动作,老百姓马上就会有反应,老百姓之间就开始传说,要搬迁到哪里哪里,具体房子在哪里都有人知道,跟真的似的。

马师傅:连具体政策也都有了,什么1:1.2的,这个地址在哪里,我们也都去看了。

(画外音:我从中发现了一个现象,假如时间退回去,三十年,二十年,听说有"动作",或者拆迁,或者改造,老百姓就会有不满,有怨言,甚至有抵触;但是今天不一样了,大不一样了,只要一听到"动作",甚至只是可能有"动作",老百姓多半是欢欣鼓舞,迫不及待,四处打听消息,希望"动作"早一点来,快一点来——毕竟,世界上的一切,都发生了巨大的变化了。

我想,这种变化,既是群众对美好生活的殷切向往,也是古城人民对多年来政府保护古城改善民生工作的肯定和新的希望。)

范小青:我想问问大家,如果拆迁,你们想搬走吗?

徐阿姨:反正我是想走的。

马师傅:肯定想出去的。

徐阿姨:这边的设施什么的都比较旧了,这个房子也有一个不好的地方,冬天特别冷,是漏风的。

　　孙书记(书记是双塔街道书记,刚才他在另一个会上,一结束就赶到我们的会上来了):那如果我们把这个里面全部整修了,按照现在内部的设施提档升级了……

　　范小青:而且一个门里面住一户。

　　徐阿姨(声音有点激动):那样是好得不得了,就是古城区的别墅了。

　　(画外音:因为徐阿姨的激动,我也有点激动,因为我真切地看到了人民群众对于美好生活的具体的实在的追求和期盼。)

　　孙书记:都是几十年街坊邻居,如果把你们放在一个新的环境当中,离开了邻里,可能我们苏州的这种古街古巷的味道就没有了。

　　确实,这就是一幅可想而知的画面。原住民如果全部搬走,古城的人气地气风气都会受影响。古城虽然老了,但它应该是活着的,只有有人生活的城市才是活的,如果只有博物馆、展览馆、纪念馆,只能供参观,那当然也不错,让人有个忆旧的地方,但是和有居民生活的味道是不一样的。现在像同德里、同益里这样的老街巷,外面是很洁净、整洁的,里面的条件相对落后一些。如果能够"松动",本来一个大门里住三户四户五户的,搬出一部分,留出空间,把基础设施问题全部改造好,更加现代化一些。

　　只是当前压力还是很大的,因为苏州这样的地方太多了,每个角落里都有的,比如说平江路,现在已经开始横向改造平江路上的支巷,但是支巷里边还有纵向的支巷,纵向的支巷里还有很多老宅,很多老宅都是很破旧的。外人走过来看看,这个是苏州老宅的味道,但是住在里边的居民,享受不到现代化的成果。

把这许许多多散落在古城的破旧的小巷老宅，统统推翻，是不可能了；房子统统留下，人全部搬走，像上海张园那样做，也不现实。那么，"松动"可能就是可以走得通的第三条路。

关于"松动"后的景象，是可以憧憬的。"松动"已经开始了，更大的"松动"正在来的路上。虽然这一路会十分十分地艰难，但它毕竟已经走过来了。

那天的座谈会上，最后锦帆路社区的张书记说了两个时间节点：明年，2022年，是保护区成立10周年，是古城保护被批下来的40年（国务院于1982年5月12日批复了中共江苏省委《关于保护苏州古城风貌和今后建设方针的报告》），古城保护始于1982年。历时40年的重磅作品，就是将苏州古城尽可能地原样原貌留下来。

一场座谈会的实录内容应该远远超过这些，我之所以有选择地抄录这样一部分放在这里，就是因为它的日常化——这就是家在古城的人民群众的日常，就是他们的生活，是他们的期待，是他们对昨天、对今天、对明天的一以贯之的理解、追求和无奈。

在古城保护这个框架结构和主题之下，首先要问一问，家在古城的老百姓，你们过得还好吧？

如果人民过得不好，还能有什么资格奢谈江山呢？

我们谈了许多，大家都精神抖擞，因为这些话题跟每个人的生活都息息相关，最后散会告别的时候，我特意又和徐阿姨打了招呼。

我以为和徐阿姨的这第二次见面也属例外，其实别太早下结论，有缘千里来相逢，我和徐阿姨，还会再见的。

4. 千呼万唤始出来

2021年7月17日,开过座谈会的三天后,我又来到同德里,你们一定猜到了。

是的,这个人千呼万唤始出来。我心心念念要找的胡敏,终于隆重登场了。

这些日子我一直在联系她,想去同德里6号看一看,可是前一阵胡敏住到父母那儿去了,几经周折,她又住回同德里了,我终于可以到胡敏家去了。

到胡敏家去的那一天,我又见到了徐阿姨,是胡敏陪我去的,这一次我的心情坦然多了,不再纠结,我在徐阿姨家里里外外看了个够,我见到了徐阿姨的99岁的老母亲,一位清爽、淡然,虽已历经近百年风雨却依旧清醒、依然聪慧的老太太。

她的清爽,似乎让天气也不那么燥热了,在一间没开空调却并不太热的小屋里,老太太手里摇一把蒲扇,笑眯眯地看着我,徐阿姨凑到她的耳朵边告诉她我是谁,她仍然笑眯眯地看着我。

这就是苏州老太太,典型的,那一瞬间,我想起了张家四姐妹,甚至可能想到了杨绛先生,我想起无偿捐献大盂鼎和大克鼎的潘达于,我还想到了1985年前后我去苏州钮家巷3号潘世恩故居,见到的潘氏后人潘裕洽的母亲,我还想起了在江苏拍摄的电视剧《裤裆巷风流记》中,上海人艺的老演员陈奇出演的那位吴老太太,等等等等。"苏州老太太",这是一个独特的令人骄傲的名称。

虽然我没有来得及去了解徐阿姨家老太太的过往今来,但是苏州老太太,就是这样子的。

我和徐阿姨的故事需要先告一段落了,否则我的这本书的走向,真的就要南辕北辙了。

胡敏一直在等着我呢,我在找她的时候,她也一直等着我们见面的日子,现在这个日子终于来了,抓紧呀。

找到胡敏,也就找到、回到了我自己的曾经的家。

见到胡敏后,才纠正了我的两个错误的印象。我一直认为胡敏家是两姐妹,胡敏是姐姐,她还有个妹妹,名字我忘记了,可事实上胡敏却是妹妹,她姐姐叫胡颖,而且后来胡敏又有了一个妹妹,是在我们家搬走后的1968年生的,名字叫胡军。

有时候,一个普通的名字,就是一个时代的象征和标志。

胡敏和我想象中的完全不一样,用个时尚的词,简直是又靓又飒,比实际年龄要年轻好多。她仍然住在1960年代她家住过的那个屋子里,也就是我家的紧邻,她引我们上楼,楼梯已经旧陋不堪了,愈发显得逼仄。胡敏家的那间屋,也曾经是我们小时的玩乐场所,我曾经踢倒过她家的一只热水瓶,"砰"一声巨响,三魂吓掉两魂,四溅的水花和瓶胆碎片,今天还在眼前和耳边;几十年过去了,楼梯都已经风烛残年了,房间里边会是什么样的桑榆暮景呢?

可是,推开门去一看,我简直有些惊呆,或者我想用一句稍带夸张的话来形容一下:简直是亮瞎了眼。

精致的苏式生活,就在这里。

没有很大很阔气,没有很新很高档,十几平方的小屋,装修得精致温馨,布置得有情有调,墙上的图片、桌上的插花、家具的摆放,无一不体现出主人的品位和情趣,如同现在大街小巷的那种高档雅致的咖啡屋、典雅精致的小书店,或者是风韵十足的茶室。总之,我一时竟有些恍惚,不觉得自己是走进了老屋,走进了历史。

屋里有一架风琴,胡敏拍了拍风琴说,我想有个钢琴的,可惜这个楼梯太窄,实在搬不上来,只能用这个了。

胡敏从小能歌善舞，18岁当兵，在部队就是文艺骨干，用胡敏自己的话说，差不多就是电影《芳华》里部队文工团的女孩那样。后来她要退伍了，部队还叫她去中央电台培训几个月。胡敏说那个时候的人都比较老实，退伍证已经下来了，她就没有再去培训。在几十年以后说出这句话的时候，我听出了胡敏的一丝丝懊悔。

但是好在几十年也没有消磨掉这个爱好，在后来的日子里，胡敏无论走到哪里，热爱文艺的天性，也就带到哪里，退休后的日子，好像更丰富了，胡敏说："我晚上天天健身房、游泳、拉丁、瑜伽、肚皮舞，各式各样的舞蹈。我女儿在国外，我还读英语，主要是针对口语。我还兼做旅游行业，虽然我已经退休了，如果有团还是可以带团的，带团的目的其实不在于去赚钱，而在于自己爱玩。我也是读文学的呀，这些人文、园林都是跟文化相关的，正好把它变成口头文学，讲给人家听，也挺好的。还有我们有个'苏韵'合唱团，有企业赞助、有政府扶持，经常要演出，100块钱一张门票，来看的人也不少哟，我们排练各种各样的风格的，中外的歌曲，年纪大了，练练内功也挺好的，而且唱歌它本来就是一种诗歌的表达形式，我是唱美声的，然后又穿着一件特别漂亮的礼服，精神好得不得了，这两天又要去演出了，生活还是比较丰富。我开心的。"

清爽温馨雅致的环境，开朗活泼乐观的胡敏，你坐在这个屋子里，听着胡敏的讲述，完全想象不出这是已经八九十岁的同德里6号和年逾六旬的胡敏。那天下午，我就坐在这样的感慨和感动之中，跟随着胡敏的人生起起伏伏。

当然，我更关心更好奇的是同德里6号二楼的这个小间，是胡敏的父母亲的婚房，也是胡敏的出生之处，她怎么会在这里待了整整六十个年头。关键是，这六十个年头的后三十年，世界也好，生活也好，人类也好，发生了翻天覆地的变化，这是巨变，是剧变，是大大出乎意料的、令人措手不及的、令人瞠目结舌的变化,这变化,如同海啸,将很多很多的人裹挟而去,一去不回。

而胡敏,也是闯过天下而后回来的,她却仍然回到了原来的出发点。

胡敏在北京当兵,又回到苏州工作,又去了深圳,户口也过去了,成了新深圳人,多年后又从深圳回到苏州。这中间,她数次离开过同德里6号,但是房子仍然在,一直在,一直是胡敏家租住的公房,她的心一直系在这里的。许多人家买房换房建房,胡敏的姐姐也另住了,胡敏的妹妹在上海工作,胡敏的父母亲也早在20世纪80年代就住到了木杏新村,而胡敏,也住过其他许多地方,可是后来又回来了。

从深圳回来后,胡敏再一次回到同德里6号居住,这时候的同德里,差不多已经到了破旧不忍睹的地步,它停滞了,衰败了,快要寿终正寝了。而时代,却正以令人眼花缭乱的速度,飞快地发展、向前。

记得在2000年快要来到的时候,苏州喊出过一句口号:不能让苏州老百姓拎着马桶进入新世纪。口号虽然是那个时候喊的,但是告别马桶这个工程的启动实施要早得多。

"历经2500年沧桑,'小桥、流水、人家'的古城格局依然。到20世纪80年代中期,苏州古城内有数十万居民的日常生活离不开'三桶一炉'(马桶、浴桶、吊桶和煤炉),每天清晨,居民们在路旁'声形俱备'地洗刷着上万只马桶,成为古城内一道苦涩的'风景线'。"——在与马桶作战的较长的时间段中,有许多文章写过古城区老百姓的生活,类似的描绘,真实生动,如此的风景线,确实苦涩而又无奈。

从1985年前后开始,苏州就已经在大规模作战了,只是这个大规模之"大",与苏州马桶的数量之"大",相比之下,大约就是杯水车薪那样吧。那时候苏州马桶的阵仗和声势,遍布大街小巷,曾经令许多远来的老外大受震惊,瞠目结舌。苏州人苦战 15 年,到 2000 年来临之前,已经消灭马桶 8 万只,仍然坚守阵地的马桶数量大约还有 4 万只。那句口号,就是在那个时候喊出来的,紧跟着的是向最后的 4 万只马桶发起总攻击。然后,又一口气攻了十年,到 2010 年,还没完胜,剩下 2 万多只马桶仍然每天要招摇过市的。

苏州老人说,我家的马桶,从儿子出生拎到孙子出生,现在重孙子也快要生出来了,真的要我们子子孙孙拎马桶拎到底啊?

也曾经有媒体刊登文章写苏州的马桶街景。

街景之一:七八十岁甚至更老的老人,每天拎着马桶在街上来回跑好几趟,太累不说,下雨下雪路滑时,常有人摔倒;

街景之二:每天早上和黄昏都可以见到放在各家门前的各式各样的木制马桶,如同万国旗;

街景之三:苏州的小巷里,每家每户门口一字排开摆满马桶。

......

这个前身被称作"虎子"的"马桶",据说起源于汉代,较详细的文字记载出现于北宋时期,想想也是,毕竟人家一两千年的历史,固执顽强,想要在短短几十年里彻底灭了它,谈何容易?

小小马桶,关系大民生。古城里的老百姓盼星星盼月亮,最强烈的希望就是换成抽水马桶,洗澡淋浴问题也得以解决。

于是,在 2010 年底到 2011 年初开始,苏州市政府再次出重拳,启动了"城区居民家庭改厕工程",决策和计划是这样的:再用 3 年左右时间,投入 30 多亿元,将古城内 2 万多只马桶送进"历史博物馆",让老百姓彻底摔掉马桶走向现代化。

2011年1月20日,苏州市人民政府办公室关于印发苏州市城区居民家庭"改厕"工程工作方案的通知,公布了古城区居民家庭"改厕"工程工作方案,以下是其中一部分的内容:
　　一、实施范围和工作目标
　　(一)实施范围:沧浪、平江、金阊区范围内仍在使用马桶的居民家庭。
　　(二)工作目标:力争3至4年内基本完成城区居民家庭"改厕工程"。改厕工程实施时应围绕"与相邻环境相适应、与周边风貌相协调、与居民需求相对接"的思路,努力做到居民住宅"功能更完善、配套更齐全、特色更鲜明、居住更舒适"。
　　还有"实施原则和改造标准""改造模式和相关政策""具体工作步骤和完成时间"以及"保障措施"等等,方向明确,内容翔实具体,可操作性强。
　　为苏州古城居民办实事,告别"千年马桶",歼灭战打响了。
　　因为民居的多样化复杂化,消灭马桶也不是简单的一蹴而就的事情,后来苏州还为这场战斗总结出了多种模式,比如控保建筑的"航空厕所"模式,比如危旧房结合修缮改建卫生间模式,比如项目带动告别无卫生间模式等等。
　　这一次大决战,全面围攻,久久为功,最后终于取得了全面的胜利。
　　以下是2013年10月22日苏州《姑苏晚报》的一篇通讯的总结性表述:"苏州古城消灭2万余只马桶的'歼灭战'从2011年春节后正式启动以来,通过'项目带动''旧房改造''个案解决'等多种改造模式加以推进,目前三年实际完成改厕19 836户,剩余3732户正在紧张工作中。"
　　也就是说,经过不到三年时间的连续奋战,在大功即将告成之时，姑苏区居民家庭改厕工程指挥部并没有松懈，而是以一种不获全胜决不收兵的姿态和决心，指挥部通行各个渠道，也包括通过媒体，再次提醒尚未实施改厕和改厕后使用中发现问题的居民，及时联系区厕改办，登记厕改事宜。

就说2013年这一年，改厕共涉及6734户，具有分布广、户数多、二楼木楼板多、零星楼多、污水管网不通的多、空关户多、纠纷户多等特点，难度很大。有些难度，有些矛盾，简直就是无解的。

无解也得解，不解的话，消灭马桶永远只是一句口号。

针对这些难解的特点，姑苏区厕改办联合街道、社区、施工单位、监理单位等共同建立现场办，通过认真细致地进行组织和管理，确保工程进度和质量要求。

在这里我忍不住又要出来插个嘴，我们的政府部门，确实经常针对一些中心工程、重点工作或紧迫工作，临时设立一些"办公室"。这个"办"，那个"办"，不了解情况的，甚至会觉得是换汤不换药，反而还要增加人手，增加经费，增加各种成本。

别的什么"办"我暂且不说，我不了解，不敢乱说，但是姑苏区的这个"改厕办"，却是货真价实办事的"办"，他们办的是可以记入史册的大事——让住在古城区旧街巷老宅里的差一点被时代遗忘和丢弃的苏州老百姓，享受到现代化的红利，过上清洁文明的现代生活。

喊口号，嘴一张就出来了，出规划，只要符合实情，白纸黑字也不算太难，但是从口号到规划的真正落地实施，这个过程，那是难上加难，中间有许许多多无法预料的矛盾冒出来，顽固地阻挡着工程的进展，需要及时地就地解决，工程才能顺利向前。

通常我们做事总是先易后难，这也是无法之法，所以，在2011年往后改厕的那些住户中，改厕的难度明显增大。

比如,有大量二楼的民居改厕,必然会对一楼的居民产生影响,即便平时邻里关系还不错,但这个时候可是"性命攸关"的时候,一楼的居民本身就在"螺蛳壳里",平日生活举手投足都小心翼翼缩手缩脚无法舒展,现在楼上的下水道污水管还要经过自家流出去,那种心情也是可想而知。如果平常日脚中原就有些磕磕碰碰,大小矛盾,那么现在二楼要求增加卫生间,肯定又加剧了矛盾。如果具体工作中稍有不慎,那很可能会给原有的矛盾火上浇油,最后甚至形成怎么也解不开的死结。

我在苏州 12345 便民网站(寒山闻钟)上,看到过这个话题的帖子和回复以及一些跟帖,其中有一个帖子的标题比较醒目:对于无法改厕的老公房,政府千万别不闻不问了啊!

是求助,甚至是在求救了。

原贴是这样写的:"响应政府号召消灭马桶,在居委会登记了厕改,工作人员上门说影响邻居,无法排出水管,无法改造。2013 年 12 月份再次打电话给厕改办,工作人员再次上门,还是老问题,无法改厕,我只能签下无法改厕的单子。求求政府,别把我们扔下不管啊。地址:(省略),联系电话(省略)。"

然后是姑苏区便民服务员查看楼层并回复:"居民您好!经了解,您的改厕方案,污水管必须经过南阳台外墙排出。但由于楼底下居民的反对,污水管无法排设。在去年改厕工程进行期间,社区、施工单位、现场办多次上门与您楼下的居民进行协调,也在 4、5 月份联系您到现场一同与楼下居民沟通,但都遭到楼下居民的坚决反对,您当时也表示放弃改厕并签署了放弃四联单。现在看到您的来帖,改厕办连同社区、施工单位技术人员再次到现场与楼下居民协商,楼下居民仍然坚决反对。改厕工程是要在不影响他人正常生活的情况下方能进行,为此我们深表歉意。"

我读了楼主的帖子和工作人员的回复,心里真是五味杂陈,很难过也很沮丧,无奈感、无力感充斥了全身。

如果我是厕改办的工作人员,岂不是就要丢盔弃甲、落荒而逃了?

其实,这只是改厕工程中的千分之一、万分之一的困难。大量大量的难题,正急不可待地等着我们的城市保护者和建设者去攻克。

那个"帖子楼"还在继续,楼主首先表态说:"对于这样的老公房,对于我们老居民来讲,把它卖了也是一种办法,可对于买家来说,还不是一样没有厕所?这不完全是个人方便的问题。"

"政府的力量是强大的,对于这样的老公房,不管货币回收也好,产权置换也好,只要不让马桶再留在苏州就行,再也不要让外国人拿着相机拍那个玩意,老百姓都觉得不好意思啊。"

说得合情合理。但是楼下邻居就是不同意,楼下邻居只要不同意,改厕就无法进行。

怎么办?

有人能出个两全其美的主意吗?

有热心人跟帖说:"无法改也是现实中的无奈,楼主如果实在无法忍受的话,只能卖掉,然后再购买有卫生间的房子吧。"

楼主说:"本人房子不止这一套,好多年前就不住那里了,可是租户还在用马桶啊,政府既然下了那么大决心要取缔马桶,那就是要让每户都有卫生间,我是这么认为的。"

有火气大的跟帖者,说这是工作人员"懒政""不作为""忽悠人"等等。也有理解政府的网友说:"其实政府也是尽力了,问题出在楼下邻居,这个大家都很无奈的吧,政府又不能去威逼楼下人家。"

其实楼主也是很通情达理的，他说他"不怪政府，政府也蛮尽力"，他也"不怪楼下邻居，楼下邻居没有错，要装排污水管，对人家是有影响的"。

这就进入了一个怪圈了，绕不出来的怪圈，也形成了一个死结，一个解不开的死结。

但是政府不能被怪圈圈住，再死的结，也要去设法解开它，因为这涉及家住古城的人民群众的生活质量，涉及古城的整体形象和保护。

政府必须有所作为。要从没有路的地方，开辟出一条路来，要从没有办法的地方，想出办法来。

这个帖子发在2014年2月，大规模的改厕已经收尾了，但是正如楼主所说："只要有一只马桶留在苏州，马桶问题就没有彻底解决，只要还有单一住房无法改厕，政府就没有完成任务。""我相信政府，没有解决不了的问题。"这是人民群众对政府的高度信任和寄予的希望。

在大规模改厕的过程中，如楼主所碰到的难题，何止一二，何止百十。姑苏区下塘街五泾弄里就有这样一户，情况基本一样，楼上的居民装卫生间，楼下居民意见很大，决不同意，厕改办一次一次上门调解，细致地做工作，仍然不见效，他们并没有叫停，因为一旦叫停，你后退一步，居民的生活就要后退许多年，他们与马桶为伴的日子，看不到出头之日，也会拖了整个改厕工程的后腿。

于是再从方案入手，多方协商，合理科学地重新制定方案，将原有的卫生间位置进行调整，重新规划污水管的走向，最后绕开了因争议而形成死结的区域。工作人员请邻居双方见面，双方共同确认了新方案，一起签了字。如今回想起来，当时的现场是十分感人的，矛盾顶牛的邻居双方，在现场握手言和，互道顺利。

厕改办的工作,办到最关键的点子上,办到群众的心坎上,不仅解决了改厕的难题,也解开了邻里间的矛盾,受到居民群众的一致认可,他们更加积极主动配合,五泾弄的改厕工程也得以顺利进展。

除了这样的老宅二楼改厕的难题,还有更多更多的难题在前面等着,你走一步,就会碰到,走得越远,碰到的越多。

比如说老旧街道里的一些二十世纪七十年代前后建起来的零星楼,面广量大,横七竖八,据当时的统计,全区共涉及20多栋楼房、400多户居民。

厕改办现场办针对零星楼的特点,积极研究改厕方案,确定了"试点——改善——推广"三步走的方针。以东中市234号为零星楼改厕的试点,通过每户入户设计,方案统一公示,居民全部同意后再施工的程序确保改厕顺利进行。

值得一提的是,我在尽可能详细地了解当年姑苏区改厕工程的过程中,除了要听民声民意,也总是希望能够了解一些具体工作人员的故事,且不说什么先进事迹吧,即便是一位普通的政府工作人员,你到了厕改办这样的单位,你的任务,你的工作,你每一天做的事,就再也无法"普通"了。

那是特殊,那是艰巨,那是重任。

因为这个工作维系着老百姓对党对政府的信任和期待,同时承担着整个古城保护的重任。

因为邻里矛盾而卡壳,工作人员心里同样着急,从同理心来讲,他们自己或者他们的亲友,可能也都和眼前的这些居民一样,一辈子居住在古城,他们也就是古城居民中的一分子,所以感同身受,看着居民在"水深火热"之中,谁都于心不忍。

从责任心来看,他们知道自己肩上的重担有多沉,没办法也要想办法,死路一条也要开辟出新的路来。

就是这样的同理心和责任心,推进着改厕工程,其中的艰难曲折,其中的辛酸苦辣,靠艺术的想象,是远远达不到那个真实的彼岸的。

所以我特别希望能有人说一说姑苏区厕改工程中,决策方、规划方或施工方中的任何一个"我"。

遗憾的是,在我的整个的采访了解过程中,几乎没有人谈到"我"在工程中的事迹,大致都是具体解决困难的方案措施说得多,说老百姓住房困难的比较多,而"我",作为厕改工程的一员,做的都是正常的工作,没什么好说的,也说不出来,就是那样,挨家挨户,想尽办法,把工作做通,把渠道打通。

实在要说,说的也是极为平常,就是这样:定方案——落实规划——做工作做不通——再做工作——再不做通——再做——再不行——再考虑协商调整方案——一次调整不行——再调整——再商量调整——直至可以落实。

真是说得平平淡淡,平平常常,甚至有些乏味,前前后后没有一个人说出"功劳"这个词。

功成不必在我。

2014年,这是老苏州向马桶彻底告别的一个年头,也许并没有谁出来宣布什么,但是苏州人都知道,2014年以后,你在苏州古城的大街小巷,再也看不到马桶了。

然而,工作并没有停止,一直还在持续做着"拔稀"和扫尾的工作,就像"寒山闻钟"上的那个楼主的具体问题。

工作仍在继续,在马桶基本绝迹以后,依然在搜寻和解决最后的最旮旯里的马桶。

是的,到今天,你想在苏州的大街小巷找到一只曾经遍布这里的马桶，这事情可真不容易了。

在苏州电视台工作的作家潘文龙，对苏州文化了如指掌，但他却不是苏州人，是正宗的东北爷们，吉林通化人。自从来到苏州工作，一下子就爱上了苏州，尤其对苏州小巷情有独钟。不知道是因为职业是记者的原因，还是天生与苏州有缘，他自称新苏州人，却比老苏州人对老苏州更有兴趣。用他自己的话说，是"新苏州人对苏州文化的敬畏更大"，这话也许真有道理，老苏州人从古至今天天浸润在苏州文化中，有点司空见惯、习以为常了。

潘文龙就做过寻找马桶的事情，那是在2017年，我记录了他谈到马桶的一段内容，十分有意思。那一次我们在一起聊天谈苏州文化，谈到最后，他提到了马桶。

我想先介绍一下潘文龙的爱好，如果没有这样一个爱好，你就无法理解，一位来自北方的年轻人，怎么会对苏州的马桶产生了兴趣。

潘文龙对于苏州的理解和评价是："如果条条大路通罗马，应该是每一条小巷都通向苏州。我觉得，要谈苏州，小巷是它的灵魂。所谓古城，其实就是一个记忆，核心就是一个记忆，无论是古与今还是古与新，我们改造平江路也好，我们改造山塘街也好，现在全中国每个城市搞一条古街，不管是新的、旧的、仿古的，都是一个模式，最后走下来就容易雷同，千城一面，千街一面。福州搞了个三坊七巷，成都搞了个宽窄巷子，游客如织，有许多所谓的网红打卡地，但其实个性区别不大。那么苏州的魅力在哪里？苏州古城的魅力就在于千百条小巷里，小巷的游逛，才是苏州的真正的魅力所在。我刚到苏州来的时候，记得当时也没有汽车，又是做记者工作，那时我就对苏州充满了热情，充满了好奇，就像读一本书，我要从头翻，我要一页页地翻。所以在许多年里，我一条巷子一条巷子走,我基本上把苏州古城区的巷子都走了一遍,骑自行车或者走路,反正我就是感兴趣,走不够——"

所以我才理解,也才服帖,他为什么会说"新苏州人比老苏州更敬畏",我也算是对苏州小巷十分喜爱的苏州人,我也经常有事无事走大街串小巷,但是比起潘文龙"基本上把苏州古城区的巷子都走了一遍"这样的投入和热爱程度,我真是望尘莫及,惭愧惭愧。

从潘文龙的行走中,我深深感受到了苏州小巷、苏州文化的魅力、感染力、同化力、融化力。

然后潘文龙说:"我最后补充一个刚才没说完的小话题,就是马桶这个话题。我一直很感兴趣,马桶以及告别马桶,它的意义到底在哪里?我们台(指苏州广电总台)附近那边是阔家头巷(指苏州广电总台原址),从前那一带可都是达官显贵、有钱人家住的,但是事实上到后来20世纪80、90年代的时候,那个地方早已经落后,马桶下水道改造大概也是90年代末,或者是2001年前后才改造完成,所以相当长的一段时间里,还保留着马桶。我从进单位工作以后,上下班基本上都是步行在苏州的小巷里,那时候我记得早晨我路过时还看到过有人推着粪车收马桶,然后帮你倒好再给你洗好,给你还回去,但后来就全没有了,苏州现在是找不到马桶了。"

潘文龙来苏州工作后,写了许多关于苏州、江苏文化方面的书,《手艺苏州》《医药苏州》《苏州名人故踪》《梅事儿》《江苏老行当百业写真》《锦绣兰心》等等,其中在写作《江苏老行当百业写真》的过程中,写到苏州古城区的马桶,关于马桶的资料或旧照片,肯定是可以找到的,但是编辑希望能够有现场感,能把"马桶"写成"倒马桶",就是让古物鲜活起来,当时潘文龙是有些为难的,因为时间已经到了2017年,再找马桶,再找倒马桶这样的生活场景,即便是差不多已走遍苏州小巷、对苏州小巷熟悉到差不多闭着眼睛也能穿行的潘文龙来说，也觉得不大可能了。所以，稿子是能写的，新鲜的照片恐怕拍不到了，这是潘文龙当时的想法，但是想法归想法，为难归为难，他的心底，其实是很想再去找一找的，似乎那是他丢失了多年的传家宝。出于这样的念想，他真的就去找了，最后也真的就让他找到了一家。

山塘街中段往西一点，往虎丘方向去，在星桥南边，与山塘街隔河平行的那个地方，有一些破烂的老房子还住着居民，但都不是苏州人在住了，苏州老居民都搬走了，现在都是外来打工的人租住在那里。最后，让潘文龙钻天打洞找到倒马桶的，恰恰就在这个地方。

潘文龙说："就是从星桥跨过去，沿着河边，那里有一些老民居，我看到一个院子里有三四个老人拎着木马桶出来倒马桶。后来我们一大早就在那等，终于拍到了倒马桶，最后用在那本书里了。真的很不容易找到，因为到 2014 年基本上就没有了，但是 2017 年我们最后拍到了，大概是绝唱了，苏州从此告别了马桶。"

潘文龙说到"绝唱"，话语中充满着感慨。他留恋的不是马桶和倒马桶的生活，而是一种记忆，一种乡愁。

关于苏州老宅，尤其是一些年代久远的老宅，我也有类似的感慨。"老宅不是用来住的，是用来寄托的。"其实，又何止是马桶，何止是老宅。

我的文章拉拉扯扯，从找到胡敏，又离开胡敏，在离开胡敏的时段里，我写的主要是马桶，所以不能算离题，我又回来了，因为胡敏还在等着我，我和胡敏聊的话题，还没有到达 2014 年，更没有到达 2017 年，胡敏家的马桶还在。

在胡敏从深圳回到同德里的时候，未来还没有到来，她家里的马桶，和古城尚存的几万只马桶一样，每天都要"招摇过市"，拎到公共厕所去倒掉，在公共的水龙头那里冲洗干净，再拎回家去，搁在家门口晾干。

胡敏说她记得小时候在街上参加什么游行，看到有外国人看大家游行，外国人一路看到沿街摆开的马桶，不知为何物，就从马桶上方，一个一个地跨过去——可见在胡敏的印象中，马桶的阵仗是多么壮阔。

胡敏再次住回同德里，不过四十多岁，从苏州去北京，又去深圳，也许从前是苏州的小家碧玉，但是现在有了大家闺秀的气质，也更增添了阅历和见识，即便是在着装上，也已经跨入了时尚的行列，再让她每天拎着马桶进进出出，她的内心很抵触，她的耐心也到了极限。

终于有一天，她不想再等了，她不再犹豫，决定自行实施对美好生活的追求和努力，自己动手，自己出钱，自己为自己解决难题。

她是有气魄的，一如她的性格，干脆利索，要么不弄，一弄就弄了两个，想尽办法，在狭小的空间，给自己的小小的家，搞出了两个独立的卫生间。

胡敏在左邻右舍中带了个头，为自己的生活，打开了新的通道，从此她不用每天再拎着马桶去公共厕所了，也能每天都洗上热水澡了，邻居怎能不羡慕？只可惜家家有本难念的经，不是每个人都会像胡敏那样"有条件要上，没有条件创造条件也要上"的。

就在胡敏自行解决了马桶和洗澡的问题后不久，就在同德里以及苏州古城区的许多没有条件、无法自行改建独立厕所消灭马桶的居民，眼巴巴地看着等着的时候，政府的规划快速地赶来了。

2010年底到2011年初，全区最大规模的改厕工程开始了。

统一改造同德里、同益里的工程迅速展开，迅速实施，很快就实现了挨家挨户有独立卫生间的目标。

现代化的生活,对于老街小巷旧宅里的居民来说,虽然来得有点晚,有点慢,但毕竟是来了。

我问胡敏是不是有一点点后悔,因为她如果慢一步,改厕的费用就全部由政府买单了。

胡敏很大气,她想得开,她没有什么可后悔的,唯一的就是觉得,如果由政府出面统一规划统一实施,可能会搞得更合理一点,因为政府可以决定哪里可以拓展出去,哪里可以再开个口子,居民自己是不能擅自行动的。

但是不管怎么说,她是有些许自豪的,是她抢先在诸多老宅子里进入了新的生活环境。

老旧房屋改成独立卫生间,也不是只要有钱说改就能改好的,房子老了,处处漏水,砖木结构时间长了,都松垮了,而卫生间,那是天天有水浸泡冲刷的,对房屋的影响不言而喻。为了尽可能让生活方便舒适,也让老房子不受更多影响,胡敏买了一个整体淋浴房,全密封,用她的话说,就是"休想漏水",也就相对完善地解决了这个问题。

胡敏还反复强调了一个话题,她说:"许多年来,我始终有个感觉,我住在这儿,是临时性的,虽然说这个'临时'长了点,一住几十年,但是感觉还是'临时',今天你来,我的感觉,好像也就是你最后看到你曾经的家,我觉得要不了多久,我们这里都要搬掉的。"

其实胡敏的这种感觉,可不只是胡敏一个人有,许多居民都有,我们在居民中做调研的时候,但凡谈到"动迁",那都是大家最有兴趣的,话也最多的,心声最强烈的。

但是且慢,别以为他们个个都是急着要搬出去,比如胡敏,她就很爽快地表达了她的想法,如果这一个院子只住我一家,哪怕就是一层楼面，我都不想走。

和8号的徐阿姨想法如出一辙。

徐阿姨曾经把这样的独门独户的景象，称为"古城区的别墅"。

不过，胡敏也不是完全没有担忧的，她担心的就是，如果梦想成真，同德里、同益里这样的老宅，成了独门独户，而且修缮一新，不知道到那时候房租会不会涨出让居民触摸不着的新高度，会不会超出了住户可以接受的底线。那就意味着你爱来不来。我是想留下的，可是我留不下。

这也许只是一种超前的担忧，也许别人会觉得这是杞人忧天，再一次改造的号角还没有吹响，如何改造的方案还没有形成，更不要说大家盼望的倒计时的时针有没有开始计数，住户就已经开始担心了，超前吗？

一点也不。

因为他们等待和盼望的时间足够长了。

那天在胡敏家里，我们坐着就不想走了，谈了又谈，聊得欢乐，是因为五十四年的相隔积累的话题太多了，也是因为她的家，虽小，却十分地温馨舒适，非常适合坐在这里聊天。胡敏精心准备的各式水果、点心、红茶、绿茶，各种饮料，这样的舒适的洁净的环境，就置身在一个老旧小区，就安放在老街小巷，是难能可贵的，也是十分有意义的。

这个意义就在于，我们的古城区的百姓群众，无论你的住房的性质是什么，房子，它都是你的家。

胡敏在同德里6号的房子，是"房卡房"，从产权性质来说，房子是公家的，但是胡敏却小心地维护着，努力地改造修缮，将它打造成了一处旧了的新家。

同德里的房子，已经有八九十年的历史了，但是你走进胡敏的家,你绝对感觉不到它的衰败和没落,甚至给人一种欣欣向荣的明亮感,这和胡敏本身的乐观精神分不开,和她的居住理念也有着紧密的关系,这些情绪和理念,让她可以把旧房子打理得比新房子还漂亮。

我们经常会听到一些户主抱怨,房子租给租户,租户就不当房子用,不肯小心维护,不愿意精心呵护。其实,只有当你想清楚,房子无论是公房,或者是租房,它都是你的家呀。

它是为你遮风挡雨、能够让你回归宁静获得平静的港湾。

这就是你的家。你自己的家,不仅仅需要政府和社会的帮助,也需要你自己好好维护,维护好了,对你自己的生活质量就是一种提高。尤其是古城区的老宅子,旧房子,住户的文明水平,也是古城的一片风景呀。

说到古城风景,苏州古城区那么多老宅旧院小巷,这些年来,吸引了无数的影视剧组,其中的同德里、同益里,就一直是拍摄民国戏和现代戏的首选之处,除了《都挺好》挺好外,到同德里、同益里来拍的戏,估计不下几十部,仅仅同益里12号的马建平马师傅家,前前后后有十几部戏来过,有的镜头不多的,拍个一天半天就撤的,也就不说了,也有看中这个宅子,需要较长时间拍摄的,那都——给马师傅家留下了重生的痕迹,剧组在马师傅家换门窗,换客厅布置,增添家具,重整院子……

今天你进去马师傅家里,马师傅会告诉你,"喏,这扇木门,是某某剧组帮我换的,喏,这个屏风,是某某剧组给我添的"。

马师傅说:"我原来的门他们不要,都给我拆了,装成剧情需要的门。他拆了我原来的门,还赔给我钱,然后他们拍完之后建议我不要复原,就留下来了,他说以后说不定有人再找你,后来果然又有人来了。"

马师傅的家是同益里12号,位置却在同益里的口子上,一走进同益里,第一家就是他家。也就是说,假如有剧组想来同益里看景试镜,只要一脚迈进同益里,头一歪,就看到了马师傅家的院子。

就这一眼,就拖住了脚步。

马师傅的家,就是自我维护得十分得体相对完美的家,是古城区旧宅新貌的一个典范。一个大院,上下两层,两户人家,马师傅家在楼下,一百来个平方,五六间房间,不仅面积上宽松宽敞,屋里的布置整洁有序,关键是它的大门,它的院落,它的楼面,它的结构,它的风格,它的味道,都是大家能够一眼看中的。

总之,它就长着一个现成的拍摄所要求的样子。

真是踏破铁鞋无觅处,得来全不费功夫。

功夫肯定是费的,费了不少,怀揣背水一战的决心,在大街小巷寻寻觅觅的时候,心情是忐忑的、不安的、担忧的,但是一走进同益里,看到了马师傅的家,那颗不踏实的心,顿时就安稳下来了。

就是它了。

不怕不识货,就怕货比货,你剧组的选景导演和摄影再挑剔,你再往里走,你再转遍同益里、同德里,最后还是回到马师傅这里,因为马师傅这里,具备了旧而不脏、旧而不乱、旧而不挤、旧而有浓郁地域特色的特点。

正如那天胡敏所说,女人要靠化妆,房子要靠装修,有了风格,才有一切。假如今天这个6号的门洞里都是我的,或者哪怕只是一个楼面也好,我一定会找专门的设计师,按照我的想法来装修。

做一个精致的人,住一处精致的房,哪怕房子旧了,哪怕房子很小,哪怕明天就要拆了,今天,你也要和古城一起,体现出你的姑苏气质。

关于同德里的街巷风貌,我看到网上有这样一段介绍:

2007年,原沧浪区将同德里、同益里特色街巷综合整治列为政府实事工程。整治以"修旧如旧"为原则,最大可能地突出原汁原味的古典街巷风貌。在生活设施明显优化、服务功能不断提升的基础上,按照文物保护要求在市政立面、庭院小品等方面进行了特色整治,并对原构件最大可能地使用,以求尽可能多地保存历史信息、历史遗物,如实反映历史遗存。整治重砌了庄重典雅的石库门,统一恢复了古色古香的门圈,巴洛克风格卷涡状花纹的门楣;通过铲刮、勾勒、贴面、拉毛等方式,先后铲除了水泥混凝土覆盖的旧有墙面,恢复勾勒出原有的清水砖和红砖墙体,并涂上了保护外墙和防水防漏防潮的"万可涂";修理和新建了小青瓦屋面和仿古檐口;道路重铺了平整的旧石板路;里面窗户改为朱漆雕花木窗式样,防盗窗设在内部,美观的同时也达到了安全防盗的目的;新增统一的铁艺空调外机架和铁艺。

还是回到那一天吧。毕竟是从那一天开始,我又回到了同德里6号,时隔五十四年我见到了胡敏。我从胡敏家出来的时候,又在门口站了许久,拍了照片,我再一次细细地看着门头上方的那一方凸叠的花形图案,花的形状有些奇怪,我认不出它是什么花,有点难为情,我问胡敏,胡敏也说不出来,她把住在一楼的邻居李阿姨喊出来问,李阿姨也不知道。

原来它不仅有奇怪的花形,还有奇怪的名字,"巴洛克风格卷涡状花纹"。我后来特意去查了这个"巴洛克风格卷涡状花纹",介绍的文字还挺长的,大致就是说巴洛克是一种艺术风格,从16世纪后期到18世纪初盛行于欧洲。然后说它的特点是总体上代表了一种集绚丽、激情、宏伟、豪华、对运动的热爱为一体的艺术特征,是艺术由严肃向轻松的一种交替。

总而言之,有一点不难看出,虽然同德里、同益里的建筑,是民国建筑，不是典型的老苏州风格，但是它的讲究，它的精致，它的细节的到位，全部应对了老苏州精致生活的风格和习俗，也是苏州从古至今传承工匠精神的一个真实写照。

从6号出来，告别胡敏，告别曾经的家，转一个方向，斜对面是一块空地，是同德里14号和15号的门口，这是从同德里往同益里去的一方空地。

那一个空间，在感觉上，肯定比过去小多了，因为那曾经是我们儿时的大天地大世界，几乎所有的一切活动，游戏、打架、和好，等等，都是在那里发生和进行的。当我一眼望着这块空间的时候，似乎一切都停止了，我的面前，就是一幅画面，它是那么干净整洁，有一口水井，看似孤零零地站在那里，其实我猜它一点也不孤独，这么多年，它看到了无数的世俗风情，够它几辈子回忆咀嚼的。水井周边的空地，空空荡荡，飘忽着一些记忆、一些憧憬，我忽然就想，如若在这里随意地散落几张椅子，搭出一顶洋伞，甚至泡上一壶清茶或者有一杯咖啡，让陌路人来坐一坐，怎么样？

也许这一坐，他们就是熟人了，他们就是同德里人了。

我呆立在这里，搜索枯肠，简直词穷墨尽，真的不知道该怎么形容它，一个全新的旧世界？一个从旧日里走过来的新世界？

条石路面，许多年中已经翻铺过好几次了，最近的一次，是在《都挺好》播出以后，所以还是要说《都挺好》真的挺好。

这些条石是旧条石，或者也有一些是新的，无所谓，现在它们安卧在同德里，它们就已经承载起了同德里的历史，它们既新又旧，它们散发着一座古城的本来的气息。

干净，安静。

到处是责任。

我没有找到当年在同德里干活铺路的施工队，这里的工程已经暂时结束,他们早已经转移到另一条小巷,到另一条小巷去铺路去修复去整治了,但是我知道,在苏州古城的城市保护和建设中,他们的身影永远都会留在苏州的小巷子里,我也知道,只要有他们在辛苦地工作,苏州的古城,古城中的大街小巷,就会永远活着,也许,还越活越年轻。

5. 五卅路册页

在今年这个炎热的夏季中,我很多天都穿行在古老苏州的小巷子里,我在许多巷子里和他们相遇,丁香巷、大石头巷、柳巷、仓街、体育场路……

念叨着这一个一个的巷名街名,就像在轻轻呼喊着自己的亲人、友人、故人,是的,我没有正面接触的我们的古城施工队,他们正在用他们的汗水唤醒我们昏昏欲睡的故乡。

从同德里走出来,回到五卅路上,我站在那里一回头,再次看到了那个小店。最多有十个平方的小店,几十年来,它一直守在同德里弄堂口,如同军营的岗哨,如同如今各家小区的门卫,也如同长相厮守的伙伴或恋人,它始终对同德里不离不弃。

其实在过去的几十年中,我有时会特意绕道经过五卅路,也许,为的是走一走童年,找一找乡愁。或者,我什么也不为,就是想绕过来走一走。

那个小店一直都在,只是我一直没有太在意它曾经是个什么店。它现在叫"同德箱包厂"。门柱上还有"修改皮衣"四个字。门上贴了对联:富贵吉祥好运来,平安如意福星照。玻璃橱窗里,陈列着一些皮包和其他皮具,看起来十分精致讲究。

这些年中，它曾经是别的什么店，体育用品店？儿童服装店？食品店？文具店？或者其他种种。几十年的变化本身和变化的频率，我们的想象恐怕是跟不上的，事实一定胜于想象。

我记忆中的事实就是，在我住同德里的时候，它是一个小杂货店，叫什么名字已经记不得了，记得它名字的人，我也找不到了。

这样的小杂货店，苏州人称之为烟纸店。

烟纸店单开间，一隔为二，前面做店，后面做家，前半间营业，后半间生活，麻雀虽小，五脏俱全，烟纸店经营的商品，都是居民的日常生活用品，香烟、自来火、肥皂、草纸、毛巾、牙膏、针线、纽扣、灯泡、十滴水、人丹、雪花膏等等，中小学生的学习用品也样样具备，铅笔、橡皮、练习本、刀片、墨水——不过，所有这些，无论需要不需要，那都不是我心中的最爱，那时候我的心思，只有一个字：吃。

糖果、盐津枣、桃片、梅饼、橄榄、支萝卜干——我最经常吃的是梅饼，一分钱两片，咬在嘴里，微甜，现在再细细回想，那可能是用残次碎的梅子肉压制而成的，洒上甘草粉，就是如此简单，就甘香得让人垂涎三尺了。

想象那个七岁或八岁的我，早晨背上书包，走到巷口，在小店里用一分钱买两片梅饼，掰出一小块含在嘴里，横穿五卅路，走进草桥弄，在草桥弄的中段，就是我的母校草桥小学。

含在口中的那一丁点梅饼，那就是童年的锦衣玉食，走在路上的感觉，就是童年的神仙日子啊。

梅饼并不是我最喜欢的食物，只是因为它是最便宜的零食，小学一年级或者二年级的我，只有这样的消费实力，如果哪天我外婆开恩，多塞给我几分钱，我就会毫不犹豫地抛弃梅饼，去购买我最喜爱的喜到心尖尖上的甜支萝卜干。

上小学的我,不活泼,闷声不响,也当不了班干部,当不了课代表,不知道老师是不是为了让我改变性格,给我派了一个活:带眼保健操。

每天早晨到校,正式上课前有一节预备课,是用来做眼保健操的,由一个同学走到教室前面,坐下,然后带领全班同学做操,就是"第一节,揉天应穴"那样的,我竟然被老师"重用"了。在相当长的一段时间里,成了班级的领操人,每天上学走进教室第一件事,放下书包,就要走到教室前面,面对全班同学,口中念念有词,什么什么穴其实早已经忘了,是这会儿从网上查来现买现卖的,但是其中有两句却始终记得,一直记得,就是"按太阳穴,轮刮眼眶",可能这两句比较通俗易懂,所以一直记着。

于是就有故事了,有一个差一点就成为事故的故事:

一天上学前我在小店买了甜支萝卜干,一路享受,美得不轻,可是因为草桥小学离得实在太近了,走到学校还没吃完,赶紧慌慌张张把最后的两根支萝卜干塞进嘴里,没有来得及嚼碎咽下去,就被老师喊上台领操了,我走到教室前面时,尴尬,张不开嘴了。

小学生在学校是不能吃零食的,那时候的规定可是真正的规定,是铁一样的纪律,没有谁敢违反,不像后来的规定,虽然越来越多,但有时候只是一纸空文、几句空话而已。

我已经无路可退了,我的嘴只能张开一条缝,我从这条缝里吐出声音来领操:第一节,揉天应穴——

老师立刻就听出来了,她感觉有些奇怪,看了看我,又想了想,才说,你是不是嗓子疼啊?我胆怯地点点头——这是我唯一的办法,难道我可以将嘴巴张开,将舌头吐出来,把那两根支萝卜干给老师看吗?

老师相信了我的谎言,向全班同学说,今天范小青同学嗓子疼，同学们帮她一下，跟着一起念操吧，于是，那一天整个的眼保健操过程，我都含着那两根甜支萝卜干，"呜哩呜哩"地完成了领操任务。

其实我的同学，是知道我嘴里含着东西的。但是我没有被人举报。

六十年后的今天，我站在"同德包箱厂"前，用手机拍了几张照片，我在想，为什么萝卜干前面要加一个"支"字，是这个"支"字吗？

它不是通常意义上的那种用来当菜的下饭过粥的萝卜干，它是一种小孩的零食，也许就因为这，所以前面要加一个"支"字。有机会，我会去请教一下专家的，也是还自己一个心愿。

五卅路上，同德里和同益里，都有随意经过的人，他们走走停停，看起来，都是来"看"五卅路，"看"同德里、同益里的。

这个地方，好像一直是那个样子，人少，安静，干净。

五卅路 23 号早已经没有，它是五卅路最早改变的地方，改变后的那幢四层高的公寓房，也许曾经是大家争先恐后想住进去的新宅，也许曾经领了时代的风骚，也许曾经是五卅路的一道新的靓丽风景，只是时光荏苒岁月如梭，现在它也逐渐地面目陈旧了。

只是让人倍觉舒适的是，也许因为它的地理位置在五卅路，也许是五卅路的氛围影响，这幢四层的公寓，没有形成通常的火柴盒、筒子楼，虽是公寓楼，却也造得凹凸合理、错落有致，站在五卅路的北入口旁，既显眼又低调，没有煞了五卅路的风景。

那就是苏州在 1990 年代前后，为了改变居民住户困难，较大规模地拆掉了一批破旧老房子，建的那种公寓。庆幸的是，因为限高令早就下来了。没有一个人，没有一幢房，是突破这个限度的，在古城再好的地段，再金贵的地皮，再中心的位置，再令人垂涎三尺的环境，也不敢突破这个限高令。

限高 24 米。

北寺塔,始建于南北朝梁代,11 层,高 76 米。

瑞光塔,始建于 247 年,13 层(现为 7 层),高 43 米。

双塔,始建于宋代,各 7 层,东塔高 33.3 米,西塔高 33.7 米。

……

苏州素有"宝塔之城"之称,苏州的塔,既是古城标志性建筑,又是江南文化的具体载体。今天,苏州的老百姓,走在苏州街上,看到北寺塔,看到瑞光塔,看到双塔,他们会有一种如释重负的感觉,虽然光阴似箭日月如梭,许多他们熟悉的东西已经不复存在,心慌慌,意乱乱——幸好,塔还在。

看到了塔,他们的心情顿时就安逸了,踏实了。塔,如同是苏州古城的定海神针。

有人说苏州对于古城区所有建筑的限高 24 米的依据,是以北寺塔的三层为参照的。北寺塔的三层,大约在 25 米,而在古城内 24 米的限高,让苏州古城区的风貌得以完好地保存,行走在古城区内的许多地方,一抬头,便能看到北寺塔的身影。

我曾经在自己的小说,尤其是一些长篇小说中,多次使用到"天际线"这个词。

天际线,亦可称为天地相连的交界线。在大部分城市,这种相连是由高楼大厦承担的,比如上海的上海中心大厦,632 米;比如深圳的平安国际金融中心,600 米;东京的东京天空树,634 米;迪拜的哈里法塔,828 米。还有许多城市,曾经的历史文化名城,或者山清水秀之地,自然和人文的著名历史遗存都很丰富,成为城市自古以来的特有的历史文化名片。但是随着城市高大建筑的不断增高和增多,城里的塔看不见了,古楼被遮挡了,城外的山脉也没有了,人们的视线着落点,只有千篇一律的水泥钢筋堆砌起来的建筑天际线，造成了许多有特色的古城无法挽回的美学损失。

有的城市，曾经是满城乔木与参差不齐的屋宇相互掩映，四周山色，一湖净水，仅仅过了十几二十年，这些赏心悦目的自然景观已经完全被遮蔽了。

也有的地方，明明依山而筑，但是短短数十年，整个秀丽山峰完全淹没在高楼大厦背后了。

也有著名的中原城市，原有建筑以低层为主，各种各样恢宏气派的古代建筑突出于城市轮廓线上，却因为后来市内的高层建筑，破坏了传统的城市轮廓线，通视走廊受到阻碍……

举不胜举，令人扼腕。

城市之美，不仅仅局限在内部，也不仅仅依赖外部，应该是内外结合，近处和远处，应该是融为一体，站在城市里极目远眺，你能看到自然，能看到历史——这才是真正的城市之美。

有人可能还记得，当年英国南部的朴茨茅斯建筑三角中心，曾是著名现代派建筑大师欧文·路德设计的最有名的建筑，后来却入选"最差建筑"，在饱受唾弃和咒骂数十年后，终于被拆除了。理由就是因为它"污染了人们的视线，令人感到压抑，破坏了环境，缩短了人们的寿命，使人精神萎靡，头脑一片空白"。

也许有人会觉得这样的评语夸大其词、言过其实。

不如我们一起到苏州人民路去走一走，朝北而行，一路感受，然后你看到了北寺塔，这样的通视长廊，这样的饱含传统文化智慧的理想的城市空间，这时候，你再体会一下你的心情和你的精神状态。

是的，许多城市丢失和打破了自己曾经有过的独特的天际线和独特的魅力，但是苏州古城没有。

正因为此，今天，掩隐在大树背后、围墙里边的曾经的五卅路

23号的四层公寓,没有搅乱五卅路的地气,没有影响这里的宁静。走在这里,我们仍然能够感受到历史的浓浓的气息,仍然能够体会到子城的庄重,仍然能呼吸到古树成荫的清爽和宁静。

五卅路仍然是五卅路。

五卅路一直是五卅路。

老街不语,承载风雨,古城沉默,我自敬畏。

今天,我走在五卅路上,我知道,毕竟这个地方,已经不是我幼小心灵中记住的那个地方了,但是同时,我又知道,它仍然还是那个地方,未曾远去。

若不然,为什么我会一直在这里走来走去,不肯离去?

后来,我往南走,走到了五卅路的南边,我看到了长长的一面砖墙,那是信孚里。信孚里也是海式里弄石库门住宅群,1933年由信孚银行购下江苏省水警第三区区部地产后建造。占地7553平方米,建筑总面积为4712平方米。住宅建筑布列整齐,结构坚固,使用功能齐全……

信孚里通向五卅路的几个门洞,都已经封闭了,它的正门在十梓街上,我特意绕过去,从十梓街走进信孚里,我曾经有好几个小学同学住信孚里,这也是我们儿时经常出入的地方,印象中信孚里是医学院或者是医院的家属楼,也曾经是一个人满为患的里弄,要比同德里、同益里更拥挤更嘈杂。

现在我走进这个地方,除了房屋破旧外,人明显少多了,里弄里几乎没有什么人,安静得如入无人之境。

由南而北一字排开的五大幢民国建筑,高大气派的二层建筑,足足抵得上现今的三四层的楼房,小区内过道也十分宽阔,几乎每一家的门口都有绿植盆景,可能因为人少,这里显得格外空旷豁达,和传统的苏州小巷里的逼仄拥挤形成了反差。较大的空间里,我只看到两辆停着的小车，这个现象，好像也在告诉我们，这里大概就是一个老年人的世界了。

后来我曾向社区居委会了解过，他们告诉我，现在的信孚里，统计的人数只有 55 人，大多是老年人，而这些老人也不一定长年住在这里，因为他们的子女都搬出去了，一年中，他们会在那些不适合住老房子的季节，比如冬天和夏天，去子女家住一阵，然后在春秋天的时候，再住回信孚里。

住房宽裕了，人也少了，年轻人不会留住在这儿，甚至原住民中的老人，也经常到子女的新房子里去住一阵，毕竟，信孚里也好，同德里、同益里也好，它们都老了。

只是，如果长期地甚至越来越频繁地出现类似的情况，古城会不会终究成为一个空心城，只留下古旧的建筑，却没有了生命的活力，没有了应该不断生长的文化和古城的灵魂？

如果修缮或者开民宿，也许会有游客过来看看，就像上海的张园，游人如织，但是苏州不是上海，苏州的风格是淡淡的，平静的，如小溪之水缓缓流淌的。

游客体验的就是烟火气息和一个城市的文化，如果所到之处，完全没有原住民，只有民宿，那游客来看什么呢？我是东北来的，我在苏州看海南来的游客吗？游客看游客，这样的体验，并不深入，也不到位。我们去北京的胡同里，有很多老北京人，我们会看看他们怎么生活的，吃什么菜等等。

怀揣着一些疑惑，一丝遗憾，我从信孚里走出来，回到五卅路上，我绕着环体路走，看到了"洁里"。

一个老去了的洁里，一个夹在古城的角落里几乎完全被人遗忘的洁里。但是有人不会忘记它。

"那时候，我们两家的父辈或祖辈都在苏州地委工作，都住在五卅路、锦帆路附近的老式里弄里。她家在这几年成为'网红'的同德里,我家则与章太炎先生家做起了贴隔壁的邻居,就在洁里3号。"——这是我的一位晚辈文友、新华社总社制片人浦奕安写的一篇文章中的内容,1969年,她爷爷全家和我们全家一样,下放到农村,我们家到了吴江,他们到了太仓。那个时候,还没有她呢。

奕安并没有在洁里住过,但她却对洁里饱含深切的情感,她现在在北京工作,但是经常回苏州,在苏州的大街小巷到处跑,孵茶室、听评弹,俨然一派老苏州的腔调。也是着迷的一种。她还特意建了一个群,她是群主,群名就叫"苏州缘分"。

奕安曾特意去洁里,"洁里3号有我家往上两代人的记忆与足迹,我专程去回访时,见到几位老太太,她们还记得我爷爷,依然对那个年代的事如数家珍。职业的习惯与天生的好奇心,让我对未曾谋面的爷爷的事情多问了几句,后来一时兴起,我录了段视频,说我想买下这个房子,什么也不做,就用来怀念。我甚至给边上一家中介的小伙子留了联系方式,冥冥之中,我觉得这个房子必然有故事还会续写。"

80后的年轻人,对往事、对旧宅,能有这样的情怀,让我感动,也让我感受到古旧的苏州,对于任何年龄段的人都有着无可抗拒的影响力。

我继续往前走,走到了体育场路1号大院。

我曾经在苏州的媒体上看到过介绍这个邻里大院的讯息,2021年新年前夕,大院的居民搞了一个"庆生宴",在迎接新年的同时,一起纪念大院改造完成一周年。在一个旧的院子里,在一幢老公寓房的楼下,居民们摆开了满是年味儿的场子,各种自己动手做出来的苏式年货,让大家找回老苏州的年味记忆,也找到了邻里间的人情味、欢乐源。

这个场子，成了大院的"第二客厅"，满眼看见年的颜色，满耳听到年的欢乐。

这是苏式生活的经典场面。

只可惜，我来得好像不是时候，正是一年最热的日子，大家大概都躲在自己家的第一客厅里吹空调了，"第二客厅"没有人在，但是整个院落干净整洁，安宁静谧，从酷暑高温中走进来，顿时感觉到清凉清爽，温度也下降了许多。

一个好的邻里大院，就是这样，寒冷的时候，它为你取暖，酷热的时候，它为你降温，它可以抚慰你的孤独，也可以驱散你的烦躁。

人们总是对新的高大上的东西趋之若鹜，其实老旧的地方，也可能会有你的需要。

1号大院对面，是体育场路4号，只是现在4号暂时没有门牌，它是一处工地，蓝色的围板围住了工地，推土机、掘进机、卡车，进进出出，施工队正热火朝天，欲与高温比热度。

这是一个有名的地方——乐益女校。

乐观进取，裨益社会。

有人说，苏州街巷多，随便哪个隐秘角落里，都有着深厚的历史渊源；苏州名人多，随意走走看看，到处可见名人故居。

也有人说，苏州的每一块砖瓦，都浸透了文明的雨水，苏州的每一座桥梁，也都承担着过去与未来的沟通。

类似这样的说法很多，带着对苏州的了解、敬畏和爱，真的不夸张。

在五卅路上，有两条东西向并行的小巷：体育场路（原宋衙弄）和九如巷。它们如同一枚硬币的两个面：一个面，是体育场路4号，曾经的乐益女校；它的背面，九如巷3号，乐益女校的创办人张冀牖的家。

张冀牖的祖父张树声,曾任江苏巡抚、两广总督,是清代著名淮军将领。1921年,从安徽来苏旅居的张冀牖先生,变卖部分家产独资创办了乐益女中,起先办在今天的人民路憩桥巷,到1923年,学校迁至宋衙弄(今体育场路4号),而张冀牖的家,几经搬迁后,最后落定在九如巷3号,和乐益女校紧紧相靠。

张冀牖和蔡元培、蒋梦麟等当时许多有名的教育家结成朋友,柳亚子、叶圣陶、匡亚明等进步人士都受邀来女校任过教。1925年,张冀牖专程去上海松江景贤女中邀请侯绍裘老师,这位年轻的共产党员担任了苏州乐益女中的教务主任,兼国文教师。侯绍裘来苏州任教后,接受中共党组织的委派,了解乐益女中具体情况后,向张冀牖建议,他可以组织一个教学班子一起来苏州任教,得到了张冀牖的赞同。于是,身负党组织任务的侯绍裘邀请了共产党员叶天底、张闻天、王芝九一起来苏州任教。

历史在这里有了一个重大的转折点、新起点,中国共产党在苏州的第一个党组织——中共苏州独立支部在乐益女中正式建立,公开身份为美术教员的叶天底,担任了中共苏州独立支部首任书记。这是苏州第一个中共党的组织,是苏州早期革命活动的第一个据点。

"五卅"惨案发生后,乐益女中的学生一方面参加宣传、募捐活动,同时做了一件大事,自己动手,用募捐的退款,将乐益女中东边的东北小巷拓成大路,取名"五卅路",以资纪念。

"五卅路"就这么诞生了。

在苏州创办女校的张冀牖,就是名动一时的张家四姐妹的父亲,张冀牖膝下共十个子女,四女六子,全部毕业于中国重点大学,他家的四个女婿,分别是著名昆曲名伶顾传玠、中国语言文字学家周有光、现代文学家沈从文和美籍汉学家傅汉思。

故事太多，太长，太精彩，太诱人，但遗憾的是，我们只能跳过它们，说"后来"。

后来，张家十兄妹大多离开了苏州，只有五弟张寰和留下了。张寰和毕业于西南联大，继承父业担任乐益女中校长，再后来，乐益女中改名为苏州乐益初级中学，校长仍是张寰和。

张寰和一直住在九如巷3号，九如巷里有一口古井，张寰和后来被称为"最后的守井人"。

世事难测。无巧不成书。

在后来的一次和苏州"贵潘"后人潘裕沿先生的聊天中，本来话题是聊"贵潘"家的宅子的，可是聊着聊着，潘先生说，我上的初中就是从前的乐益女中，在五卅路。当时新中国已经建立，乐益女中改名为乐益初级中学，潘裕沿这一届是1952年小学毕业考进去的，男生女生都招，不只是招女生了。

"校长就是四姐妹的小弟弟，叫张寰和，他是他们家最小的儿子，现在已经去世好几年了。后来有一年我们初中同学聚会时，大约是零几年的时候，他还在，我们都谈到他，但是张校长老了，出不来了。"

还有一件和张家老宅有关的事情。

两年前或三年前的某一天，我无意中翻看微信朋友圈，看到一条"中介小刘"发的微信。

关于"中介小刘"，我完全不记得他（或她）是谁，反正有一点是肯定的，或者是因为租房，或者是买卖房屋，曾经和中介发生联系，就加了微信，我的微信朋友圈里，有很多中介，小刘小李小王小万小于小某某，但是基本上都记不得他们是哪个中介公司的，他们是男是女，长什么样子，如同微信朋友中的更多的因各种原因而加的朋友，一个人哪能记得那么多人，只是有时候偶尔在朋友圈逛一下,会看到他们发出的各种销售信息。

而如今,微信朋友圈,其他内容逐渐减少,最多的就是这样的信息了。

"中介小刘"便是其中之一。

那一天"中介小刘"的朋友圈内容是出售房卡房的信息:

九如巷4号,名人故居,张家旧宅,二层,一百七十平,大房卡房。配有完整的图片,是一栋民国建筑,建筑十分完整,独立的院子,三开间的二层楼,虽然有点旧,但是气质气息仍在,即便只看看照片,也能感受到历史在说话。

因为开价并不高,我立刻动心了——不仅仅是心动,我很激动,那可是张家四姐妹的家啊。

曾经有一段时间,我热衷于到处看苏州的老宅子,希望是带院子的,一层二层皆可,我是要干吗?我要买下来,整修一下,呼朋唤友来喝茶?

其实没有想那么多,也没有想得那么实在。恐怕只是一个梦而已。

我曾经从山塘街的这一头,一直走到另一头,挨家挨户地看;也曾经到东山西山的古镇上转悠;还去过阳澄湖中的莲花岛看农村的老宅,以及其他一些地方,当然都没有能够实现那个梦想。

现在梦想乘着微信的翅膀飞到了眼前。

我立刻给"中介小刘"打电话,问他什么是"大房卡房",因为我只听说有"房卡房",不知道还有"大房卡房"。

"中介小刘"是个男生,回答我说,大房卡房就是这个房子面积大,所以是大房卡房。我听了,差一点"扑哧"一声笑出来。

我知道我没有笑出来的这个笑,有点不厚道,因为对于买卖房卡房的人来说,这么大面积的完整的一幢老宅,确实是比较稀罕的,大多数人交易的房卡房,面积都比较小,所以"中介小刘"可能也有点小激动,所以用了一个新的名词"大房卡房",让我误解了。

当然,很快我的梦想就破碎了,房卡房也不是随便什么人都可以购买的,我的条件不符合。

虽然对着那张照片左看右看,但也无济于事。

我和张家老宅擦肩而过了。

就此打消了念头?

其实不会的,念头一直还在的。过了些时日,我和几个小学同学相约喝茶,因为李平对那一带比较熟悉,她的妈妈也住在九如巷,所以我说了这个"中介小刘"的信息,李平知道这事,她告诉我,这个信息有误,张家是九如巷3号,他发布的是九如巷4号,虽然一墙之隔,照片不假,但那不是张家的老宅。

九如巷4号,虽然不是张家老宅,却也算得上是名人故居,这位名人王己千,生于1907年,是唐寅誉为"海内文章第一,山中宰相无双"的明朝内阁大学士王鏊的十四代嫡孙,本人亦是一位大收藏家。

从看到"中介小刘"的信息到今天,时间过去了两年或者三年,不知道王氏老故居的"大房卡房"今天的归宿如何,有可能的话,我又要去追寻答案和结果了。

2021年11月24日,冬天来了,降温了,却是阳光灿烂,我又出门了。今天要走的地方很多,我仍然是首先来到五卅路,我来看看那枚硬币的两个面,现在怎么样了。

7月4日我来的时候,体育场路4号,看不见,只有蓝色的建筑围板围着,我四处想朝缝隙里张望,却发现给围得水泄不通,根本看不见里边,四个多月后,面对道路的正面的围板已经拆除,露出了崭新的面目:中间是高大的门楼,仿照原有的女中门楼而成,门面上有各种雕花图案,于是在高大中又展露出细腻讲究的风格,上有"苏州乐益女子中学校"字样,两旁是青砖砌墙的长长的平房,东侧有地下空间的入口。我再绕到西侧,那里围板也拆除了,两层灰色封面的宅子,就是当年女中校舍的模样,虽然多了一点"新"意,但是因为它的模样,因为它所在街巷的气息,都会使这样的"新",散发出历史的旧意。

虽然工程即将收尾,苏州建设(集团)有限责任公司的施工队伍,仍然既有条不紊又热火朝天地工作着,工地上,到处都是警示公告,"施工现场治安管理条例""落实安全责任,推动安全发展""安全生产,警钟长鸣"。

2021年4月15日的一则新闻报道说:"2020年,苏州市委、市政府在中共苏州独立支部旧址上规划建设苏州市党性教育实训基地,基地以张冀牖先生90多年前栽下的雪松为中心,利用原有场地和建筑遗迹,打造成'可参演历史'的纪念馆。目前项目正在紧张推进中,预计今年内开馆。"

从体育场路出来,往南,走几步,就到了九如巷,折进九如巷,往西走几步,就到了3号。

这里正在原地翻建,虽然还没有完工,但已经看得出这是一幢崭新的偏西式的宅院,但是色调上的灰与白,却仍然与周围的环境是融为一体的。

在建中的新宅,二层,有庭院,设计上不是因循守旧,很有创新。因为工地上也没有看到有人,我就不请自进了,从车库里斜停着的一辆面包车旁边的缝隙中钻过去,走进建造中的张家。

我曾经在一个视频中看到张寰和的儿子介绍他们家的这个新建宅子的情况,采访者问张先生是不是要全部恢复古建,但是张先生说,不太可能再恢复成原来的面貌,但是又不能完全脱离特有的环境特色，毕竟它是建在苏州的九如巷，所以特意请了贝聿铭的大弟子林兵做设计。

张先生带着采访者上了后阳台，推开门，就是乐益女中了，也和张家宅子一样，正在翻建中。张先生说，这个学校的地方，原来是奶奶买了地准备种桑养蚕的，后来爷爷用来开办了女中。

如今流行"极简史"，我们经常能够在微信朋友圈里看到"某某极简史"，一笑而过。现在张先生也用极简的两句话，概括了一百年前张家的这一段复杂而有意义有贡献的历史。

因为庭院里有几个月洞门，砌以镂空的青砖，现代的场景中，呈现出一抹传统的苏式情调。

我也没有忘记"中介小刘"，他曾经推荐过的那个名人故居，九如巷4号，我也走进去了，虽然是旧房子，但是阳光下那种舒适慵懒的样子，真的让人心动。房子是不是换了住户，是不是又换了住户，我没有去打听，门关着，也听不到里边的动静，真安静，我没有去敲门。但是无论如何，我都知道，九如巷和九如巷的宅子，无论是昨天还是今天，都是有故事的，故事一直还在继续。

《沧浪区志》中有：

> 九如巷，东出五卅路，向西折南通十梓街，向北穿越住宅楼可抵体育场路。清代称钩玉巷，又作钓玉弄，俗讹狗肉巷。民国时改今名。原巷名来历有三说：一说为元末吴王张士诚宫女葬地；二说为张士诚宫女埋玉处；另一说为巷形弯若玉钩。巷长161米，宽4米，弹石路面。

真是一条很小很小的小巷。典型的苏州的小巷。苏州小巷就是这样，很小，很默默无闻，里边却是藏龙卧虎，人杰地灵。

许多人许多故事都被淹没了，但是幸好，还有许多没有被淹没的。我们今天所做的事情，就是在寻找他们。

我注意到有这样一条消息,是关于五卅路历史文化街区的。2020年的12月,似乎是划定了五卅路历史街区的范围:西至锦帆路、东至公园路、南至十梓街、北到干将路,总面积为28.6公顷。

这个街区的特点:公共服务设施集中,历史遗存丰富,保留着完好的民国风情建筑群,共有市级文物保护单位6处,控制保护建筑4处。

然后是对于未来的规划设想的定位:古城历史文脉核心体验区、文化创意与休闲产业集聚区和新苏式现代精致生活区。

然后是要求:加大历史文化资源保护力度,传承保护红色基因,倾力打造高品质城市空间。

既然有了想法,有了目标,就已经让追求和努力有了一个附着点,有了一个起跳的定位点。

无论怎样,我都知道,五卅路,它既是过去的历史中的五卅路,又是现在的和未来的五卅路,这个地方,无论它将有一个什么样的名称,它都是一个过去和未来相连接的街区。

行走在五卅路,不用特意去想什么,但是许多东西就蜂拥而至了。比如人,很多人。认识的和不认识的,同时代的和不同时代的,普通的人、有名的人,活着的人、去世的人,他们不是偶然出现在我的生命中的。因为有同德里、同益里,因为有五卅路,因为有苏州古城。

所以,无论它今后是什么样子,它永远都是我魂牵梦萦的地方,如同苏州古城,是每一个苏州人梦中的天地,它能够给我们无数的遐想、回忆,给我们力量和温暖。

我终于就要将同德里和五卅路之行结束在这里了。

在苏州古城之中,同德里的历史并不很久远,也算不上是最有价值的区域和地段,而我却首先写了它。

因为这是《家在古城》。

同德里是我的家,就像苏州古城是苏州人的家一样。

它是一扇门,是我的童年的门,也是许许多多苏州人的童年的门。我们从童年的门走进去,里边的古城、古城的生活、古城的保护和活化利用,正精彩地、持续不断地展开着。

我没有想到从童年出发的路竟然走了这么远,竟然有写不完的文字,在原来的构思中,我并没想将一个故事的开头写这么长,现在这样写,结构上会有问题的。但是我不想违拗自己对于记忆中的古城的亲近。我现在不得不与它告别了,心里依依不舍。

好在,古城的好戏刚刚拉开帷幕,大戏,重头戏,精彩的戏,将一一而至。在古城保护这个大舞台上,没有哪一场戏是过场,没有哪一个人物是配角,都是主角,都是重头戏。

没有最精彩,只有更精彩。

下部：瓣莲巷和李超琼

6. 从大石头巷到瓣莲巷

从前苏州人造房子，根据自己的经济条件，地位身份，家庭需要，选一个合适的地段，造一个院子，往里进深，有两进三进甚至更深入，开间大小也各不相同。也有的人家没有院子，就是沿着街面的平房。

然后，过些日子，又有一家人家来造房子，往东边一点，或者西边一点，中间是空开来的，不要合山墙，反正地皮有得是。这样人家与人家中间，就有了一处空当，再后来人慢慢地多起来，地皮慢慢地紧张起来，这块空当也有人相中了，但是空当比较狭小，那就设法把房子造得进深一点。但是假如前面是街巷，后面也是街巷或者是河道，进深就深不了，那么就造个二层楼吧。只是二楼而已，不会造出个三层楼来。

就这样，苏州小巷中的房子是错落有致的，但它却是有节制的错落有致，它们是高低不同的，却又是有某种限制的高低不同。这种节制和限制，不是来自什么规定，也不是来自什么命令，只来自老百姓自己的内心，对千年的苏州古城的发自内心的最本质上的眷恋。

这样别致的建筑风景,不是什么设计大师规划大师精心设计的,而是老百姓自己的杰作。那时候也没有什么规划局建设局,老百姓自己就是规划者建设者,有文化做底子,有风俗做专业,也不用城管来管理,自然就有独特的审美趣味和文明担当。

　　只是因为他们是苏州的老百姓,或者哪怕祖上不是苏州的,但是现在他们已经是苏州人了,也一定受到了苏州文化的浸润和熏陶,所以他们各自造房子,都是受了苏州的风气的影响的,不会突兀,也不需要弹眼落睛,所有的别出心裁,都是统一在苏州的总体风格之中的。

　　苏州的风格,是平静安逸的,是低调柔和的,苏州的民居就是这种风格最有说服力的体现。

　　有人是这样归纳的:粉墙黛瓦,体量小而轻盈,低层次高密度,错落有致。

　　这是建筑特点,还有环境特色:多建于沿河,形成前街后河、人家尽枕河的风情。

　　苏州有句俗语叫闷声发大财,苏州人差不多是最不想露富的一个群体,所以在民居建筑上,也就没有大富大贵的样子,不会去搞金玉满堂的装饰,无论是小富即安,还是荣华富贵,都掩藏在灰白黑这三种低沉而又养眼的色彩之中。

　　由于苏州河道众多,许多民居沿河而筑,两岸房屋林立,随处可见的吊脚楼、出挑、枕流、倚桥等等,在尽显水城之美的同时,也造成了另一个事实:大部分建筑受地势影响,面积相对狭小。随着人口的逐渐增加,小巧玲珑的苏州民居,日渐显露出它们的弱势来了。

　　即便是小巷深处的那些深宅大院,原本是某一户人家的住宅,后来挤进了"七十二家房客",平静安逸是再也回不来了,低调柔和也被邻里间零距离纠缠的嘈杂声所破。

于是,渐渐地,从曾经的居住宽松的日常生活,到向往居住宽松的美好生活,这些变化成为古城百姓百十年来的最大的宽慰。

1987年的秋冬季节,或者是1988年的春季,江苏电视台来苏州拍摄电视连续剧《裤裆巷风流记》,摄制组在苏州的大街小巷寻找合适的拍摄场景地,也就是小说和剧本中的"吴宅"。

那时候没有横店影视城,没有上海影视乐园,没有镇北堡本部影城,没有其他许多的摄影基地,唯一的办法就是找到合适的实景地。

这是一个难干的活,一开始剧组也是做了充分准备的,要想找到小说和剧本中的"吴宅",他们甚至打算着要走遍苏州的大街小巷了,结果事实却大大地出乎他们的意料,并让他们大开眼界兴奋不已。苏州古城区之内,能够满足诸多条件的老宅很多、太多、甚多,所以很快很顺利就选定了大石头巷36号为主要场景地。

需要说明的是,这个"36号",是我记忆中的"36号",因为我后来曾经在一篇文章中写过"36号"似乎是如实地记下了历史的真实。再后来,我的记忆越来越淡,但是"36号"却一直都在记忆中,因为它留在了文字里。

一波三折的故事就是这样从差错开始的。

那大概是我头一次去大石头巷,走进36号。它坐北朝南,一座典型而又普通的苏州老宅,有好几进,我去的那天,摄制组选在二进的东厢房拍摄"吴克柔"和"王琳"的戏份,"吴克柔"是吴状元的后代,"王琳"是新进来的租户。

苏州的许许多多的老宅,曾经在好几十年的时间里,居民的分布大致就是这样的。

然后是张师母家(私房,早年买下吴家的房子),乔阿爹家(公房,公私合营后国家分配的住房)等等,许许多多的人家夏天挤在天井里乘风凉,乔阿爹看见孙子和隔壁的女孩阿惠坐得靠近,就看不惯,说:"各有各体,各有各体,热天热时,轧这么近捂痱子的——"

乔阿爹老了,这也看不惯,那也看不惯,还不讲道理,就螺蛳壳那一点点地方,你叫人家不坐在一起,坐到哪里去?

在后来的一些年中,我曾经多次到大石头巷去,没有任何事情,也不想做任何事情,只是到那里去看一看,因为从此我的生命里,有了一个大石头巷的情结。

过了几年,再去的时候,36 号已经没有了,准确地说,不是 36 号没有了,是 36 号那幢老宅没有了。

好歹,它留在电视剧的镜头里了。

这里造了一幢四层的公寓,解决了居民住房拥挤的困难,夏天他们在家吹电风扇,后来就吹空调,从此再也没有轧在小天井里乘风凉的那种戏剧人生和酸甜苦辣的滋味了。

今年夏天我去大石头巷的时候,这里正在施工重铺路面,七、八月份天气酷热,加上施工时的噪音,这个时候、这种情形下的大石头巷,也许会让人心情烦躁,心绪不宁。

可奇怪的是,现在我就站在这里,大石头巷在烈日下和噪声中,依然显得那么平静,那么淡定从容。

巷口有牌子介绍街巷的历史。在苏州的许多街巷都有这样的牌子,无论对于老苏州的忆旧,还是对于陌生游客的寻觅,都是非常贴心又有价值的举措。

大石头巷,传说旧时因有陨石,故名。

传说只是传说,巷子却是真实的,长 332 米,宽 3.5—6.5 米,1982 年改弹石路面为沥青路面。

而今天在这里的施工，则是将沥青路面再全部恢复成条石路面。

奇怪的是，在我记忆中和过去曾经写过的文章里，36号坐北朝南已经是铁定的事实了，可是这一次我却在大石头巷的南侧，赫然看到了大石头巷36号的门牌，它就是坐南朝北的了。

我整个人蒙了。

记忆和现实的误差就这样产生了，我站在原地，想了半天，也许可以去居委会确认一下到底怎么回事，但是再想了一想，我没有去确认，我一直是搞虚构文学写小说的，就让这个原来就是虚构的现实，继续差错下去也无所谓。

因为我可以再次展开想象的翅膀，比如，原来36号确实是坐北朝南的，后来重新安排门牌号，它换到对面去了，也或者，就是我在我的第一篇写大石头巷的文章里，搞错了门牌号，将错就错，以讹传讹，竟然持续了几十年，再或者，当时电视剧的拍摄地，根本就不是36号，甚至都不是大石头巷，等等。

其实真的无所谓，因为苏州的小巷，条条都是大石头巷。

就我们所在的这个地球，也是一块大石头呀。

我还是从自己的自以为是和天马行空中走出来，看看别人的记载吧。

根据记载，巷中原有清代查果宅园菜圃、五百梅花草堂等。24号秦宅系控保建筑，35、36、37号清代大宅为市文保单位，这就是大石头巷里除了陨石从天而降的另一个传说：沈三白乾隆年间居住在大石头的吴宅。

吴宅，我的小说里虚构的也是吴宅，只是我在写那个小说的时候，是完全孤陋寡闻，不知道现实中的这个地方，真的有一个吴宅。

沈复，字三白，生于清乾隆年间，他在《浮生六记》卷一《闺房记乐》开头就说:"余生于乾隆癸未冬十一月二十有二日,正值太平盛世,且在衣冠之家,居苏州沧浪亭畔,天之厚我,可谓至矣。"后来,沈复与他的妻子芸娘从沧浪亭搬离后便生活在这里。据吴宅后人介绍,吴宅前门北向,共有三路五进大小七十二间,占地约3400平方米,建筑面积有2590平方米。

关于陨石的传说,好像从来没有人反对,当然也没有人大力推荐赞同。也许是因为它离我们太远了,但是关于沈三白大石头巷居宅的传说,却一直是众说纷纭的。

其实,众说纷纭也好,异口同声也好,沈三白在大石头巷居住也好,在沧浪亭生活也好,他留给我们的《浮生六记》,还有曾经在大石头巷生活过的江南才女沈祖棻,她的那些格律体新诗,早已经成为同声一辞的无比珍贵的历史馈赠。

> 云外青禽传信到,
> 恰是银屏,昨夜灯花照。
> 十幅蛮笺书字小,语多转恨情难了。
> 红袖高楼临大道。
> 不信游人,却说还乡好。
> 解道还乡须及早,绿窗人易朱颜老。

即便是施工,也不杂乱,有轰轰的声音,却也不显得特别聒噪,巷子的靠西头处,有一室外小憩处,随意地摆放着几张椅子,有小竹椅,有折叠椅,还有高脚的酒吧椅靠在小店吧台外面,这个名叫"格式咖啡"的小店以及它周边的小环境,就是人生的小憩处呀。

有几位路人安坐在那儿歇脚,是本地人,是外乡客,抑或就是旁边的邻居,皆是悠然的神态,淡泊的心境,竟然与大热的天气和喧嚣的工地没有一点违和感。

令人称奇。

是文明施工,更是因这条巷子的气场太大了。古城的千年积淀,曾经在这里留下的名人气韵、道德文章、美好传说等等包括那块传说中的陨石,还有现今仍然在这里散发着过往精神气的故居老宅,共同作用,形成了一个强大的气场,推土机挖掘机粗糙的声响,摧毁不了它镇定自若的细腻状态。

这就是苏州古城的神奇之处。

出大石头巷西口,横穿东美巷和西美巷,正对面就是柳巷。

柳巷的北侧,是后建的一长排二层住宅建筑,我没有走进这一长排的建筑里面去,只是在巷子里穿行。人行道是青砖铺地,围墙有花窗黛瓦,每一扇门的门头,也都作了精细的雕琢,那种情调,那种韵味,让人如入梦境,如果是春秋天,或者阴雨天,给人的感觉,就是直接走进了旧式的苏州了。

这个旧式,不是破旧的旧,不是旧陋的旧,而是风貌依旧的旧,是回望旧日的旧。所以,因了这样的风貌,因了这样的回望,即便不是春花秋月的美好时光,即便是在这个烈日当头的大夏天,我依旧愿意在这里久久地停留。

沿着如梦一样的柳巷,再往西走,出柳巷西口,就是养育巷了。

养育巷虽然叫"巷",但它分明是一条街了,比通常的巷子要宽多了,车水马龙的景象也呈现出来了。再从养育巷横穿过去,柳巷的正对面,就是庙堂巷了。

苏州古城的每一条街巷,都是有典故的,都是深藏着故事的。庙堂,就凭这两字,你可以想象的空间就无限大了。

旧有"东岳二圣庙",故名。"巷长406米,宽2—4.7米,1984年东端铺设水泥六角道板路面,其他仍为弹石路面。"

在这段介绍中,我有一点疑虑,1984年的时候,为什么只在东端铺设了水泥道板,其他地段却一直保留着弹石路面呢?

这个事情好像小到不能再小了,但是写小说的人常常就是"小说小说,小处说说"(陆文夫语),即便有那种钻天打洞锲而不舍的精神,去了解、去打听,去城建或者其他的档案材料里翻查记载,恐怕也是竹篮打水,谁会去记载这样一个在整个改天换地的发展进程中出现的小小的例外呢?

作为一个搞了四十多年虚构文学的作者,现在却扬短避长地写起了非虚构,行文至此,我实在是忍不住想要想象一下了。

1984年对于庙堂巷改铺水泥路的虎头蛇尾,我的推想就是经济实力不够足。那个时代,百废待兴,要用钱的地方太多了,苏州古城里那么多条街巷,要想一夜之间都换成沥青水泥,来个崭新面貌,经济实力肯定是跟不上的,那就排个队,有个先来后到,所以,庙堂巷的大部分巷面结果没有能排上,结果就一直保存了弹石路面。

想一想现在的无数条小巷正在做的施工项目,就是把水泥沥青路面撬掉,重新再改回弹石路面条石路面。

所以习惯虚构和想象的人也许就会想,有时候,稍微慢一点,或者是无可奈何地慢一点,是不是反而产生一种别样的气象呢?

其实这些话也是多余,因为庙堂巷的弹石路面并没有能够坚持到后来,后来的庙堂巷,就全部都是水泥路了,可是我在想,水泥铺路的庙堂巷,要不要像大石头巷子以及其他许多巷子一样,再改成条石或弹石路面呢?

因为要看要了解的地方太多太多,我本来没有打算再去庙堂巷看它的路面,苏州有几百条庙堂巷,哪一条不值得去看呢?

可是不行,我还是丢不下它,我还是去了。

果然,那里的地面又变了。现在的庙堂巷,铺地的是一种异形混凝土铺地砖,因为加色的原因,看起来有点像是传统的青砖,只有一个人的巴掌大小,四边是波纹形的,它们散发出的气息,和庙堂巷这样的安静的小巷,十分吻合。

庙堂巷除了因庙得名,巷中也一样是名人汇聚之地,民国时的名律师杨荫杭、潘承锷、吴曾善均居于此。

我们再挨门挨户看一看:

6号,原为雷允上业主雷显之别业,现属于市文物保护单位;

8号,原是奉祀清代画家陆治的包山祠;

16号,是建于明代徐如珂故宅"一文厅"原址的忠仁祠,现为市控制保护建筑;

22-1号,市文物保护单位畅园;

……

写这些巷子,我并没有经过精心地挑选,我只是一路随意走来。说实在话,本来我是打算往南走的,从柳巷穿过养育巷,朝南斜对面,就是我要去的地方,差不多几十步,甚至十几步,就可以到达。可是我有些于心不甘,虽然头顶烈日,却嫌巷子太短,我还想多走一走,古城的小巷一直都在,你不去走,它也在那里,但是你不去走,你就不会和它相遇、相识,你就听不到古城小巷为你弹奏的生命之曲。

所以,我没有直接往南去,我往北边走了,先走过了庙堂巷,接着,继续往北边走,沿着这些小巷,一路过去,所到之处,无一不是名人荟萃、珠玑遍地,我简直是流连忘返,不舍离去。

我想起自己曾经写过一段话,说到苏州,说到我们对苏州的理解:"也许可以说,在过去的漫长岁月里,日常和平凡遮挡了我们的双眼,或者可以说,曾经贫乏的物质和精神生活羁绊了我们的脚步,让我们在很长的时间内,淡忘了我们身边的许多瑰宝,忽视了我们脚下的这片沃土。

"但是,历史是那么的慷慨大度,我们可以忘记它,它却决不抛弃我们,年年月月日日,历史留给我们的宝贵的文化遗产,无时无刻不在渗透出丰富的养料,千年不变地传递到我们的身心;一条小巷就是一本教科书,一处旧宅就是一座知识库。我们虽然曾经有些麻木,也有些浑然无知,但因为我们身处许许多多的教科书和一座座的知识库中,我们就在浑然无知中,不知不觉地接受着历史的滋养和文化的浸润,于有意无意之间,于用心与不用心之间,就收获了,就厚实了,因为我们所在的这个地方,是一座敞开的大博物馆,虽历经风雨,但历史的格局没有遭遇根本性的改变,我们欣喜地看到,古往今来的历史之树仍然郁郁葱葱,数千年的历史信息依旧在不断传送。灵魂没有丢失,天际线没有被搅乱,由众多的老街小巷组成的和谐格局,让这个古老的区域,焕发出了青春的光芒。

"于是,沿着城市的天际线,我们回到了老家。"

老家就是苏州古城。

庙堂巷北边、和它平行的是富郎中巷。此"郎中"非彼"郎中",这里的郎中不是医生,是官员。北宋富严,青田人,徙居苏州吴县,当了"刑部郎中",并以此身份"知苏州",后来过了些年他又以另一个身份"秘书监",再"知苏州"。两次来苏州管事,可见与苏州的缘分。

宋代著名诗人王珪曾作诗《送富郎中守苏州》,其中有这样的诗句:"方有壮图深许国,庾园无许恋芳菲。"

富严在苏州知府任上,为苏州办事,着力尽心。"游人到此便忘归""一剑清泉浸落晖",便是他对苏州虎丘的赞赏和推广。

苏州人范仲淹那段时间正远离故乡,以陕西招讨使的身份,率部戍边,抗击西夏,心里却还牵挂着家乡,特写信给富严,感谢他对自己家乡及亲人的关照。"乡中交亲俱荷大庇,幸甚。"

富严就住在这条巷子里,就有了富郎中巷的巷名。这位富郎中虽然姓富,却并不富有,为官清正,一生廉洁,为褒扬他的功德,奏准在他所居之地的东面巷口建立牌坊,名"德寿坊"。如范成大《吴郡志》中言:"富严,以耆德称,所居坊,人以德寿目之。"

一千多年过去了,今天的富郎中巷中,仍然有"德寿坊",虽是后来民国期间学者沈觐民所修缮,但是千年的风雨、故人的功德,始终在这里回荡着、升腾着。

富郎中巷,清代大宅,朱红大门,精致石雕,无不浸润着古城优秀传统文化,时时处处,传唱着无声胜有声的古城故事。

在庙堂巷和富郎中巷这一带,中间还夹着好几条横竖交叉的小巷里弄,如盛家浜、小粉弄、游马坡巷等等。

我不可能一一将它们写出来,尽管我很想这样做,非常非常想这样做,但是我得节制,得忍痛割爱,我要把话题收回来,否则,我的《家在古城》得改名为《迷途不知返》了。

苏州的小巷,实在是太多,也太让人着迷了,我又一次想起新苏州人潘文龙的话:"小巷是苏州的灵魂。"

我还在古城的小巷中行走,但是现在我要去完成我的任务、达到我的目的,我转而向南了。

庙堂巷南边和它平行的那个小巷,就是我要去的瓣莲巷了⋯⋯

7. 瓣莲巷 36 号

瓣莲巷很有名吗？当然有名。其实苏州的每一条小巷都是有名的，都是有内涵、有积淀的。

瓣莲巷，名字很秀气。东出养育巷，西出剪金桥巷，在宋代时称"版寮巷"，"寮"有官僚的意思，当时巷子位于旧道署后，所以得此名。到后来，因为相似的吴语发音，通过口口相传，"版寮巷"到清朝成了"瓣莲巷"。

整条巷子不过 400 多米长，但别小看这样一条弯弯曲曲的小巷，里面藏着太多的故事值得我们去倾听。

瓣莲巷 4 号曹沧洲祠，是纪念清末民初苏州名医曹沧洲的祠堂。曹沧洲是晚清吴门医派代表人物之一，以善治温病著称，并著有《曹沧洲医案》等书。

相传曹沧洲给慈禧太后开了"三钱萝卜籽"而"换了个红顶子"，从此名满天下。

我按捺不住地想要写曹沧洲的故事了，可是我现在必须得先跳过它，因为我又急着要去找朱军，等回头的时候，也许我还是会和曹沧洲聊一聊的。

瓣莲巷还有许多：清微道院，洪钧祖宅，以洪钧为原型的《孽海花》……

我终于克制住了自己想要亲近苏州古城内所有小巷的念头，克制住了自己想要走进苏州小巷里的每一幢老宅的念头，克制住了想要写下每一条小巷每一幢老宅的故事的念头，我径直往前走了。

我走到了瓣莲巷 36 号。

这是朱军的家。

朱军,笔名老凡,苏州的一位作家兼美食家。我经常在苏州电视台的美食节目中看到他,他总是笑眯眯地用苏州话来给大家讲解苏州饮食。

关于美食,有的人是只会说不会做,有的人是只会吃不会说,而朱军对于苏州美食,那可是能说会道,能做能吃。

他不仅仅能说出味道来,还能上升到理论,于是就有了他写作的关于饮食的好多书籍,仅仅在那套系列丛书"典范苏州"中,就有他的两部著作,都是写吃的,《饮食经》和《小吃记》。

因为能说能写更能做,蒸煮烧烤,样样拿手,所以他就在自己的家,瓣莲巷36号的老宅里,开出了独一桌,隔三岔五,就呼朋唤友去品尝他的高超的苏帮菜手艺,欣赏他的美食艺术。有一次朱军好像是参加什么烹饪大赛,主持人在介绍参赛者的时候,是这样介绍朱军的:"朱军,笔名老凡,美食作家,同时也烧得一手好菜,还能将文字和美食结合出不一样的味道。现在是《现代苏州》杂志特邀的美食团专家。平生爱好吃的他,热爱寻找苏州的传统美食,在制作过程中加以自己的见解,得到了大家的认可,在过程中结交了不少吃客。"

这个瓣莲巷36号的独一桌,我是早就听说的,我的很多朋友也都去过,都熟知,吃过之后都咂嘴赞叹,可惜我前些年一直在南京瞎忙,竟一直没有机会去看一眼,吃一嘴。

现在机会终于来了,我到了瓣莲巷36号。

我去朱军家之前,自己不大好意思开口,曾经请王稼句问朱军,能不能就这次采访的时机,干脆晚上就在他家蹭一顿真正的正宗的苏帮菜宴。

结果却是不巧,朱军说他并没有住在老宅。我心里顿时一凉,我以为他搬走了，离开了瓣莲巷，这样不仅吃不到他的美食，连同我写作计划中的一部分重要内容也可能就此泡汤。

浦奕安曾经在一篇文章里提到：小青老师说，老宅不是用来住的，而是用来寄托的。我真是忘了我在什么时候说过这个话的，但是这碗鸡汤的确像是我搞的，姑且承认是我吧。那么现在现世报就来了，许多大名鼎鼎的朋友都知道的朱家的瓣莲巷老宅，居然真的不住人了！

万幸万幸，很快朱军在电话里告诉我，他家没有搬走，只是在夏天，还有冬天的时候，他不住老宅。

老宅毕竟老了。老了有老了的美好，老了也有老了的麻烦。比如，过去都知道老宅子应该是冬暖夏凉的，但现在的老房子正好相反，夏天太阳直逼"薄嚣嚣"的一层屋顶，晒得木头嘎嘎响，冬天更不能住，老宅四处漏风，空调开了等于没开，耗电量还大，大而无效，冻得索索抖。所以朱军和他夫人一到夏季和冬季，就住到朱妈妈原先的一套公寓房里去避暑和暖冬了。

但是只要天气稍微好转，凉快一点了，或者暖和一点，朱军忍不住又要住回来了。老宅子对老苏州的吸引还是大的，老苏州恋旧，也恋着自己家的旧房子，即便是冬天夏天，人住在公寓房里，心心念念，还是牵挂着老宅的。

就像今天这样一个日子，我和朱军约好了去瓣莲巷36号老宅，他特意提前一天过来打扫卫生，抹灰拖地，我们进去的时候，里边可不像无人居住的样子，窗明几净，一尘不染。

且慢，我得把我的一个习惯告诉朱军，这个习惯就是：我在苏州的街巷里行走，走到哪里，首先看上面的电线，走进瓣莲巷的时候，也仍然保持了这个习惯，所以我看到了头顶的电线仍然是纵横交错杂乱无章，我得先问一问朱军，老宅外面的环境如何。

朱军告诉我,瓣莲巷的电线已经入地了,是今年7月份完成的,这个门口的石板才铺好一个月,上面的电线还没来得及拆除。

哦,我心里顿时一喜,总算松了一口气,原来这空中的电线,已经成为根根废线。在它们架起了半个多世纪后的今天,这已经是它最后的风景了。

朱军又补充说:"政府一直在做,哪怕资金不够,哪怕动作慢,但一直没有停,能弄一点是一点,比方说后面的剪金桥巷,也是在一点点动。"

城市,是人民的城市。

江山,是人民的江山。

人民的生活环境,就是城市,就是江山。

并没有因为这里是私房集中的地方,也不会因为这儿没有很多游客,政府的关心扶持就够不到;一样的改善道路、接通管道、管线入地,在政策的框架之下,能做尽做,几乎所有的小巷,都一样地洁净,即使因为种种原因暂时管不着门里,那也得先管好门外的环境。

苏州古城,需要整理好外部和内部环境的老街巷,有一千六百余条。

所以,我听了朱军的介绍,感动中又有一些酸楚。

带着感动和酸楚,在朱军家老宅已经修缮过的第一进的客厅里,我们开始了对瓣莲巷36号的古往今来的穿越和寻找。

1979年4月,朱军和夫人程家丽结婚,住进了程家丽家的祖屋,瓣莲巷36号。

程家的祖先,最早是从徽州过来的,认真往前推算,大概在200年前就来苏州了。

不知道那一天的新郎朱军,有没有想过,他这一步踏进程家的大门,居然大半辈子就一直在这里了。

朱军结婚住进瓣莲巷36号的时候，程家还有几位老人在世，都一起住这个大院里，程家丽的奶奶、姑妈、伯母等有十几口人，虽然人口不算少，但是因为院子较大，总共有十三间屋，住在一起也宽宽松松的。只是因为家里老人多，后来的收入赶不上支出，老宅能够变现的东西，就开始出手卖掉，虽然可惜，但是一切为了生存，活着最要紧。

朱军说他在清理旧物清除垃圾的时候，还发现过官帽、官袍什么的，后来都处理掉了。但他心中好奇，问过程家老人，老人说从前程家祖上确实是走仕途的，但也可能不是什么大官，后来犯了一个错，叫"瞒丧不报"，有那么一个故事，后来整个就脱离了官场，转而开起了茶叶店。

茶叶店开在阊门，叫程德泰，这都已经是过往的旧事了。后来朱军曾经有机会向苏州百年老店采芝斋的一位老先生打听过，老先生真还记得，说当时这个程德泰店是有点规模的。

在朱军住进程家后不久，程家的老人和他们的子女亲戚，有的去世，有的移民，有的搬走，到20世纪80年代初期，就只剩下朱军夫妇。他们的女儿朱妤婷1981年1月出生，和她妈妈一样，都生在瓣莲巷36号。

1980年代，朱军东拼西借，凑了近30万元，把这幢宅子接收下来了。从那以后，朱军一家三口就一直住在瓣莲巷36号，一直到1997年女儿考上大连理工大学，然后大学毕业就留在大连工作，从一个老苏州的后代，成为一个新大连人了。

瓣莲巷老宅子，就是朱军夫妇的全部天地了。

这个私宅房卡上的建筑面积是278平方米，占地面积是360平方米，因为有几个天井，那么建筑面积实量应该是312平方米。

在瓣莲巷，像朱军家这种类型的私房还是比较多的，朱军保守地估计了一下，要占比 30％以上。

我多少有些不解，其实古城的许多老宅，在公私合营时，多少都合掉了一部分的，尤其是一些大户人家，恐怕合掉的比自留的要多得多，而程宅这样的面积，这样的间数，这样状况，却没有合掉？

朱军说，这和这个片区的居住人群的性质有关，他在这里住了 40 多年，周围邻居的组成部分他是熟知的，大家的社会地位都差不多，不像狮子林、平江路那一带，大多是非富即贵的豪门大户，而瓣莲巷这一带，大多算不上什么大户，最多只能算个中产阶级，充其量就是"殷实"两字，这样的房屋性质又和人群成分构成有关，这个地段的主要居住群体，用现在的话说，就是公务员，因为前面的司前街、道前街（含原来的卫前街、府前街），不远处的书院巷、中军弄等等，都是从前的衙门所在。在衙门上班的公务员，安顿家小，就在衙门附近的街巷里，寻一处空地，造一个宅子，或者买一处旧屋，总之铜钿银子上不可能大出大进，住宅方面也就是个中等甚至偏低的水平了。

此为一。

第二个理由，按朱军的说法，程家的老人在 1949 年以后跟外面接触很少，那也是理所当然，家里尽是些老太太，大门不出二门不迈的，就算想接触别人，也未见得有人愿意来接触，所以别说公私合营，后来也一直躲在角落里，没有被冲击到。

当初程宅只是把最前面的墙门间借给居委会做医疗站，再后来医疗站也没有了，墙门间又回来了，现在租出去给人家做了理发店，这个理发店十来个平方，我特意朝它认真地看了看，发现它竟然没有店招，没有店名，一位老师傅（也不过五十来岁吧）带着一个年轻的徒弟，路人经过的时候，可以看到店里边有不同年龄的顾客在剃头，他们说说笑笑，有十足的生活烟火气。

095

所以，在这样的熟悉而亲切的小巷里，开一个剃头店，有没有店名，也许真的不重要。

这可以算是原因之二吧。我又做了些主观的推测，可能还有一些其他原因，比如家里当时老人多，居住人口多，人均面积不大；而且家境并不好，家中几个老太太，没有工作没有收入，以致后来生活困难，不断要变卖东西维持生计——总之是多重原因，让程宅保持了原来的面貌和性质，也让朱军有了一处独门独户的私房老宅。

既然生活质量是中等水平，房屋的建筑质量和平江路那一带比较，肯定也要稍差一点的，经历了几十年上百年的风吹雨打，至今还能居住，已经十分不易了，但是实际的居住条件已经上不了台面、吹不出牛皮了。

要不然，朱军夫妇怎么会像候鸟一样，春秋季回来，冬夏天离开？

一条只有400米长的瓣莲巷里，如这样的老宅子就有好多，可想而知，整个苏州古城区，又有多少老宅旧宅急待改造修缮，又有多少老宅住户等待和向往着"冬暖夏凉"的日子。

仅仅是冬暖夏凉而已，这个要求并不高，但是要全部实现到位，这个过程，可能会出乎意料地漫长。

大家都羡慕朱军家有一套完整的老宅，家里经常有朋友来，看了他的宅子，都说好，就是原汁原味的苏式老宅，而且现在朱军的女儿也定居大连了，只有他们夫妇两人住这么一个大宅子，面积够大的。

瓣莲巷里这样的人家还不少，他们家隔壁就有一户，只有一个老太太住，面积也和他们家差不多。

如果要说人均居住面积，这条巷子也可能算是比较出挑的了，甚至或许还大大超过苏州的人居平均数了。

当然，其中的缘由也有些让人哭笑不得：一是因为年轻人都出去了，二是因为私房较多，不像公房那样后来安排进去许多人家，所以相对宽松。

和朱军聊天，聊着聊着，我肯定也像其他人一样，表达对"家有老宅"的那种向往的情绪，朱军笑了，的确，家里有这样的一幢老宅私房，别人羡慕，他自己也是心满意足的。但是我也看得出来，他的笑多少有点苦涩，果然后来他也忍不住吐槽了，他说，关于老宅，其实只有住的人才知道有多麻烦。"前两天台风天，每一间房间都漏雨——旁边这个地方原来是轿厅，后来有一年倒掉了，把电瓶车什么的全压坏了，我自己重建了一下。"

房子老了，要收作了，不收作就不能住人了，这件头等大事，政府一直在做，为民办实事，让古城延年益寿。苏州古城区的老旧房屋面广量大，积重难返，简直是"老虎吃天无从下口"，一下子全部解决是不可能的，那就认准方向，咬定目标，一件一件地做，一步一步地走，改善一家是一家，解决一处是一处，从进水到出水，从厕改到修缮，从保持风貌，到扩大人均面积，总之，在古城全面保护的大前提下，一届又一届的政府班子，一位又一位的干部同志，无不把古城捧在手心里，搁在心坎上，无不对古城敬畏有加，谨慎行事，谁都不敢随意对古城动手动脚，即便是胸中装着"发展是硬道理"的真理，即便是顶着"落后要挨打，经济要腾飞"的压力，即便是肩上挑着"建设新苏州的重担"，也都不能把负重累累的古城当成跳板，或者看作是拦路虎。

是的，在一座两千五百年的古城面前，谁都会静下心来，甚至把急匆匆奔忙的脚步放慢一点，慢下来，你才能重新仔细地打量它的样貌，你才能再认真地倾听它的声音，你才能够厘清思路，确定理念。

　　什么样的思路,什么样的理念,才能让古城保护和发展两只翅膀同样地强劲有力、保持平衡,才能飞得更高更远?

　　这不仅是摆在苏州面前的难题,也是世界性的两难的课题。放在苏州,它就不仅仅是课题难题,更是举措,更是方案,更是具体的要实施的蓝图和工程。

　　从1980年代初开始的两难进程,无论快慢,无论轻重,始终没有片刻的停止,没有丝毫的懈怠。

　　古宅新居,街坊改造,更新整治,片区保护,环境改善,综合修缮……一天一天,一年一年,古城在大家的努力下,更古了,也更新了。

　　前几天看到一篇文章,标题很有意思:"苏州古城'爆改'了一番,反而看起来更'旧'了。"虽然有点标题党的感觉,但是内容却是实实在在,用事实阐释了"新"与"旧"的关系,在某种程度上回答了那个世界性的两难话题。

　　古城的一切,都在变化中,在古城保护的进程中,政府财政也好,民间资本也好,全社会的力量,正在逐渐朝着同一个方向汇聚,合力作战,将是未来的必经之路,也是必胜的保证。

　　但是,路途上的阻挡,仍然一个接着一个,比如今天的朱军,面临的就是一根政策红线。

　　在苏州古城的保护行动中,是有许多红线的,比如限高,比如修旧如旧,比如关于私房的政策。

　　红线就是不能突破。但是不突破的话,私房几乎就成了没娘的孩子了。

　　一直以来,对于古城私房的政策,是相对保守和古板的,难以松动,难以突破,不是政府设置规定要卡居民,而是一旦松动,私房的重建、改建、扩建、修建等要求必定汹涌澎湃,加之几十年来一直未能完全处理的违建问题,在重建和改建中必定会再度反弹,旧账未了,新债又至,有点扛不动呀。

但是初心是不能丢失和忘记的,住私房的人,也是人民呀,也要为他们办事呀。

朱军家的老宅,也是有人关心的,朱军认识熟悉的政府的干部并不少,他们也都知道朱军家老宅的真实情况,但是他们真的爱莫能助,关于私房,谁也不能、不敢触碰红线。

但是朱军修缮老宅的念头,动了好多年了,只是好多年来,念头还一直是个念头,尚未成为事实,朱军叹息了一声。

有一大堆的难题堆在前面,我和朱军探讨私房老宅出路的问题,朱军认为,这样的老宅子,已经经历了很多很多的考验,恐怕再也经不起更长更多时间的考验了,要修缮,就是大动作,推倒了重来,但格局不能变的。

瓣莲巷36号的轿厅已经动过了,格局没变,轿厅内部重新整修装饰了。说实在话,我对这个轿厅的改造,并不太看好,感觉它太"新"了。

其实并不是我一个人的想法,就连朱军自己,想法也一样,他的原话是:"这个是不理想的,和整个宅子的风格也不大一致了。因为以前屋子都是砖木结构的,门窗也好,墙也好,基本靠优质木材支撑,现在要想恢复木结构,先不说其他,你个人出面想找一支正儿八经的称职的工程队,恐怕都难。另一个重要原因也是首要原因,那就是修缮费用。"

确实如此,老宅修缮,要修旧如旧,就是整个结构不动,但是墙面、屋顶、天井、院子等等都要重新来过,经济上的代价,是私房房主们望而却步、不敢企望、不能作为的。

接下来朱军又考虑到另一个问题,先不说经济的代价,即便有这个实力,花大价钱、大力气,真的修旧如旧修好了,派什么用场?怎么派上用场?

朱军的女儿在大连安家了,苏州就只他和太太两人,也都上了年纪,如果守着一座崭新的老宅子,前后四进,光天井、院子就有四处,面积大,房间多,朱军还真不知道怎么办。

谁来维护,谁来管理,谁来保证它的欣欣向荣?

这可不是从前,家里请两个保姆,再雇一个花匠,夫妻两个的退休工资全部砸进去恐怕都远远不够呢。

好了,念头在这里卡壳了。

再好的念头,还得有现实来实施。如果理想照不进现实,那样的理想,是空中的楼阁,是天上飘过的云彩。

飘过也只能让它飘过了。

可是心不甘呀。

更何况,日子还在这里继续呢,冬冷夏热,不是今天新时代的苏州人应该有的日常。

这些年来,朱军始终没有断了念头,他曾经多次设想、多次和人商讨办法,希望能够借助政策的力量,让他的老宅焕发青春。

其实何止是朱军,古城中的老宅,哪家不是涸泽之鲋、嗷嗷待哺呢。

我也曾试探过朱军,我问他,有没有想过把老宅卖掉?朱军丝毫没有犹豫十分坚定地回答:没有。

是的。从来没有动过"卖"的念头,尤其是后来听说瓣莲巷这一带的老宅,不进行大面积改造,朱军心里还挺欣慰的,"至少还能给小孩留点东西"。

我想,这个"小孩",既是朱军自己的孩子,也是全苏州人的后代呀。

我和朱军的聊天,一直围绕他的老宅怎么办这个话题,其实这是暂时得不出结论的话题,既然得不出结论,还聊它干什么呢?

无疑,是因为对于老宅对于古城的痴心和不舍。

朱军带着我在他家前前后后走一走,看一看,在第二进的天井里原来有一处假山,现在只剩下假山的基座了,朱军说,那时候家里老人多,吃饭的人多,挣钱的人少,只能不断变卖一些旧物以维持生活。

朱军买下这个宅子的时候,房契上面还有花园,后来没钱了,就把这个花园也卖了,花园的那个地方,人家就盖了一个楼。

虽然假山卖了,花园卖了,但是整个宅子里的建筑都在,大部分的旧物还在保存着,看着这些东西,心里的感受是沉重的,它们给的印象就是两个词,一个是"历史",另一个是"旧"。

我只能把这个问题,留在这儿了。任何人,都很难超越时代,超越特定的环境,做出超前的举动,何况这是苏州古城,古城里有无数无数的"旧历史",更何况,对于这个"旧",要求是既新不得,又旧不得。

除非你是从未来穿越回来帮助我们的。我正好在微博上看到一个热搜——"历史上谁最像穿越者",说谁的都有,但是有一个人的发言特别打动人,他说汶川地震时,桑枣中学地处震中,全校却无一伤亡,原因就是校长叶志平长期定期开展教科书式的撤退演练,十年坚持创造了奇迹。要知道在汶川地震之前,是没有人会重视地震演练的,而他却坚持了十年,才在5月12日那天拯救了全校师生。他仿佛就是那个从未来穿越回来拯救大家的人。

虽然我们找不到从未来穿越回来的人,但是苏州也不会望洋兴叹,做能做的事情:先把古城保下来。

8. 砸在手里的难题

这个事情,苏州从 1980 年代初期就开始做了,一直坚持不懈,才有了今天苏州古城的风貌依旧。

在苏州古城保护这个大文章后面,有一张大大的群英谱,立于榜首的,有一位来自贵州的苏州人,爱家乡更爱苏州,大半辈子的人生,与苏州紧紧相连,与苏州古城、苏州文化不可分割。

专著《一个人与一座城市》以及《一个人与一座城市》续篇,都是写的他。

他是谢孝思。

在谢孝思的年谱中,1980 年代有这样一些大事记:

1981 年:

5 月,在一次市人大常委会上,提出"紧急制止对苏州文物古迹和园林名胜的破坏"的提案,引起省和中央有关领导的重视。

10 月 21 日,拜会了专程来苏的中央有关领导吴亮平、南大校长匡亚明,谈论研究苏州城市性质和建设问题,认为城市规划、经济、政治都要进行一番彻底改组才能符合苏州的发展需要,并将苏州的有关现况写成详文交由中央审阅,这对以后苏州城市的定性起了重要作用。

1983 年:

6 月,与民进同志赴山西考察,写了《为把苏州建设成美丽的风景旅游城市而努力献计献策》的报告。

1984 年:

11 月,在一次政协大会上作了《谈谈我对苏州城市性质的认识》的报告。

1986年：

国务院批示苏州市性质为"历史文化名城、风景旅游城市"。城市规划要贯彻"全面保护古城、积极开发新区"的方针。作为人大常委会副主任和政协副主席，几乎每一处需要恢复和落实政策的园林名胜都去过，为现在苏州城市的定性起到了关键性的作用。

年谱记事，简明扼要，情感的色彩，世事的波折，都掩饰在平静理性的文字背后了。

我们来看一看背后吧。

1980年代初，保护苏州古城的呼声逐渐高了起来，受到中央的重视，中央派了当时的建设学院院长周干峙来苏州实地调研情况。谢孝思得知此情，赶紧联合几位同志写出了一份书面材料，由周干峙转交给了中央，中央领导同志看了，又派了吴亮平和匡亚明两位领导兼专家再次来苏考察调研，他们下榻在南园宾馆，谢孝思步行，从"花街巷绕西美巷过道前街、人民路、十全街，走到南园宾馆"，一见面，吴亮平就对他说，我今天真是舌战群儒，受到不少领导辩诘。谢孝思心知难度不小，建议先实地看一看苏州的现状。

他们去到的就是著名的周家花园"紫兰小筑"，此时，离周瘦鹃先生去世，已经有十多年，曾经茂盛的树木，慢慢枯死，曾经鲜活的花园，一片凄凉，三人沉默无语，后来商量再由谢孝思将古城的问题写成书面文章，上报中央。谢孝思用了一天一夜的时间，和市人大的一位同志共同完成了稿子，又由吴亮平和匡亚明写成内参并向中央主要领导同志汇报，当时中央五位常委都做了批示，不久后，上海《文汇报》发表吴亮平、匡亚明的著名长篇文章《名城苏州亟待抢救》，在全国引起轰动，不多久，苏州"古城保护、开发新区"

的纲领正式确立，新时期的苏州古城保护，拉开了序幕。

其实，假如时间再倒流三十年，我们还能看到，1950年代，正是谢孝思首先开创了苏州古城和文物的保护事业，留园、拙政园、狮子林、虎丘……苏州的园林名胜，处处留着谢孝思的足迹和心血。

所以，有人评价苏州古城保护："就个人而言，谢孝思应该是第一功臣。"此言不为过。

而谢孝思自己却说"我不是苏州人，但是我爱苏州，能为她的文化奔走呐喊我引以为光荣和幸福……谢某欣慰有之，无功可居"。

有功而不居功，为古城保护殚精竭虑，群英谱上，还有很多很多的名字。

这些名字，虽然不是从哪里穿越过来的，但却是和古城紧紧相扣的，面对积重难返的"古"与"旧"，他们一步一个脚印，一下子一下子地努力，将一座濒临败落的古城，一点一点地救活了，将快要熄灭的生命和青春之火，一处一处地重新点燃了。

他们的难度在于，在一个新的时代，却偏要与"旧"打交道，旧了，就和已经到来的新时代、新生活违和了，矛盾了，不相适应了。

更何况，"旧"的情况，也各不相同。有像朱军这样的，独门独户，一家人住，私房性质的；也有的（可能更多）是一个院子里有好多户人家，房产的性质也有好几种，公房私房混杂。那么，公房该怎么弄，私房该怎么弄，这中间是很复杂的。因为许多事情，许多老房子，由于历史的和过往的各种原因，现在呈现出来的，并不是非黑即白、非公即私的清楚面目。

朱军曾经写过一本书《洞庭两山一水间》，是二十五册的《吴中文库》中的一本，在写作这本书的时候，朱军到洞庭东山西山，走访了很多民居，特别是那些深宅大院，一走进去，他就被紧紧地缠住了脚步和视线。

洞庭东山西山有许多大户人家,那些房子的规模阵仗,不亚于苏州的大户人家。朱军看得眼热心跳,曾经忍不住问村长说,房子能不能卖?结果村长笑了,说,这些老宅,别说买卖了,文保部门都看过,政府愿意出资修缮保护,本来是件大好事,私房由政府出资修缮,谁不乐意?

但是棘手的问题一下子就冒出来了,根据政策规定,老宅修缮之前需要房主签字,于是就去寻查房主,不查不知道,一查吓一跳,本来基本已经无人居住、完全无人过问的老宅,忽然一下子冒出了四十多位继承人。才知道,这一家一代一代演化下来这四十多位继承人,都不在本地,也就是说,要想把这四十几个人找齐再签字,恐怕基本上是做不到的。

虽然说的是东山西山,其实苏州古城区内,类似这样的情况更是多之又多,远的不说,就在瓣莲巷,就在朱军家旁边。

比如瓣莲巷6号,是个大宅,有价值,值得保护下来,因为是公房,政府就可以有这个打算,现在里边有五户人家,政府一提出要他们搬迁,这五户人家都拍手称快,恨不得立刻就走。但是后来再仔细一查,问题就出来了,原来其中有一户人家的面积竟然是公私夹杂,家里大部分面积是公房性质,但是几间屋子中的某一间,大约十几个平方,居然是私房性质。

天晓得怎么会在大部分的公房之间,夹了这么一小块私房,但是人家拿得出产权证,实骨铁硬,如假包换。

反正从前那些时代,什么样的奇葩事情都可能发生,在公房里夹一点私房,也算不上特别稀奇古怪了。我们很有必要,却没有篇幅去追究和描写它的来龙去脉,就留给小说家去完成那些精彩的故事吧。

我们现在能做的，就只有面对这十几个平方的私房目瞪口呆，束手无策。

公房政府可以出面，将居民安置到新房，把老宅腾空，再到出资修缮，再想办法活化利用，老宅就活起来了，有了新的生命，不用担心它坍塌在我们这一代人的手里，以免以后让自己念叨"罪过罪过"。

但是偏偏公房里夹了一点点私房，虽然只有一点点，但是公私要分明，事情要处理好。

私房政府不能随便动，怎么处理呢？这一间私房的户主是父亲，父母亲都不在了，现在住在这里的这一户，是他们家的老五，他的哥哥姐姐都在外地，如果政府要动这十几个平方的私房，那就一定要请他的有继承权的四个哥哥姐姐从天南海北赶回来签字，只要有一个人没有签字，这事情就不能进行。

但是这个老五的哥哥姐姐们，才不愿意，总共才十几个平方，政策再优惠，作价也作不了几个钱，还要兄弟姐妹五家平分，分下来的钱，都不够车旅费，不够住宿费，不够误工费。

不干。

于是这事情就这么搁置了，整个院子都不能动了。邻居都怨老五，可老五有啥办法，事情耽搁在他这里，过新生活过好日子的梦想，因他而破灭，要说着急，他一定比别人更着急呀。

仍然是瓣莲巷，类似的各种事例很多，还有邻居之间意见不一的原因，比如10号里面，是一栋一栋的洋房，里边是这个问题，楼上的房子是危房，原住户非常愿意走，但是楼下的人家漏雨也漏不到他这里，他就不想动，只要一户不同意，整个一栋楼就没法动。

也许有人会觉得，动得了动不了，可能跟住户的要求太高有关，这也是事实，也的确有这样的情况，有人会借机狮子大开口，甚至有人胡搅蛮缠，但归根结底，还是政策口子卡住了。而政策的口子，又是必须卡住的，不能随便打开，继承权是法律的事情。

最后朱军的话题又从别人家的老宅那儿，回到自己家来了，他说："你看像我这房子现在还有个很大的后遗症，当初钱我是掏了，但是因为那时候过户手续都没办，所以如果有人要来找我，我会有一场官司的——当然，如果我不动，可能也没什么，不过我如果动一动，说不定好多个继承人就出现了。"

无论是洞庭东山西山，还是苏州古城区，许多老宅已十分破旧，亟待修护，却一直无法进行，哪怕是私房公修，也不行，这不单单是经济的问题，还是法律的问题，也是新旧时代交替过程中的两难处境，新旧规则之间，还没来得及衔接好。

法律最大，谁也不能违法，政府更不能违法。但是法与法之间，也会产生碰撞，也会打架。比如苏州古城保护法，和民法中的继承权法，怎么去协调？怎么在协调中走出一条新路来？

其实，我们再回头想想，再放眼苏州古城看看，反倒是那些名宅大院、名人故居，还有许多私家花园、园林，因为早年性质的改变，成为公产，现在大多修缮保护利用了起来，近些年来，苏州古城区内，保护修缮并且活化利用得很好的古宅名宅，如果全部列出名录，那是十分可观十分令人感佩的。

而像朱军家的私房，一直属于他自己，但是现在由于种种政策的规定和法律的限制，只能眼睁睁地看着它一天一天老去。

所以，世间的事情，来来回回，颠颠倒倒，反反复复，真是一言难尽。

朱军还给我讲了一个并不好笑的笑话，为了给他的老宅找出路，救活它，朋友们曾经出过好多点子，有人建议他，索性给自己家的老宅编个故事，让它成为名人故居，这样文保方面的钱就可以投过来帮助他。朱军说，这也不是不可能，但他不会这么做，而且即便是这么做了，即便真的得到政府文保的资助，一想到可能冒出来的继承人，头就大了，就有点泄气了。再退一步说，即使他有能力自己修缮，不用政府资助，但是因为房产证上的名字的原因，事情恐怕也仍然做不起来。办修缮手续，是要求房主亲自出面申请的，但是朱军却不是房产证上的房主。尽管当年他出钱买下了，但是局限于1980年代初期的观念理念等等，首先是法律意识薄弱，又因为买卖双方是亲戚，有亲情关系，再加上当时人们对住房的希求不像后来那么疯狂，房价也比较便宜，种种原因叠加，致使错失了办理过户手续的机会。

现在几十年过去，翻天覆地的变化，一切都已经完全不一样了，房产证上没有你的名字，一切努力都是未知。

朱军家的房产证上的名字，是他太太程家丽的第三个叔叔。程家三叔叔1945年去了台湾，后来在美国定居了，再也没有什么联系。老人如果还活着，也有100多岁了，有一次有个朋友喝了酒，拍胸脯保证说，我托人帮你去找，一定找到他。

其实大家心里清楚，真是很难找到了。即便找到了，人家也许会吓一跳，都不知道发生啥事情了，况且，100多岁的叔叔如果不在了，那么又会有很多后辈冒出来，那个怪圈，仍然是绕不出去的。

古城中还有许多旧房子没有修没有动，不是不愿意修，也不一定是没有实力，那是没法子修。

话题一直在绕圈子，其实我们也都知道，这个圈子我们是绕不出去的。但是就在我们绕着这个老旧私房改造修缮话题兜圈子的时候，我又想起了在姑苏区古保委的采访，他们关于古城区旧房老宅怎么保护修缮改造这个话题，谈得同样深入细致。

在私房翻建的过程中，为了让古城旧私房的改造从外观到内涵都保质保量保持风貌,政府采取两个办法进行,第一是从基础上援助私房翻建,政府会要求按照设计单位正式报规的图纸进行报建,私房主找设计单位,政府会介入协调和控制成本,有点类似法律援助。设计规范了,从源头上、基础上控制住乱修乱建的可能性。第二是在施工过程中,政府会进行监管,并配套奖励,以100平为例,最高可以奖补到7万多,基本上在每平米600元左右,分类分等级的,做得特别好的,补得就多,你做得一般的,补得少一些,鼓励了私房修建的积极性。

另一方面,他们所谈及的内容,恰好和朱军这里的话题是同一个问题的两个切面。

先以体育场路4号乐益女中项目为例,女中原址面积内,有1000多平方产权不清晰,但是这个项目要推进,于是就由政府来担保,也就是说,这个事情如果出现产权上的问题,就由政府来兜底——而这种情况,这种不清晰,还都是在体系以内的,处理起来虽然也有麻烦,但还不算太麻烦。但是如果涉及个人的、私房的,就会很麻烦。因为产权问题几十年来一直纠缠,老宅子里房屋性质差异很大的,一方面要鼓励翻建、鼓励修缮,但同时,还必须基于一个产权明细的释放,产权不明晰或者说有产权争议的,肯定不能先拿出来做,只能拣有把握的先做。

拨乱反正、纠错纠偏的工作一直做,一直没停,但因积重难返,做到今天,仍然还有许多产权不明晰的房子。

这些面目不清的房屋,坐等,是永远等不到它忽然有一天明晰起来的,再等下去,不用明晰主权,房子就要塌了毁了不存在了。所以坐等是不行的。

步子不能太快,太快了要出问题,却又不能太慢,太慢了也一样要出问题。工作的难点,就在于如何平衡快与慢,如何在法律和政策法规的大框架下,积极地抢救古城。

所以会有试点项目的推出。试点是尝试闯出新路,试点是积累经验,当然,也可能闯不出新路,结果是买了教训。但经验也好,教训也好,都是古城保护过程中积累的宝贵财富。

比如说,朱军就曾经向有关政府部门建议,能不能在私房这方面开个口子,不发生产权转移,他的这个老宅愿意租给政府,签个8年、10年,如果政府租了,修缮后开民宿也好,做其他利用也好,可以规避房产性质的问题,同时也就把这个产业给守住了。

可惜这只是朱军的一厢情愿,目前看起来,这个口子难以打开,但是至少,我们可以看到,很多的人,几乎所有的人,住在古城的人、热爱古城的人、为古城工作的人,都在努力想办法、突破、创新、积蓄力量。

现在许多大院里的房屋性质,公私混杂,有公有私,以往的产权流向都是从私到公,这就如同朱军所说的瓣莲巷6号那样的情况,那几百平方公房中有十几个平方的私房,如果没有继承人的难题,应该会由公家接手,然后这个宅子就可以改造修缮了,但是老宅中情况复杂,比如还会有另一种模样,也有些院落和瓣莲巷6号恰好相反,可能大部分都是私房,只有一个小的角落是公房,这样的状况,也一样挡住了往前推进的道路。那么能不能开个口子,政策放宽一点,干脆把这一点公房转卖给私人?——当然这也一样需要因地制宜,得看产权的比例。当私房占比到一定的程度,是否可以考虑这样的举措?

我在整个采访过程中,不仅普及了许多知识,更重要的是提高和更新了对于古城保护的理念和认识。所以在那一个阶段,我自己的脑力劳动也达到了顶峰,尤其关于"老房子"。

历史遗留下来的土地问题,如果真正完成土地洗白,就没有问题了,但是这么多年来积累的混乱,一下子是难以全部理清的。

如果在没有解决清楚产权的前提下就进行修建,到后面还是会有遗留问题,所以最直接的办法就是把原来的产权注销掉,排除隐患。如果不注销,即便买到了公房,结果很可能发现,原来其中产权清晰的只有一半面积,说不定就有不知从哪儿冒出的房主来和你争夺产权,你那个买房子的钱就花得太冤枉了。

姑苏区目前的情况是,整个区的公房,产权清晰的大概就是一半的样子,姑苏区直管大约有 200 万平方米,也就是说,大约有 100 万平方米的直管公房,特别是在老城区内,产权都不清楚,所以问题十分棘手,如果一直用不注销直接交易的方法,很可能又会产生一批新的问题。

显然,历史留下的难题,以及随着时代发展又出现的新的难题,现在统统都砸到这一代人手里了。这一代人,是把它们捧着,然后再砸给下一代,再下一代,还是我们要去解决它?

即便是没法修,也不能随它去。随它去的话,最多也就是几十年了。用朱军的话说:"再过二三十年,以后就没有了。"他反复强调:"大概也就二三十年了。"

语气是平淡的,味道却是感伤的。

但是,决不会随它去的。无论是苏州的政府还是苏州的人民,都不会让砸在自己手里的难题毁了一座两千五百年的古城。

只是这里边的情况太复杂,法律、政策、道理、财力、人情、愿望,等等,令人感叹:政府不易。

可是,难而不做,过去也许可以,现在不可以。

事实上,苏州也没有停止过。

古保委主任朱依东和作家朱军,两位姓朱的同志,不同的身份,不同的角度,从一个问题的两个侧面,都迫切地热切地用不同的方式关心着古城老宅的改造修缮。

是的,在苏州,在古城,大家同心协力,一起努力,为古城的保护改造、为家住古城的老百姓的生活改善,或出谋划策,或运筹帷幄,或肩负重任夜以继日,或率先垂范任劳任怨。无论有之一之二之三之无数的阻碍摆在面前,再多的阻碍,也阻挡不了人们的念想和努力,再大的困难,也剥夺不了苏州从政府到百姓、从专家到草根,所有的人,对于古城的情感和保护古城的责任。

我们看一下古城的基本情况:

苏州是全国首批24座历史文化名城之一,苏州古城面积为14.2平方公里,古城内各类历史遗存丰富。其中文保控建筑和文物登录点合计1500余处(全国文保24处、省级文保37处、市级文保123处、控保254处、文物登录点1141处),约占苏州大市的41%。此外,还有虎丘、留园、拙政园等国家5A级景区,平江路、山塘街两条中国历史文化名街,沧浪亭、狮子林等8处世界文化遗产。

苏州的昆曲,被联合国教科文组织宣布为"人类口头遗产和非物质遗产"代表作,世界文化遗产苏州园林被誉为"无声的诗,立体的画"。

……

2018年,世界遗产大会在苏州召开,苏州作为世界遗产城市组织目前在中国的唯一一个正式成员城市,凭借厚重深邃、博大精深的历史文化底蕴和文化遗产传承保护的大格局视野、大步伐决心,在闭幕式上被授予"世界遗产典范城市"称号。

看到这些内容,看到这些数字,谁的心头不会激起骄傲和自豪? 而同时,又有谁的肩头,不会感受到数十倍数百倍的压力和责任?

几十年来,这里围绕"保护、更新、民生"三个关键词,有过各种努力和尝试,解危安居,街坊改造,老宅新居,综合整治,片区打造……一直都在探索,一直都在实施,走得通就走,走不通,推广不开,那就再换办法,决不停下脚步。

一直走到2012年,苏州沧浪、金阊、平江三区合并,成立姑苏区,至此,苏州国家历史文化名城保护区正式挂牌成立,成为苏州古城保护的直接主体,古城保护在路径上更加清晰。姑苏区设立了古城保护专门机构,实施街道区划调整,设立5个历史文化片区管理办公室,出台两个"条例":《苏州国家历史文化名城保护条例》和《苏州市古城墙保护条例》,古城保护的法规体系进一步完善。

从1982年起步的古城保护,走到2012年,三十年,面对古城那么多的老宅旧居,铺天盖地,散落在苏州古城的每一条街巷,每一个角落,全部的整体的修缮一下子做不过来,怎么办?一下子不行,就一下一下地干。

最近的这一两个月,我在苏州古城走了好多地方。其实在以往的年头中,我也经常会在古城走动,也许,每一次的出发点并不完全相同,有的时候,是有明确动机的,甚至是很功利的。要写一写山塘街了,就到山塘街走一走,想要了解一下桃花坞了,就到桃花坞那里转一转。也有的时候,是漫无目的的,没有任何想法,就是想念它了,随随便便来走一走,看一看,要看什么,自己都不知道,看到什么是什么。

结果总是看到许多,收获许多。

这就是古城,它永远会给你哺育和回报。

而今年夏天的这一次行走,应该是目的性和功利性最强的一次,我要看的就是古城已经发生的变化和尚存的问题。

变化真是太大太大。

尚存的问题也真是太多太多。

四十年了，政府做了很多很多工作，保住了很多很多地方，让很多濒临毁灭的地方重新活过来，既样貌依旧又焕然一新，既小桥流水又生龙活虎，努力让古城区群众的生活跟上现代化的节奏，让旧宅里的老居民，也享受改革开放发展带来的红利。

只是，我们的小小的古城，其实是太大太大了，因为它是遍地珠玑，因为它是满城遗存。还有大量的地方，大量的旧宅，大量大量的历史存留，亟待拯救。

我一边走一边拍照，大汗淋漓，模样狼狈不堪，其实最狼狈的样子是在心底里。

我看到了许多古旧巷子，也经过了一些老旧小区。

不只是清代的古宅老了，民国的老宅老了，二十世纪八九十年代造的那些公寓小区，也都老了旧了。

那曾经是多少人向往的公寓房，厨卫独立，不再三桶一炉，不再潮湿阴冷，阳光从南阳台照进来，风从南北窗户吹拂而过，把现代化的生活吹进来了。可是由于当时的条件所限，建房的质量、建造时的规划、材料的选用等各种原因，尽管这些公寓房的使用年限不长，仅仅三十年，它们却已经开始呈现衰落之态。

有一天我穿行到了苏州古城区北边的东北街，我是要从平江路的北口进入平江路的，途中，却意外地发现了一处园林式的建筑群。其风格，其样貌，顿时让我弹眼落睛。我不由停了下来，驻足观望。

这一带，是苏州的拙政园、狮子林、苏州博物馆等名园名馆集中的地段，宜人的气息本就十分浓郁，难道又建筑起一座新的园林或新的园林式住宅区吗？

我走过去,走近了,看到了高大气派的大门门楼上有三个大字:华阳里。

我才知道,我和华阳里不期而遇了。

华阳里,它不是园林,也不是什么园林式新小区,它是一处老旧小区,建于1999年。

我赶紧拍下了许多照片,沿河的粉墙黛瓦错落别致的二层,小区内里一排排精致的四层楼房,院内园林式的布景,我才知道,华阳里旧貌换新颜了。

因为急着要去平江路,我没有留下更多的时间给华阳里,回去以后,我开始查找华阳里的踪影,和它再一次相遇。

始建于1999年的华阳里是姑苏区众多老旧小区之一。随着时间的推移,设施老化、功能不全、配套缺失等问题逐渐显露,居民们生活不便,倍感困扰。

2020年开始的修旧工程,到2021年3月基本完工,等到我这个后知后觉者路过华阳里,与它相遇的时候,全新的华阳里,已经成熟,它已经成为"把老小区改出新面貌,让老楼居民过上新生活"的一个样板了。

雕工精致的镂空花窗,古朴素雅的亭台长廊,精心布置的假山树木,各种细节都十分到位,而且暖心,小区中央活动区域被打造成了苏式园林风格的景观小游园,成为小区最受居民欢迎的地方。

整个小区,从大门、房屋外立面、路面、游园,到地下管道、车库、单元防盗门,每一项变化都改到了居民的心坎上,同时结合居民需求,提升各种功能,完善服务设施,针对小区老龄住户偏多的特点,重点在单元楼道内增加折叠休息椅、扶手等适老化设施,并在公共区域增设无障碍通道,对楼道公用灯和单元防盗门进行了更换,布设了智能监控、门禁系统和道路照明系统,在地下增设雨水收集系统,避免小区道路、绿化带大规模积水,方便居民生活。

小区公共活动场所还将打造小区居民议事厅、公共图书馆、居民活动室等,进一步丰富小区公共服务设施。

资料显示,除了令人羡慕的华阳里小区外,2021年,姑苏区还计划组织实施改造16个老旧小区,涉及房屋416幢、居民7067户,计有:福星小区一、二期,清洁路84—87号,清塘路1587,城中花园,桂花二村,冰厂街,新元二村,新元新村,三香新村八个小区,3月份开工建设,计划年底前完成改造;狮林苑、桐芳苑、桃花坞大街85号2—3幢、打线里、长康里、财神里、敬文里七个小区,计划6月份开工,年底前基本完成改造。

早在2021年1月,苏州发布2021年实事项目安排,其中在人居环境方面做了以下工作:

> 实施50个老旧小区综合整治
>
> 对54个零星老旧小区进行改造提升
>
> 对83条背街小巷开展环境整治
>
> 持续推进既有多层住宅增设电梯工作
>
> 启动增设100台电梯
>
> ……

就在《家在古城》即将完工的12月13日晚上,苏州电视台的"苏州新闻",播出一条关于苏州公共卫生间的新闻:小小的公共卫生间,展现出一座城市的管理水平和文明程度。

作为"全国厕所革命先进城市",近年来苏州市相继投入资金超过10亿元,新改建2251座使用方便、设施完善的市政环卫公共卫生间,全市公共卫生间总数达到3031座,其中二类以上标准的占比超过六成。其中,姑苏区更是从建设设施完善的公共卫生间,到打造人性化、生态化的"城市驿站",走出了"精细化+智慧化"建设管理的特色路径。古胥门旁一座环保公共卫生间使用频率很高,远远看去,这座在设计中融入了苏式传统元素的公共卫生间就是城市一景。往里走不仅环境洁净明亮、没有异味,第三卫生间、哺乳化妆间等贴心设施也一应俱全,这座公共卫生间有着"全国最美公厕"的称号。

我想起胡敏也和我聊起过厕所的话题,因为那是我们儿时共同的记忆,就在同德里5号和6号之间,有一个公厕,它的年代已经非常久远,至今仍然站立在原地,就是这个伴随过我们成长的旧公厕,如今像个小花园,有人进门,就会有音乐响起。王稼句先生也关照过我,他说,你要把苏州的公共卫生间写一写的,它可能是全中国最干净最好的,管理得非常好,这是政府花了很多精力很多财力的,但是千万不要小看厕所这个东西。

小小公厕,民生大事。稼句先生的说法,我举起双手赞同,因为我有切身体会。在行走古城的日子里,我进过一处又一处的公共卫生间,无论它在哪个旮旯,无论它在哪个尽头,哪怕就在杂乱的建筑工地旁边,或者在人流量很大的闹市区,它们无不大受欢迎,内里洁净舒适,颜值能打能扛。

过去大家不无调侃,要找厕所,闻味道就能找到,而今古城区的公厕,建立了"公厕云平台",通过数据管理,实时监测厕所的各种情况,比如除臭,通过对系统动态信息的远程监控,管理人员可及时提醒保洁员清洁厕位。凭着臭味找厕所的日子已经一去不返。

这条新闻中还有许多内容:比如,重点增加女厕位以及无障碍设施;融入负压新风除臭、3D打印、雨水回收、装配式工艺、泡沫封堵,生物降解等新材料、新技术;部分公共卫生间增设了自动售纸机、免费WiFi、手机充电站、免费雨伞、自动擦鞋器、红十字急救包、直饮水设备、阅览室、垃圾分类宣教基地等人性化设施,各地以不同方式拓展着公共卫生间便民服务功能。

……

在公厕总体水平大面积提升的同时,也难免会有一些小的瑕疵,比如有些公厕的配件质量得不到保证,尤其在人流量较大的地段上,一些公厕的厕门拉手、挂钩之类的,使用不了多久就断裂损坏,如不及时更换,给使用公厕带来诸多不便,公厕管理的进一步细化正在来的路上。

改善古城区居民居住条件与环境,提升人民群众的幸福感,苏州一直在行动。

我继续行走在古城的大街小巷,我走过华阳里,进入平江路,我一边走一边想着,心情激动而复杂。

我遇到了很多老苏州人,我也遇到了新苏州人。

那一天我沿着平江路走,我要到平江路上的曹胡徐巷去看看。

曹胡徐巷,给它的介绍比较简洁:曹胡徐巷是苏州城区东部一条街巷,位于平江历史街区,以旧时巷内曹、胡、徐三姓大户得名。

巷名取得真实在。

今天的曹胡徐巷,历经沧桑,已经找不到曹、胡、徐这三个大户了,但巷内仍然有一些有规模的大宅老宅,三进、五进的都不在话下,有一个郑宅,是清代康熙年间的建筑,据说原来有四路七进,现存二路三进,厅前的精细复杂的砖雕门楼尚存,下有须弥座,字牌上有王世琛写的"令德贻芳"。

有大宅,有王鏊八世孙、康熙钦点状元王世琛的题字,故事一定不会少,也可能有很多很深远的传说正等在那儿呢。

尽管如此,这条曹徐胡巷,在平江路的那许多支巷中,却算不上出众,比它响亮的,比它精彩的,大有巷在:钮家巷,大儒巷,卫道观前,中张家巷,胡厢使巷,丁香巷……哪里不是人杰地灵?哪里没有藏龙卧虎?

只是在一次调研过程中,社区干部介绍,曹胡徐巷的一些老宅名宅,现在住了许多外来打工者,其中有一座汪宅,里边住的大多是外来人口,工作多以踩三轮车为主。

这是新苏州人集中的地方。

我就是冲着他们而去的。

我是一心去曹胡徐巷找汪宅的,从平江路上的东口进巷,走了几步,就看到了76号,门口有"宋宅"的牌子,顿时回想起来,这个宅子我也听过介绍,里边是原住民和外来户混住的,兴致立刻就起来了,好像看到宝贝似的急急地往里冲,却不料乐极生悲,里边窜出一条狗来,冲着我乱吼,结果我被狗赶了出来。

它大概是不希望我把里边的宝贝都看去哟。

我又往前走了一段,沿着巷子两边看,却没有找到汪宅,心里就在责怪自己当时记录得太马虎,没有问清楚是那个汪宅是几号,一边后悔着,一边就回头再走,走到了80号。

眼前有个环卫工人,四五十岁的模样,穿着"姑苏环卫"的黄绿色制服,踩着一辆印有"正在作业,随时停车"字样的环卫车,拐进了80号,我赶紧跟随。

他却没有往里边去,在过道里就停下了,原来他的住处,就在过道的门堂间。门堂间共有两间,靠外一间,门锁着,他住的是里边的那一间,有七八个平方,我从门口经过,朝里探望一眼,里边乱糟糟的,一台台式小电扇和一个小吊扇一起在奋力运转。

我不便直接去拍他的住所,瞄了一眼后我就往院子里走,看到院子里面却是十分整洁清净的画面,绿化很赞,有大树,葡萄架上爬满了青绿色的葡萄，家家门前以及院子的角角落落，都摆放着大小不一的绿植盆景，水井四周，也是干净清爽，晾衣绳上还有好几件环卫工人的衣服，唯独没有看到一个人，他们都在上班，为生活而奔忙着。

就是一派平常生活的气息，虽然是一种陈旧的生活，是一种与高大上现代化搭不上边的平民生活，但是它的平静和旧而不衰、它的绿色生机，还是深深地打动了我。

我心里涌动着一些说不清的情感，正打算离开，那个住在门堂间的环卫工人见我要走，他朝我笑了，说："你拍照啊？你往里走，顺着这边，你左拐，再左拐，里边大着呢。"

我顺着他的指点，穿过了第一进的院子，拐进了第二进，那里是一座二层的楼，二层楼的前面，还有大排一层的平房，有好多间房间，旁边另有一扇看起来是封闭的不能通行的门，但是望得见那个门里，是另一座二层的老建筑，那个二层的建筑周围，又围着好多旧时的建筑，真正的曲径通幽错落有致啊。

这个曹胡徐巷，让人不能小瞧，根本不用从空中俯瞰，你完全可以直接想象，这就是一个紧紧连环着的建筑大世界。

我在曹胡徐巷80号的院子里，走了几圈，拍到了更多的场景。后来我在整理这些照片的时候，意外地看到了有几张照片拍到了马桶，开始我以为是有好几只马桶，但是仔细辨认后，我确定就是那一只马桶，我是从不同的角度，几次拍到了它。

竟然有一点亲切的却又说不太清的感觉。

我从院子里边出来，经过门堂间，那个环卫工人在吹电扇，在电扇下仍然满头大汗，我说："你没有装空调啊？"他又笑了，说："没有，装不起。"

我说："电是够用的吗？"

他说："够的够的。"他指了指过道上方的墙面上一长排电表，说，"一家一个表。"

我看了一下，大约有二十个独立的电表。

我没再多说什么，急急忙忙地走开了。其实我又很想返回去，我想去和他聊聊天，聊聊他住的这个地方，平江路，曹胡徐巷，80号大院，门堂间。

虽然那一天我并没有返回去找他，但是从那天以后，我是心心念念地想着要再去，天气越来越热了，而且每天都是晴天，大太阳，尽管如此，也挡不住我的念头，我想我还是得去，再热也得去，于是，十多天后，我又去了。

那天我和我的助手冯婷一起，我们那天的计划，是要在平江路走好几个地方，采访好几个人，但是我们约在东北街和平江路交界的那个口子碰头，从北面进入平江路，西侧第二条巷子，就是曹胡徐巷。

在我的心里，到平江路，首先想要找到的就是曹胡徐巷的那位环卫工人。

只是，我未必还能再碰到他。

却又偏偏心想事成，我们走进80号，一眼就看到了门堂间那间屋子的门开着，正是那天碰见的那位环卫工人，他正躺在一张躺椅上休息，仍然是两台小电扇吹着，屋里又闷又热，他却睡得很香。

我吵醒了他，我说，师傅，我前几天过来拍照的，你看到我的，你还记得吗？他说他忘记了。然后我问了他姓什么，知道了他是乔师傅，大名乔业荣，年龄55岁，老家江苏宿迁。

环卫工人，被大家称为"城市美容师"，可是乔师傅无法给他自己的这个小小的家美容。

就在闷热的这个小屋子里,我们有一段对话,下面是对话的一部分:

我:"乔师傅,你一个人住在这儿?宿迁的家里人都没来?"

乔师傅:"没有,就我一个人。"

我:"你这个房子是租的?"

乔师傅:"是的,我这房东他就这一点点房子。400块钱一个月,房子经常漏雨,我自己爬在上面修了好多次,今年6月份漏了好几次,我晚上觉都睡不着,修了好多次了也不行。"

我:"房子太旧了。这个院子里,其他人家也都是外来的吗?"

乔师傅:"还是苏州本地的人多一点,也就几户是外地人,连我总共有三四户。"

然后乔师傅告诉我,他是宿迁泗洪农村的,家里有老婆和小孩,小的小孩还在上学,大的小孩也出来打工了。

他的工作范围,就在平江路,主要在大儒巷那一块,基本上是每个人分一条巷子这样的情况,像这条曹胡徐巷,就是另外一位同行负责的。他们的工作还分白天和晚上,乔师傅白天在大儒巷,晚上在曹胡徐巷和东花桥巷。一天工作八九个小时,其中一半时间是晚上工作,等等。

看到乔师傅一边说话,一边淌汗,我不忍心过多打扰他,他却一直颇有耐心笑眯眯地回答我的问题,并不特别在意,只是对我们有一点点不过分的好奇。

乔师傅:"今年都来二十一年了,以前刚到这里就在观前街做环卫,后来我到模具厂里面做模具,以前厂子在北园路,后来那厂子搬到吴中区,我就到那里干了两年时间不到,路程太远了,后来我又来观前街做环卫,做环卫也做了十四五年了,养老金都交了十二年了。"

我:"做环卫工作也是比较辛苦的,做环卫的收入跟你自己的想象是不是有差距?"

乔师傅:"还是差不多,因为我这个年龄也大了,而且也没有什么学历,我今年55岁了,所以也没办法。"

我:"你是在家里念过初中还是念过什么?"

乔师傅:"我初中上了一个学期左右,后来我们乡镇上办成了一个酒厂,那是1986年,我才20岁,我哥哥就是在我们县里水利站里面,后来他帮我找到酒厂,干了一阵,后来酒厂倒闭了,也就没有再去上学,反正就一直打工,没办法。"

我:"现在这个地方是苏州比较重要的一个区域,平江历史街区,现在外面游客也很多,外面很好看,但是这个巷子的老宅里面还是比较旧。你住在这儿自己有没有什么想法、愿望?"

乔师傅:"像我们没什么学历,年龄大了,还有什么想法?就好好地在苏州这边干活。"

我:"你住的这个房子比较小,房东家就这么一个房子?"

乔师傅:"是的,中介介绍的。"

我:"房东你认识吗?"

乔师傅:"没见过,我有他手机号码。"

我:"吃饭怎么弄呢?"

乔师傅:"吃饭什么的都自己烧,都自己解决了。"

我:"我听说曹胡徐巷这里还有一些外来打工的,做三轮车师傅的多一点?"

乔师傅:"我们这个院子里没有,我隔壁这间屋子是母女两个,她们是在饭店里面干活,现在不在家。"

隔壁的那一间,和上次一样,上着锁。那对在饭店打工的母女,我始终没有见到。我很想见到她们。

我们又聊了一些其他话题,知道乔师傅要去干活,我们赶紧告辞,临走时乔师傅忽然对我们说,大儒巷社区,汪书记,我认得他(她),他(她)也知道我。

说这句话的时候,乔师傅的脸上,露出一丝纯朴又有点害羞的笑容。

这一丝笑容,会一直留在我的心里。

今天,又有许许多多的新苏州人,住进古老苏州的旧宅里,他们的日子,不知不觉就过成了苏州人的日子,他们融入苏州,只是时间问题,他们的生存环境,也一样是牵挂在人们心头的。

我们从曹胡徐巷80号出来,走几步,跨过胡厢使桥,就到了平江路。此时的平江路,游人如织,一派兴旺,虽然时间正当午,天气很热,但是热不过大家对于平江路的热情。

9. 李超琼日记

姑苏区的成立,其方向是非常明确的,正如朱依东主任所说,做的就是"一票否决"的工作。所以,在开始的一两年,动作并不大,行动不多也不快,面对铺天盖地的保护对象,面临这条保护和改变同样需要的艰难路,姑苏区是做了充分更充分的准备才开始上路的。前后花了几年时间,花了大量精力,完成了首次保护对象普查,涉及对象4千多个,信息数量9.6万条,基本摸清了家底。

这是一项涉及面广、量大又极其复杂的艰难工作,摸查排访,必须十分细致,一个街道一个街道地排,一个社区一个社区地走,一家一家，一户一户，一眼不眨，寸土不漏，一个角落也不放过。因为这是城市最细最紧密的肌理，也是古城群众最真实的生活。

这个部分，是古城保护中难度最大的。

它们既承担着保有古城传统风貌的重任，但又不一定达得到文保控保等级，这大片大片的普通民居，就像是绿叶，文保是红花。但是如果红花周围没有绿叶，那是不完整，也不协调的，成不了气候。

我们城市的肌理，包括全城整个风貌的保护，江南风格的传统民居是其最重要的一个组成部分。

为什么在同样的古城保护中，苏州能够突出自己的特点和个性，能够拥有独一无二的名片？不同之处就在于，其他城市或地区，可能更多的是点状保护。点对点的保护，保下一座名人故居，修复一座古典园林，本身当然是极有价值的，但是如果无法考虑和协调周边的环境因素，很可能这朵红花就是孤零零没有陪衬，它曾经的历史气息，它原有的环境氛围，也可能会被切割阻断，使它看起来，像一朵没有气味的塑料花。

就苏州古城而言，从1982年开始，总体上是把握住了拆除改造比例的，所以总体上古城的肌理、格局、风貌都还是比较完整的，这其中就是因为普通的大量民居以及这些民居里的住户，在其中发挥了很大的作用，构成了整体的古城的风貌。

当然，几十年的具体实践中，有许多动作，有许多举措，确实都是摸着石头过河，甚至也许会有错误，至少会有不够成熟的做法。当然，哪些是成熟的，哪些不够成熟，哪些可以推广，哪些不适合参照等等这些评判，也都是在后来的日子里慢慢悟出来的，是从长期的实践中体会得来的。

站在今天的角度来回看过往，为什么有些项目做了探索之后没有大面积推开？原因无疑是多种多样的，但其中"拆得太多"肯定是主要原因之一。

拆了再建，即便这新建的房屋，也仍然是苏州民居的风貌和特色，首先，限高，然后，也有粉墙黛瓦，但是无论怎样模仿，和原来的民居相比，就是觉得味道不一样，气息、质感、体量等等各方面，都有很大的差异。

用古保委朱依东主任的话说，就是"没有历史的沉淀"。

一语中的。

所以在做了一些试点以后，都没有大规模地推开。有时候，抢救是抢救，有时候，暂时叫停也是抢救。

这里还有一个避不开绕不过的话题，那就是干将路。

干将路工程，已经过去了三十年，争议还在，各种说法还一直在延续。

我曾经想过要回避掉干将路，但是行文至此，我又不想回避了。

我想说的是由干将路引申出来的话题，在一个几乎全面堵塞了的老旧古城，要平衡保护古城和解决交通生产居住等各方面的问题，于是在 1990 年代初期，苏州有了一个惊动了全国甚至惊动了世界的干将路改造项目。

当所有的人都被时代的狂潮裹挟着，这种狂乱的冲动，这种迫切的速度，一切向前看、拼命向前奔的风格，会让人头晕目眩，会使人站立不稳。但是，终会有一天，有人甚至会有很多的人，会冷静下来，会学习着一边前行一边回头看看，一边回头看看再一边审视和思考曾经的来路。

今天我们回头看苏州这几十年的过程，有一个特别令人感动的现象，那就是苏州的理性。

苏州是理性的苏州,无论是领导、专家,还是普通百姓,都非常理性,有时候头脑会发热,但是也会冷静下来,不会一味地狂热下去。

这种理性,这样的冷静,是建立在对古城的态度上的,对古城的敬畏,对古城的热爱,对古城的责任,使得所有的决策者、建议者、执行者甚至旁观者,都始终如履薄冰,始终如临深渊——我在这里使用了"如临深渊"这个词,也许会让人感觉用词不当,过分夸大。是的,我确实是加重了语气,因为我知道,古城保护,走错一步,那很可能就成为千古罪人。

我们面临的,怎么不是万劫不复的深渊呢?

所以,几十年来,无数的苏州人,在古城保护这个大项目面前,无不谨言慎行,无不兢兢业业。

可是,这绝不是只靠谨慎就能解决的问题。

要知道,我们面临的,可不仅仅是深渊,我们面临的,我们所处的,可是大干快上的年代,是一万年太久只争朝夕的要求,由不得你小心翼翼,更容不得你小脚女人慢慢走路。

一方面是数千年的珍贵遗存,要小心对待,另一方面是未来的强大的诱惑,要全力以赴。

两条腿走路,是需要保持平衡的,平衡了,才能走得稳,走得快,但是现在是戴着镣铐跳舞,平衡是最大的难题。

戴着镣铐跳舞,需要在牵扯中彰显能力,在矛盾中找到平衡。

近些年,苏州的古城保护,始终在一定的范围内探索和尝试,取得了经验,也有教训,在这个过程中,一旦发现有问题,或者争议比较大的时候,能够控制自己的节奏,广泛听取意见,调整思维。

城市的保护和建设,其中的许多问题,不是一天两天就能想得通、做得到的,这也很正常。苏州古城保护之所以能够取得这些令人瞩目的成就,在国内乃至国际上获得赞赏,是因为这几十年来,在做了一条争议较大的干将路之后,就没有再实施类似的项目。

这并不意味着就是否定干将路工程,同样,也不意味着干将路的模式可以重复,可以"抄作业"。

苏州人的实事求是,不是挂在嘴上的,是落实在每一项行动中的。

如果有人说因为干将路工程,老苏州没有了,也可以带你去看老苏州。

古城区的东南西北中,任何一个方向,任何一个片区,任何一个角落,任你挑选。

老苏州还在。

有许多老苏州人,年轻时离开了家乡,现在回来了,他们还是能够看到小时候的苏州模样,能够闻到亲切熟悉惦记了一辈子的苏州气味,这和苏州几代人的坚持和守护是分不开的。

古城保护是个难上加难的难题,不是一拍脑袋,一冲动,一热血,就能解决的,好在苏州人有耐心,有耐力,还有最重要的是对古城的爱。

对于古城声音的耐心倾听,对于古城现状的细心了解,通过各种方式,尽可能掌握最真实最全面的情况,走访、座谈、调研,这是在给古城把脉;然后是听取意见,汇总想法,反复论证,进行诊断;再然后开出处方,对症下药,落实到位。对于古城的任何一点信息,都不会疏漏,都不会丢弃,不会遗忘。

苏州古城区,除三级文保和控保之外,共有"登录点"1141处。

我已经迫不及待地要提到"登录点"了。

除文保控保外,还有大量存在历史文化价值但因发现较晚等暂未定级的,这就是"登录点"。

"登录点"是"未定级不可移动文物",不排除在未来定级的可能。

换句话说,一旦条件成熟,实力增加,这些登录点,很可能就升级为文保或控保了。

"登录点",这个对于我来说曾经很陌生的词,现在在我的心里,如同一座巨大的宝库,放开心思一想,我真是心花怒放,简直太富有了。

"登录点"这个话题,本来应该是放在另一部分的内容中详细叙述的,可在这里我已经忍不住要抢先提一下了,好像是一种炫耀,好像是一种显摆。是的,1141处登录点,就是我们的家珍,每一个苏州人,都是可以如数家珍的。我在朱军的家里,就看到了两处登录点,一个是他家的库门,另一个是天井里的那口井,都是有GPS定位的。

我又从平江路曹胡徐巷,回到朱军这里来了,但我不是随意乱穿越的,我一直在讲同一个话题,保护古城,和解决古城居民的生活问题,应该是同步的,应该是同一性的。

只是,人民的生活方方面面太多太繁复,我在这里只写了一个居住,还有交通出行停车,教育医疗养老,还有购物健身娱乐,等等。因为篇幅问题和其他种种原因,我不能在这里一一赘述,心中大有遗憾。

姑苏区古保委的朱依东主任,也曾经就停车、养老等各个方面,和我谈了他的观点、想法和举措。

"现在古城区还有很多的独居老人,没有孩子照顾,或者孩子不在身边,或者没有孩子,所以现在街道承担的责任风险也是比较大。因此我们在考虑,如果以后我们收储了一些普通的民居院落,把养老的工作,做在修缮后的原居民不愿意再搬回来的那些老宅里,这样街道看护的压力也比较小,同时,独居老人也不用去养老院,足不出巷就能集中养老,这样的话至少社区可以直接照顾到老人。有一两个工作人员照看一下,可能一下子管了几十户了,所以我们正在考虑能不能采取这种模式。

"原来我们一直认为古城保护是规划师和建筑师的事情,后来又觉得还不够,还得引入文化、美学,那么现在我又有了新的想法,我们要引入一些社会学的观点,主要是人的问题,这可能也是我们思想上逐步向前考虑的一些情况。"

朱主任所形容的这幅蓝图,我感觉我已经看见了:外观上是苏州古城的老房子,但是内里又有新房子的便利,生活环境还是老的,比较适合古城区的苏州老人居住养老。

朱主任的话,总是让我激动,我迫不及待地问朱主任,这个老宅养老的想法是不是已经开始落地,或者有了具体规划,朱主任说,他们正在和街道接触,有的地方开始做准备了。

是的,从想法开始,千难万难在前面等着,但是无论多难,只要是人民群众接受和欢迎的,都会奋力走向前的。

再比如关于古城区停车的问题,这也是众所周知的为什么年轻人不愿意留在这里的重要原因之一。

朱主任的思路真是上天入地,波澜壮阔。

"其实古城保护中地下空间的利用,我觉得是绕不过去的。因为不利用地下空间,其他就没有地方来扩展资源。在苏州现在做大范围的地下空间,就全城系列,可能性不是很高。我们的河道,包括我们的轨交,其实已经限制住了。所以做大范围的地下空间可能性不是很大,但是我认为研究的方向还是可以以街坊为单位,局部的一个区域,这样的话不会对城市的交通乃至水网体系产生大的影响和变化，而且也不是千篇一律式的，应该是因地制宜的。当然这个想法，最后有没有可能做成，现在还不知道，我们知道，好多新建的项目，应该可以做出地下空间的……"

还有，关于服务古城居民的方方面面，政府也都在尝试提供配套服务，尤其在试点老旧片区的改造中，相对集中地提供便民的服务，比如集中洗衣的问题，一个区域里选择一两个点，为居民的洗衣晾晒，提供一个相对集中的地方，并且给予优惠，比居民到外面去洗衣服便宜。

再比如，包括一些菜鸟驿站的引入，如果确实难以提供每家每户的服务，就提供一些区域性的。

在平江片区，已经引入了万科物业，这个片区规模很大，有四五万平方米，这样的区域也同样可以实施物业管理。

还有菜场的升级、绿化的普及和提升等等，凡此种种，主要目的，就是一句，古城新生活：生活在古城的百姓，在新的时代，要有既苏式又新式的生活样貌。

关于家在古城的百姓生活，苏州的文化学者、作家蒋晖，也是有着切肤之感的，因为他的家，一直就在古城之中。

关于住在古城的体会，蒋晖真是有许许多多的话要说，他从生活的各个方面谈了最现实最真实的状况，我在这里只能撷取其中的一个话题：物流。

在一些大型物流超市那里，苏州古城区曾经是被遗忘、被抛弃的地带，许多商家送货送得再远也不怕，昆山、相城、吴中、吴江都送，就是不送姑苏区，问他是什么理由屏蔽掉姑苏区，结果却是说不出的理由。

生活的细碎是说不尽的，在整个走访的过程中，我能够感受的，也是让我特别感动的一点就是我看到我知道，除了古城民众的居住问题,他们生活的其他方方面面,都在政府的心上挂着,有的尚在决策者的脑海里酝酿,有的正在设计者的蓝图上描绘着,有的已经到了施工现场,总之,我们能够看到,每时每刻,每一件涉及古城百姓生活的无论大事小事,都有人在考虑在行动。

只有担心做不好,或者来不及做,没有不想做、不敢做、不去做的。

在瓣莲巷朱军家里聊天的时候,朱军曾经跟我提到了一个人名:李超琼。

李超琼,四川合江人,晚清一位正直的地方基层官吏。曾在长三角地区的溧阳、元和、阳湖、江阴、吴县、南汇、上海七个县做过八任知县。光绪十五年(1889年)至二十四年(1898年)期间,担任苏州府元和县知县。

对于李超琼的评价,大致是这样的:勤政爱民,听讼勤敏,广施教化,待人诚挚,筑路修堤,为民造福,执法严谨——李超琼发起的在金鸡湖上修建的交通阡陌,方便了元和县东部斜塘、车坊、甪直等乡与县邑之间的往来,湖中大小船只从此依堤而行,不再受风浪威胁,毁于战火的斜塘市镇,也因此而重新恢复了生机,繁荣起来。

后来那个地方,就成了"李公堤",即是百姓对于李超琼的最好的纪念。

李超琼在任时,经常下乡调研,写了许多纪行诗,诗中嵌入许多苏州地名,斜塘、跨塘、唯亭、金鸡湖,今天我们仍在沿用的这些带着历史体温、带着地域特色、带着文化背景的地名,都曾出现在李超琼的诗作之中。

朱军说,他也是因为多年住在瓣莲巷,所以有关这条巷子的人物信息,他都十分敏感,十分在意。有一次无意中看到一个记载,就是当年李超琼到苏州上任的第一天,就住在瓣莲巷。

瓣莲巷38号,就是李家。

一百多年前,四川人李超琼到苏州来了。即便李超琼真的在瓣莲巷住过,也不一定就是38号这个门,但是住过瓣莲巷这个事实,在李超琼的日记里面是有的。可能因为李超琼日记多,所记内容丰富,所以这一点注意的人很少。

其实,即便李超琼住的并不是现在这条瓣莲巷,但是他来苏州,一定会住在苏州的另一条瓣莲巷。苏州的每一条巷,都是瓣莲巷。

从瓣莲巷出发,李超琼上任,为苏州百姓办实事去了。

朱军家的宅子是36号,朱军说原来36号、38号、40号是一个整体建筑,38号是正院,36号是东偏,40号是西偏。39号正院是李家的,朱军推测这个李家就是李超琼传下来的,他曾经问过现在那个李家的后代,可是他们连李超琼是谁都不知道。

这个整体建筑,现在维持下来,只有东偏36号没有动,西偏40号已经全部改造了,弟兄几个分割以后,拆了个平房,盖的楼房上,已经没有原来的影子了。38号正院是公管房屋,是个大杂院,住了5户人家。

李超琼有知,一定会作一首诗的。当年他在苏州的时候,就写过不少跟苏州有关的诗。

比如:

双板桥西暮霭横,斜塘灯火隔江明。

一篙又泊霜林外,尚听渔舟曳网声。

比如:

金鸡湖上晓晴开,解缆今朝向北来。

澄绝沙湖风浪静,波痕绿到唯亭回。

言言语语,心心念念,关乎苏州。

在文章的这个地方写到李超琼,我确实有一点心血来潮,有点突兀,用苏州话说,是不是有一点"硬装斧头柄"？但是其实,更多、更主要的原因,是我的联想所致,我从今天在古城保护工作中的政府干部,联想到了百年前为苏州民众做事的李超琼。

今天,古城中的每一个工地,政府关于古城保护的每一份文件,每一条街巷,每一幢老宅,每一处旧迹,有多少个当代的李超琼,正在为保护古城、改善民生续写着李超琼式的"日记"。

第二部分　　　**前世今生**

1. 状元府和状元博物馆

1985年的某一天,我在苏州的报纸上看到一条小小的消息:苏州钮家巷3号潘世恩状元府里的纱帽厅修复了,居委会在那里办了书场,每天下午对群众开放。

第二天,我就去了。

那时候我住在城偏西南,钮家巷在城偏东北,斜穿了一个苏州城,我找到了钮家巷3号。

这是一个典型的苏州老宅院,我穿过杂乱的门堂间,走在西侧幽暗的备弄,听到居民家里的大呼小叫,生活的喜怒哀乐都在这里展开着,走了一段,眼前就豁然开朗,光亮照进了备弄,西路第三进的纱帽厅,就这么突然地出现在我的眼前和我的生命中。

果然,正如报纸上所介绍,纱帽厅修复了,里边曾经住着的几家住户都搬走了,现在基本上就是一座既是还了原的又是崭新的大厅了。

纱帽厅是全宅最为精美的建筑,也是保存最完整的一个厅。因其整个大厅平面状似纱帽,民间习惯称之为"纱帽厅"。纱帽厅南北前后都是木质结构,雕栏花窗和四周房梁木雕非常精细,这里原为潘世恩的书房。

我到的时候,正是下午书场时间,有两位评弹演员在演唱,听客大多是附近的居民,他们喝着茶,听得摇头晃脑,饶有兴致,他们的脸上写满了"幸福"。

那时候的"幸福",和后来的"幸福"相比,似乎要简单得多,也实在得多。

纱帽厅是敞开着的,我就站在厅前的天井,朝里张望。

我张望的是我的无知。

我之所以从城西南跑到城东北，走进钮家巷3号，站在纱帽厅外面，是因我的无知和我的好奇。

什么叫纱帽厅？什么是状元府？在这之间，对于古城苏州的林林总总，形形色色，我的知识积累几乎是零。

虽然从小在苏州长大，虽然也知道在苏州古城如钮家巷3号这样的故居旧宅很多很多，但是，从前的我们，小时候的我们，更年轻时候的我们，哪里可能去考虑什么历史和文化呢。

我曾经住过同德里，那是一群典型的精致的民国建筑，只是我们住在那里的时候，连"民国"两个字都没有听说过，不是因为我们太小，而是因为时代太早。

后来我们的家搬到干将坊103号，也是一处典型的苏州老宅，两路三进，我们在里边吃喝拉撒，前院晒被子，后院跳牛皮筋，煤炉里整天升腾着世俗生活的烟火气，将雕梁画栋熏了又熏。

那一处不知道是不是名人故居，没有听说过，没有人知道，也没有人想知道。后来等到我长大有想法了，它已经不存在了。

关于老宅和名人故居，过去我们是身在庐山，知之甚少。

我的第一步，好像就是从钮家巷3号开始的。在1985年以前，我创作小说的题材，多半是知青生活和大学生生活或者就是东一榔头西一棒。

那一天，我沿着钮家巷走过去，从此，就十分喜爱穿行在苏州的小巷老街，也没想到，这一走，竟然就不想再出来，即便是走了出来，也还是想着要回去的。

钮家巷3号，是清代的状元潘世恩的故居，取名留余堂。他家里曾经有两块衔牌，一块是"祖孙父子叔侄兄弟进士"，另一块是"南书房行走紫禁城骑马"。很是了得。

有多少像钮家巷这样的巷子,就会有多少像留余堂这样的名人故居,一向谦虚的苏州人,在这一点上,不要太谦虚才好。

如果说园林是苏州的掌上明珠,古塔寺庙是苏州的镇地之宝,那么老宅又是什么呢?

散落在每一条小巷每一条老街的经经络络中的这些名人故居,千百年来,它们被道德文章熏陶了,被名人的气质浸透了,知识的养料,也在这里渗足了,与此同时的千百年,老宅又将它们吸纳的这些气息经久不衰地散发开来,弥漫开来,让它们布满在苏州的土壤和空气中。这样的生生不息,老宅故居,便成为处处燎原的发源地了,在史册的每一页,我们都能看见有浓浓的文化烟火从这里升腾起来,在过往的每一天,我们都能感觉故人的精神气在这里行走。

如果说苏州园林是始终存于我们的心头的珍藏,那么这些老宅故居,便是时时刻刻地贴在我们身边的朋友和亲人,珍藏固然是无比珍贵的,但它毕竟有些遥远,朋友和亲人,是让我们更不能释怀,更心心念念牵挂着的一种关系啊。

所以会有人比爱苏州园林更爱苏州的老宅故居,会有人认为苏州老宅故居比苏州的园林更具价值意义。

那一天在钮家巷3号,我只是走了走,好像并没有明确的方向,我也不知道自己会走到哪里去,也没有想过要走到哪里去,但是我对于老宅、对于名人故居的情怀,却是从那时候种下去的。

至今我也仍然不能很彻底地理解和熟悉它们,它们所容涵的博大精深,恐怕是我穷其一生也不能望其项背的,它们的一块砖一片瓦,它们的一幅联,甚至都够让我们品咂大半的人生了。

从1985年到今天,36个年头,现在再回忆起来,那时候状元府的纱帽厅,给我留下了什么印象,已经说不太清楚了。

记得清楚的，几十年都未曾忘记的，却不是纱帽厅，而是当年住在名人故居中的"七十二家房客"，他们将状元府里的每一寸空间都填满了当代的世俗的生活，那样的一种状态。

数百年前，这里边只住一家人家；

数百年后，这里边住了几十人家。

我当时就这么想了一下，这么感叹了一下。这想法，这感叹，实在只是一个简单浅显的实事而已，却是至今也未曾忘却。

在以后的漫长的岁月里，只要有机会，我就会问一问别人，你们知道钮家巷3号吗？它现在还在吗？里边还住着那么多住户吗？它会被拆掉吗？它以后会怎么样？就这么心随着岁月在颠簸。

在漫长的岁月里，我也有机会重新经过钮家巷3号，或者是特意再去钮家巷3号，站在门口，我朝里边张望，走进去，我四处寻找，我真的不敢相信，从我第一次来这里，时间已经过去了几年、十几年、二十几年了。

在漫长的岁月里，我一直担心着它，牵挂着它，好像它是我的老宅，好像我曾经住过，好像它是我建造起来的，好像我为它付出过，又好像它与我有着某种特别亲密的关系，因此，我为它忐忑的心一直忐忑着，为它期盼的心也始终期盼着。我知道，只要它还在，担心和希望就是并存的。

在1985年的另一天，王稼句听说我去了钮家巷3号，看了修复后的纱帽厅，他立刻自告奋勇地说，我认得状元家的后代，现在还住在钮家巷3号，叫潘裕洽。

潘裕洽，这个名字对于我来说，简直有点振聋发聩的意义，更是有着十分的惊喜。倒不是"久仰久仰"的那个意思，其实在王稼句说出这个名字之前，我没有听说过潘氏家族中任何人的名字。

当然，在后来的漫长的日子里，我会知道很多潘氏后人的名字，甚至和他们相遇、相识。还有一件奇巧的事情，我小时候的邻居高虹，我们在分别了几十年后意外地相逢了，高虹告诉我，她嫁给了潘家，她的先生叫潘裕达，而钮家巷3号的潘裕洽，是他们的堂兄。

于是那一次我和另外一个小学同学，相约一起去了高虹家，听她给我们聊聊潘家。

是的，在以后的日子我还会了解到更多的潘氏家族的事情，我会看到描写潘达于老太太和大盂鼎大克鼎的传奇故事的各种不同样式的艺术作品，有传记，有小说，有散文，有戏剧，也许还会有影视作品。

这是苏州的"贵潘"，以后我还会提到另一个潘家："富潘"。

只是在当时，在1985年的那个时候，潘状元后代中的一位的名字，真正是敲击到了我的心扉，一个名字，在我的闭塞的双眼前面，在我的孤陋寡闻的思想深处，打开了一扇门窗，照进了历史的光芒，照进了人类的智囊。

还记得那是一个不冷不热的日子，晚上，王稼句陪着我，步行，走到了潘裕洽的家，钮家巷3号，西路纱帽厅后面的一进。

这几天我在家里翻箱倒柜寻找旧笔记本，我一直以来都遵循"好记性不如烂笔头"的准则，有事无事，有用无用，都喜欢在本子上记记画画，几十年的写作生涯，积累了大大小小无数的笔记本。早年的那些本子，封面都已经破破烂烂，现在再翻开来看，连里边的字迹都觉得陌生得很，好像不是我自己写的，那些内容就更是稀里糊涂，似是而非了。如果是用的圆珠笔，笔迹恐怕都已经化开变形了。

但是无论怎样，无论我还能不能认出这份记录，都是一份珍贵的记忆,所以我一心想把1985年在潘裕洽家的聊天记录找出来。

可惜翻遍了书橱抽屉,也没有发现它的踪影。当然,我也不能肯定,到底是从来都没有这个笔记本、没有这份记录,还是确实有过,只是如今它静静地躺在某个我所不知道、找不到的角落,不愿意出来了。因为我离开得太久了。

现在我只有凭着残存的,甚至可能是错误的记忆,回到当年,回到钮家巷3号西路第四进。

这一进有五开间,天井也比较大,走廊也比较宽,住了潘裕洽一家,另外还有一户邻居——一直到三十六年后的今年夏天,我又见到了潘裕洽,我跟他核实了当年的记忆,大部分还是对得上的,潘先生对我说:"当年你走进来的时候,应该是经过纱帽厅的,然后你到我家,我们坐着讲话的地方是五开间里的第四间,里面(西面)还有一间,是我的房间。"

与我的记忆完美重叠了。

2021年7月19日下午,我们坐在"百仕咖啡"的茶室里聊天,潘裕洽对我说:"我还给你带了个东西,我就怕人家不要看,这是绝对真实的。"

他给了我一本他自己编印的书《你从哪里来》,"你看看这个,是我住五开间的时候编的,因为我写了一篇文章专门讲这一路里的情况,后来的人,没人知道了,我写出来的,是最真实的。"

我如获珍宝,我说:"我这一次的任务,跟我以前写东西不一样。我要全部真实的东西,要采访好多人,不能编的,接下了这个几乎超出我能力之外的重重的任务,就是因为我喜欢。"

潘老师也很喜欢。他比我更喜欢我们共同喜欢的东西,他说:"所以你跟我一讲,我马上答应了。"

我告诉潘老师,从前的时候,我无论有事无事,都会在苏州的小巷子里面到处转转看看,这一次我也是正好利用这个机会把以前没看过的和没有看过的都再看一看。

《你从哪里来》是潘老师编录的族谱,图文并茂,扉页上写着:读苏州潘氏族谱,看姑苏贵潘传奇。

你从哪里来?

在1985年的时候,潘裕洽家里有五口人,母亲、夫人、两个女儿。跟钮家巷3号里的其他邻居比起来,他们家住得还是相对宽松一点。这一进房子,是1956年的时候,留给潘家自住的,到了1985年我去的时候,这一进里还有另一户邻居居住,潘裕洽家实际居住的是三间半。

潘裕洽的母亲,一位典型的苏州大户人家老太太,我无法用任何比如"眉清目秀""人淡如菊""温婉典雅"之类的形容词来形容老太太,因为任何的形容词,都不足以衬映出一位典型的"苏州老太太"的内涵。

我的能力,就是再说一遍:"苏州老太太",这是一个令人骄傲的称呼。

那天在潘老师家里,我听他们母子二人讲述了潘家的许多人物和故事,讲述了苏州的典型的状元人家的过往今来,那个难忘的夜晚,对于我来说,简直有了一种富可敌国、腰缠万贯的感觉。后来在我的许多文学作品中,都会有这些故事的痕迹,都会有这些往事的印记。

弹指一挥间,三十六年过去了。

前几天,我碰到了王稼句,跟他提起了这个往事,我说我还要再去找潘裕洽潘先生,屈指算来,他应该八十出头了。

却不料,王稼句居然完全忘记了。他两眼茫然地看着我,完全不记得自己曾经介绍并陪同我去过潘裕洽家这件事,甚至对钮家巷3号也是那么的陌生,好像他的人生中,根本就没有那样一件事、那样一个人出现过。

我差一点笑了出来。

时光真是个神奇的妖精,记忆也是个难以捉摸的妖怪,它可以让你云里雾里,也可以让你独清独醒。

但是我重新寻找潘裕洽的决心是坚定的,不可动摇的,因为钮家巷3号,因为潘氏,在我的心里,这都是古城里必不可少的存在。

幸好,在某一次的座谈会上,社区居委会给了我一份名单,那是曾经住在钮家巷3号的居民的名单,里边就有潘裕洽,还提供了他的联系电话。

这个名单里的居民,现在都已经搬出了钮家巷3号,现在的钮家巷3号,是苏州状元博物馆。而我心心念念想着、追求着的真相是,从1985年,我踏进钮家巷3号,看到的"七十二家房客"那样的情形,到今天的国内唯一的建立的真正的状元府中的状元博物馆,这中间的路,是怎么走过来的。

> 苏州状元文化博物馆位于江苏省苏州市,占地面积约1000平方米,陈列面积约600平方米,是一座全面介绍姑苏状元群体、研究状元文化、展示珍贵状元文物的专题博物馆。

所以,我还是要找潘裕洽。

虽然有了潘裕洽的手机号码,但我仍然是犹豫的,下不了决心的,毕竟相隔了三十六年,我一点都不知道潘先生这些年的情形,家里如何?过得好吗?三十六年以后的贸然的联系,是否欠妥?

我还是得想个办法,曲折迂回一下吧,所以我先联系了高虹,高虹告诉我,潘裕洽先生一切都好,前不久他们还相约一起去上海看双鼎展。

我这才鼓起勇气,给潘先生发了个条短信。

"潘老师您好,不好意思冒昧打扰您了,我是范小青,八十年代中期曾经去过你家(钮家巷3号),现在我有点事情想请教您,给您打电话可以吗？谢谢！范小青。"

我心情忐忑而又激动地等待着潘先生的回复,过了一会,回复来了。

"范老师您好！1980年代的一次相见,至今历历在目,记忆犹新。如今几十年过去了,物是人非,我嗣母、我夫人都已故去,家宅已修缮,建了状元博物馆,我已移居他处。对于潘家的事,我是潘世恩六世长孙,对潘世恩一脉后裔之事,七八十年来经历过、听到过、见到过的尚能清楚记忆。范老师如有要问,尽管打电话过来,我理当尽我所知给予回答。潘裕洽。"

于是,就有了三十六年后的重逢,就有了我对潘裕洽、对钮家巷3号状元府以及对后来修建的苏州状元博物馆的一个全新的了解和认识。

我已经重新找到了潘裕洽,那就跟着潘裕洽、沿着他走过的路一起再走一走吧。

1941年初,潘裕洽出生在苏州马医科巷祖宅。

"马医科位于宜多宾巷、韩家巷北面,景德路东段南面。东出人民路,西至永定寺弄。巷内名人故居有沈寿宅、郑文焯宅、潘奕隽宅等。"

这个"潘奕隽宅"就是苏州的名门望族"贵潘"。

关于马医科和钮家巷,恰好在苏州城中心的同一条横轴上,故事是这样传说的:

潘世恩于乾隆五十八年一举夺魁考中状元,当时年仅24岁,在官场上一帆风顺,虽历四朝皇帝,却始终深得信任。有一天皇帝和潘世恩拉家常,问他苏州的家,是在玄妙观之东还是玄妙观之西,当时的潘宅在马医科,明明是玄妙观之西,可是潘世恩一时口误,说成了玄妙观之东。

故事在这里是有瑕疵的,以潘世恩的水平,当官达50年之久,又是长期在皇帝身边做事,应该是遇事沉稳笃定的,不至于慌张得将自己老家的方位都搞错了,我曾经在我的第一部长篇小说《裤裆巷风流记》里改造过这个故事,按照小说家的虚构,为"吴世恩"编了个理由:

吴世恩心想,皇帝真是不得了,中国这样大,皇帝竟然连苏州玄妙观的方位肚皮里也清清爽爽?一时心急慌忙,讲在玄妙观之东。皇帝龙颜一开笑了。等事体过后,吴世恩回想起来,吓出了一身冷汗,自己家的老宅在马家巷,明明是玄妙观之西,怎么会讲出在玄妙观之东呢,这不是犯了欺君之罪么。

然后,小说中的吴世恩和现实中的潘世恩一样,马上寻个理由告假回家,到玄妙观东面和马医科差不多位置的地方,找了一处大宅立刻购买下来,好歹把可能的"欺君之罪"混了过去。

这个大宅,就是钮家巷3号状元府。

这是一个民间传说。

传说只是传说,文化却是真正的文化,这是典型的苏州文化,典型的苏州人的文化。

关于钮家巷3号,除了传说,除了虚构,各类史书上的记载也是随处可见。

比如在《苏州名人故居》上是这样介绍的:"留余堂,清康熙时为河南巡抚顾汧之凤池园,园极大,池亦广。后归唐氏,唐氏子孙分售其他,东归陈大业,中归王资敬。嘉庆十四年(1809年)潘世恩为奉养父亲潘奕基,购得园之西部,修治为第宅,仍名凤池园,厅额留余堂。"

而在小说家的笔下,则是这样的一番景象:

"吴家大宅,光是大门就气派得不得了,八扇头的墙门一字排开,墙门木料全是上等银杏木。进大门一方天井,天井后面又是八扇墙门排开,穿进去是门厅,也就是现在讲的门堂间。

"门堂间西面有一过道。方砖铺地的过道夹在高墙之中,幽深阴暗,延进去二百多公尺。过道中央原本有一口暗井,住家怕小人出事体,老早就封起来不用了。过道南北通,把大宅分作东西两落。东面一落总共六进,前面四进分别为门厅、轿厅、大厅、女厅,这四进房子格式大致相同,全是三开间的门墩。这种老房子的开间,不像现在房子的开间,头二十个平方碰顶了。那辰光的大开间,少则三四十平方,大至七八十平方,气势庞大,派头十足。开间墙头大都是木板壁,也有粉墙,门前一排走廊,走廊有落地排门窗。走廊前一方天井,厅后各有一座清水砖雕门楼,用来隔开前后两进。厅前门框上各有四字题款,门厅上方一幅匾额,是道光皇帝亲笔题的四个字'吴大夫第'。用金粉写在红木匾额上,轿厅上的'祖孙鼎脚'也是皇帝的款,大厅上是'天赐纯嘏'。女厅后面有一座小花园,园中有假山鱼池。早先还有一幢五楼五底的房子,坍塌以后,改成一条旱船形状的宅屋,旱船后来遭难焚烧以后,就再也没有造起来,那一块地方就空落了。再后面就是灶间,也有三开间门面的地盘,东西各有两口三眼灶。据说吴家顶兴旺的辰光,光上灶下灶就有十来个下人。

"西落总共有三进。第三进是住宅,有六开间。住宅往前,叫纱帽厅。这纱帽厅是全宅顶好的房子,前后各有一方天井,前大后小。纱帽厅前面那一进叫鸳鸯厅。鸳鸯厅有四开间外加一隔厢,房间也全是红木地板,镂花长窗。除了东西落外,还有一些零星房屋,质量稍许蹩脚一点,是账房先生和其他下人住的。整个住宅区后面有一座大花园,叫凤池园。园中亭台楼阁,湖石假山,荷花鱼池,九曲小桥,长廊花窗,样样齐全。据说吴家顶兴的辰光,光被称为'富贵花'的牡丹花就有三十五墩。

吴宅状元府,里里外外,前前后后,处处看得出显贵的门第开工,表示出宅主人的等级地位。"

小说里的描写,有的地方夸张,有的地方却不足,但是有一点是毋庸置疑的,无论是现实中的"潘宅",还是小说中的"吴宅",从1809年开始的状元府,一两百年来,栉风沐雨,历经沧桑,到了20世纪80年代,也就是我到潘裕洽家去的那时候,它基本上已经是面目全非了。

大阜潘氏,徽歙迁吴,到潘世恩这一代,已是三十世孙,潘裕洽是三十六世孙。

因潘世恩钮家巷3号那一支到状元的四世孙和五世孙时都没有后代,潘裕洽一周岁时,从马医科老宅的四房,嗣到钮家巷3号。也就是说,潘裕洽自己是过嗣来的,他的父亲也是过嗣的,他的嗣祖父27岁就去世了,他的嗣父也在他嗣过来之前就没有了。

潘裕洽的嗣父潘家瑞1937年逃难出去得了病,在乡下没有好的看病大夫,病逝了。但是家里还有嗣父的祖母以及嗣父的妻子,就是潘裕洽的曾祖母还在,但是一家却没有后代了,儿子没有了,孙子又没有了,所以要嗣一个孩子过来。

这个嗣来嗣去的过程,是从前大户人家的规矩,十分复杂,我听潘裕洽讲了半天,好像是弄明白了,又好像没有明白,只能将他的原话录下,请读者诸君理解:

从我的生父开始,就是在马医科的,我的父亲是他那一辈中的老二。我们这种人家的规矩是,另一房如果没有后代,那么这一房的大房,一定要嗣一个辈分当中年龄最大的孩子,但我不是同辈份中最大的。我的大哥是1938年出生的，比我大三岁，我还有个二哥。先是根据规矩，大哥嗣过去了，可是我的大哥身体也不好，三岁时得了奶痨，早夭了。然后钮家巷这边的太婆，看我的生父生母有了第二个孩子，就是我的二哥，太婆是希望把我二哥再嗣过去的。可是马医科那边我的生父母，肯定是不大愿意了，大的已经给了你，第二个就不想再给了，他们就想了一个推辞的办法，约定说，如果说第三个生出来是儿子，一定给你们。后来我就来到世上了，我就是那第三个儿子。等我一周岁，就过去了。

这里边好像还有个漏洞，就是应该是将长房长孙过嗣的，而潘裕洽的父亲是老二，那么长房老大呢，也就是潘裕洽的大伯呢？原来他早已经作为上一代的过嗣者过嗣到钮家巷3号了。

也就是说，潘裕洽的嗣父，其实就是他的亲大伯。

真够复杂的。

2021年7月19日，我和潘裕洽先生在相隔三十六年后重逢，感慨颇多，我们加了微信，后来潘先生从微信上给我发了两篇他刚刚写就的关于状元府的文章，征得他的同意，我在这里全文引用了。

之一：

《潘世恩故居》
——二十世纪四五十年代的历史变迁

四十年代初期，我入住状元府第潘世恩故居，正式成为潘文恭公六世长孙，以我幼儿少年时的经历，耳濡目染故居的变迁，现将我的记忆、认识和感受简述如下。

故居正门是六扇大墙门，家有大事才敞开迎宾，一般时间都是六门紧闭，墙门间就是中路一进，墙门西首有一石库门，二门开启乃日常进出，晚上即关门落栓，门内可称小墙门间，与东首正墙门间平行，开间略窄，大小墙门间紧靠第二进轿厅之前天井。正墙门间东侧有厢房一间，住着马姓一家，其生活起居除厢房外都在轿厅，轿厅东北角砌有二眼柴灶一具，供马家使用。小墙门间西侧是原潘宅账房间，居住着朱姓老夫妻一家，朱老乃裁缝师傅，其工作台架在轿厅一侧，朱家以制衣为生，其长子在宫巷一带学红帮裁缝也小有成就。朱家长女就是马家主妇，马家兼有早晚为宅门开闭之职，朱马二家对所居所用房屋均无偿使用。

中路轿厅经砖雕门楼即是大厅前天井以及大厅，大厅正中挂有"留馀堂"匾额，平时厅门关闭，逢潘宅大事喜庆丧礼才开启使用。1949年后，住进孙姓一家，没几年就迁走，大厅隔成三间，东西二房，中间起居，后搬进俞姓王姓二家，这几家应是租户。

大厅后经"八仙过海"砖雕门楼及天井进入内厅（女厅），在四十年代中前期就住过蒋姓一家，厅已隔成三间，东西二房，中间客堂，后来蒋家迁出，五十年代初搬进杨姓老夫妻一家，儿、媳成婚居东室，生女育儿，五十年代后期迁出，又搬进张姓老妇及其儿子一家，均是租户。

内厅东面曾坍一屋，夷为平地，其东南侧有小楼一落，楼上储物，楼下五十年代初曾住曹（邵）姓夫妇及领养一孩，不久迁走，搬进庄姓一家，都是租户。这是东路后进，后进北墙有一小型隔弄天井，小天井之北，是宅内祠堂，祠堂有南北二屋，中间天井，北屋为供奉祖宗祭祀之堂，我幼时曾多次顶礼膜拜，南屋停放寿棺二口，后使用。六十年代，房管局修缮分隔，分租数户。

……

纱帽厅后有一条备弄，通向宅之西北部块，那一方地块也有前厅后进很多间，前部三四间屋在四十年代时已有潘姓（不是本族）一家使用，后有三落多间，在四十年代前就住有顾姓一家，顾家是我嗣母娘家，中部三间屋于五十年代初住进顾家亲戚申氏兄妹。北部多间屋室及后部灶间均是顾家使用。

……

潘世恩三十六世长孙
潘裕洽谨记 2021.05

之二：

  最后讲讲潘世恩宅第的后花园，二十世纪四五十年代时，我十岁前后，整个花园已经废弃，但池塘仍在，池塘在园子的东南一隅，南北宽约 15 米，东西长约 20 米，水是较清的，池塘的东南和西北二处均有石级可上下，池塘北侧中段有一形似半屿的伸出部分，池北有一小假山，山洞可钻进钻出，小时也会在里边捉迷藏。废园四十年代就有张姓夫妇居住在园西一排廊屋内，他们在此生儿育女，六个子女，三个是1949年前生的，三个是1949年后生的。张姓师傅勤于农耕，原花园很大一片土地，种了许多棵桑树,每年收获时,总有蚕商会来采购,同时垦出多行农地,种植多种蔬果,应时应季,自产自销,每日清晨挑担至濂溪坊菜场出售(濂溪坊是现干将东路临顿路至平江路一段),张姓师傅还搞些其他农副业,养过蚕,圈过羊,孵过豆芽等等,总之张老师傅是一名勤劳的农作者。他一方面为家计营生,另一方面也为潘家守护后园。据我所知,我家并未收取任何费用,但1949年以后我家日趋衰落,每年政府收缴地产税时,张家也承担一部分税额。二十世纪六十年代,整个园子被用来盖了大厂房,就是后来的纺织器材厂部分。2012年故居修缮时后园全被划出,砌墙隔断,现在的小花园是在原花园南边的大厨房间拆除后的土地上新设计建造的。所以花园来讲已无原园丝毫保留。

  钮家巷潘世恩故居宅第房产是由长子功甫公曾沂继承,他是嘉庆十五年(1810)侍祖云浦公奕基自马医科老宅移居于此,往后潘世恩就传承给长子曾沂,是为老大房祖产。(潘世恩另三个儿子曾莹曾绶曾玮在苏州各处均有房产),长房曾沂支单传三代至三十四世承枚,他婚后无后,二十七岁早逝,嗣入老四房新九房的家瑞为长子,又嗣入老四房新十房的家厦为次子,共同继承了钮家巷房产,直至一九五六年的公私合营。一九九九年又拆除了合营后的自留部分,历史变迁,至此终结。

潘世恩三十六世长孙
潘裕洽谨记 2021.05

  我之所以在这里引用了潘裕洽先生的文章,正如潘先生所说,"这个我写的肯定是正确的,都是我亲身经受的,四五岁、五六岁开始懂事、记事,一直到现在,基本上到都还记得的"。

这是关于状元府最珍贵最真实的独家资料,也是最后的能够连接起过去和未来的线索了。

潘裕洽住进状元府的时候,整个钮家巷3号里,有一位老太太,是他的"太亲婆",就是曾祖母,还有他的嗣母,当时三十来岁,还有奶妈和两三个佣人。后来他家有族亲(潘裕洽的族姑妈)母女借住,这些人,统统都集中住在纱帽厅后面的那一进。

许多年以后,曾经借住他家的那对母女中的女儿,也就是潘裕洽先生的族表妹,写了《贵潘家族的故事》,做成配乐的美篇,潘裕洽也将其中之一主要写钮家巷3号的内容发给了我。

我读了这样的故事,简直就不想从故事中走出来了。那篇文章配的乐是《昨日重现》,听着昨日的旋律和回音,愈发地让人生发出百般感慨千端万绪。

我们聊着聊着,潘先生又从手机里调出一张手绘平面图给我看,然后又转发给我,这是他自己亲手画出来的钮家巷3号西落第四进,这幅图片在潘裕洽堂妹的文章中也有引用。

我十分地惊喜,十分地欢喜,十分地激动,就像是看到了自己家的图那般亲切那般温馨。

在写作《家在古城》前,我做了一个决定,写这本书,不用任何图片,只靠文字。

不是没有图片,更不是图片不好,是因为图片太好、太多、太珍贵,无法选择,难以割舍,干脆不用。

但是面对这张潘裕洽自己绘画的居住图,我实在是忍了痛也割不了爱,我改造一下,用文字将它表达出来。

这是钮家巷3号西路四进的平面图,由南往北,最南边是"纱帽厅及天井",然后是"往西支备弄",备弄之北,中间是"内宅小天井"，东边是"储物间"，西边是"佛堂"，佛堂北有"小天井"，然后再北就是主屋，走廊加一字排开五间，由东往西，分别是"A 阿伯婆婆""B 留给家属""C 客堂""D 外房""E 嗣母"，D 和 E 分别有前后间 FG，FG 是打通的，标注是"太亲婆"，ABC 北边有"披间"和"隔弄天井"，E 前有小天井，最北边是一个较大的"住宅小方园"外加东边"柴间"，整个平面图的东边是"备弄"。

就这样，潘裕洽的命运从玄妙观西到了玄妙观东，他一周岁起就在钮家巷 3 号生活、成长，在不远的尚德小学（后改名为颜家巷小学）上学，1952 年小学毕业，上了乐益初中，还记得当时的校长张寰和，是张家姐弟中的"小五哥"（沈从文语），是张家第五个儿子。

无论是颜家巷小学，还是乐益初中，都是有故事的地方。

这就是苏州。这就是从古代到今天的苏州，随便一座学校，随便一个人名，随便一条街巷，都会勾连起历史的涟漪，都会呈现出无穷尽的画面，都值得你深深地走进去，陷进去。

正如潘裕洽所说，他上的这个颜家巷小学也是很有名的，有很多历史的资料，也都查得到的——说实在的，我又激动了，我真的很想去查。但是那样我就走得太偏了，恐怕永远也达不到完成任务的目标了。

苏州的有意义有意思有价值的线头实在太多了，如同苏州的千百条小街小巷一样，走进去，穷其一生的努力，你都看不尽，看不够，看不完。

乐益初中的前身就是大名鼎鼎的乐益女中，1949 年以后改变了只招女生的规定，改为男女同校，故改名为"乐益初级中学"，但是那个地方在五卅路，离钮家巷是有点远的，但是潘裕洽却说，讲起来是蛮远的，实际也不远，走走也没有多长时间。

这也许就是时光的，那时候的人，走路也是风景，走路也是学习，现在出门，动不动是坐车，公共交通也是四通八达地方便，用脚走路，已经远离了我们，路上的风景也是一掠而过了。

潘裕洽的初中校长、九如巷的"小五哥"张寰和先生于2014年11月21日下午5时在苏州去世，享年96岁。张先生一生低调，是张家唯一留在苏州九如巷的孩子，被称为"最后的守井人"。

潘裕洽后来考上了北京航院，就是现在的北京航空航天大学，学习机械专业，毕业后就在北京工作，到1971年调回苏州，在长风机械厂工作，一直到退休。

这就是潘裕洽的人生，一个人的一生中，会有很多很大的变化，而对潘裕洽来说，其中变化最大的、有切肤之感的，肯定是他家的老宅。

从幼小的记忆中的房多人少的空落落的大宅，到他离开钮家巷3号老宅进京读书，十多年后的二十世纪七十年代初回到老宅，一直到我八十年代中期找到他家的那时候，钮家巷3号里的住户，从一户人家发展到了几十户人家。

社区居委会曾经提供给我的那份钮家巷3号住户名单上，有33户，这是在动迁钮家巷3号时的住户数，实际在住户最多的时候，肯定是超过这个数字的，我不太清楚住户数的顶峰出现在哪些年头，但是在我的印象中，1985年应该是其中的一个高峰了。

或者就算1985年是最顶峰时，但是那个时候，改革开放才刚刚起步，经济发展这四个字才刚刚得到认可和许可，人们对于现代化生活的眼界还没有打开，还远远不知道，也不可能知道未来是什么样子的，未来的人们住房又会是什么样子的。

所以，那个时候，居民住房的拥挤程度虽然达到了顶峰，但是居民对于改善住房条件的需求，对于宽松舒适生活的诉求，还没有完全觉悟甚至还没有多少觉悟，远远没有达到顶峰。

在小说里，是这样描绘20世纪80年代中期苏州名人故居住户情状的："早先的房子，自然是尽足当时人们的要求造起来的。即使是顶蹩脚顶普通的民居，起码也有三开间门面，一小方天井，碰到达官贵人、殷实富户，一般像那种两落七进、两落五进的大户头只住一户人家。自然称心，自然惬意，自然热天凉笃笃，冷天暖烘烘，自然宽宽舒舒、清清爽爽。现在一个院子轧进十七八家二三十家，一代一代还不停不息地衍生出来，住房狭窄，水卫设备落后。常常是十几家合用一口水井，一个早上用下来，井台一塌糊涂，有几个鸭屎臭的，还在井台上刷马桶，臭水往阴沟里一倒，一点不讲道德，拆了烂污，要居委会干部揩屁股。旁人讲几句，总还有理由犟辩，上班来不及，扣奖金啥人赔，小人要读书，迟到了立壁角啥人肉痛。住户的马桶天天夜里排在过道里，有吃饱了没有事体做的小猢狲，偷了马桶盖当飞碟甩。碰到环卫所清洁工有思想问题不上班，住户就要自己拎到厕所里去，倒马桶倒痰盂倒夜壶。这种事体，年纪轻轻的小姑娘，总不大高兴做，赖得掉总要赖掉，苦煞几个老太婆，串弄堂、过马路，颠颠晃晃，抖抖索索，拐到厕所上气不接下气。"

还有关于故居房屋情状的："苏州城里同吴家这宅房子大同小异的建筑，大街小巷处处有，只不过近几年拆的拆，坍的坍，不少地方已经面目皆非，光彩全无了。有的房子虽然还在，可是不能再住人，派派其他用场，被什么工厂无偿占用，堆堆破货废料，被什么单位廉价收买，准备拆了旧房造新楼。相比起来，3号这宅房子还算额骨头的。不过额骨头再高，也难得原模原样了。这种早年的大型建筑，原来都是有规格的，一般一进三间或五间，门前一方天井，东落西落当中有一条进深的过道。可是现在，老宅已经不是老面孔了，几十年来，房管所和住家，旧物利用，见缝插针，大间隔小，小间扩大，角角落落里，还造起了像模像样的房间，大到十来平方，小到三五平方，用来放自行车，当灶屋间，作吃饭间，甚至有人家作新房的。"

老，真的很可怕，那些曾经辉煌的名人老宅，老了就是这个样子了。

到了1990年代，这样的情况几乎达到顶点，无论是政府还是民间，眼睛都已经擦亮，心里都已了然，如果再不动作，这些散落在苏州大街小巷的一座座名人故居，这些传承并记录着千年古城的悠久历史和灿烂文化的不可复制的宝贝，就要湮灭在史册的这一页了。

于是，一系列的动作紧锣密鼓地开始了，通过利用社会力量和发挥部门优势，积极推进老宅、古建筑的抢修保护工作，其中，较具代表性的有卫道观的礼耕堂、王洗马巷7号的蔼庆堂、官太尉桥15号的袁学澜故居等等。

然而，古城区老宅数量多，产权关系复杂，既有大量的直管公房，也有相当数量的私房和企事业单位产权房，十多年的奋力抢救，大有杯水车薪之感，英雄扼腕，仰天长叹——所抢救保护的老宅在全古城老宅中所占比例简直少之又少，许许多多老宅目前面临着年久失修、设施落后甚至破败不堪的危险。

积淀着苏州深厚历史文化底蕴的老宅急盼新生，与此同时，老宅居民也迫切要求改善居住环境。

抢救和保护工作一直在做着，可能是因为缺乏整体规划，也因为经济实力的限制，这些动作，看起来总有点零敲碎打的意思。

零敲碎打，也一样为古城保下了许多的珍贵遗产，只是，由于各方面条件的欠缺，动作实在是快不起来。令人心急如焚的是，古城的老宅风烛残年，假如一直只能零敲碎打，抢救的速度肯定赶不上毁灭的速度。

2011年,苏州市委、市政府经过大量调研和反复论证,系统梳理了古城区的传统文化资源,决定对古城区老宅实施统一的保护利用工程,并确定了首批12个试点老宅。

市委、市政府提出:对古城区老宅子进行试点保护,尤其要注重对老宅子的利用,把老宅打造成苏州文化旅游的另一张名片。

首批12个试点,将为任重道远的苏州优秀历史建筑保护利用工程率先探路。

试点老宅分别是:

潘世恩故居、德邻堂吴宅、潘镒芬故居、潘祖荫故居、钮家巷王宅、大儒巷丁宅、博习医院旧址、富郎中巷吴宅、大石头巷秦宅、顾廷龙故居、岭南会馆、东齐会馆。

这其中包括了1处省文保单位、1处市文保单位和10处控保建筑。

12处老宅占地面积共约4.45万平方米,建筑面积约4.16万平方米,其中私房建筑面积约2800平方米。

负责老宅保护工程的市文旅集团立刻对首批12个老宅子进行定点调查,摸清实际情况。预算出12处老宅子搬迁、修缮等所需经费大约要10亿元。

苏州古城老宅,迎来了全面保护的新时代。

12个试点,为首的就是潘世恩故居。

我寻找到2012年的一篇关于全面启动老宅保护的综合报道,其中是这样介绍钮家巷3号的:钮家巷3号潘世恩故居,现为省级文物保护单位。原是著名园林"凤池园"的西部,有凤池亭、虬翠剧、梅花楼、凝香径、蓬壶小隐、玉泉、先得月处、烟波画船、绿荫榭等胜迹,厅堂有纱帽厅、大厅、鸳鸯厅、女厅……纱帽厅是全宅最精美的建筑，其平面形状尤为特别，在横长方形平面上前凸抱厦一间，其后左右配两厢，构成前凸后凹平面，状似纱帽，且这只厅高大轩敞，木料呈黑色，四根庭柱上部各有一对雕花的"翅膀"，叫"棹木"，形状酷似明朝乌纱帽的帽翅，故名"纱帽厅"。纱帽厅已于1982年重修，并移建了花篮厅、砖雕门楼等。

此宅原为三落六进，现存三落四进，约占地2135平方米，现建筑面积1825平方米，现有居民33户。此次保护利用拟改造为状元博物馆。

自此，昨天的状元府和今天的状元博物馆就将要合为一体了。

这个时候，潘裕洽已经不住在钮家巷3号了，他先于他的那些邻居搬出了自己家的老宅。1999年下半年，临顿路沿街改造开店，涉及钮家巷3号老宅最西边的靠外墙的一排房子，刚好那就是潘裕洽住的地方。

当时的搬迁政策，可以是安置新居，也可以选择货币方式，潘裕洽选择了货币，因为安排的新居在北园，离老宅太远了，虽然家要搬离老宅了，心，却永远不会离开的，所以，潘裕洽在离老家不太远的地方，相门丝绸工学院北边，买了一处房子，面积不大，但是回老宅方便，步行半小时以内，就能走回老宅看看。

从1999年秋天搬走，到2011年年底钮家巷3号开始整体动迁，这中间的十多年，老宅以及老宅里的种种情形，潘裕洽始终是知晓和了解的。

故事太多，说一个关于"福"字匾的。

据潘裕洽介绍，因为老宅房屋高大，没有天花板，有些住户会在屋子里搭个棚成为天花板，上面可以放东西，也有的干脆就封掉了，有些东西前面的住户封在里边，后面来的住户是不知道的。是些什么东西呢？大多是老宅里留下的从前的东西。

有一块道光皇帝写给潘家的"福"字金匾,不知道什么时候,也不知道是被哪一家住户,封在了鸳鸯厅的顶棚里。

到了搬迁的时候,家里肯定翻个底朝天,封在顶棚里的东西也就露出来了。

当时住鸳鸯厅的是一位老太太,看到这块匾,金光闪闪,知道是好东西,舍不得拿出去,后来经过动员,老太太也想通了,拿了出来。

其实,在潘家老宅,曾经有许许多多的珍贵之物,后来都失散了,我曾经问过潘裕洽的想法,潘裕洽说,从前的时候,东西很多,宅子里到处都是,不稀罕,1949年以后这种东西,也一样不稀罕。

从稀罕,到不稀罕,再到稀罕,历史一直在绕圈子。

在2013年启动修缮潘世恩的故居时,大家都是一丝不苟紧盯现场,认真细致清理杂物,除了这块道光皇帝御笔盘龙镶金"福"字匾外,还发现了清代刻像琴砖、清代砖雕构件等文物,施工方均第一时间采取措施进行保护和抢救,使得它们得以保存下来。

现在,这个金光闪闪的"福",正在状元博物馆内显赫的位置,继续发光发亮,让人稀罕。

历时一年半,耗资4300余万元,2013年8月竣工,2014年11月苏州状元文化博物馆正式对外开放:

> 苏州状元文化博物馆位于江苏省苏州市,占地面积约1000平方米,陈列面积约600平方米,是一座全面介绍姑苏状元群体、研究状元文化、展示珍贵状元文物的专题类博物馆。
>
> 以展示苏州状元文化为切入点,突出苏州"崇文"的城市精神,并以"状元"线索梳理出苏州古建老宅文脉,推出状元文化精品旅游线路,带动状元文化周边业态的发展。

科举制度的出现和实施,曾经有着巨大的历史进步意义,它打破了士大夫阶级对国家权力的垄断,再贫贱的人也可能通过科举考试一飞冲天,曾经固化的阶级等级制度,得以破冰。

我在这里不怕累赘再补充一点资料:

苏州是著名的状元之乡。据统计,历史上苏州曾出现过45位文状元、5位武状元,其中文状元数量占全国总量596位的7.55%,遥居全国各城市之首。最值得一提的是,清朝时期苏州一共出过26名状元,占全国114名状元的22.81%、江苏49名状元的53.03%,而同期苏州的人口占全国的1%左右。

苏州状元还出现过祖孙状元、叔侄状元、亲家状元,以及两科状元蝉联、三科状元蝉联等。当然,再厉害的还是长洲归氏——天下状元第一家,先后出了五个状元。

一如国学大师钱仲联之评论:"夫一郡之地,自唐迄清一千三百余年间,状元乃有五十人之众,就清代而论,占全国状元总数四分之一弱,举国无有也。"而清代文学家汪琬甚至夸赞苏州特产只两样:一是梨园子弟,一是状元。

开放后的状元博物馆,有展陈品469件,其中文物91种共187件,还不包括故居老宅所保留下的建筑文物,已经初步具备了专业博物馆的基本规模。

状元博物馆项目获得江苏省文物局嘉奖,还被列为江苏省廉政教育基地,接待游客已经突破百万人次,成为弘扬苏州优秀传统文化的最佳平台,尤其是针对前来参观的青少年群体,效果尤佳,许多学生都写作文谈体会。过去不少人认为文脉是看不见、摸不着的,走进了状元府,他们看见了,摸着了,实实在在地了解了,文脉是活的,传承,就是最好的保护。

2. "天下有学自吴郡始"

从状元的话题引申开去,我无法避开苏州"崇文重教"的城市风格和社会风尚。

苏州也好,吴地也好,江南也好,曾经被北方文明比为"荆蛮"之地,当时蛮民以入水捕鱼为生,"常在水中,故断其发,纹其身,以象龙子,以避伤害"。农业还是"刀耕火种",一年一收,人们过着"半生为食,以棚为窝"的生活,文化更是远远落后于中原地区。

《史记·吴太伯世家》记载,公元前841年,泰伯、仲雍二人乃奔荆蛮,建立了著名的江南第一村——荆村,江南第一巷——蛮巷。他们从当地习俗,文身断发,把黄河流域先进的农耕技术、先进的文化形态与江南文化融为一体,对吴地开发有着重大的意义。

苏州究竟是从什么时候开始由"蛮"转"文"的?这肯定是一个渐变的过程,也可以肯定,泰伯奔吴带来中原文化,是最早的因缘,京杭大运河的开通,亦是一次大的推动,曾经在两晋时期,这种种的变化已经通过当时的诗歌表现出来了。

比如,西晋荀勖所作《食举乐东西厢歌》:"往我祖宣,威静殊邻。首定荆楚,遂平燕秦。亹亹文皇,迈德流仁……西旅献獒,扶南效珍。蛮裔重译,玄齿文身。"既呈现了江南向中原进贡方物,也刻意描绘了江南玄齿文身的落后文化。

再如,江南民歌《白鸠篇》被改成《拂舞歌诗五篇 白鸠篇》:"翩翩白鸠,再飞再鸣。怀我君德。来集君庭。"多有傲慢之意,表示中原人认为江南这种落后地方自然是仰慕北方的。

而到了东晋,情况已经有了变化,诗人已经能够在岁月安好里不断地诗化江南了。谢万的《兰亭诗二首》："肆眺崇阿。寓目高林。青萝翳岫。修竹冠岑。谷流清响。条鼓鸣音。"

到了隋朝，以姑苏山为起名的缘由，正式将吴州改名为苏州了。

漫长的历史太漫长了，我们还是稍微走得快一点吧，然后，时间就来到了宋仁宗景祐元年（1034年）6月，"范仲淹贬官睦州后移治苏州"，为救苏州水灾而来，二月后，水灾得治，范仲淹请求转调去了明州任职，"移守姑苏，以祖祢之邦，别乞一郡，乃得四明"。

苏州是我的祖籍地，我要避嫌。

这是苏州人的品格。

可是人生常常不是你想咋样就咋样的，你想留的时候，偏让你走，你要走，又偏不让你走。此时的范仲淹，又得到信任了，所以到这一年的九月，又从明州再回苏州任职。一直到景祐二年三月，范仲淹升为礼部员外郎、天章阁待制，因宋代官职和差遣分离，职务虽然升了，但他还是在苏州任上，直到这年十月方才离开苏州。

前前后后，范仲淹在家乡苏州当官不过一年多，留下的"政迹"却是"德泽江南，惠用百代"。

治理水患，开浚"五河"，积水导流太湖然后入海，为有效控制流沙，"又于福山置闸，依山麓为固。旧址今尚存，人名曰'范公闸'"。范仲淹苏州治水模式影响深远，至南宋初年，历任两浙诸郡守整治水利都以范仲淹的策略为模板。

现在我们要说到文庙了。范仲淹曾在南园购置了一块地，原是打算建宅安家的，后听风水师说这块地风水上佳，有龙首之气，在此安家，后世必出高官。范仲淹遂决定不建家宅，改建府学。

这就是苏州文庙。

"吾家有其贵，孰若天下之士咸教育于此，贵将无已焉！"

若天下之士都在此受教育，贵人则层出不穷。果不其然，府学建好后，从此苏州登科者不绝。终北宋之世，苏州共出进士159名。

有人评价："天下有学自吴郡始。"

也果不其然，苏州文庙，占其天时地利，成为苏州古城的龙首，是苏州千年文脉风起之处，带动着满城的"文"风，宋朝以后，一直到清朝，终成为天下状元第一大户。

庙学合一的苏州文庙，曾"因办学有方，一时名闻天下，成为各地州、县学效仿的楷模。此后历经拓建到明清两代府学文庙的规模很大，占地面积近二百亩。有江南学府之冠的赞誉。现有面积仅为当时的六分之一，目前保留下来的重要建筑有棂星门，戟门，大成殿，崇圣祠，七星池，明伦堂，现为全国重点文物保护单位"。

范仲淹对于家乡的爱，还沉浸在他的许多诗作之中，他有"苏州十咏"，分别写了泰伯庙、木兰堂、洞庭山、虎丘山、阊门、灵岩寺、太湖、伍相庙、观风楼、南园等。

他游伍相庙：

> 胥也应无憾，至哉忠孝门。
> 生能酬楚怨，死可报吴恩。
> 直气海涛在，片心江月存。
> 悠悠当日者，千载祗惭魂。

他写阊门：

> 吴门峙阊阖，迎送每踌攀。
> 一水帝乡路，片云狮子山。
> 落鸿渔钓外，斜柳别离间。
> 白傅归休处，盘桓几厚颜。

到了晚年，范仲淹虽然不住在苏州，却拿出了自己的全部积蓄,在苏州购置良田上千亩,建范氏义庄,不仅极大限度地保障了范氏一族的生活,更是为苏州范氏一族的后人创造了基本读书条件。

范氏义庄是中国慈善史上的典范,虽然朝代更迭,历经战乱,一直到清朝宣统年间,义庄依然有田5300亩,且运作良好,共持续了八百多年。

文庙、范义庄、范庄前、景范中学、苏州天平山(又名范坟山)范文正公忠烈祠、范仲淹纪念馆、"先忧后乐"坊……1052年,61岁的范仲淹病故在赴任的路途上,距今已近千年。近千年来,范仲淹始终都在家乡人民的心里活着,家乡的人民,一直都在以范仲淹的"德""功""言"为楷模,为指引,以努力把家乡建设好的实际行动,纪念和敬拜着这位家乡的先贤。

范仲淹对家乡十分偏爱,对族人关怀备至,但是范仲淹却不仅仅是苏州的范仲淹,他是天下的范仲淹,他的心胸之中,怀着的是整个天下。

不然,何来"先天下之忧而忧,后天下之乐而乐"?

不然,何来"不以物喜,不以己悲"?

苏州文庙殿堂的建筑规模仅次于苏州玄妙观三清殿,也是现在保存最完整的古建筑,为全国重点文物保护单位。苏州文庙的规模名列东南之冠,清末科举废除,文庙府学日渐荒废。"文化大革命"中更是破坏殆尽。1981年市政府拨款重修文庙,同时在原址上建碑刻博物馆,这是当时全国首家碑刻博物馆。

文庙获得新生。

我去过文庙许多次,现在我也正站在这里,我的感想太多太多,每一次都被它的周正宏大、古朴庄重、气势轩昂所震撼,更会为它古往今来的丰厚内涵所感动,但是今天,我很想听听别人的想法：

"苏州城的镇市之宝。"

"江南是鱼米之乡，丰足之地往往重教，因而自古就是文风兴盛之地，而苏州在江南又是重镇，当地的文庙规模宏大，不妨去看看，也让孩子对中国古代的教育有所了解。"

"据说是整个苏州的风水中心所在，如果谁家在这建房子的话一定飞黄腾达。于是古代大贤为了全苏州百姓都能得到福祉，在此建造了文庙。果然苏州得以兴盛。"

"惊叹于建筑形式。"

"最值得看的是几块宋碑，绘制的苏州地图和天文图，千年前的智慧，至今仍然闪烁光芒。"

"冲着四大宋碑也给五星。何况文庙本为范仲淹所建府学。两侧碑廊也很有看头。浓浓宋风。"

"残破的碑刻，记录下了圣人们的才华和岁月的沧桑。这是我们宝贵的财富，也是我们应该骄傲的中华文化。"

"很久以前，某人问我，游苏这么多次，最喜欢哪里？我答的是苏州文庙，却自己也不知为何，也许是人民路边那一道高高的红墙，让我喜欢吧。其实各地文庙很多，但假古董多，总是簇簇新重建起来，苏州古文庙留着，难得。"

"当时去的时候是个周末，并非旅游的季节，苏州好像没有刻意地关注和维护的意思，是市民的自觉性使得此地具有很重的文举气息。"

说得真好。

我站在文庙大成殿前的院庭，我可以朝东南西北四方张望，南边是苏州古玩市场；北边是苏州中学，再北边是书院巷（宋代魏了翁在此办"鹤山书院"得名），巷内江苏巡抚衙门旧址就是原书院所在;东北是三元坊[清乾隆四十六年(1781年)为纪念钱棨"连中三元"而立]。

朝东看,马路对面由南而北,分别有:沧浪亭、可园、苏州中学(原苏州医学院)、苏州图书馆(其前身是清末正谊书院学古堂)。

西边的东大街,旧称盘门东大街,南段"盘门景区"内有三国时期始建的瑞光寺(普济禅院),今存瑞光寺塔。11号存开元寺故址,有无梁殿(始建于三国赤乌年间)。瑞光寺塔及开元寺无梁殿均为省文物保护单位。

……

我突发奇想了。大胆假设一下,站在苏州古城区任何一个点上,以一百米画圆,甚至,五十米画圆,所至范围内,将会圈到些什么呢?

我打算去试一试。

其实,对于苏州古城,我一直以来都在用自己的心思和文字丈量着,计算着,确认着。

站在苏州古城的中轴线、主干道人民路上,在文庙段,直线往北,约两公里处,有一座园林叫怡园,和怡园毗邻的,就是鼎鼎有名的江南藏书楼——过云楼。

记得几年前的一次聚会,见到了许久未见的高福民,他送给我厚厚重重装帧精致典雅的两套四本大书:《过云楼梦大变革时代江南文脉之一隅》(上、下)和《顾公硕残稿拾影》(上、下),2017年由文汇出版社出版的这两套珍贵丛书,我喜滋滋地带回家去,如获珍宝。

高福民曾担任苏州市文广局长,又当过职大的党委书记,后来就任苏州吴文化研究会会长,在此之前和之后,高福民的人生,一直是在和苏州文化打交道,没有中断,没有停息,我没有足够的笔墨在这里梳理他的人生轨迹是如何始终行驶在浩如烟海的苏州文化之中的,也不可能过多描写他所做的努力,是如何给苏州古城"背书"、增色的。

高福民说过,"古城资源是苏州的最亮特色和品牌,其意义不言而喻,苏州应该以更大的担当全面保护古城风貌"。

他是这么说的,他也是这么做的。

现在摆在我书桌上的两套四大本丛书,就是他的行动的成果。

"江南收藏甲天下,过云楼收藏甲江南。"位于苏州人民路和干将路交界处的过云楼,最早可以追溯到明代尚书吴宽的旧居,清代道光年间,进士顾文彬进行扩充,打造成为江南著名的藏书楼,距今已有上百年历史。

据记载,过云楼建于清同治年间,是江南著名的书画古籍收藏之所,在晚清及民国初年,过云楼以其收藏之富享有"江南第一家"的美誉。

我们简单看一看其中的部分内容:

过云楼藏书版本类别完备精善,几乎囊括古代纸质书籍的所有类型;

时间上,横跨宋、元、明、清;

地域上,除了中国历代版本外,还有少量日本刻本和朝鲜刻本;

宋元珍本、稿抄善本、明清刊本中"多有人间罕见的奇秘佳本";

其中最为难得的是自清朝以来就在藏书界极负盛名的宋刻《锦绣万花谷》,保存完整的传世孤本《锦绣万花谷》(前集四十卷,后集四十卷),是宋代的一部类书,也就是"百科全书",堪称全世界部头最大的宋版书。这部书是大师的天文地理与人文风情等各类书籍的集成,穿越近千年的时光,完整传承着宋代文明。

据说当初顾文彬曾多次到过宁波天一阁,心驰神往,拟建的自家藏书楼,初定名就是"小天一阁"。再据说,当初怡园和过云楼建成后第六天,他就辞去宁绍道台,回乡潜心于书画收藏了。

过云楼(顾宅)始建于1873年,距今已经150年,曾经占地6400平方米,建筑面积7070平方米,共计五落五进,典型的苏州大型古建筑,在后来的岁月中,它一年一年地老去、缩减:

二十世纪五十年代,砌断了西路三、四进;

七十年代,东首第一落拆除;

九十年代,东首第二落拆除。

这其间,南面的艮庵、门厅、轿厅纷纷拆除。

至此,顾家宅院剩余三落三进,占地3980平方米,建筑面积4920平方米。1982年,被列入市经文物保护单位,终得停止损毁。

2012年,重修过云楼工程拉开了序幕,曾经在此办公的三轮车公司等多家单位全部迁出。经过两年多时间,按照修旧如旧的原则,按照文物维修的要求,门窗古雅,雕刻精细,木质梁柱,白墙灰瓦,将过云楼往日的风貌复原出来,将过云楼的藏书家风传承下去。

我只能简要再简要地叙述过云楼的古往今来,我知道还有许许多多的关于过云楼的内容,比如过云楼藏书的去路、归属中的许多坎坷许多波折,比如过云楼的建筑特点,比如过云楼的楼主以及顾家一代又一代的人物……好在今天的过云楼有了呈现的条件,它"集中展示了顾氏历代藏家事迹及过云楼所藏书画名作、古籍善本情况,呈现顾氏收藏相关的文化艺术活动,再现昔日这座艺术殿堂的文化异彩"。

崇文重教的苏州,向来有藏书之风,私家藏书楼深藏在深巷老宅之中,那许许多多古籍旧版书,无声无息,却是时时刻刻地向外散发着翰墨书香,传递着历史信息。

我们再选几个小巷深处的藏书楼看一眼:

山塘街、汪文琛、艺芸书舍;

悬桥巷、黄丕烈、士礼居;

耦园、沈秉成、耦园藏书楼;

双林巷、金侃、春草闲房;

潘氏藏书,从三松堂、滂喜斋、竹山堂、桐西书屋,到宝山楼、著砚楼,前后数十人,藏书30万卷。

……

藏书楼,无疑是古城人文魅力的一个源头,而与此同时,在漫长的岁月中,那些顽强地生长在苏州大街小巷的书店,则是苏州的另一种精神地标。此消彼长,此起彼落,几十年里,苏州的许多书店没有了,但是苏州又有了许多书店。

此时此刻,如果我们走进书店,将会被纠缠住、牵扯住,迈不开脚步,挪不开目光,恐怕短时间里很难走出来了,所以现在我们也只能走马观花地看一眼苏州的书店了:

有高大上的文化标杆:诚品书店、SkyBook天书书店、钟书阁、新华书店、凤凰书城……

也有小而精致、温馨迷人的心灵家园:初见书房、文学山房、慢书房、艾伯特的书店、猫的天空之城、自在书店、字里行间、坐忘书房、雨果书店、耐思书店……

有网红打卡地,也有静谧惬意处,路过平江路钮家巷,可以看到一个门面不大、甚至是一览无遗的书店,它,就是历史悠久、名扬四海的文学山房旧书店。我还记得,去年曾经看到一篇文章,标题是:《苏州:96"网红"书叟守望122岁"文学山房"》,光这一个标题,就让人感动感慨、感佩之至。

江澄波,一位近百岁的老人,一辈子和古旧书籍相伴。在123年后的今天,他和他的七十多岁的女儿一起,仍然守在那个旧书店,守护并延续着古城苏州的永不衰竭的精神品格。

过云楼的故事,苏州藏书楼和藏家的故事,还有文学山房123年的历史、数代人的故事,等等,它们没有出现在我的笔下我的文中,但是它们一直就在那里,一直都在。

3. 全晋会馆之晋风徽派苏式

状元府成为状元博物馆,应该说是最完美最妥当的出路,是古城古宅修复后活化利用的一个典范,恢复全貌,重现辉煌,简直灿烂,皆大欢喜。当我回头再看潘裕洽写钮家巷3号那篇文章的十分简洁的结束语,"1999年又拆除了合营后自留部分,历史变迁,至此终结",不知为什么,在应该欢欣鼓舞的日子里,看了他的话,心里有些酸,有些痛,有些难过,有许多说不清的滋味,还有许多欲说还休的意思。

记得大约在21世纪初的时候,我曾经写过一篇跟苏州老宅有关的文章,主要是写是修缮后的双塔影园,文章中我也提到了钮家巷3号,提到了大石头巷,提到了干将坊等等,我在文章的最后这样写道:

"从钮家巷3号,到官太尉15号,使我想起了一个词——前世今生。

期望着,明天的留余堂,以及在古城中尚存的二百多处名人故居都会像今天的双塔影园,得以重生,得以焕发。亡羊补牢,应该还来得及,让世人,真正地了解,什么是老苏州。"

今天回头再读这些文字，真是有一种梦想成真的感觉。心情的激动和复杂，难以用语言来表达。

离潘世恩状元府不远，出钮家巷东口，斜穿过平江路，往北走，经过邾长巷，下一条巷子，就是中张家巷。

中张家巷是我在过去的日子里经常会去走一走的一条巷，早在平江历史街区打造之前，早在二十世纪八九十年代到新世纪之初，我不止一次地去走中张家巷，无疑就是因为全晋会馆。

全晋会馆，应该是苏州较早的古宅活化利用的样板，我曾经在好些文章里写过：

> 更多的时候，到平江路是没有什么事情的，没有目的，想到要去，就去了。就来了。有一次我忽然想看看戏剧博物馆，那是在某一年的国庆长假期间，我正在写一个小说，进展不顺利，焦头烂额，心情烦躁，思想左冲右突，怎么也出不来，不知怎么的，一下子就想到了全晋会馆、想到了戏剧博物馆。其实，我的这个小说跟全晋会馆、跟戏剧博物馆没有丝毫的关系，而且中张家巷离我的家也不近。奇怪的是，中张家巷一旦在我的想法中冒出来，似乎就是非去不可了。我立刻停止了写作，出门去了。
>
> 那时候那里的游人并不多，我进去的时候，里边空空荡荡，似乎只有我一个人，所以服务员略有些奇怪地探究地看着我，倒使我无端地有点心虚起来，这么想着，脚下匆匆，勉强转了一下，就走出来了。
>
> 虽然来去匆匆，却已经被它的气息所感染，所浸润，焦虑烦闷的心情一扫而光，从全晋会馆出来，走在平江路上了，世俗的生活在这里弥漫着，走着的时候，任由着自己的心情平静而美好起来、简单而又复杂起来。

虽然文章没有记录下写作的时间，但是不难推测，这肯定是在2003年之前写的了。

全晋会馆的履历大概是这样的：

清朝乾隆三十年（1765年），旅苏晋商集资创建全晋会馆于阊门外山塘街半塘桥畔。

咸丰十年（1860年），全晋会馆毁于兵燹。

光绪五年（1879年）至民国初（1912年），建全晋会馆新馆于今址。

二十世纪四五十年代，全晋会馆由于年久失修，白蚁蛀蚀，梁倾壁残。

1958年，全晋会馆曾先后被用作化工塑料厂、眼镜厂、光学仪器厂、照相机厂及机械工业局职工大学，东路及西北隅则散为民居。

1976年1月，全晋会馆大殿失火被烧毁，致使戏台濒临倒塌。

1982年，苏州市政府拨款对全晋会馆进行全面整修，整修工程共耗资120万元。

1983年10月，全晋会馆动工整修。

1984年6月，全晋会馆使用单位全部迁出，中路、西路建筑全面大修，并移建正殿，重建庭园，会馆原貌基本恢复。唯东路及西北隅房屋尚待修复。

1986年10月，全晋会馆作为苏州戏曲博物馆馆舍正式对外开放，辟有昆剧、评弹、苏剧、民族乐器等专题陈列，还有古典戏台和清式茶园书场两处复原式陈列兼演出场所。

2003年11月，中国昆曲博物馆正式在全晋会馆挂牌成立。

全晋会馆的建筑结构大致是这样的：

占地面积约 6000 平方米。以中路为轴，分中、东、西三路建筑。中路建筑是会馆的主体，有门厅、鼓楼、戏台和大殿，西路建筑庄重朴实，筑有两厅一庵。全晋会馆系清末山西旅苏客商集资兴建，全晋会馆对于保护传统历史文化、保护古城风貌，研究中国资本主义商品经济的萌发、研究江南庭院建筑及古典戏场，古为今用，探索中国民族建筑的现代化道路，具有深远意义。

值得一说的是，建造在苏州小巷深处的全晋会馆，它的风格却不是纯苏式的，既有徽派建筑北方大门的气势，又有山西那种"大物疏朗、小节玲珑"的风格，而院内半亭飞廊、湖石草木，又是苏式建筑的典型的标志，这是精致而完美的徽派晋风苏式相辅相成、珠联璧合的一个成功的范例。

全晋会馆的重头戏在它的戏台区，仅戏台建造之精致完美，之繁复讲究，如要叙述，亦不是三言两语能够表达到位，我们还是看一看戏台檐柱上的那一副对联，它是这样的："看我非我我看我我也非我，装谁像谁谁装谁谁就像谁。"

人生况味，尽在其中。

全晋会馆的保护措施：

1963 年，全晋会馆被列为苏州市文物保护单位。

1982 年，全晋会馆被公布为江苏省文物保护单位。

2005 年 5 月 25 日，全晋会馆被中华人民共和国国务院公布为第六批全国重点文物保护单位。

2015 年，苏州市政府批复了关于公布苏州市第七批文物保护单位保护范围及建设控制地带和第四批控制保护建筑保护范围及风貌协调保护区的通知。全晋会馆建控地带为西、南至保护范围外15米,北至保护范围外12米。

自此,苏州全晋会馆这张古城文化名片,以它的精美震撼的特色建筑,以它的深厚坚实的历史价值,它的润物无声的文化底蕴,站立在苏州古城一隅,它的灼灼耀眼的光芒,披照着古老而又鲜活的姑苏城。

全晋会馆作为曾经的苏州戏剧博物馆和现在的中国昆曲博物馆,广泛用于公共服务、用于推广优秀的传统江南文化,在苏州,从苏州政府到民间,许许多多的文物保护者、文化传承人,甚至是普通干部、群众,前赴后继、生生不息地努力呵护与坚守,生动地诠释着让"收藏在博物馆里的文物,陈列在广阔大地上的遗产,书写在古籍里的文字都活起来,丰富全社会历史文化滋养"的内涵。

就这样,许许多多的人,知道了中张家巷,来到中张家巷,喜欢上了中张家巷。有人说,它让人"眷恋",有人说,它让人"羡慕",有的人,欣赏它的"淡定",也有的人,喜欢它的"情调"。

其实,在过去的许多年里,对于中张家巷的这个"中"字,我一直是心存疑惑的,也多次查找资料,却又始终没有查到,真是书到用时方恨少。

后来我也索性偷了懒,并且给自己一个台阶,也许不搞清楚反而比较好,可以为创作提供想象。比如我曾经在一部并没有完成的小说中,借这个话题,说到苏州的小巷。

因为是小说,是虚构的,不宜用真实的地名人名,所以我的文章中写的是"中吴家巷":

平江茶厂开在苏州的一条小巷里,巷子叫中吴家巷。这个名字有点拗口,意思也有点含糊,念起来,这个重音到底应该是在一个"中"字上,还是应该在"中吴"两个字上。因为无论是中吴家巷的周边,还是苏州城里其他地方,都没有东西南北吴家巷,所以这个"中"字,就显得有点异样,如果有东西吴家巷,或者有南北吴家巷,那就比较好理解,这条吴家巷夹在东西或南北之中,所以叫中吴家巷。但是既然没有东西南北,也没有上下左右,哪来的中呢?

这个地理位置似乎是可以存疑的。

那会不会是"中吴"呢?如果是中吴,中吴又是什么意思呢?是吴的中间的意思,那等于是说吴地的中心,也就是苏州的中心,甚至骄傲一点,也可以以为这就是整个江南的中心哟。这也是方位的概念吗?或者,又因为是情感的因素,是中意于吴地,钟情于苏州,那也可能是外来的人氏,实在是很喜欢苏州了。

反正可能性是很多的,只是它们已经沉淀到历史长河的河底去了。苏州人的性格糯是糯一点,糯的东西,都是黏黏的,这个黏字,如果换个好听点的说法,也可以是执着。执着的苏州人,对苏州的许许多多的东西,都是要寻根问底的……

还是来说这个吴字吧。它才是这个巷名的主语。苏州城里吴姓人家很多,吴姓是苏州的大姓,且好多吴姓都是大户人家,有响当当的"贵吴"和"富吴",有顶呱呱的"明吴"和"清吴",有辣豁豁的"苏吴"和"徽吴"。

比如说"徽吴"。苏州在历史上,明清两代,以及更早的朝代,有好多富户,都是从安徽来的。为啥都是从安徽来?因为他们家是经商的,经商的人家,要往商贸发达、交通便利的地方去,他们先往东走,苏州可能就是他们的第一站,没想到到了第一站,他们就被迷住了,他们被自己对于苏州的喜欢拽住了前行的脚步,原本打算要多走几站,比比看看的,结果他们到了苏州就不再走了，走不动了，他们也没有想到，软绵绵的苏州居然有这么大的力气，把他们拉住了……

苏州是好地方，其实何止是安徽人，其他地方的人也来得很多，比如从山西来，从江西来，从陕西来，这是西边的，也有从东边来，山东，广东，等等，总之好像是大家都愿意往苏州来，来了就要住下来，住下来就不走了，就成为苏州人了，用现在的话说，叫新苏州人。新苏州人在苏州城里造房子，这是给苏州添砖加瓦，是大大的好事情。苏州人喜欢。

虽然苏州人友好和善，宽容不排外，但是外来的人，还是习惯抱团取暖，毕竟是有家乡情和家乡念在里边的，大概就是后来所说的乡愁吧。这就有了各地开办在苏州的会馆，那可都是十分了得的建筑。比如有一个全晋会馆，历经风雨，百十年过去，到今天还在显摆晋商的牛掰；再比如山塘街上的陕西会馆，且不说它那建筑如何了得，门头如何高大光鲜，光光给它取别称就取了好几个，全秦会馆，陕甘会馆，雍秦会馆，雍凉公墅等等，牛皮真不是吹的；或者你再看看潮州会馆，明末那个时候明明是始建于金陵的，后来就迁到苏州来了……

——这就走得野豁豁了，写小说可以天马行空，但是现在在我笔下行走的是非虚构的文字，我不能想当然地再编一个中什么家巷出来，于是后来我留心了一下，结果很快就在苏州市12345阳光便民网站上看到有人和我有一样的疑惑，在网上询问中张家巷这个"中"字的由来和意思。我顿时倍觉兴奋，有一种知音相遇的会心开心的感觉。

2018年8月21日，这位读者"求解中张家巷巷名'中'字的由来"：

苏州平江路东有一条东西方向的"中张家巷"，虽然不在闹市,但这条巷子的文化底蕴很厚,因为此巷中有两家赫赫有名的博物馆。一家是"昆曲博物馆",另一家是"评弹博物馆"。我最喜欢昆曲、评弹,所以常去欣赏。但我对"中张家巷"的巷名一直不理解。为什么张家巷前面要加个"中"字?读起来也觉得拗口。"中"的意义一般有两个,其一,表示大小适中,不大不小。介于大小之间。其二,表示方位,比如"东、西、南、北、中"。在此处显然不是表示大小。苏州没有"张家巷"也没有"小张家巷"。那么,表示方位,在东园的北面确有一条巷叫"北张家巷",可是经搜索,苏州没有叫"南张家巷"的。所以我不知道苏州是否有过"南张家巷",只得请教各位对苏州历史掌故了解的高人,或者苏州电视台原节目主持人"万老板、冬老板"给我答疑解惑。

便民网站真的便民,很快就有了回答:

  网友,您好,根据地名调查档案,因何叫中张家巷并不是很明确。以下文字摘自《苏州街巷文化》(可供参考):"中张家巷:位于平江路南段东侧,西起平江路,东至仓街。巷南原有小浜,跨浜有桥,名张家桥。巷名与此有关。民国《吴县志》作'南张家巷,今俗呼中张家巷'。原来,仓街有两条张家巷,北端有北张家巷。此巷在仓街之南端,故名'南张家巷'。然亦在仓街之中,后称'中张家巷'。感谢您对我市地名工作的关心和支持!"

也有热心网友热心参与的:

  "《平江区志》说,中张家巷西起平江路,东至仓街。民国《吴县志》载:'南张家巷,康熙《志》:朱张巷北,今俗呼中张家巷。'巷南侧原有浜,有桥名张家桥,仓街有两条张家巷,此巷在仓街之中,故名中张家巷。

本人觉得,'仓街有两条张家巷,此巷在仓街之中,故名中张家巷'的说法不正确。因为仓街很长,中张家巷南北两侧街巷也都算仓街之中的街巷,如果上述说法成立,那中张家巷南北两侧的街巷也都应该带个'中'字了。真正的原因应该是,中张家巷南有朱张巷(半条张家巷,今作邾长巷),北有北张家巷,所以被称为'中张家巷'。"

我之所以一引再引他们在网上的对话,其实是我心里在向他们表示敬意,他们都是热爱苏州、热爱苏州文化的人。虽然隔空,心却是相连的,对苏州的情感也是触手可及的。

从全晋会馆拉扯到中张家巷的"中"字,文章再一次飞翔出去了,这一部分明显偏离了第二部分的主题了,于是在二稿修改的过程中,我狠狠心把"中张家巷"这一段删除了。

可是,在再次通读的时候,我忍不住又把它拣回来了。

如此反复数次。

它仍然在这里。

对于苏州古城的保护,对于苏州古城的成功的保存并且使其焕发青春活力,以旧而又新的姿态走进新时代,以至成为世界的唯一性,许多人有许多的看法想法和说法,其中有一个说法,我觉得十分可取,就是"苏州人对于苏州古城的爱和敬畏,是一种罕见的能量"。

4. "屋比百檐"

我想起了史建华。

史建华,和苏州古建筑紧紧相依、牢牢相伴,苦苦努力几十年,有人称他为"学者型企业家",或者"专家型开发商"。

史建华毕业于东南大学民建专业,虽然我不太清楚史建华对古建筑的钟情和挚爱从何而来因何而生,是不是因为专业的原因,但是我所知道的是他参加工作后一踏上这条路,就始终有着饱满的情怀、坚韧的斗志、果断的行动,奋勇一路向前,再也没有回头,而且越走越深,越走越远,越走越值得,越走越无止境。

我认识史建华,是在20世纪90年代后期,那时候他已经是苏州颇有名气的古建专家了。

其实,史建华从20世纪70年代初就已经开始从事建筑行业,而后来在苏州广为人知,在我的印象中,好像是从苏州古城的街坊改造开始的。

街坊,纵横交错的小巷,是苏州的命脉和灵魂,作家戴来小时候住在丁香巷,她曾经描写过儿时的丁香巷的记忆:"弹石路面,三四米宽,自行车是主要的交通工具,偶尔一辆黄鱼车经过,行人就得侧身避让了。两旁是粉墙和坡屋面的房子,一扇大门推进去,少则四五户人家,多的住了二三十户人家。每天早晨醒来,首先听到的是客堂里邻居们的交谈的声音……巷子不远处的河岸边,洗衣服的和刷马桶洗痰盂的共用一个水源。"

也许就是因为对于苏州街坊小巷的这种刻骨铭心的记忆,后来戴来写了《街坊》,在文章中戴来这样写道:"像丁香巷这样的街巷,1985年左右,苏州城内有888条。然而由于历史的原因,许多街坊内的民居已经破旧,建筑密集度高,活动空间小道路绿化排水等基础设施匮乏,居民的居住环境质量不高——"

所以,改造老宅旧居,是改善居民生活,并使传统民居得以继续利用的一个重要方面,从20世纪80年代中后期开始,苏州市做了多种探索性尝试,从"古宅新居"到"解危安居"(街坊改造),渐渐地,越来越多的改造前的和改造后的街坊进入了人们的视野,从十梓街 50 号开始,又有了十全街 275 号、干将路 144 号、山塘街 480 号,再到 12 号街坊桐芳巷,再到 10 号街坊、16 号街坊、37 号街坊……

那一年,史建华遇到了 37 号街坊改造。

史建华前前后后参与了全市 7 个街坊改造,这都是与古城区千家万户百姓生活牵涉得最近切、关系最密切的工程,怎么会记不住他的名字?

但是史建华真正建功立业并声名鹊起的起点,就是 37 号街坊。因为在 37 号街坊,他幸运地却又是一言难尽地和双塔影园和定慧寺相遇了。

这也许就是决定他人生走向的一次相逢,或者说,冥冥之中,命运就是这样安排的。

1996 年前后,在 37 号街坊改造全面推进的时候,史建华第一次踏进了伫立在官太尉河边的一座老宅,它曾经有一个十分美丽的名字:双塔影园。

双塔影园在 37 号街坊的中心位置,它坐西朝东,是典型的苏州清代民居;以砖木结构为主,是苏州古城内保存结构最为完整、规模较大的名人故居。

但是,在史建华那一步踏进去的时候,它和"美丽"两字早已经不沾边的。老宅已经残破不堪、摇摇欲坠,一个宅子里,住进了六十户居民。今天,也许我们需要依靠想象才能想象出当时的情形,可是在当时,这不是想象,这就是现实——最近我有机会看到一些珍贵的视频资料,大多是 90 年代街坊改造时拍下的,我在视频里看到了当年的双塔影园。

拥挤、破旧,"三桶一炉",违章遍地,对古建筑的破坏性使用,年久失修,损失严重,许多人家共用一个水龙头,煮饭烧菜都是家家户户集中在一起,百十年的烟熏火燎风吹雨打,老宅垮塌的危险时时存在。

一幅幅画面简直不忍直视,又恍若隔世。

满目疮痍,哪里还有丰姿双塔的悬影;一个大杂烩的旧天地,哪里还有苏式园子的清雅。

何止是双塔影园,苏州古城中的古建筑,尤其是数以千百计的名人名宅,它们的生老病死,已经迫在眉睫了。

就在这个时间,就在这个地方,史建华开启了他的人生的新的阶段。可是,作为沧浪房产公司的负责人,他面临的难题,不是他个人的,也不仅仅是一个区的,那是全市、全国,甚至是世界性的难题。

街坊改造已经拉开了序幕,周围的民居都在动了,这个老宅要不要动?这是37号街坊改造中的一个重大屏障,同时也成为苏州古城如何保护和改造的一个重要信号。

史建华说,肯定要动。就有人就问,你动了干什么?也就是说,动了以后怎么办?

史建华并没有先知先觉,他还看不到未来,那时候他真的不知道动了以后怎么办,他只是凭着对名人故居的敬畏和不舍,他只是感觉到自己的心很痛,就在争论和不同意见之中,他迈开了第一步。动了再说。

整个37号街坊,搬迁的居民一共是1058户人家,占地面积23公顷,而双塔影园中的居民是60户,占地3850平方,这个比例很小,但是这很小的比例,却恰恰是一个很大很重的风向标,它如何进展,它成功与否,决定着苏州古城许许多多珍贵老宅名人故居的未来走向。

面对这座风烛残年的老宅,史建华要负责安置六十户居民,让他们脱离破旧的日子,赶上改革开放社会进步的这趟列车;他还要修旧如旧地修复双塔影园,还出古老苏州的一个本来面目,并且让它重新焕发出青春和活力。

三年以后,这件事情做成了。

"这件事情做成了",这句话听起来似乎有点轻飘飘,轻而易举?

不过,在我的感觉中,它是十分十分地沉重,十分十分地艰辛,甚至是十分十分地充满风险,这是因为:作为第一个吃螃蟹的人;第一个蹚浑水的人;第一个从零开始的人,

面对修复古建筑,有政策的瓶颈、资金的瓶颈、工艺的瓶颈等各种的瓶颈。

和各种压力,各种矛盾,史建华真想退一步海阔天空。但是他没有退。

如果当年退了一步,今天很可能苏州的古城古宅保护就是另一个模样了。另外的第一步,将在什么时间跨出,将跨出什么模样,一切都是未知数了。

要把一座千年古城的建筑之根重新推到世人面前,这个工程,真是挑着千斤重担、顶着各方压力展开的。

万幸的是,史建华迎着困难上了,他跨出了第一步。

在搬迁安置方面,政府的工作以民为本,摸排情况细致到位,制定政策的公平性、实用性和可操作性,让老宅里的居民基本能够平衡,这个话题我在第一部分中已经初有涉及,因篇幅关系,在此不赘。

在1990年代,破旧老宅的修缮工程,对于一个区的房产公司来说,那是一个全新的课题和实践,宅是老的,工程却是全新的,修

缮不是修修补补，而是要完整完善，还有许多基础性的问题。比如房子的高度到底怎么限定，比如屋子下面要不要用防水层，等等，这些问题，史建华带领他的团队，反复研讨，听取意见，结合各方要求，最终进行了有效的修复。

"最大限度地保存历史信息，尽量保存和使用原构件，按原建筑进行落地修建，彻底解决古建筑的防湿、防蛀、给排水等问题"，而所有这一切的标准，都是在现代工艺中完成的，这大概就是"修旧如旧"了吧。

"修"是今天的人在干今天的活，用的是今天的方式方法，是现代人当代人的行为，"旧"，是古代人留下的模样，这个模样是苏州的江南的经典，这个模样是文化和建筑特色的结晶，是值得今天的人将它继续保持下去，再经由我们的手交给我们的后人。

所以，在这里，在这样的工程中，今人和古人相遇，共同做着同一件事，要让古城中的古建筑，在历经了千百年风雨之后，到今天，仍然能够散发出耀眼的光芒、体现出独特的价值。

时光荏苒，白驹过隙，双塔影园从修缮完成到今天，已经二十几年过去了，现在我们再来看双塔影园，才能更彻底地了解当时这个工程的价值和意义。在整个过程中，没有破坏大院的任何一个地方，是真正意义上的原汁原味保留。

用史建华的话说，"这是老祖宗做的东西，密度很大，没有二话可说，就是原汁原味保留"。

用三年时间重修了双塔影园，不仅让史建华获得了成功，也让政府和民众提升了信心，看到了方向。

同时，史建华的另一个深刻感受是，三年时间重修双塔影园，政府的全力支持，是他最大的动力，也解决了许多实际困难。他还清楚地记得，当时的市委主要领导，曾经坐在他即将修复完成的双塔影园,所给予他的精神鼓励和政策优惠,当场拍板允许晚交、免交的税费,并且当场与银行沟通,给予最大的支持。

是的,许多年来,苏州市委、市政府对于古城保护的理念、决心和举措,鼓动了的、催生了的,何止一个史建华。

三年中的每一个日子,史建华都不会忘记,相比后来他又着手修缮葑湄草堂、传德堂等老宅来说,双塔影园是他的头生子,是他最最困难也最最重要的一次人生经历。

三年后的某一天,我们走进了修缮后的双塔影园,走进杏花春雨楼,开会聊天。这是一个古色古香的会议室,室内的家具和布置都是从前模样,落地门窗面对的是双塔影园的主花园,四百多平米的花园,小巧玲珑,移步换景,几乎涵括了苏式园林的大部分内容,亭、榭、廊、桥、花、木、池、石,应有尽有。

那应该是我头一次和史建华接触,在后来的二十多年时间里,我们经常有事无事地聚一聚,渐渐地就越来越熟悉了,也可算是多年的朋友了。

不过我所说的"经常",那可不是隔三岔五。如果要用隔三岔五来形容,那隔的也是年头,而不是日脚。

一两年、两三年,聚一回,是不是觉得相隔太长、太遥远了?其实一点也不。

比如我这一次要去采访史建华,和上一次去他的同里环翠山庄,已经隔了一年多时间了,但是在我的感觉里,上次的情形还就在眼前,一言一语,还都在耳边回荡。

这是现代社会,日月如梭,光阴似箭,转眼又是多少年过去了。现如今联系方便,讯息灵通,见与不见,也等于天天都在见,更何况,即便没有联络,心里也始终有这个人,不会忘记,时时会想起,时时牵记着的。

所以那一天我和史建华联系，我说到要去采访他，他可能觉得我用"采访"这个词比较奇怪，好像朋友之间，用"采访"这样的词，有点隔膜和生分似的。

避开雨多的夏日，秋老虎来的时候，我又出发了，我再一次来到这处老宅：官太尉15号的袁学澜故居——双塔影园。

袁学澜是清代的诗人、大学士。1852年，年近五十的袁学澜，从苏州乡间袁家村来到苏州城里，他买下了官太尉桥卢氏旧宅，"奉母以居"。

卢氏的旧居，"堂屋宏深，屋比百椽，"因邻近古刹，可见双塔影浮，袁学澜便在宅内隙地，筑成小园，据说这是袁学澜最为得意之作，"塔之秀气所聚，故仿明代文肇祉于虎丘塔影园故事"，取名为双塔影园。今天我们从袁学澜当年自撰的《双塔影园记》中，尚可寻见袁学澜对双塔影园的描述，"有花木玉兰、山茶、海棠、金雀之属，丛出于假山垒石间，具有生意。绕回廊以避风雨，构高楼以迎朝旭""萧条疏旷，无亭观台之崇丽、绿墀青琐之繁华"，字里行间，无不充溢出自然质朴之气。

五十岁的袁学澜，在这里课业子弟，写作诗词，会聚朋友，袁学澜在双塔影园，过他一生中最有意义的日子，著了多种书籍，如《姑苏竹枝词百首》《苏台览胜百咏》《适园丛书》，今天我们若有机会去这些书籍中徜徉，也许不难追踪到这位"诗史"居于双塔影园四十余年的行迹，袁学澜一直活到九十多岁，正应了"塔之秀气所聚、居者多寿"的古言。

只是，在历史曾经中断了的某一个日月，假如我们想起了这位诗学前辈，我们忽然地要想寻觅袁学澜的行为足迹，我们便从史书中走了出来，走到了官太尉15号。

茫然地站立在15号门前的官太尉桥头，看丛生的杂草，看破败的门楣,看居民提着马桶、水桶进来出去,看炉烟袅袅,才恍然而悟,沧海桑田,时间已经过去了一百多年。在1997年以前的袁学澜的家,也和潘世恩的家一样,变成了居民大杂院,最多时,这里住进了六十多户人家,路进有致的建筑,任意地分割了,疏密相间的庭院,胡乱地填满了,哪里还有典型可言,哪里还有古意可寻啊!

难道历史真的遗弃了袁学澜？难道我们真的失去了双塔影园？

历史终究又开始延续了。也许因为中断,也许因为痛惜,历史也终究出现了一些奇迹,比如,她能够将两个远隔二百年的毫不相干的人联系起来：袁学澜和史建华,一个是古代的饱学的诗家,一位是现代的房地产企业家。历史就将他们结合在官太尉15号了。

随着街坊改造序幕的拉开,保护街区内的古建筑,就成了史建华的行事做事的一个重要准则。作为当时沧浪区房产局的局长,史建华踏遍了各个街坊的街街巷巷,亲眼目睹一幢幢一处处的旧居老宅,在风雨中飘摇呻吟,砖墙剥落,栋梁坍塌；目睹居民们在新的时代里,依然过着"三桶一炉"的旧日子。史建华深知,他手里攥着的,不仅仅是一张张设计着未来的图纸,这些图纸,既承担着将苏州古城百姓一起带进新时代的重任,同时还要承担起保护那些饱经了风雨历尽了沧桑的旧宅故居的职责。

这是真正地需要两手抓的事业,一手抓改造,一手抓保护,哪一手也不能软。这两条手臂,很沉很沉,沉得都抬不起来啊。

如今,我们来到修复了的双塔影园,遥望双塔悬影,感受古园意趣,我们想象的翅膀自由地翱翔起来,我们的眼睛才能够再次穿越历史的长廊,跟着袁学澜,走过他居住在双塔影园的每一天,午后,郑草江花室,与友人"披文析义,瀹茗清谈""欣然忘倦"；傍晚,园中西眺,夕阳恰与双塔相映生辉,"五六月间无暑气,千百年来有书声"。从某种意义上说，修复了的，何止是一座双塔影园，是为我们追回着失落的历史，重新撑起差一点倒塌了的精神支柱。

这一切的回归，这一切的提升，姑苏古城，曾经"沉睡"的优秀传统文化正在徐徐苏醒，我们何曾去细细地想过算过，搬迁老宅中的居民，重修摇摇欲坠的故居，将双塔影园恢复成两路五进、"屋比百椽"的旧时模样，所付出的代价、所承担的风险？

但是我们终于明白，不能用简单的加减法去算这笔账，不能用普通的价值观和直接的效益观去衡量这样的作为。

回想二十年前的那一天，我们坐在双塔影园的杏花春雨楼，谈着保护古建筑的意义，窗外门前，园子里春意盎然，轩廊相对，池水清洌，有一瞬间，甚至心意和神思都恍惚起来，坐在这里的，是我们自己呢，还是袁学澜和他的诗友呢？

这就是今天的官太尉 15 号。

史建华也许不会完全同意我的这种浪漫的归纳，因为毕竟我不是身在其中，因为我没有历经现实，尤其是说到不用直接的效益观去衡量，史建华会说，那资金的平衡怎么办？

是的，企业是需要见成效的，不见成效的企业，是活不下去的，活不下去，同样也就意味着古宅保护将成为一句空话。

修缮双塔影园，沧浪房产自我平衡，拿出 1500 万，把占地面积 3850 平米、建筑面积 2500 平米的双塔影园保护下来。

双塔影园的丰姿神采重现了，但这砸进去的 1500 万资金，怎么平衡回来呢？

这就自然而然地引出了古宅修缮保护之后路往哪里走的话题，这是一个和保护同样沉重的话题。

史建华是有总结的，这样的保护后的老宅，不适宜居住，不适宜办公，那么到底能派什么用场？较好的设想是对外开放参观旅游,但是作为一个区级房产企业,是无力布局如此之大的棋盘的。

史建华当初的想法是,先保下来,再修出来,然后再研究出路和用处。

为这句话,是得付出代价的。代价之一就是资金的周转。企业就是企业,企业是要靠资金周转流动才有活力,才有活路的。1500万的资金压在手里,必定给史建华平添了许多烦恼,增加了许多忧虑。

暂时找不到更合适的出路,史建华考虑将公司的办公放在这里,为此又进行合理调整,会议室、餐厅、会客接待,甚至安排了停车场,各个部分得到充分利用。

从那以后,史建华每天走进双塔影园,每天在双塔的悬影之下,考虑、探讨、犹豫、决策,所涉及的,无不与苏州古建筑紧紧关联。

即便如此,即便他的公司已经在双塔影园办公多年,但他仍然实事求是地认为:不适合。

所以他一边坐在双塔影园,一边继续为双塔影园的出路忧虑,他说:"我还是要研究的,究竟它更适合派什么用场,到现在这都是一个课题,就是修缮后的活化利用,到现在我们还没有解决好。"

双塔影园不仅是他的长子,也是他的爱女,一心为爱女找个好人家,这是史建华多年来一直纠缠的心思,重重的,困扰的,却有点甜蜜。

史建华的办公场所在双塔影园北落后面的一幢二层楼,房间的家具和布置,无论是会客、茶坐,还是办公区,都是清一色的苏式,朝南有一扇很小的小木窗,开得很有意思,因为推开小窗,外面就是整个影园的花园,借景双塔,园中各景,更是巧妙搭配,互为因借。

既然窗外有如此佳景,不如将小窗开大,甚至索性拓展成落地玻璃长窗,岂不是坐于屋内,便将美色尽收进来?

不会的。

也不需要的。

将美景关在外面,只开出一扇小窗,也不用时时倚窗而立,只是偶然从窗边走过时,随意地张望一眼即可。

这,就是苏州。

5. "名士当年留旧宅"

是的,因为是苏州,因为有苏州人,因为有许多爱苏州、爱苏州老宅的人,所以史建华有信心继续干活,后来他接连照着双塔影园的模式,修复了葑湄草堂和传德堂。

如果说双塔影园是大女儿待嫁好事多磨,相比之下,二女儿三女儿的命运虽然也有一波三折,但结果却是幸运的,可以写进故事的。

这里又有一个和苏州有着特殊关系的人物出现了:杨休。

杨休和他的葑湄草堂,也是苏州人常常聊起的一个话题,作家唐晓玲采访过杨休,和他进行过较有深度的交流,她去过他的葑湄草堂,看到正厅悬挂着杨休自己书写的对联:

才能济世何须位

学不宜民枉为儒

唐晓玲认为这也是杨休自己的座右铭,称他为儒商中的名士,名士中的儒商。

唐晓玲曾约我去葑湄草堂看看,有时候,难得地、偶尔地在什么场合见到杨休,或者有什么事通个电话之类的,我或许也会跟他提一下莼湄草堂，他也会顺口邀约我一下，但是终因各种原因，拖延至今亦未能成行。总是和它擦肩而过。

关于莼湄草堂的简介大致是这样的：

位于苏州盛家带31至33号。草堂历史最早可追溯到清代康熙年间，据记载：吴中名士李果于康熙四十六年迁此。十余年前它仍是一片古老幽深的民宅，俗称（苏家老宅子），内住三十余户人家，还有一纸盒加工厂，后经多年修缮，成为现今"不开放的私家园林"（控保级别）。草堂建筑面积为1426平方米。为"五进三路"的格局，分正厅内厅、后厅，楼上为卧室，西面是三个花园。

这确实是一个很简的"简介"，历史是有记录的，传说的故事当然更多，无论是明朝的是大户盛家，还是清朝康熙年间的吴中名士李果，或者说是清同治年间一位姓苏的官宦人家，也或者后来真的又被一姓顾的人家购得，然后又有姓陆的人家接手，或者还曾经有过其他没有记载没有传说的多家的住户，总之，是他们，共同地、持续地把这处老宅留给了今天，留给了我们。

留下的是一座老宅，更是一座古城的面貌和基因，甚至是它的密码，这是先贤们和历史给予后人的无价馈赠，不能毁在我们这一代人手里。

史建华就是这样想的。

杨休一定也是。

虽然我没有和杨休聊过关于莼湄草堂的话题，但是我知道，杨休一直在和历史对话，从他的一直以来的言行中，不难看出，他对历史的理解、他与历史的融合。

杨休是一位传奇人物，他在南京起家，却转战苏州继续发展，他学的是历史，建的是现代化大楼，却买下了莼湄草堂。

东方之门有多现代大气，莳湄草堂就有多古典精致。东方之门是新苏州的新天际线，真正高大上；而莳湄草堂，是老苏州的代表性建筑，它是低调的，低矮的，悄无声息地隐藏在苏州的小街小巷之中。

这是一对矛盾，在杨休那里，完美地合体成一幅精品双面绣。

据说有现在还住在盛家带33号的居民，说他们住的33号，才是真正的"莳湄草堂"。这个说法，恰好和钮家巷3号的情形类似，我看到有人写文章说，状元博物馆隔壁的钮家巷3号，才是潘世恩故居。

其实，31号也好，33号也好，现在真正保护修缮的，真正让历史在这里延续的，绝不仅仅是一座孤立的老宅，它同时还是一条街巷，一个片区，一段地带。它留给我们的并且在今天仍然在散发着的历史信息，并不仅仅局限在围墙之内。

关于环境，关于气场，有一个好的典型范，就是双塔的"视局走廊"。

33米高的双塔，怎么保证周边地带能看得到它？通过"视觉走廊"的规划，沿着双塔周围，凡是主要通道的视线所及，不能做任何建筑，房屋只能建在一定的高度。这样做的结果，从干将路过来的时候，可以看到双塔，走到凤凰街，也可以看到双塔，我们在双塔影园里能够看到双塔，在周边老百姓的家里也能看到双塔。

苏州古城和别的地区是有区别的，它的特点就在于，珠玑遍地，人文荟萃。

在整个37号街坊改造过程中，正是在这样的城市个性的引领下，既解决居民的生活居住难题，又挽救了许多文物古迹名人故居。

这些文物古迹和风貌等等，有人归纳为：

一条巷：定慧寺巷

一幢楼：双塔影园

一座寺：定慧寺

一条河：官太尉河

其实远远不止。

在37号街坊改造中，史建华的主要任务是改造旧居，解决老百姓的住房问题，但是实际上他却做了许多超出他的职责范围的事情。

就说一个定慧寺。

在37号街坊改造即将完工的时候，史建华一脚踏进了在37号街坊范围内的定慧寺。

定慧寺，如其名，是一座寺庙，从建筑的属性来说，从前的定慧寺是一处庙产，而在史建华踏进定慧寺的时候，它是苏州塑料七厂。史建华走进去，看到的是一幅破破烂烂的场景，但是这堆破烂的场景却让史建华眼睛发光发亮，心情激动，因为他看到了掩隐在破烂之中的气势宏大的塑料厂的仓库——定慧寺的大雄宝殿。

这一看，史建华的眼光和脚步都被拖住了，挪不动了，离不开了。用他自己的话说，这大雄宝殿是"好得不得了"，门口两棵百年银杏树依旧枝繁叶茂。

史建华站定了一会，然后，二话没说，就找到了王仁宇先生。

王仁宇，又一位古城守护人，曾经担任苏州文物管委会领导，编著过许多和苏州古城有关的书籍，我最喜欢的、一直当作枕边书的《苏州名人故居》，就是王仁宇先生编著的。王仁宇做了18年古民居保护工作，对古城老宅民居有着深厚的感情也有着深刻的理解和认识，"古民居是历史文化名城风貌的细胞，一个历史文化名城光有大文物是远远不够的。它是整个城市历史延续的基因,基因如果去掉历史文化名城也就没有意义了"。

那时候王仁宇听了史建华的介绍,心中明白,嘴上却问道,小史,你想干什么?

史建华说,整个街坊改造快要完成,但是我到这里边一看,这个厂太破烂了,跟我们的街坊改造太不协调了,真是大煞风景。

可是要知道,无论定慧寺是庙产也好,是厂房也好,那都不在史建华的工作范围之内,但是在王仁宇主任的支持下,史建华开始奔波,为了一项不是他的工作的工作。

好多人跟他说,定慧寺又没有人叫你去搞,你是街坊改造,解决老百姓住房,你怎么去跑这个事情呢?

那是因为,要把定慧寺的事情跑下来,其难度是可想而知的。

史建华不怕难,他怕的是他所钟情的这个地段的历史气息被打破被打乱,他深知,在新建的改造小区周围,如果没有了历史氛围,没有了文脉浸润,那这样改造出来的小区,就真正成了全"新"的小区,而现在在街坊改造中,他们要做到的是打造"新中有旧,旧中呈新"的风貌。

这样的风貌,既要凭借小区粉墙黛瓦门洞的具体外形,同样也要依靠小区周边环境陪衬。

所以,重新打理定慧寺看起来并不是史建华分内的事,但是史建华为了把自己分内的事做好、做到极致,他的目光,他的理念,他的行动,早就不仅仅局限在分内了。

这个理念支持着他,他是很执着的,他必须是执着的,因为难度太大,一个区的房管局,要去协调市宗教局、市佛教协会、市轻工局等等部门,史建华还记得,当时他头一个在宗教局就碰了一个"政策"的钉子。

当年国家有关宗教场所的政策,就是保住现有的庙场,不得再扩展。

史建华却要将一个塑料厂搞成宗教寺庙,所以宗教局的领导,也和王老一样,问他,你要做的是街坊改造,怎么扩展到塑料厂去了?

史建华早已经做足了功课,塑料七厂的前身,是定慧寺,曾经就是一个有名的庙场。现在街坊改造,拆除了许多老房子,历史人文的气息肯定会有所减弱,只有我们用心用力保护和利用好周边的历史遗迹,才能保住和延续这个区域的地气和人脉文脉。

宗教局的领导,完全可以用"政策"两个字把他挡回去,但是没有。幸运?天意?

说到"天意",我又要提到一个人了,徐刚毅。

徐刚毅,著名文史专家,几十年如一日为保护苏州古城奔走呼喊。

以下是2020年9月,徐刚毅获省先进离退休干部时对他的评价:

> 徐刚毅曾任苏州市社会福利院院长、苏州市民族宗教事务局副局长、苏州市地方志办公室主任、苏州市政协文史委副主任。因为生养在苏州这座历史文化名城,从小就萌生出了强烈的古城情结。1993年之后开始注重苏州古城保护,足迹遍及城内城外千余条小巷街道,在古城旧街坊大拆迁到来之前,抢拍了上万张古城街巷的照片。1997年调任苏州市地方志编纂委员会办公室主任后,又在全市范围内征集历史照片,陆续编纂出版了《百年旧影》《百年历程》《苏州旧街巷》《苏州往事》《苏州百姓》等五部《老苏州》系列图册,为当代和后世留下了三千余幅珍贵的古城历史图片,还出版了弘扬传统文化

的散文集《再读苏州》。启动第二轮《苏州市志》编纂工作。与此同时,不遗余力呼吁各界保护苏州古城和文化遗产,协助政府有关部门挖掘利用人文旅游资源,先后参与了阊门重建、环古城风貌建设、山塘历史街区保护、城墙复建、历史建筑保护和太湖古村落保护等多项工作。

在为《家在古城》作大量准备工作的过程中,我头一个想到的就是徐刚毅,只可惜那一阵他外出了较长的一段时间,错过了第一次大规模采访、座谈的时间,我一直在心上牵挂着、想要再约的时候,我们却在另一个会议上相遇了。

那天会上,徐刚毅从阊门寻根谈到移民文化,从移民对社会发展进步的作用,谈到苏州古城和古城几十年来保护的问题,我坐在他旁边,听得十分激动,忍不住用自己的手机把他的发言录了下来,回去再听,更是心潮起伏,特别触动我、感动我的,是徐刚毅在发言中说到的一个词:天意。

他的原话就是:"苏州的古城保护,是天意。是以苏州人的良心,替天行道。否则,为什么会有那么多的机缘来让你保护,一代接一代的,机缘到最后,就是天意。"

我的理解,这个"天意",其实就是苏州这座古城生发出来的,是古城给予每一个苏州人、给予每一个在苏州生活工作甚至只路过的人的滋润和养育,天长日久,全面围攻,形成了一个大大的"意",亦可称之为"天意"。

在这里我不得不插上一句,我们苏州的干部,无论官职大小,无论是不是苏州本地人,他们对苏州古城的敬畏和热爱之心,这么多年来,日月可鉴。

史建华可能准备了一大堆的道理,想着要怎么才能说服宗教局的领导,结果根本用不着,局长一听史建华的理由,马上就接受了,就松口了,直接问他:你想怎么弄?并且主动积极地给他指点迷津。

这是一次"踩线"的行动,所以局长关照史建华不要与外人多说,然后亲自出面组织了佛教协会、灵岩寺、重元寺、寒山寺、西园寺、报国寺五大寺庙的有关人员来到还没有恢复成定慧寺的定慧寺调研视察,来给定慧寺出主意。

西园寺的方丈普仁,就是那时候和史建华结了缘,几十年后,仍然关系密切。当时普仁看了以后,立刻有了主意,建议定慧寺作为西园寺的下院,下院就是分院,如果能够实现这个想法,就理所当然地解决了政策的红线问题。

方丈出主意,协调的路子却要史建华自己去跑,史建华那段时间跑佛教协会、跑各个庙宇、跑有关领导,感觉自己也已经入了山门。最后几经磋商,终于协调成功。西园寺付给工厂350万,工厂拿了钱,跑到城外去拿地,完成置换,各得其所。

整个修复工程是由佛教协会负责的,史建华看在眼里,佩服在心里,他是这样形容定慧寺修复工程的:"他们聪明得不得了,厂里原来所有的车间都没有拆,都是作为讲堂,有的增加一层,然后做了个三门,现在成为苏州古城区内最大的一个佛教寺庙。"

这是苏州人的智慧。

今天,二十多年后,定慧寺成为一个讲经的重要场所,弘扬佛法,净化灵魂,那个街坊的老百姓,每天在定慧寺门前过去往来,那一种心灵深处的叩击,那一种精神力量的感染,无论他们自己有没有领悟,无论他们自己是不是知道,那都一定是存在的。

在定慧寺巷口,有一座花岗石牌坊,正面的对联是:"名士当年留旧宅,禅门今日尚生辉。"

这是苏州著名诗词家、文人书画家王西野先生的两句诗,王西野先生的公子王宗拭,是我大学同班同学,可惜父子于多年前先后离世,令人扼腕。然王氏父子皆有文章如瑰宝,有思想如光亮,哺育后人,照耀后人。

所以,斯人已逝,留下的却不仅仅是唏嘘和空叹。

还是那句老话,苏州古城之中,名人的气质,处处留痕;文化的味道,四面飘扬。正如从前有人开玩笑说,走在苏州的街上,随便掉下一片瓦,说不定就是明砖清瓦;随便踢到一块石子,也许就有诗人吟诵过它。

文脉的民间性,文化的普及性,文人的大众性,这是苏州与众不同的唯一性。

牌坊的背面,也有一首诗:"日出推窗喜见塔影,夜深闭户静听橹声。"那天我在史建华的办公室里,我们聊到牌坊背面的这首诗,史建华有点激动,他起身找来一张照片给我们看,照片上是周文祥、王仁宇和史建华,三个人在牌坊背面的合影。

"王仁宇起草,周文祥写字,由我建造起来——我们的合影,已经是二十年以后了。"史建华言语之间,充满感叹,让人一下子感受到了时光的流逝和人间的沧桑。

6. 惊艳盛家带

2021年11月24日,初冬的太阳真好,我披着温暖的阳光,怀揣着历史的温度,心情明媚地走在去往葑湄草堂的路上。

这个地方,是苏州大学老校区南门外,恰好是中午时分,好多学生,三三两两,从南校门出来,走在百步街上,大约是午饭后的闲散吧,脸上写满青春的欢乐,快到南校门前的百步桥处,往左边折一下,就是盛家带了,苏州老百姓口中的"百步街上百步桥,百步行到盛家带",就是说的这里。

假如从地图上看,这里构成的是一道很独特的弯折。过了这个弯折,那百步街上走满了的年轻人,在这里一个也没有了,仅仅就是几步之遥,根本用不着百步。

盛家带是沿河的街巷,一边是河,一边是宅。河是斜的,巷子也是斜的,它和通常的横平竖直的苏州小巷不大一样。

沿途隔三岔五,就能看到沿河布置的美丽小景,纯苏式的,有假山,有小亭,小亭里有老人坐着聊天或下棋;沿途还有一座又一座的石桥,年代久远,古意盎然。

盛家带的老宅可不止莳湄草堂这一座,一路过去,那种大大高高的石库门大门、砖雕门楼,一一迎面而来,比如27号,门楣上有"麟趾泽长";比如33号顾宅,这是一处苏州市的控保建筑,破旧而未曾修复,我沿着旧宅的旧门往里走,朝右一拐,眼前是一条狭长的两边高墙紧夹的备弄,十分进深,十分昏暗,这又是一座深宅大院,只是暂时未能如莳湄草堂那样幸运。也不知道它们的命运将在哪个时间节点上得以改变。我心里嘀咕。

从33号退出来,我还是到31号吧,这是莳湄草堂,它才是我今天要探访的主角呀。

正如预料,大门紧闭,门外有"苏州历史建筑苏宅"的牌子,朱红的大门稳重而别致,两个石抱鼓精致而古朴,往北边一点还有一扇边门,有密码锁,估计是家人进出的门。

站在莳湄草堂门前,望着盛家带面对的官太尉河,河水几乎静止,洁净安稳,如同初冬阳光下的盛家带,偶尔经过的电瓶车或者行人,都是安静而有节奏的。

如我所料我进不了莳湄草堂,我也没有要进去的打算,因为对于我来说,这已经足够了。

其实,让我连连赞叹的都还在后面。

并不是特指哪一幢老宅,也不是哪一处名人故居,而是这一条长长的弯弯的沿河之路。从南边十全街百步街入口,沿着盛家带往北,走过叶家弄,再走过官太尉,过这一路,足有几公里——还有河对岸同样的风貌,由南而北,蜿蜒而上,分别是忠信桥、望星桥北堍、祖家桥、石匠弄、兴市桥——这些叫桥的地名,既是桥名,也是巷名,清雅幽静的巷子,一条连着一条,一树一花,一房一舍,每处景物都无声地展示着这里深厚的文风,得天独厚的书卷气息。

简直就是行走在一幅真正的苏式生活的图卷中了,简直是如梦如幻,一定是流连忘返。

所以,这样的行走,这样来看葑湄草堂,虽然没有进得了葑湄草堂,却真的已经足够了,还不仅仅是足够了,又有许多意外的收获,有许多丰富的联想。真是忍不住要说一声,真是太赞了!

我真的希望我们苏州人,有条件的话,到那个地方去走一走。

虽然也有一些民宿,但是游客并不多,这个地方,苏州的深深的小巷,它们不是为别人准备的,只是为苏州的居民打造的,它们只是为古城留下的,它们也许无法更多产出一些商业价值,但是它们对于苏州、对于苏州人的无形的影响,却一定是无法估量的。

对于我来说,虽然是足够了,但是对于文章,却是有缺憾的,当然我应该想办法弥补这个缺憾。

从网络搜索的结果看,葑湄草堂大约和它的主人一样,够隐蔽,够低调,有一些图片,文字却很少,可参考的内容不多,那我就没有办法了吗?应该还是有的。

写苏州、写苏州古城的人,多呀。

"黑漆大门打开之后,只见粉墙黛瓦素净分明,院落门廊层现留落不遇出,没门厅、轿厅、纱帽厅、内厅和后厅一路向里,砖雕门楼、斗拱飞梁随处可见。屋后是蜿蜒的水池、小桥、亭榭、湖石、假山错落有致,三处从别地移来的花厅整旧如旧,修复者的专业水平可见一斑。"这是唐晓玲在她的《逐梦之城》中写下的走进莳湄草堂时的所见所想。她比我幸运。不过,我也正好可以和她配合一下,一个在外,一个在里,一起感受莳湄草堂的魅力。

我还要继续走路,我从古城东南的盛家带出发,向北,向西,到山塘街的西头,到虎丘。

山塘街787号,传德堂,是史建华古宅修缮的另一处得意之作。

史建华告诉我,传德堂修缮后被一位低调的企业家买去了。这位先生,苏州人,经营企业有方,个人没别的爱好,就是喜欢老宅子,热爱苏州传统文化,多年前,他就想要在古城觅得一处宜居老宅,以实现自己四世同堂的梦想。

他一直在苏州寻找。

找了三年,终于遇到了史建华,遇到了传德堂。

一拍即合。传德堂好像就是为他量身订制的。

传德堂原名鲍传德庄祠,建于民国初年。传德堂原有四进建筑,门前有一块两柱石牌坊。坊额上镌刻有"宗仁主义"四个大字。"宗仁主义"意为以仁义为宗旨,是当时民国大总统徐世昌,为表彰众议院议员鲍宗汉置田赡族,创建鲍氏传德义庄而题赠的。

和莳湄草堂一样,我没有惊动主人。史建华曾问过我,要不要由他联系一下房主,我却婉拒了。

我更愿意自己一个人,去看看,随意地看看。

不到万不得已,不要去打扰别人,这也是我一向以来的所谓的原则和习惯。或者也许还有重要的一个原因,我大概更合适虚构而不是非虚构，所以即便在做一个大大的非虚构作品时，我还是愿意让自己的想象的翅膀能够有足够的空间，能够飞翔起来。

我一个人继续独行，让思想自由飞翔。

山塘街就是适合一个人走一走的。有的地方很安静，适合一个人行走，有的地方比较繁华，也同样适合一个人行走。因为它的繁华的背后，是无数的积淀和付出，是无数的这样的繁华，既能让你眼花缭乱，目迷五色，也能直抵你的精神深处。

我似乎已经急不可待地要写山塘街了，但是我得按捺住这种急迫的心情和情绪，山塘街会出现的，但不是在这里出现。在这里我要寻找的是山塘街上的传德堂。至于山塘街，很快，它就会浓墨重彩全方位登场。

从西口，也就是从虎丘的门前，进入山塘街，一路向西，到青山桥、绿水桥边一段，就能看到山塘街787号，传德堂。

原名"鲍传德庄祠"的传德堂，建于1919年，是山塘街上年代最晚的一处义庄，也可能属于全国建造最晚的一批旌表牌坊。传德堂和苏州古城中许多老宅一样，也曾经历过各种变动，庄祠办过小学，后来做了仓库，一直到苏州山塘历史文化保护区工程启动，几乎淹没在岁月里的鲍传德庄祠才重新露出了它的脸来，1983年成为苏州市控制保护建筑。

传德堂粉墙黛瓦，坐北朝南，三路五开间。东西两路各是一开间，前檐临街。中路三间缩进数米，形成一块不大的门前场坪。

史建华接手传德堂的时候，它的衰败的状况，比双塔影园、蔎湄草堂走得更远，修复后的传德堂，占地2000多平方，建筑面积为1000多平方，其中大约有500平方是古建筑。

这些都是介绍，都是资料，我要自己去看。

我从城东南的蔎湄草堂，一路向西向北，我一直要走到山塘街

787号,我要去看传德堂。

我从西头入口,我打算,看过传德堂后,再往东走一段,就把今天的日子,11月24日和11月4日对接起来,这样,我的2021山塘街就完整了。

可惜的是,走到800号前后,离传德堂也许就是几步之遥了,路,却被封住了。

围板太高了,我跳起来也看不见围板那边的样子。

两边没有接通,这个结果,在我的心头打了一个结。

我在想,这个结,我终是要去解开它的。

一直到2021年12月7日,我终于解开了这个结。那是一个有点寒冷的日子,我从山塘街东口进入,一直往西走,走到出汗的时候,我走到了和11月4日连接的地方。

现在,我终于可以补上传德堂这一课了。传德堂,即"鲍传德庄祠"。鲍传德庄祠建于民国初年,为山塘街上年代最晚的一所义庄。庄祠位于山塘街绿水桥边,粉墙黛瓦,坐北朝南,三路五开间。东西两路各是一开间,前檐临街。中路三间缩进数米,形成一块不大的门前场坪。

场坪东边路口那里,竖着一新一旧两块"鲍传德庄祠"石碑。旧的一块,字迹已经模糊,依稀可见"1992年"以及"现存四进建筑"等介绍文字,新的那一块,是2020年所立,有所不同的是,庄祠已经从"苏州市控制保护建筑"升级为"苏州市文物保护单位"。还有一个不同,旧的那一块以及我在网上看到的2006年苏州市政府所立的一块"鲍传德庄祠"碑,在"鲍传德庄祠"几个字下面,都配有英文翻译,但是在2020年的这一块上,却没有了英文。也许是我功课做得不够细致,没有到它的背后再看一眼,它可能刻在后面了,当然,也许就是没有。这里存疑。

大门前有一架冲天式的两柱石牌坊。牌坊为单门两柱冲天式，花岗石砌筑，柱端雕刻卷云纹。坊额上镌有"宗仁主义"四个大字，是当时民国大总统徐世昌，为表彰鲍宗汉置田赡族，民国八年（1919年）创建鲍氏传德义庄而题的。

柱身有楹联一对：

  鹿车世泽钟人杰

  虎阜清芬挹地灵

厚实的酱红色的双扇板门上，镶有一对庄严的黄铜门钹。门槛有齐膝高。门框的两边威武地竖立着一对青石园抱鼓砷石。门框上槛的两枚门簪上，搁着一块黑底金字的门匾，上有"蘭园辛卯初冬 人德题"字样。

门前，山塘河沿街迤逦而来，东窗，则面临绿水桥下的山塘河支河青山桥浜，河水在庄祠前愈加开阔，层层叠叠的白墙黑瓦让庄祠显得更加清澈透亮。

下午时分，行人甚少，眼前的一切如梦如幻。

从前的诗人写道：

  幻出阎浮色界天

  青山绿水两桥边

我在传德堂门前站立了许久，深深切切地感受着"结庐在人境，而无车马喧"的意境。

蒟湄草堂和传德堂两座老宅，较好地解决了苏州古城老宅保护修缮的出路问题，只是这个"两处"，在古城中尚存"几百处"的相比相称之下，占比是那么小，小得有点孤军作战的感觉。

其实它们并不孤立，苏州有史建华，苏州有许许多多的史建华，他们一直都在共同努力，无论前路如何艰难，无论要解决的问题有多少，都不会影响前行的勇气和坚定的步伐。

苏州人是有耐性有韧性的。

我曾经在三十多年前我的第一部长篇小说后面写了一个后记，其中有这样一段：

"在苏州人身上也许看不到梁山好汉的气魄，可苏州人有精卫填海、愚公移山的精神，苏州人从来就没有停止过他们的追求，他们的奋斗。"

苏州人是很韧的。

苏州人不会一夜之间富起来，苏州也不会一夜之间变成天堂。苏州人的精神和物质正在一天一天地富起来，苏州人民正在一天一天地把苏州建成人间天堂。"

今天的苏州，今天的古城，同样的，正在一个点一个点地琢磨、一条巷一条巷地打磨，让它们重新焕发青春，那是真正的"爷青回"。

正所谓，古城的每一根血管里，都渗透着传统文化的氧分，同时也渗透了时代的新鲜血液，古城的每一个角落，都散发着过往历史的气息，同时也感受着变革的猛烈激荡。

7. 探花府和花间堂

21世纪，到底是从哪一年算起，2000年？2001年？记得当时有过不同的说法，各自据理力争。

如今20年过去，大概谁也不会再为了那个问题去吵吵闹闹面红耳赤了，因为新的世纪新的日子早已经把我们同化了、包围了，簇拥着我们拼命往前赶，不要再回头。

可我却是常常要回头的。现在我又要回头了，回到了2000年。

2000年的某一天,我无意中碰见了一个人:高虹。

高虹是我小时候的邻居,我家住同德里6号,她家住同益里5号,虽然同在一个区域居住,可我们上的小学却不是同一所小学,我在草桥小学,她在平直小学。一直到二十世纪六十年代以后,我才知道这是为什么。

二十世纪六十年代的小学生,入校之前,市里会有一个不张扬、家长也不太关心、学生本人更是懵里懵懂的拔尖行动,就是从不同的区域,拔出几位尖子生,安排到区域以外的学校去,应该是为了均衡各校的生源。

忍不住又要废话一句,这样的行动,放在今天,那还了得,那是要翻了天的呀。

但在那个时候,却是进行得悄无声息,几乎无人知晓,也无人过问。

即便是知道了,也无所谓。

高虹就是那个尖,拔到了平直小学去了。

所以在上小学的阶段,我和高虹,还不如和她的妹妹高潮更熟悉,一群小朋友,天天在她家门口的空地上,跳来跳去地唱道:"建设高潮噢——建设高潮噢——"

我记不得偶遇高虹的某些细节了,但我却牢牢记住了她对我说的一句话,这句话是当面说的,还是在电话里说的,我也不记得了,但是这句话的内容却是记得清清楚楚,一直到今天。

高虹说:"小青,我自己也没有想到,我糊里糊涂嫁了一户大户人家。"

我的职业把我训练得如同一只贪恋的苍蝇,闻到某种味道,就嗡嗡地飞过去了。

于是我就去了高虹家,我还约了我的一个小学同学曹小燕,也是同德里、同益里的小伙伴,那一天,我们在高虹家坐了整整一下午。

高虹家在乐桥附近的一个较高档的新小区,那是市中心最佳的位置,闹中取静,住房条件也好,大平层,大开间,我们进去的时候,高虹说:"好婆不在家,她去上海了。"

好婆就是大名鼎鼎的潘达于。

我才知道了,高虹嫁的"大户人家",就是潘家。

她的先生叫潘裕达。潘裕达的父亲潘家懋,出生那一日正是观音生日,小名佛生,潘家懋毕业于东吴大学物理系,早年是苏州发电厂的技术人员,后来一直在苏高中当物理老师。潘家懋的母亲、潘裕达的奶奶就是潘达于,曾经将与毛公鼎合称"海内三宝"的大盂鼎和大克鼎献给国家。

坐在高虹家的沙发上,听高虹讲潘家的故事和她自己的故事,我犹犹豫豫,但始终没有好意思记笔记,本来是发小相聚,聊天叙旧的,我记笔记算什么名堂,算是敬业呢,还是算是功利?难为情的。

其实后来一直我很懊悔。

到了下午四点多,话题还在热烈地进行,高虹家里的阿姨买来了苏州点心,小笼包子生煎馒头,邀大家一起享用,虽然不太习惯在人家家里吃点心,但我们还是吃得津津有味。高虹说,这个潘家,一直保持着不少从前的生活习惯,比如吃,每天都是五顿,下午四点和晚上十点,要加一餐的。

按照现代人的健康标准,这一听要吓煞了,其实不然,吃饭不用十分饱,到了七八分就不吃了,然后两顿饭中间再垫一点,少食多餐,说不定这才是养生之道。

一个是革命干部的子女,一个是老苏州大户人家的后代,走到一起，这是有缘。

潘裕达是1967届的老高中生，这是当时我们年龄稍小一点的人十分崇拜的自带光环的"苏高中"老三届。潘裕达经历过无数同龄人一样的经历，插过队、回城、工作。1977年10月恢复高考的消息传来时，潘裕达和高虹已经相识正在热恋呢，他们相约一起去考大学。可是潘家的长辈却不希望潘裕达参加高考，母亲的思维还局限在那个旧的时代，认为好不容易在苏州有了工作了，何况潘裕达的哥哥姐姐都是老大学生，毕业后都分在外地，回不了苏州，有前车之鉴。

母亲见劝不动他，甚至还用高虹来影响他，母亲吓唬他说，你要是考大学，小高就不要你了。

这句话还真把潘裕达吓着了，尽管高虹态度十分坚定而且明确，但潘裕达仍然不放心，他真的怕考了个大学，丢了个媳妇。结果他想出个两全其美的主意，对高虹说，我们先领结婚证书吧，在考大学之前领，只要领了结婚证，学校里会发补贴的。

四十四年以后，高虹笑着说，其实，根本没有什么补贴，他骗我的。

但是那个时候她是相信的。其实她不是相信补贴，而是相信潘裕达。于是他们就这样领了结婚证书。

也是一段佳话，今天听起来，个中滋味，令人感动，也让人回味和深思。

高虹说，那一年，她的小妹妹高立也参加了高考，高立出生于1960年，姐夫和小姨子，刚好相差一轮。潘裕达笑道，那时候我去考试，人家以为我是送考的老师呢。

潘裕达学的是生物，当时我进的是中文系，但因为都是苏州人，而且上的都是师范学院，在四十多年后的聊天中，我和潘裕达，我们竟然聊到了一些共同的熟人、同学。

苏州,就是这样一个有人情味有缘分的地方,你随便走着走着,随便聊着聊着,亲切感就油然而生了。

在苏州名人馆里,有好多潘家后代,大多是科学家。如果不是因为特殊的历史原因,潘裕达应该也是一位科学家,他一直很喜欢数理化,大学毕业后一直在市五中当老师。

后来我写过一部中篇小说《嫁入豪门》,实际上就是从高虹这里出发的,人物和故事内容是完完全全地虚构,但生活基础却是非虚构。

2000年的那次相遇,一晃已经过去二十年了,这中间我和高虹的来往很少,但是毕竟是互有信息的,我们的关系也紧跟着时代,我们适时地加了微信,他们建了一个同德里、同益里小朋友(全部是六十岁以上的小朋友)群,高虹是群主,前两年有一次她来约我,说是同德里、同益里小朋友聚会,地点就是我们儿时的玩乐场——同德里对面的大公园,可惜那时我还在南京打工,没能参加,心里倍觉遗憾。

就这样日子一天一天过去,一晃就晃到了今年夏秋之际。

2021年9月2日,我和高虹,还有她的先生潘裕达,我们一起坐在探花书房,这里是潘祖荫故居探花府,是潘达于藏鼎处,也是潘裕达出生的那个地方,那个老宅,如今是赫赫有名的花间堂酒店。

一踏进去就看到了大盂鼎和大克鼎的复制品,十分惊喜也十分震撼,大家都说我来巧了,两只大鼎被王芳老师拍苏剧《国鼎魂》借到上海去了,前天刚刚拉回来,如果早几天的话,我还看不到这两个鼎。

两件精致神复原的复制大鼎就供立在书店的大堂中间,据说这个位置,也就是当年潘达于藏宝处,"她叫来了家里的木匠做了一个结实的大木箱,底板用粗粗的圆木直接钉牢,然后在夜间,搬开住处的地面方砖掘个坑,先放入木箱,把大盂鼎、大克鼎成对角慢慢放进箱子,空当里塞进一些小件青铜器及金银物件,随后盖好箱盖平整泥土,按原样铺好方砖,再细心整理得让外表不留挖掘过的痕迹"。

潘达于曾经在《自传》中说,为了严守秘密,尽量少一点人知道,办好这件大事的参与者是家里的两个木匠师傅,姐夫潘博山和他的八弟。潘达于始终在场监督。后来,为了保密,潘家承诺两位木匠师傅由潘家供养他们一生。

那是1937年,距今已经八十多年,我们仍然能够感受到大户人家女主人的淡定、气魄和智慧。

大盂鼎和大克鼎,是两件被称为"重器鸿宝"的西周铜鼎,与毛公鼎一道,并誉为"海内三宝"。如今,这三只宝鼎分别成为国家博物馆、上海博物馆和台北故宫博物院的镇馆之宝。

最近几年,来找潘裕达了解、采访的人络绎不绝,太多太多,专家学者、政府官员、文字记者、拍摄记者、报社、中央台、地方台、老朋友、老同学,无一不对潘氏家族的历史兴趣浓厚,都愿意听听这个潘家的老故事。

因为家族庞大,分枝众多,关系复杂,老故事简直是铺天盖地,因为人物身份的差错,有时候也会冬瓜缠到茄门里,搞了百叶结,即便都是潘氏的后代,这一支和那一支的后人,讲出来的故事,不一定都对得上榫头。

现在我们坐在南石子街10号潘祖荫故居,潘裕达又要开始讲述他已经讲述过无数遍的内容了,但是他没有一点点不耐烦,他温文儒雅,不疾不徐,娓娓道来。

这是潘家的门风。

虽然我对潘氏家族一代又一代的人物充满好奇兴趣,充满敬畏敬佩,只是因为本书主题和篇幅的原因,我无法详细介绍清朝探花在南书房近四十年、至光绪年间官至工部尚书的潘祖荫的生平以及潘祖荫的前辈和后人的许多故事。不是意犹未尽,而是竟尚未始。

苏州档案馆的沈慧瑛,在2019年,"从初春到初秋,几乎利用所有的晚上与双休时间读书撰稿",写出了一本《贵潘家族传奇》,无论这本书能不能成为贵潘家族史的最标准的呈现,但是至少,如沈慧瑛自己所说,让读者诸君大致可以了解大阜潘氏从始祖潘名开始,一路过来的历代代表性人物及其故事。

我还是回来吧,回到我的既是心心念念牵挂的,也是必须要面对的潘祖荫故居的前世今生的变迁中来。

关于潘祖荫故居,关于潘祖荫的故事,正如现在大家都知道的,1890年潘祖荫在北京去世,他无后,小他四十岁的弟弟潘祖年,就带着潘祖荫的两只大鼎回到苏州来了。

潘祖荫留下的可不仅仅是两只鼎。潘祖荫热爱金石古籍,除了大盂鼎大克鼎,其他如青铜器、古版书籍无不是毕生收藏。潘裕达说,我开始也以为就两个鼎,后来才知道,当时在大厅的这一路里边全是放铜器的,所以潘裕达有听好婆说过"一间隔厢全是铜器,一间隔厢全是书"。

"从北京计算的是600多件,这个数字就是很可怕,但是到苏州已经少了。后来还曾经有一个故事的,好婆在抗战前拍了照片的,一共有380张底片,就是说明当时这儿还有380件以上。那时候我父亲帮忙拍的,拍这些照片的时候,有的已经坏了,小的铜器碎掉了,青铜碎了也不能拍。大的有几个了,还有两个叫钵,像个大的盅一样的……"

满满四大船。

后来一并进入了南石子街的这座老宅。所以,尽管潘祖荫并没有真正在这座老宅里住过生活过,但是他的精神他的文脉,却是真真实实在这里弥漫渗透了的。

潘祖荫故居,响当当的名头,现在大家都知道,就是南石子街10号,其实从前的南石子街5、6、7、8、10号,都是潘家老宅,面积曾达8000平米。

这座老宅,和苏州的大部分老宅有所不同,它是苏式的,江南民居特色鲜明,院落粉墙黛瓦,木作精雕细刻,但又不完全是苏式的,它由四个四合院组合而成,形成走马楼的式样,又是北派的风格,所以完全可称为南北融合的建筑典范,其原因在于,它是潘祖荫的伯父潘曾莹仿其父潘世恩京城御赐宅第格式,将南石子街潘家旧宅改建而成的。

宅分三路五进,中路各进皆为楼屋,两侧厢房走廊,连通为走马楼式,其间庭院宽敞。第四进楼面阔三间带两隔厢,宽约16.2米,进深13.9米,高约10米,扁作梁,装修精致。

这样的建筑表述,分明让我们看到了一座独特的建筑,它既有苏式老宅的精致讲究,又有京城大宅的宏伟气势,书店大厅的墙上,有一幅潘裕达家里拿出来的整个老宅平面图,一眼望去,蔚为壮观,从画面上,直接就有一种强烈的贵气和大气扑面而来了。

另一种表述对其风格阐说得更为鲜明:"坐北朝南、三路五进、四座四合院组合成的大型古宅,因而带有很多北方特色。"

而潘裕达则介绍说:"这个走马楼,是因为他们(当指潘祖荫)

陪皇帝住在圆明园,是仿圆明园的。"

这就有了第一手的真实情况,为什么一座典型的苏州老宅却又不是典型的苏州老宅。

为了把潘家这些复杂的背景搞得稍微清楚一点,不至于闹出什么乌龙,我一直纠缠着潘裕达和高虹,希望他们多谈谈人物关系,但是其结果仍然有点雾里看花。

潘裕达说:"后来他(应指潘祖年)的堂兄说,我们这儿反正也空着,当时等于是租的,租给他(指潘祖年)两进,这儿一进,后边还有一进,租给他,每个月大概付十八块银圆。亲兄弟明收账,当时十八块也很厉害的,他就住进来了。住进来以后,这些铜器、书都搬到这儿来了。"

他们的人物关系太错综了,我又想要去了解那个"堂兄"了,幸好忽然间有点自我醒悟,我知道我又犯了点错,我的关注总是更多地集中在"故人"上面,一不小心就忘记了"故居"。

我一次次提醒自己要回到"故居",可是走了几步,又被"故人"吸引了。

看起来,还是人的力量更大啊。

当然,无论是"故人",还是"今人",都是生活和曾经生活在苏州古城的人,这样的人,受古城庇荫,受文脉熏陶,谈论他们、抒写他们本身就是一件极有价值和意义的事。

总之现在要讲的就是这个南石子街的潘氏老宅,潘达于就是嫁到这里的,潘裕达的父母亲是在这里成亲的,潘裕达是在这里出生的。

人和宅,是分不开的。

1952年,潘裕达家从这里搬走了,老宅的大部分公管了,西边一路,二房还有人住的,关于二房后来又是哪一年搬走的,这个连潘裕达也不太清楚,我就更不要痴心妄想去梳理了。

二房是谁?

我虽然没有能力没有条件去梳理潘家的人和屋,但是积压在我心里的疑问却是很多,暂且把它们摁下去,让我们走进老宅吧。

潘裕达所知晓的,就是1952年他们搬走以后,那里成了床单厂。

这样的故事,老宅成为厂房的故事,在那个年代,遍地都是。

再后来,大概床单厂也发达一点了,设在老宅里的厂房,就成了床单厂招待所。

但凡上点年纪有点记忆的人,也都知道,那个时候,一个工厂的招待所,也是很牛很有势力的哟。

我总算稍微清楚了一点,潘祖荫故居,整个中路和东路,是潘裕达的长辈租其堂兄的。西路是堂兄家自住。中路和东路,后来成为公房,西路卖掉了一部分,其他也都公管了。

我心里还是惦记着"二房",见缝插针,找个机会就把话题引过去问。

我们是这样对话的:

范小青:那么他家跟你同一代的,都叫潘裕什么?可能都不在苏州吧。

潘裕达:一个在四川,还有一个应该在苏州。

范小青(心想,潘裕达怎么用了"应该"一词,可见潘氏后代,那是一个多么庞大的群体):可能潘家的后人太多了,你们也不怎么联系了,那么就是西路你也不太清楚是留给他自住的还是什么。

潘裕达:好像都一起卖掉的。他们家,我是叫他老伯伯的,名字叫潘家荣。当时搬家搬得仓促,花园那边还有好多书，书都出白蚁了，飞得一塌糊涂。我老伯伯去报告的时候，人家居民已经搬进来了，一看全是古书，就去叫博物馆的人。以前博物馆的那个负责人叫钱公麟，他的父亲叫钱镛，这个事情是钱镛后来告诉我的，他说他那时过来看，潘家他不仅认识熟悉，其实还有点亲戚关系。是他主动找到潘家荣的。也就是他们二房的老大，说他们都不要了，这些书就全给卖掉了。后来有人在文章里写过这个事情，很生气，带点骂人的意思，说："论斤出售。都用来生炉子。"

范小青：太可惜了。到了1950年代以后，你也开始慢慢懂事了，你们就搬到哪里去了？

潘裕达：我们开始到卫道观前，后来又搬掉，那也是租人家的房子。我父亲说这种老房子也不要住了，住着不舒服，在卫道观前是一个独立的洋房，就是那种苏州人称为花园洋房的，后来又搬了，搬到大井巷。

范小青：那你结婚的时候住在哪里？

高虹：就是住在大井巷15号，现在拆的没有了。

范小青：大井巷的房子也是老房子？

高虹：是老宅，丁家的，他们弄得还蛮好的，最前面一进有个天井，他们在家里还种了一棵葡萄树，一个大厅两边有两个厢房。

范小青：也就是说，你结婚的时候，你嫁进去的，还是在老房子里边，苏式的老房子？

高虹：是的，和这个潘宅一样的，前面一个天井，当中一个厅堂。我们还寻开心，大井巷后面是乐乡饭店，乐乡饭店最早是妇保医院，我就出生在那边，我说我跟你蛮有缘分的，我就出生在你们家里。

高虹在嫁入潘家以后,才知道了南石子街的老宅,那时候里边除了有床单厂的招待所,还安排了50多户居民。好婆(潘达于)经常过来看看老宅,也许是随便看看,或者就是寄托乡愁了。

高虹陪好婆来过好多趟,对潘家的老宅也有了认识,只不过,这时候的老宅,她实在是看不清楚的,不要说她,就连好婆,也看不懂了。好婆一边看一边说,喏,那时候我就在楼上住这边。或者说,那边原来是厨房,门变小了。再看,到处是隔断,到处是违章建筑,好婆就摇头了,不对了不对了,全改过了。

那肯定是不对了。从潘家老宅,成为招待所加居民大院,原貌就已经看不见了,虽然整体格局未变,但内部已面目全非,潘裕达也来认过自己出生的地方,但是已经很难辨认出来了。潘裕达还依稀记得小时候家里有大天井,有两棵桂花树,走廊很宽,夏天常常在走廊里放八仙桌吃饭。现在走廊变窄了,桂花树也找不到了。

"老宅记录着历史的沧桑,它住过显赫的大户人家,藏过国宝,经历过兵燹,又曾经成为工厂,成为宿舍,成为旅馆;老宅承载着历史的使命,在城市居民大量增加的时候,它一次又一次成为安置居民的场所。"

这样的叙述是尊重事实的,也是对历史进程的公正客观评价。

只是"安置"两个字,经过了数十年风雨,已经无法再"安",也无处可"置"了。

这个居民集居的场所,已经不再适合居住了。

我们继续说话:

范小青:那么好婆看了老宅之后,里边那样乱七八糟,那样挤轧,好婆有没有什么想法呢?

高虹:好婆没有什么想法,好婆是个过来人,而且非常豁达,她就跟我说过,以后房子你要少买一点,不必要搞那么多。

这是真正的苏州大小姐、真正的苏州大户人家的掌门媳妇。

幸好,历史一直是在前行的。

也就是在高虹嫁入潘家不多几年后,陆陆续续有人开始关心潘家老宅了,对探花府以及两只大鼎的关注,更是日胜一日。高虹印象中,从那时开始,他们常常要回老宅来,因为大家都要听他们介绍,中央电视台,从1套到9套,都来过,本地的江苏台、苏州电视台就更不用说了,几乎成了家常便饭,还有香港的凤凰卫视也来过。

改革开放的春风终于吹进了残旧的老宅。

2011年,苏州启动了首批老宅试点保护修缮工作,潘祖荫故居就是在那一年启动了一期修缮。

一期启动修缮,无论是决策方,还是施工方,面对的潘宅,就是一个无从下手的画面。东路,苏州床单厂招待所已经搬离,原地荒草丛生,满地瓦砾,昔日的花园杂乱地建满了各种房屋;中路和西路,由于被几十户人家分割,旧貌已经很难辨识。

潘裕达和高虹又忙碌起来了,他们翻出了家里保存的一本上海三联书店出版的《苏州旧住宅》,这本书中有潘祖荫故居平面图,是20世纪50年代陈从周先生测绘的,这张平面图的提供,给修缮工作提供了可靠的依据,同时也是一个极大的推动和鼓舞。

陈从周一生,到底画了多少苏州老宅,恐怕难以完全统计,但是他对于苏州老宅的这种情结,这种贡献,差一点又要把我的笔引向另一个方向了。

反正,苏州古城里,但凡有一点价值,有一点特色的宅子和园林,从来都逃不过陈从周的眼睛,逃不过他的画笔。

正如潘祖荫故居,里边的一楼一厅、一砖一瓦、一草一木,记录得清清楚楚。反正现存的有价值的苏州宅子，他都画图。

这样一位了不起的古建筑园林艺术学家、哲学社会科学大师，他虽然不是苏州人，但他与苏州的关联、他对苏州的贡献，都永远地深深地刻印在苏州人的心底。

他不住在苏州古城。他一直就在苏州古城。

我们在探花府书房看着墙上的潘祖荫故居平面图，沿着平面图上的线路一一往下看。这些线路，曾经中断过，曾经模糊了，甚至曾经消失了，但是今天我们又能够沿着这些线路去寻找了。

历史回来了。

潘裕达和高虹带我到东路花间堂酒店，一路往里走，一路看到了昨天，看到了精致如初的花园，看到了中路四进潘裕达出生的那个大厅，看到了当年潘达于为了藏宝而封死的边厢的门和边厢里的全貌，看到那些原貌原样的门窗和廊柱，看到这座隐藏在闹市中的古代大宅，低调而奢华的面貌，带着过往的辉煌，也承载了当下的繁华。

最后我们相约，改天要邀约童年伙伴，一起来探花府吃饭赏景。

我一直期待着那一天呢。

那一天果然不久就来了。

在后来的 2021 年 10 月 5 日，国庆长假期间，我们相聚在探花府酒店琼林厅。

然后就是殷铭了。

殷铭也是姑苏区古保委推荐给我的。

8. 探花府之成为花间堂

2021年9月3日,就在昨天的老地方,探花书房,第二天下午,殷铭接棒潘裕达高虹夫妇,一边是由内而外,一边是由外及内,继续解剖探花府坷坷坎坎的前世今生,继续拂去尘埃,揭开深邃的历史和激荡的现实成功融合的艰辛过程。

殷铭不是苏州人,却正是我在苏州经常会碰到的那种不是苏州人却比苏州人更了解苏州、更热爱苏州的人。

殷铭更是其中的出类拔萃者。

殷铭,云南宣威人。

宣威,苏州西南方向两千多公里处,五百里磅礴的"乌蒙山"就是他的家乡。二十多年前,殷铭从那里出发的时候,他恐怕无论如何也不会预料到,他的后来的人生,会和一个叫苏州的地方联系起来,他会和苏州古城相遇、相知,紧紧纠缠。

"我们宣威有这样几个头衔,一个是'火腿之乡',其次应该说是中国主要的高档烟叶的基地,我回到老家,田埂上直接就写好中华香烟第几号基地。"

殷铭在介绍自己之前,先详细介绍了他的家乡,对于家乡的那份深情,那份念想,就在他的语言之中流淌着。

然后他话语一转,就到了"苏州"——几乎是他的第二故乡。他在武汉上的大学,后来就来到苏州,工作了不长时间,就碰上了一个新的机遇——苏州文旅集团于2010年成立,2011年正在招人,殷铭投了简历,经过了面试。

殷铭说:"这里面还有个小插曲,我一开始投简历,本来是投的集团下面另外一家公司,当时这家公司的领导,觉得这个小伙子好像放在他那个板块还不如放到现在准备要搞古城保护这个板块更好。所以我回去后较长时间没收到任何消息，心里估计肯定没戏了。结果后来集团有人联系我，说我们现在有这样一个情况，你愿不愿意过来再聊聊，我就再过去再面试，就成了，就上班了，开始的时候，就这么简单。"

学管理的云南人殷铭，结果走上了苏州古城保护的这条路。

这是命运，是缘分，更是对文化对历史的一种敬重。正如殷铭自己所说"我在武汉大学读书，毕竟是这样一个氛围的，对文化、对历史这些东西骨子里就喜欢"。

在探花书房，有一个劳模工作室，劳模就是殷铭。

殷铭是省劳模，而工作室的牌子上却多出了几个字："苏州历史建筑遗产保护劳模工作室"，突出了殷铭这位劳模的特殊性质。

有意思的是，这个办公室的墙上，布置着梁思成先生的手绘图。大多是一些古建筑的结构图，但它们并不是潘祖荫故居的图，殷铭说，把梁先生的手绘图挂在墙上，就是要学梁思成先生这种很谦虚、很踏实、很认真的精神。每次来看到这个，大家都不自主地想到我们是在搞古建筑保护，也就是要遵循这种精神。殷铭小有得意地说："其实效果真是不错，有些领导对古建的情况并不了解也不熟悉，但是过来看到这个图之后，都会肃然起敬。梁思成手绘图，这么精致，这么到位，那些细如针脚的尺寸，那些工工整整的注解，包括他画的那些柱子，和真正的实物无二，也是这样一个头小脚大的结构。"

除了梁思成手绘图，其他尽是潘祖荫故居的旧图片，"南石子街旧潘宅楼厅""南石子巷旧潘宅第二进夔龙木雕""南石子巷旧潘宅拴马环""埋于中路第四进二楼东山墙的藏宝瓶"，等等许多。还摘录了一段陈从周先生在《苏州旧宅录》中的介绍："南石子街潘宅为潘祖荫扩建，南向……因此除在原有分期购入的房屋基础上，不加大变动外，在其东另建中路各进皆用楼屋，苏州大型住宅中之特例。中路可分为前后二区，各周以高垣，前者用二个四合院，后者以一、三合院与一、四合院相套。前后二区之间皆无高墙作间隔，颇为落落大方，尤其后区户窗敞亮，天井开阔，予人以明爽感觉。三合院两廊之楼为女宾观剧处，栏杆用两层，极尽豪华。东面书斋为曲尺形，向南可达花园，园尽头有花厅，名赐珍阁；三间，亦用楼屋，楼层铺整方砖。所用装修为此宅最精细。东路尽头有家祠三间。"

我读罢这一段，心头沉重，竟久久无语。

殷铭现在所在的公司全称为"苏州古城投资建设有限公司"，从墙上和屋里的各式布置，不难看出殷铭和他的同事们，对于古城保护和建设的投入、用心、责任感。

有一段关于省劳模殷铭的介绍：

这位来自乌蒙山的木匠的儿子被苏州深厚的历史文化所打动，他秉持祖辈父辈传承的匠心，十年坚持，爱岗敬业，攻坚克难，用极强的责任感全身心地投入到保护苏州千年古城的文化事业，从一名工程技术人才成长为历史古建和遗产保护的专家，在历史建筑文化遗产保护战线上努力奉献自己的力量，带领团队出色地完成了一项又一项任务，为新时期苏州这座著名的历史文化名城保护添砖加瓦，用实际行动生动诠释了"劳模精神"和"工匠精神"。

这段介绍是我后来才看到的，其实那天下午在探花书房，在殷铭的苏州历史建筑遗产保护工作室，我听着殷铭如数家珍般的述说，早已经真切地深切地感受到了殷铭对于苏州古建筑的珍爱之情，那种四溢而出的思绪和情感，早已经深深地打动了我，启迪了我。

然后，我跟随着殷铭，一起从头走起。

假如回到当初，我们也许会问一个问题：当初文旅集团为什么要找这样的专业人才，为什么要组建这样一支队伍？

要知道，在2010年之前，苏州在文化和旅游板块方面，还没有一个国企的主体单位，在当时市委主要领导主张下，把原来好几个老的国企拼在一起，专赴成都学习，当时成都已经有了成都文旅，发展得特别好。应该说，苏州在比较长的一段时间里面，旅游还是搞得不错，但是就缺这样一个主体，于是市委、市政府作出决定，成立苏州文旅集团。

文旅集团本体成立，开始确定业务方向。业务可以是各种各样的，可以搞物资、搞进出口等等，而苏州的决策者，却没有把眼光投到别处去，因为他们和苏州人民一样、一起，就置身在苏州古城中。

就在大家的眼皮底下，苏州古城，正在一天一天老去，一天比一天陈旧，谁也不会有眼无珠，更何况都是一群挚爱苏州的干部和群众，所以，关于文旅集团的工作方向，最后的决策就是要在古城保护上面做文章。

这不是一拍脑袋一时冲动所做出的决策，这是经过了大量的调研，把历史和现实看了又看，才做出的决定。

进入新世纪已经10年，1982年苏州被评为全国首批24个历史文化名城之一，邓小平同志1983年来苏州考察时提出"要保护好这座古城，不要破坏古城风貌，处理好保护和改造的关系"，这都已经快三十年了，苏州的古城保护、苏州古城区的很多名人故居，实际上状况当时是不尽如人意的。

就是在大量调研的基础上，也是在现实倒逼的状况下，文旅集团成立了一个子公司，专门来抓这个古建保护和改造工作。

决策者的目光和理念，决定了这项重大工程要开始腾飞了，在当时市委、市政府的主要领导，包括4套领导班子的心目中，甚至是从比抓全市的GDP还高的这样一个高度来看待的。

确实，文化的基因和传承，是GDP的最坚实的基础呀。

所以，殷铭后来说了一番掏心窝子的话："我们再从今天回望这10年走过来的路，还真的要佩服当时的领导，当时他们下决心的难度是可想而知的。但是如果这个决心不下，这个决策不出，有许多东西，今天你们来看，很可能就不是在这种古色古香的环境里了。"

原来的旧景象的照片，殷铭手里都有，潘祖荫故居这里面已经毁得差不多了，住了好多户人家，破败不堪，也存在安全隐患。

但是今天，我们却看到了今天的模样。

这里面故事很多。

2011年8月，也就是殷铭刚刚进单位、刚刚接手潘宅修复任务的时候，也就是古建投资公司刚刚成立的时候，到岗的只有三个人。

就是那一年，苏州市确定了首批修复的12个点，潘祖荫故居列于其中，殷铭初来乍到，就接下了这副千斤重担。

虽然几乎是两眼一抹黑，但是心底深处，对于古建筑、历史文化的爱好、敬畏和责任感，让殷铭毫不犹豫就接过来上手上路了。

其实在真正接手上路以后，他是有困惑的，他简直看不到方向。这是一个全新的活，没有经验的积累，没有成功的范例，不仅对殷铭而言，对于文旅集团，甚至是对各级领导而言，都是在走一条前人没有走过的路。

即便是放眼全国，大家对古城保护这个概念虽然已经逐渐关注起来了,但是没有形成确定的理念,观点也不成熟,更没有多少实际的操作可参考可对标。更何况,由于历史缘故,这些古建老宅的土地权属、房屋性质、管理关系错综复杂,种种机制和政策壁垒成为一道道拦路虎。如何理顺权属、规范性推进这些项目的建设手续,均无先例可循。

作为国家第一批历史文化名城,苏州这座具有2500多年历史的古城,拥有最为丰富的古建遗产。这些散落苏州古城的近400处古建老宅,主要建于明清及民国时期,蕴藏着独特的历史文化价值,是苏州宝贵的文化遗产。

殷铭说:"首批试点的12处,都是优中选优选出来的。这种优中选优,主要是结合它本身现在保存的状况,其次是它的历史文化价值等等这几个维度来选,潘祖荫故居,还有钮家巷的潘世恩故居,这些当时就纳到12个点里,把这些工作选好了之后,基本都到2012年了,我笔记本到现在厚厚的这样几大摞,我们单位一年我现在一本不够记的,也许偶尔会漏掉那么一两天,但是基本全能接得上,我们实际上做了好多事情。"

我一直在专注地听殷铭介绍,说到这儿的时候,我忍不住插了一句,我说你这个笔记本很珍贵的,等到你有点空的时候,可以把笔记本整理出来,甚至可以考虑出版,这是第一手材料,它很生动的,采访以后再弄出来的,就已经是隔了一层了,你这是鲜活的。

殷铭告诉我,他的笔记本上还有他画的各种草图,另外他还有个爱好,喜欢摄影,好多时候,一到工地,就拍照,苏州的古宅,哪怕已经十分残破,也仍然是有气息有风韵的,让人忍不住就要拍照,想把它们的样子留下来。十年间,殷铭拍了无数的照片,如今再翻看这些照片和笔记,真实地记录了一步一个脚印的事无巨细的过程。

一步一步,每一步都在艰难中行走。

"开始启动的时候,房子不是你的,地不是你的,钱你也没有,而老百姓呢,你没钱没房给我,我是不会搬的。也等于是面对着无路可走的状态。但是市委、市政府的态度却是十分明确,这个事就交给你文旅集团古建公司,这就是你要干的话,怎么干?实际上,这条路在别的一些城市也有尝试过的,却是走不通的,怎么办?"

房子的性质是公房,说白了就是政府的。但是千万别以为只要是政府的,一切就OK。几十年来不断变化的政策以及大家早已经习以为常的管理体制等等,同样让这些公房成为一块巨大的坚冰,要想解决问题,其破冰难度,绝不亚于私房。

殷铭介入进去,才知道这里边的阻力有多大。

即便是公对公的事情,即便有各级领导的力挺,也不是那么轻而易举。有些单位以及它们的主管部门习惯了的思维方式就是:这个房子从二十世纪五十年代开始就是我的,凭什么要给你?

也不能说他的话没有道理,人家好好的一个厂子,或者一个什么企业,不管他经营有方无方,也不管他前景光明还是暗淡,你突然就要叫人家搬走,难免有人心里不服,想不通,至于事实上如果影响到了单位的利益或带来其他后果,这都是有明文规定不允许的。

每个单位部门都有自己的盘算,也有自己长期以来的工作生产的规律以及情感投入,舍不得把自己的"家"拱手交给别人,加之政策上的这个不允许,那个行不通,要做通搬迁的工作,确实得做好大量的沟通工作。

实际过程是这样的:床单厂先关门了,而床单厂的产权是住建局的,实际上就是产权转换,虽然是公转公,但你公非我公,有大公,还有小公。市里肯定是大力支持的,但是就像一个家长说,老大,你必须把这个东西给老二,老大肯定是不情不愿的。

殷铭他们思考来思考去,还是只能依靠上级。他们给领导建议,向市里面要政策,值得庆幸的是,在古城保护这个口子上,从市委主要负责同志,到下面各个部门,都十分给力支持,一要政策,政策就给下来了。

公对公的难题总算解决了,企业搬迁了,接下来的,是更难的难题:搬迁居民住房。

有几十户居民居住的潘祖荫故居的房子,都属于公房,后来大家习惯称它们为"房卡房"。但千万别以为只要是公房,公家叫你走,你就得走,哪有那么简单的事情?

居民是有居住权的,他们还有他们的许许多多的想法。

结果一心要搞业务的殷铭,一开始就把大量的精力花在与人的周旋和纠缠上了。

潘祖荫故居里居民住户,将近60家,居民的想法并不复杂,我在这里都住这么久了,你要叫我走,那就得满足我的要求。

要求是千奇百怪。

首先第一条的矛盾,就是无法协调的。老宅中居民违建很多,而在搬迁安置中,政策规定,违建是不能算面积的。这样一来,居民觉得自己太吃亏了,家里可以统计的面积实在太小了,按面积换房的话,只能换很小的一套,居民肯定是有想法的。

苏州老宅里的居民,差不多有百分之五十以上的人,整体收入水平低、学历水平都不太高,这个群体,可称之为老苏州老居民,他们是享受改革开放红利最少的一部分群众,当然也有一部分是自己的原因,比如家里的孩子不出息之类的,总之这个群体是弱势群体,心中本来就有怨气的,正好赶上要搬迁,有时候家里积累的所有矛盾,都集中在搬迁这个点上爆发出来。

殷铭说，有的时候，干到最后我们发现，实际我们的搬迁工作不是在做搬迁工作，而是在帮助他们家庭调节矛盾，甚至帮他们重新再分配他们祖上就应该理清楚的财产——古城保护者，还充当了这样一个角色。殷铭深有体会地说，搬迁不是一个粗活，是个技术活，你得熟悉法律，而且针对追溯到上面三四代的家庭情况的案例都要搞清楚，搬迁还得讲究工作技巧，它还是艺术活，得按照现在的法律，想办法怎样绕弯子，要知道怎么样说话，才能够说服他们搬走。

钉子户挡路，在城市建设和保护中，走到哪里都会有，在殷铭的工作经历中，也是他的必经之路。他们中间的大多数，是普通的百姓，或者有一些体制的小背景，或者是不切实际地追求利益最大化，甚至也有本身就是公职人员的却带头不搬，所以针对不同的钉子户，又要采取不同的对策，有的要去请单位领导做思想工作，有的需要苦口婆心晓之以理动之以情。殷铭说，动员工作中，说得最多的，并不是保护古建筑，而首先是民生，事实也正是如此。

我完全能够理解殷铭他们的见解。这确确实实就是民生工程，住在这些老宅里的人，如果让他们实话实说，基本没有一个老百姓认为这个空间是适合居住的了。常年失修、白蚁、潮湿、拥挤、腐朽，所有的这些，再加上生活基础配套缺乏，跟现代化生活是一点都沾不上边的。

殷铭的感慨真是发自肺腑："市政府下了如此大的决心，使出这么大的力气，这是一个很好的与破败生活告别的机会，因为这样的搬迁，是有最低保障的，45平方米，这就是优惠政策、给老百姓的福利。哪怕你的房产本上只有8个平方甚至更少，也保证给你一套房子，不少于45平方，或者最低保障40万元。这45个平方不要你花一分钱，如果选择拿货币，当时的40万元也足够买45平的房子。再根据你面积大小,还有加两档的政策。我有些同学在北方工作,相对落后的地区,政府公务员的工资都是今年发去年的,明年再发今年的,政府哪有这样的精力、财力来实施这样的优惠政策?"

但是即便如此,还是会有钉子户。

如果实在做不通工作,到了规定的时候,也要开工了,一两户钉在那儿就让他钉在那里,周边的工程照常开展,做好几套方案以备用。

结果,常常是你一开工,他看到了你的决心了,开始动摇了,有的再做工作就做通了,也有的会主动来协商了。殷铭提到过一位孤老太太,人住在上海,完全不理睬苏州这边的动员,根本谈不拢,用殷铭的话说,是"牛得不得了"。后来这边方案做好通过,就及时开工,工程进展顺利,老太太来苏州一看,隔壁全修好了,就着急了,知道这次机会再不抓住就亏了,最后老太太主动降下了条件,事情得以解决。

殷铭的感慨太多太深了,他跟我开玩笑说,所以现在你要碰到搬迁,你搞不懂的,可以来问我们,我们现在真的有很多经验,还有更多的教训。

潘祖荫故居最后是拿下来了。但是,没有拿下或没有全部拿下的老宅,还有很多,钮家巷隔壁的王宅、程宅,到现在都还没清理,有的一个大院还剩一户,你也拿他没办法。

殷铭还介绍了另一个老宅的搬迁情况,顾廷龙故居,也是第一批12个试点之一,大院里的居民一开始搬迁的意愿只有50%,这个比例太小,工作难度太大,再加上已经在建的项目热火朝天地干起来了,所以这个项目就暂时停摆不搞了。过了三四年,这期间,老宅子越来越破旧,新房子越来越吸引人,老宅大院里愿意搬的

50%一直在不断地做另外50%的工作,到2016年左右,所有的人都愿意签字了。

居民主动找到双塔街道,提出搬迁的想法。其实那个时候,离当初的动员已经过去了好几年,殷铭他们已经没再把这个项目放在心上,以为这个项目暂时肯定没戏了,可是这时候双塔街道就直接带着居民的意见,过来商量了,说现在顾宅里的居民全部签字画押,100%都同意了,你们还搞不搞?情况顿时出现转机,怎么不搞?当然搞。

殷铭还记得,有四十几户,最后搬完了他们还送了一幅锦旗到公司来,锦旗应该还在公司的档案室保管着,这是居民自发送的。

殷铭由衷地说:"所以好多时候我们都能够体会到,市委、市政府的出发点就是民生工作,老百姓都是得利的。"

后来顾廷龙故居维修方案做好了之后,殷铭陪着集团领导到北京找顾诵芬院士,他是顾廷龙先生的二儿子,是中国航空工业领域的双料院士,既是工程院又是科学院的院士,老爷子非常开心,也很支持,他自己说,他很清楚地记得当时他的家是什么状况。

再拉回来说潘祖荫故居,政策到位,工作到位,潘祖荫故居里的企业和居民搬迁出去,工程总算可以开始推进了,殷铭没有想到的是,与人周旋纠缠刚刚告一段落,还没来得及喘口气,事务性的纠缠又套在他的脖子上了,整个过程和手续是那么繁复,他即便手里拿着硬邦邦的政策,也同样还是要过五关斩六将的。

2012年,在整个潘祖荫故居修复过程中,从第一个立项的手续到最终的一个竣工验收,把物业修好,办成产证,形成实施单位的资产,总共需11个外部和内部的主要部门审批,一共63个章,有些章是大章,有的章是小章,大章至少是某部某局,小的章可能是管理处之类的。

殷铭甚至还为这个过程做了一张图，一张 A4 纸排不下，就用两张 A4 纸裱起来，这些手续如果是以纵向为部门的话，横向就是 50 个人，真的很复杂。无论是谁，眼睛再厉害，心理素质再强大，也会看得眼花缭乱。

殷铭十分感慨地说："还好，我觉得那一届，包括后来的几届领导，都非常给力，真是说一不二。只要方案一确定，一定都会马上落实到位。"

我又忍不住不懂装懂地插了一句嘴，我说，这个项目跟执政决策有很大关系，如果再犹豫拖沓的话，就更被动，也许就错失良机了。

虽然不懂装懂，却是发自内心的感慨，在苏州古城保护过程中，苏州市的历任领导，充分体现出了整体的一致性和思想境界的高度。梳理一下历史，不难发现，几十年来，苏州的历任领导，无论他从哪里来，也无论他要到哪里去，无论他的经历怎样，性格如何，一旦来到苏州，一旦面对姑苏、置身古城，他们不约而同，呈现出大致相同的对待苏州古城的态度。

无论他们是不是苏州人，是不是苏州籍，他们的目光，他们的念想，都和苏州古城紧紧地相依在一起。热情而又理智，积极而又稳妥，或以先进的理念，或以丰富的经验，以智慧，以初心，以责任心，在苏州古城保护的漫长历程中，紧紧围绕"保护、更新、民生"三个关键词开展工作。

我们不妨回看，从 20 世纪 80 年代初至今，苏州已经编制 3 版总规，5 版名城保护规划，2 版古城控规及 5 个历史街区保护和 20 余个各类专项规划；确定了"一城两线三片"的重点保护范围，在全国率先将古城分为 54 个街坊并编制控规，全国首批试点开展城市设计，实行"退二进三"战略，控制新建建筑的高度、形式、体量、色彩,明确古城保护更新的文秘、层次和规范。

这里插播一条新闻:2021年8月31日,《苏州历史文化名城保护提升总体方案》(以下简称《方案》)正式印发实施。

《方案》由1个总体方案和11个专题工作方案组成,汇总了30个近三年拟推进实施的重大项目。《方案》总体定位为:打造姑苏区精品"硬核",协调好姑苏区内部以及与周边的竞合关系,放大比较优势,坚持"一中心、两高地、一典范"发展总定位,即做优行政和文商旅中心、做强教育医疗高地和科技创意高地、做精苏式生活典范。

从整体定位方面要求,古城区要立足建设"大景区"理念,创新"活保护"方式,为传承保护、开发利用注入新内涵,让古城焕发新的生机与活力。

最关键最重要的是,这些的举措,在实行过程中,并不是一哄而上,大干大上,而是践行"先规划,再试点,后推广"的工作模式,使得古城保护策略得到全面贯彻和落实,更新实践不断深化,保护体系不断完善,文化魅力不断彰显。

却不是任何时候、任何任务,只要有规划有策略有信心就会一帆风顺的,在苏州古城保护的进程中,几乎天天都是困难大于决心的。

如果真正是碰到了无可攻破的阻挡,到了万不得已的地步,真正寸步难行了,也一定会坚守底线的,这个底线就是:暂停。

暂停是没有办法的办法。

暂停,有时候也是一种智慧,是一种保护。

老话说,头顶三尺有神明,不畏人知畏己知。可是在苏州这样一个特殊的地方,何止是头顶三尺,在古城的大街小巷,在古城的老宅旧居,在古城的角角落落,处处有神明的光芒在触摸你,处处有神明的气息熏陶你,处处有神明的目光提醒你。

所以,对于苏州古城,你一旦面对,一旦置身,小心谨慎、敬畏呵护之情就油然而生了。

我曾经在多年前写过一篇短文《苏州小巷》,在里边引用了郁达夫描写苏州的句子,他说在苏州的小巷里,就算想骂人也不能出声,只能是那种"不念出声咒骂""因为四周的沉寂使你不好意思高声地响起喉咙来"。但是奇怪的是我那篇文章中并没有直接写出郁达夫的名字,而是用了这样的写法:"正如从前有一个人写道:'不念出声咒骂,因为四周的沉寂使你不好意思高声地响起喉咙来。'"

所以现在我要再次引用这句话的时候,我得重新确认一下。在我的自以为的牢牢的记忆中,这是郁达夫在《苏州烟雨记》里写到的,这篇文章收入了《我说苏州》一书。而《我说苏州》曾经在好多年里,就是我的枕边书、工具书,永远都是放在手边,时时处处可以看到。但是自从前几年家里旧房子重新装修一番后,许多书的位置搞乱了,找不到了,其中包括《我说苏州》。

《我说苏州》肯定是在家里的,这本书我不会丢弃它,只是我现在怎么也找不到它。它正安安静静地等在某一个角落里呢。

我只能上网重新购买了一本旧书《我说苏州》,收到书,一看那个熟悉的封面,便十分欢喜,感觉和书的原主人,也有了交流,赶紧打开来,看到扉页上写着:王彪,2004年4月于观前街。

字体清爽而刚健。

书中许多地方折了页,许多地方用淡红色的笔画出了记号,当然,这个"淡",也许是本身的"淡",也许是岁月流逝后的"淡"。

书中夹还有一张书签,我起先以为这张书签是"王彪"的,把书签仔细一看,上面写着:"此刻,有幸遇到眼光相似的您,与我相遇在此,相信以后的时光,每当您想起我,嘴角都是上扬45度……"

书签上还有二维码,有"加入微信读者群,优先购买各种绝版旧书,抢先知晓店铺各种上款签名活动,更多惊喜等着你哟"几行字。

才知道,这张书签是书店的,不是王彪的。

不知道是不是因为有了新的一本《我说苏州》,我原先的那本《我说苏州》有了竞争意识,突然一下子,它就出现在我眼前,它并没有躲在哪个角落跟我捉迷藏,它就在我的书桌上,甚至就在我的手边,清清楚楚明明白白地守在一叠子书的中间,那就是说,我寻找它的时候,它暂时地去了另一个平行空间。

现在我有了两本《我说苏州》,真富有,我赶紧找到郁达夫,找到《苏州烟雨记》,结果,我的"牢不可破"的记忆破防了,郁达夫的这篇文章里,根本就没有那两句话,我傻眼了,原来一直以来都被记忆欺骗着。

于是赶紧再看看其他文章,试图从其他作家那里找回来,周作人、俞平伯、阿英、曹聚仁……可是没有,根本没有那句话。

还好,还有我的万能的互联网呢,我搜索"郁达夫描写苏州",没有,搜索"苏州小巷的风格",没有,干脆把那两个句子"不念出声咒骂""因为四周的沉寂使你不好意思高声地响起喉咙来"输进去搜索,结果好了,乌龙来了。

这是我自己写的?

肯定不是。我自己写的,怎么会加上引号呢?——我暂时只能把疑问留在这儿了。

我要说的是,苏州,就是这样的一个本身是轻轻的却不能让人轻薄的地方,苏州就是一个能够让你改变自己或者永远不改变自己的地方。

好了，现在潘祖荫老宅里的工厂终于搬走了，殷铭和他的同事按捺不住激动的心情，一步踏进来了。

这一步踏进来之前，殷铭和他的同事们其实早已经进来过不知多少次了，也已经拍过许多照片了，但是那多少次和这一步还是有所不同的，那是在任务尚不确定、目标亦尚未明确下的脚步，而今天这一步，却是明明白白的了，而且是扛着压在肩上和压在心头的千斤重担走进来的。

这个老宅，他们尽管已经进来过好多次，但是等到这一天真正到来的时候，从今往后的很长一段时间，这就是他们的工作岗位，他们在这里，要全力以赴，要以此为家的，所以，真是感觉到了不一样的感觉。

殷铭记得清楚，那是一个傍晚，而时间都已经到了11或12月份了，天已经很冷了，在冬天阴冷的黄昏的气氛里，走进这样的大宅，人去楼空，空落落，阴森森，原来潘家整个备弄又长又深，十分幽暗，这边一只野猫跳出来狂叫一声，那边莫名其妙就"轰"的一声响，也不知道是什么东西在作怪。

殷铭的一个同事，是个年轻小伙子，紧紧跟在殷铭后面，殷铭不用回头看，就感觉到了他的紧张，不等我问殷铭害怕不害怕，殷铭就主动说："我倒反而没这种感觉，为什么？因为我进来之后，情绪点全是在它的院落，它的柱子，它的砖瓦，它的一切，这种梁是什么结构，这个窗是什么材料，我的关注点全在这上面，忘记了害怕。"

也许正因为有如此的投入和专注，如此的挚爱和炽热，在此后的将近10年时间里，殷铭在潘祖荫故居，前后干了三期工程，在这上面什么事也没发生过，整个施工到现在为止都顺顺利利的，也没有发生什么安全事故或者其他什么事故。

头顶三尺有神明，身边处处是神明。

在省劳模的介绍材料中，有这样一段话："殷铭用系统化创新思维和方法，一方面埋头梳理历史遗留问题、钻研文物古建等众多法律法规，一方面不断请教专家和相关部门，无数次协调和汇报，无数次沟通和解释，他跑遍了苏州市几乎所有审批部门，逐步梳理出项目将面临的22个大小部门总计63个审批环节所遇难题的解决方案，用四个月时间形成系统化的建议方案提交上级研究。最终，相关方案被采纳，为后续相关政策流程的出台、破除机制障碍打下了坚实基础。"

这段内容，只是交代了项目开始之前的情况，"打下坚实基础"，万里长征，才刚刚开始出发。

潘祖荫故居维修工程启动后，团队进行了大量的研究工作，一方面是查询搜集各种历史文献，深挖故居曾收藏保护西周珍贵国宝大盂鼎大克鼎等历史，一方面依照历史图纸、历史照片认真设计精心修复，科学攻关，融入新材料新科技。

仅殷铭自己，就搜集了近20种保温防水材料，其中有一半连资深建筑设计师都未见过，经反复实验和论证，其中一种新型无机骨料材料获得了古建专家和主管部门的高度认可，并在以后的项目施工中得到推广。

改进和提升古建门窗保温、消防安全、防雷安全的工法工艺，自动消防、地源热泵、管线综合等新技术被利用到修缮中。

潘祖荫故居项目作为苏州第一个集中运用五大消防技术的古建筑被列为江苏省消防的典型案例学习推广。这些开拓性的举措，革新了古建老宅的保护理念，大幅度提高了古建筑的保护效果和品质，树立了苏州历史古建精细化修缮的新标准，对国内同类型项目产生了积极的示范作用。

终于在 2019 年，潘祖荫故居这座具有 210 年历史的古建全部完成修缮并对外开放，成为近十年苏州修复的体量最大的一处古建遗产。

真想回到当初的工地上去看一眼。

可是工地已经成为过去式。幸好有文字。

曾经有记者记录下工地上的一些情形，记者注意到许多建筑材料，都是拆下来的原先老宅的老瓦、老砖等，除了部分实在无法再用的木料以外，整修中尽可能地使用了当年的原材料，这些材料的保存和合理使用，在很大程度上，保证了修旧如旧的要求和目标。

一块砖，一片瓦，都是载有历史记忆和信息的。

香山古建施工队的香山匠人，始终活跃在一线工程上，他们参与和实施古建老宅的前期清理、规划设计、材料遴选以及实际修缮工作，香山帮匠人在修缮古建老宅方面始终保持原材料、原工艺、原风貌的修复方式，为新时代的香山帮匠人写下了全新的一页。

从 2012 年开始，历经数年时间，到 2017 年，前面的二期工程完工，故居的东路、中路后半部及西部改造完成，修复了楼厅、船舫、花园、西路后五进等建筑，潘祖荫故居，成为园林式的文化精品酒店——探花府花间堂，对外开放经营。紧接着，2019 年，潘祖荫故居修缮的第三期工程启动，第三期的维修，进一步恢复了潘祖荫故居当年的整体风貌，再现"贵潘"风华，更是提升了故居的保护等级。

想当年，潘家门第显赫，潘祖荫故居庭院宽畅，庑廊高大，精致大气，气派恢宏；

忆往昔，三落五进的大宅千疮百孔，破败不堪，违章建筑遍布，整个老宅面目全非；

再看今朝,三曲桥、太湖石、大厅大堂、厢房走廊等等,不仅一一归来,更是在新的时代里绽放出新的光芒——东有花间堂酒店,特色经营,西有探花书房,文人雅聚。花间堂酒店的前台,摆有刻满花朵的青铜色长柜,独特的纹饰与用色,散发出神秘的气息;探花书房的书架,布置着各代各类书籍,千秋万代、大千世界,皆在其中——

是的,今天的修缮,就是照着潘祖荫留下的精神密码和文脉暗语去进行的,酷爱青铜和古籍收藏的潘祖荫,九泉有知,得以告慰。

我不再详细描写修缮后的潘祖荫故事的一花一草、一楼一厅了,我看到有关苏州探花府花间堂酒店的介绍,有这样的一些内容:

开业时间:2013年　停车位:0

苏州,一座承载了2500年历史的城。

平江路,一条沉淀了800年记忆的街。

溯河而行,跨过青石桥,穿过幽深的巷子,苏州望族潘氏的老宅,静静地伫立在南石子街上。潘家门第显赫,人称"贵潘",家族之中,状元、探花、翰林、举人不胜枚举,享有"天下无第二家"之誉。晚清重臣潘祖荫为咸丰二年探花,官至军机大臣,他酷爱金石收藏,所得西周青铜器大盂鼎和大克鼎,与毛公鼎合称"海内三宝",就曾收于此宅。

2013年11月23日,一座用园林文化浸润现代美学,将人文情怀融于星级服务的正宗顶级古宅酒店落地生根。

会议厅信息:

攀古楼,60平米,可容纳50人,位于1楼,高6米,矩形,不可拆分,无窗,无柱

会议室,50平米,可容纳20人,位于1楼,高4米,矩形,

不可拆分，无窗，无柱，无线宽带(20M)

客房信息：

分别介绍房型，床形，面积，数量，早餐，宽带等等。

同时，我还特意看了一些到过花间堂酒店的用户的留言：

之一：

位置：4.0

服务：5.0

卫生：5.0

设施：5.0

房间古朴不寒酸，细节丰富。适合喜欢拍照的人，出片率高。

这段时间修路，交通不太方便……

之二：

来苏州过周末，选择了探花府酒店，是古建筑改造的，且地点特别好，离平江路很近，步行不到两分钟就可以到了……

之三：

花间堂探花府，早有耳闻苏州园林的魅力，但在亲眼见到之际仍然被深深震撼……

也有感觉美中不足的，所以提出建议。比如：

朋友介绍找到花间堂这家小店，因为在修路，来时体验一般，拖着箱子走了十分钟，一身土。安顿下来发现决策正确，周边全是步行可达的景点，美景美食，就是赶上"十一"人真不少，建议平时过来。酒店房间一般，老建筑，隔音差，服务员少，有些忙不过来……

这些留言，应该都是客观的评价。

我又顺便看了一下，在"大众点评"上关于花间堂探花府的514

条评价,大多给了五星。

还有探花府花间堂的招聘信息,也觉得有意思:

> 招餐厅包厢工作人员一名,限女性。工作职责:负责传递物品不端盘子
>
> 招客房大姐一名,负责打扫客房,总共21间客房共四位大姐,工作轻松。待遇:包吃住,吃得好,每月6日准时发工资,如遇假日工资提前发放,节假日3倍工资,周末1.5倍工资。环境好,工作轻。

这是2019年8月的一则招聘启事。

行文至此,我觉得我已经无须再做我本来打算要做的一件事,那就是进一步去打探和了解苏州探花府花间堂运营的效益成果,那个具体的数据,既重要又不十分重要了,因为它早已经从在探花府花间堂运营的每一个现实的日子里衍化和呈现出来了,正如探花府花间堂的介绍中曾经提及的,"苏州两千年的富贵雅,将用一座花间堂为你收藏"。

关于花间堂的运营情况,我不再赘述,其实还是心有缺憾的,这里就用殷铭的一段表述,来弥补我自己的缺憾吧:

> 花间堂酒店运营得还不错,还比较稳定。当然,现在国资委也在倡导另外一种价值的评估,国资委考核它以后,不是说看你收租收了多少,他要看你公允价值的评估。比如说原来账面上潘祖荫故居,4500平方米,前前后后从1期到5期投了将近1.5个亿,这是实实在在的,但是一评估,它的有形的加无形的价值,那就感觉很厉害了,因为它是靠评估的东西来认定你的效益的。只要是政府有这样的一个主导思想,我觉得这个事情贴了钱也要干。我有两次机会到日本去,我对日本在遗产保护方面有一些研究,你会发现日本对遗产的这种保

护，它是不分档次、不分层级的，它全部真正叫全体系保护，你在那种大城市，你看着保护得挺好，实际你到下面那种小山村、小乡镇，凡是有这种庙什么的都保护，太厉害了，开始我也搞不懂他们怎么能做到，最后发现，所有的都是国家财政兜底的。

此时此刻，我不由想起了不远处的状元博物馆。

2013年11月立项，一年多的时间，潘世恩故居"重生"。结合苏州独特的状元文化，将其打造成为状元博物馆、文创产品、文创企业为一体的古建修复样板工程，先后获得了"扬子杯"优质工程奖和"江苏省文物保护特殊贡献奖"。

状元文化，也是苏州独有的一种文化现象，将状元老宅打造成状元博物馆，供游人免费参观，既可以让更多的游客了解姑苏的人文内涵，也能为现代的廉政文化建设提供一些有益的借鉴。

苏州状元博物馆被命名为第六批江苏省廉政教育基地，从2014年开馆至今，已经接待了30余万人次。

这个数据，是在不断变化的。

同是潘府，相似境遇，一起修缮，最后的出路不同，效果各异，相得益彰。

从殷铭这里，从探花府这里，我又想到了两个人：王金兴和姜林强。

他们分别在较长的时间内，担任苏州文旅集团董事长和苏州古城投资建设集团董事长，虽然这一次我没能有机会和他们见面接触，但是所到之处，但凡谈起古城保护老宅修缮话题，几乎无人不晓，无人不提，他们是苏州古城保护的知名人物，更是苏州古城的守护神。我在这里引用一下他们说过的话：

 古建老宅是苏州引以为豪的名片之一，因此，整合各方资源力量,保护好苏州古建格局、传统风貌以及优秀传统文化,充分发挥古建老宅的经济价值和社会价值,对加快建设"古今辉映的历史文化名城"具有重要意义。——王金兴

由于现存古建老宅严重的受损情况以及吴地文化的传承使命,倒逼古建保护逐渐走出一条古建老宅"活态化"保护的新模式——所谓"活态化"保护模式,就是在尊重古建历史价值和建筑成就的基础上,结合区域的环境文脉,对古宅进行基础设施升级并注入不同功能,使古宅满足现代社会的需求。——姜林强

观其行而知其言,闻其言而知其心,置身古城保护的艰难艰辛的事业,无论是言还是行还是心,数十年如一日,他们全身心沉浸在其中。

2012年2月,苏州市委、市政府颁布了《苏州市古建老宅保护修缮工程实施意见》,明确了历史古建修缮开发的政策新路径,改革力度大,具有鲜明的开创性,破解了诸多障碍,为苏州古城及古建老宅的保护保驾护航,甚至在全国范围内均产生了示范效应。

近十年后的今天,我们十分欣慰欣喜地看到,苏州人以精卫填海、愚公移山的精神,久久为功,绵绵用力,一个角落一个角落地搜寻,一座老宅一座老宅地保护,一个项目一个项目地进行,短短十年,这许多珍贵的文化遗产,从"病危"状态救活,得以"延年益寿",修缮一新的名人故居,已经遍地开花了。这些颇具价值的老宅,在得到保护的同时,通过"活态化"利用,重新焕发了生命的活力,活出了全新的状态。

我们简单地举一些实例吧:

潘世恩状元府——苏州状元博物馆——公益性

潘祖荫探花府——苏州花间堂酒店——经营性

全晋会馆——中国昆曲博物馆——公益性

大儒巷昭庆寺——平江文化中心——公益性

姑苏小院(端善堂)——苏式民宿——经营性

有熊酒店——园林式民宿——经营性(注:敬文里嘉园,民国"颜料大王"贝润生,即著名建筑大师贝聿铭叔祖的私家宅园)

金谷里艺术馆——集文化、旅游、休闲、餐饮、住宿于一体——经营性(注:原吴县刺绣总厂)

墨客园——园林——经营性

过云楼——过云楼陈列馆——集传承中国文化艺术,文物收藏、研究、展示、学术交流和休闲娱乐为一体的大型公益性园林式艺术馆

苺湄草堂——市民居住

传德堂——市民居住

费仲琛故居——市民居住

……

有公益,有经营,有居住,活化利用开辟了多种渠道并正在开辟更多的渠道,比如那些更多的即将完成的用作文化展陈的:

桃园(盛家浜8号)——内设"苏州民间工艺展藏馆""苏州作家作品展示阅览室""苏州清官廉吏史料展"等。

沈瓞民故居(富郎中巷德寿坊3号)——开启"红印道前"红色体验线路,集聚"祖绵名人游""沈氏寻根游""周易研学游""红色体验游""姑苏文化游"等五大要素,推动形成"一地纳五游"的格局。三处都已完成文化展陈。

曹沧洲祠(瓣莲巷4号)——与雷允上合作,集医理展示、非遗体验、门诊坐堂为一体的中医主题文化馆。

……

桃园和沈颐民故居我还没有来得及去看,曹沧洲祠,是已经相遇过了的。夏天的时候,去朱军家,我是从瓣莲巷东口进入的,东口上的瓣莲巷4号,就是曹沧洲祠。

千百年来,苏州地区名医辈出,著述颇丰,形成了颇具特色的吴门医派,也成为吴文化的重要组成部分。吴门医派在我国医学发展史上占有相当重要的地位,为中医学的发展做出了不可磨灭的贡献,有"吴中医学甲天下"的美誉。

曹沧洲(1849—1931年),吴门医派的一位杰出的代表人物,以善治温病著称,著有《曹沧洲医案》等书。位于瓣莲巷4号的曹沧洲祠,就是为纪念他所建——我终于又回到瓣莲巷了。

曹沧洲祠建于清末民国初,坐北朝南,总占地面积约420平方米,建筑面积376平方米。主要建筑有门厅、享堂及二层楼的东厢房,砖雕门楼上刻有"俭以养德""厚德载福"八字。2002年,曹沧洲祠被公布为苏州市控制保护建筑。

因为建筑残损情况较严重,瓦垄不顺,瓦片残缺,享堂的大梁严重开裂,西前廊柱和前步柱开裂残损严重,存在较大安全隐患。2020年5月,曹沧洲祠修缮工程启动;同年9月,通过市文保所组织的修缮竣工预验收;2021年1月,正式通过市文物局验收。

这个项目的重点:

1. 增强耐久性

为确保砖木结构的耐久性,对门厅、享堂、东厢房的屋面增加了防水措施,对享堂大梁、厢房木地板、腐朽破损的门窗等木构件进行更换修缮并重新油漆,同时作了白蚁防治。

2. 修旧如旧

严格遵循古建筑"修旧如旧,最小干预"的原则,以传统工艺、手法,着重于"修缮"。依照"原材料,原形制,原工艺"的标准进行修复制、替换,保持原有建筑风格。

3. 活化利用

姑苏区根据曹沧洲祠的历史文化属性,以古建遗珍为载体,聚合药材、药理、制药、问诊等中医要素,对其与邻侧拟搬迁宅院进行整体规划,打造为集医理展示、非遗体验、门诊坐堂为一体的中医主题文化馆。

中医主题文化馆将开展吴门医派文化、非遗展示,同时开展中医坐诊、理疗服务,满足周边居民中医药需求的同时,为市民提供中医药特色服务。苏州历史文化名城保护与更新置业有限公司招商运营部副经理唐文杰说:"曹沧洲祠本身有着深厚的传统中医中药的历史文化内涵,将为入驻的中医药企业未来发展赋能。"

曹沧洲祠项目一经推出,引来了多家中医药企业的关注。目前已有4家符合中医主题文化馆定位的企业提交了活化利用方案,目前正在不断磨合洽谈,力争年底达到试营业的状态。

在年底快要到来的时候,我再次去了曹沧洲祠,虽然大门仍然关闭,但是已经非常像模像样了。朱红油漆大门,兽脸辅首,端庄大气,门口已经挂有四块通长的深底金字牌子,分别是:雷允上中医药馆,雷允上非遗传承保护基地,雷允上老药工师带徒基地,吴门医派对外文化交流基地。

我分明已经看到了,不远的将来的那一幅画面:老中医,也或者是年轻的医生坐堂,巷子里的老好婆老阿爹来了。

医生啊,你帮我把把脉,我这几日肚皮胀得来。

好婆啊,你吃仔勿消化的物事哉。

医生啊,我帮我看看舌苔,我嘴巴里腻得来。

阿爹啊,你脾虚哉,买点山药吃吃。

……

这应该是最苏州，最古城，最烟火，最真实的苏州现世生活图景。

据统计，苏州姑苏区范围内，像曹沧洲祠这样的由区属国企管理的古建老宅院落共计149处，它们如珍珠般散落在古城区的每一个角落。

2019年，姑苏区为摸清古城家底，启动了首次全区保护对象普查工作，对保护区范围内历史文化街区、历史地段、文物保护单位、传统民居、古树名木等保护对象进行了全要素的信息普查，普查涉及对象数量达4000多个，信息数量9.7万余条，普查数据显示，辖区内现有18类、4000多处保护对象，其中仅文控保和文物登录点合计1500余处（国家级24处、省级37处、市级123处、控保254处），约占苏州大市的41%。通过普查，形成《苏州国家历史文化名城保护区（姑苏区）首次保护对象普查名录》《苏州国家历史文化名城保护区（姑苏区）首次保护对象普查档案资料》等多项重要普查成果，并分别出台《姑苏区关于进一步加强不可移动文物保护和管理的实施意见》，制定了《姑苏区文物古建安全专项整治三年行动实施方案》，深入挖掘蕴含在古建筑中的历史遗存和文化底蕴，不断探索古建老宅活化利用的新途径。

在2021年2月19日召开的姑苏区"新春第一会"上，《姑苏区古建老宅活化利用白皮书》正式发布，重点推出了18处区属国企管理的古建老宅院落，曹沧洲祠正是其中一处。

媒体报道：姑苏区相关人士表示，希望通过此次推出的18处古建老宅院落，招引优秀企业总部、商业办公业态等入驻姑苏古城，进驻幽美、宁静的古建老宅，从而打开企业成长壮大和古建老宅活化利用融合发展的双赢局面。

……

9. "地上本没有路"

其实已经说得很多,我自己都觉得精彩纷呈、眼花缭乱了,但是这里我不得不还要说一个顾廷龙故居,就是前面曾经提到过,当初只有50％的居民同意搬迁,以至于不得不按下暂停键的那个顾宅。

2016年,顾宅修缮按下了启动键。

到2021年年初,顾宅基本完成修缮。前前后后五年时间,如果从第一次动员算起,那就将近十年了,其中付出的人力物力财力所有的力,都是登峰造极的,今天,顾宅以修旧如旧的崭新面貌精彩亮相了,可是在它闪亮登场的同时,又面临着新的更大的问题:它将走向哪里?

苏州的老宅实在是太多太多,苏州的有价值的应该修缮的老宅太多太多。已经修缮、正在修缮、将要修缮的,一旦它们被"救活",就得替它们考虑怎么"活下去",还要"活得好,活得精彩"。

全部由政府买单,全部做成公益性项目,免费开放,政府会被压趴下的,这个馆那个展,政府不仅要继续投入资金,还要安排人员,一涉及编制,就更是错综复杂,即便是按企业管理,人头费也要国企承担,还有日常管理维护费用等等。

如果做成经营性的,由企业或者个人来操盘,毕竟因为投资太大,而且现在苏式的酒店、民宿、茶馆、书房等等逐渐多起来,如果单纯算经济账,那基本上是一个字:亏。

市民购买后居住,那种可能性是有,但是不大,就说顾廷龙故居,现在要出卖,至少要三四个亿,要出几个亿买来自己住,恐怕不太现实。

年初的时候,殷铭接待了一位来客,他是高瓴资本张磊的助手。殷铭十分兴奋。张磊是我们国家投资领域的权威,据说他的一本投资方面的书就卖了一个多亿。

聊过以后,殷铭才知道,原来高瓴资本也很喜欢苏州,市委主要领导得知后,立刻邀约他们来实地考察。没过两天,高瓴资本真的就跟殷铭他们对接了,要看苏州修缮后的老宅,但是这时候也只能看顾廷龙故居,因为其他的如探花府、状元府已经全部用掉了。张磊的助手来过后不久,3月份的一天,时任姑苏区主要领导就陪同着时任苏州市委主要领导来看顾廷龙故居了。

当时殷铭陪着文旅集团王金兴董事长一起介绍情况,期间市领导忽然提了一个技术性专业性较强的问题,问老宅的这个柱子能不能通过某种办法,知道大约有多少年历史。殷铭赶紧介绍说,可以通过碳14的一种技术,基本能够测得出来。殷铭说:"幸好我知道,这样的问题专业性强,可不能随便瞎说,编也编不出来的。市领导听了,就说,那你们可以做个牌子把时间标出来。"

在那以后,顾廷龙故居又接待了好些人,北京华贸的,苏宁国际的,还有京东的刘强东等等,以殷铭的推测,这应该是市委主要领导直接推荐的结果。

把最传统的苏州老宅,和最现代的总部经济结合起来,这是为修缮后的老宅探索的又一条出路。

无论这样的理念和设想,最后是否成为现实,它都给古城保护、老宅修复提供了新的无限宽阔的可行性思路。

这是一个信号。

这也是一种可能性。

苏州的很多老宅,它们和著名的北京四合院一样,即便是站上国际舞台,也同样熠熠生辉、独树一帜,完全无愧于"中国"两字,无愧于"苏州"两字。

苏州的名人故居老宅,它们是物质的,又不仅仅是物质的,它们承载着物质以外的许多特质,所以,对于它们的评估,既有经济的考量,亦有社会影响的衡量,这样的社会影响,有时候,花多少钱也不一定能买得到。比如状元博物馆、探花府花间堂等等,了解的人越来越多,影响越来越远,对于这里边的能量、价值,它的评估,也就非同一般了。

虽然我们的保护和活用意识起来得晚一点,虽然我们现在的全民保护意识还在努力提升中,但是今天,从政府到民众,一旦意识起来了,一旦认准了方向,做起事来,那是毫不含糊的,那是拼了命也要赶上趟的。

我一直生活在这里,亲历着苏州古城的日子,从 21 世纪以来,尤其是近十多年,我非常震撼,也非常感动,我们的古城,我们古城中的无数无数的珍贵遗产,终于有了"活下去"并且"活出精彩模样"的希望。

不仅仅是今天的人在保护从前的宅子那么简单。

就说潘祖荫故居,现在充足预计,现存 210 年是没问题的,因为有一块匾额至少是代表着有这样一个记录,但是如果从另外一个砖雕的资料上查,可能还要早,可能还能够再往前提前五六十年,这样差不多 300 年。

按照殷铭的介绍,300 年的历史,经过我们这一辈人这样一修,只要不发生战乱或者其他什么天灾人祸,宅子再保存流传三四百年是没问题的。

所以,今天在苏州古城做着古城保护工作,功德无量。历史文化名城,这些元素不保护,我们这一代人不努力,最多再过几十年,这些全要塌掉、毁掉了,最后可能就只剩下一块空空的牌子。

大家只能传说,某年某月,这个地方曾经是谁的宅子。比如苏州凤凰街和基广场那里有一块石碑:金圣叹故居。

殷铭说:"每次走到那,我都感慨,我只能凭我自己想象,金圣叹故居是一个什么样的故居呢?"

关于顾廷龙故居,殷铭说要找时间陪我去看看,那个口吻,那个神态,就像在炫耀他有出息的孩子。

不过我还是自己去吧。

让他继续去忙耕耘,收获的时候,我们就来了。

可惜的是,这一段时间,十梓街从附一院到望星桥一段,正在大修,别说车辆,连行人都必须绕很远的道,我在泥泞的路上绕了半天,竟迷了路似的,越走越远了。我还是退回来,站在顾宅前那个巨大的工地那里,远远地朝着顾宅的方向张望,看到了那个粉墙黛瓦的建筑群,即便隔着距离,也仍然能够看到、感受到它的经典。黑白相间,经典的底色;参差交错,经典的样式;低调而大气,经典的苏州老宅。

于此,我在心里默默地把顾宅百十年来的变化走了一遍,正如刚刚获得国家最高科技奖的顾诵芬院士所说,他很清楚地记得当时他的家是什么状况。今天,焕发了新的生命活力的顾宅,给"活起来"的苏州古城又增添了生动新鲜、淋漓尽致的一笔。

那天我和殷铭聊的内容,大多是公对公的性质,也就是说,以国企介入,对公房性质的名人故居进行修缮利用,但是其实我的内心很贪,我心里一直在嘀咕,我想听的太多,当然首先是因为苏州古城的故事太多了,比如私宅的问题,比如古城保护中的个人行为。

尤其是"古城保护中的个人行为"这样的内容,和殷铭的工作应该是关系不大的,但是十分出乎我的意料,我只是稍稍地提了一句,根据我的一点点可怜的知识和了解,我都不敢在殷铭说话的时候随便插嘴,但有时候却又忍不住想显摆一下"我也知道一点"那意思,所以在我们聊天的过程中,聊到居民搬迁的问题时,我说了一下:"最后都比较妥善解决了,过程中肯定是一波三折。因为我知道这个里面还没有夹杂私房性质的,基本都是公有的,如果有些大宅里面有一两户是私房就不好弄了。"

我这是在钓鱼吧,看看能不能再钓到些什么。

结果,我的话音未落,殷铭已经兴奋起来,简直滔滔不绝,十多年的经历,他积存了太多太多的经验和感想。

他一口气给我讲了三个"私宅"的处理和一个"古城保护中的个人行为"。我这里如实记下其中一个。

  对,你讲到私房,也有非常开明的。我给你举例子,天官坊陆宅,现在正在修,再过一个月能修好,到时候我可以陪你去看看。天官坊陆宅原来明代是王鏊的故居(王鏊宅曾有"冠绝苏州宅第"之说,后来分解,其中一部分卖给陆姓富商)。陆姓富商后代、陆家的老爷子应该是在2014年左右,突然觉得自己也80来岁了,他就关照他儿子,说这个东西要不看看国家收不收,干脆把我们这部分房产卖给国家了。本来他们也有打算可以卖给私人,相中的人、去看的人,倒是很多,但是最终愿意出钱的很少,看过以后就没有没音信了。他儿子后来跟我们一对接,我们一起去看了,因为本来天官坊陆宅就在我们立项的名单里面,而且老爷子两口子都是二三十年代的老大学生,又是经商的,条件比较好,宅子民国风特足,一打听下来,开的价格还不贵,我们就按照搬迁的标准,1000多万买下来,马上就开工,到10月初就全部能修好了。

老爷子很高兴，他交给我们也放心，移交给我们的时候，确实好多地方都该整修了，他们自己再花钱修，也不值当。到他儿子这一辈，也不愿意再住在那个里面。

后来到了12月份，我去看了天官坊陆宅，我没有请殷铭陪我去，反正按图索骥，不怕找不到。

结果还真是差一点没找到。

走到天官坊巷口，就看到了立的石碑，苏州市文物保护单位嘉寿堂陆宅，心头一喜，就它，没跑了。

按资料显示的门牌，是天官坊8—10号，从巷口往西走几步就到了，但却不是我要去看的修复后的陆宅，就是普通的平房、旧房，再往巷子里走，看到有几位居民，但是是外地口音，我打听天官坊陆宅，她们不太清楚，我心里一沉，感觉是自己搞错了，有些沮丧地往回走，很快就回到巷子东口了，却不甘心，再去看那块嘉寿堂陆宅的石碑，有一位老伯牵着狗从巷子里出来，赶紧再问，老伯是苏州人，指了指巷口第一个门洞，说："喏，这就是陆宅，刚刚修好。"

我谢过老伯，赶紧从第一个门进去，却仍然不对，仍是旧房子的，再朝里左拐一下，有个过道，过道里有个中年男子坐在那里看手机，再问："这里是天官坊陆宅吗？"他很认真地说："这里不是，陆宅在隔壁，西边，刚刚修好。"

我从1号退了出来，再往西边去，小心翼翼，就怕错过——这才终于发现了一个新修的石库门，一个没有门牌的石库门，而且它与巷子里其他房子并不是平齐的，缩进去一段，像是在躲藏，像是要隐蔽。门前的一小块空地，旧石条铺成，却用一个种着花的木质花槽挡着，我犹豫一下，跨过花槽，走近那扇门，才发现，它的门牌号竟然夹在隔壁人家的窗户里，不是8号，也不是10号，而是14号。

刚刚修好的陆宅，就在这个门里，虽然我进不去，也看不见里边的情形。我再回到巷子里，从巷子的东面或西面朝它张望，仍然看不到里边的一点点踪影。

其实我一点也不遗憾。我特意远远地赶过来，要的就是这个效果，我并不需要走进去，我要的就是感受到它的存在。

门本来就不大，还缩在里边，外边还用花槽挡住，门牌又夹在别人家的窗户里——苏州人，真是一如既往的低调。

当然，关于私宅的收购后修缮，也有一些不成功的，大多是因为家庭内部意见不能统一，最后就搁置了。

但是我也注意到，有一个看法，却似乎是大家比较一致的，这些老宅子的主人，无论是老一辈，还是小一辈，大多更愿意找政府谈，好像自家的老宅子卖给私人，不大放心，他们就是觉得，这个东西，这个老宅子的事情，还是要给政府来做的。

就在这个过程中，我意外发现了一个比较奇特的现象，一方面，政府官员也好，国企领导也好，比如朱依东主任，比如殷铭总经理，倒是十分推荐和支持古城保护老宅修缮中的民间行为；而另一方面，老百姓却又大多觉得私房要交给政府才放心。

我们的政府，在保民生的过程中得民心。

不用动员，也用不着标语口号，一切都是潜移默化，一切都是润物细无声。

接着，殷铭说了一个"个人行为"，我仍然如实记录。

讲到私人修缮，我给你推荐一个案例，我佩服得不得了。桃花坞那边，费仲琛故居。这个老板姓欧阳，我们把潘祖荫故居修好了之后，他是通过别的朋友来找到我的，后来我们一来二去交往了将近八九年，成为很好的朋友。他是一位典型的老苏州人，他喜欢园林、老房子这种空间，他自己是做企业和做投资的，本身有经济实力，所以一直在动这方面的心思。当时费仲琛故居是一个台湾老板买的，已经买下来很大一部分，但就是因为里面最核心的楼厅里的老太太不愿搬走，所以这个台湾人手续一直搞不出来，一下就耽搁了七八年。在这个过程中，我们开始搞古建老宅修缮的时候我们也去过，印象很深，这个老太太说："不行的，你们按照搬迁政策，才给我100多万，我这个房子至少要千万。"这个事就搁置掉了，我们再怎么想要，也不能破格去谈。没想到很快就被欧阳买下来了，老太太要多少就给了多少。现在修的漂亮得不得了——这个宅子到现在七七八八也要花了将近六七千万了。后来就全家住进去了，他的那些家具也全都是古董，他是真正的骨子里喜欢……

只是在弄好之后，出了名，也成为了桃花坞板块的一个亮点，大家都知道了，就开始宣传，宣传过程中，难免会有偏差，有些文章，让人看了好像感觉费仲琛故居是政府修的。

当然欧阳本人是无所谓的，他是个低调的人，你们怎么说都不要紧，他自己喜欢就好，倒是殷铭替他觉得有点委屈。

古城保护，靠的是全民保护的意识，政府自然首当其冲，企业行为、个人行为同样不可或缺，古城保护就是各种力量的相互配合，一起发力。

政府的定位和决策是起决定性作用的，比如在名人故居的保护修缮这个问题上，2011年，苏州市委、市政府决定对古城区老宅实施统一的保护利用工程，尤其是具体到确定了首批12个试点老宅。

这个决定，既是定海神针，又是引航灯塔。

今天再回看，如果没有当时的主要领导，这样下大决心，许多动作是难以推进的，也可能到今天还在那磨这磨那。

但是中间会有困难,困难之一,就是要做的事情面广量大。不可能只靠某一个方面,既不可能全靠政府,也不可能全靠个人行为,就是得各种力量汇聚,就是得大家都觉得保护古城是自己的事情。

谈到费仲琛故居,谈到欧阳,殷铭一直意犹未尽,他又补充了许多细节。比如:

他那天让我去一下,说他收了几个盆景,我骑个电瓶车10分钟就到了。那天他非常开心,哪里是几个盆景,院子里面全是盆景,原来是一个朋友家的老爷子搞的。老爷子去世,家里人又不喜欢,也没人会弄这个东西。如果要卖的话,要七八十万一批卖掉,后来他们谈了一个比较合适的价格,欧阳全部一股脑儿的,大大小小的盆景,全部被他收回去了。我说你做这个事情也是有功德的,为什么?因为这些盆景都有生命的,我说跟你买这个建筑不是一样的吗?原来民国的时候是费仲琛老先生的故居,现在变成你的了,只要这种精神、这种文脉能传递和延续下去,就挺好的。

2021年12月8日,大雪的节气,天气并不寒冷,但是有风,从来不戴帽子的我,特意去买了一顶帽子,戴在头上自己也觉得古怪。真是的,为了《家在古城》,真是拼了,别说戴一顶奇奇怪怪的帽子,就算是戴一朵花,我也要戴的。

桃花坞大街是常常会有机会走一走的,但是无数次的路过,并没有特意地去关注今天特意要去的费仲琛故居。

176号,坐北朝南,很好找,一下子就走到了,不像山塘街的老宅,都藏得那么深,离车水马龙的马路好远。

但是走到了,看到它了,一下子却有点不敢相信,它就是在普普通通的氛围中,在十分朴素的气息中。它的周边,也没有大宅豪宅，大多是苏式平房，街上安静得出奇，除了偶尔有骑行的快递小哥一闪而过，几乎看不到什么人，就在这样的时空交叉处，费仲琛故居出现了。

大门是六扇木制墙门，质地讲究，做工精致，西边还有一扇不大的石库门，估计是平时进出的，东边有铁制的车库门，我在这几扇门中寻找费仲琛故居的牌子，差一点没有找到，直到后来走得很近了，我才看到了它。

灰色的牌子很小，又与灰色的砖石门柱混为一体，不走近一点，还真看不到它，至少是看不清的。

原本，这样的物事，也不需要看得太清吧。

现在我回过神来了，古城里的一幢老宅，一幢名人故居，它本来就在那里，一直在那里，和别人无关，它是低调的，它是隐蔽的，这种低调，这种隐蔽，又不是刻意的，而是随意的，而是天生的，这就是费仲琛故居的个性，就是苏州古城的个性。

所以，它就应该是在这个地方，在平凡和朴素之中，悄无声息地散发出它的特殊和不平凡。

如果有机会再见到殷铭，我想我也许会和他再聊一聊苏州人和苏州老宅的性格。

费仲琛（1883—1935年），名数蔚，苏州吴江同里人，曾官北洋政府政事堂肃政使，爱国耆绅。

无论故居是谁的，无论今天谁来料理谁来掌管，重要的是精神和文脉的传承。

苏州有幸，苏州古城有幸，在这里能够承担，心甘情愿地承担、乐此不疲地承担、全情全力投入地承担，这样的人，很多。

冬天快来的时候，我到了墨客园。

作为一个自认为正宗的苏州人，坦白地说，在这之前，我并不知道苏州有个墨客园。

当然首先是因为我的庸耳俗目、孤陋寡闻,同时我也愿意为自己辩护几句,因为那也是有客观原因的:苏州的园子太多太多,从始建于公元前6世纪的私家园林,至数千年后的清朝时代170多处。既有拙政园等名闻天下、游人如织的江南园林的典范,更有大量的鲜为人知的隐蔽在深深的小巷之中、角落之处的小园,如陈从周所形容的"汤包"。再小的苏州园林,也无一不"集建筑、书画、文学、园艺等艺术的精华",就是"麻雀虽小,五脏俱全"的那种。

只是,在过往漫长的岁月中,它们不声不响,静悄悄的,好像被岁月抛弃了、丢失了。其实没有。它们一直就在那里,还没有被抛弃,只是被历史的尘埃掩盖了。

一直到了今天,大环境大气候逐渐成熟,它们呼吸到了,感受到了,于是,慢慢地,一个挨着一个地露出了脸面来,慢慢地,一个挨着一个地让更多的人知道了它们的存在。

只可惜,此时此刻,它们老矣。

它们露出来的面目,已经风华不再。

好在时代已经来了,在时代中奋斗的苏州人出手了。从2015年到2018年,苏州对外公布四批《苏州园林名录》,共收录108座园林;2018年2月,苏州发布《关于加快推进"天堂苏州·百园之城"的实施意见》,首批对其中12处园林进行修复保护,打造名副其实的"百园之城"。

短短几年时间,这些曾经被掩盖和淹没了的苏州园林的奇珍异宝,已经重新成为新时代的奇珍异宝了:柴园、可园、明轩实样、慕园、塔影园、南半园、詹氏花园、顾氏花园、唐寅故居……

我还看到过这样一个消息,曾经有一座由文徵明和仇英联手设计、与拙政园同时期建造的园林紫芝园,可惜的是,这座园林只存活了99年时间,在明末清初毁于一场大火,至今已消失了370多年。到了2020年,紫芝园重新进入了人们的视线,有人要重建,从文献中得知,这座园林曾经盛极一时,自带光环——"园初建时,文徵明为布画,仇英为藻绘。""一泉一石,一榱一题,无不秀绝精丽,雕墙绣户,文石青铺,绿金翠缕,穷极工巧。"

当然,我也注意到,重修紫芝园的消息一经披露,网友们在网上讨论热烈,各种说法都有,在这里我不能一一复述,再等待机会吧。

我只是想说我的一点想法,浅显的,实在的,一座消失了370年的只存在于记载中的园林都想要它复活,那么,现存于古城之中的,哪怕再破旧再损毁,也不用担心无人问津啦。

再说说我曾经不知道的墨客园吧。

墨客园和其他园林有所不同,它原来并不叫墨客园,这个园名是张桂华自己取的。张桂华取之为"墨客园"的时候,还没有墨客园,只有一处废置多年的老宅地,坐落在平江路的支巷大新桥巷内,园内墙屋坍塌,残破不堪,杂草丛生。2009年花重金购买了这处废弃宅地,在别人诧异的目光中,张桂华的心中却甚是得意、十分兴奋。

他觅到宝了。

这算是什么宝呀?

当然是宝。虽然房屋废弃,历史气韵仍在回荡;虽然园子破败,翰墨书香还在飘飞,最关键的是,张桂华喜爱这样的气氛,他与这样的气氛是融为一体的,那一天,他走进的是一座旧宅院,但是他的眼前,分明已经出现了墨客园的远景图。

这是缘分。

和修缮费仲琛故居的欧阳不同,张桂华不是苏州人,他的事业发展,也不在苏州。一个盐城人,在东北搞事业,和钢筋水泥打交道,与舞文弄墨沾不上边,最后却跑到苏州的一条小巷里,买下了一块荒废的地,造了一座名叫墨客园的苏州园林。

你觉得有多么的奇妙,它就有多么的奇妙。

正如张桂华自己所说,其他地方有什么看头?要去就去苏州,去看园林,那才是文化。

这是张桂华和苏州古城的缘分。无论他的祖上和洪武赶散有没有关系,也无论他在东北的事业与苏州文化有没有关系,总之,就在他一生中的某一天,他决定了,在苏州小巷里造一个墨客园。

不知道那时候张桂华有没有预想到,造一个墨客园,花了他十年的时间。

十年,是长还是短?

按照今天社会快速发展的节奏,十年一园,周期是挺长的,但是再想一想,他造的可不是什么现代大楼,也不是什么厂房会场,没有可比性,没有同一性,有的只是精雕细琢、精打细磨的要求,必须是工匠精神的延续,最后出来的,必须是拿得出手、上得了台盘的模样。

慢工出细活,他要的是细活。

也不知道那时候张桂华有没有预料到,造一个墨客园,用去了一个亿。

一个亿,是多还是少?

关于墨客园的原址,有这样的介绍:"早在明代,墨客园旧址就曾开办学府,学子文人常聚会于学府中品茗作诗,举办各类雅集。后又曾作为苏州百年学府平江学堂的校址,培养出了许多雅士贤达。"

但是数百年的风雨,也曾将这个地方折腾来折腾去,云谲波诡、变幻多端。

我们且看一看墨客园的前世：

清代：清净庵、六烈妇祠、安节局、保息局、时敏初等小学堂。

民国年间，由吴县救济院接管。

民国三十五年(1946年)8月，复校改称"济真义务小学"。

此后，改称"吴县北街镇娄新代用国民学校"。

1949年11月，改称"娄新小学"。

1959年至1963年，与丁香巷小学合并，改称"丁香巷小学二院"。

1963年2月，分出仍名"娄新小学"。

1971年至1976年，改称"伟新小学"。

1977年，改名为"大新桥巷小学"。

1981年9月，卫道小学五年级一个班并入。

1984年，撤销大新桥巷小学，原址改为中共平江区委党校。

我之所以不厌其烦列出这么多的变更，为的是说明它的前世的动荡变迁，也是为了看一看今天的墨客园，在历经了无数次的变更以后，它会是什么样子。

它现在是什么样子，我只用最简单的笔墨最简单地描述一下：恢复了三路五进的传统建筑格局，园中形成"松风涌泉、秀山飞瀑、千莲和合、水殿清凉、半亭问月、万柿如意"的独特风貌的墨客园六景。

关于墨客园的造园艺术和园林特色，可以介绍的内容很多很多，我无意再用大量笔墨继续介绍，我想，只要有墨客园三个字，有意之人、有缘之人，自会寻觅而去，自会发现墨客园就是一座新建的旧式园林,是一座外地人建的典型的苏州园林。

一切皆因墨客园它是完完全全浸润在苏州古城之中的。

2018年7月,墨客园入选《苏州园林名录》,成为苏州百园之一。

如今的墨客园,与不远处的耦园遥相对望,许多人闻名而至,许多人流连忘返,我在2021年夏天到冬天的这段日子里,多次走到平江路,多次经过大新桥巷,多次路过10号,墨客园就在我的身边。

踩着青石板路,头顶一片郁郁葱葱,脚下潺潺流水,如入画境。在墨客园大门外并不太显眼的地方,挂了好几块牌子,有"苏州书法家协会创作基地""江南小书场""中国诗书画公益行创作基地",由此亦可见,它的受欢迎程度和它的开放理念。

即使我不走进去,我也已经感受到了它的气质,这种气质,如茉莉花香,浓郁而又清淡。

进得门去,古典榫卯结构、红木家具、地面金砖、墙上的水墨书画,一切都是那么的古色古香,前院的池塘上,有一座4米左右清代晚期的石桥……

我想,我可以不再往下写了,因为这已经足够表达我想要表达的东西了,本来我还计划着要去采访张桂华,我也放弃了这个想法,有许多人写文章介绍张桂华,而我的感觉,却是张桂华的精神世界影响了我们许多人。

墨客园,就是张桂华强大的精神世界和执着的精神力量。

人是要有一点精神的,在苏州古城,文脉传承的精神气永远都在影响着每一个人。

正有越来越多的人开创了民资进入苏州古城保护的模式,古城保护,是政府和民众共同的心愿和共同的行动准则。

第二部分 前世今生

鲁迅先生说,世上本没有路,走的人多了,也便成了路。

今天,苏州古城保护的路,正有许多人在走,有人走着老路,用规范,用政策,用经验,用责任;也有人在尝试走新路,以初心,以尊重,以执着,以付出——苏州的古城保护之路,一定会越走越多,越走越宽广。

条条大路通罗马,条条路上,都有许多敬畏古城、热爱古城的人在努力,在付出。

因为人多,说不定哪天就会相遇。在苏州古城保护的进程中、在我书写古城保护的过程中,就经常偶遇与之有关联的人物和事件。

记得有一天,在史建华打造的同里环翠山庄,我邂逅了在吴江办企业的苏州人范荣明范总。

范总一派儒雅风范,相谈之下,方知原来是苏州评弹世家子弟,他的爷爷就是评弹名家、评话大王范玉山先生。另一位评弹名家范雪君,是他的姑妈。范玉山最拿手书目是《济公》,表演时一半脸笑,一半脸哭,被称为"活济公"。范雪君当年在苏州、上海唱红,是上海滩的"弹词皇后"。

那天我们聊起了牛角浜。

牛角浜是苏州一条小巷,确实比较小,而且也不算很有名气。苏州是小巷的世界,像牛角浜这样的小巷,在苏州古城,遍地都是,苏州古城,就是由无数类似的小巷组成的。

但是牛角浜有它的位置优势,它紧靠著名的观前街玄妙观,就在玄妙观东脚门北边,于是就有了"吃茶三万昌,撒尿牛角浜"的俗语,因为当年的"三万昌"茶室就在玄妙观里,而玄妙观连接牛角浜的街口那里有厕所,于是民间的谚语就这么从生活中诞生出来了。

观前街,玄妙观,那可是我们童年的梦中天地,是我们童年的欢乐源泉,如果哪一天能够被大人牵着手,去一趟观前街,到一到玄妙观,那无疑是童年最幸福的日子了。

也许我们的家,离玄妙观并不远,但是对于幼小的孩子,去玄妙观,那必定就是一次远行。在那样的"远行"中,我们会不会顺带走到牛角浜看一看,我没有记忆,也无法回答,但是从小到大,"牛角浜"这三个字,却是时常在耳边回荡的。

牛角浜的出名,可不仅仅是因为撒尿。牛角浜巷子虽小,却是商家、住家众多,这也是贩夫走卒的最爱之地,叫卖声不绝于耳,仅仅列出一个"吃"单,即便是今天见多识广、吃多食广的人们,也会垂涎欲滴的。

酱汁肉、肉百叶、馄饨、汤圆、糖粥、油氽臭豆腐干、瓷饭糕、茶叶蛋、兰花素鸡、豆腐花、黄连头、腌金花菜、糖藕、菱角、栗子、白果、盐水果仁、丁香橄榄、五香豆、慈姑片、熏田鸡……

牛角浜的百姓生活也舒适方便,修鞋子、修伞、钉碗、补锅……人来人往,一派日常景象。牛角浜还有三种人比较多,也是它名声在外的重要原因,这三种人是:算命先生、牙科医生、手艺人。

这么简单一说,我们就不难想象牛角浜这条小巷的情形了,而评弹名家范玉山的家,就在其中。

除了范玉山,被称为"书坛才子"的评弹大家黄异庵先生也住在牛角浜,还有一位玄妙观三清殿的住持法师"大珏"也曾住在这里。

当然,这些情景,现在恐怕只是存在于年长者的脑海里,还有文字里。

有记忆,有文字,真好。

范总告诉我,他出生在上海,八岁时来到苏州,住在牛角浜老宅,一直住着,直到今天。其实多年前他家就在园区湖西有房子,是新的洋的高档的住宅，但是他的心一直在老宅，所以园区的房子用范总的话说，就是当它是一个"旅馆"，只是去晚上睡一觉，平时有个什么事情，每逢周六周日，或者接待客人等等，都是在牛角浜老宅。

那么今天的牛角浜，到底怎么样了呢，这个问题好解决，去看看罢。

我就去了。

没有联系范总，我就想自己走走看看。

牛角浜还叫牛角浜，但是牛角浜已经不是我的记忆或印象中的牛角浜了，旧式的生活已经不见踪影，新开的店面连成排，中间是一个停车场，已经旧貌换新颜，唯一延续了从前牛角浜特色的，就是这里的新开店，大多是吃食店，还有超市、来缘水果、春阳泰食品、索米客便利店……

21号是一扇非常小的门，门宽不到八十公分，门上有一把门锁锁着，紧靠21号的是另一扇小门，那是一个很小的理发店，门外的三色柱上面顶着"美发"两字，女理发师正在给人收拾头发，我问她21号的情况，她说不知道。

整个一面朝西的墙，约有二三十米长，走到西北拐角那儿，有一个19号，我不明就里，无法再猜测下去，但是我却知道，范总家的老宅，已经是牛角浜最后的一座老宅了。

无论在后来的日子里，这里的门牌号是怎么重新安排的，也不管老宅后来经历了怎样的分割和处理，老宅的样貌还在，是一座典型的三进带花园的苏式建筑。

根据资料显示，牛角浜21号范宅，房屋十分宽敞气派，门堂间、天井园子、大厅堂、主房、厢房、内花园，树木、花草、石凳、石条、半亭、鹅卵石小道、月洞门等等应有尽有，最后面还有一幢西式小洋楼。

那天范总告诉我们，目前他正在做一件事情，虽然困难很大，但希望能够做成，就是要把牛角浜老宅里现有的四户住户搬迁出去，把房子整修后，无偿交与国家，做纪念馆或者别的什么都行。

我听后，真是怦然心动。

在这长长的一段时间内，我过的正是满心眼满脑子的"苏州老宅怎么办"的日子。

这个问题，这个画面，不仅在我的心眼里脑子里，还写在脸上，还挂在嘴边，但凡听到有人涉及这方面的话题，立刻凑上前去，拉开深聊的架势，也或者别人的话题到不了这个上面，我就去主动撩拨，一撩拨，果然话题就靠过来了。

在苏州，愿意谈谈古城、谈谈老宅的人，很多。几乎，时时处处能碰上。

我问范总，你们家房子是私房性质，为什么住户不易搬迁？我的言下之意，房东让谁走，谁还能不走？

真是肤浅无知。

租户是有居住权的，尤其是时间较长的租户，不是你想让我走我就走的。你房主要替我安排好去处，新的去处还得要我满意，这是不成规矩的规矩，不成文的文件，是约定俗成，是乡风民俗，大家都心知肚明，坐下来谈判，基本上都是租户开条件。

但是尽管如此，范总仍然决定要做这件事。

只是现在我站在墙外，看不到21号里边的情形，于是我联系了范总，范总说他每个双休日都会在老宅，那就周六上门去了。

2021年12月4日，原来，那个21号的小门，是家里的边门，正门在17号，我直接从17号进去，这里就是原来老宅的墙门间，后来范总自己改建过了,是一个比较现代的模样了,但是范总说,这个模样很快又要全部推翻,再改回去。

1979年落实政策,归还了老宅的产权,但是当时第二进的大厅内,还有四户住户没有搬迁,就以"代租发还"的形式,作为权宜之计。

本以为过不了多久,这四户住户的问题就会解决的,却是谁也没有想到,后来这四十几年,大家都走得太快了,真是弹指一挥间,停下来,回头一看,才知道,有些东西竟然没有跟上来,还停留在原地。

范总的想法,并不复杂,只是搬走四户住户,但要实现,却是难上加难。尽管他愿意自费,尽管他愿意无偿,尽管他也有一定的经济实力,但是历史遗留和积累的问题,常常不是"愿意""无偿"和"经济实力"能够解决的。

还是得依靠政府。范总和政府的想法一拍即合,既然牛角浜范宅已经定为苏州市的名人故居和控保单位,干脆将修复范宅的行动由个人行为变为政府行为,不仅可以用征收的政策解决搬不掉的住户,还能够恢复范宅全貌,将当年国有化了的范雪君所居住的民国建筑小洋楼以及周边的部分老宅,一并纳入修复工程,呈现出一个尽可能完整的名人故居,一个评弹世家的原样。

当然,这样的规划,需要搬迁的就不止两户,大约要涉及十多户人家,困难还继续挡在前面。

有困难不怕,苏州古城保护,没有哪一天不在困难中前行。

那一天在范总老宅聊天的,还有文物专家、苏州文物局原局长尹占群。说起尹占群,我跟他的初次见面,是在史建华的同里环翠山庄,那天他送我一本他的著作《文化遗产保护——基于视角、理念和方法》。我回家阅读的时候才发现,原来在姑苏区古保委推荐给我的专家名单中，就有尹占群的大名，真是有眼不识泰山，惭愧惭愧。

我正想找个什么机会向尹占群道个歉呢，机会就来了，来在范总的老宅里。

尹占群告诉我，他做过调研，江浙沪范围的评弹大师故居，现今一个也没有留下，在遗憾的感叹中，我们又倍感庆幸。

范宅留下了。

按照范总的想法，范宅修复后，不要做经营，就做一个评弹传承教育基地，公益性的，可以对外开放，作为评弹文化集散地，弘扬苏州文化。

尹占群从两个角度说了这个项目的价值和意义：一，它是苏州古城保护中一个唯一的案例，有新鲜度——由私宅主将自己的房屋连同产权交给政府，由政府打造恢复名人故居；二，范玉山、范雪君是近代评弹大师，苏州是评弹发源地，留下他们的老宅，是大家共同的心愿，也是历史的责任，是文脉的延续。

这个项目，于2021年9月，苏州市政府发了正式批文。

从此以后，范宅仍是范宅，但是产权却不再是范总的了，范总的情怀，他的家人能够理解吗？

我问范总的夫人，夫人笑眯眯地说："我听他的。"

我又问范总："你们的小辈没有意见吗？"

这个"小辈"，不仅是范总的孩子，还有他的三个姑妈，其中包括范雪君的孩子们，范总也是笑眯眯地说，他们同意的。

我理解，这才是范总对范氏老宅抹不掉的特殊情感，且又用了一种特殊的方式来寄托——他不是收回来修缮后自己住，也不打算卖给愿意购买的人，更不是任由它持续现状，他有所作为，这个作为的结果，也许会改变老宅的属性——但是却改变不了它是苏州古城中的宝贝这样的事实。

是的，对范总来说，牛角浜的老宅，是他家的，又不仅仅是他家的，它本身就是属于苏州、属于古城的，它是古城不可分割的一部分，所以，把它完全彻底地交给古城，应该正是它最好的出路。

正如墨客园的张桂华，明明是园主，却自称"护卫"，只是一个守护人，为造园倾注了毕生精力，却也没有在园子里尽情享受。

是的，苏州古城从来就不缺园子，不缺老宅，谁拥有他们，并不重要，园子是谁的、宅子是谁的，并不是问题的关键，重要的是有没有人了解它们，把它们当成宝贝来守护。

人生恍如走马灯，苏州的无数的园子宅子，多少年过去，世道变了又变，主人换了又换，而园子仍然在，宅子仍然在，真值得庆幸。

这样的守护，源于苏州这个地方、这个地方的许多人，对于园子宅子，对于优秀传统文化的爱和责任。

我从牛角浜回来，重新又把尹占群的那部厚厚的专著拿来看，真是感慨多多，我在这里抄录他的一段文字。在现实生活中我不可能天天与他聊天对谈，但是我可以在文字中时时和他交流。

2009年12月，苏州的一处控保建筑，菉葭巷50号陈宅，毁于一场火灾。"陈宅"建于明、清年代，与相邻的49号共为一体，朝南两路六进、东路第三进为明建清修纱帽大厅，面阔三间11.05米，进深10.35米，东附书房，梁架扁作，柱上坐斗，西路有花厅，西界大梁雕刻精细。一场火让这一切顷刻间灰飞烟灭。

后来，我在整理多年前收集的一些资料时，又一次遇到了尹占群。

资料一：

火灾烧毁的老宅：

2005年8月，干将西路235号的控保建筑"吴宅"；

2007年,高狮巷8号民房发生火灾,造成7人死亡;

2008年4月,花桥弄一控保建筑曾发生火灾,共烧毁房屋13间;

针对菉葭巷50号火灾,徐刚毅曾预警说,这次大火已是不幸中的万幸。大火燃烧时,多亏阴雨天,如果秋燥时节,这种没消防通道、蚂蚁窠式的房子,七十二家房客鱼龙混杂,还不要"火烧连营"?但愿血的教训能引起社会和相关部门注意。

资料二:

控制保护建筑简称"控保建筑"。这一在全国开先河的"准文物保护单位",1982年由苏州市首创。根据2021年的版本,苏州市区共有289处建筑列入"苏州市控制保护建筑"名录。其中,姑苏区的控保建筑数量位居第一。(其类型有民居,含普通民居和名人故居等、祠堂义庄、会馆公所、寺观教堂、商业旧址等)

当时记者采访了尹占群,记者是这样形容的:苏州市文物局文物处处长尹占群心痛于菉葭巷50号的毁于一旦,同样也为遍布控保建筑的诸多"通病"忧心忡忡。他坦言,并不是一句"清理租户"就能让控保建筑重回春天。

尹占群说:"目前苏州古城有控保建筑248处,这是苏州古城文化的一张名片,其中20%是保存修缮比较好的,菉葭巷50号就是其中之一。苏州古民居是古城风貌载体,全社会要倍加珍惜。"与此同时,尹占群十分清楚,控保建筑里的"原住民"大多是弱势群体,且以中老年人居多。他们深居古宅,居住条件很差;另一方面,他们同样有着改善生活的愿望与权力,将房子出租是简单且有效的途径。

所以，当你走进那些老宅，里面的情景都是似曾相识的：头顶上到处都是密如蛛网的电线，一个大院内被分割成一户户人家。堆放的杂物也是见缝插针，就连进出大院的两条过道，间隙也不过一米见宽。砖木结构的房间里，一张挂着蚊帐的小床挤在一边，木质大梁上还挂着大小篮子、衣物等；靠门口的地方还放着一只煤球炉，一大堆木柴和蜂窝煤凌乱地堆放在旁边。所见所闻，无不揪心。

尹占群的痛心和担忧，就是苏州古城的痛心和担忧，菉葭巷50号火灾，让无数的目光聚焦苏州"古建筑"，从它的命运引发出的思考，并未就此止步，如何在制度设计上保护和修缮这些岌岌可危的宝贝，才是人们需要从这把火中体悟出的核心。

而尹占群的人生，正是和这样的重任紧紧联系在一起的。

在他的《文化遗产保护——基于视角、理念和方法》一书，许多内容，都是他参与古城保护的亲身经历和切身体会。

前几年苏州对古城背街小巷及沿线居民住宅进行集中整治提升，完善基础设施，优化周边环境，改善市民居住条件，这是一件令老百姓拍手叫好的惠民工程。但是在实施过程中碰到了一个问题，项目实施单位在遇到挂牌保护的老房子时存在顾虑。铺设管道要开挖室内地坪，梳理线路要在墙上作业，担心施工会对文物建筑造成影响，于是采取避让态度，绕开不动。住在这些老房子里的居民表示不满，难得改善条件的机会不能错过，如果挂牌保护就不能实施改造，他们要求摘掉保护的牌子，不能让文物保护影响老百姓的生活。

尹占群详细介绍了苏州在这方面的探索和实践，通过一个又一个的案例，让我们看到了破解难题的方向和出路。

我想，这就是最好的注解：接地气，重民生，爱古城，懂协调。

苏州的干部，再一次感动了我。

在写作《家在古城》的过程中,我一次又一次地体会到无数的苏州干部的特点,他们有责任心、事业心,他们敬业,他们专业化、熟悉业务,他们有文化底蕴,他们有对苏州古城的发自内心深处、来自骨血里的热爱。尹占群、殷铭、朱依东、平龙根、阮涌三……无不让我肃然起敬。

习近平总书记曾经在《福州古厝》序中写道:"作为历史文化名城的领导者,既要重视经济的发展,又要重视生态环境、人文环境的保护。发展经济是领导者的重要责任,保护好古建筑,保护好传统街区,保护好文物、保护好名城,同样也是领导者的重要责任。"

我们苏州的干部,尤其是在古城保护中艰辛工作的干部,正是朝着这个方向努力着,他们像爱惜自己的生命一样保护着苏州这座历史文化名城,瞄准"国家历史文化名城保护示范区"这一目标,不断进行新的实践和探索,使古城保护的"苏州模式"不断完善,开花结果。

关于"苏州老宅怎么办",我的担忧、疑问、期望和梦想,一直在盘旋,它不会轻易离去的。不是看了一个墨客园,走了一回牛角浜,就能解决得了的。

但是,却因为墨客园,却因为范氏旧居,它们的故事,让我看到了希望,让我更多地看到了一个令人惊喜的情状:许许多多的苏州人和工作生活在苏州的新苏州人,他们是那么的喜欢苏州古城,喜欢苏州古城里的园子、宅子,这种喜欢,发自内心深处,来自血液中、灵魂中,与他们的生命同在,片刻不能分离。所以,他们不忍心让这些园子宅子毁掉、垮掉、淹没掉,他们呕心沥血,殚精竭虑,极尽所能,他们甚至倾家荡产,他们甚至敲髓洒膏,他们要"救活"那些园子宅子,让它们在新时代,绽放出新的美丽人生。

"持续完成这样一大批历史古建筑的保护和利用,这在苏州历史上是第一次,在国内也不多见。"

——这样的总结,是恰如其分的,平实的言语背后,承载着苏州从政府到民间,从市领导到每一位古城保护者甚至每一位苏州老百姓的一致心念和艰辛付出。

当然,今天和明天的苏州古城,要"救"的园子、宅子还很多啊。

2021年7月,苏州再次召开国家历史文化名城保护示范区工作领导小组会议,会议指出,既要保留原有的历史建筑风貌,又要"古为今用",确保建筑的安全性和功能性,施工图审查环节就显得尤为重要,"一宅一方案"应运而生。

对古建老宅采取"一宅一方案"的施工图审查方式,开了全国先河。这一开创性举措,既是苏州多年积累下来的丰富的古城传统建筑修缮保护经验,更是在历史经验之上形成的全新探索和实践,这些经过实践检验的苏州经验总结推广,还可惠及其他地区。

"一宅一方案",从原真性、安全性、活化利用等各个方面,使老宅焕发新的生机,最大程度最大限度地释放古建老宅、历史建筑等存量资源的利用潜力,助力苏州古城保护利用和城市更新。

正如殷铭所说:"这些东西都要去研究,一研究你就会发现苏州这个地方真的是博大精深、精彩纷呈,更需要区分特征、分别对待。"

这正是我这一次重走古城的最大的收获和教益,这一次的行走,更是让我看到了自己对于故乡苏州古城的认识之简单和局限,狭隘和肤浅。

苏州的遍地痕迹,苏州古城的遍地珠玑,恐怕是我们穷尽一辈子的努力,也难以望其项背的。

那么不要灰心,我们就一点一滴地、一砖一瓦地来探索、来了解它们吧。这样的探索,这样的了解,在苏州古城,时时处处都在发生。

我一直在回想着那一天向殷铭请教、听他介绍的情形,期间,殷铭多次说过这样一句话:"我再说一下我最近的一个兴奋点"——那一天殷铭在和我长谈了两个多小时之后,仍然精神抖擞,兴奋点不断,他的全情投入、了如指掌的介绍,来自于十年间千百个日日夜夜的付出和积累。

殷铭所说的"最近的一个兴奋点"是另一处潘宅:苏州西百花巷潘曾玮故居,潘曾玮是潘世恩的四儿子,"自幼聪颖,五岁入塾。道光二十三年(1843年)顺天乡试,挑取誊录,遂弃举子业。益留心经世之学,并肆力于诗古文辞。潘曾玮生性散淡,闲居苏州。常与诸老会文谈讌为乐,以行善、读书为要务"。所以他的宅子取名为"养闲草堂"。门厅还曾悬李鸿章题"祖孙父子叔侄翰林之家"匾。

在往前几十年时间里,"养闲草堂"就默默地守在苏州剧装戏具厂里边。

苏州的戏具戏装,十分有名,是全国仅有的保留了服装、盔帽、靴鞋、刀枪、口面、头饰六大类全部门类制作剧装戏具厂,曾经历时3年为87版《红楼梦》制作了全套演员服饰。

剧装厂后来改制,再后来,最后的几位老股东年纪也都大了,他们心意一致,想把这个地方卖给政府,这个心愿很快就实现了,按照殷铭的说法,"这个房子值得买,它是工业遗产加非遗"。双料的价值。

可是难题接着就来了,潘曾玮的老宅,和潘祖荫故居不一样,潘祖荫故居资料很丰富,而潘曾玮的这个宅子,却没有找到任何资料。

"最好能看到宅子原来的平面图,能查到这些历史的信息。搞遗产保护,历史的信息量越多越足,修起来才能不愧对人家的老祖宗。"

好在殷铭是个有心的人、用心的人,从事古保工作以来,就一直在学习,很早之前就比较系统地看过陈从周先生从前的记录,记得陈从周先生画到过西百花巷程宅的图,而现有的苏州文物公布名单中,也确实有个西百花巷程宅,但那却是个民国建筑,而陈从周先生画的分明是一个清代院落图。

于是,殷铭从困惑中寻找灵感了,会不会陈从周先生画的程宅就是潘宅?他赶紧做了两方面的工作,第一步先是到网络上去查找,一查还真有信息。1950年前后,潘家没落,后人就把这个潘曾玮故居整个宅子卖给了程家,而陈从周在带领学生大量绘图苏州老宅,画到这个宅子时,已经是1956年的事情了,这个房子那时候确实是程家的了,而程家的人当时并没有提及潘家,所以陈从周先生的绘图和记录,都是"程家"。

第二步,赶紧把现场的测绘图,就是西百花巷的老厂房图,和陈从周的"程宅"图做了对比,结果居然是高度重合。殷铭抑制不住地激动,说:"凭我的直觉,我一看形状跟现状基本就一模一样的,我因为这个事情差不多兴奋了两个星期,像打了鸡血一样的。"

不过,这个让殷铭像"打了鸡血一样"兴奋的项目,目前还没有开工。

据殷铭说,现在还有一些年纪大的绣娘,在里边做刺绣,是一个小作坊的形式,很有味道。我一听,心思又活泛起来了。我想去看看。

我要去看看的地方,实在太多了。就是苏州这样一个被称之为"小苏州"的古城里,我想我是一辈子也看不完的。

今天,在苏州古城之中,像潘曾玮故居这样的情况,想要开工的,但因为各种条件的困扰,暂时还开不了工的,太多太多。

我曾看到一份2009年12月发布的姑苏区苏州古城名人故居一览表,计有名人故居近百座。我还看到一份2020年11月发布的苏州姑苏区控制保护建筑名录,有十几页,计256处(注:一,仅是姑苏区控保建筑,不包含国家、省级、市级文物单位;二,这可能还是不完全统计)。我却再也不能由着性子,凭着喜欢,把它们都一一抄录在此。虽然我非常想这么做。

在悠远岁月中,存在于古籍中的古宅,历经时光打磨,模样一如当年,温馨如旧;而那些仍然站立大地上的古宅,历经风吹雨打,也依旧安静地伫立着,以它们饱经磨难的身姿,告诉后人,历史就是这样走过来的。

我的思维忽然跳突起来,早有苏州"贵潘""从租居南濠街,到置屋黄鹂坊,再到造房刘家浜"之说,有大儒巷潘宅转给"富潘"之说,马医科潘奕隽、庙堂巷潘承锷、从钮家巷3号,到南石子巷10号,再到西百花巷4号、悬桥巷义庄等等,"贵潘"潘家,分布在苏州古城中,到底有多少宅子。曾经存在,后来没了的;曾经存在,现在仍然还在的,曾经存在,却不为人知的,如果有可能全部统计出来,再如果,能够全部修缮出来,那会是怎样的一个阵仗啊!

我这是属于胡思乱想?

还是合理想象?

苏州民间一直就有"苏城两家潘,占城一大半"的说法,两家潘:贵潘和富潘。

我一直在说"贵潘"和"贵潘"的老宅,"富潘"呢?

富潘有礼耕堂。

10. "江南第一豪宅"

且让我们从今天的时间线上，往前推移 200 多年去看一看。

1726 年前后，徽商潘麟兆家族，在苏州已经传承了八代。康熙年间，九世孙潘麟兆出生，到潘麟兆 20 岁那年，即奉父亲之命，自立谋生，经过十余年"劳其筋骨，劳其体肤，空乏其身"的磨炼，三十五岁的潘麟兆和母亲以及自己的三个儿子从苏州齐门东汇路外迁居到卫道观前。

卫道观前是平江路的一条支巷，它的地理位置是这样的："位于中张家巷北面，混堂巷南面。东出仓街，西出平江路。"

我在描写卫道观前的地理位置的时候，我是多情的，我甚至是非常激动的，因为这里所出现的每一个名字，都让我怦然心动，都让我魂牵梦萦。

苏州古城中的每一条巷名，我都会因为它而心动、而感动。

本来就是苏州古城中普普通通的无数小巷中的一条，现在潘麟兆来了，它仍然是苏州古城中普普通通的无数小巷中的一条，只是多了一个潘麟兆。

以后，还会多一座"江南第一豪宅"。

巷以道观得名，那个道观名为"会道观"，所以"卫道观前"原名"会道观巷"，后来衍化为卫道观，再后来又多了一个"前"字。清代的《苏州府志》《苏州城厢图》等都有记载或标注。

这就是卫道观前。

小巷就是典型的标准的小巷，长 356 米，宽 3 米。

确实是够小巷的、最小巷的。

潘麟兆全家搬迁到这里的时候，还没有礼耕堂。或者可以换个说法,虽然今天我们无法确认,"礼耕堂"是潘氏的哪一位先祖提出的,但是我们相信,这三个字,这崇文的理想,是早就刻在潘氏的每一位先人、每一个后辈心中的。

没有崇文的理想,经商也就失却了基础,经商的成功,一定和文化有关。

潘麟兆三十五岁那年,他已经是一位成功的商人,故后来民间流传"明有沈万三,清有潘麟兆"的说法。

潘麟兆带着母亲和儿子迁居卫道观前,那时候他们的迁居之居,原是别人家的一幢宅子,从那时候开始,潘麟兆和家人一起,耗资30万两白银,耗时12年,翻建卫道观前宅地,最后一直扩大到13亩,五路六进,于是从此,那块浓缩了潘家祖训"诗礼继世,耕读传家"的牌匾"礼耕堂"就高高挂在大厅之上了。

财富是艰辛积累起来的,幸福是努力奋斗得来的。"富潘"的这一个"富"字,我们今天念它出来,出口倒是十分的轻易,但是要想真正得一个名副其实的"富"号,更需要有着相同品质的几代人持之以恒的努力。

潘家历代,子承祖业,昼夜辛勤,铢积寸累,家业渐庞,终得富甲一方。曾经的观前福昌水果店、观前街天源糕团店、稻香村糖果店、元大昌酒店、潘资一中药铺、宫巷清泉浴室、余昌钟表店,上海国华银行,北京的瑞蚨祥等老字号,当年都是"富潘"名下的产业。

"富潘"的名头,不是一夜之间冒出来的,同样,礼耕堂的建造,也绝非一日之功,"富潘"的发展、礼耕堂的辉煌,向后人、向世人展示了一个家族的兴衰史,也呈现了江南、苏州地方历史文化的独特性。

我们看一看"礼耕堂"的辉煌:

卫道观前1号—8号,建筑群落占地9600平方米,几乎是山西著名的乔家大院的两倍。这是一处典型的苏派民居,坐南朝北,南临街北靠河,南北进深,结构共五路六进。五路有中路、东一路、东二路、西一路、西二路。

以中路为例,六进分别为:门厅、轿厅、大厅、前楼厅、中楼厅、后楼厅。

姑苏区平江历史街区曾经组织过一篇题为《从礼耕堂看苏派民居》的文章,说实在话,我在阅读这篇文章的时候,一方面恍恍惚惚,感觉就是走进了历史,走进了当年的礼耕堂,同时又兴奋不已,像是掉进了一个巨大的宝库,里边的每一字每一句,都闪烁着耀眼的光芒。

我在这里抄录其中介绍砖雕门楼的一段:

礼耕堂现存八座雕花门楼:中路轿厅前为"居德斯颐"、大厅(礼耕堂)前为"秉经酌雅",主楼前为"旭丽风和",表明主人居家处事生活的要求;中路西轿厅前为"诗礼继世"、西楼厅为"耕读传家",表达礼耕家训;东一路稼穑堂前为"艺苑芳",前楼厅前为双门楼,南为"住壁流霞",北为"金昭玉粹",中楼厅前为"敷藻如红",显示主人轻松自然的一面。

高挂"礼耕堂"的正厅,为扁作梁的架构,前廊设一枝香轩,厅内置前后船篷轩,中为四界大梁。前檐挑檩头雕水浪龙头鲤鱼,内挑雕灵芝梁垫,匾额与梁架前刻有民间故事十六方樟木。那里曾经是潘家行礼仪、接待宾客的地方,那里曾经有着苏州历史上留下记载的古戏台……

我所抄录,恐怕仅有礼耕堂内涵的千百分之一,起的只是窥一斑而见全豹的作用,从砖雕门楼这一个点出发,我们尽情去想象礼耕堂的全貌。

集苏派居民建筑特色之大成,汇苏式私家园林之极致,我手边有一张简单的手绘"卫道观前潘宅现状示意图",倘徉纸上,那纵横交错的房屋、备弄,那叠叠加加的前厅、后园,如同穿越在曲径通幽如迷宫般的"潘宅",令人眼花缭乱、神魂颠倒;另一张"礼耕堂砖雕门楼分布图",则是从更细的部分,展示出卫道观前"潘宅"建筑上的恢宏和精致。

后来到了光绪年间,潘宅最西端靠平江路的两路,即西一路和西二路,由族人以二万二千两银子割售许姓人家,包括宅内假山与两座砖雕门楼等,再后来这些假山门楼也都荡然无存了。

50年代,潘宅的中路厅堂被用作苏州振亚丝织厂仓库,东边二路则散为民居。

1978年,潘宅的湖石假山被移走。

1979年,假山被运到由苏州援建的美国纽约大都会艺术博物馆"明轩"庭院中。

有人这么评价此事:"这是苏州古典园林第一次在世界的舞台上粉墨登场,而于卫道观前的"富潘"家族而言,他们是把一个古城的历史,烙上了那片陌生的国土。"

时光流逝,卫道观前"潘宅",和苏州古城中许许多多的名宅、老宅、大宅一样,老了,旧了,破了。

但是,老归老,旧归旧,破归破,礼耕堂至今仍有多处厅堂,多处门楼基本保存完整,这样的存留规模,在整个苏州古城里也不多见,正所谓:百足之虫,死而不僵。

1982年,礼耕堂被列为苏州市级文物保护单位。

只是,对于一个如此庞大的已经老去的建筑群,该拿它怎么办呢?

四十年来,也曾有过许多的设想,也曾有过具体的动作,对于礼耕堂的拯救,是从中路开始的。

2004年开始,借助平江路改造的契机,礼耕堂中部前五进也进行了修缮改造,其中的礼耕堂大厅被改建成主营苏帮菜的会所,曾经火爆了好一阵子,记得那段时间,想去礼耕堂用餐,不预约是无法进入的。

只是随着时代的发展、各式餐饮的崛起、老宅子越来越多的修缮利用,礼耕堂作为餐饮会所的高光时刻也就过去了,到2014年下半年,会所改为茶室、书店,继续开放。

关于礼耕堂的文保级别,倒是一直在升级:

2006年升级省文保单位。

2014年升级为全国重点文物保护单位。

关于礼耕堂,似乎可以告一段落了,写了它的前世,也有它今生的内容,可是,它的未来在哪里呢?

我并不知道。似乎也无从想象。

因为它的庞大,因为它的沉重。

2021年7月20日,这一天天气很热,烈日当空,我和冯婷走在平江路上,我们走过了春上江南茶具店,走过了谢友苏美术馆,走到平江路106号,走进了苏扇博物馆文创产品店"香洲扇坊",见到了张凉。

我们是来采访作为苏扇传承人的张凉的,他从参加工作起就开始做扇子,做了几十年,现在还在做扇子。他的香洲扇坊店开在平江路上。我其实只是想问问他,在平江路上开店的体会和感受。

可是那天我们却有了意外的收获。后来的话题,不知怎么就从制扇说到了老宅上面去了。

而且,一说到老宅的话题,张凉一下子就激动起来,甚至比谈他的本业更投入更顶真。

从老宅一下子就进入了礼耕堂。

他说到了"民生里"。

这是我头一次知道了民生里的来龙去脉。

苏州的多数街巷,除了民国时期的那一小部分沿袭上海的习惯,用"里"命名,如同德里、同益里、信孚里、承德里等等,而绝大部分的苏式的小街小巷,大多按照街巷的大小、宽窄、长短等,以"路、街、巷、坊、弄"以及带水的"浜、湾、上塘、下塘"之类命名,但事实上,在苏州古城,也有一些并不是民国建筑的"里",比如民生里。

民生里是典型的苏式建筑,因为它就是卫道观前的潘宅。

从前的苏州大宅,除了中轴一路,可以直接进出,其他院落,大多由备弄进出。备弄是苏州老宅一道独特的风景线,狭长的备弄两边有许多扇小门,小门推进去,别有洞天,是另一番完整的世界。一进又一进的房屋加天井,就这样沿着备弄延伸,展开,却是延伸得很隐蔽,展开得很潜匿。

住亲戚,住客人,住佣人,做厨房,堆杂物等等,有许多房屋,是常年空着的。只是到了后来,所有的大宅老宅几乎都成了"七十二家房客"的代称,居民众多,大门口的门牌号却只有一个,难煞了这个地段的邮递员。

于是就有了"里"。将那些长长的备弄,冠之以"里",每一个门洞,设一个独立的门牌号,方便群众分辨,方便投递。

民生里就是这样设定出来的。

本来是潘宅的东一路和东二路,后来成为了民生里,民生里1号,民生里2号,民生里3号等等。

其实苏州的街巷,原本是有自己的特定的规范的,一般叫"里"的,应该是方的,"弄",则是长的,后来因为大户人家的房子成为房管所的房子了,为了方便起见,一条条的备弄就叫作"里"了,于是,从此,本来应该是呈方形的"里",也就变成长长的"弄"了。

张凉已经迫不及待地讲起了潘宅：

"潘宅后来住了好多家，礼耕堂边上的那幢老房子漂亮得不得了，我那天去转了一圈以后，我在朋友圈里发了一个东西，实在是觉得太可惜了。我有个小学同学就住在里边，这个同学姓潘，就是潘家的后代。他们房子的产权属性现在是很乱，有私房、公房，还有房卡房，还有其他各种各样的住户，很乱。但是潘宅确实又是漂亮到极致，我拍了很多照片，都是清代的东西，就是又乱又旧又漂亮，叫人说不出话来。

"我那个同学家是私房，我问他，如果政府要弄的话，你们愿意不愿意？他说当然愿意，左邻右舍也都愿意，比如说政府赔偿他一点钱，给他一个房子，他马上就走。其实他们住在里面也怨得很，墙面地面很潮湿，屋子漏雨是常事，生活质量很差，卫生条件很差。所以只要稍微给他一点实惠，他们都愿意搬出去。所以我看过，也聊过，十分感慨，觉得政府应该花大价钱大力气做这件事，而且要抓紧做。我就忍不住发了一条朋友圈，我觉得要保护潘宅，它一进一进的，好多进，大得不得了，它的规模有可能比狮子林小不了多少。保护潘宅的意义并不亚于保护一个苏州园林，比如拙政园、狮子林等等。

"当年的留园，30年代以后，就荒废、破乱不堪了。1953年的时候，政府不困难吗？那时候不要太困难，但还是克服困难修了留园。留园是第一批全国重点文物保护单位、世界文化遗产、国家5A级旅游景区。如果真的能够完整地保护修缮潘宅，那个意义其实是一样的。虽然它的花园少一点，和园林有一点区别，但它所有房屋都是古建筑，苏州园林是花园大，房子少，而潘宅是房子多，花园少。房子多就有房子多的价值，它是古代大型的苏式建筑群，是好东西，真的好东西。那种砖雕门楼，什么时候你们有空去看看，小弄堂里你去过了吗?"

他说的"小弄堂",不是卫道观前那条巷子,而是民生里,我没有去过。

曾经在两三年前的一个夏天,我去了卫道观前,从正门进入礼耕堂,一路看一路拍照,一直走到修复后的最后一进,也就是中路的第五进,门封住了,路堵住了,我还想从门缝里朝后面张望,但什么也没有看到。

我知道,那时候,我的目光还远远没有抵达后面的"小弄堂"。

张凉立起身来,说:"走,我带你们去看看。"

从他的香洲扇坊出来,穿过混堂条半条小巷,就到了礼耕堂的北边,民生里就在这里。我们就在民生里。

张凉后来把他发朋友圈的那个内容截屏发给了我,是九宫格的图片加一段文字,图片是他自己拍的民生里的照片,有砖雕门楼,有青砖地面,有原木柱走廊、残破的天井、斑驳的墙面等等。

文字里有这样的内容:与潘家后人潘风,在平江路民生里一带的潘宅转了一圈,发现这里的几百间清代老屋已破败不堪、岌岌可危,再不拿出大勇气大代价予以根本上的保护,状况会更趋恶化,保护它们的意义并不亚于保护拙政园狮子林,政府一定要有大胸怀,其实真的要搬迁七十二家房客并不难……不要因为和百姓计较一些小钱,而让这些国家的瑰宝坍塌在我们这代人手里,时间不等人啊——最后是一个流泪的表情。

张凉不姓潘,他与潘宅没有半毛钱关系,他只是在那个地方走了一圈,心情就如此激动难平,奇怪吗?

一点也不。

如果换作是我,我也会。

换作是苏州的任何一个百姓,都会。

经常会看到网上或者其他文章里,有人这样说:山塘街、平江路、桃花坞、双塔—天赐庄、葑门横街等,多数已经修缮并开发旅游及植入商业,实现了文化传承与经济效益的生态循环。"但是在苏州古城内,非旅游区域的老街区,依旧存在不少砖雕门楼,没有能够得到重视,比如蒲林巷、双林巷、砂皮巷等等,许多身处民宅中的砖雕或者堆塑的门楼尚缺乏系统性保护和街巷文史挖掘。"

操心呀,焦虑呀,这就是苏州的习惯。无论你是身在他乡,还是久居古城,你都不可能不关注它,随时随地会为它激动,为它感慨,为它着急,它的一点一滴,一举一动,都紧紧地牵动着你的心。

礼耕堂旧部,应该是古城中尚未顾及者之大集。

张凉一边领着我们在迷宫般的民生里穿行,一边继续着他的介绍,"你们看那个石鼓凳,我一直最喜欢这种东西,我曾经特地跑到横泾,那种老的木头市场看他们的石鼓凳。潘宅里的石鼓凳光溜得不得了,做得非常规整,一等一的做工,一等一的东西,这种规整,就是功夫,比如说当时一般人家小户,做一个石鼓凳出来,比如说别家3个人工,他可能就是5个人工,甚至10个人工,不惜成本,不计工本的,要做精致的东西。

"它的建筑真的是精致,我研究过,哪怕它一个墙角,会用一块石头,里面这样削圆了,让你不要去撞到上面。砖雕漂亮得不得了。

"这种造房当时就是讲究得不得了的,整个这边全是,你看这种东西,真的不得了,下面全是石条。

"这个是好东西,乾隆年间的,上面有款,这个东西比如在安徽,拆下来编好号,卖到苏州也要卖几百万,这些东西都坏掉了,就几百万没有了。而且你要花几百万去造一个新的,没用的,没有意义的。你看它的雕刻很精致,因为我是搞雕刻出身的,很精准,用手工雕的,那个时候没有机雕,现在都机雕了,太可惜了。

"你看这个地方这个字印子还在上面,而且它真的是几百年没动的……

"这个东西要抢救,你不抢救的话它要坏掉了,其实按照现在的进度太慢。"

我的心思,又转到了人的身上,我问张凉,他那个姓潘的同学现在是不是还住在里面。

那位名叫潘风的老同学,还一直住在里边,张凉告诉我,潘风的家,就是从前的模样,屋子前,南面是一个大院子,家里的楠木厅还在,经常会有人上门来,想要购买那些老货,不过潘风不会卖的。用张凉的话说,宁可送给政府也不要贱卖掉。

很多有私房的苏州人,都是这么想的。

与其说这是一种境界,不如说就是苏州人的习性。

张凉在叙述潘风家情形的时候,用了好多个"真的好得不得了"和"真的可惜得不得了"。

"南面大院子有一棵几百年的白皮松,没有弄好,前些年死掉了。现在还有一棵 400 多年的紫薇树,还在那边,每年还开花——"张凉的语言之间,满含着担忧,我当然明白,因为我和他的心情是一样的,我们都在担心,怕这棵 400 年的紫薇树最后的命运也和白皮松一样。

院子里的假山,拆掉后运往美国造在明轩了,但是还有一些老的石根还在下面,还有痕迹,还能依稀看出,或者可以想象出,这里曾经的模样。

民生里这一带,到现在为止,仍有旧房约 5000 多平方,大约有四五十间房屋(不计自行隔出的违章建筑),目前户籍居民 90 户,现住居民 60 户。

这些房屋的性质非常复杂，有些是像潘风这样的，仍然是私房，也有的早已成为公房。

我们从民生里的北边进入，绕了半天，从南口出来，就是卫道观前了。

卫道观前还是那个卫道观前，不宽的巷子，西段为长方形石板路面，东段为长方形砖状水泥道板路面。1—8号为礼耕堂。16号为卫道观，旧时规模颇大，省级文物保护单位。

如果真的能够把礼耕堂的全貌全部恢复出来，这个价值，绝对不亚于一个著名园林。因为它既是一处名人故居，又是一个典型的超大型的江南建筑群，今天的地球上，所剩无几。

写了四十多年小说的我，此时此刻心思已经活泛得不能自已了。我偷偷地琢磨着，就这一座两百多年的宅子，写几十万字上百万字也是写不下的呀。于是我的念头，要再次绕到"人"的身上去了，我问张凉，现在民生里的住户组成情况如何，张凉告诉我，他采访过这里好多人，他了解情况，有老苏州，也有外地人。

"这里边原来有一个97岁的老太太，前年去世了，她是嫁到潘家的，我还和这个老太太拍过一张照片……"

"这么大的老宅建筑群，不是说某个企业家有点钱，他买下来就能修起来的，这是人类共同的财产。"

……

我再一次突发奇想。

假如能够全貌修复，礼耕堂也许将成为中国（江南）古建筑群修复之最、之爆款，世界都会为之震撼。

其功德，其价值，其内在的文化含量、历史基因、建筑美学、人类密码等等，绝不亚于建几座世界第几高楼，全国第几大厦。

我又胡思乱想了吗？

第三部分　　　姑苏图卷

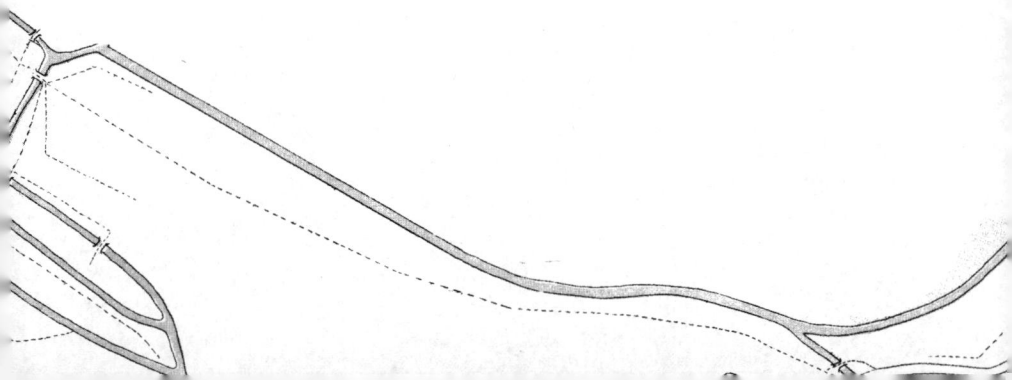

上部：平江路

1. "以存其真"

2018年7月28日，也是一个大热的天，烈日当空。

我去了平江路。

今天回头想一想，多少也有些奇怪。在从前的长长的日子里，我经常去平江路，那些日子，多半是阴天，多云，或者有点小雨，是最适合到平江路去的日子，因为那是自己选的日子。

到了后来，我去平江路的次数少了，尤其是在外面工作的那些年，回苏州就是一种享受了，能够再有闲暇的时间和悠闲的心情到平江路走走，那就是奢侈了。

可惜生活中没有奢侈。

其实那一段时间，并不是没有去过平江路，每次去，印象中都是夏天，几乎都是头顶烈日。

比如2018年的那个夏天，大概因为我是带着任务来的，心里着急，就等不及其他的日子了。

这个所谓的"带着任务"，其实更是我内心的渴望，更是我自己想要来的。早就想来了。一直想再来的。现在有了"任务"这个契机，更是说走就走，到自己喜欢的地方去，管它冬夏与春秋。

我在平江路南入口处的游客咨询服务点，免费拿了几份制作精美的小册子，一本《平江路——中国历史文化名街》，一本《环古城河健身步道手绘游览图》，还有一本《苏州旅游精品民宿地图》。

粗粗一翻，已经让我眼花缭乱，心动不已。

几年不见，平江路已经是这个样子了。

我打开《平江路》那个册子，内页是一幅平江路地图，平江路的模样一目了然，一街一河，小巷纵横，横平竖直，四通八达。南边，车水马龙干将路，北边，绿树成荫白塔路，东边，有平行的仓街，西边，有平行的临顿路，最最让人痴缠的是那许多连接平江路与仓街、连接平江路与临顿路的小巷。

我会把它们全部写出来。

平江路和仓街之间，从南到北：邾长巷，中张家巷，卫道观前，混堂巷，大新桥巷，大柳枝巷，丁香巷，胡厢使巷。

平江路和临顿路之间，从南到北：建新巷，钮家巷，肖家巷，大儒巷，南石子巷，悬桥巷，菉葭巷，曹胡徐巷，东花桥巷。

这些巷子是平江路的支巷，而它们本身，还有许多支巷，比如夹在邾长巷和中张家巷间的支巷有东板桥弄，张家桥浜；夹在卫道观前和混堂弄中间的有猛将弄，徐家弄；夹在丁香巷和胡厢使巷中间的有小石子弄，小石子街，中家桥巷，财神弄等等等等。

连接东西两边小巷的古石桥：苑桥，思婆桥，寿安桥，雪糕桥，胜利桥，青石桥，众安桥，通利桥，胡厢使桥，保吉利桥，落瓜桥，醋坊桥。

还有南北向的古石桥，比如：小新桥，朱马立桥，康家桥，通济桥，南开明桥，北开明桥。

从东边的仓街再往东，还有几条小巷：小新桥巷，小柳枝巷，胡厢使巷。

纵横的河流有：平江河，悬桥河，大新河，柳枝河，胡厢使河——2021年年初，中张家巷前重新开挖的填没了六十多年的中张家巷河西段完工，河道通水，这是古城范围内恢复的第一条河道，没在图上。

接着，我要把图上所有的点，也都写出来。

孝友堂张宅，长洲县学大成殿，董氏义庄苑桥别馆，老洋房，方宅（平江客栈），潘世恩故居（状元博物馆），艾步蟾故居，鹤鸣堂康宅，丁春之故居（王小慧艺术馆），全晋会馆（中国昆曲博物馆），评弹博物馆，潘镒芬故居，古昭庆寺，韩崇故居，潘麟兆故居（礼耕堂），卫道观（苏扇博物馆），顾颉刚故居，潘祖荫故居（探花府花间堂），惠荫园，当代艺术之窗，潘氏松麟义庄，洪钧状元府，钱伯煊故居，叶圣陶出生地，郭绍虞故居，笃佑堂袁宅，徐宅，清慎堂王宅，邓氏宗祠，佛教居士林，唐纳故居，汪氏义庄（上下若文化餐饮），朱宅，郑宅，阎宅，东花楼巷汪宅，潘宅。

这是老宅部分。

还有许多老屋新店：

猫的天空之城概念书店、明堂国际青年旅舍、翰尔园、翰尔酒店、土灶馆、品芳茶社、苏妃奶酪、伏羲古琴会馆、大树茶坊、三味养生馆、相思阁茶楼、平江园、卉菲茶饮……

在平江历史街区之外的不远处，北边，拙政园和苏州博物馆，东边，东园，南边，地铁1号线临顿路站和地铁1号线相门站，西边，著名的苏州观前街。

如果再将这些地名、巷名、桥名、宅名、店名等等一一地铺展开来，一一地写出它们的前世今生，那会是怎样的蔚为壮观？我们的想象，恐怕无论如何也抵达不了它的无穷的边缘。

所以你看，你想，平江路，它是一条街吗？

它仅仅是一条街吗？

当然，它当然就是一条街，但它又不仅仅是一条街，它是一种格局，是一派风光，它还是一部苏州古城的小百科全书。

这个格局，就是苏州格局，是古城缩影。如果对照一下宋代《平江图》或者明末《苏州府城内水道总图》，我们一目了然，平江路基本延续了唐宋以来苏州城坊格局。

这个风光，既是最典型的姑苏风光，又是最具中国味道的城市风貌，尤其是在今天"千城一面"的大规模的城市建设中，苏州古城独树一帜，始终保持着鲜明的城市个性，而被誉为"最能代表中国的城市"。

在平江路这部古城百科全书里，应有尽有，你想要找什么，请翻开它，你走进去，一切都在。

我之所以不厌其烦地将平江路上的这些巷名、桥名、宅名、地名统统抄录下来，那是因为，抄录和念叨这些名字，会让我情感奔涌、百感交集，会让我浮想联翩、思绪万千。

那是因为，这些名字，丢了哪一个也不行，它们是独立的，更是一个完整体，它们共同发力，扛起了平江路历史街区的昨天和今天，它们还将创造出平江路更加辉煌的明天。

每一条巷，都像是我的童年，像是我的亲人；

每一座桥，都能让我心动，都能让我欢喜；

每一座宅，都是我最留恋、最亲近的，像是我自己的家。

在这里，每一个名字后面，都有着长长的故事，都有着生动的人物；在这里，高墙深宅，僻静小园，都是和市井生活相互融合的。

于是，平江路就充分地显示出了古老苏州的另一面：生活的烟火气和生命的鲜活力。

平江路，无论它经历了多少风雨侵袭，它历久弥坚，一直是活着的。

摘录至此，我忽然想到，这份平江路图大约是2015年前后印制的，已经五六年过去，又有新图出来了吗？

我要再去平江路，再到游客咨询服务中心跑一趟。

今年的夏天特别长，但是秋风总归是要起来的。等秋风起来的那个日子吧。

奇巧的是，虽然今年的秋风来得太迟太迟，而我却在秋风来到之前，有幸相遇了姑苏区刚刚编撰完成的《平江路志》，一拿到手，迫不及待地翻开来看，果然，太赞了，其中的内容果真远远超越那张地图上的标识。

我不能把《平江路志》的内容照搬过来，但我忍不住要用一些数字再来说几句。

街巷里弄:35

河道桥梁:43

园林建筑:5

名人故居:16

会馆寺庙:9

博物馆所:6

学校书坊:12

市肆商家:17

平江名人:27

还有专记、文汇等等。

志，并不是"全部"，比如"名人故居"，比如"市肆商家"（平江路商铺的大概数字是400家）等等内容，都只是择取了一部分入志。

这些数字，它们不仅仅是数字，它们不仅仅是统计，它们是历史的沉淀,是文化的积累,是习俗的展示,是天灾人祸的阴影,是社会的发展,是建制的变革,是人物的影响,等等,容量之浩大,收集资料之全面,文字组织之完善,令人惊叹。举此大力修一条街志,实属不易,令人钦佩。

现在我要从满满的"志"里走出来,走到满满的"路"上去。

在2007年以后的十多年,我去了外地工作,从此似乎是远离了平江路。其实,在这段漫长的时光中,也不是没有机会回到平江路,但多半是因为肩担了工作任务,心情乱糟糟的,魂不守舍,心不在焉。

2016年6月27日,是一个雨夜,回苏州采访一位搞设计的台商,我还记得他的企业叫吉而创。这位年轻人要在苏州发展,在苏州各处左看右看,东看西看,最后还是喜欢平江路,他看中了平江路上平江大院那块地方。

还记得,那天采访结束,天已将黑,又下着雨,一群人打着伞,踩着水,到了平江路靠北的平江大院。那时候的平江大院,似乎面目不太清,好像有一部分是饮食店,一部分是青年旅社,还有一部分暂时空关,因为时间匆忙,也因为任务在身,我知道自己目光散乱,那一天,没有和平江路对上眼神,我没有认出它来,它也没有认出我来。

只是感觉路边有一些工艺品小店还开着,亮着灯,今天回想,那灯光,竟是那么的飘忽和不真切。那一次的平江路之行,竟然只留下这么一点点印象。

我特意上网查了一下"平江大院",看到有人这样评价:"平江大院在平江路的北段,靠近白塔东路,对面是金谷里艺术馆。经过几次修缮,现在的平江大院满满的都是江南园林的味道,古色古香的门楼,特招人喜欢,在平江路上逛累了,可以去平江大院评弹茶馆休息一下听听评弹喝喝茶,这平江大院里还有一家瑞幸咖啡和一家面馆,值得推荐。"

已经不是当年雨夜里的印象了,我很高兴。我又要去平江路了,我要去看看平江大院,我还要去看平江大院对面的金谷里。

金谷里也是平江路的一个重头戏,早在多年前,就有人向我介绍马季华,称他是一位从广告业起步走向引领市场的风云人物,在我的《家在古城》的写作过程中,也多次有人提到他的大名,介绍他的业绩,用马季华自己的话说,他的最大的目标是将"生活艺术化,艺术生活化"——将古城的灵魂融入新的事业之中。

在吴县刺绣总厂的原址,将民国风洋房建筑群,打造成了一片光彩夺目的综合艺术天地,里边有艺术馆、酒吧、餐厅、工作室等,红墙拱门、欧式阳台、琉璃花窗,进得其中,如梦如幻。

其实,这许多年里,尽管离开了苏州,离开了平江路,但是关于平江路的一举一动,一点一滴,我还是一直在侧耳倾听、洗耳恭听的。所以,关于平江路的消息,我也不是完全闭目塞听,我也听说了平江路的浓墨重彩的打造,也听说了后来平江路游人如织的情形等等。

那么,今天的平江路,还是我心心念念牵挂着的平江路吗?还是我乡愁所在的平江路吗?

在2018年7月28日,我手持平江路全貌图、站在平江路上的那个时候,我终于知道了,平江路还是那条平江路,平江路也不是那条平江路了。

生活的烟火气仍然在,它的生命力更强更鲜活了,同时,平江路挖掘出了更多的历史信息,渗透出更多的文化蕴含,并且将适度的商业行为按照"平江路模式"铺陈开来。

2018年的那个夏日,我拿着平江路图,站在川流不息的行人之中,感叹和品味着平江路的变与不变,蓦然回首,才想起,距离上一次到平江路,已经过去十多年了。

从顶层设计的角度,2002年,苏州下了大决心,几乎在同一时间里,推出了"平江路风貌保护和环境整治工程""山塘历史文化保护区保护性修复工程""环古城风貌保护工程",随后又开始了"环古城河健身步道"建设。

这是苏州1982年被评为全国首批历史文化名城、确立"全面保护古城,重点建设现代化新区"的保护方针,奠定古城保护框架体系后,经过近二十年的古城保护的探索和努力,更加注重整体保护,从单一的对象保护到突出对历史街区、传统风貌区和历史地段的整体保护,这是古城保护的重要的、关键的甚至是决定性的举措。

这是大手笔,又是千斤担。

进入二十一世纪的苏州,经济已经步入快速发展、高速发展的轨道,一旦步入这样的轨道,那是无法慢下来的,更是不能急刹车的,所有的力量,必须高度集中,必须倾尽全力扑到经济建设上,苏州,你还能腾出哪只手,还能挤出哪样的精力,还能挪出哪块资金,来做古城保护的工作呢?

但是苏州就是做了。一直在做,古城保护,和苏州的经济发展一样,一直在路上,而且,越走方向越明了,越走道路越宽广。

大约是2003年前后,也就是那个著名的"平江路风貌保护和环境整治工程"将动未动时,我曾细细地走过一遍平江路,回去后写了关于平江路的文章,这篇文章收录在2004年由江苏文艺出版社出版的名叫《古韵今风平江路》的书里,今天,我把这本书翻出来看看,才发现,书的主编竟然是我自己。

不过时隔十多年,竟是恍若隔世。

我重新读了一遍自己的文章，自己也被打动了、感动了，我真想把它全文都录在这里。但是我没有这么做。我也不会这么做。

我选取中间的一些部分，主要原因是，我自己也要回看一看，"保护和整治"之前的平江路是什么样子。

我在这里使用的是规范的词汇——"保护和整治"。其实在平时随便说话的时候，关于平江路的工程，有人会说是"平江路改造"，或者是"打造"，或者干脆就是"拆迁、动迁"，说法不一，但动作肯定是同一个动作。

但是我也看到有顶真的人，曾经对有些说法有严厉的指正："平江路作为历史文化街区，原则上应该禁止使用'改造'这样的字样。她的升华，更多的应该在商业概念之外。"

严厉的话语之间，满满的是对平江路的爱和不舍。

平江路只有一条。这是一条不可复制的、独一无二的古街。

在那一平方公里的范围内，原住民以及承载他们的那条街、那道水，就是平江路的根脉，也是苏州古城的根脉。

在 2002 年之前，苏州古城的"作"，也和苏州古城一样的出名，一样的惹人关注。

幸好还有平江路。

在这里还可以找到江南水乡城市的原韵，所以，即使它老了、旧了、破了，也请不要用"改造"这样的词语。我们只有倍加敬畏。

这是水乡城市的原生态，这是市井生活的原汁原味，这是这个地球上仅存的硕果。

我要看一看当年的它：

在一个阴天，将雨未雨的时候，带上雨伞，就出门去了。

小区门前的马路上，是有出租车来来去去的，但是不要打车，要走一走，觉得太远的话，就坐几站公交车，然后下去，再走。（注：

还没有地铁,苏州轨道交通1号线,通车于2012年4月28日11时18分)

走到哪里去呢？是走到自己愿意去的地方,喜欢的地方,比如说,平江路,就是我经常会一个人去走一走的古老的街区。

其实在从前的很漫长的日子里,我们曾经是身在其中的,那些古旧却依然滋润的街区,就在我们的身边,它是我们的窗景,是我们挂在墙上的画,我们伸手可触摸的,跨出脚步就踩着它了,我们能听到它的呼吸,我们能呼吸到它散发出来的气息,我们用不着去平江路,在这个城里到处都是平江路,我们也用不着精心地设计寻找的路线,路线就在每一个人自己的脚下,我们十分的奢侈,十分的大大咧咧,我们的财富太多,多得让你轻视了它们的存在。

日子一天一天地过,我们糊里糊涂,视而不见,等到有一天似乎有点清醒了,才发现,我们失去了财富,却又不知将它们丢失在哪里了,甚至不知是从哪一天起,不知是在哪一个夜晚醒来时发生的事情。

我们的时代,是一个新闻接一个新闻的时代,这些新闻告诉我们,古老的苏州正变成现代的苏州,这是令人振奋的,没有人会不为之欢欣鼓舞,只是当我们偶尔地生出了一些情绪,偶尔地想再踩一踩石子或青砖砌成的街,我们就得寻找起来了,寻找我们从小到大几乎每时每刻都踏着的、但是现在已经离我们远去的老街。

这就是平江路了。平江路已经是古城中最后的保存着原样的街区,也已经是最后的仅存的能够印证我们关于古城记忆的街区了。

平江路离我的老家比较远,离我的新家也一样的远,我家附近也有可去的地方,比如新造起来的公园,有树,有草地,有水,有大小的桥,有鸟在歌唱,但我还是舍近而求远了,要到平江路去,因为平江路古老。在一个欣欣向荣的城市里，古老就会比较的金贵值钱。

在喧闹的干将路东头的北侧，就是平江路了，它和平江河一起，绵延数里，在这个街区里，还有和它平行的仓街，横穿着的，是钮家巷、肖家巷、大儒巷、南显子巷、悬桥巷、录葭巷、胡厢使巷、丁香巷，还有许多，念叨这一个一个的巷名，都让人心底泛起涟漪，在沉睡了的历史的碑刻上，飘散出了人物和故事的清香。

要穿着平跟的软底的鞋，不要在街石上敲击出咯噔咯噔的声音，不要去惊动历史，这时候行走在干将路上的一个外人，恐怕是断然意想不到，紧邻着在现代化躁动的，会是这么的一番宁静，这么的一个满是世俗烟火气的世界。

曾经从书本上知道，在这座古城最早的格局里，平江街区就已经是最典型的古街坊了，河街并行、水陆相邻，使得这个街区永远是静的，又永远是生动活泼的。早年顾颉刚先生就住在这里，他从平江路着眼，写了苏州旧日的情调：一条条铺着碎石子或者压有凹沟的石板的端直的街道，夹在潺湲的小河流中间，很舒适地躺着，显得非常从容和安静。但小河则不停地哼出清新快活的调子，叫苏州城浮动起来。因此苏州调和于动静的气氛中间，她永远不会陷入死寂或喧嚣的情调。

以前来苏州游玩的郁达夫也议论过这一种情况，他说这街上的石块，和人家的建筑，处处的环桥河水和狭小的街衢，没有一件不在那里夸示过去的中国民族的悠悠的态度。

这是从前的平江路。令人难以想象的是，生活在今天的我们，走在今天的平江路上，仍然能够感受到昨天的平江路的脉搏是怎样的跳动着。我们一边觉得难以置信，一边就怦然心动起来了。

很多年前的一天，白居易登上了苏州的一座高楼，他看到了远近高低的寺庙屋宇,看到了东南西北一座连一座的桥和一条条分明如棋盘的水道……不知道白居易那一天是站在哪一座楼上,他看到的是苏州城里的哪一片街区,但是让我们惊奇的是,他在一千多年前写下的印象,与今天的平江街区仍然是吻合的,仍然是一致的,甚至于在他的诗文中散发出来的气息,也还飘忽在平江路上,因为渗透得深而且远,以至于数千年时间的雨水也不能将它们冲刷了、洗净了。

现在,我是踏踏实实地走在平江路上了。

更多的时候,到平江路是没有什么事情的,没有目的,想到要去,就去了。就来了。

……

世俗的生活在这里弥漫着,走着的时候,很有心情一家一家地朝他们的家里看一看,这是沿街的老房子,所以是一览无遗的,他们的生活起居就是沿着巷面开展着,你只要侧过脸转过头,就能够看得很清楚,我不要窥探他们的生活,只是随意的,任着自己的心情去看一看。

他们是在过着平淡的日子,在旧的房子里,他们在烧晚饭,在看报纸,也有老人在下棋,小孩子在做作业,也有房子是比较进深的,就只能看见头一进的人家,里边的人家,就要走进长长的黑黑的备弄,在一侧有一丝光亮的地方,摸索着推开那扇木门来,就在里边,是又一处杂乱却不失精致的小天地,再从备弄里回出来,仍然回到街上,再往前走,就渐渐地到了下班的时间了,自行车和摩托车多了起来,他们骑得快了,有人说,要紧点啥?另一个人也说,杀得来哉?只是他们已经风驰电掣地远去了,没有听见。一个妇女提着菜篮子,另一个妇女拖着小孩,你考试考得怎么样?她问道。不知道,小孩答,妇女就生气了,你只知道吃,她说,小孩正在吃烤得煳煳的肉串,是在小学门口的摊点上买的,大人说那个锅里的油是阴沟洞里捞出来的,但是小孩不怕的,他喜欢吃油炸的东西,他的嘴唇油光闪亮。沿街的店面生意也忙起来,买烟的人也多起来,日间的广播书场已经结束,晚间的还没有开始,河面上还是有一两只小船经过的,这只船是在管理城市的卫生,打捞河面上的垃圾,有一个人站在河边刚想把手里的东西扔下去,但是看到了这个船他的手缩了回去,就没有扔,只是不知道他是多走一点路扔到巷口的垃圾箱去,还是等船过了再随手扔到河里,生活的琐碎就这样坦白地一览无遗地沿街展开,长长的平江路,此时便是一个世俗生活的生动长卷了。

……

这种生活在从前是不稀奇的,只是现在少见了,才会有人专门跑来看一看,因此在这一个长卷上,除了生活着的平江路的居民百姓,还会有多余的一两个人,比如我,我是一个外来的人,但我又不是。

不是在平江路出生和长大,但是走一走平江路,就好像走进了自己的童年,亲切的温馨的感觉就生了出来,记忆也回来了,似曾相似的,上辈子就认识的,从前一直在这里住的,世世代代就是在这里生活的,就是这样的一种感觉。

……

平江路是朴素的,在它的朴素背后,是悠久的历史和历史的悠久的态度,历史到底是什么呢?难道不就是人民群众的普通生活吗?

所以我就想了,平江路的价值,是在于那许多保存下来的古迹,也是在于它的延续不断的、任何力量也不能使之中断的日常生活。

在宋朝的时候,有了碑刻的平江图,那是整个的苏州城。现在在我的心里,也有了一张平江图,这是苏州城的缩影。这张平江图是直白和坦率的,一目了然,两道竖线,数道横线。这些横线竖线,已经从地平面上、从地图纸上,印到了我心里去,以后我便有更多的时间,有更任意的心情,沿着这些线,走,到平江路去。

　　文章有点长,篇幅过长的散文我写得并不多,只是因为对于平江路而言,我真是有话可说,有话要说还说不尽的感觉。现在我所摘录的这一部分,是平江路的一面,是原住民世俗生活展开的一面,没有摘录的部分,则是平江路的另一面,更多的是隐藏在小巷深处的,比如许多名胜古迹,名人故居,园林寺观等等,平江路的一展一隐,从两个方面充分地全面地完整了一座古城的缩影。

　　这是2002年前后的平江路。

　　文章看起来很美,也许可称之为"美文",因为它装载着作者对于平江路的梦想,梦想总是美丽的。然而如同每一枚硬币都有两个面一样,平江路也是有两个面的,"美丽的梦"是一个面,另一个面是真正的平江路的现实境况,那是另一个模样,在"美文"的背面,我看到有这样的描述:"平江路虽古貌犹存,却和许多城市旧区一样面临衰败。大多数房屋建于清末民初,年久失修,蚁害水患,蛛网式的线网密布,现代化生活设施缺失。另外,一些盲目建设的工厂、垃圾站等对整体风貌破坏严重。"

　　平江路风貌保护和环境整治迫在眉睫。

　　2002年12月,苏州平江历史街区保护整治有限责任公司成立,成为平江历史街区保护与整治项目的实施主体。

　　市、区两级政府开始全力推进平江片区整体保护示范工程。平江片区面积2.48平方公里,与平江街道的行政区划吻合,涵盖古城54个街坊中的12个,包括5个历史文化街区中的2个。

2002年年底,公司启动了以平江路为核心的平江历史街区风貌保护与环境整治工程。通过平江历史街区风貌保护与环境整治工程的实施,街区内的古建房屋保持了"精、细、秀、美"的建筑特点,并形成了一批经典的遗产保护修复案例。近8000户居民原生态的生活习性得以保留,基础设施及生态环境得到极大优化,粉墙黛瓦的街巷和河道纵横的水乡面貌得以重现。

总结的语言总是精练的、明明白白的,可实施工程的过程,却不会那么简单明了,它必定是纠缠的,艰苦卓绝的。

历史街区整体风貌的保护和整治,在苏州,在中国,甚至在世界,都是一个既备受肯定和重视,却又是大家都在探索、又因各自特性不同并没有现成样板、没有作业可抄的难题。

首先是一个整体的概念,不是单个单个地干,更不是黄泥萝卜揩一段吃一段,而是用全方位全区域的视角和手段,去看平江路,去修平江路,去焕发平江路的生机和青春。

我曾经看到有人介绍过这样一件事,有一位中国导游,有一次带着一个法国团,在北京看了故宫,看了长城,本以为这些闻名遐迩的典型代表性景点,会让法国人心悦诚服,却不料法国人并不满意,他们说这不是北京,在他们的印象里,在北京,应该能看到《骆驼祥子》《茶馆》里描写的风貌。

我还注意到一个资料:根据我国建设部门的统计数据显示,中国每年拆毁的老建筑占建筑总量的40%,建筑的平均寿命仅为25—30年。而很多国家的建筑寿命,要比我们长得多,如英国为132年,美国为74年。

老建筑是文明的标示,欧洲百年以上的老建筑比比皆是,很多建筑在显目的位置标注建筑年代,他们像保护母亲的面庞一样保护老建筑,因为这些建筑与居民朝夕相处久了,就有了灵性,不但具有使用价值,也产生了情感价值和文化价值。

关于"母亲的面庞"这一说法,出之于土耳其诗人纳乔姆·希克梅,他曾经说过:"人的一生中有两样东西是永远不会忘记的,这就是母亲的面庞和城市的面貌。"

在我们的城市发展过程中,在我们的旧城改造过程中,曾经毁坏了不少老建筑,甚至为了眼前利益,强拆了不少列入文物保护名录的历史建筑,如此,我们和我们的后人,如何记得"母亲的面庞"。

一

新闻:

2021年3月24日下午,正在福建省福州市考察调研的习近平总书记来到三坊七巷历史文化街区,了解历史文化街区保护情况。

三坊七巷历史文化街区总占地面积近40公顷,因呈"西三个坊(衣锦坊、文儒坊、光禄坊)、东七条巷(杨桥巷、郎官巷、塔巷、黄巷、安民巷、宫巷、吉庇巷)、南北——中轴(南后街)"的棋盘状而得名。

"一片三坊七巷,半部中国近代史。"林则徐、沈葆桢、严复、林觉民、冰心等历史名人故居云集,这里基本保留了唐宋遗留下来的坊巷格局和大量明清古建筑,其中各级文保单位29处,被誉为"里坊制度的活化石""明清建筑博物馆",而这样的一个千年古城却随着历史的演变慢慢破败了。

近年来,福州市对三坊七巷展开了修复保护工作,累计投入50亿元,修复面积约26万平方米。

这一天,习近平总书记再一次强调,对待古建筑、老宅子、老街区要有珍爱之心、尊崇之心。

时间再回溯到2002年,时任福建省省长的习近平为《福州古厣》一书作序时指出:"保护好古建筑、保护好文物就是保存历史,保存城市的文脉,保存历史文化名城无形的优良传统。"

我们的平江路,也恰好在2002年的这个时间节点上,拉开了风貌保护和环境整治的序幕,开始了它的远征。

没有现成的样板,就找老师请教,谁是老师?只要是在古城保护中有想法,有做法,有成效的,都是老师。

平遥:

1997年12月3日,平遥古城被联合国教科文组织确定为世界文化遗产,平遥古城境内文物遗存集中丰富,古城墙、古店铺、古街道、古寺庙、古民居,共同组成了一个占地2.25平方公里的建筑群。在古城保护中,平遥以"点"为基础、"线"为纽带、"面"为突破、"全城保护"为终极目标,始终突出了古城的原真性,这是平遥古城扬名于世的最大根基。

平遥数十年古城保护之收获:

原真性是历史文化名城存在和发展的生命线;

博大精深的文化积淀是平遥古城折服世人的灵魂所在;

以人为本的目标追求是平遥古城世代永存的核心理念;

新旧分开的城市布局是平遥古城兼顾古今的科学选择;

多元有序的保障机制是平遥古城焕发生机的根本保障。

南京明城墙:

南京明城墙,是世界现存最长、规模最大、保存原真性最好的古代城垣,距今已有600多年历史,是古都南京极为重要的一张城市名片。

元朝至正十七年(1357年)朱升提出"高筑墙,广积粮,缓称王"建议,南京明城墙的建造由此正式拉开序幕,历经近四十年时间,到明朝洪武二十六年(1393年),明城墙四重城垣全部完工,包括了宫城、皇城、都城和外郭城。

南京明城墙筑城技术达到了中国筑城史上的巅峰,是东亚筑城技术的典范。南京明城墙被誉为"高坚甲于天下",有着杰出的军事防御功能,也是中国明清时期千余座城市城墙所效仿的对象,是继中国长城之后的又一宏构。

吴敬梓曾在《儒林外史》中写道:"这南京乃是太祖皇帝建都的所在,里城门十三,外城门十八,穿城四十里,沿城一转足有一百二十多里。"记述了南京城墙的来历和规模。

二十世纪五六十年代,席卷全国的拆城运动波及南京,因有识人士和南京市民共同呼吁,最终南京明城墙得以幸存。

二十世纪八十年代起,南京明城墙的保护修缮分阶段展开,始终没有停步。进入新世纪,更是加大了力度:

2000年—2001年,集庆门段城墙修缮工程;

2001年,挖掘出西华门遗址,仅存三座门券的须弥座和砖石路面,使得西安门长期以来被误传为西华门的现象彻底被证实;

2002年—2003年,石头城段城墙修缮工程;

2003年—2004年,东西长干巷段、红山土段、神策门瓮城城墙修缮工程;

2006年初,南京市博物馆于当年4月对通济门的施工场地进行考古,大体摸清了通济门瓮城的南北进深;

2006年10月,光华门遗迹在"月牙湖五期环境整治"施工中被发现,随后进行了考古发掘,并修缮保存设为遗址公园;

2010年3月至6月,南京市博物馆考古部在龙蟠中路袭家湾片区工地对通济门另一片基址进行为期三个月的考古发掘。

2015年9月,南京模范西路的拓宽过程中发现定淮门城墙台基遗址,经国家文物局批准,南京市考古所展开考古工作。

2018年1月,南京计划投资建设城墙监测预警平台,全程监控明城墙的健康状况,发现问题提前预警。

2018年3月,南京出台加强南京城墙保护利用和申遗的实施意见,确定5大类23项52条工作任务,投资概算达45.93亿元。

……

发力明城墙保护,擦亮金招牌,凝聚起千百年的文韵,传递出古都的精彩故事。

绍兴模式:

2500年的老旧绍兴,同样面对的是"拆"还是"留"的两难问题。

绍兴采取的做法是先做"减法"再做"加法"。首先减少周围居民的人口密度,比如青藤书屋周围原有480户居民,经过拆迁补偿异地安置120户居民,这样就有了做"加法"的空间。随后,对民居进行整修和外立面美化,同时整修道路、飞线入地、排污纳管、水电表入户,加大居民的生活配套改建。在一减一加基础上,再用乘法赋能古城,串点连线成片,人民的生活得到改善,古城的风貌得以保存。

2019年绍兴设立了古城保护基金,从土地出让金中按一定比例提取,保护基金一年可达10亿元左右,为古城保护利用提供了强大支撑。同时，努力用得天独厚的历史名城优势吸引国家开发银行关注，提供古城更新专项贷款。

我们再放眼全球看一看：

法国：

　　1374年，查理五世国王发布的规范城市建筑的法令，连厕所建筑都进行规定：巴黎市和近郊区的家族住户都要设置足够其全家使用的厕所，以确保巴黎城市的公共卫生；

　　1913年，法国出台了《历史建筑保护法》，使巴黎105平方公里的古城受到法律的严格保护，在保护区内变动或新建任何建筑，都要经过严格的审批程序，并要多次征求公众意见；

　　1667年，巴黎的建筑最高限度为15.6米，20世纪60年代将建筑的限高提高到31米。提高限高后，导致城市建筑密度增加，交通流量大增，出现了交通拥堵，遭到公众的批评。1977年，巴黎建筑限高降到25米，巴黎老城以外的环线地区为31米。也就是说，现在的巴黎老城在拿破仑时代就规划好了，基本上是4—5层的建筑；

　　1961年，法国铁路公司想把建于1898年的巴黎奥赛火车站拆除，在原址上建豪华酒店。此计划遭到多数民众的反对，法国文化部撤销了法国铁路公司的重建许可，根据民意把奥赛火车站列为历史建筑予以保护。

　　1985年，奥赛火车站又被改建成"欧洲最美的博物馆"；

　　1962年，颁布《马尔罗法》，将有价值的历史街区划定为历史保护区，纳入城市规划的严格管理；

　　……

其他各国的一些做法：

意大利：

为了保护城市的整体风貌，意大利法律规定建筑物外部结构属于政府，任何房屋开发商和商店经营者、居民，所购买的只是房子内部的使用权，但不拥有对建筑物整体改造的权力。对房子的维修也要遵守相关法律和规定……

英国：

1877年，英国就出现了民间历史建筑保护协会；

1882年，英国制定了《古迹保护法案》，规定无人居住的古建筑由国家购买进行保护；

1890年，进一步把受保护的历史建筑扩大到住宅、庄园等有历史意义的建筑；

1895年，英国创建了慈善机构"国家信托"，其目的是永久拥有和保护自然景观和古迹。它保护着349座历史建筑，所有这些受保护的建筑均对公众开放；

1932年制定的《城乡规划法案》把古迹四周500米的范围划为保护区；

1967年颁布的《城市设施法案》提出建立保护区，不仅保护历史建筑，连其周围的地貌和人文环境也要保护。巴思、奇切斯特、切斯特和约克四座古城则全城被列为保护对象；

1969年颁布《住宅法》，政府对居民老住宅的修缮担负50%的费用，从1974年，又将资助比例提高到75%；

1993年《国家彩票法案》，英国将彩票收入中的一定比例分配给国家文物基金……

德国：

规定交通道路建设要避让老建筑。

捷克：

（在这里，我还想特别说一说的是布拉格。）

　　捷克首都布拉格，是全世界第一个整座城市被指定为联合国世界文化遗产的城市，布拉格历史悠久，古迹众多，国家重点保护的历史文物达2000多处，在旧城区几乎每条大街小巷都能找到13世纪以来的古老建筑，保持着中世纪的模样。布拉格市内有很多塔式古老的建筑，因此被称为"百塔之城"，罗马式、哥特式、巴洛克式、文艺复兴式等各种建筑类型给布拉格增添了很多文艺气质。

　　与世界上许多城市相比，布拉格是幸运的，它不仅幸免于战火的摧毁，还得到历代布拉格执政者和市民的保护：

　　市政府：每通过一项新的建筑方案前，都要公布于众，听取市民意见；

　　市民：布拉格人自发组成了许多老城保护组织，比如鼎鼎有名"布拉格古城俱乐部"；

　　在漫长的历史进程中，布拉格执政者和市民携手共进，早些时候，他们拒绝了毁誉参半的"奥斯曼式"的边毁边建的方式，因为他们更喜欢狭窄弯曲的中世纪老街和适于走马车的猫脸石路；

　　一战之后，有位建筑师曾主张在老城区开辟几条主干道，因为有人一直在嫌布拉格老城太小气，但结果这个方案遭到捷克文人集体反对而不得以实施；

　　今天，布拉格人正在铲掉越来越多的柏油路，重新铺上猫脸石。他们太喜欢猫脸石了。

　　许多年以后，吸引全世界的无数游客的，仍然是这些猫脸石，其中的许多人，和布拉格人一样，喜欢猫脸石。比如我。

布拉格是独特的,它在"老去"的同时,又像是一个孩子在成长,这个日渐长大的孩子,它仍然叫布拉格,它仍然是布拉格。

在一些世界十大保存最好古城的榜单中,布拉格常常排在第一。

哲学家尼采说:"当我想以一个词来表达音乐时,我找到了维也纳;而当我想以一个词来表达神秘时,我只想到了布拉格。"

……

我们还可以再看一看,关于保护老建筑的国际共识:

1933年,第四届国际现代建筑大会在希腊雅典举行,大会通过《雅典宪章》,有历史价值的古建筑均应妥为保存,不可加以破坏。

1959年在意大利罗马成立国际文化遗产保护恢复研究中心,截止到2012年7月,该中心有132个会员国,中国于2000年6月14日加入该中心。

1964年5月31日,第二届国际历史建筑师和专家会议在意大利威尼斯通过《威尼斯宪章》,强调要保护的历史建筑不仅包括建筑本身,还包括能够见证某种文明、某种有意义的发展或某种历史事件的城市或乡村环境,保护和修复历史建筑,既要当作历史见证物,也要当作艺术品来保护,务必要使它传之永久。

1965年成立国际历史古迹委员会,目前,该委员会拥有包括中国在内的110多个国家委员会。

1976年11月26日,联合国教科文组织在肯尼亚首都内罗毕召开大会,通过《关于历史地段的保护及其当代作用的建议》,明确"历史地段"包括"史前遗址、历史城镇、老城区、老村庄、老村落以及相似的古迹群"等更为广泛的内容。

1977年12月12日,建筑师及城市规划师国际会议在秘鲁通过《马丘比丘宪章》,把受保护建筑的范围扩大到"设计优秀的当代建筑",因为当代建筑过若干年后就成了历史建筑,对一些优秀和有特殊意义的现代建筑进行保护有利于文化的传承。

1987年10月,国际古迹遗址理事会第八届全体大会在美国华盛顿举行,会议通过《华盛顿宪章》,重申历史地段为城镇中具有历史意义的街区,包括老城区或其他保存着历史风貌的地区,新建道路不得穿过历史城镇或城区,保护历史城镇免受自然灾害、污染和噪音的危害。

有一个事实众所周知,坐飞机从欧洲上空经过,可以辨别出飞机飞越的是哪一座城市,因为欧洲城市都有自己独特的风貌,屋顶的式样和颜色都有规定,而且几百年、上千年保持不变。

当然,在变与不变之间,并不是完全泾渭分明,也不是非黑即白的。特定的、历史的、时代的、未来的重量,都压在那些已经摇摇欲坠的古建筑上,社会的、现实的、人类的欲望和需求,如风如雨,轮刮着古城的面庞。

以人口压力为例,以苏州古城为例,2017年数据显示,姑苏区户籍人口为28万,常住人口为95.2万——常住人口数量,达到了户籍人口的3倍多——古城区的人口承载压力可见一斑。

人们可以提出质疑,苏州古城为什么不控制人口?

更有人感叹:苏州古城,就是人多,人少了也能像日本京都那样。

毕竟,有许多人认同"苏州古城是最像京都的中国城区"这样的说法。

毕竟,在先天资源上,苏州古城并不输京都——论世界级文化遗产,京都有17处,苏州却有26处,包括9个园林和运河苏州段4个河道、7个景点,且大部分都位于苏州古城内。

从古城的格局看,苏州古城和京都十分相似,经典的"棋盘式",格局整齐,街道纵横,对称相交。

更何况,苏州和京都一样,今天的核心区域,就是千年前的古城原址。而西安、洛阳等古城,虽然历史悠久,但后建的城区却并非原址,原来的那个古城,早已淹没在历史长河中。

看到有热爱苏州的网友,曾经在网上贴出两张照片,一张是京都,另一张还是京都,只是网友在另一张照片上,P上了苏州古城的行人、摊贩、广告牌等等,一对比,就比出了差别。

差别在哪里?

我们还是先回到人口压力的话题,只要再深入一步去看现实,就不难体会古城区难以摆脱的苦衷:古城区不仅是苏州面向世界的名片,更是外来人口住房的"缓冲带"——是连接古城外东西南北的核心位置,这里有便宜的老公房老新村,有密集的地铁站,有极具性价比的租房市场,这让古城被动地"容纳着大量务工人员"。但是,外来务工人员也是建设者,城市需要接纳他们。只不过,在苏州,接纳他们的,恰好是古城。

而古城恰恰是最不适合做租区的,了解这一点,我们也许就不能过多苛责古城区人口问题。

除了人口压力,古城的限高,也是一把双刃剑。从古城保护的角度,限高是绝对的,毋庸置疑。但是,从另外一面看,一个地区一旦限高,土地利用率降低,新型的商业体也无从谈起,业态低端,缺乏竞争力,一不小心,"古"就成为"旧""破""衰"的代名词。

这些，是挡在古城保护面前的巨大障碍。

通常，城市建设的共同起点是扩张，横向向外面扩，纵向向上伸展，事实也正是这样的。

但是，古城是无法扩张的。这是设定了的，是几千年前就设定好的。古城是不能扩张的，横向纵向都不能动。谁会想到要去扩张古城呢，谁又能轻易地突破红线扩张古城呢。

但是，如果不扩张，不改造，古城就要坍塌了，堵死了，不能呼吸了。古城已经在一部分一部分地坍塌，一天天老化，一日日消失，濒临毁灭，怎么办？

这是一个世界性的难题，一个世纪的难题，一个人类面临的共同难题。

它尤为突出和急迫地摆在了苏州古城面前。

所以，一座古城，一个古街区，一条古街的生与死，不仅仅是它本身的生与死，它是具有世界性意义的。

值得庆幸的是，我们看到了希望，"平江路历史街区风貌保护和环境整治"工程，让我们看到了希望。

其实，自1980年代以来，苏州就在逐步疏解古城人口。如今回想，真是感慨万千。记得当初苏州新区开始建设的时候，苏州曾经流传过"宁要古城一张床，不要新区一套房"的说法。何止是新区，工业园区、相城区也都经历过类似的过程。30多年以后，彻底翻转。

今天，虽然古城已经吸引不了年轻人，但是，这个"逐步"，还仍然只能是"逐步"，它肯定赶不上时代的发展变化，古城区存在老龄化严重、外来人口比例高、低层次人口集聚等问题。

实际上，疏散也只是一个手段而已，最根本还是要通过改善居住环境、完善配套设施、提升产业档次等多种措施实现居住人口的置换,提高人口素质,从而促进古城保护。

今天,古城已经走到历史的十字路口了,首当其冲的是平江路。

2002年前的平江路,百姓生活在延续,历史风貌也仍然存在,但是,那样的生活,那样的风貌,已经不应该继续出现在新世纪的现实中,它应该是留在史册中、记录在影像片里、刻在人们记忆深处,所谓的不能"拎着马桶进入新世纪",其实也是苏州人对于古城风貌的新的呼唤和强烈的心声。

平江路历史街区的保护和环境整治行动,将何去何从?

据说在意大利威尼斯,曾经有过一场特殊的大型"葬礼":一个由三艘贡多拉组成的"送葬船队",运载着象征威尼斯已死的粉色棺材,沿着威尼斯大运河缓缓前行。一名男子身披黑色斗篷,用威尼斯当地方言朗诵诗歌,表达对威尼斯人生活现状的惋惜。在里亚尔托桥边上还竖起了一个巨大的电子屏幕,显示着正逐年下降的威尼斯人口数量。二十世纪五十年代,威尼斯人口大约有十七万,到20世纪末举行"葬礼"的这一年,威尼斯的人口已经不足6万。人口锐减的原因除了日益频繁的水灾外,兴盛的旅游业推高了生活成本,大批市民不得不"逃离"威尼斯,选择到意大利其他城市或欧洲大陆居住。威尼斯市人口统计部门官员表示,照此趋势发展下去,截至2030年威尼斯将不再有本地出生的常住人口。

也许有人会发问,作者为什么在这里将威尼斯人口锐减、城市陷落拿出来说事,难道不是因为人口压力,苏州古城才倍感焦虑、倍受纠缠的吗?如果平江路街区的人口也纷纷离开,平江路街区是否也能朝着京都那样的方向更进一步呀?

平江路历史街区的风貌,是以人为中心的风貌,这个"人",既是外来的游客,更是本地的原住民。没有了原住民和原住民的生活,外人看到的只是一座古城的躯壳,只是一条古街的空架,没有血肉,没有呼吸,也就没有了灵魂。

在特邀平江历史街区总设计师阮仪三教授的指导下,工程定有八个字的指导方向:"整旧如故,以存其真。"

"整旧如故":延续风貌和文脉;

"以存其真":留住老百姓的身心和情感。

所以,苏州的平江路项目,从一开始的顶层设计,就确定了回迁率不低于50%,80%房屋功能仍然为居住功能,保持"小桥流水一家人"的生活场景和格局,适当开发并合理布置旅游商业,不使商业活动破坏街区的宁静生活,保持住这里的居住功能。

2. 遂心适意的风情画

王稼句有一天跟我说,你要写平江路,有一个人你必须要找他。

这个人就是阮涌三。

我也知道我是要找他的。

2021年7月8日下午,我去找他了。平江路20号,阮涌三工作室,确切的是"苏州市姑苏区阮仪三城市遗产保护工作站"。

阮涌三是阮仪三的弟弟,阮家兄弟数人,涌三排行最后,是家里最小的一个弟弟。阮涌三一直在建设部门搞规划工作,几十年来一直在参与苏州古城保护整治工作,经历了许多著名的工程,一直到退休,还仍然在为古城保护贡献智慧和力量,为弘扬江南文化、苏州文化鼓与呼。

那天我在仓街南口下车的时候,天还好好的,穿过邾长巷,转上平江路,很快就看到了20号,这时候,天气忽变,突降暴雨,阮老师撑着伞出来接我,把我接到二楼,转身又出去接冯婷,再回进来,身上都湿了。

我们倍觉过意不去,阮涌三却十分高兴,精神格外饱满,情绪十分高涨。是的,我们将要谈的话题,就是他这一辈子努力的方向和念想呀。

三人刚刚坐定,我才简单地介绍了一下我准备要写一本《家在古城》这样的书,阮涌三已经接过了我的话头,进入了他的思路。

他的思路,是他亲身经历的,是他了如指掌的,是他心心念念牵挂、时时刻刻关注着的。

"我们苏州古城保护,最重要的是顶层设计,苏州市为什么能保护成国内最好的一个城市,跟小朋友说是叫'best',没有之一,就是最好的。是因为历届苏州市委、市政府领导,始终是一以贯之,从来没有哪个领导突破国务院这一大的规划的规定,这一点是了不起的。正因为这样,苏州才会是这么一个苏州,要不是这样,早已经乱了。在古城区内,哪里造个大高层,哪里搞个大广场,这就完了。我们看到有很多古城为什么被破坏了?就是有人一拍脑袋在搞他的东西,但是苏州没有,苏州历届政府,都是非常重视两句话的,这两句话是核心,到现在苏州既往都是遵循这个原则的,这两句话就是:'全面保护古城风貌,积极建设现代化新区。'每个词都有它的意义。

"从1980年代以来,将近四十年了,领导换了大概七八届了(实际上已经十一届了),没有一届领导突破这些东西的,这是苏州古城保护中最大的亮点。"

其实我也一直在思考这个问题。

有的领导本身就是苏州人,有的领导不是苏州人,但是无论他是哪里人,到了苏州这样的地方,都对苏州古城心生敬畏。

想起英国作家彼得·阿克罗伊德在他的《伦敦传》里曾经引用12世纪传记作家威廉·菲茨—斯蒂芬描述伦敦的内容,其中有一句话:"逢有好官时,这座城市确实让人遂心适意。"

阮涌三说:"文化之邦内在的力量,无形的力量,会让人心生敬畏,任何事情,不可以乱来,古城保护的总体规划出来后,就没人突破过;同时苏州有幸,苏州有一大批有专业有担当又敢说话的人,类似过去的乡绅那样,包括我哥哥(阮仪三)。而且苏州人有一个特点,表面上温文尔雅,实际上是外圆内方的,内心奔涌的是一股非常强烈的刚烈,非常执着;还有一个重要原因,苏州民众的普遍素质也是比较高的,苏州百姓为了自己一点利益纠缠不清的确实不多,比较通情达理。所以,归纳起来,一是领导做事有分有寸,又有一群热爱苏州又敢于直言的专业人士,百姓群众也比较配合,三者合一,苏州古城有幸。"

因为过去和阮涌三接触不多,今天听他讲话,感触特别深刻,最深切的一点,也是他这个人的特点:实事求是。

这个实事求是,是建立在他对苏州古城的清醒的认识、中肯合理的评价以及他几十年在苏州古城保护工作中的切身经历和体会之上的,说出来的内容,货真价实,让人心服口服。

聊天中,他特意向我推荐和介绍了《苏州日报》今年的"七·一"专版,共有32版,阮涌三尤其对其中干将路的那一版特别在意,这一版的标题是:干将路"涅槃记"。

"这个写干将路的记者也来采访过我,我觉得他写得很好,我专门给他发了短信,我感谢他为干将路正名了,这个特别版的报道是公开发表的官方认可的东西。"

围绕干将路的争论从来就没有停止过,一直持续到现在,还会再继续。

有人说，干将路是千古之罪，干将路毁了苏州古城。

有人说，干将路是千年救星，干将路救了苏州古城。

两边都很激动，两边也都很极端，但说实在的，都是真心实意关心古城、为古城考虑的，只是理念和角度不同。

阮涌三说："有人说是干将路害得苏州城评不上'世遗'，我说你弄错了，你们不懂什么叫'世遗'，苏州城不可能被评为'世遗'，'世遗'大部分是濒危的，可是苏州它是有活力的，不仅充满活力，还在不断生长，怎么是濒危呢？可能好多人这个概念没有搞懂。"

其实当时我也没有搞懂。

所以后来我特意核查了关于"世遗"的标准，虽然不是以"濒危"为唯一标准，但是其中有这样一句："尤其在不可逆转之变化的影响下变得易于损坏的。"我想这和苏州古城是对得上号的。

但同时，我很赞同阮涌三"苏州（古城）是活的"这样的评价。

"易于损坏"和"活着"是一对矛盾，今天的苏州人，就是要在这样的矛盾中，把苏州古城"守住"，并且"活好"，守住千年古城，让她活得更精彩，活出新时代的新风采。

在说到"干将路是否救了苏州古城的话题"，阮涌三也是直言不讳："我不敢讲干将路救了古城，但是有一条，苏州的 GDP 上升到全国前列，干将路功不可没，为什么？因为一条干将路把一个新区一个园区连通起来，带动起来，打个比方，就像是一条银扁担，把两个金矿妥妥地挑了起来。苏州当时是叫'两翼齐飞'，'两翼齐飞'当中要有个担子，如果只有孤零零的两只翅膀，凭借什么飞起来呢？同时我说还有一条，苏州现在地铁造这么多，全是在干将路的基础上才造得起来，否则地铁就只能绕着城走，古城之内就无法通地铁。"

阮涌三的介绍既从古城的大视角看问题，看经过，同时也是从百姓生活的具体角度考虑问题，因为他自己的家就在古城，就在干将路附近的柳家巷。

"那时候我住在柳家巷，是两层楼，我们住楼上，1980年代，楼上有自来水龙头了，但是开不出水的，楼下的龙头有水，也就一条细线那样一点。所以几户人家就排队等着这条细线来淘米洗菜，我母亲都是半夜两点钟起来，开水龙头等这个水，为什么？那时候我们城市的功能、城市容量是不够的，比如说，原来的一个宅子，住6户人家，现在住了12户人家，生活就变得狭窄了，再比如说，本来大家都步行的，后来大家都有自行车了，自行车到处找地方放，影响人走路、影响居民生活。再比如说，那时候装个电话要排队，要排三个月，装电话难得不得了的。也曾经所有的污水都直接排到河里，所以苏州当时不能叫'东方威尼斯'了，人家说苏州是'灰泥水''臭尼斯'。

"所以，显然，修干将路不光是解决交通问题，更是把大容量的城市功能引进来，把110万伏的高压线引进来。当时我们住在这里，时常闹笑话，比如说，今天我家来客人了，我就要跟隔壁邻居打招呼，我家来了贵客，你们的电风扇不要开了，因为大家一开，就跳闸，电根本不够，不要说装空调，功率大一点的电器都不行的。

"再有排污水的问题，修干将路，下面有1米5的自来水管，1米5的污水管，干将路是苏州第一条污水不进河的路，当时大概是叫'松动古城，输送血液'，不是单纯为了搞交通。如果只是要搞交通的话，可以外面修环路，也能解决问题。那是因为苏州城里的人活不下去了，所以，没有干将路的古城，怎么能发展？怎么能成为这么一个市中心？"

阮涌三认为，尽管一开始提出搞干将路工程，几乎所有的人都反对,但现在回头再看,干将路是给苏州古城活血,输送了血液,让行将堵死的苏州古城活起来了。

我们不说当年的反对的情况了,我们单看看,几十年过去了,干将路早已经成为事实,是不是反对的意见也就随风飘去,随时间淡去了呢?

才不。

至今还是有许多人,一提到苏州干将路,就是懊悔不及,痛悔不迭。

(2021年6月2日,苏州有一条新闻:"文化名家单霁翔工作室"在苏揭牌,单霁翔受邀担任苏州市文物活化利用顾问和"文化大使"。

单霁翔曾多年担任北京故宫博物院院长,也曾经和我在政协的同一个小组,他是组长,恰好前几天我去北京参加北京市十月文学月的活动,在会上遇到单院长,我询问了他姑苏工作室的情况,他简单说了几句后,话锋突然一转,直接就提到了苏州干将路——)

是的,几十年了,大家还耿耿于怀。

一个古城的一条路,牵动着无数人的神经,煽动着无数人的情绪,纠结着无数人半辈子、一辈子的心思。

我能说什么呢,我似乎只能说,苏州古城,真的了不起。

苏州古城,值得。

那天我回去后,找到了《苏州日报》的这十五个专版,果然十分震撼。

走向复兴——红星照耀下的苏城100年简史:

　　白发姑苏历风雨

　　子城孕育起的星星火种

中南海牵挂古城新生

天堂蓝图一笔笔绘

留园重生：从瓦砾场到传奇

春到姑苏展新颜

守护一座活态的古城

十年再造一个新苏州

干将路涅槃记

从泥塘到经开区五边冠

中心城区迎来两位新成员

五区组团蓄能升级

区划调整加减法赋能大苏州

世界级城市群的最美窗口

……

　　内容涵盖了苏州百年变迁，纸声哗哗，如同翻阅着一页又一页的沉甸甸的史册，令人百感交集。

　　五六十年代，有"毛泽东给苏州写按语，全国推广西宿乡（属昆山）经验"，有"周恩来心系姑苏，再三指示做好文物保护"，有"朱德视察东吴细丝织厂""陈云细数苏州三宝"等等。

　　到了七十年代末八十年代初，在苏州古城保护举步维艰之时，天堂苏州何去何从引起党中央高度重视，邓小平等中央领导同志专门为苏州古城作出重要批示。1983年邓小平考察苏州，一再叮嘱说："苏州园林是老祖宗留给我们的宝贵遗产，一定要好好加以保护。要保护好这座古城，不要破坏古城风貌，否则它的优势也就消失了。要处理好保护和改造的关系，做好既要保护古城，又搞好市政建设。"

　　既保护，又建设，苏州古城何其艰难？

既保护,又建设,苏州古城何其有幸!

在阮涌三的工作室,外面大雨倾盆,我们在雨声雷声中,谈论古城保护的话题和难题,心中怎又不是天雷滚滚呢?

全面保护古城风貌,也就是说,对苏州古城的保护,不仅是点对点地保护古城中的某一个建筑,也不仅仅是条件保全,而是整体地要将古城的风貌保留下来,已经损毁破坏了的,要恢复起来。

这"风貌"两字,到底应该怎么理解,阮涌三有他的体会,最深切最实际的体会。

"用最普通的话来说,如果一个外地人到了苏州,他会感觉他在苏州,而不是在扬州。然后他到过苏州再到扬州去,就会感觉苏州和扬州的不一样,这就是风貌。

"苏州的古城风貌这一条,到现在为止做的还是比较好的,两句话是总纲,里边要细分的话会很细,因为我是搞规划的,我从规划项目的角度看得比较多一点,细分,有哪些方面呢:

"首先,苏州限高。这个高,限得很厉害,几十年来没有谁去突破它,想都不要想。现在是24米,为什么是24米?也是有道理的,这24米高,在苏州城里,大约是5层楼高。而5层楼高,基本上能保证苏州市民的居住的要求,14.2平方公里的土地,如果造5层楼高的房子,可以基本满足居住,如果全部还是造两层楼,那是不够住的,不够住的话早晚还是要出问题的。

"然后,这个限高的高度怎么确定为24米呢?除了满足居住需求,那就是根据苏州古城内的几个制高点来确定的,一个我们的北寺塔是70多米高,然后我们的双塔37米高,我们的瑞光塔也是30多米,这几个是我们苏州古城区的古代建筑,我们不能让我们现代化建筑把这些苏州的古代建筑淹没掉,如果淹没了、遮挡了,风貌也就不存在了。我们搞规划的比较了解这个东西。所以在限高之后，苏州还有几个控制点，都要在建设当中把它留出视线走廊来，到任何时候，苏州人到处都要能看到它。比如我们走在人民路上，可以看到北寺塔，远远望去就很搭调的舒服的感觉。再比如双塔周围，基本在每一条路上，都能看到双塔。"

塔，常常作为一个古城的天际线，如果天际线被阻隔被遮挡，古城的整体风貌就会被打破被搅乱。

塔是什么？塔是一座实实在在的建筑，更是一种象征，它是传统文化的延伸，是苏州精神的传承，所以，在今天的现代化时代，走在苏州的街上，仍然能够感受到优秀传统文化的气息，这就是苏州的古塔以及许多的古代建筑给我们带来的视觉感染和效果。

"还有一个细分的角度：色彩。苏州古城区，颜色和别的地方也不一样的，黑白灰、淡雅为主。苏州古城本身就是粉墙黛瓦，就是白墙黑瓦。瓦，也是有讲究的，它在晴天是灰色的，一下雨颜色就深了，就变黑色了。贝聿铭在做苏州博物馆的时候，为了这种灰和黑，他想了很多办法，最后在山东找到一种石头，现在博物馆上面不是瓦片，是石片，它吃水的，不下雨的时候，太阳一晒，是灰色的，金灰色，一下雨去看，就是黑的了。所以说，即使是建筑大师，在苏州做建筑，也是动了很多脑筋的，因为苏州是个讲究的地方。

"再有一个细分的讲究，在苏州古城所有的房子当中，都要根据苏州原来的风貌，鳞次栉比、高低错落、体量轻巧，这个始终也是坚持的。"

限高，天际线，色彩，错落有致……古城的整体风貌，就是由这许许多多的小细节部分组合而成，即便是再细小的某一个部分，也不能出差错，一旦差错了，那就不是苏州味道、不是苏州风貌了。

所以，无论是政策决策方面，还是项目规划方面，甚至是具体实施工程上，起决定性作用的，就是顶层设计。

"一个城市搞得好不好,主要不是老百姓的问题,而是执政者的问题,所以一开始我就提到执政,保护古城,不仅仅是保护古代文物,保护古代文物,可以有个人的角度来做,但是保护一座古城,建设城市,这是执政者的使命。"

一位亲历者,一个过来人,他所说所想,是从现实中来,到现实中去,有什么说什么,"譬如说当时就在临顿路上,造了长发商厦,相当于一个大块头坐在小朋友当中,视觉是很不舒服的。我们有成功的经验,也有不成功的经验"。

一口气讲了这么多,我基本上全文照录了,因为他讲得全面。他讲得全面,因为这都是他从自己亲身的实践中得来的。

阮涌三出生于抗战胜利后的1946年,小名"平平",无疑是父母祈望"和平"之意。小时候家里人口多,父母亲,6个孩子,还有祖母和外祖母,共10口人,住在一幢多房多院的宅子,宅子就在平江路上,他还清楚地记得,打开门,就是一个天井,后面又有小天井,有一个柴房、厨房,厨房里面有两眼灶。

他的哥哥阮仪三比他大十多岁,可能记得比他更多一点,我曾经看到有阮仪三自己对老宅的描述:"我自己从小长在苏州,家家户户差不多都有大园小院,我家房子后面就有两个园,这些大宅都是明代的优秀民居……"

阮涌三十分幽默,对儿时的家庭生活,更是十分的怀念。"我们家里上一辈说扬州话,我们兄弟姐妹之间全部都是苏州话,那么我们跟上一辈讲话,夹苏夹扬,像我们小一点的根本就不会说扬州话,我哥哥大一点,有时候在外讲话,可能会有一点点扬州口音。"

我忽然一动,这和我的家庭,何其相似。我的父母是南通人,1949年到了江南,从此未曾回过老家,而在从南通迁到江南的这个家庭,几十年里曾经经过了嘉定、松江、苏州、吴江、吴县。我们小的时候，父母亲和我外婆在家里是说南通话的，而我和哥哥却不会说南通话，我们兄妹两个，自创了一种只属于我们两个人的语言，可称之为"家庭夹生普通话"，是南通话、松江话、苏州话、普通话的混合，以至于到后来，我的父母亲也跟着我们，说起了"家庭夹生普通话"，他们不再会说南通话了，至少他们已经无法流利地用南通话交谈了。

我原以为这只是我们一个家庭的独特现象，却不料我在阮涌三这儿找到了知音，我相信，他所说的"夹苏夹扬"，也是他们兄弟之间独有的语言交流方式。

有了相同的感受，我们的聊天更加生动起来，早已经不是采访式的，更不是一问一答式的，完全就是由着思维、沿着经历，率性而谈。

在说到他的父亲曾经供职苏州发电厂的时候，我们一起用苏州话唱了小时的调皮的儿歌："癫痫癫咚呛，开只电灯厂，电灯勿开亮，癫痫吃败仗。"

我们一起笑了。

我的助手冯婷是个东北姑娘，也跟着笑了，但她的笑完全是懵懵的。

那天下午我们离开阮涌三工作室的时候，已经快是傍晚了，雨也停了，雨后的平江路，真是很赞，躲雨的游人一下子冒了出来，很多，平江路的夜晚，就要展开了。

我也要开始琢磨，平江路作为一条古街，同时又作为一个历史风貌街区，它是怎样从昨天走到今天的？

关于历史风貌地区的概念，大致有这样的说法：

是文物古迹比较集中，或能较完整地体现出某一历史时期传统风貌和民族地方特色的街区、建筑群、古镇、村落等，可根据它们的历史、科学、艺术价值,核定公布为地方各级"历史文化保护区"。

又比如有这样的说法:

包括地区特殊风俗习惯、民族风俗,特殊的生产、贸易、文化、艺术、体育和节目活动,民居、村寨、音乐、舞蹈、壁画、雕塑艺术及手工艺成就等丰富多彩的风土民情和地方风情。

也有归纳出一些特征和要素的,比如:

城市建筑,城市肌理,城市尺度,建筑密度,公共空间等。

综其所言,我想,总之这就应该是一幅风情画。

我记得那位在苏州电视台工作的东北籍的"苏州文化专家"潘文龙曾经津津乐道地描述过苏州古城中这样的风情画。

"我喜欢看苏州的生活,有意思,比如说买小菜回来,在那儿刮鱼鳞在那儿择菜,它是一种慢生活,这样的生活可能对年轻人是没有什么吸引力,甚至它是一个盆地了,是价格的盆地,是生活的盆地,但是我觉得它的味道也恰恰就在这里……

"有一次我跟苏大的陈霖教授一起吃完晚饭回来,一路走,他讲他刚到苏大时候也在这个地方,住单人宿舍,叫螺蛳浜。螺蛳浜现在也变成一条死胡同了,你这样从这个地方走进去,它是个弧形,从这边走出来,但是中间这个地方被人锁死了,你认识内部的人可以穿进去。在望星桥以北,整个情况其实还一直保留着,一些老邻居和老房子也都在,只是后来建了几个小新村,那样的角落,房子质量差,地方也比较乱,基本上是古城的死角了。

"这些地方很难弄,管理得不好也不行,但是你如果走进去会看到什么呢?就是很有意思的,苏州人的特点、基因。我们是园林城市,即便在一个死角的地方,它也到处能看到这种细枝末节的习俗,哪怕就弄个泡沫盒子,它也要在里边种一点小花小草,种点小青菜……

"所以我就要把那一块地方全部走遍。结合我现在的工作,我就感觉,苏州小巷的灵魂也好,或者普通居民对生活的这种热爱也好,我要好好推广。在所有的古城里面苏州是有自己的个性的,就像意大利,就像巴黎,互相都不会混同的,苏州古城的魅力就在这里。

……

"还有一个情况,现在有不少外来的艺术家,他们非常喜欢苏州,会到苏州来定居。我就知道阊门附近有一个上海的大学教授,他也不声不响,买了一幢只有居住权、没有产权土地证的房子,因为老房子是控保建筑不能卖,他也不一定要那个证这个证,就把旧房子改造了一下,住在里面很舒适。在里面会客、喝茶,然后聊天,节假日、寒暑假他就到苏州来住一段时间,这是对苏州的向往,对我们苏式生活的一种追求。"

后来潘文龙还建议我,可能更需要找一些线索人物去聊一聊,去看一看他们在苏州的生活和他们对苏州的这种直接的真实的感受。

是的,在苏州,我要看要聊的实在是太多太多了。

我会去的。

在潘文龙的目光里,苏州古城无疑是独一无二的。同样是古城,大理古城,或者是北方的哪座古城、浙江的哪座古城,如果和苏州古城相比,苏州古城区别于其他城市古城的特点在哪里?

比如去看山西乔家大院、王家大院,去看湖南湖北的古城、成都的古城,或者甚至苏州周边的一些古镇,虽然都是一个"古"字,却是大不一样的。

区别就是风貌。

苏州古城的风貌,异于别处,是因人而异、因屋而异、因桥因井、因生活习俗、因生存状态,等等。

因异而异。

首先,苏州古城的风貌中,人文的东西更多。人文就是人。人,既是名人文人,又是平民百姓。

苏州名人和文化资源太多,随便哪条巷子里你都能找到,甚至根本不用找,它们就一直在那里,即使有时候被遮掩、被遗忘,但它们始终在。平江路尤其,"贵潘""富潘"、顾家、陆家等等,太多太多,包括近现代居住在里面的名人也一样的多。恐怕没有哪个城市的哪条街区,有如平江路般密集地将名人文人聚在了一起。

是什么东西吸引了他们、聚集了他们?

就是风貌。

风貌聚集了他们,而他们的聚集,又使得这里的风貌更加浓郁、更加绚丽,形成了无形的却又极为强大的气场。

这样的气场,千百年不散,历久弥新。

直至今日,我们走在平江路上,仍然能够感受到,古人的精神气还在这里弥漫扩散,历史的烟火气还在这里浸润渗透,平江路上游人很多,可是人虽多,气息却未曾大乱。

平江路是有定力的,这个定力,来自于深深植根于此的文化的积淀。根深所以树茂。文化是有力量的,千百年的力量积淀起来,并不断生长,那会是一种什么样的气场?

苏州古城的名门贵族固然风貌显赫,苏州古城的平民文化,同样令人赞叹,有源头,有韧劲,有持续性,一直到今天,苏州普通百姓的生活仍然是"苏式"的,在现代化的同质化的大环境大背景下,苏州老百姓的日常仍然是"最苏州"的。

"不时不食。"

"不是阳澄湖蟹好,人生何必住苏州。"

"夜市卖菱藕,春船载绮罗。"
……

也正因为如此,苏州古城的平民文化,同样以它特殊的力度,使得"风貌"的色彩更丰厚,内涵更饱满。

苏州平江路,唯此一条。

苏州古城,唯此一城。

有人会质疑,有人会生气,一条老破旧的街,一座老破旧的宅,能有那么多的诗意吗?江南的房屋,苏州的房屋,大多为砖木结构,加之气候潮湿,少则几十年,多则百年后,如果不动不改,就基本无法居住了。

在无法居住的房屋里继续居住着,还能住出如此的意境,真实吗?

将心比心,如果你自己住在里边,你还会说出个花好稻好来吗?

肯定不能。这个毋庸置疑。

但是,住在老宅子里的居民,会在抱怨中寻找生活的亮色,会在艰难的条件中尽可能保留和创造出"苏式"的环境。

在我的行走古城、探索古城、学习古城的过程中,我还很幸运地结识了一些新朋友。其中有一位卜复鸣,名字是早就有所耳闻的,但一直未曾谋面,这一回借助了古城的这个项目,如愿以偿了。

卜复鸣是苏州旅游与财经高等职业技术学校的教授,他有一些头衔,比如"苏州园林专家",比如"中国花卉盆景赏石分会理事"等等,他的生活和工作、他的教学和研究,都是全部围绕着园林植物造景展开的,当然,更多的时间,他也和许多"苏州通"一样,行走在古城的大街小巷,绿化也好,盆景也罢,都是古城居民心头之爱。

卜复鸣跟我介绍了一个地方,就是平江路钮家巷的一个睦邻大院,他一直在通过实地走访,了解、研究和介绍苏州历史街区的保护情况,首先就说到了平江路。

平江河的东边是比较繁华的,到西南边,大多是普通的住宅区,有一块地方,大部分是平房,外立面经过整治处理,街面也很洁净,看起来还不错,有情有调,有滋味,但是走进宅子,多半是阴暗潮湿的,是破旧衰败的,而且住户的情况比较单一:一是老人多和病人多,另一个就是出租给外来务工人员。

卜复鸣之所以对这个区域比较熟悉,因为他所在的学校,就在离平江路不远的地方,二十世纪八十年代初期,他刚刚进苏州城参加工作时,就住在耦园,几乎就是在平江路上成长起来的。而同校的教职员工,也有好些就住在平江路,后来作为学校的负责人,卜复鸣经常要去慰问老教师,"昏暗幽闭的老屋里,床上躺着一个年老的病人",这种状况,令人担忧,让人不安。

后来卜复鸣就看到了"睦邻大院",钮家巷东大院5—2号,他总结:"环保意识比较好,这个地方有一口井,通过这口井,把周边的外来的人组织起来,文明有序地生活。然后院子里有一个公共空间的规划,这个空间很小,但是做得很规范,不仅规范,还很有趣,比如某一块地方,是专门给大家晾晒衣服的,整齐划一,另一个角落,原先有个旧水槽,样子很难看,影响观感,就在这个水槽里面种了花,一下子就改变了周围的氛围——"在一个本来可能会很杂乱的破旧的大院里,十分用心地规划和种植了各种花草,这些鲜活的色彩,拨动了卜复鸣的心弦,社区居委会带着居民们,把一个旧大院做得非常有特色的,都是围绕着井来进行整治的,整个大院又安静又整洁。

卜复鸣从绿化植物的角度,看到了原本是灰色生活中的五彩缤纷,他由衷地赞叹着这样的旧宅院,这种赞叹,不是凭空而来,不是随性而言,只有用自己的行走,用自己的眼睛,用自己的心,去看去听去了解,才能对真正的真实的生活有自己的发言权。

旧,但是干净,再破,也有办法讲究起来——假如生活不如意,不沮丧,不哀叹,把不如意的生活用文明的理念装点起来,让居住条件不理想的居民,在等待改变的过程中,能够有一个文明的甚至富有诗意的环境——我们的城市管理者,我们的城市居住者,配得上苏州这座古城。

这是古城之内那无数的暂时还没有能够顾及到的旧区域,给我的最深切最真实的印象,文明程度的提升,风俗民情的体现,不仅带动老苏州人,也影响了许多新苏州人,住在旧居里的新苏州人,正在逐渐地被苏州文化熏陶、感染,最后成为真正的苏州人。

正因为条件的相对落后,现代化生活的滞后,这种良好的传统习俗的延续,才更能显示出情怀,也才更难能可贵,更与众不同。

这是"风貌"中的人和人的物质的和精神的生活,是人的气息,活色生香,才有了平江路的千年不误。

在平江路的风貌保护和环境整治过程中,始终把"人"作为第一要素。

对于过往的名人文人,尽可能地挖掘历史信息和文化内涵;对于今天的居民百姓,不搞"人房分离"。

"人房分离"是没有办法的办法,所以也不会去完全否定,在某些历史街区项目中,这也是其中的一条出路。只是,这个做法一旦实施,人就没有了,人没有了,街区的氛围也就完全改变了。人在,鲜活的现实生活才在;人在,独特的文化气韵才在。

在历史街区保护和整治中提倡的"以存其真",就是要留住老百姓的感情,避免街区成为"空城"。

设想一座新修的旧空城,一条新打造的旧空街,它能干什么?

恐怕只能唱唱空城计。当然，也会有它的一些作用，比如，可以接纳影视拍摄，可以让外地游客看看有地域特色的空空的建筑，也可以开一些旅游品商店，等等。

唯一无法重现的就是民间的真正接地气的实实在在的日子。

这个实实在在的日子，才是项目中的最亮点。

"所以，苏州的平江路项目，从一开始的顶层设计，就确定了回迁率不低于50％，80％房屋的功能仍然为居住功能，保持小桥流水一家人的生活场景和格局，适当开发并合理布置旅游商业，不使商业活动破坏街区的宁静生活，保持住这里的居住功能。"——是的，同样的一段内容，我使用了两遍。

2018年夏天，我在间隔了十多年后重新来到平江路的时候，我沿着平江路走，又转折到平江路上的支巷，一条一条地走，走了十多条支巷。

我之所以走这么多支巷，因为我重新感受到了从前的感受，尽管平江路上已经是店铺林立，游人蜂拥，但是只要你一转身，甚至只需要你的目光转折一下，你就已经有了"整旧如故"的感觉。

正如前文所述，"世俗的生活在这里弥漫着、走着的时候，很有心情一家一家地朝他们的家里看一看，这是沿街的老房子，所以是一无遮掩的，他们的生活起居就是沿着巷面开展着"……

以人为本，以人为首。人是需要居住的，人和人的住所，通常是相互影响，相互作用的。

如果说在平江路的整体风貌中，人是气数，那么平江路上的建筑群，则是气数所附之所。

这一个"群"字，充分体现出平江路建筑的大气候，风格一致却又错落有致，相貌近似却又各有你我，你看"贵潘"家的状元府和探花府，一笔写不出两个潘字，却也是同中有异，异中有同，典型的苏式宅第，不典型的个性符号。

平江路上，堪称古代建筑典范的大宅古居，一座连着一座，即便是普通百姓的三间瓦房，也造得有模有样，有形有状，也同样是精雕细琢，同样是典范民居。

成片相连，成群结队，苏州向来被称为"小苏州"，却在"小苏州"的一个小角落里，感受到了古建筑群的大气派。

也不用什么航拍了，你只要在平江路上走一走，再到各条支巷里去穿行一下，闭上眼睛，就能想象出来，这是一派何等壮观的群像。

这就是建筑群的风范，某一些单独的宅子，再大再辉煌，也达不到如此的效果，许许多多大同小异的宅子，密集地聚集在一个地方，你只需要踏上前一步，它们所传递出来的历史信息，它们对你所产生的精神感染，就扑面而来了。

所有这些，在平江路项目开始之前，或者，在平江路项目进展的过程中，决策、规划、设计、施工，无论哪一方，都牢牢记住，并全部都实实在在地落实在具体的实施方案中了。

这里还有许多数据和节奏，比如：80％房屋不动或尽量少动；比如：每一沿街沿河建筑的保护和更新的比例，都控制在3∶1—4∶1左右；比如：不搞大拆大建，没有急功近利；比如：明确平江路街区保护和整治的非终极性。

历史的延续，并不是单靠日新月异的变化得来的，更不是大踏步朝前就一定能够达到的，在古城保护这条艰难的路上，大踏步地前进，终点很可能会是中断。

在到处都"快"的环境之下，有时候，"慢"也许会是一种机会。给古城保护留出更多的可能性。

古城有幸。

也许并不是所有的人都喜欢古城,但是,在苏州和苏州之外,喜欢古城的人太多太多。

平江路有幸。

不是所有的历史街区最后都成为平江路,但是平江路已经成为"证明历史街区是可以走向永续发展"的平江路。

将平江路恢宏延绵的建筑群串连起来的,除了那些令人怦然心动的小巷和河流,还有许多的小桥。

苏州古城的最大价值,在于它历经千年风霜,却始终完整保存着建城初期三横四纵主要水系的格局——这几乎是不争的事实。有水,就有桥,水多,桥就多,所以有人称苏州为"桥城"。

当年,白居易来到苏州,他登上了一个高高的地方,他看到苏州的风光了,立即就吟出诗句来:

远近高低寺间出,

东西南北桥相望。

水道脉分棹鳞次,

里闾棋布城册方。

白居易很快又知道了,关于苏州的桥,是写不尽的,所以白居易又写道:

绿浪东西南北水,

红栏三百九十桥。

又写:

扬州驿里梦苏州,

梦到花桥水阁头。

还有许许多多的诗人写苏州的桥:

古宫闲地少,

水港小桥多。

斟酌桥头花草香，

画舫载酒醉斜阳。

……

水多，桥自然多，桥多，就形成了苏州的特别景观，成为苏州文化的一大特色，它们是保存古城整体风貌的重要纽带，更是保留历史记忆的重要因素。

我们可以看一下历史曾经记载过的数字：

南宋《平江图》：三百五十九

南宋《中吴记闻》：三百六十

清末史料记载：城内三百零九桥，城外桥七百

……

曾经在苏州，平均每平方公里有十五座桥。而远方的水城威尼斯，平均每平方公里有桥零点六六座，所以，如果说苏州是一座桥城，也不夸张。

仅一条平江路，有桥三十多座，说是"几步一桥"，同样不夸张。这个街区，几乎是苏州古城中现存桥梁集中最密的地区，也是双桥构造最多、历史最悠久的地区。

正是这些桥的存在，使得千百年后的平江路，依然能够畅通邻里交往，依然能够让人感受到独特的空间环境。

既然要专门写桥了，我终于有机会可以过把瘾了，把我所能知道的平江路上的桥统统列出来：

苑桥、思婆桥、寿安桥、雪糕桥、南张家桥、积庆桥、苏军桥、众安桥、新桥、朱马交桥、通利桥、唐家桥、胡厢使桥、保吉利桥、庆林桥、奚家桥、潘家桥、石家角桥、华阳桥、虹桥、中张家桥、东板桥、通济桥、耦园东桥、新桥里桥、南开明桥、中家桥、北开明桥、徐鲤鱼

桥、顾家桥、郭家桥、苹花桥……

在北方干旱缺水的城市，恐怕难以想象，一座古城，一座水城，在它的无数条街巷中的某一条街上，就集中了这么多的桥，应该是街区桥之天花板了。

苏州的桥，平江路的桥，不仅多，而且造型各异，而且，有故事。

我们来走一走平江路上的桥，看看它们的样子，听听它们的故事。

寿安桥，始建于唐朝，宋《平江图》、明《水道图》均标注"寺后桥"，因桥前有唐代古刹资寿寺而取名。《吴郡志》"乐桥之东北"则载有"资寿寺东桥、资寿寺西桥、资寿寺后桥"。《姑苏志》则载有"资寿寺桥二、资福桥"等名称。清初改为"资福桥"，同治年间又改名为"寿安桥"。今名寿安桥。1960年曾拓修。1985年，改建为石梁平桥。桥长4.4米，宽4米，高2.3米，跨3.8米。保存宋代建制。桥面由六条石梁并列而成，下部平直，上部两端稍低，当中微降，略有拱势，造型十分流畅。南侧边梁及北侧第二根梁为武康石梁，其余四条花岗石梁，由于年代或产地不同，呈现深浅不一的色彩。武康石上刻有"重建寿安桥"，北侧是移来的康熙年间"寿丰桥"桥栏。东西桥台排柱各有五条武康石组成，镶有"癸亥"年代、捐银"拾两"字样，可见此桥主体是宋代建构。桥栏石雕实腹，中间书写桥名（已风化）。桥畔立有桥名及建桥资料的石碑。

胡厢使桥，始建于宋前期，宋《平江图》，明《水道图》，清《姑苏城图》均标注"胡厢使桥"。因胡厢使巷后来称呼成"胡相思巷"。桥以巷名，桥跟着改成"胡相思桥"。清末《巡警图》已标注"胡相思桥"。2005年恢复定名为"胡厢使桥"。清乾隆九年（1744年）重建，为单孔石拱桥，按清代典型的花岗石拱桥修建，金刚墙夹青石和武康石，是一千多年悠久历史的见证。桥西堍南侧金刚墙上还有一方"桥神土地"刻石遗迹。1983年和1988年两次修建加固,现为石级拱桥,桥长13.2米,宽3.7米,跨径6米,花岗石雕实腹桥栏,桥额刻"重建胡厢使桥",东堍踏步13级,西堍踏步12级。桥面中间石板上,雕刻轮回纹浮雕,隐寓佛家"生死六道轮回"的观念,劝人行善积德。桥孔拱券的外沿,还有一圈凸起的拱眉石,更增强了桥的立体美感,是街区内仅存的一座单孔石拱式古桥。

雪糕桥的故事是这样的:昔张孝子抟雪为糕奉亲。孝子逝世后,里人将其就地安葬,后在墓旁立祠祭祀,并以孝子事迹,将肖家巷口小石桥命名为雪糕桥——孝子的故事。

朱马交桥,年深坍坏,蒙运判府郑侍郎助钱三千贯,提举宝章判部赵郎中助钱二千贯,长洲判县龚郎中助钱一千五百贯,并系十七界会重行展阔建造——众筹捐助公益事业的故事。

2021年12月8日,多少年以后的这一个冬日,我站在平江路通利桥的桥边,通利桥和朱马交桥是双桥,一横一竖,手牵着手,守护着平江路和平江河。

踩着古老的石条,一直朝南望,游人不多,可以一眼望到平江路上的好多座桥,在这里,几乎每一座桥,都是有户口有档案的,它们的前世今生,就在桥旁边立的那块牌子上。

其实,也许根本不用去看那块牌子,你只要站在这里,你就知道了一切。

难怪,有人曾在网上发问:为什么平江路上到今天还有这么多桥?为什么平江路上的桥看起来还那么坚固?

千百年的石桥,代代流传的故事,是平江路的珍贵留存,在街区风貌保护和环境整治过程中,这些留存,不仅本身完好地继续留存下来,工程中更是清除了桥周边或视线抵达处的与整体风貌不协调的、影响视觉空间的、具备拆除条件的建筑,更加突出了古桥之地位、彰显出"桥的街"之特色。

就这样,平江路上的桥,在熙熙攘攘的人群中,愈发显现出它们的沉静和定力,它们默默无语的身姿,就是我们心灵寄托之处,你走到桥边,你站在桥上,哪怕,你远远地看着它,你就安静下来了。

这是桥的历史和历史的桥带给我们的定力。

很惭愧我没有好好做功课,一条街上有这么多的古桥、老桥,我不知道算不算得上什么什么"之最",什么什么"第几"。我只是觉得,"之最"也罢,"第几"也好,都不重要的,重要的是我们和平江路上的古桥、老桥互为见证,我们见证了它们的千百年的生命,它们见证着我们经历了一个又一个的时代。

在平江路上,和我们互为见证的,除了桥,还有井。

如果说古桥是一条一条的彩链,串连起街区的完整风貌,分布在街区的每一个角落的许许多多的古井,就是一颗又一颗零散的珍珠。

据历史记载,苏州在清代,有井2万口;20世纪50年代,有井1万口。

据资料显示,2004年前后,苏州有过一次全市古井老井普查,由市文保所负责,走遍大街小巷,寻访了2000多眼井,确认当时苏州古城尚存古井650口。

官井、义井、公井,组成了苏州古城遍布的文化符号,几乎每一口井,都有传说,都有来历,都有价值。

一个古城区,有井和没井,多井和少井,风貌一定是不一样的。

2021年7月14日下午,我在平江路"右见咖啡"书房,见到了几位"老平江",他们都和平江路有着深长的联系,有着浓厚的情感,他们对平江路,了如指掌,耳熟能详。我简直是大喜过望,情不自禁。

李永明教授,1938年出生在苏州,小时候家里经济条件差,三天两头搬家,后来搬到仓街三管弄、仓街塔巷附近。所以李教授从小就一直在平江路一带生活,"南北向的临顿路、平江路、仓街、临顿河、平江河、相门至灯门城楼城墙以及内外护城河,包括东西向的各条支巷、支流,都有我的身影",那是一个典型的"小平江"的身影。

后来李教授参军去北京,再转业回苏州进了高校,安排的住处又在平江路,"熟悉的街道里弄、熟悉的河道水巷、熟悉的粉墙黛瓦、熟悉的石坊牌楼、熟悉的小桥流水、熟悉的枕河人家、熟悉的园林会馆……"一住又是几十年,从典型的"小平江"成为了典型的"老平江"。

于是,退休后,李教授利用每天八千步锻炼的形式,在几年时间里跑遍了平江街区及其周边地域的大街小巷,"包括犄角旮旯,最多的地方走了不下一二十遍,最少的也有三四遍,下雨天就在家里看书、上网、查资料,天晴就走出去实地了解情况,看控保建筑、从周边邻居老人那里打听,最好遇到故居评价的后代族人,内容真实、详细、可靠……"

一位学工科、搞雷达的教授,在耄耋之年,完成了一本资料翔实、文字优美的《古城缩影 千年平江》,有八大篇章:南北向贯穿带;桥梁的身份和历史;天下无第二家:贵潘;苏州第二潘:富潘;传统观念传承;文化保护博物馆;街区彰显的艺术;璀璨的古建筑。

在《古城缩影 千年平江》一书中,有一个章节是专门写井的,李永明写道:"苏州人称井为泉,据资料统计,苏州在新中国成立前尚有民用水井约两万口。水井类型有单眼井、双眼井、多眼井,井圈造型有四方形、六角形、八边形、圆筒形、盂形、圆柱围合形等,井圈质地以青石、黄石、武康石、花岗石为主,用砖砌、水泥混凝土比较少。井也是枕河人家最重要的生活饮用水,平江历史街区内的井泉据不完全统计,约有一百多口,故有'十泉里'之称,居民庭院大多有自凿水井,大户宅院经常会出现二三口井,潘宅一户就有五口井。

清冽甘甜的井水哺育着平江人,庇荫着平江人,它们见证了街区的古往今来的历史,也是街区文化的重墨符号。"

我想把这本书推荐给所有的人。我要推荐给到过平江路、喜欢平江路的人,也要推荐给不知道平江路的人。

但是我却无法在这里更详细地介绍它,我只能说,平江街区的一切,早已经融入李永明的生命之中了。

只是,那一天我们在平江路"右见咖啡"见面聊天时,李教授起先简单地介绍了一下平江路的情况,大致意思是这样的:从平江路可以看出苏州市原来的面貌。平江路里,真正的建筑,大型的古建筑都在支巷里。因为平江路它是南北向的,房屋都是东西向,平江路有一个特色,它的非物质遗产比较多,比如说在纺织方面的织锦、丝绸、刺绣,这些非物质的遗产非常丰富,在门店里面就可以做日常用品、旅游物件、文创产品。大多深宅大院都是在支巷里,我写这本书的时候,当时的想法就是很原始的想法,就是看看把平江路上的人能不能放到这里,都到支巷里面去。我梳理了一下,支巷里大约有 43 家文保建筑、控保建筑。这些现在看来有点支离破碎,真正整齐的不多,比如说像状元府还算是完整,还有安徽会馆也比较完整,很多现在都是不完整的。

但是很快,李教授话锋一转,话题就引到张英缨书记那儿了。

钮家巷社区党委书记张英缨也一直陪同着我们的采访,但是她太忙了,一会儿一个电话,一会儿有人找,就在她出去接电话的时候,李教授说起了"张书记"。

"我开始对街道干部不是很熟悉,但是后来有几个事情让我很震撼,受教育很深的。我们社区的张书记,是兵后代,爷爷是当兵的,爸爸是当兵的,是在当兵的院子里长大的,所以她干练得不得了,讨论问题,只要大家意见一致,她就一锤定音,从不拖泥带水。

"她做了一件非常好的事情,就是整治钮家巷的井。这也是平江路历史街区的一个特点,就是古井多。按照老的生活方式,大家都是用井水的,现在的平江路的人还是在用井水,井水好啊,是冬暖夏凉的,冬天你可以到井台上去洗东西,夏天可以当冰箱,放一个东西在井里头,它不会坏,放一个西瓜进去,它可以冰镇一下,而且井又非常干净。

"再则,井的名字都是有文化的,例如洙泗井,我小时候就是住在洙泗井边上的,喝洙泗井水长大的,洙水和泗水是孔老夫子讲的,所以喝了水就有文化。当年和我同龄的有三个邻居,大概都是喝了这个井水,所以都大学毕业了。所以多少年下来,人们还在用井。所以张英缨书记就从社区中的9个党支部里挑出一些人,组成了一个古井文化宣传队党支部,因为大多是老年人,称为'银发党支部'。用三年时间调查研究,然后再对这些进行数据分析,然后对街道上的每一口井重新恢复,加盖,然后再建立档案。

"最后,还制定了井的维护方案,确定保管负责人,进入长效管理。仅一个钮家巷社区,就有24口井,这24口井还出了一套丛书。"

这里所说的钮家巷社区的24口井,基本上都是公井,因为在私宅里的井通常是没有名字的。张英缨是市人大代表,她提了建议,现在有了结果:姑苏区已经决定,要把古城区的720口井进行全面的维修。

从古井说到街道社区干部,李教授和甄老师异口同声地夸赞张英缨,自己没有私心,全是为居民办事情,个性好,工作爽快,所以老百姓都很拥护。"她总是第一个上班,最后一个下班。"

平江街区的社区干部,工作压力尤其大,既是居民居住区,又是旅游区,外地来人多,会影响原住民,原住民的生活习俗,也会影响外来人,管理起来真不容易。社区干部在最基层,就是代表政府形象的,老百姓一有事情,想到的就是社区干部。

就是在这样的满负荷的工作状态下,张英缨书记还是带领大家把钮家巷社区的24口公井维护、清淤、管理,并且进行了文化挖掘,让古井老井焕发青春,让它们在平江路街区散发出更多的历史信息,传递出更多的生活烟火。

我拿到一本名为《古井 老井》的小书,就是姑苏区平江街道钮家巷社区编撰,里边有钮家巷社区古井老井的详细分布图,标注了24口古井老井的位置,有一个钮家巷东大园5—2号老井自治公约,内容如下:

古井老井需管理,党员群众齐上阵;
使用完毕反盖关,保护水质靠大家;
清淤工程不容易,垃圾污水勿倾倒;
保护栏圈不受损,责任监督你我他;
挖掘丰富文化井,井边居民共诉说;
居民大院邻里亲,围井而居生和气;
共同保护姑苏眼,古城保护齐努力。

——2018年1月15日大院居民民主协商通过

然后就是本书的主要内容,24井的详细介绍,有图片,有文字,有口述,有摘录。我在这里选用两个:

古井：

洙泗井（清）

参数：井深 6 米，井壁青砖，六角形花岗石井栏圈，内孔 34 cm，外径 56 cm，高 33 cm

清淤时间：2016 年 8 月 8 日

口述人信息：仓街　石秀吟（89 周岁）

洙泗泉是一口古井，是光绪年间开凿的，已经有一百多年的历史了。以前这口井水是我们全部的生活用水，淘米、洗菜等全部都靠它。井水是不可再生的珍贵资源，我们需要好好保护。

洙泗泉开凿于光绪戊申年（1908 年）。井圈五面题刻，分别为"洙""泗""泉""光绪戊申""自治局官井"。"洙泗"，即洙水和泗水。古时二水自今山东省泗水县北河流而下，洙水在北，泗水在南。孔子在洙泗之间聚徒讲学，后因以"洙泗"代称孔子及儒家。此井在原长元县学东门北。"井水"与"进士"的读音相近，传说读书人饮用此井之水，有助于科举考试高中进士。清代葛临绪有诗一首：古井澜翻进庙堂，石惊天破水泉香。汲来修绠原无底，洙泗渊源一脉长。

——摘自《苏州古城漫话随记》

老井：

钮家巷 5—2 号门前老井（1958 年）

参数：双井，井深 6 米，井壁青砖，六角形井栏圈，高 18 cm，直径 30 cm，外径 44 cm。

清淤时间：2016 年 7 月 13 日

口述人信息：原居钮家巷　阮涌三（71 周岁）

这口井是双井，造于 1958 年，是我小时候亲眼看着挖的，至今已经有59年的历史了。原来的钮家巷是一条河,在1958年进行填河工程后,附近居民生活没有水源了,便向市政部门申请开挖了这口公井。我们以前经常用井水的,通了自来水后就比较少用了。

钮家巷社区的居民,大多是"老苏州""老平江",也许,对他们而言,其实完全不需使用"遗产"或"历史"这样的词汇,因为他们一直就是身在其中的,守住身边的古井,也不是什么使命,也不需说什么意义,那就是他们的生活。20世纪80年代自来水普及后,井渐渐荒废了,有人会随手往井里扔垃圾,他们看着井被糟蹋,很心痛。2015年,钮家巷社区的十多位居民自发成立了治井志愿者队伍,配合社区居委会,在对这个区域的24口老井调查摸底,请专业人员进行疏浚清淤后,又挖掘每一口井背后的历史文化,以后的日子,他们每一周都要对这24口井巡查一遍。

2021年12月8日,我再一次从北口进入平江路,本来我要急着往南,我要去的巷子很多,我要去看的点也仍然很多,所以我的脚步匆匆,可是就在经过228号门前的时候,我看到路面上有一口井——万斛泉。

它静静地站在石子路上。

它的周边,空空荡荡,无垠无限。

我没有去查寻万斛泉的有关资料,我也不知道有没有关于万斛泉的资料,但是古井周边的空间,似乎有一股力量,挽留住了我匆匆的脚步。

平江路上,店铺一家连着一家,如果不是有明确目标的,是很难做到每一家都给予关注的,这个228号,本来我已经经过它,甚至是忽略它了。

却因为这口古井,我停了下来,关注了它,它是"和府捞面"。

我记住了"和府捞面"。

3. "鸟鸣山更幽"

在平江街区整个保护整治工程中,平江路沿街面近 3 万平方米传统建筑得到修缮。这些建筑修缮以后,公司决定,全部都以注入产业的形式投入使用,使其重新焕发自身的功能活力。

换句话说,就是平江路沿线的房屋,全部都搞成商铺。

这是一个需要承担风险的决定。

沿着街面全部都是商铺,从前所说的"一条平江路,半部苏州史",很可能成为今后的"一条平江路,观前加石路"。

其实在全国各地的旧城旧镇的修缮整治中,许多地方着力打造商业街,以吸引游客,提振人气,提升 GDP。开始的时候也还是有一些赞扬之声的,但是随着现实中出现越来越多的同质化旅游和商业模式,让人大倒胃口、大跌眼镜,加之社会进步、人们理念的提升,对于在古街区搞这样的商业开发,不同的看法、不同的声音越来越多。

当然,我们也不能将那些开发商业街的举措都归为失败的教训,但至少,它们不是唯一的模式,不是古城古镇古街区保护整治的唯一方向。

何况是平江路。平江路的唯一性,决定了它不可能照抄别人的作业。

但是,沿街开满商铺,难道不是别人做过的作业吗?

是,又不是。

多年过去了,走在今天的平江路上,果然沿街面全是商铺,简直眼花缭乱,目不暇接,我就随便记录几个店名吧:

春上江南茶馆,香洲扇坊,荷言旗袍,太湖雪丝绸,卢福英苏绣制作中心,绿杨裁缝铺,牧锦记汉服,时光密码创意杂货店,摩登红人,东吴张记,爱雅珍珠坊,妈妈菜馆,平江老菜馆……

这些商铺大致可分为几类:

非遗、民间工艺类:砚雕,苏扇,丝绸,苏绣,旗袍等等;

茶文化类:茶室,茶具,茶叶,茶食等等;

饮食类:菜馆,小吃,精品酒店,土灶风味等等;

杂货类:小手工,日用品,文创产品等等;

还有艺术类展示类的场所:评弹演出,书画展销等等。

平江路南北路段共有商户400余家,近年来,平江路的网红打卡店也是层出不穷,日新月异,尤以一些风味小吃最多:辣妈小吃,稻驿亭,坛肉卷饼,随柳居……只能适可而止少写几个了,我已经垂涎欲滴,又要拔腿去平江路了。

令人称奇的是,尽管这里商店林立,人头攒动,烟气升腾,处处体现出一个"商"字,平江路却仍然是那个素淡的平江路,仍然是那个雅致的平江路,即便是大红灯笼高高挂起,也涂不掉那一抹永远的青灰,即便是五彩缤纷的店招纷纷立起,也染不出一点点的花里胡哨。

平江路是有定力的。

这个定力,就是它的整体风貌;

这个定力,就是它的环境定位;

这个定力,就是它的历史信息。

我想起在古保委的时候,朱依东主任也谈到过这个话题,朱主任说:"其他城市的很多保护方式,基本上都是商业街的模式,但是我们有别于他们的一方面,是我们的有原住民。"

或者,就是因为有原住民,他们的日常生活的气场,是"苏式"的,是千百年延续而来的,所以,它们不仅是百味不侵的,它们还不断地从平江路的各个支巷、各个角落渗透出来、散发开来,中和了一个"商"气,和谐了一街的色泽。

也或者,因为平江路上所有的这些商铺,都是"苏式"的,除了那些有鲜明苏州符号的苏绣、旗袍、绢扇、评弹,即便是最新潮最时尚的奶茶店、最北派最大众的冷饮店,也都被苏州深厚的文化气息感染了、浸润了,成为了苏式的时尚。

更或者——

我想,与其在文字中不确定地"或者""也或者""更或者",我还是去感受一下平江路上的五彩缤纷中的淡雅吧。

于是,有一天,我走进了"春上江南"。

平江路上的茶室、茶馆、茶坊很多,算上评弹茶室,再算上供应简餐甚至正餐的茶室,总数不下于六七十家。我并不是随意走进这一家的。如果让我随意走一家,我肯定会目迷五色无法确定。幸好有平江历史街区保护整治有限责任公司的推荐,我才心中有数,认定了"春上江南"。

但在去"春上江南"的那一天,我却并没有和他们相约,我还是钟情于"随意"两字,走着瞧吧,看到什么是什么。

我和冯婷刚一踏进去,迎面就出来了一位气质美女,她并不知道我是要来采访"春上江南",她微笑着请我们进去,我们就是她的平常的普通的客人。

接着我就必须自我介绍和说明情况了,否则就像密探卧底了,我说我是公司介绍来的,来找老板吴晓帆。

她就是吴晓帆。

我说,抱歉,事先也没有约,恰好碰上了,很开心。

她说,她也很惊喜。

我们坐下后,吴晓帆就端来了西瓜,说,这西瓜很新鲜的,是老家拿过来的。

我一听,赶紧探询:"你不是苏州人?"

下面就是吴晓帆的介绍,她是福建人,她先生是江苏盐城人,她的店"春上江南"既是茶馆,也是一家销售茶具的店,店堂里摆放着各种各式漂亮的茶具,琳琅满目、异彩纷呈。

春上江南两层楼,200平方面积,和平江路沿街的大部分商铺店家一样,店面是租的,产权属于政府。"春上江南"在开到平江路229号之前,就在平江街区的大儒巷有了店,现在那里就是总店了。总店是2015年7月份开张的,开始的时候,做各种艺术培训,包括花道、茶道、书法等各种培训,同时也卖一些茶具之类的。开始也没有想到,这些茶具后来吸引了全国各地的客人,好多人都成为"春上江南"的老顾客了。

后来逐渐地考虑到需要在一个主街上、人流更大的地方开个店,所以在2019年10月,搬到了平江路沿街,现在是两家店都在开,因为大儒巷正在修路,就暂时把大儒巷的店铺当个仓库,然后再调整一下,重新把它开出来。

吴晓帆的气质,应该就是最典型的江南茶文化的代表了,内敛而干练,在她身上完美地结合,中和成平江路上的一道特别的风景线。

我有点好奇,一个福建女孩,怎么会跑到苏州平江路开起了茶馆?

吴晓帆是2007年大学毕业后到苏州的,因为学的专业是播音主持,刚来的时候在苏州电台待了三四年,后来就自己出来做独立主持人了，有人需要录个音、录个视频，或者有活动需要主持人，她都能接手，时间上也会比较自由。当时她家住在双塔小区，离平江路很近，经常就过来散步，一散步，就爱上了这个地方。

在平江路开店的想法也就自然而然地形成了，只是当时平江路沿街的店面十分抢手，一铺难求，就先到了大儒巷。

吴晓帆介绍"春上江南"主要是经营茶具，然后才是喝茶，喝茶目前不是营业额里最主要的收入来源。

吴晓帆说："因为我们不是很着急的，我们的目标就是以茶具为我们的特色、为盈利点，所以我们的茶馆没有去很好地宣传，最近想要重新整合一下，调整一下我们的内容，再做宣传。所以，茶馆目前人不是很多，虽然目前喝茶不是我们的主业，但是接下来我们会把它作为一个重点项目，它也许不是我们的主要盈利项目，但它会是我们的一个重点项目。

"因为我们原来在大儒巷开了一个'春上学堂'，做艺术培训，我们做了很多有趣的活动，有花道、茶道、书法、绘画这种传统的，也有一些吉他、声乐等中西合璧的。我们觉得所有让我们生活更美好的那些课程都可以请老师来跟大家一起分享，所以我们当时有很多课程，有很多的活动都很受欢迎。

"接下来我们茶馆做调整的话，也会做很多的活动，茶馆其实就是一个客厅，我们开在这里，我们会认识很多朋友，也会有很多的故事，以前我们开学堂的时候，是希望让人有归属感，我觉得茶馆其实也可以做得很有归属感，很有故事感，就像老舍茶馆那样，有很多故事，因为我们也会碰到很多有趣的人，所以接下来还是会多做一些活动。"

言如其人，吴晓帆给人的感觉，就如她自己所说，"让我们生活更美好"，这是她的努力方向。

我向吴晓帆请教,在平江路上开店,是专做喝茶业务在经营上会好一些,还是销售茶具更好一些。

关于经营、关于在平江路上经营,吴晓帆是有她自己的与众不同的理解和想法的,如果纯粹做茶馆的话,就目前平江路的情况来看,其实不是特别好做,因为平江路的房租不低,现在平江路上的茶馆基本是以评弹茶馆为主,一边喝茶一边听评弹,不是非常单纯的那种喝茶的茶馆。但是吴晓帆坚持不做兼听兼喝的模式。

"我希望大家坐下来好好喝茶,真正品尝一下茶的滋味,再随意地聊聊天。"

这是吴晓帆对"美好生活"的想法和向往。打开话匣子的吴晓帆,一点也不掩饰自己对于平江路、对于苏州的喜爱。

"首先我是在这里工作、在这里生活,在青石板路边上、小河边上开店,我自己觉得很惬意,每天在这里迎来送往一些客人,然后我们这些店主们还会经常相聚,一起聊聊今天的生意、业绩之类的,或者也会看看其他地方哪些店做得比较不错,我们可以分享一下经验,反正是一群在平江路独立的创业者、追梦人,大家都觉得很好,生活在这里很舒服。"

在平江路上开店的,好多都是外地来的人,有许多人离开自己家乡,会有孤独感,吴晓帆却没有。

"我觉得平江路很神奇,给人一种很强烈的好像是自己家乡的感觉,让大家在这里很能够放松下来,有自己的沉淀,又很有生活气息。我们接触的好多的我们商会的那些人,我们经常在一起开会,大家都觉得很喜欢平江路,发自内心地觉得在这里生活很舒服。"

我听她这么说,心中小有得意,因为我是苏州人嘛,有人夸自己的家乡,总是开心的,吴晓帆几次用到"惬意""舒服"这样的词,我想,这个跟苏州的文化是大有关系的。

  苏州文化包容、不排外,苏州人性格也比较温和。在我平时的交往和印象中,有好多在苏州经商的人,时间长了,甚至比苏州人还要更热爱苏州,什么头汤面,什么水包皮、皮包水,他们对苏州的饮食、对苏州的文化谈起来头头是道,是发自内心深处的认同和欢喜,许多日常生活中的行为举止和习惯,也已经苏州化了。

  就在平江路南段,即干将路至东北街这一段1.6公里街上,绝大部分的店铺,都是跟街区(政府)或者跟私房的房东租的,其中使用自家的房屋开店的,少而又少,但是我却于心不甘,总还想挖出一两个典型来看看。

  对于我的这个问题,吴晓帆想了半天,也没想出来。

  "原来这里的房主,他们大多就是做房东了。他们好像实力都蛮雄厚的,基本上不会自己开店,或者有的都在国外,而且房租也比较高,这个收入是很可观的。坦白地讲,开店其实还是需要蛮多想法的——自己做的好像真的没有,或者我们不认识,因为我们有个平江路商会,里面有六十几个会员,我都没有听说过谁的店面是自己的。"

  吴晓帆是有切身体会和经验的,即便是在平江路上,经营的压力还是很大的,看上去人流量很大,但是如果没有想法,人流就流不到你这儿来。吴晓帆说:"我们做陶瓷,首先要热爱陶瓷,热爱陶瓷,才会懂陶瓷,然后你才会跟你的顾客有同频共振的感觉。"

  吴晓帆的先生姓崔,江苏盐城人,他原来是从事金融业的,后来竟被吴晓帆的事业打动了,看到希望和未来,感觉创业更有奔头,就放弃了原来的职业,夫妇并肩战斗了。

  崔先生也和吴晓帆一样融入了苏州的生活和文化,他谈起许多盐城人在苏州的日子,他们还做过一个盐城商会的大型活动,当时是吴晓帆做的主持人。在苏州工作生活的盐城人特别多,有一百多万,那还是好几年前。因为不断地有人口流入,所以苏州经济蓬勃发展,社会发展越来越快。平江路上的店主,来自全国各地,崔先生说了一个例子,平江路上绿杨裁缝铺的杨老师,四川人,十几年前来苏州旅游的时候就爱上了这个地方,他就留下来在这开店了。

吴晓帆也介绍说,比如我们商会的秘书长,是浙江来的,开的鱼食饭道。

大家来自五湖四海,但是有一个共同点:爱苏州,喜欢平江路。

喜欢一个地方,喜欢到把自己在老家的根都拔出来,再深深地扎在他乡,扎在平江路。

这种情感,深而且真,自然却又执着,不是简单听听别人的鼓动就能动心,也不是急功近利的目标能够吸引的。

其实我知道,平江路和平江路周边的小巷里,每个小店每个店主都会有故事……

我看到有文章介绍过一个女孩,爱写诗,爱画画,2014年来苏州旅游,在平江路的大儒巷,走进一家"原创首饰 & 绘画小店",喜欢上了店里的花花草草和各种挂件小物,加了老板的微信,竟然就加出了一段奇遇,一桩美好的姻缘,然后他们结婚、生娃,共同打理这家奇遇小店。

这样的故事,这样的奇遇,在平江路,在平江路街区,何止一处,何止一家?平江路,每一天都有奇遇。

而这许多奇遇,并不只存在于故事里、童话里、《浮生六记》里,它们是现实生活中最真实最有温度的奇遇。

你觉得沈三白与芸娘的爱情故事很远吗?其实那样的美好,就在我们身边。古城处处会有奇迹的。因为它是古城,因为它有无数的积淀和说不尽的美好。

平江路街区的商业业态正在朝着越来越多元的方向发展,它包容与接纳着越来越多的年轻人来此创业,来创造美好;而年轻一代的创造,更使得平江路充满了活力,和年轻人一样的年轻。

更重要的是,业态虽然多元,但平江仍是平江,它不会变成观前,不会变成阊门石路,也不会是山塘街。

我想,一方面是因为平江路的定力,另一方面,在平江路创业的年轻人,他们的创业理念,和平江路气味相投,他们被平江路的氛围感染,平江路又因为他们的坚守而没有泯灭个性。

正如吴晓帆所说,平江路上都是店,但是客人反馈却说,平江路不是商业街,至少是没有商业化,所以很多客人愿意来了又来,有很多老顾客,每次来苏州,都要逛平江路。

经商开店,就是要赚钱的,平江路的店铺,也是要赚钱的,但是这里的店主们好像相约好了似的,都不那么着急。不像有的地方,有些老板只想赚快钱,客人喜欢什么,就赶紧卖什么,连叫带喊赚吆喝抢客人,连空气里都布满了焦虑急躁,让人心神不定。

平江路不一样。平江路整体的氛围是平和的,让大家的心能够在这里安静下来,找到归宿,在这里,大家愿意沉下来做事,好多的业态都是从很小的小店开始的,像崔先生介绍的那个四川杨师傅的绿杨裁缝铺,就是从一个小店慢慢开始,坚持下去,要做品牌,就不应该那么着急,在平江路,是一个最好的能够沉淀积累的地方。

从商业的角度说,平江路也是一个很好的品牌孵化的地方,很多品牌就是诞生于平江路,然后越做越好,向全国辐射。比如"猫的天空之城",最早就是诞生于平江路,现在全国大约有六十家店了,成为一个国内知名的文化品牌店。

类似的平江路原创店很多,平江路特别注重品牌化,很多人创了自己的店、自己的品牌,把它发展壮大,并且衍生出来更多的内涵。

这既是苏州古城和苏州平江路的坚守,也是时代给予的机会,早期的旅游纪念品因同质化和粗制滥造,很快被大家所厌烦、所抛弃,这个时候,平江路异军突起,以有个性的、有鲜明地域特色、有创意的新的品牌商品,使得一条明明是开满店铺且门庭若市的商业街,却能够给人"蝉噪林逾静,鸟鸣山更幽"的感觉。

崔先生深有感慨地说:"所以,我们所有在平江路这些创业、生活的人,就是很珍惜这条路给大家的感觉,珍惜自己的羽毛,得做好,才能对得起历史文化名街这个称号。"

说得真好。

我走过一些平江路的店铺,能够充分地感受到店主们的热情、乐观,吴晓帆就是其中的一位给我留下深刻印象的创业者,那天我们聊了一些话题,也聊到过困难,比如我们聊到最近一段时间附近修路比较多,停车比较难,吴晓帆说了一句"将来会更好"。

这样的心态,决定了商家耐心的有品质的经营作风,这样的耐心,在滚滚向前的历史大潮里,显得尤其珍贵。平和的努力,不张扬的奋斗,这本来就是苏州人的性格特征。钱,肯定是要挣的,不挣钱就没有店铺,就没有平江路,但又不是一味地奔着钱去,如果一味奔着挣钱,会很焦虑,可能也就不太适合在平江路经商。

在这里,人和街区、人和店面,是互相选择的,你选择了我,我也选择了你,都是互相支持、相得益彰。

所以,吴晓帆觉得她很幸运,当初离开电台的时候,反对的人也挺多的,因为总觉得女孩做这个工作比较稳定,但是她还是跟着自己内心的声音走了:"现在回头看看,感觉现在的生活就很自由,就是我想要的那种。"

我记得我们刚刚进店的时候,围着茶桌坐着喝茶聊天的除了吴晓帆夫妇,还有一位妇女,我们坐下后,她就笑眯眯地走开了,后来我问吴晓帆,刚才坐在这里一起聊天的是谁?

吴晓帆说,是我妈妈。

从"春上江南"出来,往南,走一段路,就到了平江路112号谢友苏美术馆,因为我联系的嵇老师出差到贵州去了,所以我们只是进美术馆转了一圈,没有再找人聊天采访,就默默无声地感受一下,也挺好。

在平江路上,无论你怎么着,都挺好。

白墙黛瓦的二层小楼,透着古朴幽雅的静谧之感。小小庭院,朱廊环绕,花木扶苏,生意盎然。

进门展厅陈列谢友苏《平江市井》主题的工笔绘画数十幅。观其市井人物画,朴实严谨、神韵生动,形成了自己鲜明的个性。所记录的百姓真实的生活状态,描绘了一个正在遗失的值得人慢慢品味的时代。

我们进去的时候,店员正在接待一位打听一本画册的客人,我没有细听,就任凭自己的想象和读者的想象去自由地飞翔吧。

出来,接着就要去张凉的香洲扇坊了。

再沿着平江路朝南走几步,从112号走到106号,就是那个地方了。

香洲扇坊又称为"苏扇博物馆文创产品店",在平江路沿街线,面积应该算是比较大的了,有160多个平方,一层楼,2020年的10月11日这个店开张。

政府(公司)把屋顶和墙面搞好,其他都由租户自己装饰布置,店里店外的装饰布置,都是由租房自己设计施工的。

张凉在这里花了一年多时间，花了一百多万，他是用心去做的，修旧如旧。门口原来有一棵树，不好看，影响视觉，张凉特意去买了一棵很漂亮的桂花树，把它换掉。包括房子的门头等等，都是张凉自己弄的，基本保留了它原来的建筑。很多地方都是纯手工的，是自己的作坊里的工人做的，比如店铺里的窗，都是榫卯结构的，都很讲究。

是的，这个店铺，配得上"苏扇"这两个字。

走进店铺，立刻就目不暇接了。这真是一个苏扇的大世界呀，简直包罗万象，精心的布置、机巧的搭配，将品种繁多的苏扇一一呈现，给人的感觉，既可以欣赏苏扇的艺术，又等于在看一场精美高雅的演出——这些扇子，呈现在店铺里，它们是活的、是有生命的、有感觉的、是会感染你、打动你的。

张凉的这个苏扇文创店重点开发苏扇文创产品，主营檀香折扇、檀香宫扇、吴门名家书画折扇、书画团扇、吴门名家书画及其他苏工工艺品。

苏州制扇历史悠久，主要有绢宫扇（又称团扇）、折扇和檀香扇三大门类，被誉为"苏州雅艺"。2006年，"苏州制扇技艺"被列入第一批国家级非物质文化遗产代表作名录。

而现在在我面前的张凉，就是其中的代表人物。

我们一见面，张凉就和我攀起了往事，原来早在二十世纪八十年代末，我们就曾经是苏州市青联的委员，一晃三十多年过去了，我已经没有什么印象了，但是我们共同记得的当年的朋友们还好多，我们一一提及他们，往事也就浮现出来了。

张凉告诉我，那个时候，他是作为个体户的代表参加到青联的。

八十年代张凉就读苏州工艺美术学校，学的是工艺雕塑专业，毕业后分配在苏州檀香扇厂，在厂里待了五年。到1987年就辞职出来单干了。那个时候他怎么会想到出来单干？张凉的回答非常实在。

"我也就20岁出头，头脑也简单，记得当时的银行利息是12%，而我的工资差不多有九十块钱，所以我出来单干，开始的时候并没有想要挣多少多少钱，我想我只要能够赚到一万块钱，我就变成万元户了，我把一万块钱存在银行里面，银行里面有12%的利息，一年的利息等于我工作一年的工资了，还有当时许多国营工厂都有集资，利息更高，有的达到18%甚至20%，那时候对集资是完全没有风险概念的，所以我就想象我可以一辈子不上班，吃利息，我就可以干自己喜欢的事情，比如说我喜欢的雕塑或者绘画什么的。"

张凉的想法真是既真实又可爱，让我们重新看到了八十年代年轻一代的对生活对自由的向往和追求，回想起那个年代的热情和理想。

张凉恐怕自己也没有想到，20多岁的他，这一步走出去，就是一辈子的压力和努力。

不是我不明白，而是这世界变化快。

后来很快张凉就知道了自己美好的理想一直就在天上飞着，他得用一辈子的努力去追求它。离开公家单位，什么保障也没有了，无论劳保、医保什么保都要靠自己的双手去挣去保。这些东西，原来在单位的时候根本不用你自己考虑的，苏州檀香扇厂属于集体企业，张凉在厂里是国家技术25级干部，是吃皇粮的，只要你不犯错误就可以一直干到退休拿退休工资。出来以后，方知个人创业的艰辛艰难，但是再难再累，张凉已经不能回头了。

张凉是出色的，单干没几年，事业就有了起色，到二十世纪九十年代初,就创建了苏州香洲扇坊,是一家集研究设计、生产加工于一体的专业扇坊。

从1987年开始做扇子,三十多年,张凉人生最精华的岁月,就交给苏扇了。

30多年,就一直在做扇子。这是他喜欢的事情,很多产品都是他自己的设计,一直到现在,他还会亲自做一些扇子。所以,从这个角度讲,他得到了他所想要的生活,"干自己喜欢的事情"。

值得。

苏扇历史悠久,品种繁多,檀香扇卓尔是其中的佼佼者,其材质稀有名贵、清香馥郁,做工考究。香洲扇坊作为生产檀香扇及檀香工艺品的代表企业,云集了吴地众多的知名艺人、技师专门从事檀香扇的设计制作。不仅拥有批量、多样化的产品,更精于制作、巧夺天工,是极具欣赏和收藏价值的艺术品。

香洲出品的檀香扇系列,既保留传统扇艺之特点,又不泥师古、推陈出新。主要产品有檀香宫扇、台屏、折扇等,题材广泛,选用大众喜闻乐见的吉祥图案,多以双面异样设计;采用拉花、烫画、雕刻、镶嵌等多种手法,造型雅致,技艺独特。产品多次荣获国际、国内博览会金奖,许多作品还为国内外知名人士珍藏。

张凉创新设计的文人宫扇《湖光山色》《秋韵图》,区别于传统的形制和拉花图案,镶嵌了水墨山水竹雕微刻,清雅古朴,令人耳目一新。

我这里还有好多好多关于苏扇的各种资料、各种荣誉,可惜无法一一展开,我还曾经在我的小说里写过苏扇——

蒋爱宝有一幅字,是著名的书法家仇翁给她写的,抄录陆游的两句诗:

吴中近事君知否

团扇家家画放翁

仇翁老人家已经过世了,所以他的字现在比从前更值钱。蒋爱宝拿这幅字,用红木的镜框配了,挂在她的办公室里,到扇厂来的人,看到这幅字,都会说好,而且是很配合扇厂的。苏州人从很早的时候就开始制作扇子,东晋时的诗人谢芳姿,就曾经为苏州的扇子写过诗:

团扇复团扇

许持自障面

现在传统的扇子生产已经渐渐没落了,扇厂的日子越来越难过,工资也发不出来,蒋爱宝心里很难过的。她想搞一个大一点的活动来振兴一下,曾经准备搞一个扇子节的。

扇子节没有搞起来,但是蒋爱宝还是搜集了许多资料,比如说,苏扇的品种有:折扇,团扇,纸团扇,绢扇,檀香扇,后来又有香木扇,轻便扇,铁折扇,舞扇,象牙扇,纸片扇,广告扇,装饰扇……

再比如,从前的制扇名家有:刘永晖,杭元孝,李昭,马勖,马福,沈少楼,柳玉台,蒋苏台……

他们的技艺别称有:马团头,李尖头,柳方头……蒋苏台方圆俱精,胡景芝擅长裱扇面。

还有有关扇子的古诗文若干。

扇厂的房子已经很老很旧了。苏州传统的房屋买卖多半是砖木结构的,因为江南气候潮湿,这种房屋的使用年限一般只能在六七十年左右,如果不大修,就会自然而然地颓败,即使大修了,也不能从根本上解决它们骨子里的问题。

街道房管所的人过来看看扇子,修得再卖力,也没有用了,他说,赤脚追也追不上这些房子的衰败的速度。

有人统计说,要把京城的旧房子都维修一遍,要花二百年时间。

修不胜修了。他说。

你的厂,差不多了,他说。

关关门拉倒了。他说。

老百姓说,9697关工厂,9899关商场,2000关银行。但是工厂也不是随随便便就可以关门的,上级领导说,不能再增加下岗工人的人数了,要是关了一个厂,下岗的工人数就直线上升,那是不得了的事情,所以撑死撑活也要撑下去的。

那你怎么办呢,房管所的人同情蒋爱宝的,但是别人也是爱莫能助,你死蟹一只了。他说。

——《城市片段》,2001年出版

打住打住,思想再野出来,文字再飞出去,就离平江路更远了,我们还是回到平江路,回到平江路106号的香洲扇坊吧。

张凉的香洲扇坊,起先开在苏州博物馆临顿路的十字路口,租下平江路的店铺后,那个老店面仍然在,许多老顾客,还会找到那边去,而平江路的店铺,因为是新店,起先大多是路人、过客,但是开张才几个月,竟然已经有了回头客。

我们在张凉的香洲扇坊茶室里喝茶聊天的时候,我注意到外面的店堂里,来人是川流不息的,看扇子的、问价格的、购买的、不购买的,都有。

在平江路租店铺,搞经营,从经济角度讲,压力大不大、收益好不好,这是生存的关键,传统工艺再精湛、再讨喜,如果店铺经营不理想,精湛的艺术也就无法更大范围地弘扬和传播。

压力肯定是存在的。

在张凉的香洲扇坊平江店,有8个员工,要支付比较昂贵的租金,张凉也很实事求是,他告诉我,相比起来,他的这个店铺,还算是便宜的,因为平江路上的房子前后不是整齐排列的,就是所谓的"错落有致",从门面看,有的凸出有的凹进,恰好在香洲扇坊这一段是缩进去的,门口凹进一大块,它的主要面积都在里面,门头比较小,所以价格上面还便宜一点,而且它的大面积的范围都是看不到的,恰好符合苏州人的"居尘而尘"的"市隐"性格。

既要高调经营,又要低调生活,这是一对矛盾体,而苏州人,尤其是在平江路上经营的这些商家店主,吴晓帆也好,张凉也好,还有许许多多的吴晓帆和张凉,他们所做的努力,就是在过程中协调这对矛盾。一边协调,一边日子就往前走了。

说起扇坊的经营,刚开始几个月是亏的,后来渐渐有些利润了。毕竟平江路的人流量是大的,当然也因为香洲扇坊属于一个老字号,这里虽是新店,但是做工艺品做了几十年,还有一些老客户,也会跟着新店过来。

扇坊,既是店铺,也是作坊,它应该是一个可以制作扇子的地方,但是其实更多的制作,是老师们在家里做了拿过来的。这些师傅年纪都不小了,都有几十年的经验,这样的活年轻的人做不起来的,比如檀香扇的拉花技术,没有二三十年的功底是拉不出来也拉不好的,现在有些技术就快要失传湮灭了,年轻人学制扇的几乎没有,谁能有耐力有耐心熬上二三十年?另外一个原因,就是有了非手工的技术,原来制扇中最令人骄傲的手工拉花技术,现在基本上都被激光技术替代了。

手工的拉花和激光的拉花,有什么差别,有多大差别,我外行,肯定不懂,但是顾客买主,他们会看得出来吗,他们讲究这个吗?

当然讲究。

张凉给我普及知识了:"比如说,一把檀香扇,手工的要几千到一两万，激光打的最多就是一两千，价格相差很大的。"

张凉真的就拿了两把不同的檀香扇给我看，我两眼一抹黑，看起来完全一样的。我很惭愧，我连看也看不懂。

其中的一把，它的孔眼是激光打出来的，非常均匀，一看就是机器做的。另一把拉花是手工的，孔眼就是几十年的檀香扇拉花老师傅手工做的，打一个孔，一根钢丝抽进去，再拉出来的，因为手上功夫了得，拉花也同样很均匀，一个孔眼一个孔眼拉出来的，但是手工的拉花看上去就不一样，它是几片叠在一起拉的，难度高的不得了，每个孔都是这样的。

我在张凉的指导下，左看右看看了半天，只能嗯嗯啊啊，我什么也不敢说，言多必失嘛。

然后我以己度人，我说，那么像这种扇子，放在这个门店上，怕不怕游客不知道？

张凉说，有人懂，有人不懂，不懂的话，就要靠他信任我。我卖这个东西，比如人家说这个是不是印度老山檀香木？我说，是的。一般商家都会保证假一罚三，甚至假一罚十，我这边的话，我说我可以假一罚百，所以，我会跟他们开玩笑说，你其实应该希望它是不对的，不对的话我假一罚百。

就一个扇子，我们聊了很长时候，因为张凉满满的心思里都是扇子，就像我，你跟我聊小说，我也会和你聊到天黑，聊到天亮的。

我从张凉那里得到了好多收获，还有好多好多的内容，我无法全部记录下来，张凉还有一个民办的苏扇博物馆，从平江路106号那儿，拐个弯就进卫道观前，博物馆就在那里。房屋性质是公房，这里要办一个公益性的苏扇博物馆，政府出房子，张凉负责里边的内容，目前正在装修布置，我想，这也是我想再要去平江路看看的内容之一。

平江路上，我要看的东西实在太多。

平江路上，可以看、应该看的东西实在太多。

无论是去"春上江南"，还是找到张凉，我的目的是比较明确的，就是要了解一下平江路上的"生意经"。

按理，大家心目中的平江路跟"生意经"是不相吻合的，但是现在它们融合在一起了，这就是张凉吴晓帆们共同努力的结果。

张凉介绍了他的一笔"生意经"。

是上海的一位顾客，对看中的扇子又喜欢但又吃不太准，心有疑问。张凉就跟他说，这个东西肯定是对的，你买回去了，哪天想退哪天你就来退，一般的店家会有规定，十天或者多少天内可以退换，但是张凉这里没有时间限定，买家任何时候不喜欢都可以还给他。顾客相信了张凉的承诺，互相留了电话，张凉才知道这位顾客是上海第五人民医院的外科主任。大约过了大半年时间，顾客打电话给张凉了，因为那一次他买了好几件几万块钱的东西，他说其中有一件东西不太想要了，能不能换点别的东西？张凉一口答应说可以："如果你不想换，直接退还给我都可以。"过了几天他真的和他老婆一起来苏州，到了店里，张凉一看扇子，说，你这个东西涨价了呀，材料、人工都涨了。张凉甚至还给他加价退还。这位顾客十分感动，后来又来过几次，一来二去，就成了张凉的老客户，每年一定都会专程来苏州张凉这里买一堆东西回去，而且还给张凉带了不少朋友过来。十多年相处下来，买家卖家就成朋友了。

我们还聊了网购，实体店受冲击怎么办等等的问题，再到后来，张凉就带着我们去了民生里，去看那一大片一大片的老宅子。

苏州的老宅子，我感觉，这大概是张凉心中仅次于扇子的一个纠结而又沉重话题了。

对于本来与自己并无什么关联的事情,但是,就因为它是苏州的,是古城的,就自然而然会去关心,会去了解,会觉得是与自己有关的。

我曾经在苏州古城的大街小巷遇见过许多热心的市民,你只要稍稍地把话题引导一下,他们那种对古城、对老宅、对旧街小巷的百倍的热情就扑面而来了。

有夸赞,有感叹,有希望,也有批评。有时候,批评的语气还蛮厉害的。

管理平江路的店铺,也是街区公司的一个日常难题,我注意到,隔三岔五,就会有一些声音冒出来,比如房租涨价问题,比如安全问题,比如卫生问题等等。冒出来的声音,就是现状。

现状有问题,就去解决,不会知难而退,只能迎难而上。

我看到一位网友的留言:

"我以前是游客,现在是苏州户籍的人,经常逛平江路!希望平江路商户的租金合理稳定,这才能保证路上商户为市民和游客提供合理的服务。"

说心里话,我很感动。

关心平江路、关心古城的人,就遍布在古城,就走在平江路上,多好。

4. 800 年古道

2021 年 10 月 5 日,国庆假期期间,那天傍晚,我去平江路南石子巷的探花府花间堂酒店和同德里同益里"小朋友"聚会。要到南石子巷,从地铁一号线相门出口出,或者从临顿路出口出,通往探花府的路横平竖直,四通八达,我可以从邾长巷穿过去,走上平江路,那样我可以看到对面的肖家巷、大儒巷;我也可以从中张家巷走,那样就可以看一看刚刚恢复通水的中张家巷河。这条河五十年代填埋,如今恢复,是古城范围内的第一条填埋后又重新开通的河道;或者我也可以舍近而求远,绕一点点路,从更小的小巷混堂巷,或者从老宅故居云集的大新桥巷过去——这是由东往西的走法。如果我由西往东走,那可以穿行的小巷就更多了,建新巷、钮家巷、肖家巷、大儒巷等等。在平江路,你可以选择的道路很多,每一条路,都会有收获的。

　　我选择了一条从卫道观前穿行的路线,从仓街到卫道观前东口进入,穿过卫道观前,西口出,再横穿过平江路,跨过青石桥,对面就是南石子巷了。

　　走这条线路,在抵达"贵潘"探花府之前,我还能再去看一眼"富潘"的礼耕堂。

　　我去过礼耕堂,还拍过一些照片,我以为我差不多闭着眼睛也能找到礼耕堂,可是结果却不对了,我在卫道观前的西出口那里,走来走去也没有看到礼耕堂,在那个曾经熟悉的卫道观前3号,六扇带有花纹的质地很好的木质大门,大门紧闭,门外西侧墙上和门楣上方,都挂上了"苏州城建博物馆"的匾牌。

　　我一直犹犹豫豫,不敢确定,也不敢相认,斜对面的小巷巷口站着一位阿姨,什么事也没有,手里也没有拿什么东西,就那样站着,可能因为看到我走了几个来回,所以她一直在盯着我,满脸的表情,就是想要和我说话的样子,我就上前问她,礼耕堂怎么找不到了?

　　阿姨指了指"苏州城建博物馆"说,这个就是。

　　原来,礼耕堂重新调整了功能。从曾经的餐饮,到茶室,到书房,今后的礼耕堂,成为城建博物馆了。

阿姨说话的时候,脸上的表情是复杂的,甚至是有些不满的。按理,她告诉我这就是礼耕堂、我也谢过她,之后,我们的对话就结束了。可是阿姨不想结束,她已经迅速地把话题扯出来了,她指着石板路面,批评那上面的油迹,很生气的样子。

当然,我也熟知苏州阿姨们的做派,她们就是天生要管这些事情的。

我问她住在哪里,她指了指巷子深处,在那里边,无论是平江路上的店铺,还是卫道观前西边口子上的几家餐饮店,都影响不到她在小巷深处的家,但是即便如此,阿姨还是有一肚子的意见,巷子里是干净的,但地面上确实有油迹。阿姨说:"我打电话的,我上次打了,他们就来收拾干净了,这几天国庆,人多了,吃得又一塌糊涂了,我又打电话了,他们还没有来呢。"

阿姨口中的"他们",应该是社区居委会的干部和环卫工人,阿姨说,这个油迹很难弄干净的,要他们来专业清洗的,不能只管开店,只管赚钱,不管卫生。

阿姨所说的这个事情,正是平江路的难题,也是所有类似街区保护区共同的难题,旅游和餐饮,必定是结合的,文明和舒适,本来不应该是对立的,但是在现实中,许多事情并不是那么简单和整齐划一的。

阿姨抓紧机会对我说,我嫁过来四五十年了,我家是正宗的老苏州的,我家老公公原来的房子,不比礼耕堂差的,现在这里边还有好多房子呢。

我真想跟着她走进小巷深处,再去看,那必定是另一个"民生里",又是好大一块苏式旧宅区,我一个人进去,会迷路的。

我也在想,如果我提出来跟着阿姨进去走一圈,她一定立刻带着我走的。但是阿姨并没有看穿我的心思,她以为我一心要看礼耕堂,就反复热情地指点我说,你要看礼耕堂,前面的门关了,你可以从这边(民生里)走过去,到后面就能看到了。

我被她说动了心思,很想后面去看看礼耕堂,但是探花府那边先到的"小朋友"电话打过来了,说他们都到了,就等我了,我只能跟阿姨说,我要去探花府了。阿姨立刻又接了过去,说,那是另一个潘家,"贵潘"。

后来,晚上我们从探花府酒店吃过晚饭出来,我特意走了来时的路,重新经过卫道观前,看到巷子口的几家店,都摆着桌子在外面,每家都有游客在路边吃饭,晚间有点凉意,微风轻拂,十分惬意,有风情,有诗意,但是,地上的油迹,却是避免不了。没有再看到那位生气的阿姨,大约回家睡觉了,九点多了,如果她还在那里,她肯定还会指着地面对我说个不停。

她太在意她的平江路了。

这就是苏州古城中的一个老百姓,既典型,又普通,处处可遇,时时可见。

还有一次,有一个苏州人走在路上,碰到两个外地游客过来问路,问路问得很奇怪,说,苏州有一条街,很古典的,在哪里?这个苏州人脱口而出就说,哦,是平江路。然后指点了他们怎么怎么走。

其实不是"还有一次",应该是有许多次,有无数次,只要你走在苏州古城的大街小巷,你随时随地都会遇见。

真正的打心底喜爱平江路的人真的很多。

苏州人:"在我的印象里,平江路天生就是淡定而从容的,数不清的小桥、河道、巷弄交错期间,织成了一张张网,一个个梦。"

外地游客:"这次旅游的第一点是杭州,但我的游记却想先从苏州的平江路开始。因为从来不相信一见钟情,独独对苏州,当我下出租车,提着行李走进平江路的一刹那,就有了莫名的感念,这种感念犹如与梦的邂逅,陡生亲切和柔情。"

他们的角色不同,角度也有所差异,但是他们有一个共同之处,因为在这里,大家拥有的是一个共同的名字:苏州古城。

这个"大家"不仅仅说的是苏州人,也不仅仅说的是外地游客,甚至还有许多外国友人,他们来到平江路上,无论是旅游还是驻扎开店,他们也都和平江路、和苏州古城融为一体了。

75岁的芬兰人艾哲罗在生活苏州了22年,他在平江路开设了芬兰餐厅,每个周末的傍晚,那里就会响起他的欢乐的鼓声,老爷子眼神清澈,头发有些花白,嘴角挂着友善的微笑,交谈起来,有时还会来两句夹杂着苏州口音的中文。被民间称为苏州的形象大使。

古朴青石板路、小桥流水,是文人笔下的理想栖居地,是许多人魂牵梦萦的家园,竟也成了一位外国老人的最爱。艾哲罗的餐厅被评为"2021最佳苏州异国餐厅排行榜"前十名推荐。艾哲罗不仅在平江路开西餐店,他还开设了快乐之家俱乐部,让大家更好地学习英语。他自己则学习苏州评弹,曾登上央视舞台表演《枫桥夜泊》。他热衷公益慈善事业,多次筹资资助中国外来务工特困家庭的孩子。新冠肺炎疫情期间,他还发起了筹款活动。

平江路上,有一个热爱生活、热爱平江路的外国老爷子的形象,深入人心。

许多年轻人都很喜欢他,他们在网上给艾哲罗留言:

"2019年10月时在你的餐厅吃过饭,当时旁边的'桃花源记'排的人实在太多就来你的餐厅了,肉丸不错!"

"好久不见,老爷子!"

"每天都来给老爷子打Call！"

走在平江路上，隔三岔五，就会遇见老外，或者坐着喝茶，或者拍照留念，除了外貌有区别，其他言行举止，和我们都差不多了。

平江路还经常举办一些邀请外国人参加的活动，像中秋主题活动之类，常会有百余位在苏外籍人士相聚一起，共度中秋佳节，赏明月、听评弹、唱昆曲、吃月饼、挑兔子灯、苏州文化趣味问答……精彩纷呈。来自法国巴黎的女大学生奥利维亚，来苏学习虽然只有一个月，她已深深爱上了苏州："我喜欢这平江路，喜欢园林。"

越是深入了解中国文化、了解苏州、了解平江路，越能感受到魅力无限。这是许多外籍人士从平江路收获的共同体会和深切感受。

那天从民生里阴暗破旧纵横交错的格局里，走回到阳光灿烂一马平川的平江路上，我和冯婷也分头而去，各自回家。我一个人踩着平江路上的石子，感受着它们给予我的抚慰，感受着这里的闹中有静、静中有意的境界。我一直在想，为什么一条开满了店铺的街，会给人"细雨垂杨系画船"的安逸平和之感呢？

因为它不仅仅是一条商业的街，它更是一个让人能够"梦回花桥水阁头"的地方。

从吴晓帆到张凉，也让我想到了，平江路上的这种商而不俗、强而不硬的状态，既是平江路本身的原因，是平江路深厚的文化积淀、独特的气场融化了每一个到平江路来经商的人；同时，这又是每一个个人的原因，也许，只有和平江路有缘、和平江路气息相投的人，才会来这里经商开店，来了，才会呆得好、呆得久。

因为喜欢才来的，来了以后，会更喜欢。

平江路，不仅仅有梦境般的气息，更有追梦圆梦的平台和环境。

　　对于苏州平江历史街区保护整治有限责任公司来说，公司的主要职能包括：古旧房屋修缮和经营；重点工程项目建设、路面环境管理；旅游项目开发设计、对外宣传包装推广和重要考察接待等等。尽管任务繁多繁重，但是在围绕历史街区品牌推广、景区运营管理方面，公司特别加大力度，加强街区软件建设，努力打造好平台和环境，充分利用官网、微信公众号、微博等公共平台的宣传效应，与沿线众商家共谋发展，传播平江路个性品牌，有效吸引消费人群提升平江路消费能力。在坚持城市文化遗产保护职责的同时使得平江路品牌价值得到有效的展现和延伸，既为平江路保护模式的复制和推广奠定基础，又有店铺与街区内市井生活相对照，勾勒出清晰的文化传承脉络。

　　这就是优秀的平台吸引优秀的经营人才的良好的良性循环的典范和模式。

　　他们的总结大致是这样的："通过文化产业的植入，平江路形成了'体验传统慢生活，实践时尚慢生活'的特色功能，年吸引旅游人口约400万人次。目前，街区内入驻商户100余家，涵盖了吃、住、行、游、购、娱等多方面内容，呈现出了传统与时尚和谐，怀旧情怀与舒适享受并举，浪漫休闲与文化探访交融的独特的、雅致的环境气质。同时，街区每年固定举办品牌节庆活动，例如平江晒书节、七夕文化风情节等，进一步挖掘街区历史文化，以鲜明的品牌诉求和文化内涵凸显街区典雅的文化气质。"

　　网上关于平江路的文章、评论、留言非常之多，我们也可以看一看他们的一些评价：

　　"纵然现代社会再多繁华，在这里依旧能够找到很多的古旧和岁月的痕迹，那些古老的门面，那些青砖，瓦片，还有古旧的大门……"

"我们很难去想象在这个世界上,你可以找得到另外一处的江南能有如此容(融)和了那么多元素的地方,你想要的繁华在这里拥有,你想要的古旧在这里展现,你所担心的缺失在这里弥补……"

"虽然也被商业化,但一点也不会让人觉得反感,她依旧是白墙黑瓦,时而可以看到有的房屋的墙体已经斑驳,但也无人刻意去装修让她看起来更加精致,她有着水陆并行、河街相邻的特色,整条街邻着河,河的这边是各色的商铺,河的那边还依旧是居住在这里的人家,天气好的时候可以看到有的老人家在晒被子。"

当然,有好评的地方,也一样会有差评,大多是一些细节上的问题,基本没有看到对整体风貌有什么异议。有人说在某店寄明信片,收了钱却没有寄出;也有人说,平江路的小吃没有想象中那么好,比如鸡爪,只是蹭了平江路的热度,比起祥鑫的差远了。

……

在社会发生巨变,无数的古城、古迹需要拯救的时代,对于保护、改造、修缮、利用等等,对于每一处每一个点,都会有各种不同的声音,这些声音,常常是琴瑟不调,散伤丑害。

而平江路的难能可贵,就在于平江路让大家达成了共识:平江路的保护是世界性的。

在这个具有世界性话题的历史街区,我走啊走啊,看啊看啊,可触可摸的平江路,在我心里堆满了各种情感,欢乐和感伤纠缠着,因为离开的时候,我怕它们一一地离我而去,我用手机拍了些照片,甚至想要把我看到的这许多人、街巷、建筑、桥、井等所有的一切都画下来。

这里完全可以画出一幅"平江盛世滋生图",但是相比看画,我似乎更喜欢那些地图。我喜欢地图上标注出来的那些名称,那些真实存在的地方,有着时间的留痕,有着广阔的空间,有无数的历史信息,给了我们有无限的想象的可能性。

"风貌"两个字,原本只是一种感觉,但是在平江路,却是看得见摸得着的,真真切切实实在在的,因为它们都在那儿。

2005年,平江路项目得到了世界级最高褒奖——联合国教科文组织亚太文化遗产保护奖。联合国教科文组织评委会对平江历史街区保护规划的评价是:"该项目是城市复兴的一个范例,在历史风貌保护、社会结构维护、实施操作模式等方面的突出表现,证明了历史街区是可以走向永续发展的。"

平江路还有其他许多荣誉:

2009年入选中国首批"十大历史文化名街"、荣获"中国民族建筑保护杰出贡献奖";

2010评为"国家AAAA级旅游景区"、入选"国家传统建筑文化保护示范工程"和"苏州十大最美夜景地";

2009年—2010年"平江历史街区保护项目"入选中国城市遗产保护经典案例,赴欧洲、英国参加巡展,受到世界城市遗产保护领域专家和学者的关注和好评;

2011年年初,平江路被市政府授予"苏州市特色商业街"称号;

2011年5月在两岸观光博览会上,平江历史街区荣膺"两岸最佳(潜力)旅游景点目的地"称号;

2012年3月获得苏州市旅游最佳项目开发奖;

2013年11月被新华网主办论坛评为2013年最美中国人文(自然)生态、文化魅力旅游目的地景区之一;

2014年6月,平江历史街区成为苏州古城创建旅游示范区试点区域,获得全国唯一"国家古城旅游示范区"授牌;同年11月获"首批创造未来文化遗产示范单位"称号;12月获中国文物保护基金会颁发的"中国最具价值文化(遗产)旅游目的地";

2015年4月获评国家住房城乡建设部与国家文物局联合评选认定的第一批"中国历史文化街区";同年8月被新华网主办论坛评为最美中国特色魅力民俗(民族)旅游目的地景区;9月获评Tripadvisor(官方中文名:猫途鹰)卓跃奖;

2016年4月获"长三角城市群'岁月余味'体验之旅示范点";同年10月被新华网主办论坛评为"最美中国·文化魅力、特色魅力旅游胜地"称号;12月获评Tripadvisor(官方中文名:猫途鹰)卓跃奖……

同时,平江历史街区公司也荣获了"江苏省诚信单位""苏州市级文明单位""苏州市旅游行业先进集体"等称号。

当然,更多的数据、更多的收获并不在那些荣誉证书里,而是在街区的现实中,这是公司十多年来走过的路、留下的痕印、创造的奇迹。比如街区内的历史遗存与人文景观,比如街区在风貌保护和整治过程中的实施内容,比如街区品牌打造与产业发展的品质,比如街区内古宅修复与建筑更新的数量,等等。

我在这里只能再一次忍痛割爱,挑一个"古宅修复老建筑更新"说几句,仍然只能用"比如"。

比如:平江客栈。平江客栈的改建将破损不堪的旧宅以钢结构骨架支撑起,以古旧的内部陈设保留最初始的味道。

比如:礼耕堂。礼耕堂的修缮保留了最完好的砖雕门楼,初见书房的融入更新添"慢生活"的情调。

比如:潘祖荫故居。潘祖荫故居通过正宗古宅工法修缮得以深度还原,将人文情怀融于星级服务的正宗顶级古宅酒店"花间堂"落地生根,全面优化了平江路古建的历史风貌与生态环境。

比如:卫道观。卫道观的修缮体现了现代与古典的结合,苏州苏扇博物馆的进驻更添古色古香的韵味。

比如……

特别值得一提的,是张家巷河的重新开通。

中张家巷是当年平江府所在地,建成于北宋政和三年(公元1113年),小巷通幽,长349米,宽6.40米左右。巷内原有小河,跨河卧桥,名张家桥。中张家巷河道在20世纪五六十年代被填埋。

为恢复古城重要片区的水网系统,连通内外城河道水系,体现"小桥流水""人家枕河"的东方水城优美意境,中张家巷河道于2011年恢复工程启动。一期仓街以东段240米于2013年完工,二期仓街以西段于2017年启动实施。

2021年3月23日的新闻:姑苏区平江历史街区中张家巷河西段恢复工程基本完工,顺利贯通,实现通水,重现东方水城魅力。

这是古城区范围内恢复的第一条河道,这是一个信号。平江街道钮家巷社区书记张英缨认为,中张家巷河的恢复,沟通了护城河、平江河,把更把沿线文化景点如昆曲博物馆、评弹博物馆等串联起来,对盘活平江地区旅游资源,繁荣夜间经济将发挥积极意义。

随着古城保护的深入,桃花坞莲花池水系的完善,王天井巷到金狮河沿的河道,也在完善或酝酿中。

除了水系中发出的信号,我们的老街旧巷,也正在不断在传递出令人振奋的新的信息,比如平江路上的支巷丁香巷的最新改造。

在姑苏古城,许许多多的背街小巷,它们承载了无数的历史烟火,它们的一砖一瓦都在讲述古韵乡愁,虽然它们隐藏在古城深处,但是人们不会忘记和遗弃它们。近年姑苏区推出了特色街巷打造工程,逐步选取古城内有特色的街巷,以"一街一特色、一巷一品牌"为目标,结合街巷自身特质和风貌,通过营造特色场景、美化街容巷貌、解决群众反映的家门口问题,提升居民幸福感。

丁香巷西出平江路,东至仓街,是一条不足四百米长的小巷。纤弱的小巷、安静的青石板,让丁香巷经常会被误认为是戴望舒《雨巷》所描写的地方。而今,它就是首批试点之一,窨井盖降噪、路面修补、墙面通信线路整改等工作全面展开。工作人员积极走访众多老居民和专家,经过十余次讨论,以"绣花"功夫打磨,最终确定了丁香巷特色街巷的设计方案,保持老苏州原生态生活气息、以提升居民生活环境品质为目标、围绕丁香等主题元素重点打造平江路和仓街两个主入口,在街巷中段见缝插针营造特色场景。让居民和游客在感受平江路的繁华热闹之后,转角感受苏式生活,在一闹一静、一喧一幽的变化之间感受苏州古城"双面绣"的独特韵味。

古城中,平江上路,还有许许多多的丁香巷,正一步一步地、逐个逐个地整理它们,打造它们,在未来的日子里,还有许许多多的事情要做。

在苏州古城,平江路实在太重要了,太珍贵了,政府下了大力气来保护这条800年的古道,通过拆除违章建筑、10类管线入地、铺设石板路、疏浚河道、维修老房子等,共耗资1亿多元,使平江路从北塔东路到干将路的主要部分(全长1090米)再现原来的面貌。

用当时联合国教科文组织亚太文化事务主任理查德·恩格哈德的话说,给平江路项目颁奖的原因,在于其展现出来的成功的合作关系和强有力的规划方案。政府、居民以及技术专家通力合作,保证了项目的成功和可持续性;苏州市政府所做的投入,改善了古街区的基础设施。平江历史街区的成功在很多方面可以为其他城市的历史建筑物所借鉴。

其实,苏州人都知道,像平江路这样的街区,现在在苏州古城中,还大批大片存在着。

中部：山塘街

5. 山塘织梦人

一

1954年初夏，苏州山塘街内青山桥浜50号，一个男孩子呱呱落地，他，就是一辈子和山塘街结下不解之缘的平龙根。

平龙根生在山塘，长在山塘，虽然后来当兵离开了山塘，但是山塘街始终让他魂牵梦绕，转业回来后的平龙根，很快又和山塘续上了前缘。

这就是命运。

平龙根的命运，就是和山塘街紧紧地系在一起。

我和平龙根的相识，已经是后来的事情了。我曾经在唐晓玲2014年出版的《逐梦之城》一书中，看到她给予平龙根一个"山塘活字典"的评价。

一直到2021年的7月7日，我才见到了这位"五梦山塘"的山塘人、山塘通、山塘精、山塘活字典。

平龙根，是姑苏区古保委推荐给我的，同时还提供了手机号码，我就给这个号码发了一个短信，自我介绍一下，然后简单地说一下原因，想和他通个电话，问他何时方便接电话。

但是一直没有收到回信。

我是个急性子，收不到回信，那就直接打过去，我已经礼貌在先了，一着急就不讲礼貌了。

结果就傻眼了，接电话的不是平龙根，对方以为我是骗子或是推销员，十分严厉地说了一句，你打错了。电话就挂断了。

现在开始，我要干的是一个十分麻烦别人的事情，而我在生活中最怕、最不想做的事情，就是麻烦别人。这样看起来，我就是自己把自己置于了这样的两难的尴尬境地了。

其实姑苏区古保委给我提供的名单上有好些人，个个都有联系方式，既然平龙根的号码错了，我完全可以另挑一位再联系，那样的话，我就和这位平龙根擦肩而过了。

当然，我会相遇另一位、另几位"平龙根"，他们个个都是苏州古城保护的功臣，都是我心目中的英雄，都是我最想认识、最想了解、最想深挖的对象。

但是恰恰命运就在这里起了决定性的作用。

不知道是我的个性的原因，还是心底深处对"平龙根"这个名字有什么特殊的感觉，又或者并没有什么具体的确实的原因，只是冥冥之中的一种"恰巧"，我就是要找到平龙根。

我有点"不屈不挠"，也不怕麻烦别人了，我发信给古保委的薛衡处长，告诉他平龙根的手机号码错了。

薛处长百忙之中，几分钟后就回复了我，经过核对，平龙根的手机号码果然是打错了一个数字，6211打成了1211。

我的动作也不慢，拿到准确的号码后，立刻把前面那条短信复制过去。

"平龙根主席您好，不好意思冒昧打扰您了，我是范小青，有事情想和您通个电话，您方便时请告诉我一下，我打过去，给您添麻烦了，谢谢！范小青敬"

这一回,平龙根很快就出现了。

我们顺利地通上了电话,我在电话里简单地介绍了想采访他的理由,并且十分顺利地约了第二天上午就去。平龙根把采访的地点详细地发了短信告知我,那是一个老干部活动中心,我们谈话的办公室,是4楼404。

事事如意啊。我有点迷信哎。

2021年7月7日,上午。又是一个烈日当头的日子,一大早就暴晒起来,我和助手冯婷都准时抵达,恰好平龙根也刚刚赶到。

平龙根给我的第一印象,是朴实憨厚。

不过别着急,我们慢慢聊,聊着聊着,就会从他的朴实憨厚的背后发现他的智慧机敏、看到他的鲜活风采、了解他的精神境界、钦佩他的思想水平、惊讶他的山塘情结。

苏州山塘街,国家AAAA级旅游景区,始建于唐代,白居易任苏州刺史时组织修建,一边是山塘街,一边是山塘河,水路陆路紧紧相依,区别于平江路的棋盘式格局。山塘街东至"红尘中一二等富贵风流之地"阊门,西至"吴中第一名胜"虎丘,全长3600米,约7华里。河街两边商铺林立,历来是苏州的商贸繁华场所。

我们从头开始吧。

简单地看一看它的前世今生:

在平龙根编著的《古街新韵》一书,有这样的概括:

"唐朝白居易主持修筑"

"宋代获得首次发展"

"明清再现空前繁荣"

在平龙根的另一篇文章《挖掘山塘历史底蕴 打造姑苏特色品牌——山塘历史街区有关情况介绍》中,又往前推到"(1)吴越春秋时期,吴王阖闾修筑苏州古城,薨后葬于虎丘。(2)南北朝时期,由于'阖闾大城'和'阖闾大墓'均十分有名,人们慕名而来,虎丘逐渐成为游览胜地。"

七里山塘到虎丘。就是这么简单。

只能是"简单"一看了,若要展开,不知道多少字能够写得下,假如再交给网络作家,就这三句话,写三部曲,恐怕数百万上千万字也不能过瘾、不能刹车。

虽然"简单",却是确凿无疑。

有诗为证:

白居易:

"自开山寺路,水陆往来频。银勒牵轿马,花船载丽人。芰荷生欲遍,桃李种仍新。好住湖堤上,长留一道春。"

唐寅:

"世间乐土是吴中,中有阊门更擅雄。翠袖三千楼上下,黄金百万水西东。五更朝市何曾绝,四远方言总不同。若使画师描作画,画师应道画难工。"

乾隆:

"山塘策马揽山归"

"马嘶小步出金阊"

"已觉山塘好"

……

虽然"画难工",但亦有画为证:

清徐扬《姑苏繁华图》

清秦仪《虎丘山塘图》

有发展有繁华,也有灾难降临:

南宋至元初,蒙古兵猛攻,苏州城内"无一屋存者"。

元末张士诚与常遇春在山塘一带激战,战争给山塘、阊门一带带来严重破坏,几乎成为一片荒草废墟。

(注:故,现今山塘街尽管唐代的基本格局未变,但留下的大多为明清建筑。)清咸丰十年,太平军攻打苏州,清军败退时付之一炬,"三天三夜,烟火不绝"。

民国,连年战争,自顾不暇,虽有发展,但未恢复。其中1912年3月27日"山塘兵变",星桥大观园茶楼兵弁持枪闹事,烧毁千余商铺,次日才弹压平定。

……

白云苍狗,沧海桑田,山塘街就是见证,山塘街就是亲历者。

书写山塘第一页的是白居易,七里山塘,七里河水,不仅解决行路难,又疏浚了河道,免去水涝之灾。挖出来的泥土堆积起来,就是白公堤,也就是后来的山塘街。之后,这条街走上了富贵繁华之路,历朝历代的苏州富人多坐落于此,两岸商铺聚集,展现出"居货山积,行云流水,列肆招牌,灿若云锦"的富饶景象。

白居易在杭州做官时,曾经非常喜欢杭州,认为天下最美的地方就是杭州,来苏州后,他改变了曾经的想法:"云埋虎寺山藏色,月耀娃宫水放光。曾赏钱唐嫌茂苑,今来未敢苦夸张。"较之杭州,苏州之美有过之而无不及。

来苏州一年半后,55岁的白居易因病卸任,离开苏州。那一刻白居易站在船头,望着两岸不舍离去的苏州百姓,写下了《别苏州》:"一时临水拜,十里随船行……怅望武丘路,沉吟浒水亭"。

白居易再也没有回过苏州,但是苏州却让他魂牵梦绕:"扬州驿里梦苏州,梦到花桥水阁头"。

开河筑路,造福于苏州人民的白居易,不仅做事,而且作诗,他不仅为苏州筑成了地上的山塘街,他还留下了纸上的山塘街、诗词文字中的苏州,让它们永世流传。

这是苏州的父母官。

无论是不是苏州人、是不是苏州的父母官,没有不爱苏州的。

苏州,值得爱。

我们从白居易回到平龙根吧。

看看平龙根是怎么爱山塘的。

"我对山塘街有四句话,第一句话,小时候,山塘街是我成长的摇篮;第二句话,当兵时,山塘街是我遥远的牵挂;第三句话,在位时,山塘街是我工作的岗位;第四句话,退休后,山塘街是我心灵的港湾。"

一开场的四句话,就把我撂倒了。用现在时髦一点的话说,这莫不是改行去做古城保护工作的一位作家吧。

其实这才刚开始呢,妙语连珠的平龙根,用那大半个上午的时间,真的把我和冯婷都侃晕了。这个晕,是惊讶的晕,是敬佩的晕,是幸运的晕,是意外收获的晕。

紧接着四句话的,就是五个梦。

寻梦:曾是神州第一街

残梦:无可奈何花落去

织梦:为梦消得人憔悴

圆梦:再绘山塘胜景图(千年古街获新生,一条活着的千年古街)

续梦:世遗窗口更迷人(世遗花开别样红,山塘明天更美好,明日山塘别样红)

从寻梦到残梦,讲的是苏州山塘街怎么从《姑苏繁华图》的繁华七里山塘,从"最是红尘中一二等富贵风流之地",从"好住湖堤上,长留一道春",从"居货山积,行云流水,列肆招牌,灿若云锦"的情状景象,从从头到尾,山水、名胜、寺院、祠宇、塔院、表坊、义局、会馆、宅第、桥梁等等有案可查的古迹有二三百处之多的"姑苏繁华第一街",由于战乱、由于历史的原因,最后成了一个残梦。

请看关于"残梦"的这样一段描述:

"河道严重污染,驳岸下沉,河埠石级出现断裂、消失。基础设施落后,空中电线纵横交错,路面铺设材料五花八门。地下管网淤塞,历史遗存缺乏有效管理。危旧房屋较多,有些墙壁成了红砖墙,屋面铺上了石棉瓦,违章搭建严重。环境脏乱差,消防设施落后,'老山塘'成了'破山塘',居民生活环境堪忧——漫长岁月的侵蚀,近代山塘已是衰败不堪、满目疮痍。"

历史的车轮滚滚向前。到20世纪八十年代前后,人们开始了"追梦""织梦"的新的长征,山塘街道陆续启动了路面铺装工程,并结合防汛,加固加高山塘河沿线驳岸。紧接着又在山塘河两岸种花植树,进行直管公房解危和公厕改造,山塘街面貌初步改观。

2002年6月,苏州市"山塘历史文化保护区保护性修复工程"正式启动,采用"渐进式、微循环、小规模、不间断"的模式,有计划地抢救、修复、保护山塘街历史遗存和人文景观,规划比例为:修缮80%,移建15%,新建5%,努力使山塘历史街区成为集中展示苏州古城文化积淀、反映苏州古城风貌特色的形象代表。

数年努力"织梦""追梦",三期工程的整体风貌保护工作。按照"保护风貌,修旧如旧,延年益寿、有机更新"和"分级分类保护"的原则,按照6个功能区(盛世繁华区、市井风貌区、历史风情区、传奇文化区、名贤古迹区、风景名胜区)的不同特点,完成试验段(新民桥至通贵桥)、二期(通贵桥至渡僧桥)、三期(新民桥至虎丘西山庙桥)计500余户动迁、2.6万平方米古宅民居修复工作、全线3600米两侧的风貌整治工作及100余户直管公房解危工作,使之凸显小桥流水、粉墙黛瓦、水城古街风貌,"破山塘"恢复成古山塘、老山塘,一条被誉为"老苏州的缩影,吴文化的窗口"的山塘街,再现山塘盛景,山塘人,苏州人,开始梦圆了。

紧接着三期工程之后,2010年,市政府启动虎丘地区综合改造工程,山塘四期纳入虎丘综改项目统一规划、统一立项、统一资金、统一征收,由东南大学朱光亚教授设计团队编制的"苏州山塘四期修建性设计"规划方案经同济大学阮仪三教授等组成的专家组评审通过。

山塘四期的总体定位,区别于传统意义上的水乡古镇,也区别于平江路的"棋盘式"格局,注重山塘四期与虎丘老街的错位、与山塘东段的互补、与大运河申遗苏州7个点段的交融等,基于此认识,山塘四期拟定位为"苏式水街生活体验区"。

"苏式水街生活体验"这一总体定位的具体内涵有三个方面:一是体验山塘四期的水城古街风貌,二是体验山塘四期的历史文化底蕴,三是体验山塘四期的枕河人家生活。

这是什么?

这就是梦。

这就是平龙根心心念念牵挂着的"续梦"。

从织梦追梦到圆梦续梦,这是一群追梦人的共同历程,整个过程中,更是渗透了全体"山塘人织梦人"的智慧和心血。

平龙根是其中的一员。

近二十年,从四十多岁到六十多岁,一个人人生中最精华的岁月,奉献给了山塘街。

只是,在平龙根的讲述中,他并没有过多的介绍他自己在这近二十年的时间里付出了哪些努力,他倒是给我们推荐介绍了好些他称之为"山塘织梦人"的相关人员。

"老山塘徐文高为我们送来了自己编印的《山塘钩沉录》一书,

堪称修复山塘的工具书;

市政协文史委徐刚毅主任送来了《七里山塘》;

苏州大学周国荣教授送来了《明清苏州山塘街河》;

还有区委领导主编的《山塘故事与传说》;

以及《山塘古诗词》《南社百位辛亥人物与苏州山塘》《阊门寻根》《风雅山塘》等文史资料专辑,为山塘街的保护性修复提供了文史依据。

后来又把《姑苏繁华图》和《山塘胜景图》合在一起,出了一盒双轴,请国家文物局古建筑专家组组长罗哲文写的序题的名。"

平龙根还介绍了历任的市、区领导和专家们是如何一心扑在山塘街修复的事业上:"先后编制了《山塘历史街区控制性详细规划》和试验段、二期、三期规划方案等,一笔笔线条恰似一根根经线和纬线,编织成美丽的图案,成为山塘街'织梦'的脚本。"

有了平龙根的"四句开场白"和"五个梦",我简直欣喜若狂,我的山塘历史街区的这部分写作,已经找到了思路,搭起了框架,有了立意,还有了无数的具体的真实事例,甚至,它们已经飞翔起来了。

我有一种顺手牵羊、信手拈来的窃喜。

这可是平龙根和所有山塘保护者建设者积几十年拼搏努力得来的体会,字字句句饱含着爱和执着和责任。

一条山塘街,人杰地灵、藏龙卧虎,而遇见平龙根,是我的幸运,也是《家在古城》的幸运。

如果我们不说"最",那就是"更"。平龙根作为山塘代表人物,他就是更全面、更深入、更具代表性、更权威。

出生在这里,成长在这里,工作在这里,人在这里,心在这里,爱在这里,付出在这里,所有的一切的一切,都在这里。

2003年1月,平龙根担任金阊区政府常务副区长,分管山塘街;到2006年7月,当区委副书记,他是山塘街第一责任人;再到2010年当了区政协主席,还管山塘街,这在职场是比较少见的现象,当然,因为他是平龙根,知道他是"山塘活字典",也就不奇怪了;再后来,2012年三区合并了还继续管,一直到2014年退休后担任虎丘综改山塘项目组组长,并被聘为苏州国家历史文化名城保护片区规划师,继续为山塘街呕心沥血,殚精竭虑;再一直到2016年"虎丘地区综合改造工程"(山塘四期纳入其中),平龙根负责把这个项目的规划完成并被批准了,他才离开了山塘历史文化保护区保护性修复工程一线。

　　在一线干了整整13年,从文化挖掘、规划、征收、资金筹集到建设、布馆再到品牌打造,全部都管。

　　13年,多少个日日夜夜,真正是"为伊消得人憔悴"。

　　13年,要讲述的事情实在太多太多。

　　"一期动迁300多户,有一户人家,户主是我在某街道民乐队的朋友,当初一起拉二胡的'琴友'。有一次我们在开会,他当时跑在动迁办准备跳楼,并且点名叫我去,我跑到动迁办,看到了翻窗欲跳的他,第一句话就说,你小子干什么,你跳了楼我跟谁学拉二胡去?后来他就下来了。"

　　现场的剑拔弩张、惊心动魄在平龙根的叙述中似乎还带着点幽默、带着点轻松。可是,我知道,在这样的"幽默"和"轻松"的背后,是平龙根和无数的保护者建设者所顶着的巨大的压力和所付出的全部的心血。

　　除了做人的工作,其他还有许多政策性、技术性比较强的内容,比如街区的房屋不灭失、怎么能做到动迁或拆除;比如街区的土地怎么获得,过去是划拨,后来是拍卖,都是政策性非常强的,一不小心,就触碰红线或者得罪群众;再比如街区的消防问题,消防必须要有通道,但是留通道以后风貌就破坏掉了;再比如街区的投入产出问题,这样的街区改造,通常都是只有投入没有产出的,民企或个人,搞一个宅子可以,要投入一条有数百大宅、数百古迹的七里长街,弄不动的……

平龙根的13年,就是在这无数的重大的看似完全无法调解的矛盾中,钻天打洞,上天入地,解决矛盾,推进工程。

困难太多,克服困难的办法也多。不能不多。

比如平龙根介绍的"谁家孩子谁家抱"就是其中解决问题的办法之一。当时共有20个职能部门,跟市政府一起签订责任状,包括供电、水务、市政公用、广电等等,不但"抱"资金还"抱"施工,由指挥部统一协调。

"比如说,山塘河河水清淤,水务局去负责;比如说管线入地,资金纳入华东电网,管线也由他们负责,拔除而安装'厢变'需要用的房屋由房管部门协调解决,安装在民居周边的分支箱请街道、社区协助做好群众工作——总之,20个部门各自负责,用这些办法把压力分散掉。"

平龙根将山塘保护性修复工程最初的规划和后来的效果,归纳为五个性:

风貌的完整性:全面协调保护修复(凸显小桥流水、粉墙黛瓦、水城古街风貌)

历史的真实性:不做假古董(历史的呈现,不是编出来的故事,而是真实的存在,比如南社,比如陕西会馆等等)

生活的延续性:保持原住民(解决古城区老街老百姓的衣食住行)

内涵的丰富性:深度挖掘文化内涵(水文化、桥文化、花文化、

宗教文化、传奇文化等等）

功能的互补性：基础设施全面配套（公共厕所，停车场，老街的购物功能、娱乐功能、通行功能、教育功能等等）

平龙根的逻辑性非常强，记忆也非常好，有时候讲着讲着，话题就扯开去了，甚至扯远了，甚至离题万里了，不过不用担心，他走得再远，他也会拉回来的，我们可能听得糊里糊涂，但他记得清清楚楚。在说到这五个性的时候，介绍完前面四个性，话题不知不觉就扯开去了，扯到虎丘综改、茶花村，还谈到几位专家，走得真的很远了，可以后来，他忽然话题一转，说："我补充一下，刚才还有一个功能的互补性。"

真的服了。

我想，这正是他一二十年全身心投入在山塘练就的本领，这是真正的山塘活字典、活地图。

我在前面说到"离开"，其实是用词不当，即便在2016年以后，平龙根也没有离开山塘，他不可能离开，因为他的根，他的一辈子的努力，都在这里，他想离也离不开。

平龙根的另一个特长充分发挥出来了：他的文字水平和写作功夫，也有了用武之地。后来的几年中，由平龙根牵头，编撰出版苏州山塘历史文化系列丛书10多本，其中有中国画长卷《山塘胜景图》、图文并茂的《千年山塘》、评弹经典电视艺术片《山塘雅韵》等。山塘修了10多个节点，每一个节点都展开来讲故事，它的前世今生、它的活化利用，都是用的散文体，更贴近读者。同时他也不断发挥自己写作上的优势，前前后后写出了关于山塘街、关于苏州古城保护的读书调研报告十余篇，著有《古街新韵——山塘历史街区保护性修复钩沉录》等等。

我的内心，非常的感动，也非常感慨，我说："你转业以后就当一个干部,这么多年干部当下来,你当成了一个专家。"

平龙根却一直在向我介绍各种"山塘人物",他后来又谈到太湖古建公司的薛家祖孙三代。

"要说具体施工的话,当时我们整个山塘修复都是太湖古建承接的,香山帮薛家祖孙三代,都是搞古建筑的,他们有情结,有情怀,甚至宁可自己贴钱,也一定要搞得像样。"

香山帮薛家,说的就是薛福鑫、薛林根、薛东三代人。

山塘街的玉涵堂,被称为"姑苏城外最大的古建筑群",是明代吏部尚书吴一鹏故居,2002年之前,吴一鹏故居和苏州古城内的许多老宅一样,已经破败不堪,那一年,修复吴一鹏故居的重任落在了薛家人身上。

这也是薛东进入这个行业不久、他们祖孙三代鼎力合作的第一件大工程,70多岁的爷爷负责整体设计,父亲负责施工管理,薛东则贯彻爷爷的理念,负责分项设计及绘图。

极其艰难的工程,倾尽了祖孙三代人的心血,整个过程中,只要有一个哪怕很小的地方做得不满意,就立刻拆掉重做,力求做到最好。

有些遗憾的是,因为时间和容量的原因,我没有再能去采访,也不能再详细介绍薛家祖孙三代,其实我在网上也看到许多关于他们的事迹,其中有一篇文章的题目就足以让我肃然起敬、倍受震撼。

那个题目是——"苏州古典园林竟有近一半都是这祖孙三人修复的"。

"从苏州古典园林到北京皇家宫殿,处处都有他们的身影,辉煌时期一度有'江南木工巧匠皆出于香山'的说法";

"薛家祖孙三代,半个世纪以来,几乎参与了包括拙政园、沧浪

亭、网师园、耦园等现存苏州园林的近一半修复工作";
……

是的,关于香山帮匠人的昨天和今天,不是三言两语、不是一两篇文章可以概括出来的,那是史册上的一页又一页记载,那是大地上的一座又一座建筑,它们无声胜有声,薛家祖孙三代以及所有香山帮匠人,一直在以他们的实际行动守着初心、走着辉煌、书写着香山帮的传奇。

6.《桐桥倚棹录》

我再一次迫不及待了。

在写作《家在古城》的过程中,我的迫不及待好像来得太多,也太频繁,我有点沉不住气,有点着急,有点焦虑——那是因为,苏州古城,每一个街区,每一个角落,每时每刻,都在召唤着我。

2014 年 11 月 14 日,下午,我的山塘街:

一个人。

没有邀约身边的朋友,也没有陪同远方的客人。

一个人,就这样,说来就来,就到山塘街来了。

这必须是一个人。因为这是一次专一的约会,是一个深情的凝望,不要多余的陪衬,也不要世俗的干扰,就是一个人和一条街的交流,一个人和一条街的相遇相拥。

秋已经很深了,很有些凉意,风,从长长的街头过来,一直穿到街尾,没有人能够躲避掉风,但心里头却是暖暖的,因为回家了。

家是暖和的、温馨的。

此时此刻，怀揣着浓浓的回家的情意，我站在了山塘街这里，可是我的思绪却又飞出去好远好远，我在回想，回想在许多忙乱的年岁中，回想无数置身他乡的时光，在这些岁月，在这些时光，忽然的，甚至是完全没来由的，思乡的情绪就会升出来，思绪飞越距离，飞越繁杂，落在我家乡的山塘街。比如有一次，我在鼓浪屿的沉静的悠远的气息中，忽然就想家了，想家乡的山塘街了，在鼓浪屿的某一幢墙面斑驳的旧宅前，在鼓浪屿的某一条蜿蜒细长的小巷里，我恍惚以为我已经回到了家乡，我甚至以为这就是山塘街。可能还有一次，我身处大厦高层上，事务缠身，心绪烦乱，望着窗外烈日下的幢幢高楼，被高楼的玻璃墙折射的阳光灼伤了眼睛的时候，我又一次，忽然地想起了山塘街。

　　现在好了，再也不用恍惚，再也不用似醒似梦了，我真真实实就回到山塘街了。手真真切切触摸着青砖墙，脚踏踏实实踩着条石地，眼睛也明明白白地看着了山塘街，甚至我呼吸的空气，我都知道是山塘街的。

　　……

　　很长的时间里，我的内心就这么担忧着，我的思想就这么犹豫着。小时候曾经走过山塘街的哪一段、哪几段，如今已忘得一干二净，等到长大了，等到要老去了，苏州的街街巷巷，都已经改变了面貌，变得我们不认得了，变得令人感叹令人扼腕，苏州城都已经变了模样，山塘街还在哪里呢？

　　历史似乎也强行地跳过了一段又一段，让人找不到历史与历史之间的链接了。于是，总有些怀疑，经历沧桑后的山塘，还值得去走一走、看一看吗？

　　我还是来了。我一定会来的。

　　因为热爱，因为热爱苏州，因为怀揣着对山塘街的期望。

车子停在车水马龙喧嚣繁华的大马路上，在广济路新民桥堍，下十几级台阶，忽然地、顷刻间，就换了一个世界。

　　古老的山塘街就在桥下，就在我的眼前，从遥远的历史中突然地显现出来了。

　　我在桥下站了一会，似乎有点发愣，头顶上是轰隆隆的车声，桥下却一片宁静，虽然人并不少，南来北往的游客，和苏州本地的老百姓，在山塘街穿梭往来，有许多人慢慢悠悠的，体会着山塘街的内涵，这是渗透着丰富情感的文化之行；也有许多人脚步匆匆，但那是一种过滤了浮躁的行走，无论快还是慢，你到了山塘街，你就不一样了。

……

　　看过玉涵堂，我就往西走了。穿过桥洞，西边立刻又是另一番天地，浓浓的生活烟火气扑面而来，卖货的和买货的挤挤攘攘，狭窄的街道两旁，摊开的是苏州百姓的日常生活，地摊上，应有尽有，什么都有，只有你想不到的，没有它不存在的。

　　不知道是因为东西多，人才会多，还是因为人多，东西才多，总之这里的人群是比肩接踵，有一辆误入小街的外地小货车，被人群和非机动车堵住了，进退两难，还有一个外地的单身游客，被这尽情铺展的平常生活场景迷惑住了，他一定在想，这就是名闻遐迩的山塘街吗？这怎么像是我家附近的菜市场呢。他把疑惑抛向了路旁一位摆摊卖棉鞋拖鞋的苏州大妈，我好奇地凑过去听大妈的解释，我听到大妈告诉他，你往东边走吧，东边那里，是古色古香的山塘街。那个单身游客，似信非信，但是他听从了大妈的指点，往东边去了。

　　我感受到大妈身上散发出苏州人的热情、好客，要面子，其实大妈，你所在地方，也是山塘街呀，只不过它是山塘街存在的另一种形式。

　　这种形式太过世俗,太过实在,让远方来的客人无法与自己梦中的山塘对上号,于是,他们往东边去。

　　而我,则继续往西走。

　　我终于走到了我最想去的山塘街。

　　静静的山塘街,基本保持了原貌的山塘街。

　　……

　　我不由自主地放慢了脚步,在这个幽静的山塘街街段上,慢慢地行走。太阳升起来了,寒气退了许多,居民出来晒衣被了,邻居间也有一些招呼声,但是很平常很低调,没有惊动任何人。就这样,我从山塘街的东头一直往西走,对山塘街上的老宅,一家一户,有滋有味过看过来,看过去,在普通的甚至是低矮旧陋的民宅之间,我看到了汪氏义庄,看到了郁氏家祠,我走过了陕西会馆、山东会馆,面前,还有许多……间夹在普通民居中的深宅老院,那真是庭院深深深几许……

　　如果把山塘街比作是一幅画,我希望这幅画,从古代挂到今天,再从今天挂到未来,历经风雨,不褪色,不走样,常挂常新。

　　——回头看看,当年的这段文字,有点煽情,它是真情实感的,但它又似乎是浮在山塘街的街面和山塘河的河面上的,因为我,只是"行走",不同于平龙根的经历——平龙根,他是深深地扎根在这里的。

　　"我们家最早是浙江绍兴的,二十世纪抗战时候,从绍兴到苏州来落脚谋生、投亲靠友,我爷爷奶奶带着我父亲、伯父、姑妈等一家子人,甚至他们的家属都到了山塘街,当时落下来就在那扎根了。我就生在山塘街内青山桥浜50号,叫山塘街内,因为山塘街的这一条街它直进去的,现存还可以看到从前的情形,拆迁之前,有一个铜的牌子,蓝底白字,这些的照片我都有。我小时候上学就读的是山塘街上的虎丘中心小学,那个时候叫丁公祠,山塘是我的求学之地,同时又是我的成长之地。我小时候游泳就在山塘河里学会的;小时候要买米,就到山塘桐桥粮店,后来名字叫回贝家祠堂;有个普福禅寺,我们当时在里面看绍兴戏;还有我在山塘比较特殊的遭遇,是我曾经刚参加劳动的时候,几个民兵,半夜里就在山塘街上的半塘'铁嘴洋桥'上守夜;我也摇过5吨重的水泥船,经过山塘河,经过大运河,一直到宜兴丁蜀镇去拉花盆;还有那个时候没有井,我们所有喝的水都是山塘河里挑上来的,挑到水缸里边沉淀一下,就可以喝了,还有我们所有的浇花、浇菜的水,都是山塘河里挑的;不到16岁时我就跟着父亲做瓦工,就是给山塘街的古建筑去捉漏,那时候我爬到屋顶上了,我会在瓦上走,不会踩碎瓦……"

这个根,扎得真是很深很深。

这样的生活回忆,真是十分的生动真切。

还有呢,还有许多许多。"那时候还没有虎阜大桥,我们到大众电影院看电视,有预约券,5分钱一张票,必须穿过山塘街;在农村干活,到城里去挑豆渣,也是经过山塘街的,甚至夏天买个西瓜,也都在山塘河里的船上买的……所以后来我走到山塘街上去,特别是半塘以西,路上很多人都认识我,这个对我后来的工作大有帮助。这个人叫什么,那家人是干什么的,原来哪个宅子是什么样子的,都在我的脑子里记着。我们一家四代人,从我爷爷、我父母、我、到我女儿都是喝山塘水长大的,还有我的许多亲戚,他们的人生也都是从山塘开始的,我的大姨子、后来我的舅妈等等,征地以后到香料厂,香料厂就在山塘街上。总之,山塘街跟我关系太密切了,我从生下来一直到当兵之前 18 年,全是在山塘街,山塘河是我的母亲河,山塘街就是我的乡愁所在。"

18 岁,平龙根去当兵了,一去去到了遥远的宁夏固原,那是联合国教科文组织宣布为不适合人类居住的地方,主要是没有水,降雨量非常低,它的河水都是苦的,和家乡的山塘河,恰好是一个鲜明的反差。

在部队 20 年,平龙根的家人始终生活在山塘,不仅父母亲兄弟姐妹在山塘街,他的妻子也在山塘街,女儿在山塘街出生,又在山塘街上的虎丘中心幼儿园里上的幼儿园,然后女儿读小学,也是在山塘街上的虎阜小学。

平龙根说:"所以我就像一只风筝飘在六盘山,但是我的这个线还在山塘街上牵着,所以,我写信寄信的地址,一定是写苏州市山塘街内青山桥浜 50 号。"

2021 年 7 月 7 日上午和平龙根聊了半天,下午平龙根就发来了十多篇文章和许多照片,他怕打扰我,特意发到冯婷那里,跟冯婷说,如果我需要,再转给我。

我当然需要。

他把一位学古代文学的东北姑娘冯婷也感动了,冯婷跟我说:"老师,平书记可热情可谦虚啦。"

是的,有水平而又低调,一肚干货可以滔滔不绝,但绝没有半点个人的沾沾自喜,全部的心思都在山塘,这是苏州人的典型代表,这就是山塘人平龙根。

平龙根的山塘人生,也是许许多多山塘人的人生。

2021 年 11 月 4 日,我再一次来到山塘街,平龙根对山塘的炽热的爱一直在触动着我、感染着我、催促着我。

整整七年后,同样也是11月,也应该是深秋的日子了,却是一个格外暖和的深秋。

可能因为疫情的缘故,下午的山塘街,人并不多,当我站在山塘街东口张望甚至有点疑惑的时候,三轮车师傅过来和我聊天了,他大约看出了我的疑惑,对于相对冷清的山塘街,师傅好像还有点不好意思,他告诉我,现在白天人不多,主要是晚上,晚上人多。

关于山塘夜景,称之为"苏州十大最美夜景地",我也曾看到过一些评价,有人说"美翻了",有人说"最迷人",也有人说"现代气息太浓了,少了原有的韵味"。

闭上眼睛都可以想象,山塘灯光秀一定是美轮美奂的。可是,在限电拉闸的日子里,不知道山塘的夜还是不是那么璀璨,大红灯笼高高挂有没有点亮。我想,过几天,我得在晚上也去一下,也不枉那位热情的三轮车师傅一番推介。

他像个免费导游,还注意观察着我的表情,也许面对山塘街时,我所流露出的表情比较含蓄,不是太惊喜,不是太赞美,所以他赶紧又说,最好是坐船,在河上走着看,好看。

其实,山塘街的"好看",是时时处处的,而今天,我更想看的是山塘街上的人。就比如我面前的这位三轮车师傅。

我们又聊了一会,他并不完全是为了做生意才主动和我聊天,我最后没有按他的意思,"坐车转一转",他也没有失望,仍然是意犹未尽的样子。

我走到入口处,出示了健康码,终于再一次踏进了山塘街。

山塘街区的格局,和平江街区完全不同,平江街区有横平竖直纵横交错的支巷、再支巷,三步一巷五步一弄,随便走走,一拐弯就可以从平江路走出去,再一拐弯又可以走回平江路来,总之随你怎么在迷宫似的棋盘里穿行,平江路永远就在你的不远处。

而山塘街区则是另一番风景,它是一条长街,七里山塘,不仅名副其实,而且它还是一条直直的不拐弯的山塘,中间没有出口,只有相隔七里的一东一西两个口子,一个在虎丘,一个在阊门,从东走到西,或者从西走到东,步行要一个小时以上。

不是说长长的七里山塘中间没有任何一条支巷,有支巷,比如桐桥西圩,比如倪家巷等等。但是这些支巷和平江路的支巷不一样,它们不是横平竖直的,你一旦走进去,那才是真正的迷宫,你很可能再也回不到山塘街上来了。

后来我曾经有机会请教了山塘街的老居民徐文高和吴兴男,他们告诉我,那些支巷,确实是通不回山塘街了,它们是通往乡村的,你一直往前走,就是另一番天地了。

除非你有时间、有心情,你愿意去摸索苏州城外西北角上那一大片的区域,去看看它们全部的真实面貌。

我倒是愿意。可惜目前条件不足,既没有足够的时间,也没有足够的脚力。我会好好地锻炼,把每天散步的时间拉长,再拉长,也许有一天,我真的会去,哪怕陷入那个真正的迷宫,也值。因为,那是姑苏的迷宫呀。

曾经有人这样说:"深深的巷子,深深的过道,里面住着许多苏州老百姓,他们的生活方式还停留在二十世纪七八十年代。或许他们并不贫困,也常常抱怨那样的生活条件,但一切就是那么随意地存在了几十年,他们习惯了这样的一切,在这里感受着苏州几十年的快速发展,又亲眼目睹着山塘街的变化。"

如同平江路支巷里的居民,我心里一直是牵挂着他们的,只是现在,我只能走在直直的不拐弯的七里山塘,支巷里的一切,我暂时无法顾及。就是脚下的这条街,眼前的这条街,可不是一般的街,我来过多次,但是即便来过再多次,我还是得尽我的全力,再重新去看它,去认识它,去介绍它。

我们先大致了解一下它的近七十年来的变化吧:

20世纪50年代,山塘街改为弹石路;

1956年,山塘街(渡僧桥至山塘桥段)拓宽,改为沥青路面;

1981年,山塘街(山塘桥至白姆桥段)砌花岗条石路面;

1985年,山塘街(普济桥至西山庙桥段)砌石驳岸,铺小方石路面;

1992年,山塘街(虎丘以西210米段)进行改造,形成明清风格的商业街;

1996—1997年,山塘街(白姆桥至普济桥段)改建为六角道板路面;

2002年6月18日,山塘街启动保护性修复;

2018年7月,山塘街(新民桥至彩云桥段)风貌整治项目正式启动;

2019年1月,山塘街(新民桥至彩云桥段)风貌整治工程全面竣工,并通过验收;

现在山塘街主要路面全为条形石板铺就,门牌总数为948号……

再来看看山塘主要文物一览表:

(1)文物保护单位

　　云岩寺塔　全国重点文物保护单位　五代　虎丘风景区即虎丘塔

　　五人墓　江苏省文物保护单位　明　山塘街青山桥东侧

　　葛贤墓　江苏省文物保护单位　明　山塘街青山桥东侧即葛成墓

玉涵堂　江苏省文物保护单位　清　东杨安浜

陈去病墓　苏州市文物保护单位　1935年　虎丘风景区

虎丘摩崖石刻　苏州市文物保护单位　唐至清　虎丘风景区

钱处士墓　苏州市文物保护单位　清　虎丘风景区

雕花厅　苏州市文物保护单位　清　新民桥北堍西侧

普济桥　苏州市文物保护单位　清　山塘街

李鸿章祠　苏州市文物保护单位　清　山塘街

白公堤石幢　苏州市文物保护单位　明　山塘街移至五人墓内

(2) 控制保护古建筑

岭南会馆头门　清　山塘街136号

许宅　清　山塘街250号

某宅　清　山塘街252号

天和药铺　清　山塘街374号

某宅　清　山塘街454号

汪氏义庄　清　山塘街480号

郁家祠堂　清　山塘街502号

山东会馆门墙　清　山塘街552号

观音阁　清　山塘街578号

陶贞孝祠　清　山塘街696号

敕建报恩禅寺　清　山塘街782号

鲍传德义庄祠　民国　山塘街787号

李氏祗遹义庄　清　山塘街815号

古戏台　清　山塘街通贯桥西侧

汀州会馆　清　山塘街新民桥东侧

叶天士故居　清　山塘街渡僧桥下塘48号

(3) 古牌坊

吕袁氏节孝坊　清　山塘街540号
贝程氏节孝坊　清　山塘街万福桥东
唐孝子坊　清　山塘街696号
俞胡氏节孝坊　清　山塘街井泉弄沿河移自山塘街840号
陶张氏贞孝坊　清　山塘街701号
佚名节孝坊　清　山塘街704号
陈张氏节孝坊　清　山塘街707号
宗仁主义坊　民国　山塘街787号
佚名功德坊　清　山塘街渡僧桥下塘沿河

(4) 古桥

通贯桥　清　山塘街杨安浜口
星桥　清　山塘街星桥湾
白姆桥　清　山塘街薛家湾南口
东八字桥　清　山塘街薛家湾
西八字桥　清　山塘街薛家湾
五泾浜桥　民国　山塘街五泾浜北口
青山桥　清　山塘街五人墓西
绿水桥　清　山塘街青山桥西
同善桥　清　普济桥南堍西侧
引善桥　清　山塘街绿水桥对岸
斟酌桥　民国　山塘街虎阜大桥西
万点桥　清　虎丘席场弄口
西山庙桥　清　山塘街西端

(5) 古迹残存

  冈州会馆门墙　清　山塘桥西

  宝安会馆水码头　清　冈州会馆西临河

  安泰救火会　民国　通贯桥北堍

  项氏三代节孝祠头门　清　山塘街白姆桥西弄

  吉祥寺　清　山塘街倪家弄口西侧

  陕西会馆围墙　清　山塘街金家弄口西侧

  永安龙社　民国　山塘街670号

  蒋参议祠头门　清　山塘街762号

  张国维祠　清　山塘街800号

  西山庙头门　清　山塘街西首

  花神庙　清　西山庙桥南堍

(6) 半个世纪以来消亡的重要古迹

  仙城会馆　清　山塘桥西

  全晋会馆　清　半塘桥东会馆场

  半塘寺　晋至清　彩云桥下塘1号

  龙寿山房　晋至清　彩云桥下塘14号

  普福禅寺　南宋至民国　青山桥浜

  蒲庵　清　山塘街井泉弄内　虎丘村三组

  花神庙　明　山塘街花神浜内　虎丘村七组

  普济堂　清　普济桥下塘　即原苏州市福利院

  清节堂　清　普济桥下塘　斟酌桥对岸

  清大中丞丁泰岩公祠　清　山塘街原虎丘中心小学

  清巡抚吉尔杭阿祠　清　山塘街749号

  明巡抚周忱祠　明　山塘街749号

  清兵部侍郎李延龄祠　清　山塘街749号

宋公祠　　清　虎阜大桥东堍

汉二戴夫子祠　　清　山塘街844号

桐桥　　清　山塘街观音阁东侧

白公桥　　清　普济桥北堍东侧

毛家桥　　清　山塘街倪家弄口西侧

迎恩桥　　清　引善桥西 斟酌桥对岸

重修白公堤碑　　明　青山桥西堍（明范允临撰书）移至五人墓内

"韩公塘"碑　　清　山塘街马营弄口

……

说实在话，在把这个表列出来之前，我曾犹豫再三，我再一次左右为难、进退两难。在写平江街区的时候，我列出了平江路的宅园桥井等等，现在再照着那样子列出山塘街的宅馆墓坊，从文章的结构和形式上讲，就是雷同，甚至可能累赘了，可是，如果不列出来让大家知道的话，不仅对山塘街不公平，我自己也无法面对自己。

更何况，玉涵堂、汪氏义庄、五人墓、普济桥……那一个个带着历史温度、带着生命强度的名字，在我的思维中左冲右突，它们要奔涌而出，我是控制不住它们的。

其实，也许是我错了，或者它们并没有左冲右突要奔涌出来，而恰恰是我自己显摆的欲望在左冲右突，是的，我急于要显摆它们，我按捺不住我的奔涌的心情。

我闻到了我言语中的骄傲。

我的"骄傲的家乡，家乡的骄傲"的一条街，一条街上有这么多的宝贝，显摆不行吗？不香吗？

所以，雷同就雷同吧，重复就重复吧，毕竟文章以内容为大。

看看这个一览表，真的会心潮澎湃，真的会喜不自胜，山塘，只是一条街而已,它真的是太丰厚太富有了。

何止是"繁华第一街",何止是"一二等富贵风流",那是真正的"风光无限好"——天下之大,哪有一条街会如此的"无限"？哪有一条街上有那么多的历史文化节点？我从来都是以苏州人的"低调"为自豪并且自律的,但是现在,我情不自禁地要高调地唱响山塘街了。

2021年11月9日,我在山塘街857号的老山塘居民朱兴男家里,见到了"老山塘"徐文高,徐文高的大名我是早就知道的,他和山塘的故事,同样十分精彩。

徐文高原来就是山塘街上的一个普通居民,他的家就在山塘街绿水桥和普济桥那一段,打开前门是山塘街。"我读的小学在山塘街一个祠堂里边,读初中在山塘街李鸿章祠堂,高中到苏州市五中,天天走山塘,1966年高中毕业以后回乡插队,就是山塘河的北面,就是虎丘大队,后来因征地进了苏州香料厂。香料厂也在山塘街。"

一直在香料厂工作到退休,也就是一辈子都在山塘街上。

如此几十年生活在山塘街,山塘的一切,都在他的眼前、脚下、心中。徐文高说他早先也并没有特别的在意,如果没有那样一件事,或许他就和山塘街上的许许多多原住民一样,只因身在此山中了。

谁也无法预料,命运什么时候会发生转折。恐怕徐文高自己也没有想到,1980年8月的一天,他与山塘街的关系发生了重大的变化——那一天,他在苏州的一家书店买到了一本书,上海古籍出版社出版的清代顾禄著《桐桥倚棹录》。

这本书给徐文高带来了巨大的震撼,自己天天行走、几乎"熟视无睹"的一条街,竟然在清朝的时代,就有人专门为它写了一本书。

书只有一本,很破旧了,徐文高小心翼翼地用纸包着,小心翼翼地展开让我看,我注意到徐文高印在书上的藏书章,有些不同,仔细一看,是一枚"徐文高读书记"章。

因为许多年来,一本书反反复复看的,角都磨损了。徐文高让我看过以后,他又小心翼翼地包藏起来,我眼馋得不了了,回家后立刻到网上的书店去搜索,结果却没有找到。

有些遗憾。

幸好我拍下了《桐桥倚棹录》的一些内容,以下就是它的"目次":

卷一:山水

卷二:名胜

卷三:寺院

卷四:祠宇

卷五:冢墓　塔院　义冢

卷六:坊表　义局　会馆

卷七:汛地　堤塘　溪桥　场弄

卷八:第宅

卷九:古迹

卷十:市廛

卷十一:工作

卷十二:舟楫　园圃　市荡　药产　田畴

别说徐文高因为这本书激动,谁看了都会感慨万千的。

从此以后,徐文高一头钻进了山塘街的历史古迹之间,按图索骥,什么地方是寺庙,什么地方是古桥,什么地方是牌坊,一直在探索摸索,到39岁时,徐文高写了一篇文章,叫《七里山塘》,寄到了《苏州日报》。《苏州日报》分两期发表了,后来这篇文章还编到《苏州市初中乡土语文教材》第二册里面。

从《桐桥倚棹录》走进山塘，一进去就是四十多年，到现在仍然在里钻研畅游，自己把自己培养成一名文化专家，后来政府申报山塘街中国历史名街时，文本初稿就是徐文高起草的。

其实，关于山塘街，何止是清代顾禄的一本书，在清朝往前，专为山塘写的今天我们还能看到的古诗词尚有 300 余首，有长卷画作《姑苏繁华图》和《虎丘山塘图》，还有一首民歌《大九连环·姑苏好风光》。

"上有天堂，下有苏杭，杭州有西湖，苏州有山塘。哎呀！两处好地方，无限好风光……"歌词很长，徐文高在他编著《山塘钩沉录》一书时，附上了全部歌词和曲谱。

关于这首民歌，徐文高有他的周密详细的功课，他曾经专门为此写过文章发表，从时代背景，到歌词内容与山塘实景的互动，再到唱歌时怎么用苏州话发音，无不娓娓道来：

"歌词开头一段唱到苏杭两处好风光，点到山塘，接下来依次从正月唱到十二月的四季花卉以及雪月，其中五月一段是唯一集中唱山塘的词。龙船会又称龙船市，指的是端午山塘竞渡，《清嘉录》描述那时：'山塘七里，几无驻足之地……欢呼笑语之声，遐迩振动。'

"其中唱到'得儿……'要用舌尖抵上腭，发出颤音，这种发音方式普通话中没有的。

"《大九连环·姑苏好风光》歌词似乎没有经过文人加工，却以原始淳朴的感情赞美了姑苏风光和七里山塘。"

1957 年莫斯科世界青年联欢节声乐比赛，鞠秀芳演唱的民歌中也包括了这一首，荣获了银质奖章。

山塘街是苏州人的骄傲。它有近 1200 年历史，而山塘街的

"龙头"阊门和"龙尾"虎丘剑池则有2500年历史,正所谓"一条1200年的扁担挑起苏州2500年的历史",这确实是一般的历史街区难以相比的。

山塘街和平江路,如同两根定海神针,在苏州古城的东西两侧,稳住了古城,守住了古城,盘活了古城。它们一东一西遥相对望,它们是那么的相似,却又是那么的不同,它们各自以独特的形象展示着古城的风貌。

较之于平江路,山塘街也有许多的"多":会馆多,庄祠多,坊多墓多……当然,除了这个"主要文物表",山塘街还有许多内容可以制表列出,比如山塘街上的商家,比如山塘街的大师工作室,比如山塘街上的传统艺术展示,比如山塘街上的一览无遗却又是七里延绵一眼望不到头的枕河人家……因此,山塘街更具商贸气息。苏州古城的河街并行风貌,也在这里尽情地释放着它的魅力。

这么多的内容,我肯定不能全部记得,有的甚至还是陌生的,但是它们确实一直在我心里装着、呆着,一旦在现实中相遇,就会碰撞出激情的火花。

我从网上看了看山塘旅游推荐路线,有好几条,其中的一条:

全程旅游线路(3600米):阊门城楼、唐少傅白公祠(白居易纪念苑)、御碑亭、山塘老街、冈州会馆、安泰救火会、通贵桥、玉涵堂(山塘人文风情馆)、新民桥、古戏台、江南船文化博物馆、商会博物馆(原汀州会馆)、山塘雕花楼、天和药铺、汪氏义庄、郁氏家祠、陕西会馆、东齐会馆(山东会馆)、桐桥遗址、观音阁、吴中贝氏纪念馆(贝节孝坊)、古牌坊群、敕建报恩禅寺、普济桥、同善桥、普济堂、引善桥、五人墓、葛贤墓、白公堤石幢、普福禅寺(葫芦庙)、鲍氏义庄祠、李氏义庄、李鸿章祠、虎丘风景区。

真是惊到了。

我不知道这是半日游还是一日游,无论是半日还是一日,一口气要把这些都看了,我想我肯定是走不动的了,这可不仅是个体力活,更是个脑力活,你想在短短的半天或一天时间,走过那么多的历史留痕,要吸收那么多的文脉精华,又不要走马观花那种,也不要小和尚念经那种,要看过、要记住并融化于生命之中,谈何容易。

其中的每一个节点,都值得你驻足一两个小时甚至更长时间,甚至,你走进去,一时半会你都不想离开。

太多了,真的太多了,如果眉毛胡子一把抓,写的人晕头转向,看的人也会云里雾里。

7. 七年后的行走

其实,关于历史风貌,山塘街保护性修复工程早就给我们厘清了思路,规划了线路,开辟了走进修复后的山塘街的通达顺畅的一条路。

由东到西,总规划划出了六个功能区:

盛世繁华区:以通贵桥为节点,此处近阊门,商贸繁荣,人流如潮。

市井风貌区:以星桥为节点,此处民居密集,最能体现市民生活的原生态。

历史风情区:以桐桥为节点,清代顾禄所著《桐桥倚棹录》就是以桐桥来"指代"山塘街的,且桐桥又叫"胜安桥",可见桐桥在顾禄、在世人眼中地位最重,桐桥又是苏州长篇弹词《玉蜻蜓》中"桐桥拾子"的发生地,历史风情十分浓郁。

传奇文化区:以半塘野芳浜为节点,此处近郊野,古迹丛列,史载不少传奇。

名贤古迹区：以普济桥为节点，此处名贤有葛成、五义士、周忱、李延龄、陈明智等。

田园风光区：以青山绿水桥为节点，此处近郊野，旧时沿河两岸"三花"香气袭人垂杨碧波，水阔人稀。

名胜风景区：以虎丘风景区为节点，此处千古名胜地，游客纷至沓来。

明明是六个功能区，我却写出了七个，不是数学没学好，是对山塘街因为爱而有了私心，就自说自话了。其中的"田园风光区"，是我自己添加进去的，究其原因，可能是因为青山绿水桥的那一段山塘，给我的印象太深了。

如同一条长长的彩带，一段一段划分成各种不同的色彩和功能，我现在就沿着这条彩带，试着走一走。

阊门是苏州经济的中心，陆上车马，水上船只，大都在阊门停留，一切货物都在阊门运转、聚散。因而，阊门成了苏州最热闹的地方。那些官绅大家和文人雅士，在此构建别墅，建筑园林，为阊门增光添彩。

此外，各地商人纷纷来此经商。商人要维护自己的利益，会馆就应运而生。会馆，是同省、同府、同县或同业的人士在他乡设立的机构，共同出资建造房舍，便于同乡或同业聚会，商讨同业的生意行情，或向同省、同府或同县人氏提供工作的机会，帮助同乡人解决困难等。当时来讲，会馆是个新生事物。据史料记载，万历年间创立于山塘街的岭南会馆，天启年间创立于山塘街的东官（东莞）会馆、清康熙年间创立的宝安（今深圳）会馆等，为阊门的繁荣增添了新的活力。

而此时此刻，我就是从阊门而来，走进山塘街，走在东入口至新民桥段。虽然只有短短几百米,"盛世繁华区",繁华,繁的是一个"商"字,它保留和拓展了"最繁盛商业街区阊门"的一个"商"字特色,正如唐伯虎有诗言:"世间乐土是吴中,中有阊门最擅雄。"

但是,你走在山塘街东段的这个"商"字之中,分明又感受到它和当今现代的那个"商"是不一样的,隔三岔五的,在商店林立之间,就出现一座古宅,三步五步的,又看到一座古戏台、一处古码头,再走几步,又是一座古石桥,这些浸染了岁月风霜的建筑,使得这里的这个"商"字,裹上了别样的色彩,夹杂着繁复的内容,已经不是一个"商"字能够涵盖的了。

再有些评弹的声韵、刺绣的生动、艺雕的精致,鲜活地呈现在面前、飘荡在耳边,你的思绪、你的心情,早已经从一个"商"字中跳跃出来,高高地远远地飞翔起来了。

本来我的脚步就很慢,在山塘街上,脚步是快不起来的,在我经过汀州会馆的时候,我的脚步慢得不能再慢,干脆停了下来。

有两位外地的游客坐在汀州会馆门口台阶上抽烟说话,我听不出他们是哪里人,但是他们平和的语气和恬淡的表情,倒是和古城、和山塘的气息十分吻合。

我注意观察着山塘街上的行人,多半是这样的语气和表情,他们也许各有性格脾气和有世间负担,但是走到山塘街上了,他们都暂时地抛却了烦恼、忘却了负担,他们的心思就和山塘街走在一起了。

汀州会馆是2003年从上塘街整体移建至山塘街的,2005年在此改建为苏州商会博物馆开放。

如前所述,由于山塘街东起阊门,西至虎丘,在清朝康熙、乾隆年间,全国各地的货物都在此中转,通过松江和太仓刘家港运往世界各地,因而各地商人纷纷在山塘街建立自己的会馆。山塘街曾建有大小十四处会馆。

1903年,清政府设立商部,专司工商事务,并劝导各省商埠成立商会,以振兴商务,奖励实业,发展民族工商业;

1905年,在上海、天津之后,苏州正式成立商会;

1905年—1916年初名苏州商务总会;

1916年—1931年苏州总商会;

1931年—1949年吴县商会;

1949年苏州解放,改为苏州工商业联合会。

今天的苏州商会博物馆展示了苏州商会的百年历史,只是我不能再在这里驻足这百年的历史了,我得继续往前走,山塘街还长着呢。

穿过新民桥长长的桥洞,就进入了"市井风貌区"了。

与七年前相比,这里的变化是最大的。

"卖货的和买货的挤挤攘攘,狭窄的街道两旁,摊开的是苏州百姓的日常生活,地摊上,应有尽有,什么都有,只有你想不到的,没有它不存在的。"——这是七年前的情形,街边铺满地摊,而地摊背后的民居,有的开着门,有的关着门,但无论开门关门,他们都是又喜又忧。喜的是生活方便,忧的是少了清静。

现在我的眼前,那无数的地摊,连一个影子都没有了,但是地摊上卖的物事却仍然在,在哪里?在那些沿街的民居里——是的,今天的这一段区域,所有沿街的门面房,几乎全部开成了小店,所以,它依然是"应有尽有,什么都有,只有你想不到的,没有它不存在的"。

和七年前一样,走着走着,我饿了,和七年前不一样,我没有返回到山塘东段找一家百年老店,或者时尚网红店,我就近看到一家很小门面的馄饨点,是坐南朝北、也就是那种真正的枕河人家,里边有一对青年男女刚刚吃完准备离去,店里只有一位年轻女子在做生意,我走进去,要了一碗小馄饨,扫了墙上的支付宝后,趁着她给我下馄饨的时候,我往后边走了几步,想看看后面的河,却发现后面是封死了的,我心里正在琢磨,那店员见我往后面走,八成误会了,十分严厉地问我:你要干什么?

我看了看她的脸色,十分难看,我有些心虚,赶紧说,我看看这里能不能看到河。

不能。

她一直板着脸。

我本来还想跟她聊聊天,问问在这里开店的情况,现在看她生气,我也不能多嘴了,只好老老实实地坐下。

馄饨上来后,那个店员开始大声地通电话,原来她不是生我的气,她是在生老板的气,我通过她的电话内容,大致知道了,她要去接孩子放学,店里只有她一个人,电话那边在问老板呢,她说:"我也不知道,老板一点多就出去了,到现在也不回来,电话也不接……"

不过还好,她一通电话抱怨的还没有说完,老板就回来了,是个女的,还带着另一个年轻的妇女。

她们交流着出去买了什么东西的内容,过了一会,有个中年男人骑着电瓶车过来,把一大袋肉搁在门口的台上就走,老板在里边随口地说了声谢谢,后来那个店员就去接孩子了。

一切都是那么的真实而随意。

她们的口音我也同样没能分辨出来,但大致感觉是,徐州?山东?

无疑,这个店面,是租的。

把居民每间沿街的房屋买卖,开出门面,出租开店,当然,也有的是户主自己开店,我本来要去社区居委会了解一下,出租的和自己开店的比例,后来我又放弃了这个念头,我更感兴趣的,是山塘街的这一段"百姓日常区",的的确确实实在在就是苏州古城百姓的柴米油盐的生活区。

和平江路一样,沿街民宅开店,但是,和平江路又不一样,平江路的店,主要是面对外地游客的,而山塘街的店,却是开给本地居民的,这一段路上的行人,和平江路上的行人不太一样,也和山塘东段外地游客不同,大多年长,大多操苏州口音,是熟悉的苏州面孔。

这一带山塘街,一点也不小资,是最基础的民生的,甚至有点土,甚至有点低端,却是真实而温馨的,因为这是我们自己的日子,小店里卖什么的都有,老百姓生活用品,应有尽有,几乎所有的店,我觉得都可称之为杂货店。

百姓生活,本来就是杂杂的,毛茸茸的,一地鸡毛。

再往西,应该要到"传奇文化"区了,我看了一下门牌号,也快到400号了,我有点累了,往前看,看不到头,七里山塘真的很长,我问了路旁一位环卫工人,她朝我看了看,大概看出了我的疲惫虚弱,说,前面你别走了,长着呢。

确实我走不动了。

所以她说,你还是回过去,到新民桥去坐车,也有地铁。

我是听了她的话的,后来我就返回到新民桥了,搭上了现代化的便捷和舒适。不过,可别以为我就此不再走山塘街了。

我还会再来的。

还有四个区域呢。

2021年11月9日,我又来了。

这一回,我从山塘街西口进,朝东走。我要去的是山塘老居民朱兴男的家,在山塘街857号,从著名的望山桥走进山塘街,经过虎丘的入口，往东走几百米。

这一段的行走，又给了我全新的冲击和震撼，我忍不住要用几句网络用语来显摆了：

"太可了！"

"糟了，是心动的感觉！"

这一带，疏朗开阔，宁静致远，不像东段的繁华，也不像中段的纷扰，沿着街，隔三岔五也有一些小小的门面，卖一些日常用品。眼镜店、水果店、理发店……店不多，在安静的环境中，简单可以忽略不计，只是在你需要的时候，它就随时派上用场了。

真是恰到好处。

我们到朱兴男家的时候，苏州电视台正有记者在拍摄美食的节目，是请朱兴男的夫人谢静华阿姨炒咸肉炒饭，香喷喷的菜饭刚刚起锅，让刚刚吃过午饭的我们，都要垂涎欲滴了。

等到电视台记者撤走，我们就进入了客厅，虽然不大，但很有情调，因为它是面水的，南门一开，一个临水小院，布满绿植。

作为山塘枕河人家的代表，朱兴男的家庭，既是明星家庭，又是普通家庭，枕河而居的百年老屋，一年四季庭院花红叶绿，两层小楼粉墙黛瓦，既是亲朋好友看景喝茶闲聊的私家茶馆又是中外游客镜头里窥视老苏州窗口的风景线。

朱兴男夫妇的老屋十多年前翻新，因为喜欢老苏州的风情，他们刻意留下了体现水巷风貌特色的滴水瓦、木挡板等老苏州元素。我曾经看到有对这个家庭、这对夫妇的介绍，其中有这样的内容：

"退休后，共同爱好花草的夫妻俩在临河的小院里栽种上了一院子的花草，使庭院更多了姑苏水巷的田园风光。在他们家，有一年四季常绿的吊兰、文竹、瓜子黄杨等，也有应时而盛开的杜鹃、薰衣草、月季等。依次摆放在沿河栏杆上的花草，成为了山塘河上的一道风景,这样,养花种草成了他们退休后的一大乐事。

利用靠河的优势,老朱夫妇每天会用吊桶从山塘河吊些河水,用来拖地、浇花还冲刷卫生间马桶,既节约水资源又环保。"

真是一幅枕河人家日常生活图画。

现在我们也来到了这幅图画中了。

这幢二层沿河民宅,120平米,是朱兴男家的老房子,朱兴男就出生在这里,他的父母亲从前也一直生活在这里,应该有百年甚至更长的时间了。朱兴男的父亲在虎丘种花,母亲养蚕,一直就没有离开过这个老宅,朱兴男1948年出生,后来曾去太仓插队,1973年回城,就安排在离山塘街不远的苏州广济医院,起先做护理,后来做后勤工作,一直干到退休。

朱兴男的家,在山塘街西头,苏州广济医院,在山塘街东头偏北,于是,几十年的上班行程,天天穿过山塘街。

相同的上班路线,相同的人生履历,朱兴男的夫人谢静华也是这样行走的。

谢静华的家,就在朱兴男家对面,当年两家的父母互相替儿女看中了,他们自己也对得上眼,就结婚成了一家人。谢静华年纪小一点,初中毕业没有下放,分配在广济医院对面的苏州轧钢厂。工资收入谢静华还记得很清楚,"当了三年学徒,14块、16块、19块一个月"。

对于今天的年轻人来说,那就是"古时候"的事情了。

说到上班路线,徐文高的行程,正好和朱兴男夫妻的路线相反,徐文高的家,在山塘的中段,在绿水桥普济桥那一带,用徐文高的话说,那时候真的就是开门见山:"我走出大门就是看见狮子山、大阳山的。那时候高楼很少,其他的山,更远一点,天平山、灵岩山我就分不清了,然后开着后门,就是农村。因为本来周围,特别是山塘西段,祠堂、牌坊、寺庙特别的多,司空见惯了,也不觉得什么了。"

徐文高在香料厂工作,香料厂是张公祠原址,在山塘街800号,他从家里出来,往西走一小段就到了。

许多年来,许许多多的山塘人,就是这样西来东往,走活了一条长街,也走亮了许多的人生。

朱兴男夫妇有一个女儿,现在女儿的家在苏州独墅湖,那地方和山塘街是苏州的两个极端的方位,一个在西北,一个在东南,女儿的孩子上学,幸好有她婆婆帮忙接送,否则朱兴男夫妇就要离开西北角的山塘街,到东南方向去住了。

讲了讲经历,朱兴男后来说,我们家的情况简单得不得了。

简单吗?

是简单。但是却是意味深长的简单,是内容饱满的简单,是几十年风雨积淀的简单。

朱兴男十分怀旧,他要讲讲以前的故事。

"以前从这个地方有轮船,小火轮就是交通工具,从虎丘边上可以坐船,可以到浒墅关,我七八岁的时候,母亲有时带我去浒墅关就是乘船过去的。水流挺急的,水清清楚楚,我们以前吃水,就在这个里面打水的,如果要求高一点,就放一点明矾,沉淀下去,那时候没有自来水,我们都是喝山塘河水长大的,大运河的水直接冲过来的话没有沉淀的,干干净净,没有污染,我们生活就靠这里吃水,然后大热天小孩子在河里游泳,下午两三点钟就在这里戏水。有的时候还是一个商业交通要道,甘蔗、常熟的萝卜干、咸菜、西瓜都是这条河运过来的……"

我听出了浓浓的生活气息,和浓浓的热爱生活的情感,从书上抄,是抄不出这种感觉的。

朱兴男还说了一个现状,虎丘旁边的席场弄,里边的西山庙虽然没有了,但是年长的苏州人还是会到那里去烧香。因为习惯,因为那里有熟悉的气味,熟悉的气味就是传统,就是历史文化。

这是苏州人的一个老习惯。比如从前城东的相王弄(后改名相王路,但是苏州人仍习惯称相王弄),从前有相王庙,后来相王庙不是庙了,也不对外开放了,封在原市八中的高高的围墙里边,也看不见它的踪影了。但是苏州老百姓,逢初一十五,还是会从四面八方风雨无阻地前来烧香祭祀,进不去庙门,就在相王弄的街面上烧香,搞得烟雾腾腾,连具体跪拜的对象都没有,就是对着那一个空地。

其实,那也许就不是空地,而是一种精神所在。

后来有较长的一段时间,我记得每每经过相王弄,会看到路边砌了一个专供烧香的水泥槽板,虽然也不算是好办法,但是满足了群众的心愿,也至少不会搞得遍地都是烟灰了。

再后来,古老的相王庙作为苏州市第178号控保建筑,历经各届政府的修缮,又重新有了它的名分和位置。

前两天我又跑了一趟相王弄,相王庙已经赫然重现在相王弄,只是没有对外开放。院门由一扇金属卷帘门封闭着,门墙两边有了一副对联:

护国忠显王

织造都城隍

简括了历史。只是觉得,和那个金属卷帘门相配,十分的违和。

庙门不开,老百姓却照样要给相王烧香点烛,在庙门外面,街边路上,特意置放了一个高高的点蜡烛的铁架子,我去到那儿的时候,架子上有两支蜡烛的烛火正在风中轻轻摇曳。

席场弄里的情形,我没有看到。我很想去看看。

朱兴男也说了一些对河流管理治理的看法,他觉得现在建闸防洪,是保守的做法,古代人造苏州城是有一定考虑的,不会糊里糊涂造就的,因为大运河的水冲过来,到这里急得不得了,一般人游泳都游不过去的,要有本事的人才能游得上去,现在虽然是风平浪静,水比较干净,但是花的本钱太大了。然后从西北一直冲到东南,冲到黄浦江里去了,水是清清爽爽的。做了闸防水是可以的,但是不流动了,缺少了生活的气息。其实山塘河这里,下再大的雨也不会淹的,因为它流速快,每个地方都是通的,现在这个地方弄一个闸,那个地方弄一个闸,自己把自己封住了。换个说法来比喻,以前都是有一个茅房的,茅房的肥料种出来的蔬菜是最好吃的,正常的轮回就是这个样子,有人文的气息,人的生长就是这样,不吃化肥种的就好了,水流也是一样的。

关于水和治水,我是外行,我不太了解朱兴男说的有没有道理,但是我却知道这位土生土长的老山塘,他对于山塘街和山塘河的熟悉和期望,是那么的袒露无遗,是那么的迫切热切,这样的情怀,既难能可贵,又真实感人。

他们在山塘街住了大半辈子,也没有住够,这个地方,真的很宜居,除了文化底蕴、历史遗迹的感染外,还有一个重要的原因,就是邻里关系十分和睦,就像是一家人,朱兴男他们和隔壁人家,家里的钥匙都是互通的,如果哪天出去钥匙忘记带了,就到隔壁人家去拿一下。如果隔壁人家不在家了,下雨了,就用他们的钥匙去开他们的门,把他们晒的东西收下去了。再比如,像今天朱兴男家烧菜饭,隔壁没有烧,等会就会端一碗过去,包了馄饨也端一碗,入秋后院里的葡萄甜了,采摘后分送给左右邻居。

聊到这儿,朱兴男的口气既自豪却又有一点失落和担心:"现在我们这里人也不太多了,因为已经搬走了不少,但是人文气息好,和睦、和谐。所以我们住这里我深受感动,最好是不动,大家共同生活在一起,生活气息好,因为我们年纪大了。"

是的,我听得出,朱兴男最担心的就是叫他们搬迁。

朱兴男需要山塘街,山塘街也一样需要朱兴男这样的居民。

历史街区的"空心化",是古城保护中的大课题,也是大难题,如果展开大讨论,一定会是七嘴八舌,各抒己见,难以统一,而在朱兴男这里,直接就落地在百姓的有历史温度的和谐生活画面中了。

聊得越深,朱兴男的担心就越甚,后来他不再婉转,直接就说:"现在我们这一段,不是拆迁范围,可是我们这一排就剩这么多了,如果电视台要拍的话,要赶紧拍了,也可能过几天就成为历史了。"

在老房子里住了几十年,还愿意继续住下去,还住得开开心心,有滋有味,山塘无言,居民有心。

山塘西段和东段确实不相同,因为从前的虎丘,就是乡下、市郊,大家到虎丘,是春游秋游,而且虎丘的面积大,在苏州园林中它的容量是最多的,一次进去一两万人都没有问题,再则因为苏州是平地,没有山,虎丘山高只有三十米左右,只能算个丘,但是大家把却它叫作虎丘山,一个没有山的城市里的人,要想爬山了,就到虎丘去吧。

古诗词写虎丘的有很多,写苏州其他小园林的古诗词也有,但是都没有像写虎丘那么集中的,可见虎丘是一个多么好的游玩去处。

这就体现出山塘西段的特点了:悠闲。

往西往虎丘来,是游玩,而往东往阊门去,是做生意,氛围是不一样的。虎丘再往西,就更加开阔了,从山塘河过了白洋湾,就是大运河了,就是无锡交界了,那个地方,大运河的对岸有一个亭子,叫作"十里长亭送别"。

我又想去看看了。

我很想知道徐文高、朱兴男夫妇他们,在山塘住了几乎一辈子,他们内心,有什么想法,最希望的是什么。

我实录一段我们的对话:

范小青:你们在这里住了这么多年,一直在山塘街上,有没有什么希望,或者有没有什么想法?

朱兴男:我最大的希望是把山塘街保留下来,因为你说要符合古建筑的风格,我门外也可以根据他们的要求,去装修和改造。因为这里是风水宝地。

谢静华:主要是住习惯了。

徐文高:原住民承载着历史的信息,如果这里没有原住民,这条老街就没味道了。

朱兴男:没有人住,就不是街了,没意思了。人都搬走了,还开什么店?你要开店就是要有人居住的。在我的记忆当中,整个山塘街里面,虎丘这一段是最热闹的,除了没有旅馆,茶馆、酒店、肉店啥都有,特别茶馆最多,这是附近乡下的中心点,花农都集中在这里,早上过来泡杯茶,在茶馆交流怎么种花,交流花市行情,然后吃好早餐,喝点小酒就回去干活了。肉店、鱼店、豆腐店都有,生活气息浓郁的,我上五中的时候,每天都要走的,我们不乘车子,这里乘车5分钱,省下来还可以吃点心了。

这就是乡愁所在。

我们继续:

朱兴男:我们以前家里下面是有个房子的,就在这个河面上,以前真的是热闹得不得了,对面就是粮仓,北方运过来的猪肉,就在那里屠宰的。

范小青:那么现在这里生活上有哪些方便和不方便?

谢静华:没有菜场,现在葱也买不到一根了。

朱兴男:没办法,拆迁了。原来西面有集市的,很方便,从这里过去也就三分钟,什么东西都有。

范小青:现在买菜要到哪里呢?

朱兴男:要车子去了,去新民桥。

谢静华:或者骑电瓶车,公交车也有老年卡,菜场虽然没有,但日脚还是方便的,现在可以在网上"多多买菜",我们隔壁就可以提货,今天下单,明天就送到这里。

朱兴男:我们这边正好有个小的集中点,倒是方便很多,现在有冰箱,买来放冰箱里面就行了,生活质量提高了,总的来讲大致上还可以。

谢静华:主要是住惯了,我们地铁也方便,公交也方便,出门也方便,前面有虎丘山,人家老远的要坐飞机才能到这里来看,我们住在这里,虎丘山就是我们的后花园,又不用我们打扫,又不用我们浇水,每天去兜一圈,看一看。

一段新闻:

2015年1月20日,中共中央总书记习近平来到大理白族自治州大理市湾桥镇古生村村民李德昌家,同村民们围坐在一起亲切拉家常。古生村依山傍水,有上千年历史。李德昌家,房子雕梁画栋,院落干净整洁,植物生机勃勃,看到一家七口"四代同堂",总书记十分高兴。总书记说:"这里环境整洁,又保持着古朴形态,这样的庭院比西式洋房好,记得住乡愁。"

谈话间,徐文高拿出了一卷画卷,徐徐地展开来给我们看,这是《虎丘山塘图》,不过它不是一个完整现成的复制图,而是徐文高自己从书下拍下来，用 A4 复印纸一页一页打印出来，再一页一页连着粘起来，然后再涂上颜色。

花何等的功夫，就是何等的热爱。徐老师今年已经七十五岁了，但是身体倍儿棒，面色红润，中气十足，心中的爱，真是可以化为人生的力量的。

徐文高家里还有一张更大的，用 A3 纸扫出来的。这幅图，可以说是古代的山塘导游图，也可以说是山塘古迹的分布图。这个图跟《姑苏繁华图》不一样，《姑苏繁华图》那个是生活场景，有人物、有街景。而《虎丘山塘图》则记载山塘街的古迹，是古迹分布图，记载了九十处。

接着徐文高接过了话头，一发而不可收了。

以下简要摘录一部分内容：

东段比较繁华，中间一段是老百姓的柴米油盐的生活，西段这边是农村的田园风光，因为以前对面都是茶花大队，都是种花的，就有起伏，有交响乐，也有小夜曲。就是有变化才新奇，如果没有变化，还是小桥流水和一幢幢老房子，就和许多的古镇差不多。从前那边河很窄，慢慢地宽起来，越来越宽，现在那些房子都在。还有桥的种类比较多，有的是单孔的，有的是三孔的，有的是方孔的，有的是圆孔的。还有一次中央电视台来拍，我对他们说，拍山塘街，有几个地方应该去拍的，一个是普济堂，因为杜甫说"安得广厦千万间，大庇天下寒士俱欢颜"感动了许许多多的人，但是能够付诸实践的就是一个唱昆曲的艺人，他早年在江湖流落了，饱尝了生活的酸辛，后来因为唱昆曲一举成名，康熙皇上请他到京城里做昆曲的老师，二十多年之后回来，他还是孑然一身，白头苍苍，他就觉得人的生老病死，特别是老了病了，没有人照顾了，这才是人生最大的苦，然后他就请苏州的士绅募捐建立了一个普济堂。我说普济桥的桥孔下有标识,四个字,叫"放生官河"。"官河"相当于现在的国道,在这条山塘河里面,放生水中的动物。山塘街上每一个桥孔下面,你坐船都看得见的动物,放生以后不许捕捞了,如果有人捕捞,要被拘留起来的。我对中央电视台的人说,这是中国最早的水中野生动物保护区。

……

徐文高随口说来,都是满满的精彩的经历:"比如山东会馆,记载上有'内承古建筑一座,名聘古今',为了这几个字,我不知道跑了多少地方,先去山东会馆周围的居民,他们说里面有,那是一个小学,我要去看,却走不进去,然后想法弄了一个介绍信,去了,结果说今天是星期天,休息,然后第二次又再去,我直接去找校长,校长说里边是有个老房子的,因为是危房,我们把它围起来了,然后我再向校长借了一个梯子,一个人爬上去,一看里面是杂草丛生,好像来到了《聊斋》里了。后来我记了下来,投到了《姑苏晚报》。《姑苏晚报》副刊的主编看到后,就找到我,带了文管会的两个人,又一起来看,然后他一直跟进,后来他连续报道了五次。"

徐文高还根据自己的理解,特意指点我哪些应该记下,比如谈到碑,徐文高说:"这一块碑是明代万历年间的,有几个字你应该可以记录一下,'行旅纷纷,湖商海客,不阻风尘,往为雨洁',也就是说,这来的人很多,有湖商,也有海上来的,说明在明代万历年间已经有海外的商人来旅游、来经商的,这个是一个证据。还有一个,山塘街的名人特别多,比如吴一鹏,吴一鹏是部长级别的,也不算稀奇,这山塘街上有十三阿哥的行宫,亲王级别的。民国年间的牌坊,特别是大总统级的,可以说全国少见。"

徐文高对于山塘街的了解,徐文高和山塘街的故事,那都是可想而知,我看着采访录音里取之不尽的内容,简直眼花缭乱,不知从何下手,也不知如何取舍了。忽然间想起平龙根推荐徐文高时说的话:"他搞那些介绍山塘的书,开始都是自己编写,自己出版。退休以后,我聘请他为山塘的顾问。他对山塘街的贡献很大的,举个例子,张国维祠堂,也就是现在中国南社纪念馆,怎么证明它原来是南社第一次雅集的地方?怎么证明它是张国维祠堂?徐文高居然藏了一块碑,他当时在香料厂,非常有心。因为历史记载,你可以看到柳亚子写过诗,南社雅集就在张国维祠堂,可以采访他。"

中国南社纪念馆有三块国家级牌子,给后人留下的历史记忆非常之多,行走在这里,你能充分感觉到南社的精神气,它是山塘之根、山塘之魂,更是苏州人文精神的体现。

在南社第一次雅集地张国维祠堂,建中国南社纪念馆,这个过程曲折艰难,故事很多,就说一段徐文高与南社纪念馆的缘分吧。

1909年11月13日,陈去病、柳亚子等一批后来成为辛亥革命风云人物的优秀知识分子和爱国志士,慕名来到位于苏州山塘街800号为纪念曾任苏州、应天等十府巡抚的明朝抗清英雄张国维祠堂雅集,成立了中国近代史上第一个革命文学团体——南社。

作为南社第一次雅集或者说中国南社诞生地的山塘街800号张国维祠堂,崇祯十六年(1643年)建,乾隆十一年(1746年)重建,咸丰十年(1860年)毁,同治十一年(1872年)再建,光绪元年(1875年)修,尽管当时有些残破,但还是颇具气势的:祠前有"泽被东南"四立桩石枋,高大巍峨,石枋前有石狮一对,祠内有"风情海江"匾额,祠后有园。李根源《虎丘金石经眼录》记述:"文襄祠园暨张忠敏公祠园(即张国维祠堂),池馆山石,离落有致,花木亦修,古名园也。"

二十世纪五十年代在此建同康酒坊,1959年建香料厂,"泽被东南"四立桩石枋又毁于1966年,自此张国维祠堂风光不再,南社事迹亦沉入史海。

2002年6月,山塘历史文化保护区保护性修复工程启动,在完成风貌整治、基础设施、美化绿化的基础上,于2008年起陆续启动张国维祠堂、普福禅寺、贝家祠堂、桐桥遗址、陕西会馆五个重要节点的修复。

其中的张国维祠堂,成为了重中之重。而这个重中之重,不仅是它的意义价值的重中之重,它修复的难度也同样如千斤重担——

此时的张国维祠堂仅剩一进三间祠堂旧居且有香料厂职工居住,其南侧为香料厂配电房,北侧为香料厂仓库,西侧为杂乱民居,可用"满目疮痍"来形容。如需修复,需动迁17户居民、移建一座配电房、搬迁一个企业仓库,投入资金1000余万,因此,尽管普福禅寺等四个节点修复工程陆续启动,但张国维祠堂修复工程无法启动,一度陷入停顿状态。"中国南社纪念馆"的修复更是无从谈起。

平龙根曾经用"柳暗花明又一村"来形容修复张国维祠堂的转机,2008年4月16日,南社发起人之一陈去病后人张夷,向市领导递交了"关于加紧筹办南社成立一百周年纪念活动及筹建中国南社纪念馆"的建议——

"2009年是南社成立一百周年,苏州作为南社发起和成立地,南社三位发起人均是苏州人,南社的许多革命活动均在苏州酝酿和举行。南社的中心、南社的灵魂在苏州。历史先进文化代表之一的南社文化,是苏州文化建设的重要组成部分。"适逢南社成立一百周年,建议凭借这一重要纪念时刻,进行系列文化纪念活动,并提出了修复张国维祠堂以作南社在苏州的展示地等具体建议。

机缘就这样给了有心之人、用心之人,市领导高度重视,迅即行动,多位领导多次批示,抓紧协调各方,协调资金,很快就进入实质性阶段了。时任常务副区长的平龙根具体负责、全程参与了修复工作。

修复工作不仅时间紧,工程复杂,还有一个摆在面前的质疑令人束手无策:说张国维祠堂是南社成立之地,依据的是文字记载,是柳亚子诗中所写,但是怎么证明山塘街800号就是张国维祠堂,虽然口口相传、人人知晓,但没有实证,终是让人心里不踏实、不硬气。

即便修复工程开工,质疑的声音却没有消除,这时候,徐文高就出现了,他知道有那块散落已久的刻于乾隆十年(1754年)的"张公祠碑记"的下落。

他不仅知道,他也早就用心地记录下来了,徐文高所在的苏州香料厂建于1959年,厂址就设在张公祠里。徐文高在厂里工作时,一直留心那里的文物遗存,期间曾经听到一些老工人说,见过一些青石碑,被砸碎后做了厂房地基。1993年的一天,徐文高骑自行车路过工厂,看到有一户原属厂区的民房正在维修,内部隔墙拆除后,露出一块被纸筋石灰涂没的石碑。他就停下来仔细地观察一番,发现碑上的文字,隐约有"张公祠""乾隆十年"等字迹,徐文高当即就想到,这可能就是张国维祠当年重修的碑记,也是他多年一直想寻觅的实物。可惜因为现场很乱,他没能把碑文抄下来,这块石碑再次代替砖块被砌在墙壁里了。

过了些时,徐文高偶然发现在这个房子墙角的泥土中半露着一块青石,表面和轮廓七翘八裂、凹凸不平,但奇怪的是中间有一处凸出点,凭他的经验,感觉这应该是块有榫头的碑额,俗称碑帽。他赶紧用力挖出来,翻过来一看,上面有云鹤花纹,又去找来一根铁钉,蹲在地上,慢慢剔出附着的灰沙石灰,碑额渐渐地露出了"张公祠堂碑记"六个刻得又细又浅的篆字。这与那块砌入墙壁中的碑身是配套的。当时厂里一位领导也有文物保护意识，担心碑帽丢在路边日久会遗失，第二天就请了厂里的两名职工运到了厂里一处空地上。

2002年1月，香料厂关门了。临别前，徐文高把这碑帽移到一处僻静的角落里，再把它翻过身来，让刻有文字花纹的正面朝下，这样不引人注目。当时他问过自己，这碑帽还有重见天日的一天吗？

后来徐文高在编写《山塘钩沉录》一书卷二"古迹"中记下了发现张公祠石碑的事情："碑高约五尺，现砌入800号西侧隔墙间（即今铁栅门西侧平房内），白垩涂没。"至于碑帽，我故意不记载下落，因为这物件小，怕'文物老鼠'知道了，按图索骥就能轻而易举地偷走。

后来相关部门决定对张公祠进行整修，拆除了一些旧宅，徐文高特意向施工方提到这块砌入墙内的古碑要注意保存，但是后来却不见踪影，工程竣工后，徐文高心里总是觉得空落落的，张公祠里缺少了最原始也最珍贵的文字资料——石碑，这张公祠最重要的"根"，是张公祠的"魂"。后来南社纪念馆馆长叶正林得知此事，询问工地负责人，原来因当时妨碍施工，石碑被运到了别处。于是，终于，张公祠碑回来了。

昔日破败的张公祠得到了重修，乾隆十年（1745年）《张公祠堂碑记》的石碑终于重归原祠。

事故还没有结束，后来馆长叶正林仍心存遗憾，因为碑虽回来了，但碑文遭到了严重损毁，大家费尽周折，到2016年终于从苏州方志馆的史料中找到了碑文原文，由碑刻艺人戈春男镌刻，仿制原碑的格式，包括字体大小、间距，新碑最后加添一行文字："公元二

零一七年春　南社纪念馆校补重刻"以作区别和记载。

现在,新旧两块石碑并列砌入墙内,恢复了曾经被湮没了的270多年的文字记载和石碑面目。

张国维抚吴期间,"干戈扰攘之秋,而加惠吴人,能为平世所未及之事。其后治河、督漕,入掌枢政,在在有功。及事不可为,卒以身殉。精忠大节,与日月争光"。

情怀和品格的传承,一直传到了今天。

我在读《伦敦传》的时候,看到有这样一段描述:"'我将再起',这是雷恩开始其圣保罗教堂工程时,在一块散落的破碎石头上发现的一句话;他把它放在其设计的中心。"

徐文高寻碑护碑这件事情,看起来是偶然,其实是必然的。在苏州这片土地上,承接着先辈的情怀和品格,爱护、保护、守护着古城古迹的人,数不胜数。

比如徐文高,几十年,全情付出,把自己的几乎全部精力,都用在山塘文化的挖掘上,而且一旦钻进去,就再也不出来、不想出来,成为山塘街自己培养的学者,成为文化专家;

比如朱兴男,用自己并不太强的经济实力和十分强烈的山塘之爱,按原样翻建老宅,打造河上的百花小园,让它在山塘的风情画中,点缀出普通民众的旧街新生活,成为山塘街、山塘河上一道亮丽的风景。

在山塘街上,在苏州古城,有许许多多的徐文高,许许多多的朱兴男,我记录下他们的日常点滴,他们的普通的却是了不起的日常点滴,如同一滴水映射出太阳的光辉,他们的一举一动一言一行,映照出整个苏州、无数的苏州人,大家心往一处想,劲往一处使,为了同一个目标:保护古城。

在整治修复的过程中,难免会有一些无奈之举,对于山塘街上被拆除的一些古迹,徐文高和朱兴男无不大呼心疼,颇有微词。比如他们说到花神庙的拆除,就十分的遗憾。

"那是标准的砖砌的、雕花的,放在那里就好了。"

我原以为他们说的就是桐桥花神浜的那个有名的花神庙,后来回去一查资料,方知自己的才疏学浅孤陋寡闻,原来山塘虎丘地区,早先共有四座花神庙。在查资料的过程中,我看到苏州的文化名人、苏州图书馆古籍部主任孙中旺先生的写花神庙的文章,不仅文章十分精彩,看到孙中旺的名字,也是十分的亲切,前些时我曾经就《家在古城》的写作请教过他,他的金玉良言还在耳边。

1998年孙中旺来苏州读研,从此就在苏州扎下了根,在他的眼中和心中,苏州古城的变与不变,是他最关注的。因为时代变化,古城肯定是要变的,但同时,它的不变在哪里?它的不变,肯定是它的文化价值的一个坚守。孙中旺概括了苏州古城的保护特点,不像其他许多地方,是标本式的保护,一块地方全部迁走,然后全部建仿旧的房屋,然后招商,其实它和文化完全隔离了,其实是没有生命力的,只是一种刻板展示,但是苏州不一样,包括平江路、山塘街等,是一种活态的保护,有原住民,它才是真正是有生命力的,是能够传承的一种保护。孙中旺以一个外来人的眼光看苏州,看到了它传承中的最重要的部分,除了《平江图》中的苏州市宋代风貌,或者曾经繁华的明清风貌,最主要最核心的是精神世界文化信仰的传承。

我记得孙中旺特意提醒我,写《家在古城》虽然内容庞杂,但精神方面的传承需要提一提,他认为,伴随着古城保护,老百姓有精神寄托的地方也越来越多了。

回到孙中旺花神庙的文章中来,摘录其中一些片段:

"明清时期的山塘虎丘一带,是繁华苏州的代表;这里一年四季游人如织……可观人流量也给山塘虎丘一带的居民带来了无限商机,使这里形成了不少特色消费品市场,花业就是其中最著名的产业之一。许多居民世代以花为业,清代称其为园户。广大园户依靠山塘虎丘一带得天独厚的自然和人文条件,数百年来辛勤培育和开发出不少独特的花草产品,出产的盆景、花茶、花露及编制的花篮闻名天下……最终在斟酌桥东的花园弄形成了苏州最大的花业市场。

"历经岁月的沧桑,在花神生日时给百花赏红的风俗在二十世纪六十年代左右最终消失了,山塘、虎丘地区原有的四座花神庙也大多都消失在历史的尘埃中。新塘桥南花神庙早已无影无踪了,桐桥花神浜花神庙在'文革'时期尚有占地两亩的三间二进房屋六间,但是在'文革'后期被拆除殆尽。虎丘试剑石左花神庙现在据说也只有一块刻有阴文隶书'古花神庙界'字样的条石留存。幸存的是西山的庙桥和南塘的花神庙,但也只有两间两进的遗址了,这里曾先后作为合作社的仓库和公司驻地,长久失去了祭祀花神及祈福的功能,只有墙上嵌着的几块修建记事碑还在昭示着它原来的身份。近年虎丘景区重建了花神庙,祝福承载了苏州独特文化和信仰的花神庙能因此而重生。"

虎丘重建了花神庙,但是桐桥花神浜的花神庙再也没有了,也许以后会重建,也许不再。

除了对那些消失了的古迹永挂心头依依不舍,徐文高和朱兴男对望山桥以西一直到 948 号的山塘段也十分操心甚至着急,觉得动作有点慢,居民已经动迁很长时间,工程还看不见动静,他们的谈吐之中,全是在为自家的事情担忧的语气。

而对于朱兴男来说,还更多了一份担心,他总是怕动迁会动到他家所在的这一段。

陪同我们一起来的虎丘街道的陈巧新,居民却喊他"陈记者",看起来,这些年,他对于山塘虎丘的宣传工作真是没少做。陈巧新告诉我们、并且安慰两位老山塘,最西边的那一段,是虎丘综改工程中的内容,也可以叫作虎丘老街,一直延伸到金鸡墩那一边,已经规划好了,只等开工,至于朱兴男的担忧,陈巧新也给了他一颗定心丸,望山桥往东那一段,不会动了。

是的,也不能再动了,如果全部动掉,就是另外一条山塘街了。

更何况,现在像朱兴男家这样的仍然居住着原住民的山塘段,其实是最山塘的山塘段,因为它仍然保持着历史的韵味,仍然是最江南最苏州的独一无二的风貌,真正的天时地利人和。

若是想要重新来过,是无论如何也做不出现在的感觉的。

我真的就快要大声疾呼了,我希望住在苏州的人,外面来苏州的人,都能有机会到朱兴男家这一带来看看苏州。

我在心里默默地将山塘街和平江路作了一个比较。两个都是我的心头最爱,我无法选择"最"中之"最",我只有相比较它们各自的特点,来呈现我的无限的爱慕之心。

平江路和山塘街,都是古城风貌,但是它们又是平分秋色、各有千秋的。

平江路上,大户人家多,苏州贵族富户,向来低调,关起门来做人家,所以从前的平江路,它是相对封闭的,也因此,留下了那么多完整的大宅老宅。

而山塘街则开放得多,这也是环境和地理原因造成的,从阊门刮过来的时代风尚,烘热了山塘街,烘开了一扇又一扇的山塘之门;沿着山塘街山塘河往虎丘去的游人行人,来来往往、川流不息,将一条固定的山塘催生成一条行走的山塘,因为开放,于是,商会、会馆、社团、坊、墓等等都愿意在此驻足。

无论平江还是山塘，无论内敛还是外放，风貌不是静止的画面，它是能够让你刻骨铭心的一段经历。

风貌可不是万金油，用在哪里都可以，风貌也不是调味料，随便哪里都可以随便放一点，风貌也不是你以为的怎样怎样，它是经过岁月的深厚沉淀、民众的生活习俗、地段文化特色、地理位置、环境等等多种因素酝酿融合而成的特殊的形象。它不仅有形象，它还有色彩，它还有气味，它还有温度，它是一个行进中的时间。

那天在朱兴男家，面对山塘河，阳光照进客厅，微风轻拂，我们聊着山塘街，那情那景，人间美景。

只是我总不想过多地打扰他们，原定计划是采访一个小时左右，结果一聊又聊了两个多小时，还是欲罢不能，因为余味无穷呀。

山塘街，是聊不完、看不完、走不完的。

这是老山塘人。还有许多新山塘人呢。

2021年11月10日，就在去朱兴男家的第二天，我又来了。

山塘街163号，邹英姿刺绣艺术馆。

  相关素材：在山塘街从一个绣娘成长为中国工艺美术大师，先后荣获研究员级高级工艺美术师、全国青年优秀工艺美术家、首届中国青年刺绣艺术家、江苏省工艺美术大师和江苏省优秀青年民间文艺人才，2008年发明创造"邹氏滴滴针法"，2011年作为首个刺绣针法国家发明专利项目的"滴滴针法"获得国家专利局授权。

我去找她的这一天，她在苏州工艺美院上课。美院有刺绣专业，邹英姿带了一个班，她上过课下午匆匆赶回到山塘街，她说今天的课，主要是给学生讲行为规范，"比如说你坐在这做里刺绣，你的腔调有吗"？

腔调,是文化的样式。

苏州人是有自己的腔调的,山塘街的人,也都有自己的腔调。即便是后来来到山塘街的人,他们既有的自带腔调,必定是和山塘腔调吻合的,不然也肯定就不会有这样的缘分,然后,他们来到山塘,又有山塘腔调长期的熏陶,总之就是有腔有调。

邹英姿是刺绣之乡吴县镇湖人,和母亲一样,也和村里大部分女孩一样,命运注定,她的人生就是刺绣人生。

但是她又有着和母亲、和村里大部女孩不一样的性格,不一样的、浸透在骨子里的、不安分不认命的因子。

六岁开始跟着母亲学刺绣,刺绣一般分成两支,一支是生活用品,还有一支是美术刺绣。邹英姿前期学的都是生活用品,后来她母亲也开始转型,学习双面绣,邹英姿十几岁的时候,也学会了双面绣。

二十来岁时,她已经不再满足于母亲身边的教习,执着地、一波三折地来苏州拜了王祖识老师为师。"山塘街这个地方,我记得在2000年左右的时候,在我做学徒的时候曾经来过。苏州的小桥、流水、园林、古建筑看在眼里,爱在心里。"

一方面,从镇湖乡间走出来,来到苏州,眼界开阔了,另一方面,十几岁时,邹英姿已经开始受母亲指派,到上海、北京、深圳、广州各个地方去表演刺绣。这样说起来,邹英姿行走江湖见世面也是蛮早的,这应该也是后来能够闯出一番天地的基础吧。抱着绣架,在艰苦的环境下到处跑的情形,到今天仍然历历在目。有一回发高烧,还去广州百货大厦表演。火车特别挤,幸好有哥哥陪,哥哥就站着,把位子让出来,让她可以躺一躺,因为人实在太多,座位底下还有人躺着,所以哥哥只能是金鸡独立一只脚站在火车上。车到了郑州,想打开窗户吹一下风,结果有个人爬进窗户来就把包给拉走了，证件也没有了，幸好钱还在身上，母亲帮他们在内裤上缝了袋子，这个钱塞在那里边，那时候的日子就这么过来的，后来邹英姿渐渐发现，发现这种生活不是她要的。

虽然这样的生活不是她要的，但是这样的生活给了她生存的底子，养成了不怕吃苦、敢闯敢拼的习惯。

拜了师傅的第一天，王老师问她，你想要绣什么？邹英姿说要绣蒙娜丽莎，一般刚刚学绣的人都是学小猫小狗的，所以老师说，乖乖你要求好高，我告诉你很难的。

难，邹英姿不怕，她有想法，有底气，怕的就是不让她干难的活。

后来蒙娜丽莎果然绣成了，母亲拿去卖掉，卖了15000块钱，"我立马就成了个万元户"。

也许是老师有慧眼，也许是邹英姿有个性，也许是邹妈妈的关系，总之她学徒时就跟其他孩子不一样，其他孩子都要帮老师干活的，但是老师不用邹英姿给她干活，让她专心做自己想做的。

邹英姿的心，渐渐地安定下来了。其实，在跟老师的三四年时间里，她总共也就绣了三四幅作品。可见小小年纪的她，已经有了精品意识。

满师以后，邹英姿没有再回镇湖，就在苏州做起了刺绣，2002年，听说山塘街这一块会被保护性修复，会被重新整理，那个时候开始，心里就有了想法，特别向往能在山塘街搞一个工作室。现在回想起来，邹英姿深感要谢谢隔壁的钟锦德，做红木雕刻的，还有隔壁的蔡云娣，是做石雕玉雕的，他们这三家是一起来的。那个时候，别人并不愿意来，这地方还比较冷清，拿房子很方便，租金也便宜，5年起租。就这样，邹英姿2003年做准备，2004年正式进来，2004年夏天就开始经营了。因为山塘街的保护性修复是一个典型,各级领导和外宾包括艺术界的人都会来参观。

那时候游客还比较少,一开始山塘街两端设两个口子,和古镇一样,卖门票的,后来反对的声音比较大,很快就取消了。

老百姓不满意的事情,可以改,应该改,说改就改。

关于山塘街的修复打造,邹英姿是这样理解的:

"开始的时候,肯定有人说好,有人说不好,这也正常,但是真正的你看得到,政府是在动脑筋做事情,这都是可以理解的。而我觉得我的成长,山塘街这一块是半壁江山,我本来是一个不太愿意讲话的人,也不愿意去抛头露面,但是一下子放到这个窗口的时候,我一下子就亮出来了,当然那个时候我在艺术上面还没有任何的造诣,但是我知道要把东西做好。从我工作室出来的哪怕是一件小品都要是非常精致的,所以到现在,我没什么库存,都是做出来就卖掉了。"

邹英姿说的不错,山塘街正是她成长的空间和起跳的平台。

山塘街163号,一晃邹英姿已经在这里十七八年了,这个平台的面积并不算大,坐南朝北,两层楼,大约一百多个平方,一楼是展厅,二楼是工作室。后来又有了发展,街的正对面,160号,又有了个平房,二十几平米,是苏绣的文创产品。

我们在二楼喝茶聊天,然后打开阳台门,山塘街就扑面而来了,近得触手可及,近得能够听到它的呼吸声。

2003年的时候,邹英姿的经济条件是几乎没有条件,问爸妈借了五万块钱来的,把一楼重新整理了一下,二楼基本上没什么动,因为当时主要是一楼接待,看样品,谈价格,一般的人不上二楼的。

但是现在不同了,好多事情得到二楼上进行,包括谈生意,包括朋友喝茶聊天,也包括接待我这样的采访者。

今年邹英姿花了五十万,重新装修了。可能会让人想不通,房子是租的，自己掏出这么多钱来装修，值吗？

更何况，现今山塘街的店面变化也比较快，由于经济压力，什么好卖就做什么，有些急功近利，游客多，经营好，才能维持下去，这也怪不得他们，租金要做出来，利润要做出来，没有利润的话，都是空话。

五十万的装修，邹英姿认为值。

若不是对这个地方的感情难以割舍，若不是因为山塘街是苏州的一个好窗口，邹英姿也无法预料，她今天的发展，会是什么样的。正如邹英姿说的："我对姑苏区是真的有感情，对山塘街真的有感情，这次装修，我都是全部换光的，包括空调，投影仪等等，设计师是上海的，工程队也是上海来的。"

她早已经把山塘街163号当成自己的家了。

她的经营也和其他商店有所不同，不是靠门面上的游客的短期行为，所以进她的店，是要预约的，游客多的时候，她还需要挡掉一些人流，所以规定进店要扫码一块钱，你如果嫌弃，如果怕麻烦，就不要进来了，但是真正想看刺绣精品的人，都会进来的。

并不是她的店就没有经济的压力，租金和其他成本都比较高，但是邹英姿必须要承担这样的压力，因为山塘街，因为163号，给了她腾飞的动力。至少，很多苏州人都知道，邹英姿在山塘街，至少，在采访她之前，我也是知道的。

我们还谈了邹英姿艺术上的追求，谈了她的名作，谈了她的创新，包括她从敦煌的泥塑受到启发，创新了一个泥土和刺绣结合的作品，实属敢闯敢做。邹英姿对于这个作品的理解，也是让人倍受启示：

"追溯中国人对土地的这种感情，随着年龄增长，我觉得我们脚下真是一片热土，你想想看，土地很神奇，黏黏的，土不拉叽，但是你撒下种子,再洒下水,它都会冒生命出来的,我觉得这种力量是巨大无比的。还有一个,就是一方水土养一方人,手艺跟人也是一样的,苏州人长什么样,苏州的手艺就长什么样,所以在我的作品里面一定要歌颂一下苏州的土地。我做了一个巨大的泥土的装置艺术,在太湖边挖了27包的太湖下面的泥,然后搬到展厅,把它拍平,号召工作室所有的人出来耕地,把它理得干干净净,就像种田一样,一轮一轮全部分好,然后我说我要开始'种'刺绣了,因为我们号称有十万绣娘,十万绣娘天天绣,每根线有两个线头,我们都会把它剪掉,你想想看十万绣娘的线头,如果说长年累月地把它放到一起,多么壮观,它就是我们刺绣的种子,每一根断了,它又放到土地,又长出来了,你把它剪断了又扔下去了。我就把这个线头收集起来,当然这是意念的东西,然后再把它撒向这片土地。有一个作品叫《春分》,是糊了泥的,还有一个是《如梦》,我用的《金刚经》的最后一句'一切有为法,如梦幻泡影',千千万万的线头用麻布把整个墙给蒙起来,要粗一点的麻才能挂得住,在墙上挂一条,然后上面拍满了线,一个空绣绷子在边上一放。

"这些其实都是我内心想要说的话,我就让我的作品说话,我为什么要用土,为什么不用颜料,我认为土地是有生命的,土地能跟着我们人类,土地有多少年我们就有多少年,所以我们要关爱我们脚下的土地以及水源。"

这件《春分》,一直就在邹英姿工作室里展示着,你站在它的面前,感受它的力量,感受它的奇异,感受它的江南。

因为过于认真,思考太多,行动也多,邹英姿也觉得自己过得很累,但是这样的累,是值得的,是山塘街的丰富、山塘街的精彩,让邹英姿人生的内容也越来越丰富,越来越精彩。

从163号出来,往斜对面走几步,就到了180号山塘书院。

相关材料:张建珍早年师从弹词名家徐慧珠,而后又拜著名评弹表演艺术家江文兰先生为师,擅唱"俞调"和"祁调"。2008年江浙沪评弹金榜大赛"女状元",2020年又获得第十一届中国曲艺牡丹奖表演奖。被誉为"用琵琶和弦子弹出来的苏州声音的名片"。

2009年,张建珍入驻了"山塘书院"。从2004年开始,这里也是一个有评弹演出的茶馆,后因种种原因,准备歇业了,立刻有人推荐给张建珍,希望能有内行来给山塘街增添评弹之声、苏州之声。张建珍立刻就心动了,立刻就行动了。将评弹这个独特的苏州符号、苏州形象,推广给更多的人,这一直以来就是张建珍的愿望,现在条件成熟了,她没有理由不把这件事情做起来,做得完美,做得漂亮。

"山塘书院"二层楼,一楼是一个简单的过道,上二楼大约有一二百个平方的面积,在评弹演出的场地中,算是超大面积了,布置得古色古香,座位也都安排得宽松惬意,张建珍介绍,书院每天都有演出,每年除了大年夜休息,每天都有,年初一开始,早上九点开门打扫卫生,下午一点开始演出,客人可以随时进来,随意点唱的,下午五点演员下班,茶楼正常营业,可以喝茶,到晚上十点半左右,又换另外的演员表演。演员有苏州团的,有张家港的,还有其他很多团里的,书院长期跟他们合作,没有书面签约的,只是口头承诺,互相信任。

2009年接下来之后,经过几年的努力,山塘书院日渐成熟,开始还依靠一些政府行为,比如政府接待的团队,会整个安排过来,展示苏州文化,后来逐渐影响扩大了,有不少民营企业也会组织员工过来听评弹,外地的游客也越来越多,特别是北方的客人,他们都觉得,在这样的地方听评弹是最合适最惬意的了,听评弹,听服务员讲讲苏州话,听听山塘街的声音,就感觉融入了苏州文化。所以后来几年的经营还是可以的,尤其是2017年、2018年、2019年,这三年真的是热闹非凡。客人多的时候,过道上还有加椅子,最多坐过一百多人,特别是国庆或者是"五一"小长假,有时候有许多人就站在门口等,毕竟,来游苏州的,总想着要来一下山塘街,来了山塘街,会被评弹之音吸引的。

有客人在网上留下这样的评价:

"一个听评弹的好场所,对于我这样的北方人听听感觉别有一番风情的,是一边弹奏乐器一边讲评书的形式,这里的服务比较贴心,怕我们这样的听众不能与其同乐,特意设置了字幕,还可以吃点小吃喝点茶水,价格还是很平价的。"

另一位说:"苏州一直来,评弹却是第一次听现场,逛的时候被声音吸引过来,点壶茶就可以坐下来,老板会一直观察着帮你添加茶水,评弹是点唱的,当琵琶和三弦声弹起,那口软糯的吴语就牢牢抓住了你的耳朵,演员背后的小屏幕有字幕,不然是听不懂唱的什么,两位老师都唱得很好听,女老师高高瘦瘦长得很秀气,男老师音色稳,铿锵有力。"

张建珍的先生马志伟,同样是著名评弹演员,电视剧《都挺好》里演评弹演员的就是他,店里的管理,他管得更多一点,所以,碰到的各种人物也更多。

马志伟说了两个事情。

有一天有四个北京人,年轻小伙子,大学生模样,二十多岁,他们上午十点钟左右经过,书场开着窗,他们从窗口听到播放的评弹的声音,就上楼来了,问能不能听一下?本来应该在下午才有演出的,但是马志伟那天就破例上午就开场了。听过之后,他们十分感慨,原来评弹竟然这么好听的啊。马志伟也很感慨:"评弹不是没有年轻人听,现在我这个地方的观众的结构是外地的年轻人占绝大多数,就像我这两天在看郭德纲相声一样,也是吸引年轻人,全是年轻人过来听。年轻人有消费能力,其实不是他们不喜欢,是他们没机会。一旦接触,可能就会喜欢。我们在山塘街开店十几年,通过这个地方认识了许多人,有的成了好朋友,经常来往,有的留了电话,经常联系,有的每年都会来,或者一两年来一次,总之,只要来苏州,就直奔我们这里了。"

还有一个例子更加极端,那位客人是打了"飞的"过来的,还带了其他朋友,下飞机就直接来了,行李箱还带在身边。记得那是大冬天,没有什么客人,他们一下子就点了十几二十几首。马志伟都觉得有点意外,跟他说,你点这么多,费用太高了。可是客人说不高,专程过来的路费才高呢,所以,听得越多,这一趟来得越划算。

听了马先生这样的介绍,我心中倍感自豪,也倍觉感动,给苏州长脸,就是给每一个苏州人长脸呀。

山塘街上这样一个评弹窗口,向世人、向世界,传递出苏州的声音,传递出苏州的形象,这就是苏州递向世界的一张名片。

要保护好、维持好这张名片,还要进一步地发展好,这可不是一件轻而易举的事。

负责经营的马志伟心里一本账,2009年开张时,一杯茶的价格是28元起到88元,2011年,最低消费涨了10块,38元起,上限没动,然后一直到现在没涨过,也就是说总的收入方式是一直没变的,但是其他每项开销方面都一直在涨,每年房租涨价10%,水电人工,演员的演出费,等等。

近两年,更是由于疫情的原因,"山塘书院"的情况并不乐观,好在政府也会考虑商家难处,租金和其他一些方面,都会重新衡量,尽量不让疫情把这么好的传统文化的展示和传播中断甚至压垮,随时和商家商谈切磋,租金能不涨就尽量不涨,尽可能随机应变、减轻负担、减少损失。

尽管如此,压力还是在的,关键的问题,到底是急功近利赚钱为王,还是要有培养"百年老店"的理念,如果一条街上的其他商店都随大流、跟着钱流,开开关关、关关开开,是会互相影响的,整个街的文化档次会降低了,氛围中就会出现苏州人最不喜欢的"急吼吼"腔调。

只是,站着说话不腰疼,面对经济压力,谁又能慢慢悠悠四平八稳地坐等着呢,就连"山塘书院"也因快撑不下去,在一楼开始卖饮料,多少增加一点收入。但是这些堆放在店堂门口的饮料,和一家传统书场的气氛确实是不相融合的,用苏州人的话来说,有点"逆面冲"。

苏州人要摇头的。

不过那天张建珍和马志伟告诉我,他们已经决定把一楼的饮料销售取消,不仅取消,一楼还要重新装修。

听说他们要装修一楼,马志伟有个朋友,在苏州金螳螂建筑装饰有限公司工作的,主动提出给他们免费设计,而且保证提供最合适的材料,因为他们对苏州、对评弹都是有感情、有情怀的。

苏州的许多人,从小听评弹长大,耳濡目染,受到影响。

是的,百年老店是要慢慢养的,只是这个时代很快,那么,在一个快的时代,怎么样做好一件吃功夫花时间才能出好效果的事情,这是我们今天的苏州人、也是所有人,共同面对的难题。

岂止是评弹,苏州的刺绣,苏州的种种优秀的传统文化艺术,同样在经受着考验,经受着挑战。有挑战,也许是好事,因为有挑战,才会逼着大家想办法,创新,再去闯出新路来。

所以我想,无论如何,"山塘书院"会坚持下去的,因为在苏州,热爱苏州文化,不忍它消亡的人,太多太多,即便我们的政府面对浩如烟海的珍宝,压力太大,要想一一周全,却一时顾不周全,扶持的力度还在努力上升,那也自有民间的热爱者,一直都在默默地自发地保护着,维持着,不让它们倒下,不让它们衰败。就比如张建珍马志伟夫妇,他们从小学评弹,干了这一行就深深爱上了这一行,他们是放不下的,再困难也会坚持下去。

作为一个苏州人,我要为许许多多了不起的苏州人点赞。

2002年6月18日,山塘街启动保护性修复工程。今天的山塘街涅槃新生,古韵焕发,商家总数:200余家,人流量:平时11000人次,旅游高峰45000人次。

数据不代表总结,数据也不代表完成。

山塘街,我还要再去的。

2021年11月24日,这一次,我要到山塘街787号,我要去看传德堂。

我从西头入口,我打算,看过传德堂后,再往东走一段,就把今天的日子,11月24日和11月4日对接起来,这样,我的山塘街就完整了。

可惜的是,走到500号前后,路,被封住了。围板太高了,我跳起来也看不见围板那边的样子。

两边没有接通,这个结果,在我的心头打了一个结。

我还是要解这个结的。

2021年12月7日,本来不受欢迎的寒冷,今年却倍受到大家的牵记,现在,它终于在千呼万唤中来到了。顶着寒风,我再一次跑到山塘街来了。

直接从东口进入，却不再在"盛世繁华区"流连忘返，也不再在"市井风貌区"左顾右盼了，我径直往前走，我要走到和11月4日连接的地方。

尽管走得快，一路上还是相遇了许多许多，那些桥，那些宅，那些祠馆，那些寺阁，那些牌坊，是那么的亲切，是那么的温厚，此时此刻，真是有一种"少小离家老大回"感动啊。

在走得大汗淋漓的时候，我终于走到787号的传德堂，也终于走到了800号的中国南社纪念馆。再望西面一看，果然，蓝色的建筑围板挡住了视线。

但是我知道，我和2021年11月4日对接上了。

心，终于踏实了。

关于山塘街的修复，有许多材料可看、有许多资料可查，也有各种大小事记，内容实在太多，我只能录下一些基本情况：

  1. **整体风貌保护工作。**按照"保护风貌，修旧如旧，延年益寿、有机更新"和"分级分类保护"的原则，按照6个功能区（盛世繁华区、市井风貌区、历史风情区、传奇文化区、名贤古迹区、风景名胜区）的不同特点，完成了试验段（新民桥至通贵桥）、二期（通贵桥至渡僧桥）、三期（新民桥至虎丘西山庙桥）计500余户动迁、2.6万平方米古宅民居修复工作、全线3600米两侧的风貌整治工作及100余户直管公房解危工作，使之凸显小桥流水、粉墙黛瓦、水城古街风貌，破山塘恢复成古山塘、老山塘。

  2. **基础设施建设工作。**管线入地、河道清淤、路面修复、七狸安装、公厕改造、停车场建设，在风貌整治线基础上形成基础设施建设线、绿化美化线、文化展示线、景观灯光线。

3. 重要节点修复工作。完成了张国维祠堂(中国南社纪念馆)、普福禅寺、义风园、贝家祠堂(吴中贝氏纪念馆)、陕西会馆(山塘中心小学)、冈州会馆、玉涵堂等十余个重要历史文化节点的保护性修复,恢复历史遗存,形成若干亮点,并逐步连点成组、成片、成线。

4. 阊门节点建设工作。位于护城河两侧,主要有阊门城楼、吊桥、百间楼停车场、唐少傅白公祠、阊门城墙、阊门寻根纪念地等。

5. "退二进三"(退二进三是指20世纪90年代,为加快经济结构调整,鼓励一些产品没有市场,或者濒于破产的中小型国有企业从第二产业中退出来,从事第三产业的一种做法)。地块改造及有关地块征收工作。已完成山塘中心小学、大德小学、虎丘中心小学移建工作和敕建报恩禅寺、苏州钢丝厂、苏州香料厂等地块及虎丘村、山塘四期范围内部分民居征收工作。

6. 历史文化挖掘工作。已出版15本系列文化丛书(如中国画长卷《山塘胜景图》进上海世博会苏州馆展示),开设10余个旅游景点,引进一批传统工艺、传统饮食、传统戏曲,恢复一批传统民俗文化活动,拍摄了《谍战古山塘》等一批电视剧,成为消防一条街、法治一条街、生态一条街、民生一条街、统战一条街,"老苏州"的代名词,文化效益、社会效益、经济效益明显提升。

7. 旅游品牌打造工作。(1)超前谋划,让文化资源变为旅游资源。(2)艰辛探索,让旅游资源变为旅游品牌。(3)精心组织,让旅游产品变为旅游品牌。目前已成为国家4A级旅游景区,每年吸引数百万游客和市民前来游览。

......

2010年6月，山塘街在第二批"中国历史文化名街"评选中名列榜首，被誉为"一条活着的千年古街"，联合国副秘书长沙祖康亲自授牌。

当月，时任国家文物局局长单霁翔出席了在山塘街古戏台前举行的"中国历史文化名街——苏州山塘街揭牌仪式"，至此，山塘街申报中国历史文化名街圆满成功。

世界遗产中心主任巴达兰、比利时国王阿尔贝二世等外国嘉宾都曾先后视察山塘，并给予很高评价。2008年，山塘历史文化保护区荣获"中国民族建筑事业杰出贡献奖"；2009年荣获纪念改革开放三十周年苏州民心工程；2010年荣获"中国文化遗产保护典范单位"；同年被评为"中国历史文化名街"；2014年6月作为苏州大运河7个点段之一列入世界文化遗产名录。

如同自始至终存在的对于苏州观前街的争议一样，山塘街的东段，也是一直有争议的。我也曾听说，曾经有些带着外宾的团队，直接就从新民桥往西走，去看山塘街的中段和西段，典型的小桥流水人家。

但是也有很多游客，他们喜欢东段，他们在东段流连忘返，吃小吃，听评弹，看戏台，戏台东侧的美仁大仓咖啡店增设的露天咖啡座，十分受年轻人的青睐。

是的，山塘街是神奇的，既有整体风貌，又多姿多样，六个区域的不同功能，各显特色，任凭选择，你爱往东就往东，你爱往西就往西，各有所好，各取所需。

下部：遍地痕迹

8. "阊门四望郁苍苍"

我已经好多年没有去过阊门了。

据说，在汉代的一些文献中，有过这样的记载或者描述：孔子登泰山向南眺望，竟然看到了苏州城——看到苏州阊门外有一匹白马在行走。然后，孟子说，苏州就是孔圣人"小天下"的具体指证。

其实，苏州与泰山相隔千里之遥，孔子能在泰山上望见苏州，这是古人所谓圣人与凡人的不同之处，"千里眼"是圣人的标配。

唐代《吴地记》亦有："孔子登山，望东吴阊门，叹曰'吴门有白马如练'。"

我们没有能力也没有必要去考证苏州阊门外白马行走的真实性，或是分析它的浪漫色彩以及"白驹过隙"的象征意义，但是，早在那个时代，苏州城已经存在于圣贤传说故事中了，有人说："除了是率先于天下的超级城市之外，还有时间向度上的久远和人文荟然、人才辈出的意蕴吧。"

许多东西我们不得而知，也难以评价，但是绝无拉大旗作虎皮之意，只是为苏州古城寻找一些更早的依据而已。

阊门，苏州古城之西门，通往虎丘方向。从清代乾隆年间的《姑苏繁华图》中可以看出，阊门内城门临阊门大街，上有城楼，类似盘门城楼。外城门靠吊桥，瓮城为长方形，瓮城内另有套城，并还有南、北两个童梓门。南童梓门通今南新路，北童梓门通北码头。

白居易《登阊门闲望》：

阊门四望郁苍苍，始知州雄土俗强。
十万夫家供课税，五千子弟守封疆。
阊阛城碧铺秋草，乌鹊桥红带夕阳。
处处楼前飘管吹，家家门外泊舟航。
云埋虎寺山藏色，月耀娃宫水放光。
曾赏钱塘嫌茂苑，今来未敢苦夸张。

就是这个阊门。

《红楼梦》第一回中，曹雪芹称之为"最是红尘中一二等富贵风流之地"的之地。

在苏州人的概念中，阊门并非只是一扇城门，它是一个包罗万象的区域，它是一幅五光十色的画面，它是家在古城的孩子们远征的终极地，它是周边民众有事无事都要来走一走站一站的聚集地。甚至，它也是苏州人的精神家园，是苏州人现实中的梦中天地。

"阊门"的范围，包括今阊门外的石路、山塘街、上塘街、南浩街，阊门内的中市路(今东、西中市)、桃花坞等地区，居住在这里的人家，习惯称老家在阊门。

我遇到过好多外地的人，盐城的，扬州的，泰州的，淮安的，他们跟我说我老家，苏州阊门。

阊门几乎又是苏州的代名词。

2021年5月31日，我准备去见一个人，他叫周亚峰。

其实在和周亚峰碰面之前,我并不认得他,甚至不知道他的名字,不知道他的任何的情况,我也曾经努力地打听过他,哪怕点滴的信息也行,比如他是苏州人吗,比如他的年纪大约是多少,比如他在哪里做事等等这些平常得不能再平常的个人信息,却一直没有得到,最后只是知道了,他姓周。

呵呵,其实也无妨无碍,因为我知道他是一位写作者,我想,这也就足够了。

后来我们碰面了。整个相聚过程的几个小时,他只说了很少的话,我们其他人叽叽咕咕说个不停,谈古论今,回忆往事,他也不插嘴。但他也不是完全无所事事的,他一直在旁边微笑。

用笑而不语来填满一场聚会,周亚峰是沉默的。但是因为他的笑容里的许多的内涵,我又觉得他并不沉默。

起先我是有一些担心的,也有一点过意不去,几次想把话题引到他身上去,可是几次都没有成功,他只是笑眯眯地看着我们热聊,后来有一个瞬间,我忽然明白了,他才不寂寞,他一点也不寂寞,他的情绪和思想都是跃动的,一个日常都沉浸在文字里的人,无论他说话或者不说话,无论他倾听或者不倾听,他活跃在自己的世界里,生动而富有,因为饱满而给人留下深刻印象。

他带来了厚厚的一叠书稿,他要说的话,都在里边了。

周亚峰是盐城大丰人,在那里生活工作了几十年,退休以后,来苏州居住,虽然那一天我没能从他的口中得到多少"情报",但是后来拜读了他的书稿,就知道了,一切尽在无声的语言中。

周亚峰的前半辈子,并不是在苏州度过的,但是他与苏州的牵连却似乎是与生俱来的。早在定居苏州之前,几次来过苏州,时间过去了几十年,每一次都仍然历历在目,好像苏州就是他前世的情人。他的散文集名为《沧浪烟雨》。

他曾经认真做过关于"洪武赶散"的探讨追寻,无论是"逃亡说"还是"发配说",无论是有记载还是听传说,"苏迁"的历史画面,是早早就印刻在他内心深处的。

因为重情而爱,因为爱,而对苏州有一种特殊的关心和期盼,就有了那些写苏州的文章,用了审视的眼光,分析古人和今人所看到的苏州,到底是怎么样的,颇有些遗憾的是,许多人其实看不到全面的苏州。

这样的遗憾,是对苏州的爱的极致,天堂苏州的各种美好,应该是尽最大可能最全面地展示于世人的呀。

周亚峰散文集的第一篇文章,就是《寻根姑苏》。"初知苏州,是我上小学的时候,爷爷说,先祖是从苏州迁来的。"

那就是著名的"洪武赶散"。

资料是这样介绍的:"洪武赶散"是明朝初年的大规模的人口迁徙活动,一般称作"洪武迁徙"。至正二十三年(1363年)张士诚在苏州建立根据地,自称吴王,与朱元璋抗衡。1367年张士诚兵败被俘,缢死金陵。1368年朱元璋在南京称帝,改元洪武,建立明朝。洪武帝为巩固政权,下令将苏州城内原来支持和拥戴过张士诚的士绅商贾没收家产,责令全家迁徙到外地垦荒屯田。这就是历史上所说的"洪武迁徙",亦称"洪武赶散"。

关于这段历史,亦是一段众说纷纭的历史公案。

为什么几十万人都说来自苏州阊门,亦有各种说法:

有"阊门登记"说:移民迁出时皆从阊门出,在阊门登记,故有"苏州阊门"之说;

有"法外开恩"说:朱元璋某大臣为挽救苏州移民,自报来自苏州阊门,希望朱元璋对"苏州阊门人"法外开恩,然后告知移民都说自己来自苏州阊门,以避灾祸;

有"从众附会"说：因战乱和年代久远之故，导致宗族关系的不稳定，逐渐产生当地人源于同一地的文化传说……

凡此种种，我们且让它们留在历史的原地吧。看看今天我们的"苏州阊门"后人，是怎么在这样的一个燃情岁月中寄情于此的。

周亚峰在文章里写道："于是，说着'本场话'的大丰人，把睡觉入梦叫作'上苏州'，多少带有对'姑苏城外寒山寺，夜半钟声到客船'诗意的向往。"

近些年，居住在大丰的几位周姓族人，通过续修家谱，寻找到一条"淮南周氏"迁徙的轨迹，修订了一部《淮南周氏家谱》。对于阊门迁徙的历史迷雾，周亚峰做了详细的考证，但同时又强调了这是"民间档案"，将历史过往的真实性，寄托于祖籍之地的情感温度之中。

这个温度，几度体现在"阊门饭店"。

周亚峰四十年前作为儿子跟随父亲、二十年前作为父亲带着儿子，曾两次入住苏州阊门饭店，但是后来举家迁移定居苏州，在苏州有了自己的家，不用再住宾馆饭店了，与一座普通的苏州老旅店的缘分，恐怕也就至此为止了。但是周亚峰对于阊门饭店的情结并没有中断，时时念之，在得知阊门饭店已经歇业时，竟"决意寻访旧址，哪怕它已夷为平地，我也要去站上一脚"。

但这一次的寻访，确实令人遗憾，大门紧闭，里边是个工地，满是黄沙石子，外人不得入内。一只脚也没能站上去，只留得一声叹息。

那时候阊门饭店虽然歇业，但是周亚峰的恋旧情结却仍然在，一直在。过了些时日，偶尔听熟人说了一句，看到阊门饭店那里有汽车出入了，周亚峰立刻坐了十几站公交车赶去，终究让他找到了记忆中的和重新开张的阊门饭店。

周亚峰曾经的两次入住,都选择了阊门饭店,既是父亲的选择也是他自己的选择。虽然苏州的旅馆饭店很多,但对于周家父子来说,这却不是多选题,而是必选题——阊门。

苏州,姑苏,阊门,我们共同的家。

这也不仅仅是一个人对一座仅仅住过两次的普通旅店的情感,这里有一股强大的、无法释怀的情意跃然纸上,击中读者心灵。

我记得在采访平龙根的时候,他也谈到了洪武赶散和阊门寻根的话题,那时候平龙根接到了一个任务,有一位香港某集团的董事长是盐城人,他来购买阊门饭店,他说他是盐城人,祖上是从阊门出去的,希望苏州能够帮他查一查有没有这个事。

平龙根做了大量的功课,寻找资料,寻访知情人,看到有一篇文章写过寻根问祖的内容:"十大朝中圣地",第一名是山西大槐树,第二名就是苏州阊门。但是光靠一篇文章是不敢轻易下结论的,后来又专程去找到著名学者葛剑雄,又找了中国移民史的专家,反复认证,最后才落实了"阊门寻根纪念地",这都有依据的,不敢信口开河,不会成为历史笑料的。

所以,古城在保护与修复中的难,不仅仅是修复有形的建筑之难,还有重建精神家园之难。

我的挚友陶文瑜曾经在一篇文章中写过阊门石路,再日常不过的阊门石路,再平凡不过的苏州古城百姓生活,再平淡不过的叙述,却蕴含着浓得抹不开的情。陶文瑜家的老屋,就在不远处的桃花坞大街,想来在年少的时候,阊门石路也是不会少去的。

"1974年夏天的一个傍晚,姨夫找到我家里来,说是有两张人民剧院的戏票,要带我去看戏。姨夫是在外地工作的一名司机,回苏州应该是歇探亲假。人民剧院靠在石路最北边的口子上,那天看的什么演出已经记不得了,只记得演出结束后,姨夫带我去了石路的复兴回民面店,很称心地吃了点心,后来再走到城墙下的4路汽车起点站,我们要在那儿等车回家。但可能是时间晚了,公交车久久不来,姨夫说,要不我们就走回去吧。我住在专区医院对面,走回家也两三站路,在路上姨夫对我说,他不是不愿意乘车,其实很贵的点心他都请了,三分钱汽车票怎么会不肯掏呢,主要是汽车不来呀。姨夫真是个实在人,他已经去世多年,我很怀念他。"

陶文瑜去世两年多了,我很想念他。

我已经好多年没有去过阊门了。

但是"苏州阊门",却始终在我的生命中存在着,它所包含的一切的一切,无时无刻不在敲击着我的心灵和思绪,无时无刻不在激荡起我的写作灵感和人生感悟:

泰伯庙:阊门内下塘街250号

皋伯通居所:阊门皋桥

唐伯虎出生地:阊门吴趋坊口

艺圃:阊门文衙弄

吴趋坊:伍子胥落难和发迹处

周王庙:玉器业祖师周王

武安会馆:阊门内天库前10号

五峰园:阊门五峰园弄15号

……

无论是记载还是传说,一桩桩一件件一处处,都在苏州百姓的心里记着。

还有保存完好的旧街坊。

正如徐刚毅曾经在一篇文章中所写:"西中市面侧的15号街坊,围绕艺圃,构成了典型的苏州小巷风貌。沿舒巷、德馨里、天库前、文衙弄、十间廊屋、宝林寺前、周王庙弄、专诸巷再回到阊门城下,可形成一个完整的旅游路线。"

这是徐刚毅在20年前写下的,与其说是建议,不如说是心愿。但是这个心愿,在20年后的今天,好像并没有实现,苏州的旅游线路中,尚未安排这样一次低调而典型的充满苏式生活烟火气的行走。

或者,也许已经有了,但是未着力推广,鲜为人知。

不是不重视,是因苏州值得一走的地方,太多太多,一日游,两日游,一周游,数周游,也是游不过来的,那么,就住下来,在这里生活,日日游。

没有现成的旅游线路,也无碍,我愿意去开辟这条线,至少,我去迈开这一步吧。

这是2022年2月6日,大年初六。

有淡淡的阳光,天气微寒而湿润,虽然天气不算太冷,但是从暖和的家里出来,感觉到冬天的刺骨。我下车的地点在西中市的西头,沿着西中市南侧,往东走,店铺一家连着一家,把那些掩藏在闹市中的小巷的巷口遮蔽了、混淆了,一不小心,一步之间,就会跨过。

西中市总长只有450米,我走了一段,看到了"德馨里"的门头,从巷口朝里张望,德馨里进深的模样,让我很想直接就走进去,但是又想到,这样的线路,这不算是严格按照徐刚毅的"旅游线路"在行走,所以我犹豫了一下,放弃了直接走进德馨里的想法,还是去找到"舒巷"吧。

我继续往东走,因为一眼望去,前面全都是花花绿绿五彩缤纷的店招,心下犹豫,生怕又和"舒巷"错过,干脆询问了在路边聊天的两个苏州阿姨,得到了肯定的答复:前面那个巷口,就是舒巷。

果然，走不了几步，舒巷就在眼前了。就这样，我沿着徐刚毅在20年前给出的线路，围绕着艺圃，转起圈子来。

其实"转圈子"这个说法，不能完整表达对这个小巷群的描述。在这个不算太大的范围之间，布置着好多条的小巷，纵横交错，四通八达，走回字形，无法一一穿越它们，要想一一地走进它们，不留遗憾，那只有一种走法，那就走S形，才能抵达到它们的每一个角落。

我就走个S形了，从舒巷进去，转弯到了天库前。

天库前是东西向的，巷子比较长，往南边方向，或者往北边方向，都有好几个巷口，我正想从手机上找一找地图，看看该再从哪个巷口拐进去，就有一位老伯从我身边经过，他抬手朝西南方向的一个巷口指了指说，往那里走。

我有点发愣。他怎么知道我要去哪里？

老伯见我没有反应过来，又补充说，要去园林，往那里走。我这才反应过来，他说的是艺圃。

艺圃在文衙弄5号，是我此行的必经之处，于是，我从舒巷出来，穿过天库巷，走进斜对面的文衙弄，艺圃就在那里等着我。

关于艺圃的简介是这样的："艺圃又名醉颖堂、药圃，始建于明朝嘉靖年间（1541年），总占地面积约为3300平方米，保存了明代园林的风格、布局和造园手法，以简练疏朗、自然质朴取胜，构筑精巧，园景幽致，可称明代住宅园林中的佳作，且为文震孟等名人故居所在，故具有较高的历史价值和艺术价值。"

艺圃的门并不大，但是非常典雅，给人静谧安宁之感，它隐藏在小巷最深处，真正的"远往来之通衢"，近中午时分，大约有十来位旅客，他们正在扫着微信，网上购票，准备进园。

我今天的行程中，只有途经艺圃，我没有进门，我只是站在它的外面，我已经十分满足了，我已经亲切地感受到它了，看到有游客进艺圃，我的内心，竟然升起一股自豪和骄傲，好像那里边是我的家。

依依不舍、一步三回头地告别了艺圃，沿短短的文衙弄往南走几步，就到了另一条和天库前平等的宝林寺前，我始终牢牢地记着徐刚毅先生在20年前开出的那条旅游线路，沿宝林寺前往西，就到了十间廊屋的巷口。

巷口有一位老太太坐在那里，她的面前摆了一个篮子，篮筐上和篮筐里挂满、摆满了五颜六色的生活小用品，头绳、发夹之类，我经过她的身边，正要往里去看一看巷名牌，以确认我走的路线是正确的，老太太也主动跟我说话了，你要到哪里去？她问我。

我说，我看看这条巷叫什么名字。

她说，这里不是旅游的哦，那边才是。

那边，就是刚才我过来的地方，文衙弄，艺圃。

我忽然想到，在这样一个七绕八缠的线路中，也许经常有人为了要去到艺圃，而迷失在小巷的迷魂阵中。

不过不用担心，迷失了，会有小巷里的居民主动为你指路，再说了，能够迷失在这样的地方，又何尝不一种意外的惊喜，也说不定会有什么奇遇。

我还是继续走吧，十间廊屋并不长，我从南走到北，北边就是刚才经过的天库前，走S形，再从天库前往西，就到了下一条必经之路周王庙弄，再从北至南穿过周王庙弄，又回到宝林寺前，这时候，离本次旅行的终结处、最西边的专诸巷已经不远了。

我走得清清楚楚，写得也有条有理，但是我知道，读者读的时候，会头昏的。没有现场感，光在"纸上谈兵"，苏州的小巷简直就是八卦阵。

我是真正意义上的严格按照那条线路走的,但是大大出乎意料的是,在这许多纠缠的线路之中,其实还交错着更多的小巷,后来我找遍可以找到的苏州地图,几乎所有的地图上都没有它们的位置,但是在现实中,它们却是真实、鲜活的存在。

赛儿巷

前石子街

太平弄

高墩弄

……

站在专诸巷中间的这个位置往北看,已经能够看到西中市的车水马龙了,这中间的距离并不短,约有一两百米,但是因为巷子直而且洁净,没有任何障碍物,视线不受任何遮挡,于是,安逸的小巷和繁华的西中市便合并成同一幅画面了。

顾名思义,专诸巷,因专诸这个人而得名。

"专诸巷是苏州城区西北部的一条街巷,位于阊门内,以春秋时刺杀吴王僚的勇士专诸得名。"

专诸不是苏州人,"春秋时吴国棠邑(今南京市六合区西北)人"。到头来,这个南京人,却为苏州干成了一桩大事从而名垂青史。

"公元前515年,公子光与专诸密谋,以宴请吴王僚为名,藏匕首于鱼腹之中进献(鱼肠剑),当场刺杀吴王僚,专诸也被吴王僚的侍卫杀死。"

这是历史的记载。如果反过来推理,那一年那一日,如果没有专诸刺杀了吴王僚,吴王阖闾就不得称王,如果吴王阖闾没有成为吴王阖闾,那么姑苏城的历史,姑苏后来的一切,是否都会重写?我们肯定不得而知,但是历史就是按照历史的样貌前行的:"公子光自立为王,是为吴王阖闾。"

至于老阊门脚下的这条专诸巷,之所以巷名叫专诸巷,是曾经确有遗迹,还是苏州民众的念想,这并不重要,许多情形恰恰是反过来的,正是因为有了这条专诸巷,苏州百姓,代代相传地总是怀着几分骄傲几分荣光,把一个南京人当成了苏州人,当成了自己家的英雄。

温和的苏州人,也是有着满满的英雄情绪和英雄崇拜的。苏州人称专诸为"春秋第一杀手",向来不争不抢不爱出风头的苏州人,吹捧起英雄来,也是毫不吝啬的。

专诸巷里还有一段老城墙,有年轻的爸爸带着孩子在老城墙上玩耍,斑驳的砖石和新鲜的笑脸,无声的老墙和欢乐的笑语,竟令人神思恍惚,穿过历史的烟雾,人们已经登上的新时代的一个全新的高度。

出专诸巷北口,就是老阊门城墙脚下了,我没有直接穿过城门,却是折过来向东走向了斜对面。

这里也有一条巷子,叫新马路,沿新马路往里走,走到底,就是阊门饭店。

是的,我是特意绕过来看一眼阊门饭店的,我还记着周亚峰那个人和他所牢牢记住的阊门饭店以及那许许多多惦记着"老家苏州阊门"的人们。

苏州阊门饭店,是一家园林式酒店,饭店中间是一处景观,假山廊亭,绿树成荫,四周有几座精致的小楼,整个饭店灵动却又厚重,这是接着了地气的"重",这是老阊门的地气,是老苏州的地气,是有着千百年历史积淀的"重"。

阊门饭店的地址标注是:西中市 139 号,但是这个 139 号,却并不在西中市街面上,要到达 139 号,要沿着新马路往北走,在这短短的不足百米的路上,我又看到了好些路名巷名,有盛泽码头,有宝源里,有阊门内下塘,等等等等。我已经眼花缭乱了,如果沿着这些地名再探索进去,我又要迷路了。

我早已经迷路了。

迷失在这样的地方,自觉自愿,多多益善。

这里也有一个八卦阵,和刚才我去走过的那个八卦阵一样,和苏州大街小巷的无数的八卦阵一样,它们是苏州古城的通达而有力的命脉,它们如同一张巨大而坚固的网,共同努力支撑起苏州古城。

还是回到徐刚毅当年的文章里去吧,徐刚毅推荐的这条"旅游线路",理由之一是:"明、清、民国历代建筑基本完好,体现出历史的脉络。各种民居宅门如墙门、石库门、遮堂门、将军门、雀宿檐门等形式皆备,有如一座民居博物馆。"

当我完整地走过了这条线路,我想说的是,今天的老阊门地区,除了有气势宏大的阊门城楼,有保存完好的文物古迹,还有始终保持着历史风貌的老旧街坊,正是它们的存在,保证了这个地区的历史气息的完整性和百姓生活的鲜活气,所以,我一直在想,在那些古朴安静祥和的小巷中穿行,就是"常回家看看"。

我还要再走回去二十年,或者三四十年,再看看它曾经的面貌,可惜我的脚已经踏不到那个时光了,幸好有文字:

> 比如阊门,至今成为苏州人心中的隐痛。而目前仅存于金门和阊门之间的10米左右的城墙,也被附近厂家和民宅所围困,墙砖大部分挖走,幸有心人曾在八十年代做过"加固",才得以保存至今。
>
> ——摘自嵇元《苏州环古城风貌保护工程速写》

我依稀记得四十年前老阊门石路的模样，饱经雨雪风霜，占鱼墩一把火烧光，百年老字号"赵天禄"毁于一旦，文化用品大厦对面破败荒凉，被苏州人称为"小荒场"；淮阳河由北向南，看起来静静流淌，实际上却是一条奇臭无比的河浜，南浩街一带地势低洼，洪水袭来顿时成为泽国汪洋……

——摘自平龙根《石路畅想曲》

　　还有许多照片为证。

　　近四十年时间，有一位退休干部胡荣福用相机记录下了不同时期姑苏阊门石路地区的街道变迁：南浩街、阊门吊桥和石路商业区在二十世纪七八十年代、九十年代和现今的风貌。

　　照片中：

　　被赞有"江南水乡风情"的阊门老街，在二十世纪七八十年代的情形现状：生活用水要么靠水井，要么靠马路上的"公共自来水"；公共卫生设施几乎没有，主要靠马桶，有的在河边洗，有的倒在化粪池里；

　　江南多雨，像南浩街这样的低洼地区，自建房大多阴暗潮湿，经年累月风吹雨打下老屋墙壁斑驳，苏州特色的粉墙黛瓦变成了大花脸，显得十分破败；

　　阊门吊桥沿线，机动车非机动车混流，沿街小店杂乱无章，城市管理还刚刚起步；

　　老街上随意晾晒、私搭乱建现象普遍；各种电线混乱不堪，安全隐患不小；

　　……

　　老阊门真的"老"了，"老"得惨不忍睹了。

　　而关于老阊门美好的记忆，更多的只是保留在相机的镜头里，保存在苏州人的情怀里了。

历史始终是波浪式前行的。

从现实到情怀,再从情怀到现实,历史又重新创造了新的惊艳和辉煌。

在胡荣福的照片中,有一张新的雪夜阊门吊桥,在光影中留下了迷人风姿,体现了从粗放到精致、精细的城市建设理念变化。

1990年代后期,整修动作已经逐步开始,比如1997年南浩街北段解危安居工程正式打响,南浩十八景更是为之锦上添花。苏州人民人人知晓、人人向往的"轧神仙"庙会移至此街。

在历史时间线上的一个重要节点,2007年,有这样一个关于老阊门修复改造的概念:连台戏格局。

为了阊门、石路地区的新生,政府请专家行家会诊,提出了整合成"古典剧、现代剧和新编历史剧"连台戏格局的苏州第二商贸中心和水上旅游交通中心。

如果说,阊门一带是古典剧的话,那么,现有石路商业区就是一出现代剧,而规划提出的扩容区,则是新编历史剧。

相关的《苏州市阊门石路地区详细规划和城市设计》,很快通过了政府的审批。

这一规划涉及的范围,西到枫桥路、南抵爱河桥路、东濒护城河、北至上塘河,再加上阊门一带,总面积55.11公顷。

阊门一带,分布着大量控保建筑、传统民居、古井、古桥等历史文化瑰宝,姑苏区古城保护委员会和金阊街道在文保普查、全面摸底辖区的历史文化遗产的基础上,尽力还原老苏州老阊门风貌。

交通掣肘发展,商业缺少王气,文脉如何串连,难题一个连一个,以迎难而上的决心和切实可行的具体措施,经过一年又一年的连轴战,今天的苏州阊门地区,北码头修复改造、阊门饭店升级改造、古城墙保护、石路商圈凤凰涅槃……连台戏的台早已经搭建起来,连台的好戏一出连着一出。

好戏太多,眼花缭乱,现在我们要做选择题了。

南浩街"轧神仙"。

南浩街位于苏州城外阊门、胥门之间,北起阊门吊桥鲇鱼墩,向南过金门路至南浩桥。原名南濠街,因阊门以南护城河称为南濠而得名,后讹"濠"为"浩"。

二十世纪五十年代后期,南浩街的商店减少,陆续改为仓库等,街市开始冷落。1998年南浩街北段实施全面改造,1999年4月竣工。600米的路面改铺花岗石,两侧沿街建有仿古商业门面房,街西建有11幢居民住宅楼的南浩花园。并设置"南浩十八景"文化景点,供市民休闲观赏,苏州神仙庙移建南浩街后,一年一度的苏州"轧神仙"活动,也于1999年移到南浩街。

苏州"轧神仙"至今已有800多年历史,源于崇拜和祭祀道教神灵、八仙之一的吕洞宾。相传每年的农历四月十四是吕洞宾的生日,在这一天他会化身为凡人,来世间点化世人,因此到这一天每个人都会到神仙庙去上香,也会在人堆里挤来挤去,希望轧到神仙,给自己带来好运。

以民俗文化节为主题,举办神仙庙会,征集小商小贩,设立各色小吃、工艺品、花鸟虫鱼等临时摊点,努力打造"轧神仙"这个文化消费品牌。

老字号显摆:展示销售苏州传统老字号,比如老苏州轧神仙必吃的神仙糕,神仙糕用豆沙、芝麻、瓜果丝等制作,香甜软糯,既好吃又讨了个好口彩;

老手艺再现:展示销售苏州民间手工艺、苏派盆景等等,甚至还有苏州对口支援地的特色农副产品;

花草也神气：花花草草也是"轧神仙"活动的重头戏，家家门前花草鲜，场面十分壮观，苏州老百姓来这里挑选几盆花草带回家，沾沾仙气；

智能生活烧包：有智能生活"展示展销"区、"拉杆箱集市"区等。

……

苏州人"轧神仙"，轧八百年而不衰，轧八百年而不停，轧八百年还越轧越来劲，苏州人的脾气，真是够"韧"的。

难怪有人说，这是苏州人的狂欢节。

最早的"轧神仙"，在阊门内下塘，空间狭窄，后来移到吴趋坊，大约在二十世纪八九十年代，我也曾经到吴趋坊去"轧"过一次，感觉沾了点仙气回来，再后来搬迁到南浩街，我就没有再去过，但却几乎年年有印象，知道农历四月十四，姑苏城内万人拥至，影响不断扩大，遂成为国家级的非遗项目。

现在新的一年又来临了，今年我会去吗？也许会去，也许不去。但是此时此刻，我的心思已经荡漾过去了，它正走在南浩街上，走在老阊门那个地带，有一种躺进摇篮的温馨，也许就像许许多多从苏州阊门出去的人，他们的情感穿越回"老家"的那种感觉。

大家都知道苏州是一座开放包容的城市，但苏州同时又是一座自带节奏的城市，她的自带的节奏，和她的性格一样，低调沉稳，不张扬、不做作，却是有力量、有韧性，不会被别人带跑偏，只会把别人带过来。

任凭风浪起，稳坐钓鱼台。

若是不信，可以现场测试，在轧神仙的队伍中，到底有多少不是苏州人的苏州人。

再比如，那些历经数百年流传至今不仅不曾衰弱消亡，却是愈加兴盛、甚至有点人来疯的苏州独特的名俗民风活动：

　　山塘一年看三会；

　　龙舟竞渡过端午；

　　听曲虎丘中秋月；

　　天寒地冻腊八粥；

　　俗重冬至大如年；

　　……

既接地气，又有文气，雅俗共赏，天人合一。

其实，除了这些有名有分有风光的民俗民风活动，苏州街头的小游园、口袋公园里，几乎每天都在上演着苏州老百姓的习俗。

出阊门城门，北边是北码头，那天我站在人头攒动的路口，看到一辆三轮车，载着两位女客，三轮车师傅兼任了导游，我听到他正在介绍说，这个北码头，是民国风情一条街。

也许我更感兴趣的是吊桥西塊的南面，这里有一个面积并不太大的公园，里边有盛宣怀的雕像，盛宣怀是常州武进人，据说，在晚清新经济模式出现的那个阶段，盛宣怀开创了十一个"第一"，其中和苏州有关系的，就是"开埠石路第一人"。

在这个桥头公园里，其实也不止是在公园里边，公园外，沿着大街，在每一个拐弯，每一个角落处，都有人站立着，或者找个合适的地方坐下，人数之多，堪称阵势浩大。

也有人在打扑克，但是更多的人，什么也没在干，他们或者抱着一只热水杯，或者手里什么也没有。

这种什么也不拿、什么也不干的姿势，打动了我、吸引了我，他们的站立或坐姿，是那么的自在和恣意。

他们在干什么？

春风还没有来，他们不是在享受春天的温暖，天气还是很冷的。他们的穿着都很厚实,有的还缩着脖子,但是他们呼吸着时代的新鲜空气,他们是退休老人,或者是周边的征地后的农民,他们也许有许多想法,也许没有什么想法,他们的目光,直抵我心。

在苏州古城保护的意识中,除了物质的有形的,还有更多的风情色彩,正如梅锦煊老师说过的:"接受古城文化、享受古城文化、传承古城文化,这才是真正的'家在古城',也是古城内的苏式生活。"

说到苏式生活,有一个字是少不掉的:吃。

所以我必须要趁着走老阊门的时候,再细细地走一遍西中市。

西中市,今天的美食一条街,却曾经是整个江苏、甚至全国的金融中心,堪称金融的摇篮,光绪年间,苏州有24家钱庄,西中市就占了20家,名副其实的钱庄一条街,"宝苏局""裕苏官银钱局"等官方发行钞票的机构,都设在这里,民国初年1912年江苏银行总行在这里成立,1914年中国银行在这里开出了第一家支行,接下来交通银行,上海商业储蓄银行等等,中外大大小小银行纷纷进入西中市,银行超过20家,大小商号有300多家,许多名店都是在那个时候开在西中市,如果有人说当时的西中市,掌握了江苏的经济命脉,也不为过。同时,西中市又是苏州古城中保存最完整的民国老街,名胜古迹众多,有阊门古城墙、水陆城门、古城楼、泰伯庙、皋桥、雷允上药店老址、苏州府电报局遗址、古街坊吴趋坊,另有文衙弄内的艺圃、阊门内下塘街的神仙庙、五峰园等等。

这一天是大年初六,许多店铺还没有开门营业,但是在西中市,已经恢复了往日的喧闹和风光,一路过去,嘉兴粽子、东方卤菜、北京烤鸭、香得味、杰森精酿啤酒、吊桥代阿姨喜蛋、王记姚家味、马记祥烧饼、老陆家汤包馆、荣记凉皮、朱鸿兴、阊门姚记豆浆、五德居、鼎盛鲜、台湾花甲王、义昌福包子、杜三珍……一直往东,到西中市和东中市交界处,有吴趋坊的泡泡馄饨,汤家巷的面馆,勾起老苏州童年记忆,值得一辈子咀嚼的滋味。这些餐饮商家,有的久有名声,有的新做出了名气,有的成了网红店、知名品牌店。

而西中市美食餐饮的特点,是它的古城市井烟火气息,老苏州在这里会倍感亲切,倍觉温馨,只是对于年轻一代来说,或许感觉是不一样的,这里的风情,倘若和园区李公堤比较,那是完全不同的两种风格,所以,有年轻人不喜欢西中市,也属正常。

他们会在网上说话,我去看看他们说什么。

"味道比以前差了很多,感觉老板换了。"

"西中市有点乱,没有真正利用和修建好,有点遗憾。"

"为什么把马路上所有树木都弄个寸草不生?"

其实无碍,所谓精致的苏式生活,并不是一个终结,它是一个过程,是一个每天都在变化的进程;

精致的苏式生活,也没有一个放之四海而皆准的统一的标准,诗意会在生活的每一个缝隙里张扬出来,辣有辣的品格,甜有甜的意味;

更何况,西中市也并不是古城中唯一的美食一条街,今天,号称美食一条街的老街新街,在古城区内,几乎每个区域每个方向都有:

观前街,山塘街,平江路,太监弄,石路,十全街,葑门横街……

比如其中的十全街,就是深受年轻人喜欢的美食街,黎里高记辣脚,馋佬沛油炸食品,笃笃笃糖粥的甜品……辛辣,油炸,酸甜,够味,够劲爆,于是,年轻人就趋之若鹜了。

苏式生活,有品质的生活环境;

苏式生活,烟火气的沉浸体验;

苏式生活,有底蕴的文化积累;

老阊门,是苏式生活的最现场。

行文到了阊门,我终于把差一点放弃掉的紫芝园的话题重新找回来了。

2021年9月17日,中秋节前,苏州的几位文人和苏州华贸的几位高管有一场文化聚谈,大家谈兴甚浓,聊了许多的话题,其间似乎有人提了一下紫芝园,可惜孤陋寡闻的我,没有在意这个话题,我和它失之交臂。

没想到,在路上和纸上行走古城的日子里,我却和曾经擦肩而过的明代园林紫芝园相遇了。

紫芝园和苏州现存的许许多多古典园林不一样,它是存在的,又是不存在的,更确切地说,它曾经存在过,后来不存在了。

既然不存在了,为什么还会有人关注,有人一直放在心上,忘不掉它?那我们就换个说法,因为在历史的记载中,它是始终存在的。

《吴县志》:"紫芝园在阊门外上津桥徐太学士墨川园也。"

明代笔记小说《识小录》记载了紫芝园所在的位置。

据《苏州历代园林录》:"此园于明嘉靖(1522—1566年)初,由长洲(苏州)人徐墨川首创,其家境富足,多蓄历代名人字画……"

苏州古典私家园林甚多,紫芝园到底有什么了不起?

王稚登《紫芝园记》记载:"园初建时,文徵明为布画,仇英为藻绘。"

文徵明和仇英联手设计,应当是园林品质之保证。文徵明、仇英、沈周和唐寅,并称"吴门四家",他们画风独特,在园林方面都有很高的造诣。

范君博《吴门园墅文献》这样描述紫芝园:"一泉一石,一榱一题,无不秀绝精丽,雕墙绣户,文石青铺,绿金翠缕,穷极工巧。"

说它是苏州古典园林之精品,说它自带光环,虽然不能眼见为实,却也是令人信服的。

可惜的是,紫芝园存世的时间并不长,资料记载,紫芝园初建于1546年,比拙政园建成晚了不到10年,明末甲申年间,紫芝园毁于大火,存世仅99年,紫芝园被毁至今已有370多年,而它的原址所在地附近,正在建设苏州华贸中心,150米高的商贸大楼,44万平方米的建筑体量,一个国际化城市综合体。

紫芝园重建的前提已经呈现,在华贸中心的高楼之间,有一处4000平方的庭院,这是老阊门区域历史沉淀之处,是姑苏文化植深根之地,无疑,地利是占到了的。

华贸是有远见有定力的,设计师更是有想法有创意,他们并没有恢复紫芝园全貌的打算,因为紫芝园的全貌,即使是在记载中,也是不存在的,它只有"明式""以假山取胜""雕墙绣户,文石青铺""较之江左名园未知认证胜"等点滴片段,将其积累起来,融化于心,形成对紫芝园的总体领悟,在庭院的布局和建筑风格上体现明式园林的特色,比如简洁的门窗设计,比如把山石处理成"精、雅",再比如,尝试将紫芝园的文化元素与现代庭院设计融于一体。

本着实事求是的精神,本着神似重于形似的追求,紫芝园的重建,在2020年拉开了序幕。

就在《家在古城》二次修改的日子里,消息来了:2022年2月,"古老而崭新"的紫芝园在苏州华贸中心落成,消失了370多年的一代名园风雅"回归"。紫芝园的神秘面纱,在不远的将来即将撩开,现在我们还无法预测,在拥有众多著名古典园林的苏州古城,紫芝园到底能不能惊艳亮相,它的重现,能给苏州古城带来怎样的价值和意义。

我们拭目以待。

我在这里写阊门紫芝园,除了因为它重建的价值和意义,坦白地说,还有另外一个原因,这是一个争议性比较大的项目,我看了一些网友的帖子,有点意外,因为有不少人是持着不同看法的。

"是不是又在烧钱造假古董?"

"一方面真的园林在拍卖,另一方面又想恢复消失了几百年的园林?"

"凭想当然就能恢复?"

议论也不会是一边倒,也有支持和赞赏的:

"苏州园林甲天下。希望复原,体现苏州造园之艺术水平。"

"紫芝园重回人们视线,这才是苏州园林的特色,再加上苏州的小吃,真是美上加美!"

我们还是把不同的声音留给时间吧。

不同的声音,才是今天的时代应该有的样貌。

有争议,是因为有关注;有关注,是因为有爱。有爱有关注,才有苏州古城的今天。

而我,更关注的也许不是在今天,在新时代重建起来的明代的紫芝园,会留给我们的后人什么样的遗产和话题,到了某一天,他们会不会像我们今天热爱拙政园留园那样去对待紫芝园。

我终于又一次、再一次地走过了山塘街,我甚至把许多年未曾再走的阊门连续走了几次,可是我知道,我要走的路还很多很多,很长很长,过了平江,过了山塘,过了阊门,还有观前地区,还有盘门区域,葑门和葑门横街,苏纶场,还有拙政园街区、怡园街区等等。

9. "处处楼前飘管吹"

先看看有"姑苏第一街"之称的观前街和观前地区。

观前街：

地处古城区中心，有明确的高度限制，街上建筑体量小，形成低矮的建筑轮廓线，在建筑色彩的运用上，除了玄妙观运用特定的黄色外，基本以黑、白、灰为主。

宋代，玄妙观名天庆观，故街名天庆观前，又名碎锦街。元代，天庆观改名玄妙观，街名随即改为玄妙观前，后又演化为观前街。民国十九年（1930年），观前街拓宽改建。新中国成立后，观前街又多次进行扩建整治，先为小方石路面，后为沥青路面，街宽逐步增至9—13米。1982年6月，观前街改为步行街。

观前街是苏州百姓购物的首先之街，也曾经有一段时间，观前街的商业业态比较单一，被苏州老百姓戏称为"黄眼皮"：黄金店，眼镜店，皮鞋店。

1999年—2001年，观前街分三期进行整治更新，"历时三年，翻新新建道路、增加绿地停车场，恢复移建三宫殿、三茅殿等道观，保留和恢复了玄妙观等一批文物景点，奠定了观前街成为'姑苏第一街'的地位"。商业业态也逐渐多样化，2018年8月，观前街被江苏省商务厅评为首批江苏省老字号集聚街区，观前街的百年老店：陆稿荐（1663年），雷允上（1734年），稻香村（乾隆间），松鹤楼（1737年），春蕾茶庄（乾隆间）、恒孚银楼（嘉庆间），黄天源（1821年），三万昌（1855年），乾泰祥（1870年），采芝斋（1870年），近水台（1884年），叶受和（1886年）、王四酒家（1887年），元大昌（1896年）。

苏州文化专家蒋晖曾经告诉我，许多年来，他每周基本上都要一次去观前街,就是冲着那些卖吃食的老店去的。蒋晖认为:"总体来说观前街商业区要比以前好,虽然外地游客不少,但是最大的客源我认为不是外来的游客,而恰恰是我们苏州本地的青年,只有年轻人来消费,年轻人是主力军,那些小店还真的不错,我觉得一条街能够有一些特色的店,既是政府规划,更是市场需要——当然也有遗憾之处:一棵树都看不到,在绿化上面只有一些盆栽小树。"

我们再把目光从观前街投射开去,看一看整个观前地区的风情风貌。

观前地区位于苏州古城的中心,东起临顿河,西至埃河沿、河沿下塘、河西巷河,南接干将河北岸,北至平门环城河。区域面积3平方公里,人口5万多。

这里是苏州经济、文化、金融的中心,又是苏州市对外展示古城形象的重要窗口,被世人誉为天堂的眼睛。除了名扬海内外的观前街、道教圣地玄妙观,还有怡园、曲园、鹤园等古典园林名胜;除了焕发青春的百年老店,还有人民商场、美罗商场、购物中心、食品大楼等现代化商业;亦有开明大戏院、光裕书社、工艺品古玩市场等文化娱乐休闲场所。

察院场,旧学前,平门,西北街,香花桥,小公园,玄妙观,装驾桥,组合成了这个区域的风情画卷:古典精神、人文气息和现代繁华的市井气并存共融的和谐风俗。

这是"新观前"。

当然,也有人更喜欢老照片上和记忆中的"旧观前""老观前"。

盘门及盘门景区:

盘门古称蟠门,位于苏州姑苏区东大街49号。周敬王六年(前514年)吴王阖闾命伍子胥所筑春秋吴国都城,盘门为吴都八门之一。因门上曾悬有木制蟠龙，以示震慑越国，又因其"水陆相半，沿洄屈曲"，得名。盘门总体布局和建筑结构基本保持元末明初旧观，水陆两门南北交错并列，总平面呈曲尺形，朝向东偏南10度。盘门是元明清三代陆续修建的遗构，是中国唯一保留完整的水陆并列古城门。具有极高的历史文物价值，有"北看长城之雄，南看盘门之秀"的说法。

  盘门景区建设始于1986左右，是苏州古城区内开动较早的修复保护项目，在此后的三十多年里，持续不断地进行着区域内各个节点的修复整治。现占地24.86公顷，古迹众多，人文景观丰富。景区内瑞光塔、水陆城门、吴门桥均为全国重点文物保护单位。近年来，修复古城墙，整治瑞光塔院，重建四瑞堂、伍相祠、放生池，还营造一池三山、种树植草，精工修造丽景楼、双亭廊桥、水帘洞等诸景点，是苏州旧城改造与保护项目，具有独特的历史文化内涵。分为入口区、明清商市区、中心庭院区、西部居住区、城墙公园区等五部分，并将吴门桥、古盘门、瑞光塔三者有机结合起来，形成了独具特色的风景旅游格局。

  葑门及葑门横街：

  葑门位于苏州城东，相门之南。初名封门，以封禺山得名，因附近河中有（鱼専）（鱼孚）鱼（江豚）出没，又名（鱼専）门，（鱼孚）门。又以周围多水塘，盛产葑（茭白），遂改为葑门。该门经历代多次重建。清初重建门楼，题以"溪流清映"额，并增辟水门。民国25年门楼被拆除。50年代拆除城门。

  古老的葑门横街是苏州市保存最完整的商业街，在苏州无数的街巷中，真正担当得起"老街"称号的，一定会有葑门横街的名头。

和平江路、山塘街不一样，葑门横街没有名人故居，没有传奇故事，连街名也是那么的不讲究，横一下，就是一条街了，它却同样深受苏州百姓群众的喜爱，在这里甚至也许可以用一个"更"字——更喜爱。

因为它的集市。苏州人百年的菜场市集。

苏州人都知道，不到葑门横街，就不会知道真正的苏州市井生活。

苏州人都知道，不到葑门横街，你就买不到真正价廉物美的鱼肉菜蔬。

不足500米的葑门横街，从清代开始，就是农民进城卖菜的集散地，一地鸡毛蒜皮，满目菜叶鱼虾，令人称奇、也是最难能可贵的是，一百多年过去，今天的苏州百姓，仍然要舍近求远地骑自行车电瓶车，坐公交车坐地铁，跑到葑门横街去买菜。有时候什么东西附近的菜市场看不到，大家就会说，到葑门横街去，那里有；有的时候，想吃羊肉了，就互相提醒说，买羊肉一定要到葑门横街去买。

今天的葑门横街，依然是满街讨价还价的喧嚣，这样的喧嚣，依然是苏州老百姓心灵的安静和归宿之处。

这是挺立在现代化大潮中的一幅生动真实的民俗市井图。

横街的早市，十分有名，早市的茶馆仍是旧苏式的，我曾经写过苏州人吃早茶的文章，在此摘录一段：

  调解人像现在的法官一样，很受大家伙敬重，矛盾的双方，解决不了的矛盾，他们就要请他出面了。

  他就在里边安静的位子坐下来，这里靠窗，窗下是河，河上有船。

  他很年轻的时候，代替生病的父亲到茶馆来劝别人讲和，这叫作吃讲茶，也就是在吃吃茶的过程中，把大事化小，小事化了,他也没有想到这一坐竟坐下去几十年的时光。

那一天他坐在靠窗的位子上,天色阴沉沉的,布着乌云,对岸某家小姐的身影出现了,她婀娜的身姿倚在窗框一侧,就像一幅忧郁而美丽的风景画一样嵌入了他的心里,河里有一条农船经过,船农在船上叫卖水红菱,小姐说,船家,称两斤水红菱,小姐的声音差不多像河水那样的柔,她从窗户里放下吊篮,船农看看吊篮里是空的,船农说,钱呢?

你先把菱称上来,小姐说。

你先把钱放下来,船农说。

我放了钱你不称菱怎么办?

我称了菱你不给钱怎么办?

他在这边茶坊里笑起来,这时候吃讲茶的双方都到了,他们向他致意,说,少爷,有劳您的大驾了。

他说,坐,坐吧。

大家坐下来,他们争先向他倾说自己的道理,说对方的不是,他却摆摆手,吃茶,他说,吃茶。

大家听他的话,都吃茶,茶是上好的龙井茶,喝到第二开,已经很有滋味,他们互相仇视地看着,然后又求助地看着他,他们憋了一肚子的委屈,快要爆炸了,他却依然摆手,说,吃,吃茶。

吃茶。

吃茶。

终于把茶吃得淡了,他向他们看看,说,怎么样?

他们想了想,可以了,他们说,觉得心头轻快,再没有什么委屈,可以了,他们说,可以了。

走出茶馆的时候,拨开乌云,太阳出来了,他们向他致意,谢谢少爷。

他说,不用谢。

茶馆老板也会在门口躬送,少爷,慢走。

等到他慢慢地从少爷变成先生的时候,吃讲茶的仪式越来越少了,但是大家仍然请他替他们调解矛盾,他一直坐在靠窗沿河的老位子上,他总是一如既往请大家吃茶,他摆着手,说,吃,吃茶。

于是,大家吃茶。

吃茶。

吃茶。

等到茶吃得淡了,他们站起来,说,谢谢先生,然后心平气和地走出去,什么想法也没有。

等到他慢慢地从先生变成老伯,他仍然坐在六福楼的老位子上吃茶,大家说,老伯,他们……我们……

他说,吃,吃茶。

于是,大家吃茶。

吃茶。

吃茶。

等到茶吃得淡了,他们站起来,说,谢谢老伯,他们走出去,这时候外面的世界阳光灿烂。

他从十七岁坐到七十七岁,始终是这个固定的位子,后来河对岸人家的小姐早已经不在了,再后来河对岸的房子也没有了,他整整坐了一辈子,终于有一天,他觉得自己要离开这个世界了,他再也不能在六福楼这个靠窗沿河的位子继续坐下去,他写了一份遗嘱,过了不久他就走了。

他的儿子是在一个偶然的机会发现父亲有遗嘱的,这已经是很多年以后的事情了,他回想小时候奉母亲之命到茶坊叫喊父亲回家,他看到父亲坐在靠窗的位子上吃茶。

——《苏州人讲吃茶》

这又是什么?

这就是格调,这就是风貌。江南的,苏州的。

还有,很多很多风貌街区和历史遗迹:

  拙政园街区

  怡园街区

  十全街

  西北街

  西中市

  ……

还有运河姑苏段上的各个节点:

平江古巷,虎丘塔,水陆盘门……就说一说几乎人人点赞的环古城河健身步道。

2002年,苏州市启动了"环古城风貌保护工程",市城投公司具体实施,历时4年,环古城河沿线形成了集交通、防洪、绿化、景观和旅游休闲等功能于一体的风貌带。随后,又实施了"环古城河健身步道"建设,2015年12月27日,苏州环古城河健身步道全线开通了。步道全程15.5公里,沿护城河内岸环绕苏州古城。

沿环古城河健身步道行走,即便是于浑然无知中,也会不知不觉地接受历史的滋养和文化的浸润,于有意无意之间,于用心与不用心之间,就收获了、就厚实了。因为这条步道,是沿着运河延伸的,是一座敞开的大博物馆,虽历经风雨,但历史的格局没有遭遇根本性的改变,文化的景观在劫难之后又重获新生。我们欣喜地看到,古往今来的历史之树仍然郁郁葱葱,数千年的历史信息依旧在不断传送。灵魂没有丢失,由众多的文化和自然景点组成的和谐格局,由古代文化和现代景观完美结合的圆融整体,让这个古老的曾经破旧了的环古城河,焕发出了青春的时代的光芒。

环古城河健身步道,不仅让沿河而居的市民开门就能看到这条绿色的项链,还有许多并不是沿河而居的市民,每天都会来这里行走,亲近运河、了解运河、观赏风景、锻炼身体、舒适心情,沿途处处是有文化底蕴的景点和历史遗迹,更有助于提高市民的文化品位、知识积累和素养境界,这是最接地气的,是与民同建与民共享的。

还有保存的和新修的城墙城门:

绵延15公里的苏州古城墙,见证了苏州曾经的辉煌。20世纪五十年代,在全国性的"毁城"浪潮中,苏州的城墙也同样没有逃脱劫难。当时,城墙、城门被作为"旧时代的象征"和"新时代的障碍"而横遭拆毁。城墙砖被运去建小高炉,城墙土被挖去做砖坯,城墙遗址上建起了工厂,造起了民房,开挖了防空洞,修成了道路。经过一番"轰轰烈烈"的"拆除城墙"运动,到二十世纪八十年代末,苏州城墙几成废墟。徐刚毅有过详细周全的调研:"20世纪八十年代末,原本总长15公里的古城墙,仅剩下盘门、金门等地不到1.5公里,约10%左右,另有20%到30%只剩下残垣断壁,而60%至70%的城墙被毁掉了。"

事实上,仅存的这些残垣断壁,也因缺乏维护管理,不断遭受蚕食,危在旦夕。

1982年苏州入选第一批国家历史名城,加强古城墙保护,就成了社会各界的共同愿望。1987年4月,市城乡建设委员会就向市政府提出了"苏州市古城墙保护规划"，提出古城墙是历史文化名城的重要标志，也是体现古城风貌的一个重要内容，要对古城墙遗址进行严格控制和保护好现状，逐段分期恢复。此后的三十多年，从"要不要修、能不能修"到"怎么修、修成什么样子"的探讨，一直在持续，而修复城墙的动作，也同样一直在持续。

徐刚毅说："用整整八年的时间，抢回了阊门，真正是抢回来的。"一个"抢"字，让人感动，让人陡生敬意，甚至，让人心酸。苏州还有许多古城门，还有许多个八年在拼在抢、要拼要抢，如果回首这一个又一个的八年，怎不叫人热泪盈眶。

相门、阊门和平门三段古城墙将于2012年月份全面完工。尽管与曾经绵延15公里的恢宏相比，这三段修缮的城墙总长只有1500米，却实实在在地跨出了古城保护极具意义的一步。

苏州八大城门现况：

阊门，苏州古城之西门，通往虎丘方向

胥门，城西万年桥南

盘门，城西南，吴都八门之一，古称蟠门，是苏州古城唯一保存完整的水陆城门，由两道水关、三道陆门和瓮城相互组合而成

蛇门，城东南，城门和城墙均在，有部分重建

娄门，相门以北，位于苏州古城的东北角，原称(缪)门

齐门，齐门城门早已不存在，仅仅保留地名

相门，又称匠门，亦称干将门，古时因附近多数居住工匠而得名

平门，城北，原城门及城墙曾拆除，后重建

城墙修复，千年古城之大幸。

……

我想再插一点点文字，据说，修缮古城墙的施工，成了苏州老百姓关心的大事，每天工地上都会有热心市民来参观，眼看着工人们一块砖一块砖砌起来，他们感叹地说，真的在修城墙了。

这个感叹虽然来得晚了一点，但它毕竟来了，虽然个中滋味不免有些酸楚，但它毕竟成为了令人欣慰的事实。

在这一个部分，我重点写了平江路和山塘街，我想说的也是我感慨最深的，所以我还要再说一遍的是，在苏州古城，像平江路、山塘街这样能够整体体现古城风貌的区域，还大批大批存在。

古城有幸。古城艰辛。

保护平江路和山塘街，用去了苏州人近二十年的时间，接下来，仍有大批的片区要保护、要整治、要修缮、要活化，我们还要用多少个二十年？

多少个二十年都要用，子子孙孙接着干，古城保护永远在路上，这就是苏州人对苏州古城的态度和决心。

我努力想搞清楚，在今天，在明天，在不远的将来，古城之中，有哪些街区保护工程正在进展或者即将上马，但是查来查去，问来问去，结果得到了多种答案，也许是因为时间节点不同，也许是角度不同，也有重合的，也有没被提及的。

当然，被提及的、已经开工的或正在进展的，那都是十分明确的。

虎丘综改工程项目加快搬迁，工程项目、环境整治、地块管理等工作有序推进；

桃花坞综合整治保护利用工程一期项目进展顺利，唐寅文化区和泰伯西街文化区基本完成；

大成殿古城保护展示馆主体建设完成；

中张家巷河成为新中国成立以来古城内第一条恢复的河道……政府正在加快探索和开展成片改造模式,古城保护更新的工作面广量大,过去的点线状保护修缮利用模式已难适应当前古城整体形象提升的要求,以片区为单位统筹保护、修缮、整治、改造、利用、管理和运营的成片保护模式正逐步成为新的选择和方向。

在姑苏区政府的规划文件中,是这样描述的:"以街坊为单位统筹推进规划设计、方案策划,统筹推进片区内文物古迹保护、历史建筑修缮、老旧小区改造、市政设施完善、公用配套提升、低效地块开发、工业厂房改造利用、特色街巷打造、景区综合管理、历史文化挖掘利用、街区风貌综合整治提升……"

再选择两则新闻:

新闻一:2021年3月28日发布

好消息!今年姑苏将有16个老旧小区分3批实施迎来改造,分3批实施改造。

3月23日,第一批改造项目的8个老旧小区集中开工,共涉及房屋156幢,建筑面积约33万平方米,惠及4271户居民,预计10月底全面竣工。

新闻二:2021年8月7日发布

此次拆迁整改的范围集中在了姑苏区境内的平江片区、新建里片区以及中张家巷片区,新建里共征收35户住宅,面积约1770平方米,中张家巷共征收32户住宅,平江片区共征收107户住宅,共48户,剩下被征收的范围基本上就是在苏州古城附近。

此次的拆迁工作主要是为了苏州古城的保护工作,同时提升城市的整体形象。

相信大家比较关心的还是此次的赔偿力度,按照目前给出的规划来看，如果被征收的是普通的住宅房屋，每平米的补偿金额为23000元，如果是商业用房的话，每平米的补偿金额为31000元。

我又要迈开脚步去行走了。

我要去道前街片区——历史上的府衙文化风貌，今天仍然在这里回荡。现存的历代府衙建筑和遗址，它们的历史文化价值的气息，仍然保留着，从从前到后来的一些街名路名，道前街、王废基、察院场、吴县直街、长洲路等不难看出，府衙文化早已构成了苏州传统文化的重要一环。

建言献策的苏州人很多很多。有人说："由于认识和推广等方面原因，苏州的府衙文化远不及园林古镇刺绣评弹昆曲那么备受关注深入人心，随着时代发展和社会变迁，苏州的府衙建筑或者移作他用或者日渐消亡，如果我们再不及时恢复和开发利用，这些残存的历史遗迹很可能在不久的将来荡然无存。"

（注：府衙建筑：江苏巡抚衙门、巡抚中军衙门、江苏布政使司署、江苏按察使署、司狱司署、关税务司署、卫指挥使司署、苏州府署、元和县署、吴县署、长洲县署、织造府署、太平天国忠王府、北南西三察院16处，今存8处，分别是江苏巡抚衙门、巡抚中军衙门、江苏按察使署、司狱司署、关税务司署、元和县署、织造府署、太平天国忠王府。）

我要去天赐庄片区——这里是古城中不多见的早期民国风貌，从官太尉河至南部的天赐庄这一带有着大量的名人故居和古迹。与官太尉河相连的天赐庄区域内有14处各级文物保护单位和8处控保建筑，圣约翰教堂、博习医院旧址等坐落于此。天赐庄历史文化街区是苏州古城中西文化交汇最早、地方特色体现最浓的区域之一。

我要去五卅路片区——民国后期的苏州古城风貌,在这个片区尽情地完美地展示,这里历史遗存丰富,保留完好的民国风情建筑群,共有市级文物保护单位6处,控制保护建筑4处。它应该成为古城历史文脉核心体验区和新苏式现代精致生活区。

我要去西北街片区——市井文化的集中之地,这是苏州古城普通老百姓今天的普通生活场景,不见什么高雅却有情调,没有更多的古迹却同样有故事。西北街的街名是1980年才确定的,在古城的千年老街老巷中,它的名字出现得很晚了,但是它的存在,它的形态,却是典型的老苏州古旧苏州的样子,就是那种慢悠悠的样子,所有的一切,都是一种约定俗成,所有的一切,都是老式生活的原样。与它一路之隔的东北街形成鲜明对照,东北街上有拙政园,狮子林,苏州博物馆,可说是热闹非凡。但是几步路走到对面,仅仅横了一条街,这边立刻就安静下来了,对于东边的热闹,西北完全视而不见。可见,东北街西北街各有自己的强大气场,谁也影响不了谁。

我还要去走苏州的经典的近代建筑:

东吴大学旧址(林堂、孙堂、维格堂、葛堂、子实堂,体育馆……)

天香小筑

第一丝织厂(日本领事馆旧址)

荫庐

……

苏州古城区内,曾经有许多老厂房,虽然算不上古迹(有相当一部分厂区内有一定数量的清代古建筑、民国小洋楼等),却也记载了岁月,承担过使命,在大规模的古城保护修复工作中,这些曾经在丝绸、轻工等等诸多领域里争金夺银的企业、曾经荣获了一个又一个"全国冠军"的品牌,如真丝塔夫绸、真丝印花双绉;全国品种最多、销量最大的张小泉剪刀;全国第一批人造宝石轴承;有全国第一台快速激光打孔机……至二十世纪八十年代中后期的享誉全国、家喻户晓的长城电扇、孔雀电视机、香雪海冰箱、春花吸尘器等"四大名旦",等等,逐渐从古城区中淡出,从 2003 年起,"蜗居"在里弄街巷中的 200 多家工厂,陆续悄然离去,涉及的国有(集体)企业职工达 10 多万人,涉及厂区面积 3427 亩。

二十多年过去,我们看一看苏州对这些老厂房,老厂区今天的面孔:

一丝厂:"989"文化创意园

江南无线电厂:江南文化创意设计产业园

新光丝织厂:桃花坞文化创意产业园

电镀厂:博济科技创意园

振亚丝织厂:蜗牛游戏研发创意园

电容器厂:容创意园

东风通信设备厂:品阁家居生活创意中心

火柴厂仓库:环城河边的时尚动感娱乐新天地

檀香扇厂:工艺美术展示馆

苏纶纺织厂:苏纶场商业综合体

吴县刺绣总厂:金谷里艺术馆

……

获得新生的固然不少,但难免仍有空关闲置的尴尬和等待的焦虑,也有简单一拆了之的惋惜——

还有,到了晚上,今天的苏州古城又有怎样的一幅夜景图,我们且看一下"夜苏州":

市民大排档,江南小剧场,沉浸式昆曲《浮生六记》,夜半钟声到客船、山塘河、环护城河灯光秀,音乐赋予苏纶场时尚高能之夜……"热闹里可见韵律,物质中可见精神";

还有,小游园和口袋公园:

不出城郭而获山水之怡,身居闹市而得林泉之趣,再也不是少数达官贵人、文人才子的专享,在古城中的每一个角落,每一个空间,美化市民栖居环境,提高群众生活质量,推窗见绿,转角遇到美,人人享受诗意生活。

2021年8月1日,姑苏区委主要负责同志率队深入古城的街头巷尾、公园游园调研城市绿地和城市公园绿植景观工作。据资料显示,今年以来,姑苏区已完成改造绿地面积达13.45万平方米,新制定的《姑苏区绿化和景观 提升工作实施方案（2021—2023）》也将分三年滚动实施。古城的街角巷尾,正在出现更多绿色公共开放空间,推窗见绿,移步进园,典范的苏式生活,不断提升的古城人居品质,满足人民群众对人居环境的新要求。

2021年,姑苏区聚集1600余条街巷的环境卫生问题,集中实施了"净美街巷"行动,推出姑苏古城最美街巷评比,经过片区街道互评,专家、人大代表、政协委员现场评估等流程,产生30条街巷作为"最美街巷"初选名单,10月1日,评比正式开始,将从30条初选名单中投票评出10条"最美街巷"投票过程中的人气榜单前几位有:

王洗马巷

定慧寺巷

沧浪亭街

醋库巷

山塘街

通贯桥下塘

平江路

丁香巷

中张家巷

东升里

……

就在《家在古城》即将收工的时候,我又收藏了一份《苏州街巷美食手册》,有文有图有真相,真是垂涎欲滴,于是又忍不住抄录部分在此:

葑门横街——最有烟火气的苏州老街

十全街——十全十美,十分好吃

定慧寺巷——苏东坡曾来这里打卡

皮市街——苏州最甜蜜的一条街

吴趋坊——千年古坊,繁华依旧

西北街——北寺塔下,苏式人家

山塘街——山塘早点来,早点来山塘

……

这真是:

"佳品尽为吴地有,一年四季卖时新"

"粽香筒竹嫩,炙脆子鹅鲜"

"小巷十家三酒店,豪门五日一尝新"

……

《家在古城》的原定计划,是写十八万到二十万字,结果由于我的贪念,也因为苏州古城必定会让人产生贪念,现在的字数,已经远远超出,我似乎再也拿不出篇幅,来详细描写老厂房的身影了,其实我也挺想念它们的,它们曾经是我们童年、少年、青年时的向往;我也无法再在夜里去逛夜苏州然后一一地将所看所想写出来,至于家门口的口袋公园,我相信,因为它们就是苏州普通居民百姓的家庭花园、住宅公园,所以它们一定会存在于群众的口口相传之中;至于再去走一走10条、30条甚至1600条"净美街巷"的事情,也得留在以后再做了,否则我的《家在古城》就永无完工之日了。

苏州是我国极具江南风情的一座城市,也是我国古街、古城区保存较多的城市之一。今天,放眼看去,已经很少有哪个城市在它的老城区内还能见到大片的古街了,但在苏州,却还是可以看到不少原生态的、韵味十足的、尽显江南风情的地段区域。

苏州古城是有特点的,其一,历史悠久。

史学家顾颉刚在他的《苏州史志笔记》中说:"苏州城之古为全国第一,尚是春秋物,其次为成都,则战国物……"

"一九五一年农历新年,苏州市长王东年偕同党方开老人会,予亦被邀前往,席上请来宾发言,予因述'苏州城之古为全国第一,尚是春秋时物,其次成都,则战国时物,其所以历久而不变,即以为河道所环故也。今议拆城,拆之则河道前横,不足以便交通。若欲造桥,则当桥堍开新城门足矣。奚必毁古迹。'王市长闻之,诧曰:'吾不知尚是春秋时物也!'苏州城殆因予言而得保乎?是所望也。"

二,水系独特。二千五百年来,肇始于苏州段的大运河,从郊外流入苏州城区后形成了完整、网状的水系网络,城外、城内水系通过环古城河互联互通,构成了气息相应的有机整体,而且至今仍在交通运输、文化旅游等方面发挥重要作用,堪称中国大运河水道的奇观。

三，格局完整。苏州古城区如今仍基本保持着宋代《平江图》中水陆并行、河街相邻的双棋盘格局，显示了杰出的城市规划水平和典型水网城市所独具的鲜明特色。

四，重视保护。苏州历代、历届决策者和社会各界大多对这座城市充满感情，深切意识到苏州古城弥足珍贵的价值。特别是20世纪80年代以来，在加快经济发展，扩大对外开放的同时，苏州始终认真贯彻国务院关于保护古城的批复精神，对古城的基本格局、建筑高度、建筑容量、建筑造型、建筑色彩和建筑环境设计进行了全面控制，以确保古城风貌不再受到损害。

两院院士周干峙曾经总结出八条："苏州古城之所以能传承到今天，最根本的是，有着科学的城市规划和卓越的城市建设。一是苏州城址选择，居吴越之要冲，选中了太湖平原中极优越的地位，占了极有利的地理条件。二是有区域社会经济基础，城市和农村能够相辅相成。三是有先进的水陆交通系统，保存了城市的活力，特别是城内有完美的双棋盘的交通网。四是有一个有水利而无害的河道系统，使城市不不乏水源，带来能源。五是充分利用当地建筑材料，形成特有的青砖、粉墙、黛瓦的建筑艺术和园林艺术。六是考虑到平时和战时，'平战结合'应变生存能力强。七是城市和风景相结合，环境条件好，具有生活的吸引力。八是城市规划周密，综合了各种要素，适宜人们长期使用，宜于'添砖加瓦'，而无须'改弦更张'。"

单霁翔来苏州的时候，总是说，我到苏州，你们不要带我看博物馆，姑苏区本身就是博物馆。

著名古城镇保护专家阮仪三教授评价："目前为止，苏州古城在所有中等规模以上的城市中保护得比较好，而且做的工作最认真。"

"苏州在八十年代以后对小街小巷改造中,基本做到了尺度不变,对建筑立面进行了粉饰,虽然看看窗户是新的,房屋也见新了,有的结构与功能也有了改变,但基本还是保留了苏州街巷的尺度、肌理和风貌特征——这是苏州人的一种创造。从古街坊改造来看,苏州也创造了成功的经验。老房子要拆,破房要修,但是传统风貌必须加以保护,把传统古韵留下来,让历史街区风貌长驻……"

世界旅游组织总干事塔雷布曾评价平江路是他见到的中国城市里最好的街道历史景区,第一是有风景,第二是有文化,第三是有居民,第四是没有那些人工的雕琢。

在评选中国"十大最具经济活力城市奖"时,苏州得到了这样的评语:"一座东方水城,让世界增添了2500年的历史;一个现代工业园,用10年时间磨砺了超越传统的利剑;用古典园林的精巧,布局出现代经济的版图,用双面绣的特色,实现了东方和西方的对接。"

面对历史、面对文脉,若无敬仰之心、广阔胸襟,就会在拆留之间"一失足成千古恨"。

今天,"从推土机下""从炸药包下"抢救出来的古城以及古城中的无数的古迹,使得苏州的古城保护成为国内历史文化名城保护的范例。

其他城市采用较多的保护方式,是商业街的模式,但是苏州古城有别于别处,苏州是有大量原住民的——这种片区的保护方式,难度很大,所需时间长。往往一平方公里的范围,大概要做8大类型的工作,有基础设施、公共配套、保护修缮,也有人际环境的提升等等,而且不可能是千篇一律的,这个片区和那个片区之间,是各有特色的,无法互抄作业。

通过对各个类型的分析,形成工作清单,政府做好测算,把公益类、经营类、办公类的项目算清楚,除了一些基础设施和居民搬迁工作之外,其他的可以推向市场,让有经验的平台公司,放开手脚单打独斗。如果全部都靠政府做,一是政府做不过来;二是即便累死累活,也未必比别人家做得更好。现在像华润置地、万科等等在全国各地,都在做城市更新,苏州的观念,也在不断更新。

一直以来,苏州古城保护的模式,基本上模式是一个指挥部加一个平台公司,尤其是在经验不足的早期,政府的主导性强一点,这也是适合每个不同阶段的特点的。同时苏州、姑苏区也一直在向全国各地学习,比如上海的做法就有很多值得学习的,上海对业态的规划,大多是请地产公司来做,古城保护修复的产业业态方面,企业可能更专业,专攻市场脉搏的。按朱依东主任的说法就是:"许多规划,包括业态等等,可以给出弹性,给出空间,让企业去研究,你说这个地方适合做酒店,还是适合做什么,还是你们去研究,我给你一个空间。"

胸怀和视野,是天生的,又不是天生的,更多是从长期的实践中得出来,体会出来的,苏州的保护者和建设者们,以几十年如一日的坚持,积累了宝贵的经验,从没有路的地方,走出了新路。

其实还有一个问题。

其实还有很多问题。

今天,我们所保护所修复的,都是我们的先辈留给我们的,而身处今天这个时代的我们,适逢时代变革发展,除了保护好古迹,今天的我们,又能给我们的后人留些什么呢?留些什么既有地域特色又有时代特征还有文化含量、精神价值的东西呢?

它们是什么?

它们在哪里?

比如,苏州博物馆:

"苏州建筑粉墙黛瓦的特色不要随便放弃,但要有创新,既要有传统特色,又不能是传统园林的复制,要好好考虑一下。"这是贝聿铭先生设计的苏州博物馆,"中而新,苏而新",留给后人,就是地域时代文脉三合一的典范,就是这个时代人与自然关系的最好注解。

比如,苏州图书馆、吴宫大酒店、有熊酒店……

除了一些新建的公共场馆和酒店以外,在苏州古城区内,多年前开始,就出现了一些苏式、新苏式、新中式的新楼盘,有高档别墅区,也有普通公寓楼,这些古城新楼盘,兼容并蓄当代生活与江南审美,隐于千年姑苏区风华古城,汇集传统、历史、都会、生态自然珍贵资源于一身,融最江南、最苏州、最现代为一体。

这其中的相当一部分楼盘,邀请中国"非物质文化遗产"香山帮大师传人打造,以代代传承的工匠精神,弘扬文化之本,开放理念视界,复现江南瑰宝,展示时代之魂。

国际房地产联盟主席让·马克·乐维说,每个城市都应该有一个自己的灵魂。对于苏州来说,它的灵魂就是它的千年文脉,而甲天下的苏州园林以及遍布古城的苏式住宅,正是这个文脉的最佳载体。如果能把传统建筑中的精华发扬光大,并与现代居住功能、现代建筑理念相结合,这样的建筑不仅可能成为精品之作跻身于时代浪潮,更能够成为新时代的独具特色的经典之作。

许多年以后,也许会有一群年轻人站在其中的某一处楼盘前,指着它说,看,这是 21 世纪开始的时候,我们的祖先建造的老宅,它凝集了江南地域之风尚,渗透了前辈的文化精华和思想光芒,我们没有理由不好好地保护、修缮,让我们子孙后代多受浸染。

我现在不敢肯定,也无法预测,今天苏州古城之内的一些楼盘,到了那个未来,会不会梦想成真。

比如:

留园路上的姑苏人家

　　虎阜路上的知丘别墅

　　白塔东路的狮林苑

　　拙政园东边的润园

　　庭园路的苏州庭院

　　南门的绿都姑苏雅集

　　……

　　从明代中叶开始,苏州崛起,虽苏杭并称,杭州以湖山胜,苏州以市肆胜,同时崛起的,还有苏州的人文和文化,这种态势,一直延续到晚清民国。

　　一百年后的今天,新时代的姑苏繁华图已经铺展,丰博全面,独特而典型,历经百年,仍具有浓郁的江南文化美学特色;历经百年,仍保持鲜明的姑苏古城风貌特征——旧日的小桥流水与新时代的浓墨重彩,完美和谐地统一在古老的城池之内,苏式精致文化在新时代变迁中,既保持着老腔调的优雅,也不拒绝新财富的集中,在一点一滴的细节中,透出几千年来一脉相承的富贵雅。

　　于是,常常听到有人赞叹:

　　"一夜秋风,苏州美成了姑苏。"

10. 尾声

　　其实是没有尾声的。

　　苏州古城保护,不断有新的消息、新的方案、新的举措、新的成果。

　　从客观上讲,我的写作速度,赶不上古城保护的行动的速度,所以我的这部《家在古城》简直有点收不了场、结不了尾了；

从主观上讲，我知道自己是欲罢不能了，还想继续写，不想停下来。这种情形，在我的四十多年的写作生涯中，少见。

江南文化、苏州文化，深厚博大，也许，它不是爆发性、集束式的，但它一定是弥漫绵长的，而且一定是有生长性的，其中最重要的，就是它的普遍性，或者说是渗透性。它渗透在苏州生活的方方面面，角角落落。每一个人都可以从最普通的地方受到它们的影响，无论是达官贵人、才子佳人，还是凡夫俗子、平民百姓，他们的生活就是文化，文化就是苏州人的生活。

苏州文化，既是高雅的，又是最接地气、最有烟火气的，时时处处，都在启示你，给你灵感，于是，我终于迷失在这里、走不出去了。

2012年10月，苏州合并金阊、平江、沧浪三个区，成立姑苏区。燕华君在《君到姑苏见》一文中写道："人类历史进入现代社会以后，行政区域的分与合，表面上乍一看，似乎只是权的一种再分配，但，只要细心一点，我们就不难发现，这实际上是一个国家、一个地区对其所属资源的一种整合，而这种整合，一定是以该国家、该地区的社会发展为需要提出的，或者说是以此需要而不得不然的。"

她又写道："当然，三区合一不可能是苏州'行政史'的终结，这只是一个历史旧时期的结束和另一个历史新时期的开始。"

从清代徐扬的《姑苏繁华图》，到今天姑苏区的姑苏新画卷，"风吹尘埃，姑苏崇文尚墨的气息始终萦绕不去。"

2020年10月16日，《苏州历史文化名城保护专项规划（2035年）（公示稿）正式公示。

规划共九大部分，计一万多字，在我看来，这里边的每一字每一句,都很金贵,每一字每一句都值得引用,可叹,我又要难取难舍、犹豫不决了。

我只能选择其中的第六部分"苏州历史城区的保护"的9条纲目简介一下:

"1.保护范围,2.保护目标,3.城址环境的保护,4.整个格局的保护,5.城市风貌的保护,6.历史文化街区和历史地段的保护,7.世界文化遗产、文物保护单位和历史建筑的保护,8.传统民居的保护,9.功能定位与产业转型。"

两个月后,2020年12月16日,姑苏古城保护与发展基金召开首次投资决策委员会议,标志着古城保护与发展基金正式启动首批项目的投资,为项目落地迈出了坚实一步。

2021年8月,姑苏区第三次党代会召开,"做好古城保护文章,打响'江南文化'品牌,是保护区、姑苏区的重要责任,必须交出满意的答卷。"区委主要领导表示,全区上下将围绕总体定位,坚持目标导向,把贯彻落实苏州历史文化名城保护提升"1+11"方案作为今后五年的工作主线,扛起责任、开拓创新,擦亮国家历史文化名城保护区金字招牌。

在写作《家在古城》的这几个月中,我简直有一种魂不守舍的感觉,魂到哪里去了,魂在古城,魂牵梦萦。

这一次的采访和写作,我最大的收获就是知道了自己的无知和浅薄,在苏州古城面前,我要再用一遍我已经用过数次的话:"它们所容涵的博大精深,恐怕是我穷其一生也不能望其项背的。"

于是,我在我的文章里,我在每一个章节,每一个段落,每一行,甚至每一个句子里,都埋下了烟花,如果有人愿意,或者我自己愿意,点燃这些烟花的引索,它们将绽放出无数绚丽无比的画面。

我的另一个收获就是,书写古城,和保护古城一样,不仅是单纯的保护,不仅是单纯的书写,首先,是要和古城相处,和古城对话,要互相倾听,要互相理解和沟通。

城与人,人与城,必须携手,才能共进。

当然,我也有疑惑,人类再怎么努力,再怎么保护,再怎么持之以恒,物质终有灭亡的一天。人类想要保护的对象,将保护到哪一天为止呢。

那就留给文字吧。

这样的想法,给了我鼓励,更给了我巨大的压力。

2021年11月30日,新一任苏州市委主要领导到任了,那一天,他说了这样的话:

"作为享誉世界的历史文化名城,碧波万顷的太湖,古朴典雅的园林,人文荟萃的底蕴,展现出令人向往的多彩风姿,是文人墨客笔下、世界人民心中最江南的福地。

"群众的表情包,就是我们工作的风向标。

"一千年前,范仲淹在盐城捍海挡潮筑成了'范公堤',在苏州导流治水留下了'范公闸',为两地人民树立了'先天下之忧而忧、后天下之乐而乐'的共同丰碑。"

时隔11天,2021年12月12日,市委书记已经行走在调研古城保护的路上。

走了平江路,登了北寺塔,经大运河到了山塘街——有着2500多年悠久历史苏州古城、古城中无数的历史文化瑰宝,深深地刻印在新来的书记心中。他说,古城各历史阶段留下的遗迹就如同树木年轮一样,是不同时代留给古城的宝贵印记,一定要精心呵护好,让游客和居民看得到城市演变的历史过程,感受得到城市跳动的时代脉搏;要在保护的基础上推进古城有机更新,以街坊为单位逐个梳理研究、制定对策,让原住民留下来并享受现代生活,与古城共生共享。我们要本着对历史负责、对人民负责、对苏州这座千年古城负责的态度,心怀敬畏之心,扎扎实实推进古城保护各项工作。

  历史是最好的教科书,历史文化遗产是注释历史最好的"活字典",它串联起沧桑辉煌的过去,昭示着伟大复兴的未来,蕴藏着"从哪里来向何处去"的发展密码。

  紧紧围绕"保护、更新、民生"的苏州古城保护,正以全新的姿态和加倍的努力,拉开新的大幕,迈上新的征程。

  家在古城。继续。

2022 年 2 月 16 日